PARIS
do Oriente

BELINDA ALEXANDRA

2015, Editora Fundamento Educacional Ltda.

Editor e edição de texto: Editora Fundamento
Editoração eletrônica: Bella Ventura Eventos Ltda. (Lorena do R. Mariotto)
CTP e impressão: SVP - Gráfica Pallotti
Tradução: C. R. C. Coelho Tradutora Ltda. (Carolina Caires Coelho)
Arte da capa: Zuleika Iamashita

Copyright © 2002 Belinda Alexandra

Publicado originalmente em inglês em Sydney, Austrália por HarperCollins Publishers Pty Limited Australia em 2002. Edição em português publicada em acordo com HarperCollins Publishers Pty Limited Australia.
Os direitos da autora foram assegurados.

A citação de "Requiem" de Anna Akhmatova na página 109 (página 106 do livro original) foi reproduzida com permissão.

Todos os direitos reservados. Nenhuma parte deste livro pode ser arquivada, reproduzida ou transmitida de qualquer forma ou por qualquer meio, seja eletrônico ou mecânico, incluindo fotocópia e gravação de backup, sem permissão escrita do proprietário dos direitos.

Dados Internacionais de Catalogação na Publicação (CIP)
(Câmara Brasileira do Livro, SP, Brasil)

Alexandra, Belinda
    Paris do Oriente / Belinda Alexandra ; [versão brasileira da editora] – 1. ed. – São Paulo, SP : Editora Fundamento Educacional Ltda., 2015.

    Título original: White Gardenia

    1. Ficção australiana I. Título.

12-02408   CDD-823

Índice para catálogo sistemático:
1. Ficção : Literatura australiana 823

Fundação Biblioteca Nacional

Depósito legal na Biblioteca Nacional, conforme Decreto nº 1.825, de dezembro de 1907.
Todos os direitos reservados no Brasil por Editora Fundamento Educacional Ltda.

Impresso no Brasil

Telefone: (41) 3015 9700
E-mail: info@editorafundamento.com.br
Site: www.editorafundamento.com.br

Este livro foi impresso em papel pólen soft 80 g/m² e a capa em papel-cartão 250 g/m².

BELINDA ALEXANDRA

PARIS
do Oriente

"Uma obra perfeita sobre o poderoso e eterno laço entre mães e filhas."

Paullina Simons

um

Harbin, China

Na Rússia, acreditamos que, quando alguém derruba uma faca da mesa ao chão, um visitante do sexo masculino virá; e também que, se um pássaro entra voando na sala, a morte de um ente querido se aproxima.

Esses dois fatos aconteceram em 1945, perto do meu aniversário de 13 anos, mas não recebi nenhum aviso com facas caindo ou pássaros voando.

O general apareceu no décimo dia após a morte de meu pai. Minha mãe e eu estávamos ocupadas, retirando a seda preta que havia sido colocada sobre os espelhos e as imagens sacras para os nove dias de luto. Sempre vou me lembrar de mamãe naqueles dias. O rosto de pele clara emoldurado por mechas de cabelos pretos, os brincos de pérolas nas orelhas e os olhos cor de mel formaram uma imagem muito clara para mim: a de minha mãe, uma viúva de 33 anos.

Eu me lembro de seus dedos esguios dobrando o tecido escuro com uma languidez incomum. Nós duas estávamos chocadas com a perda. Quando meu pai saiu de casa na manhã de seu último dia de vida, com os olhos brilhando, e me deu um beijo de despedida, eu não poderia imaginar que, da próxima vez em que o visse, ele estaria dentro de um pesado caixão de carvalho, com os olhos fechados e as mãos pálidas paradas, mortas.

Mantiveram a parte inferior do caixão fechada para esconder as pernas mutiladas nas ferragens do carro batido.

Na noite em que o corpo de meu pai foi velado na sala de nossa casa, com velas brancas dos dois lados do caixão, minha mãe fechou as portas da garagem e as trancou com corrente e cadeado. Eu a observei da janela de meu quarto, enquanto ela caminhava de um lado para o outro na frente da garagem, movendo os lábios em um mantra silencioso.

Às vezes, ela parava e colocava os cabelos atrás das orelhas, como se estivesse tentando escutar algo, mas, em seguida, balançava a cabeça e continuava caminhando.

Na manhã seguinte, fui até a garagem para ver a corrente e o cadeado. Compreendi o que minha mãe tinha feito. Ela havia trancado a garagem da mesma maneira como teríamos amarrado meu pai, se soubéssemos que permitir que ele saísse na chuva seria deixá-lo partir para nunca mais voltar.

Nos dias que sucederam o acidente, nosso pesar foi amenizado pelas visitas de amigos russos e chineses. Eles chegavam e partiam de hora em hora, a pé ou de riquixá, vindos de fazendas vizinhas ou de residências na cidade, para encher nossa casa com o cheiro de frango assado e o murmúrio de condolências. Aqueles que vinham da zona rural chegavam carregados de presentes, como pães, bolos ou flores do campo sobreviventes das primeiras geadas em Harbin; e as pessoas da cidade traziam marfim e seda, uma maneira educada de nos dar dinheiro, uma vez que, sem papai, minha mãe e eu enfrentaríamos épocas difíceis.

Então, foi realizado o enterro. O padre, enrugado e curvado como uma árvore velha, fez o sinal da cruz no ar frio, antes que a tampa do caixão fosse pregada.

Russos de ombros largos batiam as pás na terra, derrubando blocos congelados dela dentro da cova. Eles trabalhavam arduamente com o rosto tenso e os olhos sérios, pingando de suor, em respeito ao meu pai ou para ganhar a admiração de sua bela viúva. Enquanto isso, nossos vizinhos chineses mantinham uma distância respeitosa, esperando do lado de fora do cemitério, solidários, apesar de não compreenderem nosso costume de enterrar os entes queridos e abandoná-los à mercê dos elementos do solo.

Depois do enterro, as pessoas que participaram do velório voltaram para a nossa casa de madeira, que meu pai havia construído com as próprias mãos depois de fugir da Rússia e da Revolução. Nós nos sentamos para comer bolinhos de semolina e tomar o chá servido em um *samovar*. A casa, antigamente, era um bangalô térreo simples, com canos do forno saindo pelos beirais, mas, quando meus pais se casaram, papai construiu mais seis cômodos e um andar e mobiliou-os com armários envernizados, cadeiras e tapetes antigos, entalhou desenhos na madeira dos batentes e esquadrias, construiu uma chaminé grande e pintou as paredes com o mesmo amarelo-manteiga do palácio de verão do falecido czar.

Homens como o meu pai transformavam Harbin no que era: uma cidade chinesa repleta de nobreza russa deslocada. Pessoas como ele tentavam recriar o mundo que haviam perdido, fazendo esculturas de gelo e indo a bailes de inverno.

Quando nossas visitas já tinham dito tudo o que poderiam, eu segui a minha mãe, que as acompanhou até a porta. Enquanto todos vestiam seus casacos e colocavam os chapéus, vi meus patins de gelo pendurados em um prego na entrada da casa. A lâmina esquerda de um deles estava solta e me lembrei de que meu pai pretendia consertá-la antes do inverno. O entorpecimento dos últimos dias deu lugar a uma dor tão pungente, que fez minhas costelas doerem e meu estômago revirar. Fechei os olhos numa tentativa de afastá-la. Vi o céu azul à minha frente e o sol fraco de inverno brilhando sobre o gelo. A lembrança do ano anterior voltou. O forte rio Songhua congelado; os gritos alegres das crianças que tentavam ficar em pé nos patins; os jovens namorados patinando em pares; os idosos caminhando no centro, procurando peixes nas partes em que o gelo era mais fino.

Meu pai me colocou sobre seus ombros, e as lâminas dos seus patins marcaram a superfície ainda mais por causa do peso que aumentara. O céu se tornou uma mistura de azul e branco. Eu ri até ficar tonta.

– Quero descer, papa – disse eu, sorrindo ao olhar para os olhos azuis dele. – Quero lhe mostrar uma coisa.

Ele me colocou no chão, mas só me soltou quando teve certeza de que eu conseguiria manter o equilíbrio. Procurei uma parte vazia no gelo e deslizei até ela, levantando uma das pernas e girando como uma marionete.

– *Harashó! Harashó!* – meu pai aplaudiu.

Então, passou a mão com luva sobre o rosto e sorriu tanto, que as marcas de expressão em sua face pareceram ganhar vida. Meu pai era muito mais velho do que minha mãe; formara-se na universidade no ano em que ela nasceu. Ele tinha sido um dos mais jovens coronéis do Exército Branco e, de alguma maneira, muitos anos depois, seus gestos continuavam sendo uma mistura de entusiasmo juvenil e precisão militar.

Ele estendeu os braços para que eu fosse até ele, mas quis me exibir de novo. Deslizei para mais longe e comecei a girar, porém um dos meus patins prendeu-se em uma pedra de gelo, e eu acabei torcendo o pé. Ao cair no gelo, bati o quadril e perdi o fôlego.

Meu pai chegou em um instante. Ele me pegou no colo e carregou-me até a beirada da pista. Colocou-me sobre um tronco de árvore caído e passou as mãos em meus ombros e costelas antes de tirar minha bota.

– Não tem nenhum osso quebrado – disse ele, mexendo meu pé com as duas mãos.

O vento estava muito gelado, e meu pai esfregou as mãos em minha pele para esquentá-la. Olhei para as mechas brancas que se misturavam a seus cabelos loiros no topo da cabeça e mordi o lábio. As lágrimas em meus olhos não eram por causa da dor, mas, sim, pela humilhação de ter feito papel de boba. Papai apertou o inchaço ao redor de meu tornozelo com o polegar, e eu fiz uma careta. A coloração roxa de um hematoma já começava a aparecer.

– Anya, você é uma gardênia branca – ele sorriu. – Bela e pura. Mas é preciso segurá-la com cuidado, porque é muito fácil feri-la.

Apoiei a cabeça no ombro dele, quase rindo, mas chorando ao mesmo tempo.

Uma lágrima caiu sobre meu pulso e depois nos azulejos da entrada de minha casa. Rapidamente, sequei o rosto antes que mamãe se virasse.

Os visitantes estavam prestes a partir, então, acenamos mais uma vez para eles e dissemos "*Da svidaniya*", antes de apagar as luzes. Minha mãe pegou uma das velas de velório da sala, e subimos as escadas, guiadas pela luz suave. A chama estremeceu, e eu senti a respiração ofegante de mamãe em minha pele, mas tive medo de olhar para ela e ver seu sofrimento. Não conseguia suportar que sofresse, assim como ela não tolerava ver meu sofrimento. Dei-lhe um beijo e subi rapidamente para meu quarto, que ficava no sótão. Fui diretamente para a cama, onde cobri meu rosto com um travesseiro para que mamãe não conseguisse escutar meus soluços. O homem que me chamara de gardênia branca e me erguera nos ombros e girara até me deixar tonta de tanto rir não mais estaria ali.

Quando o período oficial de luto terminou, parecia que todo o mundo havia retomado sua vida normal. Minha mãe e eu fomos abandonadas, para que reaprendêssemos a viver.

Assim que terminamos de dobrar os tecidos e guardá-los no armário, mamãe disse que deveríamos levar as flores à cerejeira favorita de meu pai. Enquanto ela me ajudava com os cadarços de minhas botas, escutamos os cães, Sasha e Gogle, latirem. Corri para a janela, esperando encontrar mais visitantes, mas vi dois soldados japoneses esperando no portão. Um deles era um homem de meia-idade com um sabre no cinto e coturnos de cano alto de um general. Seu rosto quadrado era sério e marcado por rugas profundas, porém ele esboçou um sorriso ao ver os dois *huskies* saltando na cerca. O soldado mais jovem manteve-se imóvel atrás do primeiro, como um boneco de argila cujo único sinal de que estava vivo era o brilho dos olhos estreitos. Minha mãe ficou pálida no mesmo instante em que eu disse que homens do exército japonês estavam esperando do lado de fora.

Por uma fresta na porta da frente, observei minha mãe conversando com os dois homens, tentando falar russo lentamente, a princípio e, então, chinês. O soldado mais jovem parecia compreender bem o chinês que minha mãe falava, mas o general analisava o quintal e a casa e só prestava atenção quando seu colega traduzia para ele o que mamãe lhes respondia. Eles estavam pedindo algo, fazendo uma reverência ao final de cada frase. Aquele gesto, que geralmente não era oferecido a estrangeiros que viviam na China, parecia deixar minha mãe ainda mais inquieta. Ela balançava a cabeça, mas dava indicações de seu medo com a pele corada ao redor do pescoço e os dedos trêmulos com os quais remexia e puxava as mangas da blusa.

Nos últimos meses, muitos russos tinham recebido aquelas visitas. O alto comando japonês e seus assistentes mudavam-se para as casas das pessoas em vez de morarem nas instalações do Exército. Em parte, isso servia para protegê-los de ataques aéreos inimigos, mas também para impedir movimentos de resistência na região, tanto dos Russos Brancos, convertidos a soviéticos, como dos simpatizantes dos chineses. A única pessoa que sabíamos ter recusado a presença deles era o amigo de meu pai, o professor Akimov, que possuía um apartamento em Modegow. Ele desapareceu certa noite e nunca mais voltou. Mas aquela era a primeira vez que os japoneses procuravam um local tão afastado do centro da cidade.

O general sussurrou algo a seu ajudante. Quando vi minha mãe acalmar os cães e abrir o portão, corri para a sala e me escondi embaixo de uma poltrona, pressionando o rosto contra os azulejos frios da entrada. Ela entrou na frente, segurando a porta para o general. Ele limpou as botas no tapete antes de entrar e colocou o chapéu na mesa ao meu lado. Escutei mamãe levá-lo para a sala de estar. Ele parecia murmurar sua aprovação em japonês, e, apesar de minha mãe continuar tentando dizer coisas básicas em russo e em chinês, o homem não dava sinais de que a compreendia. Procurei imaginar por que, então, ele havia deixado o amigo no portão. Mamãe e o general subiram, e eu consegui escutar os rangidos do piso de madeira no quarto de hóspedes e os armários sendo abertos e fechados.

Quando eles voltaram, o general parecia satisfeito, mas a ansiedade de minha mãe era evidente: ela apoiava o peso do corpo em um dos pés e depois no outro, batendo os sapatos repetidas vezes.

O homem fez uma reverência e murmurou "*Doomo arigatoo gozaimashita*". Obrigado. Quando ele pegou o chapéu, viu onde eu estava. Seus olhos não eram como os dos outros soldados japoneses que eu já tinha visto. Eram grandes e arregalados. Quando os abriu e sorriu para mim, as rugas de sua testa se levantaram e, de repente, ele pareceu se transformar em um sapo grande e simpático.

Todos os domingos, meus pais e eu nos reuníamos na casa de nossos vizinhos, Boris e Olga Pomerantsev, para tomar *borscht* (uma tradicional sopa russa de beterraba) e comer pão de centeio. Os dois eram idosos e haviam sido agricultores a vida toda; eram também extrovertidos e gostavam de aprender mais sobre as coisas. Geralmente, convidavam colegas chineses para se unirem a nós. Até a invasão japonesa, os encontros eram alegres, com muita música e leitura de textos de Pushkin, Tolstói e poetas chineses. Contudo, conforme a ocupação se tornou mais repressiva, os almoços foram ficando esparsos. Todos os cidadãos chineses ficavam sob vigilância constante. Quem saía da cidade tinha que mostrar os documentos, sair dos carros ou riquixás para fazer reverência aos guardas japoneses, para só depois seguir viagem. Os únicos chineses dispostos a fazer tudo isso por um evento social, que não fosse um velório ou um casamento, eram o sr. e a sra. Liu.

Eles já tinham sido comerciantes prósperos, mas a fábrica de algodão que possuíam havia sido tomada pelos japoneses, e os dois sobreviviam apenas porque tinham sido suficientemente prudentes para não gastar todo o dinheiro acumulado.

Um domingo após o período de luto pela morte de meu pai, minha mãe esperou até depois da refeição para contar a respeito do general. Ela falou aos sussurros, passando a mão pela toalha de mesa de renda que Olga tirava da gaveta para as nossas reuniões especiais, e olhou sorrateiramente para a irmã do sr. Liu, Ying-ying. A jovem estava dormindo em uma poltrona perto da porta da cozinha, respirando alto e com um rastro de saliva brilhando em seu queixo. Não era comum que o sr. Liu levasse a irmã àquelas reuniões; preferia deixá-la sob os cuidados de suas filhas mais velhas sempre que ele e a esposa saíam. Mas parecia que a depressão de Ying-ying piorara, fazendo-a oscilar entre dias de inatividade e repentinos acessos de fúria, com gritos e arranhões que faziam seus braços sangrarem. O sr. Liu a havia sedado com ervas chinesas e levado com ele, por não confiar que as filhas pudessem tomar conta da tia.

Minha mãe conversou conosco escolhendo bem as palavras, porém sua calma forçada somente aumentava a sensação ruim em meu estômago. Ela explicou que o general alugaria o quarto de hóspedes de nossa casa. Enfatizou que a sede do exército deles ficava em outro vilarejo, um pouco distante, e que ele passaria a maior parte do tempo lá e não invadiria muito a nossa privacidade. Também disse que o acordo era que nenhum soldado ou outros membros do exército fossem a nossa casa.

– Lina, não! – exclamou Olga. – Aquela gente!

Minha mãe ficou pálida.

– Como posso dizer não? Se eu me recusar a recebê-lo, perderei a casa, tudo. Preciso pensar em Anya.

– Melhor não ter casa do que viver com aqueles monstros – disse Olga. – Você e Anya podem vir morar aqui.

Boris pousou a mão de agricultor, rosada e cheia de calos, no ombro de minha mãe.

– Olga, ela vai perder mais do que a casa, se disser não.

Mamãe olhou como se pedisse desculpas para os Liu e falou:

– Isso não será bem visto pelos meus amigos chineses.

A sra. Liu abaixou o olhar, mas seu marido virou-se para a irmã, que se remexia e resmungava nomes, enquanto dormia. Eram sempre os mesmos nomes, e ora Ying-ying os gritava, enquanto a sra. Liu e as filhas a seguravam no consultório do médico, ora murmurava cada um deles antes de entrar na letargia que fazia lembrar um estado de coma. Ela havia vindo de

Nanking com todos os outros refugiados feridos e sangrando que tinham escapado da cidade depois da invasão japonesa. Os nomes que dizia eram os de suas três filhas pequenas, abertas da garganta à barriga por soldados japoneses. Quando os soldados jogaram os corpos das meninas sobre uma pilha de corpos de outras crianças do prédio onde as quatro viviam, um deles segurou a cabeça de Ying-ying com as duas mãos para forçá-la a ver as entranhas das filhas espalhadas pelo chão, sendo disputadas pelos cães de guarda. Seu marido e os outros homens foram arrastados para a rua, presos e amarrados a ripas, e, então, os generais japoneses mandaram os soldados descarregarem suas baionetas neles, para praticar.

Deixei a mesa discretamente e corri para fora para brincar com o gato que vivia no quintal dos Pomerantsev. Era um animal judiado, de orelhas peladas e cego de um olho, mas havia engordado graças aos cuidados de Olga. Apertei o rosto contra o corpo malhado do felino e chorei. Histórias como a de Ying-ying eram contadas em todas as partes de Harbin, e eu mesma já tinha visto o suficiente da crueldade japonesa para detestar aqueles homens também.

Os japoneses integraram Manchúria a seu território em 1937, apesar de a terem invadido seis anos antes. Quando a guerra se tornou mais intensa, eles instituíram um decreto que determinava que todo o arroz deveria ir para seu exército. Os chineses passaram a consumir os frutos de carvalho como alimento básico, que os muito jovens ou muito doentes não conseguiam digerir.

Certo dia, eu estava correndo pelo caminho tortuoso e repleto de folhas perto do rio que passava por nossa casa. Nosso diretor japonês nos havia liberado da escola mais cedo, instruindo-nos a ir para casa e contar aos nossos pais a respeito das recentes vitórias japonesas em Manchúria. Estava vestindo meu uniforme do convento e analisava os desenhos que a luz filtrada do sol criava ao incidir sobre mim, enquanto eu saltitava. Passei pelo doutor Chou, o médico da região. Ele tinha conhecimento da medicina tradicional e da ocidental e carregava uma caixa de frascos embaixo do braço. Era conhecido por se vestir bem e, naquele dia, vestia um terno oriental de bom corte e um chapéu panamá. O clima ameno parecia ser de seu agrado, e trocamos um sorriso.

Passei por ele e cheguei à curva do rio onde a floresta ficava mais escura e densa. Eu me assustei com um grito e parei, assim que um agricultor chinês, com o rosto ferido e ensanguentado, veio em minha direção. Os soldados japoneses surgiram detrás das árvores atrás dele e nos cercaram, empunhando as baionetas. O líder do grupo pegou a espada e pressionou-a sob o queixo do homem, abrindo um ferimento no pescoço dele. Ergueu seu rosto para olhá-lo nos olhos, mas consegui ver, pela ausência de brilho neles e pela boca entreaberta, que a luz já havia deixado seu corpo. Da jaqueta do agricultor, escorria água, e um dos soldados pegou uma faca e abriu seu bolso esquerdo. Dele, caiu uma grande quantidade de arroz.

Os soldados obrigaram o homem a se ajoelhar, perturbando-o e uivando como lobos. O líder da 'matilha' correu a espada sobre o bolso direito da jaqueta do homem, e sangue e arroz escorreram dele juntos. Vi que vômito escorria de sua boca. Escutei barulho de vidro quebrado e me virei. Encontrei o dr. Chou atrás de mim, com os frascos quebrados caindo no caminho de pedras. Vi horror em seu rosto marcado. Dei um passo para trás, sem chamar a atenção dos soldados, e corri para os braços estendidos dele.

Os soldados grunhiam, animados pelo odor de sangue e medo. O líder puxou a gola da camisa do prisioneiro, expondo seu pescoço. Com um único movimento, desceu a espada e decapitou o homem. A carne ensanguentada rolou para dentro do rio, deixando a água da cor de sorgo vermelho. O cadáver permaneceu ajoelhado, como se orasse, e jorrava sangue. Os soldados se afastaram dele com calma, sem culpa ou nojo. Sangue e fluidos formaram uma poça sob os nossos pés e mancharam os nossos sapatos. Os homens começaram a rir. O assassino ergueu a espada contra a luz do Sol e franziu o cenho ao ver a gosma que pingava dela. Procurou ao redor algo com que pudesse limpar sua arma e viu o meu vestido. Ele esticou o braço para me pegar, mas o médico, irado, protegeu-me ainda mais, murmurando insultos aos soldados. O líder deles sorriu, acreditando que os impropérios do dr. Chou fossem protestos, e limpou a lâmina brilhante da espada no ombro do médico. Aquilo deve ter enojado o doutor, que havia acabado de testemunhar o assassinato de um compatriota chinês. Mas ele se manteve em silêncio, para poder me proteger.

Meu pai ainda estava vivo naquela época e, à noite, depois de me colocar na cama e escutar o que eu tinha para dizer, controlando a raiva, disse à minha mãe, no andar de baixo, algo que eu ouvi:

– Como os próprios líderes os tratam com tamanha crueldade, eles perderam qualquer traço de humanidade. Os culpados são os generais.

A princípio, o general não mudou quase nada a nossa vida e manteve-se discreto. Ele chegou com um futon, um fogão portátil e um grande baú. Nós só percebíamos a sua presença de manhã, logo depois do amanhecer, quando ele parava o carro preto diante do nosso portão e abria caminho entre as galinhas, que batiam as asas assustadas; e, depois, à noite, quando voltava tarde, com o olhar cansado, e fazia um meneio de cabeça para a minha mãe e abria um sorriso para mim antes de ir para o quarto.

O militar comportava-se surpreendentemente bem para um membro do exército de ocupação. Pagava o aluguel e tudo o que usava. Depois de um tempo, começou a trazer para casa itens escassos ou proibidos, como arroz e bolinhos doces de feijão. Colocava os produtos, sempre embrulhados em um pano, sobre a mesa de jantar ou o banco da cozinha, antes de se deitar. Minha mãe olhava para os pacotes com desconfiança, não tocava neles, mas não me impedia de aceitar os presentes. O homem deve ter percebido que não poderia comprar a confiança dela com produtos que tinham sido tomados dos chineses, e logo tais ofertas foram substituídas por consertos secretos. Certo dia, descobríamos que ele havia arrumado uma janela que antes estava meio solta; em outro, as dobradiças de uma porta não mais faziam barulho, porque haviam sido lubrificadas; ou, ainda, víamos que uma fresta tinha sido coberta.

Entretanto, não demorou para que a presença do general se tornasse mais invasiva, como um broto que encontra uma maneira de se livrar da terra e toma todo o jardim.

No 40º dia depois da morte de meu pai, visitamos os Pomerantsev. O almoço foi mais tranquilo do que de costume, apesar de apenas nós quatro estarmos presentes, uma vez que os Liu não mais compareciam, quando éramos convidadas.

Boris havia comprado vodca, e até mesmo eu pude tomar um pouco para "me aquecer". Ele nos divertiu ao tirar o chapéu e revelar os cabelos raspados. Minha mãe passou a mão na cabeça dele e brincou, dizendo:

– Boris, quem fez essa crueldade com você? Está parecendo um gato siamês.

Olga serviu mais um pouco de vodca, brincou, fingindo encher meu copo diversas vezes, e disse:

– Ele pagou para fazerem isso com ele! Foi a um barbeiro chinês novo no bairro antigo.

O marido riu com os dentes amarelados.

– Ela só está irritada, porque ficou melhor do que o corte que ela faz.

– Quando eu vi você com essa cara de bobo, meu coração velho e fraco quase parou – respondeu a esposa.

Boris pegou a garrafa de vodca e serviu mais uma rodada a todos, exceto a sua mulher. Ela franziu o cenho para ele, que rebateu:

– Cuide de seu coração velho e fraco, Olga.

Minha mãe e eu voltamos para casa caminhando, de mãos dadas e chutando a neve recém-caída. Ela cantava uma canção que falava sobre a colheita de cogumelos. Sempre que ria, um vapor branco saía de seus lábios. Mamãe era bonita, apesar da tristeza em seus olhos. Eu queria ser igual a ela, mas havia herdado os cabelos ruivos, os olhos azuis e as sardas de meu pai.

Quando chegamos ao portão de nossa casa, minha mãe estreitou os olhos ao ver a lanterna japonesa acima dele. Ela me apressou para entrar e tirou seu casaco e suas botas antes de me ajudar a tirar os meus. Entrou na sala de estar, pedindo para que eu entrasse logo, para não ficar em pé no piso frio de fora. Quando se virou para a sala, ficou tensa como um gato em pânico. Eu dei um passo à frente e me escondi atrás dela. Empilhada em um canto e coberta com um tecido vermelho, estava a nossa mobília. Ao lado dela, uma alcova que havia sido transformada em um templo, com um rolo de pergaminho e um ikebana, um arranjo de flores japonês. Os tapetes não estavam mais ali, e, no seu lugar, havia tatames.

Minha mãe atravessou a casa à procura do general, mas ele não estava no quarto nem no quintal. Esperamos diante do aquecedor movido a carvão até o anoitecer, e mamãe ensaiou as reclamações que faria a ele. Mas o militar não voltou para casa naquela noite, e ela se conformou. Nós adormecemos, aconchegadas lado a lado perto do fogo extinto.

O general voltou para casa apenas dois dias depois, e a exaustão já havia diminuído a coragem de minha mãe. Quando ele adentrou a casa com chá, tecido e linha, parecia esperar receber a nossa gratidão. No bom humor e na alegria em seus olhos, vi meu pai de novo, o provedor que sentia prazer em agradar a seus entes queridos.

Ele vestiu um quimono de seda cinza e começou a cozinhar legumes e tofu para nós. As antigas e elegantes cadeiras de minha mãe tinham sido guardadas, e ela não vira opção além de sentar-se de pernas cruzadas em uma almofada. Naquele momento, mamãe permaneceu olhando para a frente, com os lábios contraídos, indignada, enquanto a casa era tomada pelo aroma de óleo de semente de gergelim e molho de soja. Olhei para os pratos laqueados que o general havia colocado sobre a mesa baixa, sem ter o que dizer, mas agradecida pelo fato de ele estar cozinhando para nós. Teria sido horrível ver o que aconteceria, caso mandasse a minha mãe cozinhar para ele. Obviamente, era diferente dos homens japoneses que eu havia visto em nosso vilarejo, cujas esposas esperavam por suas ordens e tinham que caminhar muitos passos atrás deles, sobrecarregadas com o peso do que os maridos compravam nos mercados, enquanto eles caminhavam na frente, de mãos vazias e cabeça erguida. Olga dissera, certa vez, que a raça japonesa não tinha mulheres, só mulas.

O general colocou o macarrão diante de nós, dizendo apenas *Itadakimasu*, antes de começar a comer. Ele não pareceu notar que minha mãe não tocava em seu prato, nem que eu ficara olhando para a apetitosa refeição, salivando. Eu me senti dividida entre a fome e a lealdade a mamãe. Assim que o general terminou de comer, eu me apressei para limpar os pratos, para que ele não visse que não havíamos comido. Foi a melhor coisa que poderia ter feito, pois eu não queria que a irritação de minha mãe causasse problemas a ela.

Quando voltei da cozinha, o general estava esticando um rolo de papel japonês. Não era branco e brilhante como o papel ocidental, tampouco totalmente pardo. Era luminoso. O homem estava apoiado nas mãos e nos joelhos, enquanto minha mãe olhava-o por cima, com uma expressão irritada. A cena me fez lembrar uma história que meu pai havia lido para mim, certa vez, a respeito da primeira vez em que Marco Polo esteve diante de Kublai Khan, o governante da China. Num gesto para demonstrar a superioridade europeia, os assistentes de Polo abriram um pedaço de seda diante do imperador e de seus cortesãos. O material espalhou-se de onde estava Polo até terminar aos pés de Khan. Depois de um momento de silêncio, o imperador e seus homens começaram a rir. O marcador logo descobriu que era difícil impressionar pessoas que vinham produzindo seda fina havia séculos antes de os europeus terem deixado de usar pele de animais.

O general fez um gesto para que eu me sentasse ao lado dele e colocou ali um frasco de tinta e uma pena para caligrafia. Mergulhou-a e a levou ao papel, no qual começou a fazer os contornos femininos do *hiragana* nipônico. Reconheci as letras das aulas que tivera, quando os japoneses dominaram minha escola, antes de decidirem que era melhor não nos ensinarem nada e fechá-la.

– Anya-chan – o militar disse com seu russo sofrível. – Eu ensino a você as letras japonesas. Importante você aprender.

Observei, enquanto ele criava as sílabas. *Ta, chi, tsu, te, to*. Seus dedos moviam-se e pareciam pintar, não escrever, e suas mãos me impressionaram. Sua pele era lisa e sem pelos, as unhas limpas, sem manchas.

– Você deveria ter vergonha de si mesmo e de seu povo – minha mãe gritou, arrancando o papel do general.

Ela tentou rasgá-lo, mas era duro e resistente. Assim, amassou-o, fazendo em uma bola, e jogou-o para o outro lado da sala. O papel caiu no chão sem fazer barulho.

Prendi a respiração. Ela olhou para mim e controlou-se para não dizer mais nada. Tremia de raiva, mas também de medo pelo que seu ataque poderia nos custar.

O general ficou sentado com as mãos sobre os joelhos, sem se mexer. Sua expressão era neutra. Era impossível saber se ele estava irritado ou apenas pensativo. A ponta da pena pingava tinta no tatame, onde esta se espalhava, criando uma mancha escura, como se fosse um ferimento. Depois de alguns instantes, o militar procurou na manga do quimono, tirou de lá uma fotografia e me entregou. Era a foto de uma mulher, vestindo um quimono preto, e de uma menininha. Os cabelos da menina estavam presos em um coque no alto da cabeça, e ela possuía olhos bonitos como os de um veado. Parecia ter quase a mesma idade que eu. A mulher olhava para o lado. Seus cabelos estavam presos. Os lábios, embora estivessem cobertos por pó branco e demonstrassem tristeza, ainda eram carnudos. A expressão era formal, mas o meneio de cabeça sugeria que ela sorria para alguém ali perto.

– Tenho uma filhinha em Nagasaki, que mora com a mãe e não tem pai – o general disse. – E você é uma garotinha sem pai. Preciso tomar conta de você.

Ele se levantou, fez uma reverência e saiu da sala, deixando minha mãe e eu ali, boquiabertas, sem saber o que falar.

A cada duas semanas, na terça-feira, o amolador de facas aparecia em nossa rua. Ele era um russo idoso, com o rosto cheio de rugas e os olhos tristes. Não tinha chapéu e mantinha a cabeça aquecida cobrindo-a com panos velhos. A roda de amolar ficava presa a um trenó puxado por dois lobos da Alsácia, e eu brincava com os cães, enquanto a minha mãe e os vizinhos se reuniam para afiar facas e machados. Certa terça-feira, Boris abordou a minha mãe e disse que um dos vizinhos, Nicolai Botkin, havia desaparecido. Mamãe ficou sem reação por um instante, mas logo perguntou aos sussurros:

– Os japoneses ou os comunistas?
Boris deu de ombros.

– Eu o vi antes de ontem no barbeiro no bairro antigo. Estava falando demais. Gabava-se muito, dizendo que os japas estão perdendo a guerra, mas estão tentando esconder esse fato de nós. No dia seguinte... – Boris fechou a mão e voltou a abri-la, erguida, e continuou – sumiu. Como poeira. Ele tinha a boca grande demais. Nunca se sabe de que lado os outros clientes estão. Alguns japoneses querem que os russos vençam.

Naquele momento, escutou-se um grito alto: "*Kazaaa!*". O portão de nossa garagem abriu-se, e um homem saiu correndo. Estava nu, usando apenas uma bandana amarrada na cabeça, acima dos olhos. Eu só percebi que era o general quando o vi jogar-se na neve e saltar de alegria. Boris tentou cobrir meus olhos, mas, pelas frestas entre seus dedos, vi o membro enrugado do general sacolejando entre suas pernas e me assustei.

Olga levou as mãos aos joelhos e começou a rir, enquanto os outros vizinhos ficaram olhando, boquiabertos, surpresos. Mas mamãe, ao ver a banheira quente que tinha sido construída em sua garagem sagrada, gritou. Aquele insulto era demais para ela suportar. Boris abaixou os braços, eu me virei e vi a minha mãe, como ela era antes da morte de meu pai, com o rosto vermelho e os olhos tomados pela raiva. Ela partiu pelo quintal, pegando uma pá perto do portão. O general olhou para a banheira e depois para a minha mãe, como se esperasse que ela se surpreendesse com tamanha criatividade.

– Como ousa? – perguntou ela.
O homem parou de sorrir, mas percebi que ele não conseguiu entender a reação dela.

– Como ousa? – ela perguntou de novo, acertando o rosto dele com o cabo da pá.

Olga se assustou, porém o general não parecia preocupado com o fato de os vizinhos serem testemunhas da revolta de minha mãe e não desviou o olhar do rosto dela.

– É uma das poucas coisas que tenho para me lembrar dele – disse ela, sem fôlego.

O militar corou. Ficou em pé e voltou para dentro da casa sem dizer nada.

No dia seguinte, ele desmontou a banheira e ofereceu a nós a madeira para a lareira. Guardou os tatames e devolveu os carpetes turcos e os de pele de carneiro, pelos quais meu pai havia trocado seu relógio de ouro.

Mais tarde, ele perguntou se podia pegar a minha bicicleta emprestada. Minha mãe e eu espiamos pela janela e o vimos descer a rua. A minha bicicleta era pequena demais para o general. Os pedais eram curtos, e, a cada pedalada, os joelhos dele passavam do quadril. Mas ele dominou bem a bicicleta e, em poucos minutos, desapareceu entre as árvores.

Quando o homem voltou, minha mãe e eu já tínhamos recolocado os móveis e os tapetes em seus devidos lugares.

O general olhou ao redor. Sua expressão mostrava pesar.

– Eu queria deixar a sala bonita para vocês, mas não consegui – ele disse, usando o pé para alisar o tapete magenta que substituíra seu tatame comum. – Talvez sejamos muito diferentes.

Minha mãe quase sorriu, mas se conteve. Pensei que o general estivesse de saída, mas ele se virou mais uma vez para olhar para ela novamente, não com a pose de um militar imponente, mas, sim, como um menininho repreendido pela mãe.

– Talvez eu tenha encontrado algo cuja beleza seja admirada por nós dois – afirmou ele, enfiando a mão no bolso e tirando uma caixa de vidro de dentro dele.

Minha mãe hesitou em pegar o objeto da mão do militar, mas, por fim, foi vencida pela própria curiosidade. Eu me inclinei, tentando ver o que o general havia levado. Mamãe abriu a tampa do recipiente, e um odor delicado tomou conta do ambiente. Percebi o que era na hora, ainda que nunca tivesse sentido aquele cheiro antes. O perfume tornou-se mais forte, tomou a sala e nos envolveu em seu feitiço. Era uma mistura de magia e romance, do exótico Oriente e do decadente Ocidente. Senti uma pontada no coração e um arrepio percorrer meu corpo.

Minha mãe olhava para mim com os olhos marejados. Ela esticou o braço, e eu fiquei olhando para a flor branca dentro da caixa. Ao ver aquela flor perfeita, acomodada em folhas verdes aveludadas, imaginei um lugar iluminado no qual aves cantavam dia e noite. Senti vontade de chorar diante de tamanha beleza, pois soube, naquele mesmo instante, o nome da flor, ainda que, até aquele momento, eu só a tivesse visto em minha imaginação. A árvore era típica da China, mas, por ser tropical, não crescia em Harbin, onde geava muito.

A gardênia branca era uma lenda que meu pai contara para a minha mãe e para mim muitas vezes. Ele viu a flor pela primeira vez no baile de verão do czar, ao qual compareceu acompanhado de sua família, no Grand Palace. Ele descrevia, para nós, as mulheres com seus vestidos brilhantes e joias reluzentes nos cabelos, os lacaios e suas carruagens e os jantares com caviar fresco, ganso defumado e sopa de esturjão *sterlet*, servidos em mesas redondas de vidro. Mais tarde, disse que havia ocorrido uma queima de fogos coreografada em sincronia com a música *Sleeping Beauty*, de Tchaikovsky. Depois de conhecer o czar e sua família, meu pai entrou em uma sala cujas portas de vidro estavam abertas e davam passagem para o jardim. Foi quando viu aquelas flores pela primeira vez. Os vasos de porcelana em que estavam tinham sido importados da China para a ocasião. No ar do verão, o perfume delicado delas era inebriante. Elas pareciam assentir e recepcionar papai de modo gracioso, como a czarina e suas filhas tinham feito momentos antes. A partir daquela noite, meu pai encantou-se pelas lembranças das noites do norte e de uma flor encantadora cujo perfume lhe lembrava do paraíso.

Mais de uma vez, ele tentara comprar um frasco do perfume para que minha mãe e eu pudéssemos ter aquela lembrança também, mas ninguém em Harbin tinha conhecimento da tal flor, e seus esforços sempre foram em vão.

– Onde o senhor conseguiu isto? – perguntou minha mãe ao general, passando os dedos sobre as delicadas pétalas.

– Com um chinês chamado Huang – respondeu ele. – Ele tem uma estufa na cidade vizinha.

Mas mamãe não prestou atenção à resposta. Sua mente estava a quilômetros dali, em uma noite em São Petersburgo. O general virou-se para partir, e eu o segui até a beira da escada.

– Senhor – eu sussurrei –, como sabia?

Ele ergueu as sobrancelhas e olhou fixamente para mim. Seu rosto machucado estava da cor de uma cereja fresca.

– Das flores – eu disse.

Mas o militar apenas suspirou, tocou meu ombro e falou:

– Boa noite.

Quando a primavera chegou e a neve começou a derreter, espalharam-se os boatos de que os japoneses estavam perdendo a guerra. À noite, eu escutava aviões e tiros, e Boris nos disse que eram os soviéticos guerreando contra os japoneses nas fronteiras.

– Deus nos livre de os soviéticos chegarem aqui antes dos americanos – disse ele.

Decidi descobrir se os japoneses estavam mesmo perdendo a guerra e bolei um plano para seguir o general até a sede do exército. Tentei acordar mais cedo do que ele duas vezes, sem sucesso, mas, no terceiro dia, acordei, após sonhar com meu pai. Ele estava na minha frente, sorrindo e dizendo: "Não se preocupe, vai parecer que vocês estão sozinhas, mas não estarão. Mandarei alguém." A imagem dele desapareceu, e eu abri os olhos e vi a luz da manhã atravessando as cortinas. Saí da cama e senti o ar frio, e precisei apenas vestir meu casaco e colocar o chapéu, pois já havia me preparado totalmente e dormido vestida e com as botas. Saí pela porta da cozinha e fui para a lateral da garagem, onde havia deixado a minha bicicleta. Eu me agachei no chão coberto de neve derretida e esperei. Alguns minutos depois, o carro preto estacionou diante de nosso portão. A porta da frente abriu-se, e o general apareceu. Quando o veículo partiu, subi na bicicleta e pedalei com vigor, mantendo-me a uma distância discreta. O céu estava nublado, e a estrada, escura e cheia de lama. No cruzamento, o carro parou, e eu me escondi atrás de uma árvore. O motorista engatou a ré por um curto trecho e mudou de direção, não mais seguindo na estrada para a cidade vizinha, para onde o general dissera que ia todos os dias, mas, sim, pegando a estrada principal para a cidade. Subi na bicicleta de novo, porém, ao chegar ao cruzamento, bati em uma pedra e caí de ombro no chão. Fiz uma careta de dor e olhei para a bicicleta. Os raios da roda tinham sido entortados pela minha bota. As lágrimas escorreram de meus olhos, e eu subi a rua mancando e levando a bicicleta quebrada comigo.

Um pouco antes de chegar a casa, vi um chinês espiando entre as árvores que pontuavam a rua. Ele parecia estar à minha espera, por isso atravessei a rua e corri com minha bicicleta quebrada. Mas ele me alcançou depressa e cumprimentou em bom russo. Algo em seu olhar petrificado me assustou, e eu respondi baixinho. Ele perguntou aos sussurros, como uma criança que estivesse fazendo traquinagens:

– Por que vocês permitem que os japoneses fiquem em sua casa?

– Não tivemos nada que ver com isso – respondi ainda assustada. – Ele veio, e não pudemos dizer não.

O homem segurou o guidão da bicicleta, fingindo me ajudar, e eu notei suas luvas. Eram fofas e pareciam ter maçãs dentro delas, e não mãos.

– Os japoneses são muito malvados – ele disse. – Eles têm feito coisas terríveis. Os chineses não se esquecerão de quem os ajudou e de quem nos ajudou.

Seu tom de voz era gentil e reservado, mas suas palavras me fizeram estremecer, e eu me esqueci da dor no ombro. Ele parou de empurrar a bicicleta e deitou-a de lado no chão. Eu queria correr, porém estava paralisada de medo. Lentamente e de modo calculado, ele ergueu a mão diante de meu rosto e tirou a luva com a graciosidade de um mágico. Vi um membro sem forma e repleto de cicatrizes, sem dedos. Gritei horrorizada, mas sabia que ele não estava fazendo aquilo apenas para me assustar: era um aviso. Abandonei a bicicleta e atravessei correndo o portão de minha casa.

– MEU NOME É TANG! – gritou ele. – Lembre-se de mim!

Eu me virei ao chegar à porta, mas o chinês já não estava ali. Subi correndo as escadas para o quarto de minha mãe, com o coração aos pulos. No entanto, quando abri a porta, vi que ela ainda dormia, com os cabelos escuros espalhados sobre o travesseiro. Tirei o casaco, ergui os cobertores delicadamente e me deitei ao lado dela, que suspirou e me acariciou, antes de cair de novo em um sono profundo.

Agosto era o mês de meu 13º aniversário, e, apesar da guerra e da morte de meu pai, minha mãe estava decidida a manter a tradição familiar de me levar à parte antiga da cidade para comemorar. Boris e Olga nos levaram para a cidade de carro naquele dia. Olga queria comprar algumas pimentas, e Boris pretendia cortar os cabelos novamente.

Harbin era o local onde eu havia nascido. E, apesar de muitos chineses dizerem que os russos não eram dali nem tinham direito a viver naquela cidade, eu sentia que, de certa forma, aquilo tudo me pertencia. Quando entramos na cidade, vi todas as coisas tão familiares para mim: as igrejas de domos parecidos com cebolas, as construções em tom pastel e as colunas complexas. Assim como eu, minha mãe também nascera em Harbin, filha de um engenheiro que havia perdido o emprego nas ferrovias, depois da Revolução. Foi meu nobre pai que, de certa forma, ligou-nos à Rússia e fez com que nos identificássemos com a arquitetura dos czares.

Boris e Olga nos deixaram na parte antiga da cidade. Estava mais quente e úmido do que o normal aquele dia, por isso mamãe sugeriu que provássemos a especialidade da cidade: o sorvete de baunilha.

Nosso café favorito estava cheio e muito mais agitado do que nos últimos anos. Todos comentavam os boatos sobre os japoneses estarem prestes a se entregar. Minha mãe e eu escolhemos uma mesa perto da janela. Uma mulher na mesa ao lado comentava com seu companheiro que ouvira os americanos lançando bombas na noite anterior e que um oficial japonês havia sido assassinado em seu bairro. O homem assentiu de modo sério, passando a mão pelos cabelos grisalhos, e comentou:

– Os chineses nunca ousariam fazer isso, se não sentissem que estão ganhando.

Depois do sorvete, mamãe e eu demos uma volta pela cidade, para conhecer os estabelecimentos novos e relembrar aquelas já não existiam.

Uma vendedora ambulante de bonecas de porcelana tentou me atrair com suas mercadorias, mas minha mãe sorriu e disse:

– Não se preocupe, tenho um presente para você em casa.

Mais adiante, vi o poste vermelho e branco de uma barbearia com uma placa em chinês e russo.

– Veja, mamãe! – eu disse. – Esta deve ser a barbearia a que Boris vem.

Corri até a janela, para espiar lá dentro. Boris estava na cadeira com o rosto coberto por espuma de barbear. Alguns outros clientes esperavam, fumando e rindo como homens que não tinham muito o que fazer. Nosso bom vizinho me viu pelo espelho, virou-se a acenou. O barbeiro careca, com uma jaqueta bordada, também olhou para a frente. Ostentava um bigode e um cavanhaque parecidos com o de Confúcio e usava óculos de aros grossos, populares entre os chineses. Mas, ao ver meu rosto através do vidro, rapidamente me deu as costas.

– Vamos, Anya – minha mãe riu e me puxou pelo braço. – Boris vai acabar com um corte malfeito se você continuar distraindo o barbeiro. Pode ser que o homem corte a orelha dele, e Olga vai ficar brava com você.

Obedeci e segui a minha mãe, mas, ao nos aproximarmos da esquina, eu me virei mais uma vez na direção da barbearia. Não consegui ver o barbeiro por causa do reflexo no vidro, porém percebi que conhecia aqueles olhos: redondos, arregalados, familiares.

Quando chegamos a casa, mamãe sentou-me diante da penteadeira, soltou as minhas tranças com cuidado e fez em mim um penteado elegante como o dela, com os fios divididos de lado e reunidos na nuca. Espirrou perfume atrás das minhas orelhas e, então, me mostrou uma caixa de veludo em sua cômoda. Quando a abriu, eu vi o colar de ouro e jade que meu pai lhe dera como presente de casamento. Ela o pegou e beijou antes de colocá-lo em meu pescoço.

– Mamãe! – eu protestei, por saber como ela adorava aquele colar.

Ela contraiu os lábios.

– Quero dar esse colar a você agora, Anya, porque está se tornando uma mocinha. Seu pai ficaria feliz ao vê-la usando essa joia em ocasiões especiais.

Toquei o colar com os dedos trêmulos. Apesar de ter saudade de meu pai e de nossas conversas, sentia que ele nunca estava longe. A pedra de jade estava quente em meu pescoço, não fria.

– Ele está conosco, mamãe. Eu sei.

Ela assentiu e segurou o choro.

– Tenho mais uma coisa para você, Anya – ela disse, abrindo a gaveta perto de meu joelho e tirando dali um pacote envolto em um tecido. – Algo que vai fazer você se lembrar de que sempre será minha menininha.

Peguei o pacote da mão dela e desfiz o laço, ansiosa para ver o que havia ali dentro. Era uma boneca matriosca, com o rosto sorridente que se parecia ao de minha avó falecida. Eu me virei para mamãe, pois sabia que ela a havia pintado. Ela riu e me incentivou a abri-la para encontrar a boneca seguinte. Tirei a tampa da boneca e vi que a segunda tinha cabelos pretos e olhos cor de mel. Sorri com a brincadeira de minha mãe e já sabia que a boneca seguinte teria cabelos ruivos e olhos azuis. No entanto, quando vi que, além desses traços, ela também tinha pequenas sardas no rosto, comecei a rir. Abri a terceira boneca, encontrei mais uma e olhei para mamãe.

– Esta é sua filha e minha neta – ela disse. – E com sua bebezinha dentro dela.

Fechei todas as bonecas e enfileirei-as sobre a cômoda, analisando nossa linhagem matriarcal e desejando que minha mãe e eu pudéssemos permanecer como estávamos naquele momento.

Mais tarde, na cozinha, mamãe colocou uma *pierogi* de maçã diante de mim. Ela estava prestes a cortá-la, quando escutamos a porta da frente sendo aberta. Olhei para o relógio, pois sabia que era o general. Ele passou muito tempo na frente da casa antes de entrar. Quando, finalmente, entrou na cozinha, titubeou, com o rosto pálido. Minha mãe perguntou se ele estava doente, mas o homem não respondeu e largou o corpo sobre uma cadeira, segurando a cabeça com os braços flexionados. Mamãe levantou-se, aterrorizada e pediu que eu pegasse um pouco de chá quente e pão. Quando ofereci as duas coisas ao general, ele olhou para mim com os olhos vermelhos.

Viu minha torta de aniversário e esticou o braço, acariciando a minha cabeça de modo desajeitado. Senti o bafo de bebida, quando ele disse:

– Você é minha filha. – Ele se virou para a minha mãe e, com lágrimas escorrendo pelo rosto, disse a ela: – Você é minha esposa.

Recostando-se na cadeira, o sujeito se recompôs, secando o rosto com as costas das mãos. Minha mãe ofereceu o chá, e ele aceitou um gole e uma fatia de pão. Seu rosto estava contorcido de dor, mas, depois de alguns instantes, sua expressão ficou mais relaxada, e ele suspirou como se tivesse acabado de tomar uma decisão. Levantou-se da mesa, virou-se para a minha mãe e, de modo brincalhão, imitou o golpe que ela dera nele com o cabo da pá ao descobrir sua banheira secreta. E, então, riu, e minha mãe olhou para ele, surpresa por um momento, antes de rir também.

Ela perguntou em russo, bem devagar, o que ele fazia antes da guerra e se sempre tinha sido general. Ele pareceu não entender a princípio e, então, apontou o dedo para o próprio nariz, perguntando:

– Eu?

Mamãe assentiu e repetiu a pergunta. O homem balançou a cabeça e fechou a porta, murmurando em um russo perfeito, como se fosse um de nós:

– Antes de toda esta bagunça? Eu era ator. De teatro.

Na manhã seguinte, o general foi embora. Deixou um bilhete preso na porta da cozinha, escrito em russo muito correto. Minha mãe leu com os olhos assustados, analisou as palavras duas vezes e, então, me entregou o papel. O general nos instruía a queimar tudo o que ele havia deixado na garagem e também o bilhete. Dizia ter colocado a nossa vida em risco, ainda que só tivesse a intenção de nos proteger, e afirmava que nós deveríamos destruir todos os vestígios dele para o nosso próprio bem.

Mamãe e eu corremos para a casa dos Pomerantsev. Boris estava cortando lenha, mas parou ao nos ver, secou o suor do rosto e levou-nos para dentro.

Olga estava perto do fogão, tricotando. Pulou da cadeira, quando nos viu.

– Vocês souberam? – perguntou ela, pálida e trêmula. – Os soviéticos estão vindo. Os japoneses se entregaram.

Aquilo pareceu desestabilizar a minha mãe.

– Os soviéticos ou os americanos? – perguntou ela, elevando a voz pela agitação.

Em meu íntimo, desejei que fossem os americanos que estivessem vindo nos livrar da guerra com seus largos sorrisos e bandeiras claras. Mas Olga respondeu:

– Os soviéticos estão vindo ajudar os comunistas.

Minha mãe mostrou a ela o bilhete do general.

– Meu Deus! – exclamou nossa vizinha ao lê-lo.

Ela sentou-se em uma cadeira e entregou o papel ao marido.

– Ele falava russo fluentemente? – indagou Boris. – Você não sabia?

Então, começou a falar sobre um velho amigo em Xangai, que poderia nos ajudar. Disse que os americanos estavam indo para lá e que minha mãe e eu deveríamos partir imediatamente. Mamãe questionou se ele e Olga iriam conosco, mas o sr. Pomerantsev apenas balançou a cabeça e brincou:

– Lina, o que eles fariam com dois velhos como nós? A filha de um coronel do Exército Branco é um prêmio muito mais interessante. Você precisa tirar Anya daqui agora.

Com a lenha que Boris havia cortado, fizemos uma fogueira e queimamos a carta, juntamente com as roupas de cama e talheres do general. Observei o rosto de minha mãe, enquanto as chamas subiam e senti a mesma solidão que vi nele. Estávamos cremando um companheiro, alguém que nunca conhecemos nem entendemos, mas, ainda assim, um companheiro. Mamãe estava trancando a garagem, quando viu o baú. Ele estava encostado em um canto e escondido sob alguns sacos vazios. Nós o tiramos do esconderijo. Era antigo e belamente entalhado com uma imagem de um idoso de bigode comprido, que segurava um leque e olhava para um lago. Minha mãe quebrou o cadeado com um machado, e erguemos a tampa juntas. O uniforme do general estava dobrado ali dentro. Ela o pegou, e eu vi uma jaqueta bordada no fundo do baú. Embaixo da jaqueta, encontramos bigode e barba falsos, maquiagem, óculos de aros grossos e um exemplar do *New Pocket Atlas of China* dobrado em uma folha de jornal antiga. Mamãe olhou para mim, confusa. Eu não disse nada. Apenas esperei que, sabendo o segredo do general, estivéssemos seguras.

Depois de queimarmos tudo, misturamos as cinzas com terra e disfarçamos a marca escura no chão com as costas de pás.

Minha mãe e eu fomos ao escritório militar da cidade para pedir permissão para irmos a Dairen, onde tínhamos a esperança de pegar um navio para Xangai. Havia dezenas de outros russos esperando nos corredores e na escada do local, além de alguns outros estrangeiros e chineses também. Todos estavam falando sobre os soviéticos, dizendo que alguns deles já estavam em Harbin, cercando os Russos Brancos. Uma senhora, que estava ao nosso lado, contou a mamãe que uma família japonesa, vizinho seus, havia cometido suicídio, com medo da vingança dos chineses. Minha mãe perguntou a ela o que tinha feito com que o Japão se entregasse, e ela deu de ombros. Porém, um jovem disse ter ouvido boatos a respeito de um novo tipo de bomba ter sido lançado em cidades japonesas. O assistente do oficial nos informou que nenhuma permissão seria emitida até que todos aqueles que os procuravam fossem interrogados por um membro do partido comunista.

Quando voltamos para casa, nossos cães não estavam em lugar algum, e a porta estava entreaberta. Minha mãe parou antes de empurrá-la, e, assim como retenho na memória o rosto dela após o enterro de meu pai, também me lembro daquele momento, como de uma cena de filme passada e repassada: a mão dela na porta abrindo-a lentamente, a escuridão e o silêncio do lado de dentro e a sensação ruim de saber que havia alguém ali à nossa espera.

Mamãe abaixou a mão e procurou a minha. Ela não estava tremendo como no dia da morte de meu pai. Estava quente, forte e decidida. Nós andamos juntas, sem tirar os sapatos antes de entrar, como fazíamos normalmente, e avançamos pela sala de estar. Quando eu o vi ali, na mesa, com as mãos mutiladas diante do rosto, não me surpreendi. Foi como se eu o estivesse esperando o tempo todo. Minha mãe não disse nada. Olhou para os olhos vidrados daquele homem, sem reação. Ele forçou um sorriso e fez um gesto pedindo que nos sentássemos à mesa. Foi quando vimos o outro sujeito, em pé perto da janela. Era alto, tinha olhos azuis intensos e um bigode comprido.

Apesar de ser verão, o céu escureceu depressa naquele dia. Lembro-me da mão forte de minha mãe na minha, da luz da tarde apagando-se no chão e do barulho de uma tempestade contra as janelas abertas.

Tang nos interrogou primeiro, esboçando um sorriso sempre que minha mãe respondia às perguntas. Ele nos disse que o tal general não era general coisa nenhuma, mas, sim, um espião que também se disfarçava de barbeiro. Era fluente em chinês e russo, um mestre dos disfarces que usava as suas habilidades para reunir informações a respeito da resistência. Como os russos acreditavam que ele era chinês, sentiam-se à vontade para ir a sua barbearia para falar sobre seus planos e acabavam. Naquele momento, fiquei feliz por não ter dito a mamãe, ao ver o baú com disfarces, que eu sabia o que o general era. Tang olhava fixamente para a minha mãe, e esta parecia tão chocada, que eu tive certeza de que ele acreditaria que ela não havia participado do plano do general.

Mas, apesar de estar claro que minha mãe não sabia quem o general era, que não havíamos recebido visitantes, enquanto ele estava conosco e que não sabíamos que ele sabia falar outro idioma além do japonês, nada disso conseguiu apagar o ódio que Tang sentia de nós. O sujeito parecia estar totalmente tomado pela ira. Tal sentimento só poderia levar a outro: o desejo de vingança.

– Sra. Kozlova, a senhora ouviu falar da Unidade 731? – ele perguntou, com a raiva contida desfigurando seu rosto.

Pareceu satisfeito ao ver que minha mãe não sabia.

– Não, claro que não. Nem o seu general Mizutani. O general Mizutani, culto e versado, que tomava banho todos os dias e que nunca, em toda a sua vida, matou um homem com as próprias mãos. Mas ele parecia satisfeito ao condenar as pessoas ali, assim como vocês ficaram satisfeitas por abrigar um homem cujos compatriotas têm assassinado o nosso povo. Vocês e o general são tão culpados quanto qualquer exército.

Tang ergueu a mão e tirou a minha mãe de seu torpor.

– Vocês, russos, protegidos pela pele branca e por seus costumes ocidentais, não sabem a respeito das experiências vivas que ocorreram na cidade vizinha. Sou o único sobrevivente, um dos muitos que eles amarraram a madeiras na neve, para que seus médicos limpos e estudados conseguissem estudar os efeitos do congelamento e das gangrenas, para poderem evitar que isso acontecesse a seus soldados. Mas talvez tenhamos sido os sortudos. Eles sempre quiseram nos matar, no final de tudo. Não como os outros, a quem eles infestaram com doenças e abriram sem anestésicos, para observar os efeitos. Será que a senhora consegue imaginar como é ter a cabeça aberta, ainda estando viva? Ou ser estuprada por um médico, para que ele a engravidasse e pudesse abri-la para ver o feto?

O horror tomou conta do rosto de minha mãe, mas esta não desviou o olhar de Tang. Ao ver que ela não havia se deixado vencer, ele esboçou o sorriso cruel de novo e, usando a mão deformada e o cotovelo, tirou uma fotografia de uma pasta que estava sobre a mesa. Parecia ser de alguém amarrado a uma maca, cercado por médicos, porém a luz acima da mesa refletiu no meio da imagem, e eu não consegui ver o que era com clareza. Então, ele pediu a mamãe que a pegasse. Ela olhou para a imagem e desviou o olhar.

– Talvez eu devesse mostrá-la a sua filha – disse ele. – As duas têm mais ou menos a mesma idade.

Os olhos de minha mãe arderam de fúria diante da raiva dele.

– Minha filha é só uma criança. O senhor pode me odiar, se quiser, mas que escolha ela teve?

Mamãe olhou para a fotografia novamente, e seus olhos ficaram marejados, mas ela conseguiu se controlar.

Tang sorriu, triunfante. Estava prestes a dizer algo, quando o outro homem tossiu. Eu já tinha quase me esquecido do russo, que estava ali em silêncio, olhando pela janela e, talvez, não estivesse escutando nada.

Quando o oficial soviético interrogou a minha mãe, foi como se tivéssemos trocado o roteiro e, de repente, nos víssemos em uma peça diferente. Ele não estava preocupado com a sede de vingança de Tang nem com detalhes a respeito do general. Agiu como se os japoneses nunca tivessem ido à China. Estava ali com a intenção de pegar meu pai pelo colarinho, mas, como meu pai não estava ali, virou-se contra nós. As perguntas que ele fez tinham que ver com o passado de meus pais. Perguntou sobre o valor da casa e os bens de minha mãe, gemendo levemente a cada resposta, como se marcasse itens em uma lista.

– Bem – ele disse, olhando para mim com os olhos atrás de lentes amareladas –, as pessoas não têm coisas assim na União Soviética.

Minha mãe perguntou o que o sujeito queria dizer com aquilo, e ele respondeu com desdém:

– Ela é a filha de um coronel do Exército Imperialista Russo, uma simpatizante do czar que matou seu próprio povo. Ela tem o sangue dele. E você – ele olhou com raiva para a minha mãe – não interessa para nós, mas é muito importante para os chineses, pelo que parece. Eles precisam de pessoas que sirvam como exemplos do que é feito com traidores. A União Soviética precisa levar seus operários para casa. Seus operários jovens e fortes.

Minha mãe não mudou a expressão, mas apertou a minha mão com mais força, prendendo minha circulação e pressionando meus ossos. Entretanto, não fiz nenhuma careta nem gritei de dor. Queria que ela me segurasse daquela maneira para sempre, que nunca me soltasse.

O cômodo rodava, e eu estava quase desmaiando de dor. Tang e seu comparsa fizeram a proposta maldita: minha mãe em troca de mim. O russo conseguiu sua operária forte, e o chinês vingou-se.

Fiquei na ponta dos pés, esticando-me para alcançar a janela do trem, a fim de conseguir tocar as pontas dos dedos de minha mãe, que esticava o braço. Ela estava pressionada contra a janela para poder ficar perto de mim. De canto de olho, conseguia ver Tang em pé, com o oficial soviético perto do carro. Caminhava como um tigre faminto, pronto para me pegar. Havia muita confusão na estação. Um casal idoso segurava a mão do filho. Um soldado soviético os afastou, forçando o jovem a entrar em um vagão, empurrando-o como se ele fosse um saco de batatas, e não um ser humano. No vagão lotado, o rapaz tentou se virar para olhar para a mãe pela última vez, mas mais homens foram empurrados atrás dele, e ele perdeu a oportunidade.

    Minha mãe segurava-se nas barras da janela e endireitava-se para que eu pudesse ver o seu rosto com mais clareza. Estava muito séria, com olheiras, mas ainda assim era bela. Ela me contou as minhas histórias favoritas de novo e cantou a música dos cogumelos, para me fazer parar de chorar. Outras pessoas esticavam os braços para fora do trem, para se despedir de seus familiares e vizinhos, porém os soldados as agrediam, para que se recolhessem. O guarda, que estava perto de nós, era jovem, praticamente um garoto, com pele clara como a porcelana e olhos parecidos com cristais. Ele deve ter ficado com pena de nós, pois nos deu as costas e protegeu nosso último momento da vista dos outros.

    O trem começou a partir. Segurei os dedos de minha mãe o máximo que consegui, desviando de pessoas e de caixas na plataforma. Tentei acompanhar o ritmo, mas o veículo ganhou velocidade, e eu precisei soltar a mão dela. Mamãe foi puxada de mim. Ela se virou para a frente, cobrindo a boca com a mão, porque não mais conseguia conter a tristeza. As lágrimas encheram meus olhos, mas eu não pisquei. Observei o trem desaparecer de vista e recostei-me em um poste de iluminação, enfraquecida pelo buraco que se abria dentro de mim. No entanto, uma mão invisível me manteve de pé. Escutei meu pai dizendo: "Vai parecer que vocês estão sozinhas, mas não estarão. Mandarei alguém."

dois

A Paris do Leste

Depois da partida do trem, fez-se uma pausa, como um interlúdio entre um raio e o som de um trovão. Senti medo de me virar e olhar para Tang. Imaginei que ele estivesse vindo em minha direção, sorrateiro como uma aranha se move em direção à mariposa que prendeu em sua teia. Ele não precisava se apressar, pois a presa estava encurralada. Podia demorar-se e saborear o prazer de sua esperteza antes de me devorar. O oficial soviético já devia ter partido, esquecido a minha mãe e estar pensando em outras coisas. Eu era a filha de um coronel do Exército Branco, porém ela seria uma peça muito mais interessante. A ideologia era importante para ele; a praticidade, ainda mais. Mas Tang era diferente. Este queria que sua justiça torta fosse feita e, para isso, iria até o fim. Eu não sabia o que ele havia planejado para mim, todavia, estava certa de que seria algo demorado e indizível. Não iria apenas me matar a tiros ou me jogar da janela. Ele havia dito:

– Quero que você viva, todos os dias, as consequências do que você e sua mãe fizeram.

Talvez o meu destino fosse o mesmo que das meninas japonesas da minha cidade, que não tinham conseguido escapar. Os comunistas raspavam as cabeças delas e, então, as vendiam-nas aos bordéis chineses, que atendiam a mais baixa escória humana: leprosos sem nariz e homens com doenças venéreas tão graves, que metade de sua carne estava podre.

Engoli em seco. Outro trem aproximava-se da plataforma do outro lado. Seria fácil. "Fácil demais", pensei, olhando para as rodas grandes e para os trilhos de metal. Minhas pernas tremeram, movi-me centímetros para a frente, mas o rosto de meu pai apareceu diante de mim, e não consegui mais me mexer. Olhei para Tang de soslaio. Ele realmente estava voltado para mim, sem pressa. Havia fome, e não alívio, em seu rosto, com a partida de minha mãe. Estava se aproximando para conseguir mais. *"Acabou"*, eu disse a mim mesma. *"Está tudo acabado."*

Um rojão explodiu no céu, e eu me sobressaltei com o barulho. Uma multidão, vestindo uniforme comunista, tomou a estação. Fiquei olhando para aquilo, sem conseguir entender a aparição repentina. Eles gritavam *"Oora! Oora!"*, agitavam bandeiras coloridas e batiam em tambores e címbalos. Estavam ali para dar as boas-vindas aos outros comunistas russos que chegavam. Marcharam exatamente entre mim e Tang. Vi que ele tentava abrir caminho entre toda a gente, mas ficou preso naquele desfile. As pessoas o cercaram. O sujeito berrava com elas, que nada escutavam em meio aos gritos e à música.

– Vá!

Olhei para cima. Era o jovem soldado soviético, aquele de olhos que pareciam cristais.

– VÁ! CORRA! – ele gritou, empurrando-me com o cano do rifle.

Uma mão segurou a minha, e fui puxada por alguém no meio da multidão. Não consegui ver quem estava à minha frente. Arrastaram-me na confusão. Só tinha noção do suor das pessoas e do cheiro de pólvora dos rojões. Olhei para trás e vi que Tang tentava passar por entre a multidão. Ela avançava, porém os cotos de suas mãos o atrapalhavam, pois não conseguia agarrar as pessoas para tirá-las da frente. Gritou ordens ao jovem soviético, que fingiu que correria atrás de mim, mas se atrapalhou entre os cidadãos, de propósito. Fui empurrada e jogada de um lado a outro. Indivíduos chocavam-se e batiam em meus ombros e braços. Mais à frente no mar de pessoas, a porta de um carro abriu-se, e eu fui levada na direção dela. Então, reconheci a mão. Senti os calos e percebi que se tratava da mão grande de Boris.

Entrei no veículo, e Boris assumiu o volante. Olga estava no assento do passageiro.

– OH, MINHA QUERIDA ANYA! MINHA PEQUENA ANYA! – ela gritou.

Partimos, rodando pela estrada. Olhei para trás, pela janela. A multidão na estação só aumentava com a chegada dos soldados soviéticos. Não vi Tang.

– Anya, cubra-se com o cobertor – Boris disse.

Obedeci e senti que Olga empilhava coisas em cima de mim.

– Você já estava contando com a chegada dessas pessoas? – ela perguntou ao marido.

– Não, eu queria pegar Anya, independentemente do que acontecesse – respondeu ele. – Mas parece que até mesmo o entusiasmo maluco pelos comunistas pode ser útil às vezes.

Um pouco depois, o carro parou, e ouvi vozes. A porta foi aberta e fechada. Escutei Boris falando baixo, do lado de fora. Olga ainda estava no banco da frente, respirando com dificuldade. Senti pena dela e de seu velho coração fraco. O meu coração batia acelerado, e eu fechei a boca, como se assim ninguém pudesse ouvi-lo.

Boris voltou para o veículo e prosseguimos.

– Um bloqueio. Eu disse ao sujeito que temos coisas a preparar para os russos e que estamos com pressa – ele disse.

Duas ou três horas se passaram até o sr. Pomerantsev dizer que eu podia tirar o cobertor. Olga tirou de cima de mim os pesos, que eram sacos de grãos e legumes. Estávamos seguindo por uma estrada de terra cercada por cadeias de montanhas. Não havia ninguém por perto. Os campos estavam desertos. Mais à frente, consegui ver uma casa de fazenda queimada. Boris entrou no celeiro. O local todo recendia a feno e fumaça, e eu tentei imaginar quem havia morado ali. Percebi, pelo formato dos portões, parecidos com os de santuários, que tinham sido japoneses.

– Esperaremos escurecer para irmos a Dairen – falou Boris.

Saímos do carro, e ele estendeu um cobertor no chão e pediu para que eu me sentasse. Olga abriu uma pequena cesta e tirou dela alguns pratos e copos. Colocou um pouco de *kasha* (cereal muio comum no Leste Europeu) em um prato para mim, mas eu estava tão enjoada, que não senti vontade de comer.

– Coma um pouco, minha querida – ela disse. – Você vai precisar de energia para a viagem.

Olhei para Boris, que desviou o olhar.

– Mas vamos ficar juntos? – eu indaguei, sentindo o medo apertar a minha garganta.

Sabia que eles estavam falando sobre me mandar para Xangai.

– Vocês precisam vir comigo.

Olga mordeu o lábio e secou os olhos com a manga da blusa.

– Não, Anya, precisamos ficar aqui. Caso contrário, Tang vai encontrá-la. Ele é um homem mau que ainda não está satisfeito.

Meu querido vizinho me abraçou. Pressionei o rosto contra seu peito. Sabia que sentiria falta do cheiro dele, cheiro de castanhas e madeira.

– Meu amigo, Sergei Nikolaievich, é um bom homem. Vai cuidar de você – ele disse, acariciando os meus cabelos. – Xangai vai ser um lugar muito mais seguro para você.

– E há coisas muito bonitas em Xangai também – Olga comentou, tentando me fazer sorrir. – Sergei Nikolaievich é rico e vai levá-la a espetáculos e restaurantes. Vai ser muito mais divertido do que ficar conosco.

Quando anoiteceu, por caminhos desconhecidos e passando por fazendas, os Pomerantsev me levaram ao porto de Dairen, de onde um navio partiria para Xangai ao amanhecer.

Quando chegamos ao cais, Olga limpou o meu rosto com a manga de seu vestido e colocou a matriosca e o colar de jade que minha mãe havia me dado dentro do bolso do meu casaco. Tentei imaginar como havia conseguido resgatar aqueles presentes ou como sabia a importância deles, mas não tive tempo de perguntar antes de o apito do navio soar, e os passageiros serem chamados para o embarque.

– Já avisamos Sergei Nikolaievich. Ele vai recebê-la – disse ela.

Boris me ajudou a subir na prancha de embarque e me entregou uma bolsa pequena que continha um vestido, um cobertor e um pouco de alimento.

– Ganhe o mundo, pequena – ele sussurrou para mim, com lágrimas escorrendo pelo rosto. – Deixe a sua mãe orgulhosa. Os nossos sonhos agora estão com você.

Mais tarde, no rio Huangpu, enquanto o navio se aproximava de Xangai, lembrei-me daquelas palavras e tentei imaginar se viveria para honrá-las.

Quantos dias se passaram até que o horizonte de Xangai aparecesse a distância, não me lembro. Talvez dois, talvez mais. Eu não estava consciente de nada além do buraco negro que havia se criado em meu coração e do fedor de fumaça de ópio que tomava conta do ar, dia e noite.

O navio a vapor estava repleto de pessoas fugindo do norte, e muitos dos passageiros estavam deitados em colchões como cadáveres, com bitucas de cigarro apertadas entre os dedos sujos e bocas parecendo cavernas no rosto. Antes da guerra, os estrangeiros haviam tentado diminuir o dano causado por levarem o ópio à China, mas os invasores japoneses usaram o vício para alienar a população. Haviam forçado os camponeses de Manchúria a cultivar plantações e a construir fábricas em Harbin e Dairen para processar o ópio. Os muito pobres injetavam; os ricos fumavam em cachimbos; e todas as outras pessoas o consumiam como se fosse tabaco. Depois de oito anos de ocupação, parecia que todos os homens chineses do navio estavam viciados.

Na tarde em que nos aproximamos de Xangai, o navio a vapor subia o rio lamacento chacoalhando muito, fazendo com que garrafas e crianças rolassem. Segurei na barra de proteção, com o olhar fixo nas casas improvisadas que enchiam os dois lados da barranca do rio. Eram barracos sem janelas empilhados, apoiados uns nos outros como pilhas de cartas. Amontoadas perto deles estavam fileiras de fábricas cujas chaminés soltavam nuvens de fumaça, que passavam pelas ruas estreitas e tomadas de lixo e transformavam o ambiente em uma grande mistura de lixo humano e enxofre.

Os outros passageiros demonstravam pouco interesse na metrópole da qual nos aproximávamos. Continuaram unidos em pequenos grupos, fumando ou jogando baralho. O homem russo ao meu lado estava adormecido com seu cobertor, com uma garrafa de vodca caída ao lado e muito vômito escorrido pelo peito. Uma mulher chinesa estava agachada perto dele, abrindo castanhas com os dentes e servindo-as aos dois filhos pequenos.

Tentei entender por que eles pareciam tão impassíveis, quando eu tinha a sensação de que estávamos, lentamente, sendo levados para dentro do mundo dos malditos.

Vi que os meus dedos estavam vermelhos por causa do vento frio e enfiei as mãos nos bolsos. Toquei a boneca *matriosca* e comecei a chorar.

Mais adiante, as favelas deram espaço a uma área de portos e vilarejos. Homens e mulheres erguiam seus chapéus de palha e olhavam para nós, desviando a visão de seus cestos de peixes e sacos de arroz. Dezenas de sampanas aproximaram-se do navio a vapor como um cardume se acerca de um pedaço de pão. Os ocupantes nos ofereciam *hashis*, incenso, pedras de carvão e um deles até oferecia a filha. Os olhos da menininha estavam tomados de terror, mas ela não lutava contra o pai. Ao vê-la, senti uma pontada na mão, na parte que minha mãe havia apertado na nossa última noite em Harbin. Ainda estava inchada e azulada. A dor me fez lembrar a força com que ela me segurara e como, com aquela força, acreditei que nunca nos separaríamos, que ela nunca me deixaria partir.

Apenas quando nós chegamos a Bund, pude entender a riqueza e a beleza lendárias de Xangai. O ar era mais fresco ali, e o porto estava repleto de navios e com uma embarcação branca cuja chaminé liberava vapor preparando-se para a viagem que nos esperava. Perto dela, um barco de patrulha japonês, com um furo na lateral e a proa mergulhada pela metade, parou no cais. Da parte alta do navio, consegui ver o hotel cinco estrelas que tornara Bund famosa, o Hotel Cathay, com suas janelas abobadadas e suítes chiques, e a fileira de riquixás que a envolvia como um barbante comprido.

Desembarcamos em uma área de espera no nível da rua e fomos cercados por outra horda de mascates. Porém os produtos que os ambulantes da cidade ofereciam eram muito mais exóticos do que os dos vendedores dos barcos: talismãs de ouro, peças de marfim, ovos de pata. Um senhor tirou um pequeno cavalo de cristal de dentro de um saco de veludo e o colocou na palma de minha mão. Era feito de diamante e brilhava sob a luz do sol. Aquilo fez com que eu me lembrasse das esculturas de gelo que os russos entalhavam em Harbin, mas eu não tinha dinheiro no bolso para gastar e tive de devolver o objeto.

A maioria dos passageiros era recebida por parentes ou desaparecia em táxis e riquixás. Fiquei sozinha no meio das vozes que se espalhavam, nauseada pelo pânico que corria por minhas veias, olhando para todos os homens ocidentais e esperando que um deles fosse o amigo de Boris. Os norte-americanos montaram telas ao ar livre para transmitir os cinejornais de todas as partes do mundo que noticiavam o final da guerra. Eu assisti a cenas de pessoas felizes dançando nas ruas e de soldados sorridentes voltando para casa, onde suas esposas perfeitas os esperavam, e aos discursos de presidentes e primeiros-ministros com cara de convencidos: tudo com legendas em chinês. Era como se a América estivesse tentando nos convencer de que tudo ficaria bem novamente. A transmissão terminava com uma galeria de honra daqueles países, organizações e indivíduos que tinham ajudado a libertar a China dos japoneses. Havia um grupo claramente excluído daquilo: os Comunistas.

Um chinês muito bem vestido surgiu diante de mim. Ele me entregou um cartão com bordas douradas com o meu nome escrito em uma caligrafia confusa e apressada. Eu assenti, e ele pegou a minha mala, fazendo um gesto para que o seguisse. Quando percebeu a minha hesitação, disse:

– Está tudo bem. O sr. Sergei me enviou. Ele vai recebê-la na casa dele.

Na rua, longe da brisa do rio, o sol produzia um calor forte e semitropical. Centenas de chineses estavam agachados perto da sarjeta, preparando seus cozidos apimentados ou mostrando suas peças de bijuteria ou cobertores. Entre eles, mascates empurravam carrinhos de mão com arroz e madeira.

O homem ajudou-me a entrar em um riquixá, e logo começamos a seguir por uma estrada repleta de bicicletas, bondes e brilhantes Buicks e Packards americanos. Virei a cabeça para olhar para o alto das grandes construções coloniais, pois nunca tinha visto uma cidade como Xangai na vida.

As ruas distantes de Bund eram um labirinto de passagens estreitas, com roupas penduradas de janela a janela, como bandeiras. Crianças carecas e com olhos marejados espiavam, com curiosidade, das entradas escuras das casas. Em todas as esquinas, havia um vendedor de alimentos fritando alguma coisa com cheiro de borracha, e fiquei aliviada quando o odor ruim deu lugar ao aroma de pão recém-assado. O riquixá passou por baixo de um arco e saiu em um oásis de ruas cobertas por pedras, lamparinas de *art déco* e lojas com salgados e antiguidades expostos nas vitrines. Entramos em uma rua pontuada por bordos e paramos diante de uma muralha de concreto. Tinha um tom azul elegante, mas meus olhos fixaram-se nos fragmentos de vidro quebrado cimentados no alto dela e no arame farpado enrolado nos galhos das árvores acima da beirada.

O homem ajudou-me a sair do riquixá e tocou um sino ao lado do portão. Alguns segundos depois, o portão abriu-se e uma empregada chinesa idosa nos recebeu, com o rosto pálido como o de um cadáver, que contrastava com seu *cheongsam* preto. Ela não respondeu quando eu me apresentei em mandarim. Apenas desviou o olhar para baixo e levou-me para dentro da construção.

O quintal era tomado por uma casa de três andares com portas azuis e cortinas de renda. Outra construção térrea conectava-se à casa por um caminho coberto. Concluí, pelo lençol deitado no parapeito, que se tratava dos aposentos dos empregados.

O homem entregou minha bolsa à empregada e entrou na construção menor. Segui a mulher pelo gramado bem cuidado, passando pelos canteiros de flores repletos de rosas cor de sangue.

O corredor de entrada era espaçoso, com paredes verde-água e telhas cor de creme. Meus passos ecoavam no espaço, enquanto os da empregada não faziam barulho algum. O silêncio da casa me deu a estranha sensação de transição, como se eu tivesse deixado a vida para entrar em algo que não era exatamente a vida, mas tampouco a morte. No fim do corredor, vi outro quatro decorado com cortinas vermelhas e tapetes persas. Havia dezenas de quadros franceses e chineses nas paredes pálidas. A empregada estava prestes a me levar para lá, quando vi uma mulher na escada. Seu rosto claro era emoldurado por cabelos preto-azulados presos em um coque. Ela tocou o colar de penas de pavão que usava e me analisou por um momento com os olhos escuros e sérios.

– Uma menina muito bonita mesmo – ela disse à empregada, em inglês. – Mas de aparência tão séria! O que diabos farei com essa cara triste por perto o dia todo?

Sergei Nikolaievich Kirillov era totalmente diferente de sua esposa norte-americana. Quando Amélia Kirillova levou-me ao escritório de seu marido, ele ficou em pé no mesmo momento, saiu de trás da mesa abarrotada e me abraçou, beijando-me as duas faces. Caminhava com passos pesados como os de um urso e tinha cerca de 20 anos a mais que sua esposa, que aparentava ter a idade de minha mãe. Ele olhou para mim com simpatia, e o seu único traço assustador, além do tamanho, eram as sobrancelhas grossas, que o deixavam sério até mesmo quando sorria.

Havia outro homem sentado perto da mesa.

– Esta é Anya Kozlova – Sergei Nikolaievich disse a ele. – A vizinha de meu amigo, de Harbin. Sua mãe foi deportada pelos soviéticos, e vamos cuidar dela. Em troca, ela vai nos ensinar os bons modos dos antigos aristocratas.

O outro homem sorriu e ficou em pé para apertar a minha mão. Seu hálito recendia a tabaco, e ele tinha certa aparência de doente.

– Sou Alexei Ignorevich Mikhailov – disse o sujeito. – E só Deus sabe como nós, as pessoas de Xangai, precisamos de bons modos.

– Ela pode ensinar o que quiser, desde que fale inglês – comentou Amélia, enquanto pegava um cigarro de um estojo sobre a mesa e acendia.

– Sim, senhora, eu falo – respondi.

Ela lançou um olhar para mim que não foi exatamente um sorriso e puxou um cordão bordado ao lado da porta.

– Que bom! – disse ela. – Você terá muitas oportunidades de mostrar o seu inglês esta noite, no jantar. Sergei convidou alguém que talvez fique muito satisfeito ao ver uma jovem belezinha que fale russo e inglês e que ensine bons modos a ele.

Uma empregada criança entrou na sala, com a cabeça baixa. Não devia ter mais do que 6 anos. Tinha a pele cor de caramelo e os cabelos presos em um coque no topo da cabeça.

– Esta é Mei Lin – apresentou Amélia. – Quando consegue abrir a boca, só fala chinês. Mas você provavelmente também só fala chinês. Assim, ela é toda sua.

A menininha olhava fixamente para um ponto no chão, como se estivesse encantada. Sergei Nikolaievich empurrou-a delicadamente. Com os olhos arregalados e assustados, ela olhou para o gigante russo, depois para a esposa alta e esguia e então para mim.

– Descanse um pouco e desça quando estiver pronta – falou Sergei Nikolaievich, pressionando o meu braço e levando-me em direção à porta. – Sinto muito pelo que aconteceu a você e espero que o jantar desta noite faça com que se sinta melhor. Boris me ajudou quando eu perdi tudo na Revolução. E pretendo retribuir a gentileza dele com você.

Deixei Mei Lin me levar até o quarto, apesar de preferir ficar sozinha. As minhas pernas tremiam de cansaço, e a cabeça latejava. Foi difícil subir cada degrau, mas os olhos da jovem empregada estavam fixos em mim com uma simpatia tão inocente, que não pude deixar de sorrir para ela, que retribuiu com seu sorriso aberto e seus dentinhos de criança.

Meu quarto ficava no segundo andar e dava vista para o jardim. Tinha o chão de madeira escura, e as paredes, com papel dourado. Havia um globo terrestre antigo perto da janela e, no centro do cômodo, uma cama de quatro colunas. Caminhei até a cama e pousei a mão na manta de caxemira que a cobria. Assim que meus dedos tocaram o tecido, senti um forte desespero. Aquele era um quarto de mulher. Quando eles levaram a minha mãe, deixei de ser criança. Cobri o rosto com as mãos e desejei estar em minha casa em Harbin. Tinha a lembrança de todas as bonecas penduradas no teto e me lembrava de cada rangido dos tacos do chão.

Eu me afastei da cama, corri para a janela e girei o globo terrestre até localizar a China. Tracei uma rota imaginária de Harbin a Moscou.

– Que Deus proteja você, mama – sussurrei, apesar de, na verdade, não saber para onde ela estava sendo levada.

Peguei a matriosca de meu bolso e organizei as quatro filhas em uma fileira sobre a penteadeira. Esse brinquedo era chamado de boneca-ninho porque representava uma mãe em que as crianças podiam encontrar abrigo. Enquanto Mei Lin preparava um banho, coloquei o colar de jade dentro da primeira gaveta do móvel.

Havia um vestido novo dentro do guarda-roupa. A pequenina empregada ficou nas pontas dos pés para alcançar o cabide. Colocou a peça de veludo azul sobre a cama, com a seriedade de uma vendedora de loja cara, e, então, me deixou sozinha para o banho. Voltou algum tempo depois com um conjunto de escovas e penteou os meus cabelos com movimentos infantis e desajeitados, raspando a escova em meu pescoço e orelhas. Aguentei tudo com paciência. Era tudo tão novo para mim quanto para ela.

A sala de jantar tinha as mesmas paredes verde-água que a entrada, mas era ainda mais elegante. As cornijas e os revestimentos eram pintados de dourado e decorados com um padrão de folha de bordo. O mesmo desenho repetia-se na estrutura e nas pernas das cadeiras de veludo vermelho. Só precisei ver a sala de jantar ostentosa e o candelabro na parede para saber que a sugestão de Sergei Nikolaievich de que eu ensinasse os bons modos dos antigos aristocratas para ele tinha sido apenas uma brincadeira.

Escutei meu anfitrião e a esposa Amélia conversando com seus convidados na sala ao lado, mas hesitei para bater à porta, pois estava esgotada pelos acontecimentos da última semana. Mesmo assim, senti-me obrigada a fazer cara de educada e aceitar a hospitalidade que eles me ofereciam. Não sabia nada a respeito de Sergei Nikolaievich, além do fato de que ele e Boris já tinham sido amigos e que era dono de uma boate. Porém, antes que eu batesse, a porta se abriu, e o dono da casa apareceu na minha frente, sorrindo.

– Aqui está ela – ele disse, levando-me pelo braço para dentro da sala. – Coisinha linda, não é?

Amélia estava ali, usando um vestido vermelho de festa, com um dos ombros de fora. Alexei Igorevich aproximou-se e me apresentou sua esposa rechonchuda, Lubov Vladimirovna Mikhailova. Ela me abraçou.

– Pode me chamar de Luba e, pelo amor de Deus, chame o meu marido de Alexei. Não temos formalidades – falou ela, beijando-me com os lábios de batom.

Atrás dela, um jovem com menos de 18 anos esperava com os braços cruzados. Quando a mulher deu um passo para o lado, ele se apresentou como Dmitri Yurievich Lubensky.

– E também peço que me chame de Dmitri apenas – pediu, beijando a minha mão.

Seu nome e sotaque eram russos, mas ele não era como os outros russos que eu já tinha visto. Seu terno feito sob medida reluzia sob a luz, e seus cabelos estavam penteados para trás, mostrando o rosto esculpido, e não penteados para a frente no estilo usado pela maioria dos homens russos.

Senti meu rosto corar e desviei o olhar.

Quando nos sentamos, a empregada chinesa idosa serviu sopa de barbatana de tubarão em uma tigela grande. Eu já tinha ouvido falar do famoso prato, mas nunca o experimentara. Remexi a sopa dentro da tigela e tomei o primeiro gole. Olhei para a frente e vi que Dmitri olhava para mim, com os dedos levemente pousados no queixo. Não soube identificar se ele estava demonstrando satisfação ou insatisfação. Mas, então, ele sorriu gentilmente e disse:

– Fico feliz por ver que estamos apresentando à princesa do norte as delícias desta cidade.

Luba perguntou se ele estava feliz por Sergei estar prestes a lhe passar o cargo de gerente da boate, e Dmitri virou-se para responder a ela. Mas eu continuei a observá-lo. Depois de mim, ele era a pessoa mais jovem à mesa e, ainda assim, parecia velho para a idade que tinha. Em Harbin, o irmão de uma amiga ainda brincava conosco aos 17 anos de idade. Porém eu não conseguia imaginar Dmitri andando de bicicleta nem correndo rua abaixo, participando de uma brincadeira de pega-pega.

Sergei Nikolaievich olhou por cima da borda de sua taça de champanhe e piscou. Ergueu a taça em um brinde.

– Um brinde à adorável Anna Victorovna Kozlova – disse ele, usando meu nome completo. – Que ela floresça tão bem quanto Dmitri sob os meus cuidados.

– É claro que ela vai florescer – comentou Luba. – Todos florescem com a sua generosidade.

A mulher mais velha estava prestes a dizer mais alguma coisa, quando Amélia a interrompeu, batendo uma colher contra a taça de vinho. O vestido que estava usando deixava seus olhos mais profundos e mais escuros, e, se não fosse pelo ar de embriaguez em seu rosto, eu a teria considerado bonita.

– Se vocês não pararem de falar em russo – ela disse, com os lábios contraídos –, proibirei estas reuniões. Conversem em inglês, como já pedi.

Sergei deu uma gargalhada e tentou pousar a mão sobre o punho cerrado da esposa. Ela o afastou e voltou o olhar frio para mim.

– É por isso que você está aqui. É a minha pequena espiã. Quando falam russo, não posso confiar em nenhum deles.

Ela soltou a colher, que bateu na mesa e caiu ao chão.

O rosto de meu anfitrião ficou pálido. Alexei olhou de modo constrangido para a esposa, e Dmitri abaixou o olhar. A velha empregada pegou a colher e voltou para a cozinha com ela, como se, ao retirá-la, conseguisse remover a fonte da raiva de Amélia.

Luba foi a única pessoa a ter coragem de retomar a conversa.

– Estávamos dizendo que Xangai é repleta de oportunidades – falou ela. – Algo que você mesma sempre afirmou.

Amélia estreitou os olhos e posicionou-se como uma cobra prestes a dar o bote. Mas, lentamente, um sorriso apareceu em seu rosto, seus ombros relaxaram, e ela se soltou na cadeira, erguendo a taça com a mão trêmula.

– Sim – disse ela –, somos todos sobreviventes. O Moscou-Xangai resistiu à guerra e, em mais alguns meses, estará bem novamente.

As pessoas ergueram as taças, batendo-as umas nas outras. A empregada voltou com o segundo prato, e, de repente, a atenção de todos se voltou para o pato de Pequim, e a animação apagou a tensão do momento anterior. Apenas eu fiquei com a sensação esquisita de ter testemunhado algo ruim.

Após o jantar, acompanhamos Sergei Nikolaievich e Amélia até a biblioteca, passando pelo pequeno salão. Tentei não olhar para as tapeçarias e pergaminhos que pontuavam as paredes como se fosse uma turista.

– Esta casa é linda – eu comentei com Luba. – A esposa de Sergei Nikolaievich tem muito bom gosto.

O rosto da senhora se enrugou com o sorriso que ela abriu.

– Minha querida – ela sussurrou. – A primeira esposa dele tinha um bom gosto enorme. A casa foi construída na época em que Sergei era comerciante de chá.

A maneira com que ela disse "primeira" me assustou. Fiquei curiosa e receosa ao mesmo tempo. Tentei imaginar o que havia acontecido com a mulher que criara toda a beleza e refinamento que via diante de mim. Como Amélia a substituíra? Mas fiquei com vergonha de perguntar, e Luba parecia mais interessada em falar sobre outras coisas.

– Você sabe que Sergei foi o mais famoso exportador de chá para os russos? Bem, a Revolução e a guerra mudaram tudo isso. Mesmo assim, ninguém pode dizer que ele não contra-atacou. O Moscou-Xangai é a mais famosa boate da cidade.

A biblioteca era um cômodo confortável nos fundos da casa. Livros de Gogol, Púshkin e Tolstói, com capa de couro, espalhavam-se em prateleiras que tomavam paredes inteiras, livros que eu nunca imaginei Sergei Nikolaievich ou Amélia lendo. Passei o dedo pelas lombadas, tentando sentir a presença da primeira esposa de meu anfitrião. Sua existência misteriosa agora parecia óbvia em todas as cores e texturas que via ao meu redor.

Nós nos sentamos nos sofás de couro, enquanto Sergei Nikolaievich dispunha taças e uma garrafa cheia de vinho do porto. Dmitri me entregou uma taça e sentou-se ao meu lado.

– Diga-me o que acha desta cidade maluca e maravilhosa, esta Paris do Ocidente! – ele pediu.

– Não conheci nada ainda. Cheguei hoje – disse a ele.

– Sim, claro. Sinto muito. Eu me esqueci – ele retrucou e, então, sorriu. – Talvez outro dia, quando você já estiver habituada, posso levá-la a Yuyuan Park.

Eu me ajeitei ao perceber que ele havia se sentado tão perto, que nossos rostos estavam quase se tocando. Aquele rapaz tinha olhos cativantes, profundos e misteriosos como uma floresta. Era jovem, mas transpirava conhecimento sobre o mundo. Apesar de suas roupas bonitas e da pele bem cuidada, ele se comportava com atenção, como se não se sentisse à vontade naquele ambiente.

Algo caiu entre nós, e Dmitri pegou do chão. Um sapato preto de salto alto. Olhamos para a frente e vimos Amélia recostada em uma estante, com um dos pés descalços, branca como o ombro que trazia à mostra.

– O que vocês dois estão cochichando aí? – ela perguntou. – Patifes! Ou vocês falam em russo ou cochicham aos cantos.

O marido e os amigos dela não prestaram atenção ao ataque. Sergei Nikolaievich, Alexei e Luba estavam reunidos perto da janela aberta, envolvidos em uma conversa sobre corridas de cavalos. Dmitri ficou em pé, riu e entregou o sapato de volta a Amélia. Ela inclinou a cabeça e olhou para ele com olhos irritados.

– Eu estava perguntando a Anya a respeito dos comunistas – ele mentiu. – Afinal, é por causa deles que ela está aqui, como você sabe.

– Ela não tem nada a temer com relação aos comunistas agora – disse Sergei Nikolaievich, interrompendo a conversa com seus amigos. – Os europeus transformaram Xangai em uma enorme máquina de dinheiro para a China. Não vão destruir isso por um capricho ideológico. Sobrevivemos à guerra e sobreviveremos a isso.

Mais tarde, quando os convidados foram embora, e Amélia desmaiou no sofá, perguntei a Sergei se ele tinha avisado a Boris e Olga que eu chegara em segurança.

– Claro que sim, minha doce menina – ele respondeu, cobrindo a esposa com um cobertor e apagando as luzes da biblioteca. – Os Pomerantsev adoram você.

A empregada estava a nossa espera no fim da escada e começou a apagar as luzes quando chegamos ao primeiro andar.

– Alguma notícia de minha mãe? – indaguei, com esperança. – O senhor perguntou se eles sabem de alguma coisa?

Ele demonstrou pena no olhar.

– Vamos torcer para que tudo dê certo, Anya. Mas seria melhor que você começasse a nos considerar como sua família agora.

Acordei tarde na manhã seguinte, enrolada nos lençóis de linho da cama. Escutei os empregados conversando no jardim, o bater dos pratos sendo lavados e uma cadeira sendo arrastada no andar de cima. A luz do sol em minhas cortinas estava bonita, mas não me animou. Cada novo dia me deixava mais distante de minha mãe. E pensar em passar mais um dia na companhia de Amélia fazia-me ficar deprimida.

– Você dormiu bem? – a norte-americana me recebeu, quando desci a escada.

Ela usava um vestido branco com um cinto. Além de um leve inchaço sob os olhos, já não demonstrava sinais de fadiga da noite anterior.

– Não se habitue a acordar tarde, Anya – disse ela. – Não gosto de esperar e só vou levá-la às compras para agradar Sergei.

Ela me entregou uma bolsa, e quando eu a abri, vi que estava repleta de notas de cem dólares.

– Sabe mexer com dinheiro, Anya? É boa com números?

A voz de Amélia estava aguda, e ela falava com pressa, como se estivesse prestes a ter um ataque.

– Sim, senhora – respondi. – Sou responsável com dinheiro.

Ela deu uma gargalhada.

– Bem, veremos, então.

Amélia abriu a porta da frente e saiu pelo jardim. Corri atrás dela. O empregado estava consertando uma dobradiça no portão e arregalou os olhos quando nos viu.

– CHAME UM RIQUIXÁ, AGORA! – ela gritou com o homem, que olhou para a patroa e para mim, tentando avaliar a emergência.

Amélia segurou-o pelo ombro e empurrou-o para fora do portão.

– Você sabe que precisa deixar um preparado para mim. Hoje não é exceção. Já estou atrasada.

Quando entramos no riquixá, Amélia acalmou-se. Quase riu da própria impaciência.

– Sabe – disse, puxando a fita que prendia seu chapéu à cabeça –, meu marido não parou de falar de você e de sua doçura hoje de manhã. Uma beleza russa, de fato.

Ela levou a mão ao meu joelho. Era fria e sem pulsação, como a mão de um morto.

– Bem, o que você acha disso, Anya? Está em Xangai há um dia e já causou boa impressão em um homem que não se impressiona com qualquer coisa!

Amélia me assustava. Havia algo obscuro e venenoso nela, que ficava mais aparente quando estávamos sozinhas do que na presença de Sergei Nikolaievich. Seus olhos negros lânguidos e a pele sem brilho alertavam-me quanto à maldade por baixo das palavras agradáveis. Meus olhos ficaram marejados. Desejei sentir a força de minha mãe, a coragem e a segurança que sempre sentia quando estava com ela.

A esposa de meu anfitrião tirou a mão de minha perna e disse:

– Oh, não seja tão séria, menina. Se continuar enjoada assim, terei de mandá-la embora.

A atmosfera nas ruas da Concessão Francesa era de festa. O sol brilhava, e mulheres usando vestidos, sandálias e sombrinhas coloridas andavam pelas amplas calçadas. Vendedores gritavam de barracas repletas de tecidos bordados, seda e rendas. Os artistas de rua chamavam as pessoas para passarem alguns momentos divertindo-se com suas apresentações. Amélia pediu ao menino do riquixá que parasse para poder ver um músico e seu macaco. A criatura, com colete xadrez vermelho e chapéu, estava dançando ao som da sanfona que o homem tocava. Dava cambalhotas e saltos como um artista treinado e não como um animal selvagem e, em poucos minutos, conseguiu atrair muita gente. Quando a música parou, o macaco fez uma reverência, e a plateia ficou encantada. As pessoas bateram palmas, entusiasmadas, e o animalzinho correu entre as pernas delas, estendendo o chapéu para receber dinheiro. Quase todo mundo deu algo a ele. Então, de repente, ele pulou no riquixá, assustando Amélia e me fazendo gritar. Colocou-se entre nós e olhou para ela com olhinhos adoráveis. A plateia ficou surpresa. Minha acompanhante hesitou, sabendo que todos a olhavam. Riu e levou a mão ao pescoço em um gesto de humildade, que eu sabia ser dissimulado. E, então, levou a mãos às orelhas, tirando os brincos de pérolas e jogando-os dentro do chapéu do macaco. O público gritou e comemorou a demonstração de desapego de Amélia. O pequeno artista voltou para o dono aos pulos, mas a atenção já não era mais dele. Alguns homens começaram a chamar a generosa senhora e a perguntar seu nome. Mas, como uma verdadeira artista, Amélia sabia como fazê-los querer mais.

– Vamos – ela disse, tocando o ombro magro do menino do riquixá.
– Podemos ir.

Deixamos as pessoas para trás e entramos em uma viela conhecida como a Rua das Mil Noites. Ela era repleta de tendas de roupas que anunciavam suas peças em manequins colocados do lado de fora, como se fosse uma só loja, com modelos vivos desfilando na vitrine. Segui Amélia a uma esquina da rua e a uma pequena loja com degraus tão estreitos, que precisei me virar de lado para subi-los. A loja estava repleta de blusas e vestidos pendurados em cordas que se estendiam de parede a parede e tinha um cheiro forte de tecido e bambu que me fez espirrar. Uma mulher chinesa surgiu de trás de uma fileira de vestidos e disse:

– Olá! Olá! Quer experimentar?

Mas, quando reconheceu Amélia, seu sorriso desapareceu.

– Bom dia – ela falou, olhando para nós de modo suspeito.

A sra. Nikolaievich apontou para uma blusa de seda e me explicou:

– Você pode escolher um modelo de que goste, para que eles copiem e façam em um dia.

Um pequeno divã e uma mesa tinham sido colocados perto da única vitrine da loja. Havia muitos catálogos sobre a mesa, e Amélia se aproximou dela, pegou um deles e lentamente virou suas páginas. Acendeu um cigarro e deixou a cinza cair no chão.

– O que acha deste? – ela perguntou, mostrando uma foto de um *cheogsam* verde-esmeralda na altura da coxa.

– Ela só uma menina. Jovem demais para esse vestido – a chinesa protestou.

Amélia fez uma careta.

– Não se preocupe, sra. Woo, Xangai logo vai deixá-la velha. A senhora se esqueceu de que eu tenho apenas 25 anos?

Ela riu da própria piada, e a sra. Woo me levou até o banco na parte dos fundos da loja, tirou a fita métrica do pescoço e a levou à minha cintura. Fiquei parada em pé, como minha mãe me ensinara.

– Por que você envolveu com aquela mulher? – a sra. Woo sussurrou para mim. – Ela não boa. O marido não tão ruim, mas ela estúpida. Esposa dele morreu de febre tifoide, e ele deixou aquela mulher ficar na casa porque solitário. Nenhum americano querer ela...

Ela parou de falar, quando Amélia apareceu com um monte de fotografias que rasgara do catálogo.

– Estas, sra. Woo – disse, entregando as páginas rasgadas para a costureira. – Nós somos uma boate, sabe? – afirmou, com um sorriso no rosto. – E a senhora não é nenhuma estilista de renome, como Elsa Schiaparelli, para nos dizer o que devemos ou não vestir.

Partimos, deixando uma grande encomenda de três vestidos para a noite e quatro para o dia, a única razão pela qual eu acreditava que aquela mulher tolerava os maus modos de Amélia.

Em uma loja de departamentos na Nanking Road, compramos roupas íntimas, sapatos e luvas. Na calçada do lado de fora, um menino mendigo escrevia a sua história com um giz. Usava um short pequeno de algodão, e a pele de seus ombros e costas estava queimada pelo sol e parecia arder muito.

– O que está escrito? – Amélia perguntou.

Eu olhei para as palavras. Meu chinês não era fluente, mas vi que as palavras tinham sido escritas por alguém estudado, alfabetizado. A história do menino contava que havia visto a mãe e três irmãs serem mortas quando os japoneses invadiram a Manchúria. Uma das irmãs tinha sido torturada. Ele encontrou o corpo dela na beira da estrada. Seu nariz, seios e mãos tinham sido cortados pelos soldados. Apenas o garoto e o pai tinham sobrevivido e fugido para Xangai, onde compraram um riquixá com todo o dinheiro que lhes sobrara. Mas, um dia, o pai do menino foi atropelado por um estrangeiro embriagado que dirigia em alta velocidade. O homem continuou vivo depois do acidente, com as pernas quebradas e um grande rasgo na testa, que expunha seu crânio. Sangrava muito, mas o estrangeiro recusou-se a levá-lo ao hospital em seu carro. Outro condutor de riquixá ajudou o menino a levar o pai ao médico, mas era tarde demais. O homem morreu. Li as últimas palavras em voz alta:

– "Imploro a vocês, irmãos e irmãs, que escutem o meu apelo e me ajudem. Que os deuses do céu enviem grandes bênçãos a vocês."

O menino mendigo olhou para cima, surpreso por ver uma menina ocidental lendo chinês. Eu coloquei algumas moedas na mão dele.

– Então é assim que você vai gastar o seu dinheiro? – Amélia questionou, entrelaçando o braço frio no meu. – Ajudando pessoas que ficam sentadas na calçada, sem fazer nada para resolver os problemas que têm? Prefiro dar dinheiro ao macaco. Pelo menos, ele me divertiu.

No almoço, tomamos sopa *won-ton* (massa chinesa) em um café repleto de estrangeiros e chineses ricos. Eu nunca tinha visto pessoas como aquelas, nem mesmo em Harbin, antes do pior da guerra. As mulheres trajavam vestidos de veludo violeta, safira ou vermelho, e tinham as unhas pintadas e os cabelos penteados. Os homens estavam igualmente bem arrumados, com ternos de abotoamento duplo e bigodes finos como canetas.

Depois, Amélia pegou a minha bolsa para pagar a conta no balcão e comprou para si um maço de cigarros e um pouco de chocolate para mim. Caminhamos pela rua, passando pelos estabelecimentos que vendiam conjuntos de *mahjong* (jogo chinês), móveis e acessórios com tema romântico. Em uma loja, parei para ver dezenas de canários em gaiolas de bambu penduradas do lado de fora. As aves estavam cantando, e eu fiquei encantada com o belo gorjeio. Escutei um grito e, quando me virei, vi dois meninos pequenos olhando para mim. Tinham o rosto sério e os olhos ameaçadores. Eles não pareciam seres humanos, pois estendiam as mãos em garras. Senti um odor pungente ao ver que seus dedos estavam sujos de excrementos.

– Dê dinheiro, ou vamos limpar a mão no seu vestido – um deles disse.

A princípio, não consegui acreditar no que estava acontecendo, porém os meninos se aproximaram, e procurei minha bolsa. Então, me lembrei de que a havia entregado a Amélia. Olhei ao redor para encontrá-la, mas não a vi em nenhum lugar.

– Não tenho dinheiro nenhum – respondi aos meninos.

Eles responderam rindo e me xingando em chinês. Foi então que percebi que minha guardiã estava na porta de uma loja de chapéus do outro lado da rua. Ela segurava a minha bolsa.

– Por favor, ajude-me. Eles querem dinheiro – falei a ela.

Amélia pegou um chapéu e o observou. A princípio, pensei que não tivesse me escutado, mas, então, ela olhou para mim, sorrindo, e deu de ombros. Percebi que a mulher havia testemunhado tudo. Olhei fixamente para o seu rosto frio, para os olhos negros, mas isso só fez com que ela risse ainda mais. Um dos meninos tentou segurar a minha saia, mas o dono da loja de aves saiu e afastou o garoto com uma vassoura. A criança saiu correndo com seu amigo por entre as barracas da rua e os pedestres e desapareceu de vista.

– Xangai, sempre assim – o dono da loja disse, balançando a cabeça. – Agora piorou. Só bandidos e mendigos. Cortam seu dedo para levar o anel.

Olhei para a porta onde Amélia estava um minuto antes, mas ela havia desaparecido.

Mais tarde, encontrei-a em uma drogaria no fim da rua. Ela estava comprando um perfume Dior e um espelho de bolsa com capa bordada.

– POR QUE NÃO ME AJUDOU? – gritei com ela, com lágrimas escorrendo pelo rosto e pingando de meu queixo. – Por que me trata dessa maneira?

A esposa de Sergei olhou para mim com nojo. Pegou seu pacote e saiu pela porta. Na calçada, aproximou-se de mim. Seus olhos mostravam ódio e fúria.

– VOCÊ É UMA MENINA MUITO TOLA – ela gritou comigo –, dependendo da bondade dos outros. Não há nada de graça nesta cidade. Entendeu? Nada! Toda bondade tem um preço. Se você acha que as pessoas vão ajudá-la por nada, vai acabar como aquele pedinte na calçada!

Amélia apertou o meu braço, arrastou-me para a calçada e chamou um riquixá.

– Agora, vou ao clube de corrida para ficar com adultos – disse ela. – Vá para casa e procure por Sergei. Ele sempre está em casa à tarde. Vá e lhe conte que sou uma mulher má. Vá chorar para ele pela maneira como trato você.

A volta para casa no riquixá foi tortuosa. As ruas e as pessoas se tornaram um borrão de cores através de minhas lágrimas. Levei o lenço à boca, com medo de passar mal. Queria ir para casa e dizer a Sergei Nikolaievich que não me importava com Tang e que queria ficar com os Pomerantsev em Harbin novamente.

Quando cheguei ao portão, toquei a campainha até a empregada idosa abri-lo. Apesar da minha perturbação, ela me recebeu com o mesmo rosto inexpressivo do dia anterior. Passei por ela e corri para dentro da casa. O corredor estava silencioso e escuro, as janelas e cortinas tinham sido fechadas para afastar o calor da tarde. Fiquei parada na saleta, sem saber o que fazer em seguida. Passei pela sala de jantar e encontrei Mei Lin dormindo ali, com os pezinhos aparecendo por debaixo da mesa, um polegar na boca e o outro segurando um pano de limpeza.

Corri pelos corredores, com o terror fervendo em meu sangue. Subi as escadas até o terceiro andar e procurei em todos os quartos até encontrar o último, o quarto no final do corredor. A porta estava entreaberta, e eu bati suavemente, mas não obtive resposta. Empurrei para abri-la. Ali dentro, assim como no resto da casa, as cortinas estavam fechadas, e o quarto, escuro. No ar, era forte o cheiro de suor. E havia mais: uma doçura impregnante. Quando meus olhos se acostumaram com a escuridão, consegui ver Sergei Nikolaievich recostado na cadeira, com a cabeça caída no peito. Atrás dele, a sombra do empregado, observando-o.

– Sergei Nikolaievich – eu chamei com a voz embargada.

Senti muito medo de que estivesse morto. Mas, depois de um tempo, ele olhou para a frente. Uma névoa azulada subiu ao redor dele como uma auréola e, com ela, surgiu o fedor de ar podre. Ele sugava a fumaça de um cachimbo de cano comprido. Fiquei assustada ao ver o rosto dele, pálido e murcho, e os olhos tão fundos, que pareciam buracos na cabeça. Eu hesitei, pois não estava preparada para mais um pesadelo.

– Sinto muito, minha Anya – ele disse. – Sinto muito, muito. Mas estou perdido, minha pequena. Perdido.

Ele se recostou de novo na cadeira, jogando a cabeça para trás, com a boca aberta e esforçando-se para respirar, como um homem prestes a morrer. O ópio no cachimbo fervia e esfriava em uma cinza preta.

Fugi do cômodo, com o suor escorrendo por meu rosto e pescoço. Corri para o banheiro a tempo de vomitar a refeição que comera com Amélia. Quando terminei, sequei a boca com uma toalha e deitei no piso frio, tentando controlar a respiração. Relembrei as palavras de Amélia: "Você é uma menina muito tola, dependendo da bondade dos outros. Não há nada de graça nesta cidade. Entendeu? Nada! Toda bondade tem um preço!"

No reflexo do espelho, vi a penteadeira com as bonecas matrioscas alinhadas. Fechei os olhos e imaginei uma linha dourada de Xangai a Moscou.

– Mama, Mama – eu repeti a mim mesma. – Tome cuidado. Se você sobreviver, eu sobreviverei, até podermos nos encontrar de novo.

três

O Tango

Os pacotes da sra. Woo chegaram alguns dias depois, enquanto Sergei Nikolaievich, Amélia e eu tomávamos o café da manhã no quintal. Eu estava bebendo chá ao estilo russo, com uma colher de cassis à parte, para adoçar. No desjejum, eu só bebia chá, apesar de, todos os dias, a mesa ficar coberta por panquecas com manteiga e mel, bananas, damascos, peras, tangerinas, tigelas de morangos e uvas, ovos mexidos com queijo derretido, salsichas e triângulos de torrada. Estava nervosa demais para ter apetite. Minhas pernas tremiam sob o tampo de vidro da mesa. Eu só dizia alguma coisa, quando falavam comigo, e, ainda assim, não pronunciava nem uma sílaba a mais do que o necessário. Morria de medo de fazer algo que despertasse o mau humor de Amélia. Mas nem Sergei Nikolaievich – que havia me dado a permissão de chamá-lo pelo primeiro nome, Sergei – nem Amélia pareciam notar meu comportamento tímido. Ele conversou animadamente comigo a respeito dos pardais que visitavam o jardim, e a esposa, na maior parte do tempo, ignorava-me.

A campainha no portão tocou, e a empregada trouxe dois pacotes de papel pardo com o nosso endereço nas laterais, em inglês e em chinês.

– Abra-os – Amélia disse, apontando com o dedo, que parecia uma garra, e sorrindo.

Ela fingia, na frente do marido, ser minha amiga, mas eu não me deixava enganar. Virei-me para Sergei e entreguei as roupas para ele, peça por peça. Todos os vestidos para o dia foram aprovados por meu anfitrião, que se expressava com "ahs" e balançava a cabeça de modo afirmativo.

– Oh, sim, este é o mais bonito – comentou ele, apontando para um vestido de algodão com uma gola-borboleta e uma fileira de girassóis bordados na linha do pescoço e na cintura. – Você deveria vesti-lo amanhã para o nosso passeio no parque.

Mas, quando abri o pacote dos vestidos de festa e mostrei a ele o *cheongsam* verde, Sergei franziu o cenho, e seus olhos ficaram sérios. Olhou para Amélia e depois para mim.

– Anya, por favor, vá para o seu quarto.

Ele não estava bravo comigo, mas ser mandada para fora da mesa fez com que eu me sentisse rejeitada. Atravessei o corredor e subi a escada, tentando entender por que o homem havia ficado irritado e o que diria a Amélia. Torci para que, independentemente do que fosse, ela não ficasse mais irada comigo.

– Eu já disse a você que Anya só vai à boate quando ficar mais velha – escutei ele dizer à esposa. – Ela precisa estudar.

Parei na escada, esforçando-me para ouvir. Amélia bufou.

– Oh, sim, vamos esconder a verdade dela a respeito de quem somos, certo? Fazer com que ela passe um tempo com os santos até lhe mostrarmos o mundo real. Acho até que a menina já entendeu o que está acontecendo. Imagino que sim, pela maneira piedosa como ela olha para você.

– Ela não é como as meninas de Xangai. É...

O restante da frase de Sergei foi encoberta pelos passos de Mei Lin escada acima, com seus tamancos de madeira, segurando uma pilha de lençóis limpos nos braços.

Levei o dedo aos lábios.

– Shhh – eu fiz para ela.

Seu rostinho de passarinho apareceu na minha frente atrás dos lençóis. Quando percebeu que eu estava escutando a conversa, levou um dedo aos lábios e começou a rir. Sergei levantou-se e fechou a porta da frente, de modo que não consegui ouvir o resto da conversa naquela manhã.

Mais tarde, o dono da casa foi conversar comigo em meu quarto.

– Da próxima vez, pedirei a Luba que a leve para fazer compras – ele disse, beijando a minha cabeça. – Não fique desapontada, Anya. Você terá muito tempo para ser a bela do baile.

Meu primeiro mês em Xangai passou lentamente e sem notícias de minha mãe. Escrevi duas cartas aos Pomerantsev, descrevendo a cidade e meu guardião com termos favoráveis, para que eles não se preocupassem. Assinei meu nome, Anya Kirillova, para o caso de as cartas serem lidas pelos comunistas.

Sergei me matriculou na escola Santa Sophia para Meninas, na Concessão Francesa. A instituição era administrada por freiras irlandesas, e as alunas eram católicas, russas ortodoxas e algumas chinesas e indianas de famílias abastadas. As freiras eram mulheres de coração gentil que sorriam mais do que franziam o cenho. Defendiam a educação física e jogavam beisebol com as alunas mais velhas nas tardes de sextas-feiras, enquanto as mais jovens assistiam aos jogos. A primeira vez em que vi a minha professora de Geografia, irmã Mary, correndo de uma base a outra com o hábito enrolado entre os joelhos e sendo perseguida por minha professora de História, irmã Catherine, precisei me controlar para não rir. Elas pareciam garças gigantes tentando voar. Mas eu não ria. Ninguém ria. Ao mesmo tempo em que as irmãs sabiam ser doces, elas também sabiam aplicar reprimendas.

Quando Luba me levou para fazer a matrícula na escola, vimos a madre superiora passando diante de uma fila de meninas recostadas na parede da escola. Ela cheirava o pescoço e os cabelos das garotas. Após cheirar cada uma delas, franzia o nariz e olhava para cima, como se estivesse saboreando uma taça de vinho de qualidade. Depois, fiquei sabendo que ela estava inspecionando as meninas, para ver quem estava usando talco ou xampu perfumado ou qualquer outro cosmético com cheiro que chamasse a atenção. A madre superiora via uma relação direta entre vaidade e corrupção moral. A aluna que infringiu as regras naquele dia ficou com a incumbência de lavar os banheiros por uma semana.

A irmã Bernadette era quem lecionava Matemática. Era uma mulher rechonchuda cujo queixo se unia ao pescoço. Seu sotaque do norte era muito forte, e precisei de dois dias para entender que uma determinada palavra que ela repetia era "parênteses".

– Por que está franzindo o cenho para mim, srta. Anya? – perguntou ela. – Algum problema com os *arenteses*?

Balancei a cabeça e vi duas meninas sorrindo para mim do outro lado do corredor. Depois da aula, elas foram até a minha carteira e se apresentaram como Kira e Regina. Regina era uma menina pequena e de cabelos pretos e olhos azuis. Kira era loira como o sol.

— Você é de Harbin, não é? – indagou Kira.

— Sim.

— Percebe-se. Nós também somos de Harbin, mas viemos com nossas famílias para Xangai antes da guerra.

— Como sabem que sou de Harbin? – questionei.

Elas riram. Kira piscou e sussurrou no meu ouvido:

— Você não precisa fazer aulas de russo.

O pai de Kira era médico, e o de Regina, cirurgião. Descobrimos que tínhamos escolhido quase as mesmas matérias para o semestre seguinte: Francês, gramática do Inglês, História, Matemática e Geografia. Mas, enquanto eu fazia as aulas de Arte depois do horário no ginásio, elas voltavam correndo para suas casas, na badalada Avenue Joffre, para fazer aulas de piano e violino.

Apesar de nos sentarmos juntas em quase todas as aulas, percebi, sem precisar perguntar, que os pais de Regina e de Kira não aprovariam que as filhas fossem me visitar na casa de Sergei nem se sentiriam à vontade, se eu fosse às suas casas. Assim, eu nunca as convidava, e elas nunca me convidavam. Sentia-me aliviada com aquela situação, de certo modo, porque temia que, se as convidasse, Amélia pudesse ter outro acesso, e eu ficaria envergonhada, se meninas tão bem criadas fossem testemunhas do comportamento daquela mulher. Então, apesar de sentir falta delas, Regina, Kira e eu tivemos de nos conformar com uma amizade que começava com as orações de manhã e terminava com o sinal à tarde.

Quando eu não estava na escola, ficava na biblioteca de Sergei, pegando uma pilha de livros e indo com eles e meu caderno para o jardim. Dois dias depois de chegar àquela casa, descobri um arbusto de gardênias em uma parte abrigada do jardim. O local tornou-se o meu espaço secreto, e eu passava quase todas as tardes ali, afogando-me em textos de Proust e Górki e desenhando as flores e plantas ao meu redor. Fazia tudo o que podia para evitar encontrar Amélia.

Às vezes, quando Sergei voltava para casa à tarde, ele se unia a mim no jardim por um tempo. Logo percebi que era mais culto do que eu pensara, e, certa vez, ele me mostrou os trabalhos de um poeta russo, Nikolai Gumilev. Leu para mim um poema a respeito de uma girafa na África, que o poeta escrevera para alegrar a esposa quando esta ficou deprimida. A voz ressoante de Sergei fazia as palavras fluírem de modo tão eloquente, que eu conseguia imaginar o orgulhoso animal percorrendo as planícies africanas. Aquela imagem me afastava tanto de minha tristeza, que eu torcia para que o poema nunca terminasse. Mas, depois de aproximadamente uma hora de leitura ou conversa, os dedos de Sergei sempre começavam a tremer e o corpo a remexer-se, e eu sabia que perderia a agradável companhia para seu vício. Então, via o cansaço em seus olhos e compreendia que, à sua própria maneira, ele também estava evitando Amélia.

Certa tarde, quando voltei da escola, fiquei surpresa ao escutar vozes no jardim. Espiei por entre as árvores e vi Dmitri e Amélia sentados em cadeiras de balanço perto da fonte de cabeça de leão. Havia duas mulheres com eles. Vi seus vestidos e chapéus coloridos por entre os galhos das plantas. O bater de xícaras e o som do riso das mulheres ecoavam pelo jardim como sussurros de fantasmas. E, por algum motivo, a voz de Dmitri, mais alta e mais grave do que as outras, fazia o meu coração bater forte. Ele havia se oferecido para me acompanhar ao Yuyuan, e eu estava tão entediada e solitária, que esperava que, se ele me visse de novo, lembrasse a sua promessa.

– Olá! – cumprimentei, aproximando-me do pequeno grupo.

Amélia ergueu a sobrancelha e olhou com escárnio para mim. Mas eu estava tão ansiosa para ver Dmitri, que não me importava se ela me repreenderia por interrompê-los.

– Olá. Como você está? – Dmitri perguntou, ficando em pé e arrastando uma cadeira extra para mim.

– Faz tempo que não o vejo – eu disse.

O visitante não respondeu. Ele se afundou na cadeira e acendeu um cigarro, cantarolando uma música baixinho. Eu me retraí. Aquela não era a recepção entusiasmada que pensei que receberia.

As duas outras mulheres tinham aproximadamente a mesma idade que Dmitri e trajavam vestidos cor de manga e cor-de-rosa, com babados nas mangas e na gola. O contorno de suas roupas íntimas de seda podia ser visto por baixo do fino tecido. A moça que estava mais próxima de mim sorriu, com os lábios cobertos por um batom roxo. O contorno forte feito a lápis ao redor dos olhos azuis me fez pensar em uma deusa egípcia.

– Eu sou Marie – ela se apresentou, estendendo-me a mão pálida, com as unhas compridas pontudas.

Apontou com a cabeça para a moça bonita e loira ao lado dela.

– E esta é minha irmã, Francine.

– *Enchanté* – Francine disse, afastando os cachos dos cabelos e inclinando-se para mim. – *Comment allez vous?* Soube que você está estudando francês na escola.

– *Si vous parlez lentement je peux vous comprendre* – eu respondi, tentando imaginar quem poderia ter contado sobre mim a ela.

Amélia não se importava se eu falasse francês ou swahili.

– *Vous parlez français très bien!* – exclamou Francine.

Ela usava um pequeno anel de diamante na mão esquerda. Um anel de noivado.

– *Merci beaucoup. J'ai plaisir à l'étudier.*

Francine se voltou para Dmitri e disse:

– Ela é linda. Quero adotá-la. Acho que Philippe não se incomodará.

Dmitri estava olhando para mim. Seu olhar me deixou tão nervosa, que quase derrubei o chá que Francine servira.

– Não acredito que você é a mesma menina que eu vi há alguns meses – disse ele. – Fica tão diferente com o uniforme da escola.

Senti o rubor tomar o meu rosto, do pescoço até os cabelos. Amélia riu e cochichou alguma coisa com Marie. Eu me afundei na cadeira, sem conseguir respirar direito. Lembrei-me de como Dmitri se sentara perto de mim naquela primeira noite em Xangai, com o rosto perto do meu, como se fôssemos confidentes, semelhantes. Talvez ele não tivesse percebido os meus 13 anos, quando eu estava trajando o vestido azul de veludo. Eu devia estar bem diferente naquele momento: uma menininha com blusa de mangas bufantes e avental, com duas tranças bem apertadas saindo por baixo do chapéu de palha. Não uma pessoa a quem ele levaria ao Yuyuan. Ele podia levar Marie e Francine. Enfiei os meus pés embaixo da cadeira, sentindo vergonha de meus sapatos de escola e das meias três quartos.

– Você é muito bonitinha – Francine disse. – Dá vontade de tirar foto de você tomando sorvete. E fiquei sabendo que tem dons artísticos também.

– Sim, ela copia as roupas de minha revista de moda – Amélia riu.

Eu me recolhi de vergonha, arrasada demais para sequer olhar para Dmitri.

A anfitriã, batendo as unhas na xícara de chá, fez uma pausa antes de me atacar.

– Sabe o que detesto em menininhas de escola? É que, por mais limpas e aprumadas que as deixemos na escola de manhã, elas sempre voltam com cheiro de suor e laranja.

Marie gargalhou, mostrando fileiras de pequenos dentes, como os de uma piranha.

– Que horror! – exclamou. – Deve ser porque elas ficam pulando corda e correndo.

– E por causa de todas as frutas amassadas que enfiam nas lancheiras – Amélia disse.

– Anya não cheira assim – Dmitri retrucou. – Só fiquei surpreso ao ver que ela é muito jovem.

– Não é tão novinha assim, Dmitri – Amélia contestou. – Só não se desenvolveu direito. Na idade dela, eu já tinha seios.

– Você está sendo muito malvada – Francine disse, afastando as tranças de meus ombros. – Ela é muito elegante para a idade que tem. *Je l'aime bien. Anya, quelle est la date aujourd'hui?*

Mas eu não queria mais praticar meu francês. A esposa de Sergei havia conseguido o que queria, e eu me sentia humilhada. Procurei meu lenço dentro do bolso e fingi espirrar. Não queria aumentar a humilhação e permitir que eles vissem a tristeza em meu olhar. Era como se eles tivessem colocado um espelho na minha frente, no qual eu me via pela primeira vez, como nunca antes. Uma menininha em idade escolar e com os joelhos ralados.

– Venha, então – Amélia falou, pondo-se em pé. – Se você não sabe aceitar uma brincadeira e vai ficar com essa cara, entre comigo. Deixe Dmitri aproveitar o jardim com as amigas dele.

Pensei que o sujeito protestaria e insistiria para que eu ficasse, mas não foi o que ele fez, e percebi que eu havia caído em seu conceito e que já não tinha mais interesse por mim. Caminhei atrás de Amélia como um cão sem dono. Teria sido melhor, se eu não tivesse ouvido a voz dele no jardim. E me arrependi por não ter entrado e ido para a biblioteca, sem dizer nada a ninguém. Quando já estávamos distante dos outros, a anfitriã virou-se, com os olhos brilhando de prazer pela minha dor.

– Pois bem, você fez um papelão. Pensei que tivesse aprendido a não se meter onde não é chamada.

Não respondi. Abaixei a cabeça e deixei que ela me repreendesse. Amélia foi até a janela e espiou pelas cortinas.

– Minha amiga Marie é uma jovem muito atraente. Espero que ela e Dmitri se entendam. Ele está em uma idade em que um homem procura companhia.

Passei a tarde em meu quarto, arrasada. Empurrei os livros de Francês para debaixo da cama e tentei me concentrar em outro sobre a história da Roma Antiga. Do jardim, ouvi risos e o som de música. Nunca havia escutado uma música como aquela: carnal, atraente, subindo à minha janela como o odor delicioso de um lírio exótico. Tampei os ouvidos e tentei me focar no livro, mas, depois de um tempo, a tentação para ver o que estava acontecendo me venceu. Caminhei até a janela e espiei. Dmitri dançava com Marie no quintal. Francine estava inclinada sobre um toca-discos e ajeitava a agulha sempre que a música parava. Uma das mãos de Dmitri repousava no ombro de Marie, e a outra segurava os dedos dela. De rosto colado, eles dançavam num tipo de caminhada ritmada. A moça estava corada, rindo como tola a cada passo. Ele tentava manter-se sério.

– Lento, lento, rápido, rápido, lento – cantava Francine, marcando um ritmo para eles com as mãos.

Marie dançava com rigidez e estranheza e tropeçava na barra do vestido o tempo todo.

– Estou cansada – ela reclamou. – Isso é muito difícil. Prefiro o foxtrote.

Francine trocou de lugar com a irmã. Eu queria fechar os olhos, porque sentia muito ciúmes. Ela era muito mais graciosa do que a Marie e, nos braços de Dmitri, deu graça e elegância à dança. Francine parecia uma bailarina, demonstrando paixão, intensidade e amor no olhar. O cavalheiro ficou relaxado com ela. Endireitou a postura e pareceu ainda mais elegante. Juntos, eles pareciam dois gatos siameses em um ritual de acasalamento. Eu me inclinei ainda mais para fora da janela, tomada pela atração do tango. Fechei os olhos e me imaginei ali embaixo, dançando com Dmitri.

Uma gota de água pingou em meu nariz. Abri os olhos e vi que o céu havia ficado cinza e que começava a chover. Os dançarinos reuniram as suas coisas rapidamente e correram para dentro. Fechei a janela e, ao fazer isso, vi o meu reflexo no espelho da penteadeira.

"Ela não é tão novinha assim, só não se desenvolveu direito", Amélia dissera.

Olhei para o meu reflexo com raiva. Eu era pequena para a minha idade e só tinha crescido dois centímetros desde o meu 11º aniversário.

Alguns meses antes de ir para Xangai, percebi os primeiros pelos clarinhos entre as pernas e embaixo dos braços. Mas continuava com peitos e traseiro sem forma. Aquilo nunca havia me incomodado; não prestava atenção ao meu desenvolvimento físico. Mas percebi que eu via Dmitri como um homem e, de repente, quis ser uma mulher.

No fim do verão, a breve trégua entre os exércitos nacionalista e comunista tornou-se uma guerra civil. Não havia transporte para as correspondências em Manchúria, e eu não recebi resposta para as minhas cartas enviadas aos Pomerantsev. Senti a necessidade desesperadora de manter um tipo de contato com minha mãe e comecei a devorar todos os detalhes a respeito da Rússia que conseguia encontrar. Passava o tempo livre debruçada sobre os livros na biblioteca de Sergei, à procura de contos sobre navios a vapor seguindo em direção a Astrakhan, histórias de tundra e taiga, das montanhas do Ural e do Cáucaso, do Ártico e do Mar Negro. Perturbava os amigos do meu anfitrião para que me contassem sobre as lembranças de verão em *dachas*, ou fazendas, das grandes cidades de ouro, das estátuas que subiam em direção ao céu azul-claro e dos desfiles de soldados. Tentei formar uma imagem da Rússia como a que a minha mãe podia ter, mas acabei me perdendo em uma massa de terra grande demais para conseguir imaginar.

Um dia, Amélia me deu a tarefa de buscar guardanapos de pano com monogramas para o clube. Apesar de ter deixado o material na bordadeira uma semana antes, minha mente estava tomada pelas notícias de que os soviéticos estavam lutando por Berlim, e caminhei pelas ruas da Concessão sem prestar atenção ao caminho. O grito de um homem tirou-me de meus pensamentos. Duas pessoas discutiam atrás de uma cerca. O chinês deles era rápido demais para eu entender, porém, ao olhar ao redor, percebi que estava perdida. Estava em uma rua nos fundos de uma fileira de casas de estilo europeu abandonadas. As dobradiças das janelas estavam em má condição, e as paredes de gesso descascadas tinham marcas de ferrugem. Os arames farpados envolviam as cercas e os parapeitos da janela como trepadeiras. Nos quintais, havia muitas poças de água, apesar de não ter chovido nas últimas semanas. Tentei voltar, mas fiquei mais confusa no labirinto de vielas à direita e à esquerda, sem padrão lógico. O fedor de urina era evidenciado pelo ar quente, e meu caminho foi bloqueado por galinhas e gansos magros. Cerrei os punhos em pânico.

Dobrei uma rua com estrados de camas enferrujados e uma caixa de isopor velha e caminhei até um café russo. Cortinas de renda cobriam as janelas sujas. O Café Moskva ficava entre uma venda, na qual as cenouras e os espinafres caíam para fora das bacias, e uma confeitaria, com o balcão coberto de poeira. Fiquei aliviada ao encontrar alguma coisa russa e entrei no café com a intenção de pedir informações. Quando abri a porta, um sino tocou. Senti o cheiro de salsicha apimentada e vodca assim que adentrei o local escuro. Uma música chinesa tocava em um rádio mal equilibrado em cima do balcão, mas não abafava o som das moscas circulando no teto de latão. Uma senhora tão enrugada, que parecia à beira de morte, semicerrou os olhos para olhar para mim por cima do cardápio manchado. Usava um vestido de veludo amassado com renda no pescoço e nos punhos, e, em seus cabelos grisalhos, havia uma tiara sem as pedras decorativas. Ela mexia os lábios, e os olhos eram sérios e confusos.

– *Dusha-dushi. Dusha-dushi* – ela me disse. – Fale de alma a alma. Fale de alma a alma.

Na mesa ao lado dela, um senhor de boina analisava o cardápio, virando suas folhas amareladas com atenção, como se estivesse lendo um suspense. Sua companheira tinha fortes olhos azuis e cabelos pretos presos em um coque. Ela roía as unhas e rabiscava uma toalhinha de papel. O dono do local aproximou-se de mim com um cardápio, com o rosto corado e os pelos do peito saindo entre os botões da camisa. Duas mulheres de vestidos pretos e xales olharam para os meus sapatos caros quando me sentei.

– O que deseja comer? – perguntou o proprietário.

– Quero que me conte sobre a Rússia – respondi, em um impulso.

O dono do café esfregou a mão sardenta na face e no queixo e sentou-se diante de mim, como um homem condenado. Era como se estivesse esperando por mim, por aquele dia, por aquele momento. Esperou um instante para reunir forças e descrever os campos de verão repletos de ranúnculos, bétulas, pinheiros e as folhagens nas quais pisava. Seus olhos brilharam quando ele se lembrou de que, na infância, corria atrás de esquilos, raposas e fuinhas, e recordou o sabor dos bolinhos de sua mãe servidos bem quentes nas noites de inverno.

Todos os presentes pararam para prestar atenção. Quando o homem se cansou, os outros se aproximaram para contar mais. A senhora uivava como um lobo solitário na floresta; o homem de boina entoava as notas dos enormes sinos de igreja que badalavam em dias de festa; e a poeta descreveu camponeses e mulheres cultivando campos de trigo e cevada. Enquanto isso, as mulheres, em lamentos ficavam chorando e terminando cada história com "E só voltaremos para casa quando morrermos".

As horas passaram como minutos, e só quando o sol se pôs, e a luz do dia se foi, percebi que havia ficado dentro do café a tarde toda. Sergei provavelmente estaria preocupado com relação ao meu paradeiro, e Amélia ficaria irritada quando eu dissesse que não tinha buscado os guardanapos. Mas, ainda assim, não conseguia ir embora e abandonar aqueles desconhecidos. Fiquei sentada, escutando o que eles contavam até minhas pernas e costas doerem por falta de movimento, analisando todos os gritos de alegria e os olhares tristes. Estava fascinada com as histórias de um lugar que se abria como um conto de viajante diante de mim.

Na semana passada, conforme o prometido pelo proprietário do café, um soldado soviético estava esperando por mim. O rosto do homem era magro, como uma peça de argila que tivesse murchado. Seu nariz e ouvidos tinham sido corroídos pelo gelo, e ele cobrira os buracos com gaze para que ali não entrasse poeira. Roncava ao falar, e eu precisei me controlar para não vomitar com o cheiro de bílis que chegava até mim, quando ele falava.

– Não se assuste com a minha aparência – ele me disse. – O que aconteceu comigo foi pouco em comparação ao que ocorreu com os outros. Consegui chegar à China.

O soldado me contou que havia sido feito prisioneiro pelos alemães. Também disse que, depois da guerra, em vez de recebê-los em casa, Stalin ordenou que todos os ex-prisioneiros de guerra fossem levados a campos de trabalho. Os homens foram enfiados em trens e navios e levados, com ratos e piolhos, para a Sibéria. Era o castigo por terem visto o que o líder temia que eles contassem aos outros: que mesmo com a Alemanha arrasada pela guerra, seu povo vivia melhor do que os russos. Aquele soldado havia escapado quando seu navio-prisão afundou.

– Quando isso aconteceu – disse ele –, eu senti o mundo se abrir diante de mim e fugi pelo gelo. Conseguia sentir o cheiro de fogo e ouvir os gritos ao meu redor. Os guardas começaram a atirar. Homens caíam mortos perto de mim, com as bocas abertas e os olhos arregalados. Pensei que logo sentiria o tiro quente de metal em minhas costas também. Mas continuei correndo no meio do nada, cercado por neve. Em pouco tempo, só conseguia escutar o vento uivante e compreendi que o meu destino era sobreviver.

Não dei as costas para o soldado nem o impedi de falar quando, por um chá quente e um pão preto, ele descreveu os vilarejos incendiados, a fome e o crime, os julgamentos e as deportações em massa para a Sibéria, onde as pessoas morriam em temperaturas abaixo de zero. As histórias dele me assustaram tanto, que meu coração disparou, e eu comecei a suar frio. Contudo, continuei escutando, porque sabia que ele viera da Rússia recente, da Rússia de minha mãe.

– Existem duas possibilidades – prosseguiu ele, molhando o pão no chá e segurando firme na beirada da mesa por causa da dor que sentia ao engolir. – Quando sua mãe chegou à Rússia, eles podem não ter se importado com o fato de ela ser viúva de um coronel do Exército Branco e decidido enfiá-la em uma fábrica para trabalhar e usá-la como exemplo de uma mente reformada; ou podem tê-la mandado para um *gulag* (nome pelo qual ficou conhecido o sistema de campos de trabalhos forçados na Rússia, na década de 1950). Se isso aconteceu, a menos que ela seja uma mulher muito forte, já deve estar morta.

Depois de comer, os olhos do soldado começaram a se fechar, e ele adormeceu, aninhando a cabeça ferida com os braços, como um pássaro morrendo. Saí na rua com à claridade do meio-dia. Apesar de ainda ser verão, um vento frio surgiu e atingia meu rosto e pernas, fazendo-me estremecer. Corri pelas ruas, com os olhos atentos e batendo os dentes. As palavras do soldado pesavam em minha mente. Vi minha mãe, fraca e morrendo de fome, em uma cela ou deitada com o rosto na neve. Escutei o som das rodas do trem e me lembrei do rosto pesaroso dela ao ser afastada de mim. Eu não podia aceitar um destino tão tenebroso para a mulher que fazia parte de mim, mas ainda assim não tinha ideia do que havia acontecido com ela. Pelo menos, eu havia beijado o rosto de meu pai e me despedido. Porém, com minha mãe, não houve um último adeus, não houve um fim: apenas um desejo forte para o qual não havia alívio.

Eu queria que tudo aquilo parasse, desejava pôr fim aos medos que me atormentavam, encontrar um pouco de paz. Tentei pensar em coisas agradáveis, mas só conseguia escutar as palavras do soldado e ver seu rosto brutalizado. "A menos que ela seja uma mulher muito forte, já deve estar morta."

– MAMÃE! – gritei, cobrindo o rosto com as mãos.

De repente, uma senhora com um xale de contas apareceu perto de mim. Eu dei um passo para trás, assustada.

– Quem você procura? – perguntou ela, segurando a minha manga com as unhas lascadas.

Tentei me esquivar, mas a mulher lançou-se em minha direção, olhando-me com olhos negros. Seu batom vermelho era um traço de cor fraca sobre os lábios finos, e as rugas em sua testa estavam cobertas por pó compacto.

– Está procurando por alguém, não está? – indagou-me, com um sotaque que parecia russo, mas sobre o qual não tive certeza. – Traga-me algo dela e direi onde ela está.

Eu me afastei da senhora e desci a rua correndo. Xangai era repleta de mentirosos e aproveitadores à espreita do desespero das pessoas. Mas as palavras que ela gritou me assustaram:

– SE ELA DEIXOU ALGO PARA TRÁS, VAI VOLTAR PARA VOCÊ.

Quando cheguei em casa, meu pescoço e braços doíam, e eu sentia um frio nos ossos. Zhun-ying, a quem todos chamavam de velha empregada, e Mei Lin estavam na área de serviço perto dos aposentos dos empregados. Este espaço era uma plataforma elevada de pedra com teto e paredes temporários, que eram removidos no verão. A velha empregada estendia toalhas no varal. Mei Lin a ajudava, e a água espirrava e formava poças ao redor de seus pés, escorrendo por todos os degraus até a grama. A garota estava cantando algo, e a velha empregada, que geralmente era séria, ria. O sorriso da menininha transformou-se em um franzir de testa de preocupação, quando caminhei sem força até o degrau na direção dela e me segurei no corrimão.

– Por favor, diga a Sergei que não vou descer para o jantar esta noite – eu disse a ela. – Estou com gripe e ficarei na cama.

Mei Lin assentiu, mas Zhun-ying me observou com um olhar intenso.

Caí na cama, e as paredes douradas do quarto me envolveram como se fossem um escudo. Do lado de fora, o riso de Mei Lin ressoava no ar de verão. Mais distante, eu conseguia escutar o som do tráfego na estrada. Cobri os olhos com o braço, atormentada pela minha solidão. Não podia conversar com Sergei sobre a minha mãe. Ele desviava do assunto, cortando a conversa com a lembrança repentina de uma tarefa urgente ou prestando atenção a uma distração que ignoraria em outra situação. Seus olhos fugidios e sua linguagem corporal pouco receptiva sempre faziam com que eu desistisse de falar sobre ela. Eu sabia que ele agia daquela maneira por causa do pesar que sentia pela morte da primeira esposa. Certa vez, Sergei me disse que pensar na situação podia manter a minha mãe viva em minha imaginação, mas que acabaria por me enlouquecer.

Olhei para as bonecas matrioscas em cima da penteadeira e pensei na vidente. "Se ela deixou algo para trás, vai voltar para você." Saí da cama, abri a gaveta da cômoda e peguei a caixa de veludo que Sergei havia me dado para guardar o colar de jade. Eu não o usava desde o meu aniversário de 13 anos. Era um objeto sagrado que colocava sobre a cama e sobre o qual chorava quando me sentia sozinha. As pedras verdes me faziam lembrar como a minha mãe havia considerado importante me dar aquela peça. Fechava os olhos, tentando imaginar meu pai jovem. Pensava na ansiedade que ele devia ter sentido ao caminhar com o colar dentro da jaqueta no dia em que o entregou à minha mãe. Abri a caixa e segurei o colar. As pedras pareciam vibrar com amor. As bonecas matrioscas eram minhas, mas, de certa forma, o colar continuava sendo da minha mãe, apesar de ela tê-lo dado a mim.

Eu já pensava na vidente como uma mentirosa, uma aproveitadora a quem daria uma moeda para me dizer o que queria escutar. "O regime na Rússia chegará ao fim, e sua mãe irá a Xangai para encontrar você." Ou talvez, se fosse criativa, contaria uma história para me confortar. "Sua mãe se casará com um gentil caçador e viverá feliz para sempre em uma casa, ao lado de um lago de água cristalina. Sempre pensará em você com carinho. E você se casará com um homem rico e bonito e terá muitos filhos."

Envolvi o colar em um lenço e escondi dentro do bolso. Decidi que não me importava que ela fosse uma mentirosa. Eu só queria conversar sobre minha mãe com alguém, escutar algo que me fizesse parar de pensar nas histórias terríveis contadas pelo soldado. Mas, quando saí pela porta da frente e atravessei o jardim, senti que desejava mais. Esperava que a vidente fosse capaz de me dizer o que havia acontecido com a minha mãe.

Antes de chegar ao portão, escutei a velha empregada gritar. Eu me virei e a vi atrás de mim, com o rosto pálido e irado.

– É a segunda vez que desaparece à tarde. Você deixou o senhor preocupado – disse ela, apontando o dedo para o meu peito.

Dei as costas para ela e corri para fora da residência, batendo o portão. Mas tremia. Aquela era a primeira vez que a velha serviçal falava comigo desde a minha chegada a Xangai.

Na rua, o vento gelado desapareceu, e o dia voltou a ser quente. O sol era uma chama no céu azul, e o calor subia da estrada, queimando-me os pés através das solas dos sapatos. Gotas oleosas de suor cobriram meu nariz, e meus cabelos grudaram no pescoço. Segurei o colar dentro do bolso. Ele era pesado, mas me senti mais calma por tê-lo ali comigo. Refiz o caminho até o Café Moskva, olhando nos olhos de todas as mulheres à procura da vidente. No entanto, foi ela quem me encontrou.

– Eu sabia que você voltaria – disse a senhora, saindo da calçada diante da padaria e caminhando ao meu lado. – Vou mostrar onde podemos conversar. Vou lhe ajudar.

A vidente entrelaçou o braço no meu. Sua pele enrugada era macia, e ela exalava cheiro de talco. De repente, não parecia mais tão estranha, apenas idosa e desgastada pela vida. Poderia ser a minha avó.

Ela me levou a um apartamento algumas ruas longe do café, parando de vez em quando para retomar o fôlego. O choro de um bebê ecoou pelo quintal, e escutei duas mulheres tentando confortá-lo. As paredes de cimento do prédio estavam rachadas, e plantas saíam por suas frestas. A água vazava de um cano enferrujado, criando poças de limo nos degraus e no caminho. Um gato malhado bebia a água de uma delas. Um animal esquisito olhou para nós, subiu na cerca de madeira e desapareceu de vista.

A entrada do prédio era fria e repleta de lixo. Centenas de moscas sobrevoavam os restos de comida espalhados das latas viradas. Olhei para a figura de um homem no fim do corredor, banhado pela luz de uma única janela. Ele limpava o chão, e eu fiquei surpresa ao ver que o prédio tinha um faxineiro. O sujeito acompanhou a mulher com o olhar, quando passamos, e percebi que havia marcas vermelhas em seus braços, uma delas na forma de um dragão. Ele desenrolou a manga, quando me viu olhando para ela.

A velha senhora e eu paramos na frente de uma porta de metal com uma grelha na parte de baixo. Ela pegou uma chave que estava presa em seu pescoço com um pedaço de barbante. A trava precisou ser chacoalhada, e, quando a idosa finalmente conseguiu abri-la, a porta rangeu, como se protestasse. A mulher entrou no apartamento do andar térreo, mas eu fiquei sobre o capacho surrado, espiando o lado de dentro da moradia. Havia canos atravessando o teto, e o papel de parede estava manchado. Folhas de jornal velho cobriam o chão. Elas eram amareladas e rasgadas, como se um animal vivesse ali, dormindo, comendo e urinando no chão. O odor de poeira deixou-me um pouco enojada. Quando a mulher percebeu que eu não havia entrado, virou-se para mim e deu de ombros.

– Posso ver, pelas suas roupas, que você está acostumada a coisas boas. Mas isto é o melhor que posso lhe oferecer.

Corei e entrei no apartamento, com vergonha de minha atitude esnobe. No meio da sala, havia um sofá desgastado, com o enchimento saindo pelas costuras. A senhora passou a mão no sofá e jogou um tapete com cheiro de bolor em cima das almofadas.

– Por favor. Sente-se – disse ela.

Estava mais quente dentro do apartamento do que fora. As janelas manchadas de lama estavam fechadas, mas consegui escutar passos e sinos de bicicleta na rua. A mulher encheu a chaleira e acendeu o fogão. A chama deixou a sala ainda mais quente, e, quando a ela não estava olhando, levei meu lenço ao nariz, tentando encontrar alívio no cheiro fresco de lavanda do tecido. Olhei ao redor, procurando descobrir se havia um banheiro ali. Não conseguia entender como aquela senhora podia parecer tão limpa e, ainda assim, viver em um apartamento tão imundo.

– Tantas, tantas pessoas sofrendo – falou. – Todo mundo perdeu alguém: pais, maridos, irmãs, irmãos, filhos. Tento ajudar, mas existem pessoas demais nessa situação.

A chaleira apitou, e a mulher despejou a água quente em um recipiente trincado e colocou-o ao lado de duas xícaras na mesa na minha frente.

– Você trouxe alguma coisa dela? – perguntou ela, inclinando-se para a frente e tocando o meu joelho.

Peguei o lenço de dentro do meu bolso e desdobrei, acomodando o conteúdo dele sobre a mesa.

Os olhos da idosa fixaram-se no colar. Ela o pegou e balançou diante do rosto, encantada com o que via.

– É jade – disse ela.

– Sim, e ouro.

A mulher formou uma concha com a outra mão e colocou o colar dentro dela, pesando-o em sua palma.

– É lindo. E muito antigo. Não se encontra joia assim hoje em dia.

– É lindo – concordei.

E, de repente, escutei meu pai dizendo a mesma coisa, e uma lembrança me ocorreu. Tinha 3 anos, e meus pais e eu comemorávamos o Natal com alguns dos seus amigos na cidade. Então, meu pai chamou:

– Lina e Anya, venham depressa! Vejam que árvore maravilhosa!

Minha mãe e eu corremos para dentro da sala e o encontramos em pé, ao lado de uma enorme sempre-verde, com todos os galhos decorados com maçãs, castanhas e doces. Mamãe me ergueu nos braços. Meus dedos finos, melados de bolo de gengibre, brincaram com o colar ao redor de seu pescoço comprido.

– Ela gosta do colar, Lina – papai disse. – Fica lindo em você.

Minha mãe, com um vestido branco de renda e uma presilha nos cabelos, passou-me para os ombros de meu pai, para que eu pudesse tocar a rainha de vidro em cima da árvore.

– Quando Anya ficar mais velha, vou dá-lo a ela – mamãe disse –, para que se lembre de nós dois.

Eu me virei para a idosa e perguntei:

– Onde ela está?

A mulher segurou o colar. Demorou um pouco para responder.

– Sua mãe foi tirada de você na guerra. Mas está em segurança. Ela sabe sobreviver.

Um espasmo balançou meus ombros e braços. Levei as mãos ao rosto. De alguma forma, percebi que era verdade. Minha mãe continuava viva.

A idosa afundou-se mais na cadeira, segurando o colar contra o peito. Seus olhos rolavam sob as pálpebras como alguém que sonhava. Ela ficou ofegante.

– Está procurando você em Harbin, mas não consegue encontrá-la.

Eu fiquei em pé.

– Harbin?

De repente, a vidente estufou a face, e seus olhos se arregalaram, enquanto ela tossia sem parar, fazendo com que seu pequeno corpo fosse chacoalhado. Levou a mão à boca, e eu vi uma baba com sangue escorrer por seu punho. Rapidamente servi um pouco de chá e o ofereci a ela, que recusou.

– Água! Água! – pediu.

Corri para a pia e abri a torneira. Uma lama marrom explodiu em meu vestido e no chão. Diminuí a intensidade do fluxo e esperei a água ficar clara, olhando para trás com ansiedade. A mulher estava deitada no chão, com a mão no peito e respirando com dificuldade.

Quando a água já estava suficientemente limpa, enchi o copo pela metade e corri para perto da senhora.

– Não devo fervê-la? – perguntei, levando o copo aos lábios trêmulos dela.

Seu rosto estava pálido, mas, depois de alguns goles, suas convulsões passaram e sua face voltou a ficar corada.

– Tome um pouco de chá – ela disse entre os goles. – Sinto muito. É a poeira. Eu deixo as janelas fechadas, mas ainda assim ela entra da rua.

Minhas mãos tremiam, quando lhe servi o chá. Estava morno e com gosto de ferro, porém, mesmo assim, tomei alguns goles por educação. Fiquei pensando que ela podia ter tuberculose, o que era comum naquela parte da cidade. Sergei ficaria irado se soubesse que eu estava ali. Tomei mais um gole do chá de gosto ruim e coloquei a xícara em cima da mesa.

– Por favor, continue – eu disse a ela. – Por favor, fale-me mais sobre a minha mãe.

– Já passei por muita coisa por hoje – ela respondeu. – Estou me sentindo mal.

Mas ela já não parecia mal. Ela me observava. Esperava.

Procurei dentro do vestido, tirei as notas que havia escondido dentro de minha anágua e coloquei sobre a mesa.

– Por favor! – eu pedi.

Ela olhou para as minhas mãos. Percebi que seus dedos começaram a tremer. Meus braços estavam tão pesados, que eu não conseguia erguê-los.

– A sua mãe – disse a idosa – voltou para Harbin para encontrar você. Mas todos os russos fugiram de lá, e ela não sabe onde você está agora.

Eu engoli em seco. Minha garganta estava apertada, e era difícil respirar. Tentei ficar em pé para conseguir abrir a porta, para que o ar entrasse, mas as minhas pernas não obedeciam.

– Mas os comunistas... Eles vão matá-la... – comecei.

Minhas mãos formigavam, minha garganta contraía-se.

– Como a minha mãe saiu da Rússia? Os soviéticos protegem a fronteira.

Minha visão estava turva.

– É impossível – eu falei.

– Não é impossível – retrucou a senhora, ficando em pé.

A mulher aproximou-se de mim.

– Sua mãe é como você, impulsiva e determinada.

Senti meu estômago revirar. Meu rosto ardia. Eu cai na cadeira, e o teto girava.

– Como a senhora sabe essas coisas a respeito de minha mãe? – perguntei.

A mulher riu. E senti um arrepio.

– Eu observo, escuto conversas e adivinho – respondeu ela. – Além disso, todas as ruivas são fortes.

Senti uma dor forte, como um chute. Olhei para a xícara de chá e compreendi.

– Minha mãe não é ruiva – eu disse.

A mulher segurou o colar diante de meus olhos, e eu não tentei pegá-lo. Sabia que o havia perdido. Escutei a porta abrir-se e um sujeito falar. E então, mais nada, só escuridão.

Vozes de homens me trouxeram de volta à consciência. Ouvi uma discussão. Meus ouvidos ardiam com aquela gritaria. Uma luz fez meus olhos arderem, e meu peito doeu. Havia algo em cima da minha barriga. Tentei olhar e percebi que era a minha mão. A pele estava arranhada e marcada, e as unhas, quebradas e cheias de poeira. Meus dedos estavam dormentes, e, quando tentei mexê-los, não consegui. Havia algo duro incomodando a minha perna. Arrisquei me sentar, mas minha cabeça latejava e voltei a me deitar.

– Não sei quem ela é – um dos homens dizia em um inglês incorreto. – A garota entrou em meu café de repente. Sei que é de boa família, porque está sempre bem vestida.

– Então, o senhor a viu antes? – perguntou outro homem, cujo sotaque era indiano.

– Ela esteve duas vezes no meu café. Nunca disse seu nome. Sempre perguntava sobre a Rússia.

— A menina é muito bela. Talvez o senhor a considerasse atraente?
— Não!

Depois de mais uma tentativa, consegui me sentar e encostei os pés no chão. O sangue foi para a minha cabeça e deixou-me com náusea. Quando a cegueira passou, consegui ver as barras e perceber que estava em uma cela. A porta estava aberta, e eu, sentada em um banco preso à parede. Havia uma bacia e um balde em um canto. As paredes de cimento estavam cobertas por pichações. Senti um arrepio e percebi que vestia apenas as minhas anáguas. Passei a mão por baixo da peça e vi que minhas roupas íntimas tinham sido retiradas. Eu me lembrei do homem no corredor. Os olhos vagos, as cicatrizes nas mãos. Ele devia ser o cúmplice da senhora. Comecei a chorar, abrindo as pernas e procurando entre elas os sinais da agressão. Mas não encontrei nada. Então, eu me recordei do colar e parei de chorar.

O policial correu para dentro da cela. Era jovem, com a pele lisa e bege como mel. Seu uniforme estava bem engomado, tinha tranças complexas nos ombros, e usava um turbante. Ajeitou o *blazer*, antes de agachar para falar comigo.

— Há alguém para quem você possa telefonar? — perguntou o homem.

— Sinto muito, mas foi roubada.

Sergei e Dmitri chegaram à delegacia logo depois. Meu anfitrião estava tão pálido, que eu conseguia ver as veias sob sua pele. O amigo precisou ampará-lo com o braço.

Sergei entregou um vestido e um par de sapatos que havia levado de casa para mim.

— Espero que estes sirvam, Anya — ele disse, com a voz tensa por causa da preocupação. — Mei Lin os pegou para mim.

Eu me lavei na bacia com uma pedra de sabão.

— O colar de minha mãe — eu chorei, sufocada pela dor.

Eu queria morrer. Entrar naquela bacia e desaparecer na água, nunca mais ser vista.

Já eram duas da manhã, quando levei o policial, Dmitri e Sergei de volta ao prédio caindo aos pedaços. Ele parecia sinistro sob a luz da lua, com as paredes rachadas contra o céu da noite. Prostitutas e traficantes de ópio esperavam no quintal, mas desapareceram como baratas nas sombras e becos quando viram o oficial.

– Meu Deus! Perdoe-me, Anya – Sergei disse, abraçando-me –, por não ter permitido que você falasse sobre sua mãe.

Eu estava desorientada no corredor escuro, hesitando diante de uma porta e outra, sem saber qual era a certa. Fechei os olhos e tentei me lembrar de como o local estava de tarde, com a luz do sol. Virei para uma porta atrás de mim. Era a que tinha uma espécie de grelha. O policial e Sergei se entreolharam.

– Esta? – questionou o policial.

Conseguimos escutar alguém movimentando-se dentro do apartamento. Olhei para Dmitri, mas ele não estava olhando para mim, parecia sério. Alguns meses antes, eu teria ficado feliz com a presença dele, mas, naquele momento, tentei entender o que ele fazia ali.

O policial bateu na porta. A movimentação ali dentro parou, mas ninguém atendeu. Ele bateu de novo e, então, esmurrou a porta. Estava destrancada e se abriu. O interior do apartamento estava escuro e silencioso. Raios pálidos de luz passavam pelas pequenas janelas, vindos das lâmpadas da rua, do lado de fora.

– Quem está aí? – perguntou ele. – Saia!

Uma forma caminhou pela sala. O oficial acendeu a luz. Todos nos sobressaltamos, quando a vimos. Ela estava assustada, como um animal selvagem. Reconheci seus olhos desorientados e a tiara sem pedras em sua cabeça. A mulher gritou como se sentisse dor e encolheu-se em um canto, levando as mãos às orelhas.

– *Dusha-dushi* – disse ela. – *Dusha-dushi*.

O policial a pegou e arrastou pelo braço. A mulher urrou.

– NÃO. PARE! – gritei. – Não é ela!

O homem a soltou, e ela caiu no chão. Ele limpou as mãos na calça com nojo.

– Eu a conheço do café – informei. – Ela é inofensiva.

– Shh! Shh! – a mulher disse, levando os dedos aos lábios e mancando na minha direção. – Eles vieram aqui. Vieram de novo.

– Quem? – indaguei.

A senhora sorriu para mim. Seus dentes eram amarelos, podres.

— Eles vêm, quando não estou em casa — respondeu ela. — Vêm e deixam coisas aqui para mim.

Sergei deu um passo à frente e ajudou a mulher a se sentar em uma cadeira.

— Madame, por favor, diga quem esteve em seu apartamento. Aconteceu um crime.

— O czar e a czarina — disse ela, pegando uma das xícaras da mesa e mostrando-a a ele. — Veja.

— Receio que não conseguiremos encontrar o seu colar — falou o policial, abrindo a porta do carro para nós. — Aqueles ladrões já devem ter desmanchado o colar e vendido as pedras e a corrente separadamente. Eles observaram você e a senhora idosa no café. Ficarão afastados desta parte da cidade por algum tempo.

Sergei enfiou um rolo de notas dentro do bolso do policial.

— Tente, e, se conseguir, a recompensa será ainda maior — afirmou ele.

O sujeito assentiu e deu um tapinha no bolso.

— Verei o que posso fazer.

Na manhã seguinte, abri os olhos e senti a luz do sol dançando sobre mim. A luz que entrava pelas cortinas. Havia um vaso de gardênias sobre o criado-mudo. Lembrei-me de que as havia colocado ali alguns dias antes. Olhei para as flores e senti um breve otimismo, esperando que estivesse sonhando e que nenhum acontecimento do dia anterior tivesse sido verdade. Por um momento, acreditei que, se saísse da cama e abrisse a primeira gaveta da penteadeira, encontraria o colar dentro da caixa onde ele ficara desde a minha chegada a Xangai. Mas, então, vi a minha perna por baixo dos lençóis desarrumados. Havia arranhões como rachaduras em um vaso de porcelana. Ao vê-los, a realidade voltou. Levei os punhos cerrados aos olhos, tentando bloquear as imagens que vinham me atormentar: o soldado soviético, o apartamento em ruínas com fedor de fezes e poeira, o colar pendurado na mão da cigana momentos antes de eu perder a consciência.

Mei Lin entrou para abrir as cortinas. Pedi a ela que as deixasse fechadas. Não via motivos para me levantar e viver aquele dia. Não conseguia me imaginar na escola, com as freiras de rosto pálido olhando para mim, perguntando por que eu não havia ido à aula no dia anterior.

A pequena empregada colocou a bandeja de café da manhã sobre o criado-mudo e levantou o cobertor antes de sair rapidamente, como um ladrão. Eu estava sem apetite, sentia apenas uma dor no estômago. Pela janela, o som abafado de *Un bel di, de Madame Butterfly* ressoava, e vi um anel de fumaça de ópio. Perceber que Sergei estava fazendo aquilo logo cedo não ajudou nem um pouco. A culpa era minha. Ele havia ido me buscar tarde da noite. Nas sombras, com as sobrancelhas escura e os olhos preocupados, meu guardião parecia um santo atormentado.

– Você está quente demais – havia dito ele, colocando a mão sobre minha testa. – Tenho medo de que a droga que a bruxa velha lhe deu possa estar se transformando em veneno.

Eu me tornei o pesadelo dele, revivido. Ele sentia muito medo de que eu morresse sem dar sinais. A primeira esposa de Sergei, Marina, havia contraído febre tifoide durante a epidemia de 1914. O marido ficou ao lado do leito dela todos os dias e todas as noites na pior fase da doença. A pele da esposa ardia como brasa, sua pulsação era incerta, e os olhos claros ficaram sem brilho, como os de um morto. Sergei chamou os melhores médicos para cuidar da amada, com alimentação induzida, banhos frios, soro e remédios misteriosos. Eles conseguiram combater a infecção inicial, mas ela morreu duas semanas depois, em decorrência de uma grande hemorragia interna. Tinha sido a única noite em que ele não estivera ao lado de Marina, e só havia saído do quarto porque os médicos e seus empregados tinham lhe garantido que ela estava se recuperando e que ele devia dormir em uma cama adequada.

Sergei queria chamar o médico, para que me examinasse, mas eu segurei sua mão trêmula contra o meu rosto. Ele ficou de joelhos e apoiou o queixo nas mãos, ao lado de minha cama. Um homem grande como um urso, ajoelhado como uma criancinha rezando.

Devo ter adormecido logo depois, pois não me lembro de mais nada. Mesmo arrasada, sabia que tinha sorte por ter Sergei. E fiquei com medo de perdê-lo também, de repente, como havia acontecido com meu pai e com a minha mãe.

Mais tarde, quando Amélia estava nas corridas, e meu guardião dormiu depois de fumar ópio, Mei Lin trouxe um recado para mim em uma bandeja de prata.

*Desça. Quero conversar com você e não tenho permissão para subir.
Dmitri*

Saí da cama, ajeitei os cabelos e peguei um vestido limpo do guarda-roupa. Desci os degraus de dois em dois e inclinei-me sobre o balaústre, quando cheguei ao meio da escada. O amigo de Sergei me esperava na sala, com o chapéu e o *blazer* a seu lado. Ele analisava a sala e batia o pé. Segurava algo. Respirei profundamente e me recompus, tentando ser tão graciosa quanto Francine, bem diferente do meu jeito infantil.

Quando entrei na sala, ele ficou em pé e sorriu. Estava com olheiras, e seu rosto parecia inchado, como se tivesse dormido mal.

– Anya – disse Dmitri, abrindo a mão e me entregando um saco de veludo. – Só consegui recuperar isto.

Soltei os cordões e virei o conteúdo em minha mão. Três pedras verdes e parte de uma corrente de ouro. Toquei o resto do colar de minha mãe. As pedras estavam riscadas. Tinham sido arrancadas da corrente sem qualquer cuidado com o seu valor. Ver a joia fez com que me lembrasse da noite em que o corpo morto de papai foi levado para casa depois do acidente. Era meu pai, mas não era o mesmo. Os homens o devolveram em pedaços.

– Obrigada – agradeci, tentando sorrir de modo corajoso.

O policial dissera que seria impossível encontrar o colar. Fiquei com medo de perguntar a Dmitri como ele havia encontrado aquelas peças, de saber os métodos utilizados. Eu tinha a impressão de que, como Sergei, ele se embrenhava em um mundo sombrio, às vezes, um lugar que nada tinha a ver com o homem bonito e bem versado que via diante de mim, um mundo que nunca se revelaria a mim.

– Muito gentil de sua parte – eu disse. – Mas fui estúpida. Sabia que a velha mentiria para mim. Só não pensei que me roubaria.

Dmitri caminhou até a janela e olhou para o jardim lá fora.

– Acho que você não aprendeu muito a respeito de lugares como Xangai. Os russos com quem você cresceu eram... refinados. Eu cresci em meio aos menos escrupulosos e sei como essa gente é.

Observei-o por um momento, as costas eretas, os ombros largos. Fiquei boquiaberta com sua beleza, mas sua seriedade continuava sendo um mistério para mim.

– Você deve achar que eu sou muito tola e mimada – comentei.

Ele se virou, com os olhos tomados de surpresa.

– Acho que é muito bonita e esperta. Nunca conheci ninguém como você. Parece saída de um livro. Uma princesa.

Coloquei os restos do colar de minha mãe dentro do saco.

– Não era o que você estava pensando naquela tarde em que eu o encontrei no jardim, quando estava com Marie e Francine – eu disse. – Estava pensando que sou uma menininha tola.

– De jeito nenhum! – Dmitri contestou, mostrando-se verdadeiramente surpreso. – Acho que Amélia foi rude... e eu fiquei com inveja.

– Inveja? Do quê?

– Eu queria ter estudado em uma boa escola. Gostaria de ter estudado francês e artes.

– Oh! – eu disse olhando para ele com surpresa.

Eu havia passado meses acreditando que ele me desprezava. A porta da sala se abriu, e Mei Lin apareceu. Quando viu Dmitri, ficou parada e deu um passo para trás, timidamente segurando-se no braço do sofá. A pequena havia perdido dois dentes da frente uma semana antes e ceceava ao falar.

– Sergei perguntou se vocês querem tomar chá agora – perguntou, em um russo educado.

Dmitri riu e deu um tapa no próprio joelho.

– Ela deve ter aprendido isso com você – falou ele. – A menina parece uma aristocrata.

– Gostaria de tomar chá? – perguntei a ele. – Sergei adoraria vê-lo.

– Infelizmente, não posso – respondeu o homem, pegando o chapéu e o casaco. – Vou fazer um teste com uma nova banda de jazz para o clube.

– E preferia estudar Francês e Artes?

Dmitri riu de novo, e o som de sua risada passou sobre mim como uma onda quente.

– Um dia – ele disse –, Sergei vai ser convencido a levá-la à boate.

Do lado de fora, o ar estava fresco, e o sol brilhava. Eu estava deprimida, mas aquela visita me animou. O jardim parecia repleto de sons, cheiros e cores. As pombas gorjeavam, e ásteres roxos floresciam. Consegui sentir o cheiro do musgo que cobria a fonte e aquelas partes da parede que ficavam tampadas o tempo todo. Senti vontade de entrelaçar o meu braço no daquele homem e saltitar em direção ao portão, mas me contive.

Dmitri olhou para a casa.

– Você está bem, Anya? – perguntou. – Deve se sentir sozinha.

– Já me acostumei – respondi. – Tenho a biblioteca e alguns amigos na escola.

Ele parou e chutou um pedaço de pedra no caminho, franzindo o cenho.

– Não tenho muito tempo por causa da boate, mas talvez pudesse vir visitá-la, se você quiser. O que acha de eu vir por algumas horas toda quarta-feira à tarde?

– Sim! – exclamei batendo palmas. – Eu adoraria.

A velha empregada abriu a tranca do portão para nós. Senti medo de olhar nos olhos dela. Tentei imaginar se ela tomara conhecimento do ocorrido com o colar e se, por isso, sentia mais raiva de mim. Mas a mulher continuava como sempre, séria e calada.

– O que faremos na próxima quarta-feira, então? – perguntou Dmitri, assoviando para chamar um riquixá. – Quer jogar tênis?

– Não, já faço isso demais na escola.

Eu o imaginei com uma das mãos macias em meu ombro e a outra segurando a minha mão, nossos rostos colados. Mordi o lábio e analisei aquele homem, procurando algum sinal de que ele sentia a mesma coisa. Mas seu rosto era uma máscara. Hesitei um pouco e disse:

– Quero que me ensine a dançar como fez com Marie e Francine.

Dmitri deu um passo para trás, surpreso.

Eu senti meu rosto corar, mas não queria voltar atrás.

– O tango – completei.

Ele riu, jogando a cabeça para trás, e eu pude ver todos aqueles dentes brancos.

– É uma dança muito ousada, Anya. Acho que terei de pedir permissão a Sergei.

– Eu soube que ele já foi um dançarino excelente – respondi, nervosa.

Apesar de Dmitri ter dito que eu era bela e esperta, percebia que continuava sendo uma menininha para ele.

– Talvez possamos pedir a ele que nos ensine.

– Talvez – riu de novo. – Mas ele está sendo muito respeitoso com você. Tenho certeza de que vai insistir para que eu lhe ensine a valsa.

Um garoto condutor de riquixá, com short rasgado e uma camiseta velha, aproximou-se do portão. Dmitri deu a ele o endereço da boate. Eu o observei sentar-se.

– Anya – ele me chamou.

Olhei para cima e vi que se inclinava na minha direção. Eu queria que me beijasse, por isso virei o rosto para ele. Mas o amigo de Sergei encostou a mão em concha em minha orelha e sussurrou:

– Anya, quero que saiba que eu compreendo. Também perdi a minha mãe quando tinha a sua idade.

O som de meu coração no peito foi tão alto, que eu mal consegui escutar o homem.

Ele sinalizou para o menino, e o riquixá desceu a rua. Um pouco antes da esquina, Dmitri se virou e acenou.

– NA PRÓXIMA QUARTA-FEIRA, ENTÃO – gritou.

Senti a pele formigar. Estava tão quente, que eu pensei que estava derretendo. Olhei para trás e vi que a velha empregada olhava para mim, com a mão magra segurando o portão. Passei correndo por ela, voltando pelo jardim, e entrei na casa, com meus sentimentos todos confusos.

quatro

O Moscou-Xangai

O verão em Xangai não era tão frio quanto em Harbin, mas também não era tão belo. Não caía aquela neve branquinha que cobria telhados e ruas, não havia estalactites penduradas em calhas como cristais, não havia aquele silêncio pacífico. O céu ficava constantemente cinza, pessoas desleixadas e com caras tristes caminhavam pelas ruas sujas, e o ar era tão úmido e repleto de granizo, que me deixava arrepiada e melancólica.

O jardim de inverno ficava monstruoso. Os canteiros viravam um mar de lama de dentro do qual apenas as ervas daninhas mais resistentes emergiam. Protegi o pé de gardênia com uma rede e uma capa. As outras árvores cobertas pelo gelo estavam nuas, sem folhas nem neve. Faziam sombras assustadoras em minhas cortinas à noite, como esqueletos levantando de suas covas. O vento soprava por elas, fazendo o vidro da janela tremer e a madeira do teto ranger. Eu passava horas acordadas em muitas noites, chorando pela minha mãe e imaginando que ela estava ali fora, em algum lugar, em meio à chuva, com fome e frio.

Mas, enquanto as flores e plantas dormiam, meu corpo desabrochava. Primeiro, minhas pernas ficaram mais compridas, fui ocupando mais espaço na cama e percebi que seria alta como os meus pais. Minha cintura afinou, e meu quadril alargou, as sardas infantis começaram a desaparecer, e minha pele foi ficando totalmente alva. E, então, para a minha alegria, os seios começaram a crescer. Eu os analisava com interesse, vendo-os aumentar, encher o espaço dentro de minha blusa, como botões de flores. Meus cabelos continuaram loiro-arruivados, mas minhas sobrancelhas e cílios escureceram, e minha voz ficou mais parecida com a de uma mulher. Aparentemente, o único traço que continuava igual eram os meus olhos azuis. As mudanças foram tão repentinas, que pensei que meu crescimento do ano anterior havia sido interrompido, como um rio bloqueado por um tronco, e que algo havia acontecido em Xangai para tirar o obstáculo dali e dar início a uma série de mudanças surpreendentes.

 Eu passava horas recostada na beira da banheira, observando pelo espelho a desconhecida na qual me transformava. Fiquei feliz e, ao mesmo tempo, deprimida com as mudanças. Cada passo em direção à condição de mulher era um passo para mais perto de Dmitri e um passo para mais longe da menina que tinha sido com a minha mãe. Eu já não era mais a garotinha para quem mamãe cantara cantigas sobre cogumelos e cujas mãos gordinhas ela chegava a marcar por segurá-las com força, sem querer soltar. Eu tentava imaginar se minha mãe me reconheceria.

 Dmitri manteve a promessa e me visitava todas as quartas-feiras. Arrastávamos os sofás e as cadeiras para as laterais do salão de festas e implorávamos para que Sergei nos ensinasse a dançar. Conforme a previsão do amigo, meu anfitrião insistia em ensinar a valsa. Sob os olhos sérios dos quadros nas paredes, Dmitri e eu praticamos nossos giros e passos à perfeição. Sergei era um professor dedicado e interrompia nossa dança com frequência para corrigir a posição dos pés, dos braços, da cabeça. Mas eu me sentia mais feliz do que pensei que seria possível. Não importava o estilo de dança nem a música, desde que eu dançasse com Dmitri. Naquelas horas que eu passava com eles todas as semanas, conseguia esquecer a minha tristeza. A princípio, temia que ele estivesse ali apenas por sentir pena de mim ou porque Sergei tivesse pedido, em segredo, que o amigo me ajudasse. Mas eu o observava como um gato de olho no rato, à procura de sinais de reciprocidade, e os encontrei. Ele nunca se atrasava para as nossas aulas e mostrava-se desapontado quando o tempo terminava, demorando-se no corredor mais do que o necessário para pegar seu casaco e o guarda-chuva. Com frequência, quando acreditava que eu não estava vendo, ficava olhando para mim. Eu me virava repentinamente para ele, que desviava o olhar, fingindo prestar atenção em outra coisa.

 Quando os narcisos apontaram no solo, e os pássaros voltaram para o jardim, minha primeira menstruação finalmente ocorreu. Eu disse a Luba que ela precisava falar para Sergei que ele tinha de permitir a minha ida do Moscou-Xangai, porque eu já era uma mulher. A resposta me foi dada em um cartão prateado com uma borrifada de jasmim: "Após o seu 15º aniversário. Você precisa de mais prática para se tornar uma mulher."

Mas meu guardião afirmou a Dmitri que nos ensinaria a dançar bolero. Eu queria aprender o tango e, por nunca ter escutado falar sobre o bolero, fiquei desapontada.

– Não, essa dança é muito mais simbólica – meu parceiro garantiu. – Sergei e Marina dançaram o bolero no dia em que se casaram. Ele não o ensinaria a nós se não nos considerasse sérios.

Na semana seguinte, nosso professor diminuiu a luz do salão de festas, pousou a agulha sobre o disco e posicionou Dmitri e eu, de modo que ficássemos frente a frente, eu um pouco para a direita, e tão próximos, que os botões da camisa de meu cavalheiro ficaram pressionados contra o meu corpo. Eu conseguia sentir sua pulsação e as batidas de seu coração contra as minhas costelas. A luz âmbar deixava o rosto de Sergei com uma aparência demoníaca, e nossas sombras tornaram-se formas grotescas nas paredes. A música tinha um ritmo de marcha com um toque de tambores. E, então, uma flauta, hipnótica como a de um encantador de cobras, começou uma melodia. Trompetes repletos de bravata e cornetas intensas entravam na mistura. O dono da casa começou a dançar, ensinando os passos sem nada dizer. Dmitri e eu acompanhávamos, mantendo o ritmo com os címbalos, altos e baixos, adiantados e lentos; e mexíamos o nosso quadril na direção oposta aos nossos pés. A música me envolvia e me fazia entrar em outro mundo. Por um momento, acreditei que ele e eu éramos o rei e a rainha da Espanha, governando diante de nossa corte; e, depois, que estávamos cavalgando pelas planícies na companhia de Don Quixote; e, ainda, que éramos um imperador e uma imperatriz romanos em uma carruagem diante de nossos subordinados. A dança era uma fantasia, a experiência mais erótica que até então eu conhecia. Sergei caminhava na nossa frente, com os braços em movimento suave sobre a cabeça, mas os passos bem masculinos. Dmitri e eu quase nos tocávamos, demorávamos um momento e, então, nos afastávamos. A melodia da música se repetia sem parar, unindo-nos e separando-nos, levando-nos adiante, seduzindo, alcançando um clímax.

Quando nosso instrutor parou, estávamos sem fôlego. Nós nos seguramos um ao outro, trêmulos. Sergei era um mago que nos levara ao submundo e nos trouxera de volta. Eu ardia de calor, mas não conseguia me mover pelo salão para me sentar. A agulha saiu de cima do disco, e o dono da casa acendeu as luzes. Fiquei surpresa ao ver Amélia, com um cigarro preso entre as pontas dos dedos. Os cabelos pretos e lisos como o pelo de um animal contrastando com a pele pálida. Vê-la causou-me arrepios. Ela soltou a fumaça do cigarro, analisando-me como se fosse um general do exército avaliando o tamanho e a natureza do inimigo. Queria que parasse de olhar para mim. Estava acabando com a alegria que eu sentia depois do bolero. A mulher deve ter lido meus pensamentos, porque sorriu, deu meia volta e saiu.

Eu não havia acreditado muito na promessa de Sergei de me levar ao Moscou-Xangai depois de meu 15º aniversário, mas, um dia de agosto do ano seguinte, ele saiu de seu escritório e anunciou que eu iria à boate naquela noite.

Amélia pegou o vestido verde-esmeralda que a sra. Woo havia costurado para mim, mas ele mal passava pela minha cabeça, pois eu havia crescido muito.

Sergei chamou uma costureira para um ajuste de emergência. Quando ela foi embora, Mei Lin entrou para pentear os meus cabelos. Amélia chegou depois dela, com uma caixa de maquiagem. Maquiou-me as faces e os lábios e borrifou um perfume almiscarado em meus punhos e atrás de minhas orelhas. Quando terminou, inclinou-se para trás e sorriu, contente com o resultado.

– Eu não me importo tanto com você agora que ficou adulta – disse ela. – Só não suporto crianças birrentas.

Eu sabia que estava mentindo, pois continuava me detestando.

Sentei-me entre ela e Sergei no carro. A Bubbling Well Road passou como um filme mudo. Moças de todas as nacionalidades estavam em pé na porta das boates, com seus vestidos de lantejoulas e echarpes de penas. Acenavam para quem passava, chamando clientes com sorrisos. Grupos de arruaceiros caminhavam pelas calçadas abarrotadas, trombando com os pedestres por estarem embriagados, enquanto apostadores reuniam-se nas esquinas, como insetos sob a luz neon.

– Chegamos! – anunciou Sergei.

A porta se abriu, e saí do carro com a ajuda de um homem que vestia um uniforme russo. Seu chapéu era de pelo de urso, e não consegui resistir à vontade de tocá-lo, ao mesmo tempo em que me surpreendia com a beleza à minha frente. Um tapete vermelho subia as escadas de pedras, limitado de ambos os lados por uma corda dourada e trançada. Homens e mulheres formavam uma fila para entrar no clube, com vestidos, casacos de pele, peças de cetim e joias brilhando sob a luz das lâmpadas. A atmosfera era tomada pelas vozes deles. No topo da escada, havia um pórtico com enormes colunas neoclássicas e dois leões de mármore guardando a entrada. Dmitri estava esperando ali. Trocamos sorrisos, e ele se apressou a descer as escadas para nos receber.

– Anya – disse, com a cabeça perto da minha –, a partir de agora, sempre terei com quem dançar, você.

Dmitri impunha respeito como o gerente da boate. Quando nos indicou a direção no tapete vermelho, os clientes abriram caminho em deferência a ele, e mais homens uniformizados fizeram reverências. Do lado de dentro, a antessala era de tirar o fôlego. Paredes de mármore artificial e espelhos refletiam a luz de um candelabro gigante pendurado no teto bizantino. As janelas falsas eram pintadas de azul cor do céu, e com nuvens brancas, e davam a impressão de uma escuridão permanente. O corredor fez com que me lembrasse de uma fotografia que meu pai mostrara do palácio do czar e me recordasse de quando ele me contou sobre as aves das gaiolas que cantavam quando alguém entrava. Mas não havia pássaros canoros no Moscou-Xangai, apenas um esquadrão de jovens mulheres com vestidos russos bordados, observando casacos e bolsas das convidadas.

O interior da boate tinha uma ambientação totalmente diferente. Paredes com placas de madeira e tapetes vermelhos turcos cercavam a pista de dança, repleta de pessoas girando no ritmo da música tocada pela banda. Entre os casais glamourosos, oficiais norte-americanos, britânicos e franceses dançavam a valsa com belas dançarinas de aluguel. Outros clientes estavam sentados em cadeiras de mogno e sofás de veludo, bebericando champanhe ou uísque e gesticulando para garçons, para que estes trouxessem caviar e pão.

Respirei o ar tomado de fumaça. Assim como na tarde em que Sergei nos ensinou o bolero, eu estava sendo arrastada para dentro de um mundo novo. Apenas o Moscou-Xangai era real.

Dmitri levou-nos escada acima para um restaurante que ficava em um andar de mezanino com vista para a pista de dança. Dezenas de lâmpadas a gás decoravam as mesas, todas elas ocupadas. Um garçom passou correndo com carne fumegante em uma espada e encheu o ar com o cheiro de cordeiro, cebolas e conhaque. Para todos os lados que eu olhava, havia diamantes e peles, lãs e sedas caras. Banqueiros e gerentes de hotéis estavam sentados, discutindo negócios com gângsteres e comerciantes, enquanto atores e atrizes olhavam para diplomatas e oficiais.

Alexei e Luba já estavam sentados a uma mesa, ao fundo do restaurante, com uma taça de vinho quase no fim diante do primeiro. Eles conversavam com dois capitães ingleses da marinha e suas esposas. Os homens levantaram-se para nos receber, enquanto as mulheres, de boca fechada, olharam para Amélia e para mim com antipatia disfarçada. Uma delas olhava com tanta intensidade para as fendas em meu vestido, que comecei a sentir a pele corada de vergonha.

Garçons vestindo *smokings* traziam a comida em bandejas de prata e serviam um banquete de ostras, *piroshki* (tipo de pastel russo) recheados com abóbora doce, *blini* (tipo de panqueca russa) com caviar, sopa cremosa de aspargos e pão preto. Era mais comida do que seríamos capazes de comer, mas eles continuavam trazendo os pratos: peixe com molho de vodca, frango Kiev, compotas, uma sobremesa de cerejas e bolo de chocolate.

Um dos capitães, Wilson, perguntou-me se gostava de Xangai. Eu não conhecia muito da cidade, além da casa de Sergei, minha escola, as lojas em poucas ruas na qual podia caminhar sozinha e um parque na Concessão Francesa, mas respondi que adorava. Ele assentiu, inclinou-se para mim e sussurrou:

– A maioria dos russos nesta cidade não vive como você, mocinha. Veja as meninas pobres ali embaixo. Provavelmente eram filhas de príncipes e nobres. Agora, têm de dançar e entreter bêbados para ganhar a vida.

O outro capitão, cujo nome era Bigham, disse que sabia que minha mãe tinha sido levada a um campo de trabalho.

– Aquele maluco do Stalin não vai ficar no poder para sempre – afirmou ele, servindo legumes em meu prato e derrubando o vidro de pimenta. – Haverá outra revolução antes do fim do ano, você vai ver.

– Quem são esses tolos? – Sergei perguntou a Dmitri.

– Investidores – respondeu Dmitri. – Então, continue sorrindo.

– Não – Sergei disse. – Não. Você terá de treinar Anya para fazer isso, agora que ela tem idade. Ela é muito mais charmosa do que qualquer um de nós.

Quando o vinho depois do jantar foi servido, fui à sala de maquiagem e reconheci as vozes das esposas dos capitães conversando, cada uma dentro de um cubículo. Uma delas dizia à outra:

– Aquela norte-americana deveria sentir vergonha de si mesma e não andar como se fosse a rainha de Sheba. Acabou com a felicidade de um homem bom e agora está com aquele russo.

– Eu sei – a outra mulher concordou. – E quem é a garota que está com eles?

– Não sei – respondeu ela. – Mas pode apostar que, logo, logo, aquela mulher vai estragar a menina também.

Eu me pressionei contra a pia, querendo escutar mais e torcendo para que meus saltos não fizessem barulho no chão. "Quem era o homem bom cuja vida Amélia destruíra?"

– Bill pode gastar o dinheiro dele como quiser – a primeira mulher disse –, mas de que serve isso, se ele está com uma mulher daquelas? Você sabe como os russos são.

Eu ri, e as duas mulheres pararam de conversar. As descargas dos dois banheiros foram acionadas ao mesmo tempo, e saí rapidamente de lá.

À meia-noite, a orquestra parou, e uma banda cubana assumiu o palco. O ritmo dos instrumentos de corda foi suave no começo, mas, assim que o baixo e a percussão se uniram, a música mudou de ritmo, e consegui sentir a animação nas pessoas. Casais correram para a pista para dançar o mambo e a rumba, enquanto aqueles sem parceiros formaram uma fila para a conga. Fiquei hipnotizada com a música, tão selvagem e, ainda, assim sofisticada. Inconscientemente, eu batia o pé no chão e estalava os dedos no ritmo da música.

Luba riu alto, cutucou Dmitri e apontou para mim.

– Vamos, Dmitri, leve Anya para dançar e mostre-nos o que Sergei tem ensinado a vocês.

Ele sorriu para mim e estendeu o braço. Eu o segui para a pista de dança, apesar de estar morrendo de medo. Dançar no salão de festas da casa de meu anfitrião era uma coisa, mas na pista de dança do Moscou-Xangai era outra. A multidão enlouquecida de pessoas chacoalhando o quadril e remexendo as pernas parecia um ataque de loucos. Todos dançavam como se fossem morrer, se não se entregassem ao ritmo.

Dmitri colocou uma das mãos em meu quadril e segurou os meus dedos com a outra, e, então, me senti segura. Nós nos movemos juntos com passos curtos e ritmados, mexendo o quadril e balançando os ombros. Estávamos brincando no começo e batíamos os joelhos, os pés e resvalávamos nas outras pessoas, rindo sem parar. Mas, depois de um tempo, nós nos movimentamos com graça, e eu percebi que minha vergonha desaparecera.

– O que é essa música? – perguntei a Dmitri.

– Eles chamam de manbo e merengue. Você gostou?

– Sim, gostei muito. Por favor, não permita que eles parem.

Dmitri jogou a cabeça para trás e riu.

– Vou pedir a eles que toquem essa música toda noite para você, Anya! E amanhã vou levá-la ao Yuyuan.

Nós dois dançamos todas as músicas, e o suor molhou nossas roupas, e meus cabelos se soltaram sobre os ombros. Voltamos para a mesa apenas quando a última canção foi tocada. Os capitães e suas esposas já tinham partido, mas Sergei e os Michailov ficaram em pé para nos aplaudir.

– Bravo! Bravo! – nosso professor gritou.

Amélia sorriu brevemente e nos entregou lenços para que secássemos o suor do rosto e do pescoço.

– Pare de fazer papel de tola, Anya.

Ignorei seu comentário cruel.

– Por que não dança com Sergei? – perguntei a ela. – Ele é muito bom.

Minha pergunta foi inocente, motivada pela alegria que dançar com Dmitri me causava. Mas Amélia arqueou-se como um gato. Seus olhos brilharam, mas a mulher não disse nada. A atmosfera entre nós, que sempre tinha sido desconfortável, ficou ainda mais tensa. Percebi que havia cometido um erro terrível, mas não ia pedir desculpas por um problema ainda não confirmado.

Nós ficamos tensas no carro até voltarmos para casa, oponentes prontas para a batalha. Sergei fez comentários sobre o trânsito, eu falei em russo de propósito, e Amélia olhava diretamente para a frente. Mas eu sabia que, no caso de um confronto, não conseguiria vencê-la.

No dia seguinte, disse a Sergei que Dmitri havia pedido para se encontrar comigo.

– Fico feliz por vocês dois terem se entendido – ele disse, inclinando-se para mim. – Eu não poderia querer mais nada. Dmitri é como um filho para mim, e você, uma filha.

Ele tinha um compromisso, por isso tratou de encontrar um substituto para a recepção. Amélia recusou-se logo de cara, dizendo que não tinha a menor intenção de passar o dia na companhia de "adolescentes apaixonados". Luba disse que adoraria, mas já tinha um compromisso, uma reunião de senhoras, e Alexei estava gripado. Assim, foi a velha empregada quem me acompanhou no riquixá. Ela ficou sentada, fria como sempre, e não respondia às minhas perguntas nem olhava para mim, quando eu tentava conversar.

Dmitri e eu nos encontramos no Yuyuan Gardens, na parte velha da cidade, em uma tradicional casa de chá, diante de um lago e perto das montanhas. Ele estava esperando à sombra de um salgueiro, vestindo um terno de linho cor de creme que destacava o verde de seus olhos. As paredes em tom pastel da casa de chá e o teto do lugar lembravam-me de uma caixinha de chá que tínhamos em nossa casa em Harbin. Estava quente, e Dmitri sugeriu que nos sentássemos no piso superior para aproveitar a brisa. Ele convidou a empregada para se sentar à nossa mesa, mas ela se sentou à mesa ao lado, olhando com seriedade para a bela vista de caminhos e pavilhões, ainda que eu suspeitasse que ela escutava toda a nossa conversa.

Uma garçonete trouxe chá de jasmim em xícaras de cerâmica.

– Este é o parque mais velho da cidade – disse Dmitri. – E bem mais bonito do que aqueles na Concessão Francesa. Você sabe que ali costumava haver placas que diziam: "É proibida a entrada de cães e de chineses".

– É terrível ser pobre – falei a ele. – Pensei que já tivesse visto bastante coisa quando os japoneses invadiram Harbin. Mas não tinha visto nada como a pobreza em Xangai.

– Há muitos russos mais pobres do que chineses aqui – comentou ele, pegando um estojo de metal do bolso e acendendo um cigarro. – Meu pai teve de trabalhar como chofer para uma rica família chinesa, quando veio para Xangai. Acho que eles sentiam prazer em ver um homem branco em uma situação desesperadora.

0Uma brisa soprou pela mesa, levantando os guardanapos e esfriando o chá. A velha empregada havia cochilado, com os olhos fechados e a cabeça recostada no batente da janela. Dmitri e eu rimos.

– Eu vi aquelas garotas russas ontem à noite – confidenciei. – Aquelas que são pagas para dançar com os clientes.

Ele me observou por um momento, com o rosto sério e os olhos semicerrados.

– Está brincando, Anya? Aquelas moças ganham bastante dinheiro e não precisam se comprometer. Talvez algumas promessas aqui, um comentário de flerte ali, mostrar um pouco do corpo e atrair os clientes para que bebam e gastem um pouco mais do que gastariam. Mas nada mais do que isso. Existem mulheres em situações muito piores.

Ele se virou, e o silêncio entre nós foi esquisito. Belisquei meu braço, sentindo-me idiota, quando tudo o que queria era que Dmitri me admirasse.

– Você pensa muito na sua mãe? – perguntou ele.
– O tempo todo – respondi. – Ela não sai da minha mente.
– Eu sei – ele comentou, fazendo sinal para que a garçonete trouxesse mais chá.

– Você acha que é verdade que haverá outra revolução na Rússia?
– Eu não duvidaria, Anya.

O tom sério de Dmitri foi como uma punhalada, e eu me retraí. Quando percebeu a minha reação, ficou mais simpático. Olhou para trás para ter certeza de que a empregada dormia, antes de pegar meus dedos com a mão quente.

– Meu pai e os amigos dele esperaram todos os dias, durante anos, para que a aristocracia fosse restaurada na Rússia. Passaram a vida esperando por algo que nunca ocorreu – disse ele. – Do fundo do coração, espero que a sua mãe seja libertada, Anya. Só estou dizendo que você não deve contar com isso. Precisa cuidar de si mesma agora.

– Amélia diria algo assim – repliquei.
Ele riu.
– É mesmo? Bem, consigo entender isso. Somos parecidos. Tivemos de lutar para entrar neste mundo. Começamos do zero. Pelo menos, ela sabe o que quer e como conseguir.

– Ela me assusta.

Dmitri inclinou a cabeça, surpreso.

– Assusta? Bem, você não deveria ter medo. Ela ladra, mas não morde. É uma pessoa invejosa, e gente assim sempre se sente insegura.

Ele acompanhou a mim e à empregada de volta para casa, onde as outras empregadas estavam polindo os móveis e limpando os carpetes.

Amélia não estava em lugar algum. Sergei acabara de chegar e esperava por nós na porta da frente.

– Espero que tenham se divertido juntos no Yuyuan – disse ele.

– Foi maravilhoso – respondi, aproximando-me para beijá-lo.

Seu rosto estava suando e os olhos um tanto perdidos, sinais de que ia se drogar.

– Fique conosco um pouco – Dmitri pediu a ele.

– Não, preciso fazer as minhas coisas – Sergei respondeu.

E deu um passo para trás para girar a maçaneta. Mas seus dedos tremiam, e ele não conseguiu abrir a porta.

– Vou ajudá-lo... – afirmou Dmitri, inclinando-se.

Meu anfitrião pareceu irritado, mas, assim que a porta da casa abriu, ele correu para dentro, quase derrubando uma das empregadas.

Olhei para o rosto de Dmitri e vi a angústia estampada nele.

– Você sabe, não é? – perguntei.

Ele cobriu os olhos com a mão.

– Vamos perdê-lo, Anya. Da mesma forma como perdi meu pai.

⁂

Minha segunda noite no Moscou-Xangai foi uma decepção, e minha animação desapareceu assim que entrei na boate. Não havia ali a clientela refinada da noite anterior, mas, sim, muitos oficiais e subalternos da Marinha. No palco, uma banda toda vestida de branco dançava, e os vestidos coloridos de náilon das moças russas transformaram a pista em uma festa barata. Havia homens de mais e mulheres de menos. Os sujeitos sem parceiras esperavam em grupos no bar ou no restaurante, que havia se transformado em uma área de bebidas. Eles falavam alto e faziam estardalhaço. Quando riam ou gritavam seus pedidos aos garçons apressados, o som emitido era mais alto do que a música.

– Não gostamos de recebê-los no clube – Sergei disse para mim. – Geralmente nossos preços os mantêm afastados. Mas, desde a guerra, discriminá-los tem sido mal visto. Então, nas noites de quinta, os preços das bebidas e das danças caem pela metade.

O *maître* nos levou a uma mesa no canto mais afastado do salão. Amélia pediu licença para ir à sala de maquiagem, e eu procurei Dmitri, tentando entender por que ele não estava ali conosco. Avistei-o na beira da pista de dança, perto dos degraus que levavam ao bar. Estava com os braços cruzados e remexia os ombros com nervosismo.

– Pobre Dmitri – Sergei me falou. – Ele cuida deste lugar com toda a dedicação. Eu gosto daqui. Mas, se pegasse fogo, não me importaria muito.

– Ele está preocupado com você – comentei.

Sergei fez uma careta, pegou um guardanapo e limpou os lábios e o queixo.

– Ele perdeu o pai quando era menino. A mãe teve de dormir com homens para poder ter o que comer.

– Oh! – exclamei, lembrando da reação de Dmitri quanto à minha ignorância a respeito das dançarinas russas.

Senti o rosto arder de vergonha.

– Quando isso aconteceu?

– No começo da guerra. Dmitri está acostumado a sobreviver sozinho.

– Ele me disse que perdeu a mãe, quando era mais novo. Mas não perguntei como, e Dmitri também não me contou.

Sergei olhou para mim, como se decidisse quanto me contaria.

– Certo dia, ela atendeu o homem errado. Um marinheiro – relatou ele falando mais baixo. – Ele a matou.

– Oh! – eu disse, pressionando os dedos no braço de meu interlocutor. – Pobre Dmitri!

Meu acompanhante deu de ombros.

– Ele a encontrou, Anya. Imagine como isso foi terrível. A Marinha condenou o monstro e o enforcou. Mas de que isso adianta para um rapaz que perdeu a mãe?

Olhei para as dançarinas, triste demais para chorar, e arrasada, sem conseguir pensar em uma resposta.

Sergei me cutucou com o cotovelo.

– Diga a Dmitri para não se preocupar. Outras boates tiveram problemas, mas esta, nunca. Está entre uma das favoritas dos oficiais. Eles não ousariam.

Fiquei feliz por ele me dar uma oportunidade para me aproximar de Dmitri.

A pista era uma confusão de calor e membros. Mal consegui ver por onde andava em meio aos braços em movimento e aos rostos corados. Os dançarinos estavam ficando mais animados com a música. O ritmo dos instrumentos de percussão levava-os ao clímax. Uma moça russa dançava com tanta animação, que um de seus seios começou a sair por cima da gola do vestido. A princípio, apenas o mamilo rosado escorregou por cima do tecido, mas, quanto mais ela dançava, mais seu corpo ficava exposto. Depois de um salto vigoroso, o seio todo apareceu. Ela não tentou se arrumar, e nenhuma outra pessoa pareceu perceber.

Alguém tocou as minhas costas.

– Ei, bonita! Aqui está o meu tíquete.

Eu percebi a sombra do homem atrás de mim e senti o hálito de álcool. Havia desejo em sua voz arrastada.

– Você, linda. Estou falando com você.

Alguém da multidão, uma mulher, gritou:

– DEIXE-A EM PAZ. ELA É A FILHA DO CHEFE.

Dmitri arregalou os olhos ao me ver, partiu em meio às pessoas e me puxou para o lado na pista de dança.

– Eu pedi a eles para não trazerem você aqui esta noite – disse ele, erguendo-me para ficar do seu lado. – Será que um deles ainda tem um pouco de bom senso?

– Sergei pediu para dizer a você que ele acha que não haverá problemas – eu falei.

– A noite está quente. E não vou correr nenhum risco.

O gerente fez um gesto para um dos garçons e sussurrou no ouvido dele. O rapaz se apressou e voltou alguns instantes depois, com uma taça de champanhe.

– Aqui está – ofereceu-me Dmitri. – Pode tomar um pouco e, então, vou mandá-la para casa.

Peguei a taça dele e bebi um único gole.

– Hum, que champanhe gostoso! – provoquei. – Francês, creio eu.

Ele sorriu.

– Anya, quero que fique aqui, que trabalhe comigo, mas não nestas noites. Não é adequado para você, que é muito superior a este público.

Um oficial da Marinha chocou-se comigo e quase me derrubou dos degraus. Ele se endireitou e me pegou pela cintura. Estava embriagado.

Seus braços tinham um emaranhado de tatuagens. Afastei-me dele, assustada com a agressividade de seus olhos vermelhos. Suas mãos voltaram ao meu corpo, envolvendo-me como uma corda. Arrastou-me para a pista de dança. Meu ombro estalou, e eu derrubei a taça de champanhe, que se espatifou no chão e ainda foi pisada por alguém.

– Você é meio magrinha – disse o oficial, puxando-me pela cintura. – Mas gosto de mulheres magras.

Dmitri logo se colocou entre nós.

– Com licença, senhor – interrompeu ele –, mas há um engano. Ela não é uma dançarina.

– Se ela tem duas pernas e um orifício, então é – retrucou o oficial sorrindo e secando a saliva de seus lábios com as pontas dos dedos.

Não vi Dmitri bater no oficial, pois foi rápido demais. Só vi o homem cair de costas, com a boca sangrando, surpreso. Ele bateu a cabeça no chão e ficou ali por um momento, confuso. Então, tentou se apoiar no cotovelo, mas, antes que conseguisse se erguer, o gerente caiu de joelhos sobre o pescoço do homem e começou a socar seu rosto. A partir de então, tudo se passou em câmera lenta. As dançarinas se afastaram e abriram um círculo ao redor. A banda parou de tocar. As mãos de Dmitri estavam cobertas de sangue e saliva. O rosto do oficial estava virando purê ali na minha frente.

Sergei surgiu na multidão e tentou afastar o amigo.

– VOCÊ FICOU MALUCO? – gritou.

Mas Dmitri não escutou o que ele disse, pois estava chutando as costelas do homem. Ossos foram quebrados. O sujeito rolou de dor, e o protegido de Sergei pisou em sua virilha. Três oficiais de pescoços grossos e punhos pesados foram ajudar o colega. Um deles ergueu o homem, que sangrava, pelas mangas da camisa e o arrastou pelo chão. Os dois outros seguraram Dmitri e o derrubaram no chão. A multidão ficou em pânico. Todos tinham certeza de que estavam prestes a testemunhar um assassinato. Os marinheiros britânicos, franceses e italianos começaram a gritar palavrões aos oficiais, que responderam.

Alguns deles tentavam chamar os companheiros à razão, pedindo para que não desgraçassem o país, enquanto outros incentivavam a violência. Os confrontos aconteceram intensamente. Os clientes começaram a reunir seus pertences e a correr para as saídas, em um empurra-empurra. As dançarinas russas tentaram se proteger na sala de maquiagem, enquanto os *chefs* e os garçons correram, tropeçando em vasos e estátuas caras. As notícias devem ter se espalhado pelas ruas porque, apesar de alguns convidados estarem fugindo, a sala também estava se enchendo de reforços. Os soldados norte-americanos batiam nos membros da Marinha, que batiam nos franceses, que batiam nos marinheiros britânicos.

Os membros da Marinha prenderam Dmitri em uma gravata. Ele retorceu a boca, sentindo dor. Um marinheiro italiano e outro membro da Marinha aproximaram-se para ajudar, mas não foram páreo para os homens fortes. Sergei pegou uma cadeira e quebrou-a nas costas de um dos oficiais da Marinha, deixando-o inconsciente. Incentivado pelo sucesso, o italiano derrubou os outros membros da Marinha no chão. Mas o último deles, o maior dos três, prendeu Dmitri, empurrando a cabeça dele contra o chão e tentando quebrar seu pescoço. Eu gritei e olhei ao redor, à procura de ajuda. Vi Amélia no restaurante, segurando uma faca e tentando descer as escadas. Meu defensor estava engasgado, e saliva escorria de sua boca. Sergei acertou o oficial da Marinha com os punhos grandes, mas não causou nenhum efeito. A mão de Dmitri estava torcida atrás dele. Seus dedos seguraram os dedos do meu pé. Não aguentava mais. Eu me joguei contra o sujeito e mordi sua orelha com toda a minha força. Senti gosto de sangue e de sal. O homem gritou e soltou o gerente da boate. Ele me empurrou para longe, e eu cuspi a carne cheia de sangue. O rosto do oficial ficou pálido, quando viu que metade de sua orelha estava em meu colo. Ele levou a mão à cabeça e fugiu.

– *Benissimo*! – o marinheiro italiano me disse. – Agora, vá lavar a sua boca.

Quando voltei do banheiro, escutei as sirenes e apitos dos carros da polícia do lado de fora. Os policiais entraram correndo no prédio, batendo nas pessoas indiscriminadamente e aumentando a confusão. Saí correndo e vi as ambulâncias recolhendo os feridos. Parecia uma guerra novamente.

Saí à procura de Dmitri e de Sergei naquele pandemônio e encontrei os dois nos degraus com Amélia, observando os feridos como se observassem convidados especiais em uma noite normal. O olho do rapaz estava roxo e os lábios tão inchados, que seu rosto não parecia humano. Ainda assim, ele conseguiu sorrir como um menino quando me viu.

– É O FIM PARA NÓS – gritei. – Eles impedirão os nossos encontros aqui, não?

Dmitri ergueu a sobrancelha, surpreso. Sergei riu.

– Rapaz – disse ele –, acredito que, depois de apenas duas noites, Anya se importa.

Até mesmo Amélia, com a manga do vestido rasgada e os cabelos despenteados, sorriu para mim.

– É assim que acontece, certo, Anya? – perguntou Dmitri. – É como a música. O lugar entra em seu sangue. Você é uma de nós agora, uma moradora de Xangai.

A limusine chegou, e Amélia entrou nela, fazendo um gesto para que eu entrasse.

– Os meninos fizeram a bagunça e agora vão limpar tudo – ela disse.

O sangue grosso do homem ainda estava na parte da frente de meu vestido. Estava grudado em minha pele. Olhei para aquilo e comecei a chorar.

– Pelo amor de Deus – a esposa de SergeiAmélia reagiu, segurando o meu braço e me enfiando dentro do carro. – Estamos em Xangai, não em Harbin. Amanhã tudo estará normal, e esta noite será esquecida. Ainda continuaremos sendo a boate mais agitada da cidade.

cinco

Rosas

Na manhã seguinte, enquanto eu fazia uma trança para ir à escola, Mei Lin bateu à porta e disse que Sergei estava ao telefone. Desci a escada, disfarçando um bocejo. Minha pele estava seca, e a garganta, dolorida. O fedor de fumaça de cigarro estava impregnado em meus cabelos. Não estava ansiosa para assistir à aula chata de Geografia da irmã Mary antes do almoço. Eu me vi dormindo entre as Ilhas Canárias e a Grécia e tendo de escrever no quadro negro, cem vezes, o motivo de meu cansaço. Imaginei a surpresa no rosto da freira, quando eu pegasse um pedaço de giz e começasse a escrever no quadro: "Eu fui ao Moscou-Xangai ontem à noite e não dormi bem."

Eu gostava das minhas aulas de Francês e de Arte, mas, agora que havia dançado o bolero e conhecido o Moscou-Xangai, estava crescida demais para a escola. Meu santuário de livros e canetas não se comparava à animação e ao glamour do mundo que havia se aberto para mim. Coloquei a minha escova de cabelos sobre o aparador no corredor e peguei o telefone.

– Anya – escutei a voz de Sergei na linha –, agora você é funcionária da boate, e preciso de você aqui às 11 horas!

– Mas e a escola?

– Você acha que já se cansou da escola? Ou quer continuar estudando?

Eu levei a mão à boca. Bati na mesa, e a escova de cabelos caiu no chão.

– JÁ ME CANSEI! – eu gritei. – Estava pensando nisso agora mesmo. Posso continuar a ler e a aprender sozinha.

Sergei riu e sussurrou para alguém que estava na sala com ele. A outra pessoa, um homem, riu também.

– Bem, apronte-se e venha à boate, então – disse ele. – E vista o seu vestido mais bonito. A partir de agora, você deverá estar sempre linda.

Bati o telefone e subi a escada correndo, tirando o meu uniforme da escola no caminho. O cansaço de poucos momentos antes havia desaparecido.

– Mei Lin! Mei Lin! – chamei. – Ajude-me a me vestir!

A menina apareceu na escada, com os olhos arregalados.

– Vamos.

Eu segurei o bracinho dela e a arrastei para dentro de meu quarto.

– A partir de agora, você é a aia de uma funcionária do Moscou-Xangai.

O Moscou-Xangai estava muito animado. Uma equipe de trabalhadores chineses estava esfregando as escadas com vassouras e baldes de água com sabão. Uma das janelas tinha sido quebrada na briga da noite anterior, e um homem estava consertando o vidro. No salão, as empregadas limpavam o chão e passavam um pano nas mesas. Os assistentes do *chef* entravam e saíam pelas portas, juntando as caixas de aipo, cebolas e beterrabas passadas a eles por um entregador, pela entrada lateral.

Afastei os cabelos do rosto e ajeitei o meu vestido. Minha roupa havia sido escolhida com a ajuda de Luba, certo dia, depois da escola. Nós a tínhamos visto em um catálogo dos Estados Unidos. Era um vestido cor-de-rosa, com uma camada de tule sobre a parte de cima. Havia rosas na gola e na barra. Era decotado, mas o material reunia-se na altura do busto, por isso não parecia muito ousado. Eu queria que Sergei o aprovasse, e não me mandasse para casa para me trocar. Perguntei a um dos funcionários da cozinha onde seu patrão estava e ele apontou para um corredor e uma porta na qual se lia "Escritório". Mas foi Dmitri quem me recebeu.

– Entre – disse o gerente.

Ele estava em pé, perto de uma lareira, fumando um cigarro. Seu rosto estava machucado e inchado, e o braço, apoiado em uma tipoia. Mas, pelo menos, eu sabia que era ele, e, apesar dos ferimentos, na minha opinião, continuava bonito como sempre.

Dmitri olhou para o meu vestido, e percebi, pelo sorriso que deu, que gostou do que viu.

– Como você está? – perguntou.

Ele empurrou as cortinas e permitiu que mais luz adentrasse a sala.

Na janela, havia um modelo da Vênus de Milo. Ela e o vaso branco de porcelana no consolo da lareira eram as únicas peças de decoração do escritório. Todo o resto era muito moderno. Uma mesa de teca e cadeiras de couro vermelho dominavam a sala, totalmente organizada, sem qualquer papel ou livro aberto à vista. A janela dava vista para um caminho que, diferentemente das vielas de Xangai, estava limpo. Um salão de beleza, um café e uma loja de doces ficavam lado a lado ali. Os toldos verdes da loja ficavam abertos, e os botões de gerânio vermelhos brotavam das jardineiras.

– Sergei pediu para que eu viesse.

Dmitri apagou o cigarro no cinzeiro.

– Ele foi a algum lugar com Alexei. Não voltam hoje.

– Não compreendo. Sergei disse...

– Anya, *eu* queria falar com você.

Eu não sabia se devia ficar feliz ou com medo. Sentei-me na cadeira perto da janela. Dmitri sentou-se na minha frente. Seu rosto estava tão sério, que temi que algo grave tivesse acontecido, que houvesse um problema com a boate por causa do ocorrido da noite anterior.

Ele apontou para fora da janela.

– Se você olhar para o oeste, verá alguns telhados dilapidados. Foi onde você perdeu o colar de sua mãe.

O comentário dele me assustou. Por que estava relembrando algo tão triste? Teria ele encontrado, de alguma maneira, o restante do colar?

– É de lá que eu sou – disse. – Foi onde nasci.

Fiquei surpresa ao ver a mão dele tremendo. Ele remexeu em um cigarro, derrubando-o no colo. Senti vontade de segurar sua mão e beijá-la, para confortá-lo de alguma maneira. Mas eu não sabia o que estava errado. Peguei o cigarro e segurei o isqueiro para ele. Uma estranha expressão surgiu em seus olhos, como se estivesse se lembrando de algo doloroso. Não conseguia tolerar vê-lo magoado. Era como ser apunhalada no coração.

– Dmitri, você não tem que me contar isso – eu falei. – Você sabe que não me importo com o seu passado.

– Anya, há algo importante que preciso dizer a você. Você vai ter que saber isso para tomar uma decisão.

As palavras dele foram nefastas. Engoli em seco. Uma veia de meu pescoço começou a latejar.

— Meus pais são de São Petersburgo. Quando saíram de casa, era tarde da noite. Não levaram nada com eles, pois não tiveram tempo. O chá de meu pai ficou esfriando sobre a mesa, o bordado de minha mãe ficou na cadeira perto da lareira. Eles souberam sobre as revoltas tarde demais e escaparam da Rússia sem nada. Quando chegaram a Xangai, papai conseguiu trabalho como ajudante geral e, então, depois que eu nasci, como chofer. Mas nunca se recuperou por ter perdido a vida que tinha. Enfrentou problemas de nervos por causa da guerra. Bebia e fumava com a maior parte do parco dinheiro que recebia. Foi a mamãe quem deixou de lado seu orgulho e esfregou o chão de mulheres chinesas ricas para manter um teto sobre nós. Até que, um dia, ele tomou uma overdose de ópio e a deixou com dívidas que seu trabalho como faxineira não conseguia quitar. Minha mãe foi forçada a... encontrar outra maneira de ganhar dinheiro, para colocar comida na mesa.

— Sergei me contou a respeito da sua mãe — eu disse, desesperada para acalmar o seu sofrimento. — Mamãe também teve de tomar uma decisão que parecia moralmente errada para me proteger. Uma mãe faz qualquer coisa para salvar os filhos.

— Anya, eu sei que meu amigo lhe contou sobre a minha mãe. E sei que você é tão generosa, que consegue entender. Mas preste atenção, por favor. Porque essas foram as forças que me formaram.

Eu me recostei na cadeira, surpresa.

— Prometo não interromper mais.

Ele assentiu.

— Até onde me lembro, queria ser rico. Não queria viver em um barraco com o fedor do esgoto e tão úmido, que o frio dali gelaria meus ossos até mesmo no verão. Os meninos ao meu redor mendigavam, roubavam ou trabalhavam em fábricas que os manteriam pobres para sempre. Mas eu jurei que nunca me tornaria um covarde como o meu pai. Não me entregaria, independentemente do que tivesse de sacrificar. Encontraria uma maneira de ganhar dinheiro e daria uma boa vida a mim e à minha mãe. A princípio, tentei empregos honestos. Apesar de nunca ter estudado, eu era esperto, e minha mãe havia me ensinado a ler. Porém, eu só conseguia dinheiro para um pouco mais de comida e queria mais do que isso. Tudo bem reclamar do trabalho, se você for rica. Mas e ratos, escória, como eu? Precisamos ser mais astutos. Então, quer saber o que eu fiz? Ficava do lado de fora de bares e clubes aos quais as pessoas ricas iam. E, quando elas saíam, eu as abordava para pedir trabalho. Não eram pessoas ricas como Sergie e Alexei, eram lordes do ópio. Eles não querem saber de onde você é ou de onde veio, nem a sua idade. Na verdade, quanto menos suspeito você for, melhor.

Ele parou, analisando meus olhos, à procura de sinais do efeito que suas palavras estavam causando em mim. Eu não gostava do que estava escutando, mas estava determinada a me manter calada até que ele terminasse.

– Os lordes do ópio ficaram felizes por um rapaz tão novo saber quem eram e por querer trabalhar para eles – continuou, ficando em pé e segurando o encosto da cadeira. – Eu costumava enviar mensagens a eles de um lado a outro da cidade. Certa vez, entreguei uma mão decepada. Era um aviso. Jamais gastei um centavo do que ganhava comigo mesmo. Eu escondia tudo dentro do colchão. Estava economizando para comprar uma casa melhor, coisas melhores para a minha mãe. Mas, antes que tudo isso acontecesse, ela foi assassinada.

Ele soltou a cadeira e aproximou-se da lareira, cerrando os punhos. Recompôs-se e então começou novamente.

– Depois da morte de minha mãe, fiquei ainda mais determinado a enriquecer. Se fôssemos ricos, ela não teria morrido. Foi o que concluí. E ainda penso assim. Prefiro morrer a ser pobre de novo, porque, se for pobre, você não vale nada. Não me orgulho de tudo o que fiz. Mas também não me arrependo de nada. Fico feliz por estar vivo. Aos 15 anos, já tinha as costas largas e o peito forte. E também era bonito. Os lordes do ópio brincavam, dizendo que eu era seu guarda-costas bonito. Era um prestígio ter um russo branco em seu grupo. Eles compravam ternos de seda para mim e me levavam às melhores boates da cidade. Até que, certa noite, entreguei um pacote para a Concessão Francesa. Quando eu buscava algo diretamente com um dos lordes, procurava ter certeza de que o lugar era bom, não as casas escuras nas quais os intermediários se metem: locais sombrios, fedidos e repletos de clientes desesperados, como o meu pai; não as cabanas às quais os meninos dos riquixás vão para poderem enfiar o braço por um buraco e receber uma agulhada. O ponto daquela noite era o melhor da Concessão. Mais parecia um hotel cinco estrelas do que um bordel. Tinha móveis escuros, cortinas de seda, porcelana francesa e chinesa, uma fonte italiana no corredor. Estava repleto de meninas euro-asiáticas e brancas. Levei o pacote à cafetina da casa. Ela riu ao ler o bilhete do lorde, beijou meu rosto entregou-me duas pulseiras douradas como recompensa pelo meu esforço. Ao sair, passei por um cômodo cuja porta estava entreaberta. Escutei os cochichos de mulheres vindos do lado de dentro do local. Por curiosidade, espiei pela abertura e vi um homem deitado na cama. Duas meninas vasculhavam seus bolsos, o que acontece até mesmo nos lugares mais requintados, quando alguém desmaia. Elas procuravam coisas nas roupas dele e encontraram algo ao redor do pescoço. Parecia um anel em uma corrente. Tentaram abrir o fecho, mas não conseguiram passar as mãos pequenas atrás do pescoço grosso do sujeito. Uma delas começou a morder a corrente, como se fosse rompê-la com os dentes. Eu poderia simplesmente ter fechado a porta e partido. Mas o homem parecia vulnerável. Talvez ele me fizesse lembrar o meu pai. Sem pensar, surpreendi as moças e disse que era melhor elas deixarem o homem em paz, pois ele era amigo do Dragão Vermelho. As duas se afastaram, assustadas. Eu achei graça naquilo, então gritei para que chamassem os leões-de-chácara para me ajudarem a colocar o senhor dentro do riquixá. Foram necessárias quatro pessoas para isso. "O Moscou-Xangai", um dos homens sussurrou para mim quando estávamos saindo. "Ele é o proprietário do Moscou-Xangai."

Eu corei. Não queria que Dmitri continuasse a contar a história. Aquele não era o Sergei que eu conhecia.

O rapaz olhou para mim e riu.

– Acho que não preciso dizer quem era o homem, Anya. Fiquei surpreso. O Moscou-Xangai era a boate mais famosa da cidade. Nem mesmo alguém como o Dragão Vermelho seria bom o suficiente para entrar ali. Bem, dentro do riquixá, Sergei começou a acordar. A primeira coisa que fez foi pegar a corrente ao redor do pescoço. "A corrente está aí", eu disse a ele. "Mas elas limparam os seus bolsos."

– Quando chegamos à boate, ela estava fechada. Dois garçons fumavam nos fundos do local, e eu os chamei para que me ajudassem a entrar com Sergei. Nós o colocamos em um sofá no escritório. Ele estava muito mal. "Quantos anos você tem, menino?", ele me perguntou. Quando eu disse, riu. "Já me falaram sobre você." No dia seguinte, encontrei Sergei na minha porta. Era estranho vê-lo na favela, fora de contexto, com o terno muito benfeito e o relógio de ouro. Ele teve sorte por ninguém tê-lo perturbado. Talvez o seu tamanho e a expressão séria o tenham protegido.

Qualquer outro homem teria sido um alvo fácil. "Esses homens para quem você tem trabalhado estão brincando com você", ele me disse. "Você é o brinquedinho deles, que será descartado como uma prostituta velha, quando já não for mais novidade. Quero que venha trabalhar comigo. Vou treiná-lo para ser o gerente da minha boate."

– Então, Sergei pagou por mim aos lordes e me levou para a casa dele, a casa na qual você vive agora. Meu Deus! Você acha que eu já tinha visto um lugar como aquele na minha vida? Quando entrei no corredor, parecia que meus olhos arderiam com tanta beleza. Você não pensou isso quando conheceu a casa, não é, Anya? Porque você está acostumada com coisas luxuosas. Mas eu parecia um aventureiro em território desconhecido. Sergei achou graça ao me ver boquiaberto, olhando para os quadros, tocando todos os vasos, analisando os pratos na mesa como se eu nunca tivesse usado um prato para comer. Nunca tinha visto algo tão elegante. Os lordes do ópio tinham mansões, mas elas eram repletas de estátuas, paredes vermelhas e gongos. Símbolos de poder. Não de riqueza. A casa de Sergei era algo à parte. Uma essência. Na mesma hora, percebi que, se tivesse uma casa como aquela, seria rico. Não o tipo de riqueza que alguém pode roubar. Não aquela que dá a impressão de que você vive com uma faca apontada para as suas costas. Uma casa como aquela me transformaria de escória em cavalheiro. Eu queria ser mais do que apenas rico. O que Sergei tinha, eu também queria.

– Ele me apresentou Amélia. Mas só precisei conversar com ela por um minuto para saber que não era a responsável pela decoração da casa. Era como eu, não conhecia o luxo, mesmo sendo esperta. Apesar de não ter nascido no luxo, consegue farejá-lo, como uma fuinha. Ela sabe como se tornar atraente para conquistar um pouco de luxo, mas não sabe criá-lo.

Ele riu sozinho. E, então, percebi, pela primeira vez, que tinha afeição por Amélia. A maneira como falava dela tão casualmente deixava isso claro. Senti um arrepio na espinha. Mas sabia que tinha de aceitar aquilo. Eles já se conheciam há muito tempo antes de eu chegar. E Dmitri já havia me dito que eram parecidos.

– Mas ela é nervosa – disse ele, virando-se para mim. – Você já percebeu isso, Anya? Ela é assustada. Quando se consegue algo com esforço, é preciso protegê-lo. Não dá para relaxar. As pessoas que nascem ricas não sabem disso. Mesmo depois de perderem tudo, elas agem como se o dinheiro não fosse nada.

E Dmitri prosseguiu.

– Posteriormente, fiquei sabendo sobre Marina. Ela havia decorado a casa. Sergei simplesmente lhe dava dinheiro. Na maior parte do tempo, ele não fazia ideia do que a esposa estava comprando. Amava-a tanto, que dava a ela tudo o que tinha. E, então, um dia, abriu os olhos e se viu dentro de um palácio. Ele me disse que era por ser um comerciante com dinheiro, mas Marina era uma aristocrata, e essas pessoas têm bom gosto. Perguntei-lhe o que "aristocrata" significava, e ele respondeu "Alguém que tem berço".

Dmitri parou por um momento, recostando a cabeça no mantel. Eu pensei em meu pai. Ele enchia a nossa casa com coisas belas e únicas, mas perdeu sua riqueza, quando saiu da Rússia. Talvez fosse verdade o que o amigo de Sergei dizia. Meu pai não saberia ser pobre, mesmo se tentasse. Lembro-me de ele sempre dizer que era melhor não ter nada a se contentar com algo de má qualidade.

– Bem – continuou Dmitri –, Sergei me contratou para ajudar em sua boate e me recompensou bem pelos meus esforços. Disse-me que eu era um filho para ele e que, como não tinha filhos de sangue, Amélia e eu herdaríamos a boate, quando ele morresse. Um dia, entrei na boate e os clientes me cumprimentaram como se eu fosse tão bom quanto qualquer um deles. Então, percebi que havia alcançado o meu objetivo. Estava rico. Moro em um belo apartamento em Lafayette. Meus ternos são todos feitos na Inglaterra. Tenho uma empregada e um mordomo. Não me falta nada, apenas o essencial. Tentei imitar o que vi na casa de Sergei e não consegui. Meu sofá, minhas cadeiras de mogno e meus tapetes turcos não combinam tão elegantemente como na biblioteca de Sergei. Por mais que eu organize as coisas, meu apartamento parece uma loja de departamentos moderna. Amélia tentou me ajudar. "Os homens são todos desajeitados", ela disse. Mas aquela mulher só é boa com coisas novas e espalhafatosas. Não é o que eu quero. Quando tentei explicar, ela olhou para mim e perguntou: "Por que quer que seus móveis pareçam velhos?".

E então, um dia, você apareceu, Anya. Observei-a experimentar seu primeiro gole de sopa de barbatana de tubarão, com calma. Em um instante, vi que você tinha a essência, o elemento, o que todos nós, até mesmo Sergei, não temos. É claro que não percebe, porque para você é tão natural quanto respirar. Quando se senta para comer, come com calma, não como um animal que pensa que seu alimento lhe será arrancado. Você já percebeu isso, Anya? Já notou a sua delicadeza ao comer? E todos nós sempre devoramos a comida como se estivéssemos indo para a guerra. "Essa é a menina que vai me tirar da lama", eu pensei. "Essa é a menina capaz de transformar um mendigo em rei." Quando você chegou a Xangai, logo depois de perder a sua mãe, comentou comigo a respeito de um quadro na biblioteca de Sergei. Lembra-se disso? Era de um impressionista francês, e você me disse que a moldura fazia toda a diferença para a pintura. Só consegui perceber isso, quando formou uma moldura com as mãos e me pediu para olhar pelos seus dedos. Depois, um dia após perder o colar de sua mãe, você caminhou comigo até o portão e comentou que os ásteres estavam começando a florir no jardim. Anya, mesmo com o coração sangrando, você fala sobre os menores detalhes como se eles fossem as coisas mais importantes do mundo. Raramente fala sobre coisas grandes, como dinheiro. E, quando fala, é como se elas não fossem importantes.

Dmitri começou a caminhar pela sala, com as faces coradas ao pensar nas maneiras como eu o havia impressionado. Ainda não sabia o que ele pretendia com aquilo. Será que queria que eu decorasse a sua casa? Fiz essa pergunta, e ele uniu as mãos, rindo até chorar. Esfregou os olhos, acalmou-se e disse:

– Um dia, você se perdeu no mundo da escória. Quando Sergei ficou maluco com aquilo e veio correndo me contar, eu também fiquei louco. E, então, a encontramos. Aqueles lixos tinham rasgado as suas roupas e arranhado a sua pele com garras nojentas. Mas não conseguiram rebaixá-la ao nível deles. Mesmo ali, naquela prisão, usando nada além de trapos, você continuava superior. Naquela noite, Sergei veio me ver, chorando tanto, que pensei que você tivesse morrido. Ele a ama. Sabia disso, Anya? Você abriu uma parte do coração dele que estava fechada havia muito tempo. Se ele a tivesse antes, nunca teria se entregado ao ópio. Mas agora é tarde demais. Meu amigo sabe que não vai viver para sempre. E quem vai cuidar de você?

– Queria que ele me pedisse para cuidar de sua menina. Mas Sergei sempre a protegia tanto, que fiquei com medo que ele achasse que eu não era bom o suficiente. Temia que, por mais rico que eu fosse, por mais que ele dissesse me amar, não pudesse ter você; que não interessava o que eu vestisse, comesse ou com quem falasse, pois sempre seria a escória. Procurei nas ruas escondidas da Concessão, para tentar encontrar partes do colar de sua mãe. Eu estava me esforçando para ser um homem digno para você. Mas, no dia seguinte, como por mágica, você disse que queria aprender a dançar comigo. *Comigo*. Meu Deus, pegou-me de surpresa com aquele pedido! E, então, notei algo de que não tinha me dado conta antes, ali, em seus olhos azuis. *Você* estava apaixonada por *mim*. Sergei nos viu dançando e também percebeu isso. Ele viu a si mesmo e a Marina 30 anos antes. Compreendi que, quando nos ensinou o bolero, estava entregando você a mim. Nem mesmo ele conseguia deter o que estava acontecendo naturalmente. A história estava se repetindo.

Dmitri hesitou, pois eu havia me levantado da cadeira e me recostado na janela.

– Anya, por favor, não chore – disse ele, correndo para o meu lado. – Não era a minha intenção chateá-la.

Tentei falar, mas não consegui. Só conseguia emitir sons sem sentido, como uma criança. Minha cabeça estava cheia. Havia acordado esperando mais um dia normal na escola, e, de repente, Dmitri estava me dizendo coisas que eu não conseguia compreender.

– Não é o que você quer também? – perguntou, tocando o meu ombro e me virando para olhar para ele. – Sergei me disse que podemos nos casar, assim que você completar 16 anos.

Minha visão ficou borrada. Eu estava apaixonada por Dmitri, mas inesperadamente o pedido de casamento e a maneira como ele resolvera fazê-lo me deixaram surpresa e desconfiada. Aquele homem havia se preparado para aquilo, mas suas palavras me afetaram como uma explosão. O relógio no mantel marcou meio-dia e me assustou. De repente, tive consciência de outros sons: o das empregadas limpando os corredores, de um cozinheiro afiando uma faca, de alguém cantando *La Vie En Rose*. Olhei para Dmitri. Ele sorriu para mim com os lábios feridos, e minha confusão abriu espaço para uma onda de amor. Seria verdade que ele e eu nos casaríamos? O homem deve ter percebido a mudança em minha expressão, pois se prostrou de joelhos na minha frente.

– Anna Victorovna Kozlova, quer se casar comigo? – perguntou, beijando as minhas mãos.

– Sim – respondi meio rindo, meio chorando. – Sim, Dmitri Yurievich Lubensky, eu quero.

Na tarde em que Dmitri anunciou o nosso noivado, Sergei foi me encontrar perto do arbusto de gardênias. Segurou as minhas mãos, com lágrimas nos cantos dos olhos.

– O que podemos fazer para o seu casamento? – perguntou ele. – Se a minha amada Marina estivesse aqui... e sua mãe... seria maravilhoso!

O sr. Nikolaievich sentou-se ao meu lado, e, juntos, olhamos para a luz do sol que brilhava por entre as folhas das árvores. Ele pegou um pedaço amassado de papel do bolso e o alisou sobre o joelho.

– Tenho carregado este poema de Anna Akhmatova porque me tocou – disse ele. – E agora quero lê-lo a você.

"Era noite quando eles levaram você de mim.

Eu segui, como uma viúva segue um ataúde.

Pelos símbolos – uma vela gasta; no quarto – as crianças, aos prantos.

Seus lábios – frios pelo beijo do símbolo, ainda a pensar – o suor frio de sua sobrancelha...

Como as esposas de Streltsy, agora eu vou uivar sob as torres sombrias de Kremlin."

Quando Sergei terminou de ler aquelas palavras, senti um aperto no peito e comecei a chorar, liberando uma explosão de lágrimas que vinha guardando havia anos, um choro tão agudo e doloroso, que pensei que meu coração e minhas costelas arrebentariam.

Sergei também chorou, com o peito de urso ofegante que carregava sua dor secreta. Ele me abraçou, e pressionamos nossos rostos molhados um no outro. Quando nossos soluços pararam, começamos a rir.

– Darei a você o casamento mais lindo – disse ele, passando as costas da mão pela boca avermelhada.

– Eu a sinto dentro de mim – eu lhe revelei. – E, um dia, sei que vou encontrá-la.

Naquela noite, Amélia, Luba e eu escolhemos vestidos compridos de cetim. Os homens vestiram seus melhores *smokings*. Todos nós entramos na limusine e seguimos para o Moscou-Xangai. Por causa da briga da noite anterior, havíamos fechado a boate. Tudo tinha sido consertado, mas fechar por uma noite era bom para atrair a atenção das pessoas. Era a única noite em que teríamos o lugar todo só para nós. Sergei acendeu uma luz, criando uma invasão de claridade na pista de dança. Dmitri desapareceu no escritório e voltou algum tempo depois com um toca-discos. Todos nós dançamos a valsa na pista de dança com a música *J'ai Deux Amorus*, segurando as taças de champanhe e tentando cantar como Josephine Baker.

– Paris... Paris... – suspirou Sergei, com o rosto pressionado contra o de Amélia.

A luz que refletia de seus ombros e circundava a sua cabeça fazia com que ele parecesse um anjo. À meia-noite, meus olhos já estavam se fechando. Eu me recostei em Dmitri.

– Vou levá-la para casa – disse ele. – Acho que você está cansada depois de tanta emoção.

Na porta de casa, Dmitri puxou-me para perto dele e beijou os meus lábios. O desejo demonstrado naquele beijo me surpreendeu. O calor dele me fez arrepiar. Ele entreabriu os lábios, excitado, e tocou os meus com a língua. Senti seu gosto, bebericando seus beijos como champanhe. Então, a porta se abriu atrás de nós, e a velha empregada gritou. Meu noivo deu um passo para trás e riu.

– Saiba que vamos nos casar – contou a ela.

Mesmo assim, a mulher olhou-o intensamente e apontou para o portão, com o queixo erguido.

Quando Dmitri foi embora, a velha empregada girou a tranca, e eu subi a escada, secando a umidade que o beijo de dele deixara em meus lábios.

Meu quarto estava abafado. As janelas estavam abertas, mas as empregadas haviam fechado as cortinas, quando arrumaram a cama, para impedir a entrada dos pernilongos. O calor preso ali dentro me lembrou o de uma estufa, denso e úmido. Senti uma gota de suor escorrer pelo meu pescoço. Apaguei a luz e abri as cortinas. Dmitri estava no jardim, olhando para mim. Eu sorri, e ele acenou.

– Boa noite, Anya – disse e se virou, desaparecendo portão afora como um ladrão.

A felicidade borbulhava dentro de mim. Nosso beijo parecera uma confirmação de nossa união. Tirei o vestido e coloquei em cima de uma cadeira, aproveitando para que minha pele respirasse. Caminhei até a cama e deitei.

O ar da noite continuava pesado e sem movimento. Em vez de afastar os lençóis, eu me enrolei neles, criando uma casca ao meu redor. Acordei durante a madrugada, com calor e irritada. Amélia e Sergei discutiam no andar de baixo. Era possível escutar tudo, graças à ausência do vento.

– O que está fazendo, velho tolo? – perguntou a mulher, com a voz arrastada por causa do álcool. – Por que está se esforçando tanto por eles? Veja tudo isto. Onde tem guardado?

Escutei o som de copos batendo contra pratos e de talheres sendo jogados sobre a mesa.

Sergei disse:

– Eles são como... os meus filhos. Este é o momento mais feliz dos últimos anos.

Amélia deu uma de suas risadas estridentes.

– Você sabe que eles vão se casar porque mal conseguem esperar para transar. Se eles realmente se amassem, esperariam até que ela completasse 18 anos.

– Vá dormir. Tenho vergonha de você – respondeu o marido, com a voz alta, mas calma. – Marina e eu tínhamos a mesma idade de Dmitri e Anya quando nos casamos.

– Ah, sim, Marina – ela retrucou.

A casa ficou em silêncio. Alguns minutos depois, escutei passos no corredor, e minha porta se abriu. Amélia apareceu, com um borrão de cabelos pretos e uma camisola branca. Ficou ali me observando, sem saber que eu estava acordada. Estremeci diante daquilo, como se o olhar dela fosse uma unha comprida e afiada percorrendo a minha espinha.

– Quando vocês vão parar de viver no passado? – perguntou ela, baixinho.

Tentei não me mexer, enquanto a mulher me observava. Fingi suspirar enquanto dormia, e Amélia se afastou, deixando a porta aberta.

Esperei até escutar o clique da trava do quarto dela, antes de sair da cama e descer as escadas. Os pisos de madeira estavam frios sob meus pés quentes, e meus dedos úmidos grudavam no balaústre. Senti cheiro de óleo de limão e poeira. O primeiro andar estava escuro e vazio. Tentei imaginar se Sergei também tinha ido dormir, mas, então, vi um feixe de luz vindo de baixo da porta da sala de jantar. Atravessei o corredor e encostei a orelha na madeira entalhada. Escutei uma bela canção vinda do outro lado. Uma melodia alegre, tão intensa e intrigante, que pareceu entrar em meu sangue e espetar a minha pele por baixo. Hesitei por um momento antes de abrir a porta.

As janelas estavam totalmente abertas, e um gramofone antigo repousava sobre uma mesa. Sob a luz fraca, vi que a mesa estava coberta de caixas. Algumas delas abertas, com papéis amarelos rasgados para fora. Havia torres de pratos e bandejas, separados por desenhos. Peguei um deles. Tinha a borda dourada e um brasão de família. Escutei um gemido. Olhei para a frente e vi a sombra de Sergei em uma cadeira perto da lareira. Fiz uma careta, esperando ver a chama azul e barulhenta ao redor dele. Mas ele não estava fumando ópio e, daquela noite em diante, nunca mais fumaria. Sua mão pendia ao lado do corpo e pensei que estivesse dormindo. Seu pé estava apoiando na lateral de uma mala aberta, de dentro da qual saía algo parecido com uma nuvem branca.

– *Réquiem*, de Dvorak – disse ele, virando-se para mim.

Seu rosto estava obscurecido, mas consegui ver o cansaço ao redor dos olhos e o tom azulado de seus lábios.

– Ela adorava esta parte. Escute.

Eu me aproximei de Sergei e me sentei no braço da poltrona, segurando a cabeça dele. A música cresceu ao nosso redor. Os violinos e tambores criaram uma tempestade que eu desejei que passasse. Ele apertou a minha mão. Pressionei os dedos aos lábios dele.

– Nunca deixaremos de sentir a falta delas, não é, Anya? – perguntou-me. – A vida não continua como dizem. Ela para. Apenas os dias continuam passando.

Eu me inclinei e passei a mão sobre o objeto branco na mala. Era sedoso. Sergei acendeu a luz, e, na claridade, vi que ele segurava um tecido.

– Tire-o – pediu.

Peguei o material e vi que era um vestido de noiva. A seda era velha, mas estava bem preservada. Juntos, Sergei e eu colocamos o vestido pesado sobre a mesa. Admirei os bordados, e os desenhos do corpete me fizeram lembrar os sóis de Van Gogh. Eu tinha a certeza de que conseguia sentir o cheiro de violetas no tecido. Ele abriu mais uma mala e tirou algo envolvido em um papel fino. Colocou uma coroa de ouro e um véu na parte de cima do vestido, enquanto eu alisava a saia. Havia carreiras com fitas de cetim azuis, vermelhas e douradas, as cores de uma russa nobre. Sergei olhou para o vestido, com a lembrança de um passado mais feliz nos olhos. Eu sabia o que ele ia me pedir, antes mesmo de dizer.

Dmitri e eu nos casamos logo depois de meu 16º aniversário, em meio à deliciosa fragrância de mil flores, que Sergei passara o dia anterior procurando pelas floriculturas mais finas da cidade e também em jardins particulares. Ele e o empregado voltaram com o carro repleto de flores exóticas e cortes nas mãos. Transformaram o corredor de entrada do Moscou-Xangai em um jardim perfumado. Rosas em plena florada encheram a atmosfera com um aroma doce. Havia *Perle des Jardins* amarela, com uma fragrância de chá fresco e folhagem verde-escura brilhante. No meio das rosas voluptuosas, Sergei colocou lírios brancos elegantes e orquídeas. À mistura inebriante, ele acrescentou tigelas de prata cheias de cerejas, maçãs e uvas, de modo a criar um efeito sensual.

Meu guardião me guiou pelo corredor, e Dmitri virou-se para olhar para mim. Quando me viu trajando o vestido de Marina, com um buquê de violetas nas mãos, seus olhos se encheram de lágrimas, e ele se apressou em chegar até mim e pressionou o rosto barbeado contra o meu.

– Anya, finalmente chegou o momento. Você é uma princesa e fez de mim um príncipe.

Éramos pessoas sem posses. Nosso casamento representava pouco para a igreja e para os governos estrangeiros e chineses. Mas, por meio das conexões que tinha, Sergei conseguira encontrar um oficial francês disposto a ser o celebrante. Infelizmente, a febre do feno do coitado estava tão grave, que ele teve de parar várias vezes para assoar o nariz. Mais tarde, Luba me disse que o oficial havia chegado cedo e que, ao ver as belas rosas, correu em direção a elas e inalou seu perfume como um homem sedento que encontra água, apesar de saber que as flores o deixariam mal.

– É o poder da beleza – disse ela, arrumando o meu véu. – Use-o pelo tempo que puder.

Enquanto Dmitri e eu trocávamos as nossas juras, Sergei ficou ao meu lado, com Alexei e Luba um passo atrás dele. Amélia estava perto de uma das janelas falsas, parecendo um cravo entre as rosas, trajando vestido e chapéu vermelhos. Bebericou o champanhe de uma taça, com o rosto virado para o céu azul pintado nas janelas, como se todos estivéssemos em um piquenique, e ela admirasse outra paisagem. Mas eu estava tão feliz naquele dia, que até mesmo a sua grosseria me divertiu. Aquela mulher não suportava não ser o centro das atenções. Mas ninguém a repreendia nem tecia comentários sobre o fato. Afinal, ela havia se preparado e ido à cerimônia. E, pelo pouco carinho que podíamos esperar de Amélia, aquilo parecia o suficiente.

Depois de nossos votos, Dmitri e eu nos beijamos. Luba caminhou ao nosso redor três vezes, carregando uma imagem de São Pedro, enquanto seu marido e Sergei batiam chicotes e gritavam para manter os maus espíritos afastados. O oficial concluiu a cerimônia com um espirro tão forte, que um dos vasos tombou e se espatifou no chão, espalhando pétalas perfumadas perto de nossos pés.

– Sinto muito – o homem se desculpou.

– Não! – comemoramos. – É sinal de boa sorte. O senhor afugentou o mal!

Sergei havia preparado a festa de casamento sozinho. Chegara à cozinha da boate às cinco horas naquela manhã, levando montes de legumes e carnes frescos do mercado. Seus cabelos e dedos estavam marcados com os aromas das ervas exóticas que havia colhido para nos servir um banquete de caviar de berinjela, solyanka (caldo denso de carne, peixe ou cogumelo), salmão assado e esturjão com molho de champanhe.

– Meu Deus! – exclamou o oficial, com os olhos arregalados em cima da comida. – Eu sempre gostei de ter nascido francês, mas agora queria ter nascido russo!

– Na Rússia, as mães sempre alimentam o noivo e a noiva na festa do casamento, como a dois passarinhos – Sergei disse, cortando fatias de carne e colocando-as diante de mim e de Dmitri. – Sou a mãe de vocês dois agora.

Os olhos dele brilhavam de felicidade, mas parecia cansado. Estava pálido e com os lábios rachados.

– Você trabalhou demais – eu falei. – Por favor, descanse. Deixe que Dmitri e eu cuidemos de você.

Mas Sergei balançou a cabeça. Era um gesto que eu tinha visto diversas vezes nos meses que antecederam o nosso casamento. Ele havia abandonado as tardes fumando ópio com a mesma facilidade com que alguém pode deixar um passatempo de lado e começado a se preparar para aquele dia. Trabalhava desde os primeiros raios de luz da manhã, sempre pensando em maneiras melhores e maiores de fazer tudo do que as do dia anterior. Comprou para nós um apartamento que não ficava muito distante de sua casa e não permitiu que o víssemos.

– Só quando eu terminar. Só na noite do casamento.

Sergei dizia ter contratado carpinteiros, mas eu suspeitava, pela maneira como voltava todos os dias, cheirando a resina e a serragem, que ele próprio estava decorando o local. Apesar de meus pedidos para que descansasse, não me obedecia.

– Não se preocupe comigo – dizia, passando as mãos cheias de bolhas em meu rosto. – Não tem ideia de como estou feliz. Eu sinto vida dentro de mim, correndo em minhas veias, ressoando em meus ouvidos. É como se *ela* estivesse aqui ao meu lado, de novo.

Comemos e bebemos até a manhã do dia seguinte, cantando músicas tradicionais russas, espatifando nossas taças no chão para demonstrar que enfrentaríamos qualquer coisa que ameaçasse prejudicar nosso casamento. Quando Dmitri e eu estávamos prontos para partir, Luba me deu um buquê de rosas.

– Banhe-se com elas e, então, dê a ele a água para que beba. Assim, seu marido vai amá-la para sempre – disse.

Depois disso, Sergei nos deixou na porta do edifício onde viveríamos e colocou as chaves do nosso novo apartamento na mão de Dmitri. Beijou-nos e disse:

– Amo vocês dois como se fossem meus filhos.

Quando o carro dele desceu a rua, Dmitri destrancou as portas de vidro com gelo, entramos na saleta e subimos a escada para o segundo andar. O prédio tinha dois andares, e o nosso apartamento era um dos três do nível superior. Havia uma placa dourada presa à porta: "Lubensky". Passei as pontas dos dedos por cima das letras cursivas. Aquele era o meu nome a partir de então. Lubensky. Eu me senti animada e triste ao mesmo tempo.

Dmitri mostrou a chave. Era bonita, feita de ferro forjado e com um laço parisiense.

– Pela eternidade – disse.

Demos as mãos e viramos a chave juntos.

A sala de estar do apartamento era grande, com o pé direito alto e janelas grandes que davam para a rua. Estas não tinham cortinas, mas sanefas entalhadas para elas já estavam ali. Do lado de fora do vidro, vi floreiras com violetas em cada peitoril. Sorri, feliz por Sergei ter plantado a flor preferida de Marina ali. Havia uma lareira do outro lado do cômodo e um sofá francês de aparência confortável. Tudo tinha cheiro de esmalte e tecido novo.

Meus olhos pararam em um armário de vidro no canto da sala, e eu atravessei o tapete *Savonierre*, para ver o que havia nele. Olhei pelo vidro e vi minhas bonecas matrioscas sorrindo para mim. Levei a mão à boca e tentei não chorar. Já tinha chorado muitas vezes nos dias que antecederam o casamento, sabendo que minha mãe não estaria ali para dividir comigo o dia mais importante da minha vida.

– Ele pensou em tudo – eu comentei. – Tudo aqui foi feito com amor.

Olhei para a frente, ainda segurando as rosas. Dmitri estava em pé, na porta arqueada. Atrás dele, vi um corredor que levava a um banheiro. O teto era baixo, como o de uma casa de bonecas, e as paredes haviam sido cobertas com papel florido. Aquilo me lembrou do jardim que Sergei criara para o nosso casamento.

Caminhei na direção de meu marido e juntos nos aproximamos da banheira. Ele pegou as rosas de minhas mãos e as colocou dentro da pia. Por muito tempo ficamos em pé, sem dizer nada, apenas olhando nos olhos um do outro, escutando o ritmo de nossa respiração. Então, Dmitri levou as mãos aos meus ombros e lentamente começou a abrir os fechos de meu vestido. Minha pele arrepiou-se com aquele toque. Apesar de estarmos prometidos um ao outro havia um ano, nunca tínhamos nos tocado intimamente. Sergei não teria permitido. Dmitri soltou o vestido sobre meus ombros e deixou que ele escorregasse pelas minhas pernas, até o chão.

Enchi a banheira, enquanto meu esposo tirava a camisa e calça. Fiquei surpresa com a beleza de sua pele, com o peito largo com poucos pelos pretos descendo pelo esterno. Ele ficou atrás de mim e ergueu o corpete acima da minha cintura, e, então, sobre meus seios e cabeça. Senti o pênis dele contra a minha coxa. Dmitri pegou as flores da pia, e, juntos, espalhamos as pétalas sobre a superfície da água, que estava fria, mas não esfriou o meu desejo. Ele entrou ao meu lado e bebeu a água da banheira, fazendo uma concha com as mãos.

No quarto, havia duas janelas que davam para o quintal interno. Assim como as janelas da sala de estar, elas tinham sanefas, mas não cortinas. Muitas samambaias em vasos sobre prateleiras ofereciam privacidade.

Dmitri e eu nos abraçamos. Uma poça de água escorreu no chão ao redor de nossos pés. Minha carne pressionada contra a pele quente dele me fez pensar em duas velas derretendo juntas.

– Você acha que era neste tipo de casa que os nobres passavam suas noites de núpcias? – perguntou Dmitri com as mãos, escorregando nas minhas.

Os cantos de seus olhos enrugaram-se quando ele sorriu. Levou-me em direção à cama de bronze e me deitou sobre a manta vermelha.

– Você cheira a flores – eu disse, beijando uma gota em sua sobrancelha.

Dmitri passou os braços ao redor de meus ombros e traçou um caminho em meus seios com as pontas dos dedos. Experimentei uma onda de prazer do pescoço até os dedos dos pés. Senti a língua de Dmitri brincar em minha pele. Empurrei os ombros dele e tentei me livrar, mas ele me envolveu com mais força. Pensei em minha mãe e eu vivendo em um campo de verão, com o cheiro de grama em nossas roupas e cabelos. Ela gostava de tirar meus sapatos e fazer cócegas em meus pés. Eu ria e me esforçava para me livrar, feliz e desconfortável com o prazer do toque. Era como eu me sentia, quando Dmitri me tocava.

As mãos dele foram para o meu quadril. Seus cabelos tocaram a minha barriga, quando ele se colocou entre minhas pernas. Dmitri separou as minhas pernas, e eu me senti corar. Com vergonha, tentei fechá-las, mas ele empurrou-as ainda mais e beijou a pele entre minhas coxas. O cheiro de flores surgiu entre nós, e eu me abri como uma rosa. Um barulho nos sobressaltou. Era o telefone tocando. Nós nos sentamos. Dmitri olhou para trás, pensativo.

– Só pode ser engano. Ninguém telefonaria para nós agora – ele disse.

Escutamos o telefone tocar. Quando parou, Dmitri levantou-se e pressionou o rosto contra o meu pescoço. Eu acariciei seus cabelos. Tinham cheiro de baunilha.

– Não pense nisso – falou, puxando-me mais para cima na cama. – Foi engano.

Ele parou em cima de mim, com os olhos semicerrados, e eu o puxei para baixo. Nossos lábios se encontraram. Percebi que ele tentava me penetrar. Segurei a pele de suas costas. Senti um arrepio, como se houvesse um pássaro preso ali. O calor dele tomou conta de mim, fazendo as luzes dançarem diante de meus olhos. Envolvi seu corpo com as pernas e lhe mordi o ombro.

Mas, muito tempo depois de Dmitri e eu nos deitarmos de costas sobre os lençóis desarrumados, e ele adormecer com o braço sobre o meu peito, o toque do telefone ecoou em minha mente, e fui tomada pelo medo.

seis

Réquiem

O bater de asas me acordou na manhã seguinte. Com sono, eu vi uma pomba no parapeito. Dmitri devia ter aberto a janela à noite, porque a ave estava do lado de dentro, acordando-me de meus sonhos com seus piados rítmicos. Deixei os cobertores de lado e enfrentei o ar frio da manhã. Os olhos de meu marido entreabriram-se, e ele colocou a mão em meu quadril.

– Rosas – murmurou.

Voltou a dormir profundamente, e eu coloquei a mão dele embaixo das cobertas novamente.

– Saia! – sussurrei ao pássaro, afastando-o.

Mas ele escapou por meus dedos e pousou na cômoda. Tinha a cor de uma flor de magnólia. Estiquei o braço e fiz sons de beijo, tentando fazer com que ele voasse na minha direção. Porém ele passou pelo closet e, então, foi para o corredor. Peguei o meu roupão do gancho da porta e saí atrás dele.

Sob a luz escura, o móvel que parecera tão aconchegante na noite anterior, de repente, apresentava-se austero e formal. Analisei as paredes de pedras expostas, a decoração, a madeira polida, e me perguntei o que havia de diferente ali.

A ave pousou no abajur, quase perdendo o equilíbrio ao tentar se estabilizar. Fechei a porta para o corredor e abri uma das janelas. A rua do lado de fora era de paralelepípedo e pitoresca. Entre duas casas de pedra havia uma panificadora. Uma bicicleta estava encostada na porta de tela do local, e a luz estava acesa do lado de dentro. Depois de alguns minutos, um menino apareceu na porta, carregando sacos de pão. Ele os colocou dentro de uma cesta presa ao guidão da bicicleta e saiu pedalando. Uma mulher que usava um vestido florido e um cardigã espiou pela porta, e seu hálito fazia com que se formassem círculos de fumaça no ar gelado. A pomba passou por cima de meu ombro e saiu voando pela janela. Eu a vi subir cada vez mais acima dos telhados, até desaparecer no céu cheio de nuvens.

O telefone tocou e me assustou. Atendi. Era Amélia.

– Chame Dmitri!

Era uma de suas ordens. Mas, em vez de me sentir irritada com a invasão dela, fiquei preocupada. Ela parecia mais afetada do que o normal e sem fôlego.

Dmitri já estava se levantando e vestindo a camiseta do pijama, com o rosto amassado e inchado de sono.

Passei o telefone para ele.

– O que foi? – perguntou, com a voz rouca.

Amélia não parava de falar. Imaginei que ela tivesse marcado um *brunch* no Hotel Cathay ou alguma outra interrupção, qualquer coisa que impedisse que meu esposo e eu aproveitássemos a nossa primeira manhã como um casal a sós.

Procurei palitos de fósforo para acender a lareira e encontrei uma caixa na estante. Estava prestes a riscar um deles, quando vi Dmitri de soslaio. Estava pálido.

– Acalme-se – dizia ele. – Fique onde está, para o caso de ele telefonar.

Dmitri desligou o telefone e olhou para mim.

– Sergie saiu dirigindo sozinho ontem à noite e não voltou para casa.

Senti pontadas nas mãos e nos pés. Em qualquer outro momento, não teria me preocupado tanto. Pensaria que ele podia estar dormindo na boate por causa da festa da noite anterior. Mas as coisas tinham mudado. Xangai estava mais perigosa do que nunca. A guerra civil havia espalhado espiões comunistas por toda a parte. E, na última semana, oito assassinatos de chineses e comerciantes estrangeiros haviam ocorrido. Imaginar Sergei nas mãos dos comunistas era terrível demais.

Dmitri e eu procuramos nos baús que as empregadas tinham arrumado para nós. Só conseguimos encontrar roupas de verão e casacos leves. Nós os vestimos, mas, assim que saímos, um horrível vento forte envolveu nossos dedos e rostos expostos e também as minhas pernas nuas. Estremeci de frio, e meu marido me abraçou.

– Sergei nunca gostou de dirigir – comentou ele. – Não compreendo por que ele não acordou o empregado para levá-lo aonde queria ir. Se foi tolo de sair da Concessão Francesa...

Segurei firme na cintura de Dmitri, sem querer imaginar em que nosso amigo havia se metido.

– Quem telefonou ontem à noite? – perguntei. – Amélia?

Ele fez uma careta.

– Não, não foi ela.

Senti o tremor sob a pele dele. O medo nos tomou como uma nuvem escura, e continuamos. As lágrimas queimavam meus olhos. O primeiro dia de meu casamento deveria ser o mais feliz de todos. Mas, na verdade, estava sendo o mais sombrio.

– Vamos, Anya – disse Dmitri, apertando o passo. – Ele provavelmente dormiu na boate, e esse drama todo não tem razão de ser.

As portas do corredor de entrada estavam trancadas. Porém, quando tentamos abrir a porta lateral, descobrimos que estava aberta. Dmitri passou a mão por ela, procurando sinais de arrombamento, mas não encontrou nada, então sorrimos.

– Eu sabia que ele estaria aqui – afirmou meu esposo.

Amélia disse a ele que havia passado a manhã telefonando para a boate, mas, se Sergei estivesse dormindo depois de consumir álcool ou ópio, talvez não escutasse o telefone.

O cheiro de rosas na saleta estava forte. Pressionei o rosto contra as pétalas e senti seu perfume. Era uma lembrança agradável.

– Sergei! – chamou Dmitri.

Não houve resposta.

Corri pelo corredor e o segui pela pista de dança, com meus passos ecoando no espaço vazio. Eu estava muito triste e não entendia por quê. Não havia ninguém no escritório. Não tinham mexido em nada, apenas no telefone, que estava jogado no chão. A base do aparelho estava rachada, e o cordão, torcido ao redor da perna de uma cadeira.

Vasculhamos o restaurante, procurando embaixo da mesa e atrás do balcão de recepção. Corremos pela cozinha e pelos banheiros e até subimos a escada estreita que dava acesso ao telhado, mas não havia qualquer sinal de Sergei em nenhum lugar.

– E agora? – perguntei. – Pelo menos, sabemos que foi ele quem telefonou para nós.

Dmitri passou a mão pelo queixo.

– Quero que você vá para casa e me espere lá.

Observei-o descer os degraus de pedra e chamar um riquixá. Eu sabia para onde estava indo: para as favelas e vielas da Concessão, onde eu tinha sido roubada, onde haviam levado o colar de minha mãe. E, se não conseguisse encontrar Sergei ali, iria para a West Chessboard Street, onde o fedor de ópio ainda estaria pairando nas ruas estreitas, as fachadas de lojas falsas estariam sendo abertas, e os traficantes estariam encerrando o expediente do dia.

No caminho de volta para o apartamento, passei por casas de chá, vendedores de incenso e açougueiros abrindo suas portas. Quando cheguei à rua de pedras no fundo do prédio, notei que ela estava deserta. Nenhum sinal do menino de bicicleta nem de sua mãe. Procurei, dentro de minha bolsa, a chave, porém algo doce chamou a minha atenção, e eu parei. O aroma de violetas. Olhei para cima, para os canteiros de flores, mas sabia que o perfume não podia estar vindo dali.

Avistei a parte da frente da limusine de Sergei. Estava à vista em uma rua entre a padaria e uma casa. Fiquei surpresa por Dmitri e eu não a termos visto antes. Atravessei a rua correndo em direção ao carro e vi que Sergei estava sentado no banco da frente, olhando para mim. Sorria, com uma das mãos apoiadas no volante. Dei um grito para expressar o meu alívio.

– Estamos preocupados com você! – exclamei, lançando-me sobre o capô brilhante. – Ficou aqui a noite toda?

Por causa do ângulo do capô, o céu claro se refletia no para-brisa e escondia o rosto de Sergei. Semicerrei os olhos para vê-lo, tentando imaginar por que ele não me respondera.

– Passei a manhã pensando em comunistas e assassinatos, e aqui está você! – eu disse.

Não escutei qualquer som vindo do carro. Desci do capô e entrei entre o muro e o lado do passageiro. Abri a porta. Um odor pútrido invadiu minhas narinas. Empalideci. O colo de Sergei estava manchado de vômito. Ele estava sentado em uma posição esquisita.

Levei a mão ao rosto dele, que estava frio e esticado como couro. Seus olhos, petrificados. O lábio inferior estava virado para dentro, deixando os dentes à mostra. Ele não estava sorrindo.

– NÃO! – gritei. – NÃO!

Segurei os braços dele, sem conseguir entender o que via. Eu o chacoalhei. Ele não respondeu, e o segurei com mais força. Era como se eu não acreditasse em meus olhos e como se, chacoalhando Sergei, ele voltaria a ser quem era. Uma de suas mãos estava dura sobre o joelho, e havia algo brilhante na curva de seu punho. Abri os dedos e consegui pegar o objeto. Uma aliança. Sequei as lágrimas de meus olhos, tentando ver o que estava escrito nela. Um círculo de pombas voando em um anel de ouro branco. Ignorei o fedor e recostei a cabeça no ombro de meu amigo, chorando. Quando fiz aquilo, foi como se o tivesse escutado falar:

– Enterre-me com a aliança. Quero ir ao encontro dela.

Dois dias depois, nós nos reunimos na saleta da boate para o velório. As rosas do casamento já estavam ficando marrons nas pontas, como as folhas do lado de fora. Pendiam como em um lamento. Os lírios se haviam encolhido e enrugado como mulheres tornando-se senhoras antes do tempo. Os empregados colocaram trevos e canela entre as flores, para que a atmosfera ficasse mais ácida e sombria, um lembrete de que os meses mais difíceis se aproximavam. Eles também queimaram sementes de baunilha, na esperança de que o aroma disfarçasse o cheiro que vinha do caixão de carvalho entalhado.

Quando encontrei Sergei, chamei o empregado para me ajudar a levá-lo de volta para casa. Dmitri nos encontrou lá. Amélia chamou um médico. Ele examinou o corpo e disse que a morte havia ocorrido em decorrência de um ataque cardíaco. Meu marido e eu limpamos nosso amigo com o mesmo amor que um casal limpa um recém-nascido e o colocamos sobre uma mesa no salão da frente, com a intenção de chamar o serviço funerário no dia seguinte. Mas, à noite, Amélia telefonou para nós e disse:

– A casa toda está com o cheiro dele. Não há como escapar.

Quando chegamos, a casa estava tomada por um odor fétido. Examinamos o corpo e vimos marcas vermelhas no rosto e no pescoço, e nas mãos, manchas roxas. Sergei estava apodrecendo diante de nós, muito mais rápido do que o normal. Era como se seu corpo estivesse disposto a se desintegrar neste mundo o mais rápido possível, para retornar ao pó sem demora.

O outono caiu como uma guilhotina no dia do funeral, levando embora o céu azul do verão e nos envolvendo em tons de cinza chumbo. Uma garoa umedeceu nossos rostos, e um vento que ganhava força do norte e do sul nos atingia e congelava nossos ossos.

Enterramos Sergei no Cemitério Russo, sob a sombra das cruzes ortodoxas e entre o cheiro de folhas em decomposição e da terra úmida. Fui até a beira da cova, olhando para o caixão que acomodava meu guardião, como se fosse um ventre. Se Amélia já não gostava de mim antes da morte do amirdo, passou a me odiar depois dela. Ela pressionava a lateral de meu corpo, cutucando-me com o ombro, como se esperasse que eu caísse dentro da cova também.

– Você o matou, sua egoísta – ela me disse com a voz ríspida. – Você fez com que ele trabalhasse até morrer. Ele era forte como um touro, até marcar o seu casamento.

Depois do enterro, Dmitri e eu comemos biscoitos de gengibre, desejando sentir um gosto doce em nossas bocas. Amélia conseguira se distrair, em meio aos arranjos fúnebres de flores, com idas às corridas e fazendo compras, enquanto Dmitri e eu passávamos o tempo como fantasmas dentro do apartamento, vagando, impassíveis. Todos os dias, descobríamos um objeto novo em um armário, uma fotografia em uma moldura, um enfeite que Sergei havia escolhido com carinho para nós dois. Sua intenção tinha sido a de nos alegrar sempre que encontrássemos alguma coisa, mas, à sombra de sua morte, aqueles itens nos machucavam como lanças. Na cama, nós nos abraçávamos, não como recém-casados, mas como pessoas enlutadas, olhando um para o rosto sombrio do outro, procurando respostas.

– Não se culpem – Luba havia tentado nos confortar. – Não acho que ele teve receio de incomodá-los na noite de núpcias. Acho que sabia que ia morrer e quis estar perto. Vocês dois faziam com que ele se lembrasse muito de si próprio e de Marina.

Não contamos a Amélia que havíamos enterrado Sergei com sua aliança de casamento no dedo e que a cova ao lado da dele, com a inscrição em russo e as duas pombas entalhadas, uma viva e outra morta, era de Marina.

Um dia depois do funeral, Alexei nos chamou até seu escritório, para ler o testamento. Deveria ter sido um assunto simples. Dmitri ficaria com o apartamento; Amélia, com a casa; e o Moscou-Xangai seria dividido entre eles. Mas a maneira como Luba caminhava com nervosismo de um lado para o outro, retorcendo a ponta de seu cachecol e tremendo ao servir o chá, fez com que eu acreditasse que havia algo errado. Dmitri e eu nos sentamos juntos no sofá, e Amélia afundou-se em uma poltrona de couro ao lado da janela, onde seus traços fortes eram banhados pela luz fria da manhã. Os olhos da viúva semicerraram-se e, mais uma vez, ela pareceu uma cobra enrolada, prestes a dar o bote. Compreendi a intensidade de sua raiva por mim. Surgia de seu instinto de autopreservação. Sergei, naquele último ano, tinha ficado mais próximo de mim do que de qualquer outra pessoa.

Alexei nos manteve sob suspense, organizando papéis em sua mesa e demorando a acender o cachimbo. Seus movimentos eram desajeitados e lentos, prejudicados pelo pesar que sentia pela morte do homem que tinha sido seu amigo por mais de 30 anos.

– Não vou me demorar – disse ele, por fim. – O testamento final de Sergei, cancelando todos os outros, feito no dia 21 de agosto de 1947, é simples e claro.

Ele esfregou os olhos e colocou os óculos, antes de se voltar para Dmitri e Amélia.

– Apesar de ele ter amado vocês dois com a mesma intensidade e carinho, e ainda que vocês fiquem perplexos com a escolha dele, seus desejos estão totalmente claros: "Eu, Sergei Nikolaievich Kirillov, deixo todos os meus bens terrenos, incluindo a minha casa e tudo o que há dentro dela e também o meu negócio, o Moscou-Xangai, a Anna Victorovna Kozlova".

As palavras de Alexei foram recebidas com um silêncio de surpresa. Ninguém se mexeu. Acredito que estavam esperando que ele dissesse mais alguma coisa, que fizesse algumas qualificações. Mas o homem simplesmente tirou os óculos e encerrou:

– É só.

Minha boca ficou tão seca, que não consegui fechá-la. Dmitri ficou em pé e caminhou até a janela. Amélia afundou-se em sua poltrona. O que havia acabado de acontecer parecia irreal para mim. Como Sergei, um homem que eu amava e em quem confiava, podia fazer algo como aquilo comigo? Ele traíra meu marido por todos os anos que lhe dedicara lealdade e me tornara sua cúmplice. Minha mente tentou buscar um motivo para aquilo, mas nada fazia sentido.

– Ele fez esse testamento quando Anya e eu ficamos noivos? – perguntou Dmitri.

– A data indica que sim – disse Alexei.

– A data indica que sim – repetiu a viúva com o rosto tomado de escárnio. – Você não é o advogado dele? Não o orientou na formulação desse testamento?

– Como você sabe, Amélia, Sergei não andava bem havia algum tempo. Eu fui testemunha de seu testamento, mas não o orientei – respondeu o sujeito.

– Os advogados aceitam testamentos de pessoas que eles suspeitam estarem fora de seu juízo e controle? Acho que não. – disse Amélia, inclinando-se sobre a mesa.

Suas presas estavam à mostra, e ela parecia pronta a atacar.

Alexei deu de ombros. Parecia que estava se divertindo ao ver aquela mulher desconcertada.

– Acredito que Anya é uma jovem de caráter impecável – ponderou ele. – Como esposa, ela dividirá tudo o que tem com Dmitri. E, como você sempre foi tão bondosa com ela, tenho certeza de que lhe retribuirá da mesma forma.

Amélia ficou em pé.

– Ela chegou aqui paupérrima – falou, sem olhar para mim. – Não deveria ficar. Nós fomos caridosos. Você compreende? Caridade. E ele deu as costas para o fiel amigo e para mim e entregou tudo a ela!

Dmitri atravessou a sala e colocou-se na minha frente. Segurou o meu queixo com a mão e olhou dentro dos meus olhos.

– Você sabia alguma coisa sobre isso? – questionou ele.

Empalideci com a pergunta.

– Não! – respondi.

Segurou a minha mão, para me ajudar a levantar do sofá. Era o gesto de um marido carinhoso, mas, assim que nossas peles se tocaram, senti seu sangue ficar frio.

Fiquei aliviada ao sair de perto de Amélia. Enquanto ela nos observava partir, seu olhar era uma punhalada em minhas costas.

Dmitri não disse nem uma palavra no caminho para casa. Tampouco falou qualquer coisa dentro de nosso apartamento. Passou a tarde recostado no parapeito da janela, fumando e olhando para a rua lá embaixo. A responsabilidade de iniciar a conversa recaiu sobre mim, e eu me sentia cansada demais para carregá-la. Chorei, e minhas lágrimas pingaram na sopa de cenoura que preparei para o jantar. Cortei o dedo ao fatiar o pão e deixei o sangue manchar a massa. Acreditei que, se meu marido sentisse o gosto de meu pesar, acreditaria em minha inocência.

À noite, ele ficou sentado em posição ereta, olhando para a lareira. Deu-me as costas, enquanto eu o encarava, vulnerável e desejando ser perdoada por algo que não era a minha culpa.

Apenas quando me levantei para ir para a cama, Dmitri finalmente falou comigo.

– Ele não confiava em mim, afinal, não é? – perguntou. – Depois de toda aquela conversa de que eu era como um filho, no fundo, ele continuava a me ver como um ser da escória. Não fui bom o suficiente para que ele confiasse em mim.

Os músculos de minhas costas ficaram tensos. A mente seguia em duas direções diferentes ao mesmo tempo. Eu estava aliviada e assustada por meu esposo finalmente ter falado comigo.

– Não pense assim – eu disse. – Sergei adorava você. É como Alexei afirmou: ele não estava muito bem da cabeça.

Dmitri esfregou a mão no rosto tenso. Para mim, foi doloroso ver a amargura em seus olhos. Eu desejava abraçá-lo, fazer amor com ele novamente. Daria qualquer coisa para ver desejo em vez de tristeza em seu olhar. Tivéramos apenas uma noite de amor e felicidade. Desde então, tudo havia se transformado em podridão e decadência. A amargura fazia o nosso apartamento feder da mesma maneira como a casa de Sergei tinha sido tomada pelo odor de seu cadáver em decomposição.

– E o que é meu é seu, de um jeito ou de outro – continuei. – Você não perdeu a boate.

– Então, por que ele não teve a decência de deixá-la ao marido?

Caímos no silêncio hostil mais uma vez. Dmitri foi para a janela, e eu, para a porta da cozinha. Senti vontade de gritar por causa da injustiça da situação. Sergei decorara o apartamento com carinho para nós e, então, com uma só atitude, transformara-o em um campo de batalha.

– Nunca compreendi a relação dele com Amélia – comentei. – Às vezes, parecia que eles se detestavam. Talvez ele temesse a influência dela sobre você.

Dmitri virou-se para mim com tanta raiva nos olhos, que senti um arrepio. Ele cerrou os punhos.

– O pior não foi o que ele fez comigo, mas, sim, o que fez com Amélia. Ela construiu aquela boate, enquanto ele se ocupava de encher a cabeça de ópio, perdido em ilusões de seu passado glorioso. Sem ela, Sergei seria apenas outro russo podre caído na sarjeta. É fácil falar mal dela porque ela nasceu nas ruas, porque não tem modos aristocráticos finos. Mas de que esses modos servem de fato? Diga-me quem é mais honesto?

– DMITRI – gritei. – De que está falando? O que quer dizer?

Ele se afastou da janela e caminhou para a porta. Eu o segui, pois havia retirado o casaco do armário e o estava vestindo.

– Dmitri, não vá! – implorei.

E percebi que queria dizer: "Não vá para ela!"

Ele fechou os botões do casaco e prendeu o cinto, sem me dar atenção.

– O que foi feito pode ser desfeito – eu disse. – Podemos dividir o Moscou-Xangai entre vocês dois. Vou entregá-lo legalmente a você. Assim, poderá decidir quanto dar a Amélia. E, então, vocês dois podem gerenciá-lo como sempre fizeram, independentemente de mim.

Dmitri parou de abotoar o casaco e olhou para mim. A seriedade de seu rosto foi aliviada, e meu coração bateu com esperança.

– Isso seria o mais certo a se fazer – afirmou ele. – E permitir que ela fique na casa, apesar de ser sua agora.

– Claro, eu não tinha qualquer intenção de tirá-la de lá.

Meu esposo me estendeu os braços. Eu corri para dentro deles, enterrando o meu rosto nas dobras de seu casaco. Senti, quando ele pressionou os lábios contra meus cabelos, seu perfume familiar. "Tudo vai ficar bem entre nós", eu falei a mim mesma. "Isso vai passar, e ele me amará de novo."

Mas a frieza continuava ali em seu corpo. Era impenetrável, como uma armadura entre nós.

Na semana seguinte, eu estava fazendo compras na Nanking Road. O tempo frio havia dado uma trégua depois das condições ruins da semana anterior, e a rua estava cheia de pessoas aproveitando os fracos raios do sol do meio-dia. Comerciantes saíam dos escritórios e dos bancos para almoçar; as mulheres com carrinhos de compras cumprimentavam umas às outras nas esquinas; e, para todos os lugares para onde eu olhava, via vendedores ambulantes. O cheiro das carnes apimentadas e das castanhas tostadas dos vendedores me deu fome. Eu estava lendo o cardápio na vitrine de um café italiano, decidindo entre *zuppa di cozze* e *spaghetti marinara*, quando, de repente, ouvi um grito tão alto e assustador, que fez meu coração parar de bater. As pessoas começaram a correr para todos os lados, aterrorizadas. Segui com elas. Mas a multidão foi contida por dois caminhões do exército, um de cada lado do quarteirão, e me vi presa contra uma vitrine, com um homem grande pressionando seu corpo com tanta força contra o meu, que pensei que minhas costelas fossem quebrar. Passei por ele e me embrenhei na multidão. Todos se chocavam uns nos outros, tentando se afastar do que acontecia na rua.

Fui empurrada para a parte da frente das pessoas e me vi cara a cara com um grupo de soldados do exército nacionalista. Eles apontavam seus rifles para uma fila de jovens homens e mulheres chineses ajoelhados no meio-fio, com as mãos presas atrás da cabeça. Os estudantes não pareciam assustados, apenas desorientados. Uma das meninas olhava para a multidão, e percebi que seus óculos estavam presos na gola de sua jaqueta. Estavam rachados, como se tivessem caído de seu rosto. Havia dois capitães do exército mais para o lado, discutindo rispidamente. Repentinamente, um deles se afastou do outro, caminhou e colocou-se atrás do primeiro rapaz da fila de chineses, puxou a pistola do coldre na cintura e atirou na cabeça do jovem. O rosto do rapaz se contorceu com o impacto da bala. Um jato de sangue, como uma fonte, espirrou do ferimento. O corpo caiu na calçada, e o sangue empoçou a seu redor. Eu fiquei horrorizada e sem reação, mas as outras pessoas da multidão gritaram ou choraram em protesto.

O capitão caminhou rapidamente pela fila, executando cada um dos alunos como um jardineiro retirando plantas daninhas. Eles caíram um a um, com os rostos retorcidos na hora da morte. Quando o atirador chegou perto da menina de óculos, eu me lancei para a frente dela sem pensar, como se quisesse protegê-la. Ele olhou para mim com olhos irados, e uma mulher inglesa me puxou pelo braço e me empurrou de volta para junto das pessoas e escondeu o meu rosto contra o ombro.

– Não olhe! – ela disse.

O tiro foi dado, e eu me afastei da mulher. A menina não morreu instantaneamente como os outros. Não tinha sido um tiro direto. Metade de sua cabeça tinha explodido. Um pedaço de pele estava pendurado perto de sua orelha. Ela caiu para a frente e arrastou-se pela calçada. Os soldados acompanharam-na, chutando-a e cutucando-a com os rifles. Ela choramingou:

– Mama, mama – antes de ficar parada.

Eu olhei para o corpo sem vida, para o ferimento na cabeça e imaginei uma mãe em algum lugar, esperando a filha que nunca voltaria para casa.

Um policial sique abriu caminho entre as pessoas. Gritou com os soldados e apontou para os corpos na calçada.

– VOCÊS NÃO TÊM O DIREITO DE ESTAR AQUI! – berrou ele. – Este não é o território de vocês.

Os soldados o ignoraram e entraram em seus caminhões. O capitão que havia matado os jovens virou-se para a multidão e disse:

– Aqueles que são simpatizantes dos comunistas morrerão com os comunistas. Este é o meu alerta: o que eu fiz a eles, estes certamente farão a vocês, se permitirem que entrem em Xangai.

Corri pela Nanking Road, sem saber direito aonde ia. Minha mente era uma confusão de imagens e sons. Eu me choquei com pessoas e carrinhos de compra, raspando meus braços e quadril sem perceber. Pensei em Tang, em seu sorriso torto, nas mãos deformadas, em sua necessidade de vingança. Não vi a feiura do ódio dele nos olhos daqueles estudantes jovens.

Eu me vi na frente do Moscou-Xangai e entrei. Dmitri e Amélia estavam lá, dentro do escritório, analisando os livros de contabilidade com o novo advogado, um norte-americano chamado Bridges. O ar estava pesado por causa da fumaça dos cigarros dos três, que pareciam compenetrados. Apesar de a tensão entre meu marido e eu ter desaparecido, e até de Amélia estar sendo mais educada depois de perceber que eu não a expulsaria da casa, eu só os interrompi por estar desesperada.

– O que foi? – perguntou Dmitri, levantando-se da cadeira.

Os olhos dele estavam cheios de preocupação, e eu me dei conta de que devia estar aparentando muito desespero.

Ele me ajudou a sentar e afastou os cabelos de meu rosto. Fiquei tocada com sua delicadeza e despejei o que tinha visto, parando de vez em quando para conter as lágrimas que me faziam engasgar. Eles escutaram ao que eu tinha a dizer com atenção e, quando terminei, ficaram em silêncio por um longo tempo. A viúva de Sergei tamborilou as unhas vermelhas compridas na mesa, e Dmitri foi até a janela, abrindo-a para permitir a entrada do ar.

– Não estamos passando por tempos fáceis – disse Bridges, esfregando as costeletas.

– Acredito em Sergei – disse meu esposo. – Sobrevivemos à guerra e sobreviveremos a isto.

– As únicas palavras sábias que ele proferiu – Amélia comentou com escárnio, pegando um cigarro novo e acendendo-o.

– Mas, e os rumores? – perguntou Bridges. – A cada dia, eles aumentam. Um dia, não tem pão. Mais um pouco, e não teremos arroz.

– Que rumores? – questionei.

O advogado olhou para mim rapidamente, com o punho peludo de uma das mãos apoiado na palma da outra.

– Dizem que o exército comunista se reagrupou e está se aproximando de Yangtze e que, por todas as partes do país, os generais nacionalistas estão desertando e unindo forças com os comunistas. Eles planejam tomar Xangai.

Respirei profundamente. Um tremor percorreu-me as pernas e os braços. Pensei que passaria mal.

– Por que está assustando Anya? – indagou Dmitri. – Acha que é o momento de dizer essas coisas? Depois de tudo o que ela acabou de ver?

– Que bobagem – disse Amélia. – A boate está melhor do que nunca. Está repleta de britânicos, franceses e italianos. São apenas os norte-americanos assustados que estão se alterando. E se os comunistas vierem? Eles querem os chineses, não nós.

– Mas, e o toque de recolher? – perguntou Bridges.

– Que toque de recolher? – quis saber.

Dmitri franziu o cenho para o advogado.

– É só durante o inverno, para economizar combustível e outros artigos. Não há nada com que se preocupar.

– Que toque de recolher? – repeti, olhando para o empregado e para meu marido.

– Só podemos abrir quatro noites por semana. E apenas até as 23h30 – Bridges explicou.

– Uma simples medida de racionamento – disse Dmitri. – Foi mais grave durante a guerra.

– Mais um ato de desespero dos norte-americanos – a viúva acrescentou.

– Será só no inverno. Não temos nada com que nos preocupar – o sócio acrescentou.

No dia seguinte, Luba foi me visitar. Vestia um terno azul-cobalto, com uma flor presa na lapela. A princípio, eu me sentia desconfortável, pois Dmitri e Amélia haviam demitido o marido dela como advogado da boate, mas a mulher não se comportava de modo diferente comigo.

– Anya, você está pálida e magra. Precisamos fazer uma boa refeição, no meu clube.

Eu a convidei para entrar, e ela passou por mim, olhando ao redor no apartamento, como se procurasse alguém. Correu para o armário de tampa de vidro, analisou as bonecas e, então, pegou um Buda de jade da estante e o observou, passando as mãos sobre as paredes de pedras expostas. Naquele instante, compreendi o que ela procurava nas coisas que tocava.

– Eu sinto a falta dele como sinto de meu pai – eu disse.

O rosto de Luba se contorceu.

– Também sinto a falta dele.

Os olhos dela encontraram os meus, e ela se virou para ver uma pintura dos Jardins Chineses. O sol do meio da manhã atravessava as janelas sem cortina e banhou os cabelos ondulados da minha visitante, transformando-os em uma auréola. Aquilo fez com que eu me lembrasse da luz que cobrira os ombros de Sergei quando dançamos no Moscou-Xangai na noite de nossa festa de noivado. Apesar de Luba fazer parte de nosso círculo de convivência, eu não a conhecia muito bem. Ela era uma daquelas mulheres que se encaixavam tão bem no papel de esposa de alguém, que era impossível considerá-la algo além de uma extensão do marido. Sempre parecera ser uma boneca alegre e robusta nas mãos do esposo, sorrindo com os dentes dourados, mas sem nunca revelar os próprios pensamentos.

De repente, em um momento, nós havíamos nos tornado aliadas, ousando nos lembrar de Sergei com afeto.

– Vou me vestir – falei.

E então, em um impulso, perguntei:

– Você era apaixonada por ele?

Ela riu.

– Não, mas eu o amava. Ele era meu primo.

O clube de Luba ficava fora da Bubbling Well Road. Era moderno, de uma maneira desgastada. As cortinas eram elegantes, mas desbotadas; e os tapetes orientais eram lindos, porém surrados. As janelas que iam do chão ao teto davam vista para um jardim de pedras com uma fonte e arbustos de magnólias. O clube era frequentado por esposas abastadas que não podiam ir aos clubes britânicos. Estava repleto de alemãs, holandesas e francesas, a maioria delas com a idade de Luba. O salão de jantar era tomado pelas vozes das mulheres que ali conversavam e pelo resvalar de pratos e copos sendo colocados em carrinhos de prata pelos garçons chineses.

Minha nova amiga e eu dividimos uma garrafa de champanhe e pedimos frango Kiev e *escalope* Vienna, com cheesecake de chocolate de sobremesa. Eu me sentia como se a estivesse vendo pela primeira vez. Olhar para ela era como olhar para Sergei. Não acreditava não ter percebido as semelhanças antes: o mesmo corpo parecido com o de um urso. As mãos rechonchudas dela segurando o garfo e a faca tinham manchas da idade, porém eram muito bem cuidadas, com as unhas bem feitas. Luba era corcunda, mas mantinha o queixo erguido. Sua pele parecia hidratada e bem cuidada. Ela abriu um pó compacto e passou no nariz. Havia algumas marcas na sua face esquerda, mas o rosto estava muito bem maquiado, e as marcas quase não eram percebidas. Apesar de ela não se parecer em nada com a minha mãe, havia um ar maternal em Luba que me fazia sentir próxima dela. Ou talvez eu sentisse aquilo porque visse Sergei quando olhava para ela.

– Por que nenhum de vocês dois disse que eram primos? – perguntei depois que os pratos principais tinham sido retirados.

A mulher balançou a cabeça.

– Por causa de Amélia. Sergei não nos deu ouvidos, quando pedimos para que ele não se casasse com ela. Ele estava sozinho, e ela, procurando um caminho fácil para o luxo. Como você sabe, as leis em Xangai são complicadas para os russos. Todos os outros estrangeiros estão sujeitos às leis de seus países, mas nós ficamos sujeitos às leis dos chineses para a maior parte das coisas. Precisávamos tomar todas as medidas que pudéssemos para proteger meus bens.

Luba olhou ao redor à procura do garçom, mas ele estava ocupado anotando o pedido de uma mesa grande de mulheres. Sem querer esperar pelo atendimento, ela segurou a garrafa de champanhe pela parte mais fina e encheu nossas taças novamente.

– Anya, preciso lhe fazer um alerta – disse ela.

– A respeito de quê?

Ela alisou a toalha com a mão.

– Alexei aconselhou Sergei a fazer aquele novo testamento e tirar Dmitri dele.

Fiquei boquiaberta.

– Então meu amigo não estava fora de suas faculdades normais?

– Não.

– Aquele testamento quase acabou com o meu casamento – eu contei, com a voz embargada. – Por que seu marido aconselharia Sergei a fazer algo assim?

Luba pousou a taça na mesa com força, derramando dela o champanhe.

– Porque Dmitri nunca escutou o amigo quando ele tentou alertá-lo a respeito de Amélia. Quando eles se casaram, Sergei deu a Amélia joias e dinheiro. Mas ele nunca lhe prometeu o Moscou-Xangai. A boate não deveria ser de ninguém, até que seu marido aparecesse. E, de algum modo, aquela mulher conseguiu convencer Dmitri de que eles a dividiriam depois da morte de meu primo.

Eu balancei a cabeça. Não estava pronta para contar a Luba que eu havia assinado um documento passando a boate a Dmitri exatamente para aquele propósito.

– Continuo sem entender essa história – eu disse.

A mulher me observou por um momento. Percebi que a história ia além do que havia revelado, mas ela queria ter certeza de que eu era forte o bastante para aguentar saber antes de continuar contando. Torci para que me julgasse despreparada. Não queria ouvir mais nada sobre aquilo.

O garçom chegou com o carrinho de sobremesa e colocou entre nós o cheesecake que havíamos pedido para dividir. Quando ele se afastou, Luba pegou um garfo e partiu o bolo cremoso.

– Você sabe o que Amélia quer de verdade? – perguntou ela.

Eu dei de ombros.

– Nós conhecemos Amélia. Ela quer tudo do jeito dela.

A prima de Sergei balançou a cabeça e, inclinando-se para a frente, sussurrou:

– Não é isso, Anya. Não mesmo. Ela quer a alma das pessoas.

Aquilo pareceu tão melodramático, que quase dei risada, mas algo no olhar de Luba me deteve e senti minha pulsação acelerar.

– Ela devora almas, menina – continuou. – Aquela mulher tinha a alma de Sergei nas mãos antes de você chegar e libertá-lo. E agora você está tomando Dmitri dela também. Acha que ela vai gostar disso? Meu primo deu a você a chance de tirá-la de sua vida como um câncer. Seu marido não tem força suficiente para isso. Foi por isso que Sergei deixou a boate para você.

Eu ri rapidamente e comi um pedaço da sobremesa, tentando esconder o terror que começava a correr por minhas veias.

– Luba, você não pode estar achando, realmente, que ela quer a alma de Dmitri. Sei que ela é terrível, mas não é tão malvada.

A esposa de Alexei soltou o garfo no prato.

– Você sabe que tipo de mulher ela é, Anya? De verdade? Amélia veio para a China com um traficante de ópio. Quando ele foi assassinado por uma gangue chinesa, ela começou a perseguir um jovem banqueiro norte-americano cuja esposa e os dois filhos ainda estavam em Nova York. Ele tentou se afastar dela, e, então, Amélia escreveu uma carta repleta de mentiras para a esposa do sujeito. A mulher encheu uma banheira de água quente e cortou os pulsos.

O sabor do doce ficou amargo em minha boca. Eu me lembrei de minha primeira noite no Moscou-Xangai e do que uma das mulheres dos capitães dissera sobre Amélia, que ela havia acabado com a vida de um homem de bem.

– Luba, você está me assustando. Por favor, diga quanto ao que quer me alertar – eu solicitei.

Uma sombra pareceu tomar o salão. Senti um arrepio nas costas. Minha acompanhante estremeceu, como se tivesse sentido a mesma coisa.

– Ela é capaz de qualquer coisa. Não acredito que Sergei tenha sofrido um ataque do coração. Acho que a esposa o envenenou.

Joguei o meu guardanapo na mesa e fiquei em pé, procurando o banheiro das mulheres.

– Com licença – eu disse, lutando contra as luzes que explodiam diante de meus olhos.

Luba me segurou pelo braço e me empurrou para que eu me sentasse novamente.

– Anya, você não é mais uma menininha. Sergei não está aqui para cuidar de você agora, então é necessário encarar a realidade. Precisa se livrar daquela mulher. Ela é uma serpente à espreita, esperando para dar o bote certeiro.

sete

O Outono

No final de novembro, a previsão de Dmitri de que a guerra civil não nos afetaria caiu por terra. Refugiados do interior estavam entrando aos montes em Xangai, atravessando campos congelados e estradas cheias de lama, carregando tudo o que conseguiam em riquixás e carrinhos de mão. Havia muitos deles pedindo esmolas. Eles passavam fome diante de nós e caíam mortos nas ruas como amontoados de roupas. As favelas estavam repletas de pessoas, e todas as construções vazias eram tomadas pelos invasores. Nas ruas, eles se aglomeravam ao redor de fogueiras fracas e matavam os filhos asfixiados quando não mais toleravam vê-los sofrer. O fedor da morte espalhava-se pelo ar gelado. As pessoas caminhavam pelas ruas com lenços sobre o nariz. Os restaurantes e os hotéis espirravam perfumes no interior dos estabelecimentos e instalavam travas a vácuo para impedir que os odores entrassem. Todas as manhãs, caminhões de lixo percorriam a cidade, recolhendo os corpos.

O governo nacionalista continuava a censurar os jornais, e só líamos a respeito da moda em Paris e das partidas de críquete na Inglaterra. Apesar de a inflação estar acabando com a economia, os bondes e as vitrines das lojas estavam repletos de anúncios de novos eletrodomésticos. Os barões do comércio de Xangai tentavam nos convencer de que tudo estava normal. Mas eles não conseguiam calar os cochichos nos cafés, teatros, bibliotecas e salas de reunião. O exército comunista estava acampado em Yangtze, observando-nos. Estava esperando pelo inverno, reunindo forças para entrar em Xangai.

Certa manhã, Dmitri retornou mais tarde que o de costume da boate. Eu não o havia acompanhado na noite anterior, pois estava muito gripada.

Continuava febril, quando o recebi na porta. Seu rosto estava sério e pálido: os olhos, muito vermelhos.

– O que houve? – perguntei, ajudando-o a tirar o casaco.

– Não quero mais que você vá à boate – ele disse.

Assoei o nariz com um lenço. Sentia náuseas, por isso me sentei no sofá.

– O que aconteceu?

– Nossos clientes estão assustados demais para saírem à noite. Está ficando cada vez mais difícil cobrirmos os nossos gastos. O *chef* principal fugiu para Hong Kong, e eu acabei de ter que pagar o dobro do dinheiro para alguém com a metade da qualidade, um ex-funcionário do Imperial, trabalhar conosco.

Dmitri pegou uma garrafa de uísque e um copo do armário e se serviu.

– Vou precisar reduzir os nossos preços para atrair mais pessoas até conseguirmos passar por isso.

Ele se virou para mim. Parou, como um homem que tivesse levado um golpe.

– Não quero que você veja aquilo. Não quero que a minha esposa tenha que entreter marinheiros e operários de fábricas.

– A situação está tão ruim assim?

Meu marido sentou-se ao meu lado, deitou a cabeça em meu colo e fechou os olhos. Eu acariciei seus cabelos. Ele tinha apenas 20 anos, mas o estresse dos últimos meses rendera-lhe algumas rugas na testa. Passei o dedo sobre elas. Adorava sentir a pele dele, forte e aveludada, como camurça de boa qualidade.

Nós dois adormecemos, e, pela primeira vez em muito tempo, sonhei com Harbin. Eu caminhava em direção à minha antiga casa e escutei risadas familiares. Boris e Olga estavam em pé, perto da lareira, com o gato. Meu pai cortava rosas para colocar em um vaso, com um cigarro preso no canto dos lábios; suas mãos ágeis cortavam os espinhos e caules. Ele sorriu quando passei. Pela janela, os campos verdes de minha infância espalhavam-se diante de mim, e vi minha mãe perto do rio. Corri para fora, com a grama molhada açoitando meus pés. Eu estava sem fôlego e chorando, quando alcancei a barra do vestido dela. Ela levou os dedos aos lábios e então pressionou-os contra os meus. Desapareceu, e eu acordei.

Dmitri continuava adormecido ao meu lado no sofá, com o rosto pressionado contra a almofada. Sua respiração era profunda e tranquila. Mesmo quando beijei suas pálpebras com delicadeza, não se mexeu. Esfreguei o meu rosto no ombro dele e envolvi seu corpo com os braços, como quem está se afogando e encontra um tronco ao qual se segurar.

À noite, a gripe havia trazido febre, e a tosse estava tão forte, que eu comecei a expelir sangue. Meu esposo chamou um médico, que chegou pouco antes da meia-noite. Os cabelos do doutor pareciam uma nuvem branquinha acima de seu rosto avermelhado, e o nariz lembrava um cogumelo. Pensei que ele parecia um duende de conto de fadas, quando esquentou o estetoscópio nas mãos de pele fina e escutou o ruído em meu peito.

– Vocês deveriam ter me chamado antes – disse ele, colocando um termômetro em minha boca. – O seu peito está inflamado. E, a menos que me prometa que ficará de cama até estar totalmente boa, terei de interná-la.

O termômetro tinha gosto de mentol. Eu me afundei nos travesseiros, cruzando os braços diante do peito dolorido. Dmitri agachou-se ao meu lado, massageando meu pescoço e ombros para diminuir a dor.

– Anya, por favor, melhore – ele sussurrou.

Durante a primeira semana de minha doença, meu marido tentou cuidar de mim e da boate também. Mas a minha tosse piorava nas poucas horas de sono que ele tinha no final da manhã e à tarde. As olheiras e a palidez de seu rosto me assustaram. Dmitri não podia adoecer também. Eu não havia contratado uma empregada e uma cozinheira, por isso pedi a ele que mandasse Mei Lin para cuidar de mim e sugeri que tentasse descansar um pouco na casa.

Fiquei de cama a maior parte do mês de dezembro. Todas as noites, tinha febre e pesadelos. Via Tang e os comunistas marchando na minha direção. O agricultor que tinha visto ser executado pelos japoneses aparecia todas as noites em meus sonhos, implorando com os olhos tristes. Ele esticava o braço, e eu segurava sua mão, mas não conseguia sentir sua pulsação e percebia que ele já estava condenado. Certa vez, quando pensei estar acordada, vi uma jovem chinesa deitada ao meu lado, com os óculos trincados na gola de sua blusa e a cabeça ferida sangrando nos lençóis.

– MAMA! MAMA! – ela gritava.

Às vezes, eu sonhava com Sergei e acordava chorando. Não sabia se

Amélia o havia envenenado, mas, apesar da certeza de Luba, não conseguia acreditar em uma coisa daquelas. Pelo menos, desde que Dmitri fizera da viúva sua sócia na boate, ela vinha sendo mais cordial comigo, mais do que nunca. E, quando soube que eu estava doente, até enviou o empregado à minha casa, com um belo buquê de lírios.

Em meados de dezembro, meu esposo passou a ficar a maior parte do tempo na boate, tentando salvá-la. Tinha levado as suas coisas para a casa, porque era mais fácil para ele permanecer ali. Eu me sentia sozinha e entediada. Tentava me concentrar nos livros que Luba levara para mim, mas logo meus olhos se cansavam, e eu passava horas olhando para o teto, fraca demais para sequer conseguir me sentar na cadeira ao lado da janela. Depois de três semanas, apesar de a febre ter diminuído e a tosse estar menos forte, eu ainda não conseguia ir do quarto até o sofá sozinha.

Dmitri foi me visitar no início da noite de Natal. Mei Lin, cujas habilidades culinárias melhoravam o tempo todo, preparou peixe frito apimentado e espinafre para nós.

– É bom vê-la comer comida de verdade novamente – disse ele. – Você vai melhorar logo.

– Quando eu estiver melhor, vou colocar o meu melhor vestido e deixar todo mundo de queixo caído na boate. Vou ajudá-lo como uma esposa deve fazer.

O rosto do rapaz contraiu-se, como se algo tivesse irritado seus olhos. Olhei para ele, e ele desviou o olhar.

– Isso seria bom – respondeu.

A princípio, fiquei confusa com aquela reação. Mas, então, eu me lembrei de que ele sentia vergonha da nova clientela. "Eu não me importo", pensei, "eu amo você, Dmitri. Sou sua esposa e quero estar ao seu lado, aconteça o que acontecer".

Mais tarde, depois que meu marido partiu, Alexei e Luba levaram um presente. Abri a caixa e vi um xale de caxemira, uma peça de um tom roxo delicado; e eu o coloquei sobre os ombros para exibi-lo aos meus visitantes.

– Ficou muito bem em você – Alexei elogiou. – Fica bonito em contraste com os seus cabelos.

Os Michailov partiram, e, pela janela, eu os observei descendo a rua. Um pouco antes de dobrarem a esquina, Alexei envolveu a cintura da esposa com o braço. O movimento foi comum e relaxado, o toque de carinho confiante que ocorre quando duas pessoas são íntimas há muitos anos. Eu tentei imaginar se Dmitri e eu um dia seríamos daquela forma, mas pensar naquilo me deixou desanimada. Estávamos casados havia apenas três meses e já estávamos passando as datas comemorativas separados.

As coisas pareceram bem melhores no dia seguinte, quando ele foi me visitar. Sorria de orelha a orelha e brincou comigo, dando um tapinha em meu quadril.

– Você tinha que ter visto a boate ontem à noite! Parecia uma das noites dos bons tempos. Acredito que todo mundo está cansado dessa guerra estúpida. Os Thorn, Roden e Fairbank, todos estavam ali. A Madame Degas foi com seu *poodle* e perguntou de você. Todos se divertiram e prometeram voltar na noite de Ano Novo.

– Estou me sentindo melhor agora – eu disse a meu esposo. – Parei de tossir. Quando você vai voltar para o apartamento?

– Estou resolvendo – respondeu Dmitri, beijando-me o rosto. – Depois do réveillon. Tenho muito o que fazer até lá.

Ele tirou as roupas, preparou um banho e pediu a Mei Lin que lhe levasse um uísque.

Olhei para o meu rosto pálido no espelho do corredor. Havia manchas escuras sob meus olhos, e a pele ao redor do nariz e dos lábios estava descascando.

– Você está péssima – eu falei ao meu reflexo. – Mas independentemente de qualquer coisa, precisa ir a essa festa também.

– *Give me a good field and I'll bring you golden wheat* – ouvi Dmitri cantando no banho.

Aquela era uma canção antiga a respeito da colheita. Sua cantoria me fez sorrir. "Mais uma semana de descanso e um dia no salão de beleza, e eu irei à sua festa", pensei. E, então, tive uma ideia melhor ainda: manteria a minha intenção em segredo até a última hora. Minha presença seria um presente atrasado de Natal para ele.

A escadaria do Moscou-Xangai estava vazia, quando cheguei lá, na noite de Ano Novo. Ventava muito, e não havia nenhum tapete vermelho nem corda dourada trançada para receber os clientes. Os dois leões de mármore pareciam olhar para mim quando saí do táxi e pisei nos degraus cobertos de gelo. Um vento úmido revirou meus cabelos. irritou a minha garganta e me fez começar a tossir, Mas nada me impediria de ir até o fim em minha surpresa. Segurei a gola do casaco e subi os degraus correndo.

Fiquei aliviada ao ver muitas pessoas na antessala, enchendo o local branco de cor. As risadas delas ecoavam do candelabro e dos espelhos brilhantes. Observei os presentes. Tive de me esforçar para imaginar os comerciantes pobres que Dmitri dissera precisar entreter para manter a boate aberta, porque os clientes que vi tirando seus belos casacos de lã e seda finas e entregando-os às garotas eram os de sempre. Era possível sentir o aroma deles no ar: perfume oriental, peles, tabaco de boa qualidade e dinheiro.

Entreguei o casaco e percebi um jovem me observando. Ele estava recostado no balcão, com um copo de tônica entre os dedos. Seus olhos percorreram o meu vestido, e ele sorriu para mim, com um sorriso que mais pareceu uma piscadela. Eu estava usando o *cheongsam* verde-esmeralda, o vestido que usara na minha primeira ida à boate. Eu o havia vestido para dar sorte, para o Moscou-Xangai e para mim também. Passei pelo meu admirador e procurei Dmitri.

Quase fui esmagada pelas pessoas que seguiam para o salão. No palco, havia uma banda de negros com ternos cor de berinjela tocando hard jazz. Os músicos eram bonitos. Seus dentes retos e pele negra brilhavam sob as luzes. A pista estava repleta de pessoas remexendo-se ao som do trompete e do saxofone. Vi meu marido ao lado da porta do palco, conversando com um garçom. Ele havia cortado os cabelos. Estavam curtos acima das orelhas e na testa. O estilo fazia com que parecesse mais jovem. Achei divertido que nós dois tivéssemos voltado no tempo: eu, com meu vestido; e Dmitri, com os cabelos curtos. O garçom se afastou, e meu esposo olhou em minha direção, mas só me reconheceu quando me aproximei mais. Franziu o cenho. Fiquei surpresa com seu desprazer. Amélia aproximou-se dele e disse algo. Ele não reagiu, e ela olhou na mesma direção para a qual o sócio olhava, para onde eu estava. A viúva demonstrou certa suspeita. Mas por que suspeitaria de mim?

Dmitri abriu caminho em minha direção.

– Anya, você deveria estar em casa – disse ele, segurando os meus ombros, como se eu estivesse prestes a cair.

– Não se preocupe – tranquilizei-o. – Ficarei apenas até a meia-noite. Eu queria lhe dar o meu apoio.

O homem não sorriu. Apenas deu de ombros e falou:

– Então, venha. Vamos beber alguma coisa no restaurante.

Eu o segui escada acima. O *maître* nos levou a uma mesa que dava vista para a pista de dança. Percebi que Dmitri tinha olhado para o meu vestido.

– Você se lembra dele? – perguntei.

– Sim – ele respondeu, com os olhos brilhantes.

Pensei, por um momento, que estava emocionado, mas tinha sido apenas o reflexo da luz.

O garçom levou uma garrafa de vinho e encheu as nossas taças. Comemos dois *blinis* com caviar e creme azedo. Meu marido inclinou-se para a frente e tocou meus cabelos.

– Você é uma moça bonita – ele elogiou.

Senti uma onda de prazer. Eu me aproximei dele, desejando retomar a alegria que nos deixara desde a revelação do testamento de Sergei. "Vamos ficar bem", falei a mim mesma. "Tudo será melhor daqui em diante."

Dmitri desviou o olhar e observou as próprias mãos.

– Não quero que existam mentiras entre nós, Anya.

– Não há mentiras – eu repliquei.

– Amélia e eu somos amantes.

Fiquei sem ar.

– O quê?

– Não foi de propósito. Eu amava você, quando nos casamos – disse ele.

Eu me afastei dele. Senti arrepios no peito e nos braços.

– O quê?

Senti meu estômago revirar. Meus sentidos começaram a falhar, um por um. A música ficou mais baixa, minha visão tornou-se turva, e eu segurava a minha taça de vinho, mas não a sentia.

– Ela é uma mulher – falou ele. – No momento, preciso de uma mulher.

Eu fiquei em pé e derrubei a taça. O vinho tinto espalhou-se no tecido branco. Dmitri não percebeu. O espaço entre nós ficou distorcido. Em vez de estarmos na mesma mesa, parecíamos separados, cada um de um lado da sala. Ele sorria sozinho. O desconhecido, que já tinha sido meu marido, não olhava para mim. Estava a quilômetros de distância. Era um homem apaixonado por outra pessoa.

– Sempre houve algo entre nós – contou ele –, mas Sergei precisou morrer para que a porta se abrisse.

A sensação de confusão dentro de mim tornou-se uma dor dilacerante. "Se eu me afastar, nada disso será verdade", eu pensei. Dei as costas para Dmitri e caminhei por entre as mesas. As pessoas paravam de comer e de falar para me ver passar. Tentei manter a cabeça erguida, para parecer a anfitriã perfeita, mas as lágrimas misturavam-se ao pó compacto de meu rosto.

– Você está bem? – perguntou um homem.

– Sim, sim – respondi.

Porém, meus joelhos cederam. Eu me segurei em um garçom que passava. Nós tombamos juntos, como uma taça de champanhe caindo.

Algum tempo depois, retomei a consciência e me vi em meu apartamento, onde Mei Lin tirava pedaços de vidro de meu ombro com uma pinça. Ela havia adormecido a área com gelo, mas o ombro todo estava inchado e com um hematoma vermelho. O *cheongsam* estava sobre uma cadeira perto do armário. O buraco com uma mancha de sangue na manga parecia uma ferida a bala. Dmitri nos observava ao lado da lareira.

– Se estiver limpo – disse ele à empregada –, faça um curativo e chamaremos o médico amanhã.

A menina olhou para o patrão, percebendo que havia algo de errado. Pressionou uma gaze de algodão na ferida e fechou com uma bandagem. Quando terminou, olhou para aquele homem uma última vez antes de se afastar.

– Ela está se tornando insolente. Você não deveria mimá-la tanto – recomendou ele, vestindo o casaco.

Eu fiquei em pé e me movi como uma embriagada.

– Dmitri, sou sua esposa!

– Já expliquei a situação a você – foi a resposta que ele me deu. – Preciso voltar à boate.

Eu me recostei na porta, sem conseguir compreender o que estava acontecendo. Como meu marido podia fazer algo como aquilo? Como podia dizer que estava apaixonado por *ela*? Por Amélia? Meu rosto se contorceu, e eu comecei a chorar. Meu pranto foi tão intenso, que fiquei sem ar.

– Vamos – disse Dmitri, tentando passar por mim.

Pisquei para afastar as lágrimas e olhar para ele. Havia uma frieza em seu rosto que eu não tinha visto antes. Naquele momento, soube que nem todas as lágrimas do mundo mudariam alguma coisa.

Uma doença veio atrás da outra. Mei Lin tentou fazer com que eu tomasse café da manhã no dia seguinte, mas não conseguia manter no estômago nem mesmo uma colherada de ovos mexidos. Uma decepção amorosa era muito pior do que a febre. O meu corpo inteiro doía. Eu mal conseguia respirar. Dmitri me traíra e me abandonara. Eu não tinha ninguém. Não tinha pai, mãe, tutor, nem marido.

Luba chegou menos de uma hora depois de eu chamá-la. Seus cabelos costumavam estar sempre impecavelmente arrumados, mas, naquela manhã, ela estava com mechas soltas na nuca. Um dos lados da gola de seu vestido estava virado para dentro. Senti um conforto estranho, quando vi a minha confusão refletida em sua aparência.

Ela olhou para mim e correu até o banheiro, trazendo um pano úmido para passar em meu rosto.

– O pior de tudo é que você tentou me alertar – eu lamentei.

– Quando você descansar e comer alguma coisa, verá que as coisas não são tão ruins quanto parecem – ela tentou me acalmar.

Eu fechei os olhos e cerrei os punhos. Como as coisas poderiam piorar? Não tinha sido a própria Luba quem me dissera que Amélia havia levado uma mulher ao suicídio e que ela tinha um tipo de influência sombria sobre a alma de Dmitri?

– Você não vai acreditar – comentou Luba –, mas agora que aconteceu, consigo ver muitas coisas a seu favor, possibilidades nas quais não pensei antes.

– Fiz tudo o que Sergei tentou mudar para me proteger – eu disse, afundando-me no sofá. – Dei a boate a eles.

A prima de meu falecido tutor se sentou ao meu lado.

– Eu sei, mas a boate é a boate. E, com essa guerra, ninguém sabe o que vai acontecer com ela. O importante é que você tem a casa e tudo o que há dentro dela.

– Não me importo com a casa nem com o dinheiro – eu respondi, batendo o punho em meu peito dolorido. – Quando você me alertou, pensei que estivesse dizendo que Amélia estava atrás do dinheiro, não do meu marido.

Respirei com dor.

– Dmitri não me ama mais. Estou totalmente sozinha.

– Oh, eu acho que o rapaz vai cair em si – falou Luba. – Ele não vai querer se casar com uma norte-americana imoral. É mais vaidoso do que Sergei era. Vai voltar à razão mais cedo ou mais tarde. Além disso, ela é quase dez anos mais velha do que ele.

– E em que isso me ajuda?

– Bem, Dmitri não pode se casar com ela, a menos que se divorcie de você. E não consigo imaginá-lo fazendo isso. Mesmo que ele tentasse, você poderia lutar contra.

– Meu marido ama aquela mulher. Ele não me ama. Foi o que me disse.

– Anya, você acha que ela realmente quer Dmitri? Ele é um garoto. Amélia o está manipulando para atacar você. E ele está tomado pelo estresse e pelo pesar.

– Eu não o quero. Não agora, depois de ter dormido com ela.

Luba me abraçou.

– Chore, mas não muito. Seria difícil ser uma mulher casada sem conhecer a natureza masculina. Eles se divertem com qualquer coisa improvável em uma mulher, e, então, um dia, isso tudo termina, e eles voltam correndo, como se nada tivesse acontecido. Alexei me fez sofrer muito quando éramos jovens.

Eu me senti mal com toda aquela praticidade fria, mas sabia que ela tentava me consolar e que era a única aliada que me restava.

– Vou marcar um almoço para nós no clube de senhoras – disse minha nova amiga, dando-me um tapinha nas costas. – Uma refeição e uma bebida farão você se sentir melhor. Tudo vai dar certo, Anya, se mantiver a calma.

Sair era a última coisa que eu queria fazer, mas obedeci Luba, quando insistiu para que eu tomasse um banho e me vestisse. Sabia o que ela estava tentando fazer. Se eu ficasse no apartamento, ficaria arrasada. Qualquer coisa que parasse em Xangai, morria. Mendigos doentes que desmaiavam nas ruas apodreciam em naquela cidade, juntamente com bebês abandonados e exaustos meninos condutores de riquixás. Xangai era só para os fortes. E o segredo da sobrevivência era seguir em frente.

Passei as semanas que se seguiram, fechando-me. Não me permitia pensar. Se eu pensasse no ocorrido, parava. Quando parava, sentia-me morrendo por dentro, assim como um soldado que parou de se movimentar deve se sentir ao perceber que foi congelado na neve. Tentei acreditar nas palavras de Luba, que afirmara que o caso de Dmitri e Amélia seria temporário, que eles não se amavam de fato. Essa ilusão desapareceu no dia em que vi os dois juntos.

Eu estava em Bund, procurando um riquixá que me levasse para casa depois de um almoço com a prima de Sergei. Estava um pouco alterada pelo champanhe que havia tomado para diminuir a solidão. O tempo estava frio, e eu vestia meu sobretudo de pele com capuz e um cachecol envolto no rosto. Meu coração quase parou, quando vi a limusine familiar parar no meio-fio, a um metro de onde eu estava. Dmitri saiu dela. Ele estava tão perto de mim, sem saber. Eu poderia ter tocado o no rosto dele, se quisesse. O barulho do trânsito desapareceu, e aquele homem e eu parecíamos sozinhos, presos no tempo. E, então, ele se inclinou para dentro do carro. Eu me retraí quando vi os dedos sem luva e com unhas afiadas que seguraram a mão dele. Amélia saiu do carro, usando uma capa vermelha com um cordão ao redor do pescoço. Parecia um demônio bonito. Morri por dentro ao ver a admiração no rosto de meu marido. Ele envolveu a cintura dela com o braço, repetindo o mesmo movimento de intimidade que eu testemunhara entre Alexei e Luba na noite de Natal. Dmitri e sua amante-Amélia desapareceram entre as pessoas, e eu me escondi dentro de mim. Algo me disse que o rapaz que eu conhecera estava morto, e que eu era uma viúva de 16 anos.

Passei a ter o hábito de dormir até mais tarde. Por volta das 13 horas, pegava um riquixá até o clube de Luba e prolongava o meu almoço, permitindo que ele se fundisse com o chá vespertino. À tarde, tocavam jazz ou Mozart na sala principal, e eu escutava a música até o sol se por e os garçons começarem a preparar as mesas para o jantar. Também ficava para a refeição da noite, se não pensasse muito. Eu era a única mulher pelo menos cinco anos mais jovem do que as outras. Até tive de mentir a idade no formulário de associação, para poder entrar no clube sem a companhia de Luba.

Um dia, eu estava sentada à mesa de sempre, lendo o jornal *North China Daily News*. Não havia nada de novo a respeito da guerra civil nele, exceto uma nota anunciando que os nacionalistas e Mao Zedong estavam buscando um acordo. Uma trégua entre forças tão opostas não era possível. Eu nunca tinha certeza a respeito do que era verdade e do que era propaganda naquela época. Desviei os olhos do jornal e olhei pela janela, para o jardim vazio de inverno. Percebi, pelo reflexo, alguém me observando. Eu me virei e vi uma mulher alta, com um vestido florido e uma echarpe combinando com ele ao redor do pescoço.

– Sou Anouck – disse a observadora. – Você vem aqui todos os dias. Fala inglês?

O inglês dela era carregado com um forte sotaque holandês. Ela olhou para a cadeira diante de mim.

– Sim, um pouco – eu respondi, fazendo um gesto para que a mulher se sentasse.

Havia mechas douradas nos cabelos castanhos de Anouck, e sua pele parecia naturalmente bronzeada. A boca era a única coisa que estragava a sua beleza. Quando sorria, o lábio superior desaparecia. Daquele modo, parecia severa. A natureza era cruel. Criava a beleza e, então, a estragava.

– Não, você fala bem – comentou ela. – Eu a escutei falando. Uma russa com leve sotaque norte-americano. Meu marido... ele era norte-americano.

Percebi o "era" na frase e a analisei com mais atenção. Ela não devia ter mais do que 23 anos. Não reagi, e ela continuou.

– Meu marido... morreu.

– Sinto muito – eu me solidarizei. – Foi na guerra?

– Às vezes, acho que sim. E o seu marido? – perguntou ela, apontando para a minha aliança de casamento.

Corei. Ela me via no clube com mais frequência do que seria normal para uma mulher jovem e casada. Olhei para as alianças entrelaçadas de ouro e me arrependi de não tê-las tirado do dedo. Então, vi Anouck sorrir e correspondi. Estávamos rindo, mas era impossível esquecer de que tínhamos a mesma expressão aflita.

– Meu marido... ele... também morreu – eu disse.

– Entendi – ela respondeu, sorrindo.

Anouck acabou sendo uma boa distração. Minhas idas ao clube se tornaram menos frequentes, depois que ela me apresentou às outras jovens "viúvas". Juntas, nós preenchíamos os nossos dias com compras e as noites com jantares no Palace Hotel ou no Imperial. As outras mulheres gastavam o dinheiro dos maridos traidores sem limites. Anouck referia-se àquilo como "a arte feminina de se vingar". O dinheiro que tinha era meu, e eu não desejava uma desforra. Mas, assim como as outras senhoras, eu queria escapar da dor e da humilhação que meu marido causara.

A jovem viúva me convenceu a participar das tardes de "língua e cultura" no consulado norte-americano. Uma vez por semana, o cônsul-geral convidava os estrangeiros para se unirem aos funcionários no elegante salão de recepção de sua casa. Durante a primeira hora, falávamos inglês, discutindo diversos movimentos artísticos e literatura; nunca política. Depois, formávamos pares com os membros do quadro de funcionários que queriam aprender nosso idioma nativo. Alguns participantes encaravam as aulas com muita seriedade, porém, para a maioria de nós, aquilo era uma desculpa para conhecer pessoas e devorar as tortas de noz pecã servidas em todos os encontros. O único norte-americano que se matriculou para aprender russo foi um jovem alto e desengonçado chamado Dan Richards. Gostei dele assim que o vi. Ele tinha cabelos ruivos, encaracolados e bem curtos. Sua pele era sardenta, e os olhos claros eram rodeados por finas linhas, que ficavam mais profundas quando ele sorria.

– *Dobryy den* sra. Lubensky – ele disse, apertando a minha mão. – *Minya zavut* Daniel. – Sua pronúncia era péssima, mas a disposição para aprender era tão atraente que me flagrei sorrindo de verdade pela primeira vez em muito tempo.

– Você quer ser um espião? – eu brinquei.

Os olhos dele brilharam surpresos.

– Não, não levo jeito para isso – ele respondeu. – Meu avô foi um diplomata em Moscou antes da revolução. Ele falava muito bem dos russos, e sempre tive a curiosidade de conhecê-los melhor. Então, quando Anouck disse que traria consigo sua adorável amiga russa, decidi abandonar o velho chato que vinha tentando me ensinar a gramática do Francês e começar a aprender Russo.

As tardes de língua e cultura passaram a ser algo a que me apegar naquele início frio e chuvoso de primavera. Dan Richards era engraçado e charmoso, e eu me ressentia por sermos casados, pois poderia me apaixonar por ele com facilidade. Suas piadas e seu comportamento cavalheiresco fizeram-me esquecer Dmitri um pouco. Ele falava sobre a esposa grávida com tanto carinho e respeito, que desejei confiar em alguém. Ao ouvir o que aquele homem dizia, conseguia crer na possibilidade de amar outra vez. Comecei a me sentir como a pessoa que era antes da partida de minha mãe, alguém que acreditava na bondade dos seres humanos.

Foi assim até que, certa tarde, Dan atrasou-se para a aula. Observei os outros grupos conversando e tentei me ocupar, memorizando os nomes e as datas dos presidentes cujos retratos ficavam pendurados nas paredes. Quando ele chegou, estava sem fôlego. Tinha gotas de chuva nos cabelos e nos cílios, e seus sapatos estavam sujos. Esfregou as mãos com nervosismo nos joelhos e se esquecia das palavras logo depois de eu pronunciá-las para ele.

– O que houve? – eu lhe perguntei.

– É Polly. Acabei de mandá-la de volta para os Estados Unidos.

– Por quê?

Ele esfregou os lábios um no outro, como se sua boca estivesse seca.

– A situação política aqui ficou incerta demais. Quando os japoneses invadiram, colocaram muitas mulheres e crianças norte-americanas em campos de trabalho. Não vou correr riscos. Se você fosse a minha esposa, eu também a mandaria embora – disse ele.

Eu me senti tocada com a preocupação dele.

– Nós, os russos, não temos para onde ir – eu falei. – A China é o nosso lar.

Ele olhou ao redor antes de se aproximar de mim.

– Anya, esta é uma informação confidencial, mas Chiang Kai-shek está prestes a abandonar a cidade. O governo norte-americano nos disse que não continuará ajudando o estado nacionalista. Nossas armas caem nas mãos dos comunistas sempre que um dos generais nacionalistas decide ir para o outro lado. Os britânicos aconselharam seus cidadãos a permanecerem em seus negócios, mas já prolongamos demais a nossa estada na China. Está na hora de partirmos.

Mais tarde, durante a hora dos bolos e refrescos, Dan colocou um bilhete em minha mão.

– Pense bem, Anya – alertou ele. – Um cossaco chamado Grigori Bologov está negociando com a Organização Internacional de Refugiados para tirar a sua gente de Xangai. Há um navio partindo em pouco tempo para as Filipinas. Se você ficar, os comunistas chineses mandarão você para a União Soviética. O último grupo de russos desta cidade que voltou para lá depois da guerra foi executado como espião.

Corri para casa na chuva, segurando o endereço de Bologov. Estava deprimida e com medo. Sair da China? Para onde eu iria? Deixar o país significaria abandonar a minha mãe. Como ela saberia onde me encontrar? Pensei na sra. Richards, grávida e feliz, em segurança, voltando para os Estados Unidos, onde logo estaria na companhia de um marido gentil e fiel que a amava. O destino era algo imprevisível. Por que o meu destino tinha sido conhecer Dmitri? Levei as mãos à minha barriga lisa. Eu não tinha mais um marido, mas talvez pudesse ser feliz de novo com um filho. Imaginei uma menininha de cabelos pretos e olhos cor de mel, como os de minha mãe.

O apartamento estava escuro. Mei Lin não estava ali, e eu pensei que ela podia ter saído para comprar alguma coisa ou que talvez estivesse tirando um cochilo nas dependências de empregada. Fechei a porta e comecei a despir o casaco. Senti um arrepio no pescoço. O cheiro apimentado de tabaco estava no ar. Observei a pessoa sentada no sofá até reconhecê-la. Era Dmitri. A ponta vermelha do cigarro brilhava como uma brasa na escuridão. Olhei para o contorno dele, tentando entender se era de verdade ou uma aparição. Acendi a luz. Ele olhou para mim e não disse nada, fumando como se não pudesse respirar sem o cigarro. Entrei na cozinha e coloquei a chaleira em cima do fogão. O vapor da água fervente saiu pelo bico do recipiente e preparei uma xícara de chá sem oferecer nada ao traidor.

– Coloquei o restante de suas coisas em um baú no armário do corredor – eu informei –, caso não tenha conseguido encontrá-las. Tranque a porta, quando sair.

Fechei a porta do quarto. Eu estava cansada demais para falar e não queria ser mais machucada por aquele homem. Tirei os sapatos e também o vestido. O quarto estava frio. Enfiei-me embaixo das cobertas e escutei a chuva. Meu coração estava acelerado. Mas eu não tinha certeza se Dmitri ou Dan tinham causado aquela reação. Olhei para o relógio no criado-mudo, a miniatura dourada que os Michailov nos tinham dado em nosso noivado. Uma hora se passou e imaginei que o amante de Amélia tivesse partido. Mas, quando meus olhos começaram a se fechar, escutei a porta se abrir, e Dmitri caminhar sobre o piso de madeira. Rolei para o lado, fingindo estar dormindo. Prendi a respiração, quando percebi que ele havia se sentado no colchão. Sua pele parecia gelo. Ele colocou a mão em meu quadril e fiquei petrificada.

– Vá embora – eu disse.

Ele me tocou com mais força.

– Você não pode fazer o que fez e voltar.

Dmitri não disse nada. Sua respiração era o som de um homem cansado. Belisquei o meu braço até a pele sangrar.

– Eu não amo mais você – falei.

A mão dele percorreu as minhas costas. A pele não era mais macia como camurça. Parecia uma lixa. Dei um tapa em sua mão para afastá-lo, mas Dmitri segurou o meu rosto, forçando-me a olhar para ele. Mesmo na escuridão, consegui ver a casca em que ele se transformara. Ela o levara inteiro e o devolvera vazio.

– Eu não amo mais você – eu repeti.

Lágrimas quentes caíram sobre o meu rosto, queimando a minha pele como enxofre.

– O que você quiser, eu lhe darei – ofereceu ele soluçando.

Eu o empurrei para longe e saí da cama.

– Não quero você – eu disse. – Não lhe quero mais.

Dmitri e eu tomamos o café da manhã em um café brasileiro na Avenue Joffre. Ele se sentou com as pernas esticadas sob os raios de luz que atravessavam a janela. Seus olhos estavam fechados, e sua mente parecia distante. Peguei os cogumelos de minha omelete com o garfo, para deixá-los para o final. "Cogumelos nas matas ficam escondidos como tesouros secretos, esperando que mãos ansiosas os peguem." Eu me lembrei de minha mãe, cantando para mim. O café encontrava-se vazio, com apenas um garçom de bigode perto do balcão, fingindo limpá-lo. O ar estava tomado pelo cheiro de madeira, óleo e cebolas. Até hoje, sempre que sinto essa mistura de aromas, eu me lembro da manhã que sucedeu a noite em que Dmitri havia retornado para mim.

Eu queria saber se ele havia voltado para mim porque me amava ou porque as coisas tinham dado errado com Amélia. Mas não consegui perguntar. As palavras morriam em minha língua com um gosto ruim. A incerteza era uma barreira entre nós. Falar sobre ela era trazê-la de volta, e eu tinha medo de fazer isso.

Depois de um tempo, ele se sentou ereto e endireitou os ombros.

– Você precisa voltar a morar na antiga casa de Sergei – disse ele.

Imaginar voltar àquela residência embrulhou o meu estômago. Eu não queria morar no lugar onde meu marido havia ficado com aquela mulher. Não queria ver a traição em todas as peças da mobília. Detestava a ideia de voltar a dormir na minha antiga cama depois de ter sido enganada.

– Não, não quero voltar – repliquei, empurrando o prato para o lado.

– A casa é mais segura. E, por enquanto, é nisso que precisamos pensar.

– Não quero voltar para aquele lugar. Não quero nem mesmo vê-lo.

Dmitri esfregou o rosto.

– Se os comunistas entrarem na cidade, eles virão para a Concessão, primeiro, por meio da rua onde mora. O apartamento não tem proteção. Pelo menos, a casa tem os muros.

Ele estava certo, mas mesmo assim eu não queria ir.

– O que acha que farão se vierem? – perguntei. – Eles nos mandarão de volta para a União Soviética, como fizeram com minha mãe?

Dmitri deu de ombros.

– Não. Quem vai ganhar dinheiro para eles? Eles tomarão conta do governo e assumirão os negócios chineses. Tenho medo dos saques e invasões.

Ele ficou em pé para partir. Quando viu que eu estava hesitante, estendeu-me a mão.

– Anya, quero que fiquei comigo – ele disse.

Fiquei triste ao ver a casa que fora de meu protetor. O jardim estava repleto de lama por causa da chuva. Ninguém havia cuidado das roseiras. Elas tinham se transformado em vinhas ameaçadoras, serpenteando muros acima, enfiando os tentáculos na estrutura das janelas e deixando marcas marrons na pintura das paredes. O arbusto de gardênias havia perdido todas as folhas e não passava de um ramo saindo do chão. Até mesmo a terra dos canteiros parecia empedrada e abandonada: ninguém plantara sementes para a primavera. Ouvi Mei Lin cantando na lavanderia e me dei conta de que Dmitri devia tê-la levado de volta para a casa no dia anterior.

A velha empregada abriu a porta e sorriu quando me viu. A expressão transformou-lhe os olhos fundos. Por um momento, ela pareceu radiante. Durante todos os anos, a serviçal nunca havia sorrido para mim, nem mesmo uma vez. De repente, quando estávamos à beira de um desastre, decidiu gostar de mim. Meu marido a ajudou a arrastar as minhas malas para dentro, e eu tentei imaginar quando os outros empregados tinham partido.

As paredes da sala de estar estavam vazias. Todos os quadros tinham desaparecido. Havia buracos nos pontos onde antes ficavam os lustres.

– Eu os guardei, por segurança – contou Dmitri.

A velha empregada abriu os baús e começou a levar as minhas roupas escada acima. Esperei-a sair de perto, para me virar para meu esposo e dizer:

– Não minta para mim. Não volte a mentir para mim.

Ele se retraiu como se eu o tivesse atingido.

– Você os vendeu para manter a boate. Não sou idiota. Não sou uma menininha tola como você pensa. Sou velha, Dmitri. Olhe para mim. Sou velha.

O homem colocou a mão sobre a minha boca e me segurou contra o peito. Estava exausto. E velho também. Eu sentia em minha pele. O coração dele mal batia. Ele me segurou, pressionando seu rosto contra o meu.

– Ela os levou quando foi embora.

Aquelas palavras foram como um tapa. Senti meu coração parar. Pensei que fosse morrer. Então, ela o havia abandonado. Ele não tinha me escolhido e rejeitado Amélia. Eu me afastei dele e recostei-me na parede.

– Ela se foi? – perguntei.

– Sim – disse ele, observando-me.

Eu respirei fundo, dividida entre dois mundos. Um, no qual eu pegava as minhas malas e voltava para o apartamento; e outro, no qual eu ficava com Dmitri. Pressionei a palma da mão contra a minha testa.

– Então, deixaremos Amélia para trás – eu afirmei. – Ela está fora de nossas vidas.

Meu marido me abraçou e chorou.

– "Ela", "dela", "passado". É assim que falaremos daquela mulher agora – eu exigi.

Os tanques do exército nacionalista percorriam a cidade dia e noite, e a execução de simpatizantes comunistas se tornou um acontecimento diário. Certa vez, a caminho dos mercados, passei por quatro cabeças decepadas enfiadas em placas da rua e não percebi nada, até que uma menina e sua mãe atrás de mim gritaram. Naqueles dias, as ruas sempre recendiam a sangue.

O novo toque de recolher limitou a abertura da boate a apenas três noites por semana, o que foi uma bênção de certa forma, porque tínhamos poucos funcionários. Todos os nossos principais *chefs* tinham partido para Taiwan ou Hong Kong, e era difícil encontrar músicos que não fossem russos. Mas, nas noites em que abríamos, os clientes antigos estavam sempre presentes.

– Não vou permitir que um bando de camponeses desgrenhados acabe com a minha diversão – a madame Degas me disse certa noite, tragando longamente seu cigarro. – Eles estragarão tudo, se deixarmos.

Seu *poodle* tinha sido atropelado por um carro, mas ela tivera a coragem de substituí-lo por um papagaio chamado Phi-Phi.

A opinião dela se refletia nos rostos dos outros clientes que permaneceram em Xangai, os comerciantes britânicos e norte-americanos, os mercadores holandeses, os empreendedores chineses nervosos. Um tipo obsessivo de *joie de vivre* nos mantinha em pé.

Apesar da confusão nas ruas, bebíamos vinho barato, como se fosse de uma safra antiga, e mordiscávamos cubos de presunto, da mesma maneira como antes comíamos caviar. Quando ocorriam blecautes, acendíamos velas. Dmitri e eu valsávamos na pista de dança todas as noites, como se fôssemos recém-casados. A guerra, a morte de Sergei e o caso com Amélia passaram a ser um pesadelo distante.

Nas noites em que a boate ficava fechada, meu esposo e eu permanecíamos em casa. Líamos um para o outro e escutávamos discos. Em meio à desintegração da cidade, nós havíamos nos tornado um casal comum. Amélia não era nada além de um fantasma da casa. Às vezes, eu sentia o perfume dela em uma almofada ou encontrava um de seus fios de cabelo em uma escova ou azulejo. Mas nunca mais a vi nem soube notícias dela, até uma noite, muitas semanas depois de eu ter voltado para a casa, quando o telefone tocou, e a velha empregada atendeu. Na ausência do empregado, a senhora havia começado a falar inglês e atendia o telefone como um mordomo. Eu soube quem estava no telefone pela maneira como a velha empregada movimentou-se pela sala, nervosa, evitando olhar para mim, e sussurrou algo para Dmitri.

– Diga a ela que não estou em casa – ordenou ele.

A velha mulher voltou para o corredor e estava prestes a dar a resposta, quando meu esposo disse alto o suficiente para que Amélia o escutasse:

– Diga a ela para não telefonar de novo.

No dia seguinte, Luba enviou uma mensagem urgente para que eu a encontrasse na boate. Nós não nos víamos havia um mês e, quando eu a vi sentada na saleta, com um belo chapéu, mas com uma expressão de morte, quase gritei de susto.

– Você está bem? – perguntei.

– Vamos sair de casa – contou ela. – Partimos para Hong Kong esta noite. Hoje é o último dia para os vistos de saída, Anya. Você precisa vir conosco.

– Não posso – respondi.

– Vai ser impossível você conseguir um visto de outra forma. Alexei tem um irmão em Hong Kong. Você pode se passar por nossa filha.

Eu nunca havia visto Luba em um estado tão assustador. Durante a crise em meu casamento, tinha sido a pessoa que me acalmava. Mas, quando olhei para as outras mulheres no estabelecimento, as poucas frequentadoras que restavam, vi o mesmo olhar de pânico nelas.

– Dmitri voltou para mim – eu disse. – Sei que ele não vai abandonar a boate e devo permanecer com meu marido.

Mordi o lábio e olhei para as mãos dela. Mais uma pessoa querida estava se distanciando de mim. Se a prima de Sergei deixasse Xangai, provavelmente não nos encontraríamos novamente.

Ela abriu a bolsa e pegou um lenço.

– Eu falei que ele voltaria – ela lembrou secando os olhos. – Eu ajudaria os dois, mas você tem razão no que disse a respeito de Dmitri: ele não vai deixar a boate. Gostaria que ainda fosse amigo de meu marido. Talvez Alexei conseguisse convencê-lo a partir.

O *maître* nos chamou para dizer que a mesa que costumávamos ocupar estava pronta. Depois de nos sentarmos, Luba pediu uma garrafa do melhor champanhe e o cheesecake de sobremesa.

Quando o champanhe chegou, ela quase engoliu o conteúdo da primeira taça de uma só vez.

– Mandarei a você o nosso endereço em Hong Kong – avisou ela. – Se vocês precisarem de nossa ajuda de qualquer modo que seja, é só avisar. Mas digo que ficaria muito mais feliz se soubesse que pretendem ir embora.

– Ainda há muitas pessoas indo à boate – eu contei a ela. – Mas, se elas começarem a partir, prometo que falarei com Dmitri sobre irmos embora também.

Luba assentiu.

– Tive notícias a respeito do que aconteceu com Amélia – ela informou.

Finquei as unhas no estofado da cadeira. Não tinha certeza de que queria saber aquilo.

– Eu soube que ela começou a correr atrás de um texano rico. Mas o homem era mais esperto do que suas vítimas normais. Ele pegou o que quis dela e sumiu. Dessa vez, a golpista saiu na pior.

Contei a ela o que havia acontecido na noite anterior e como Dmitri ordenara para que ela nunca mais telefonasse.

O champanhe parecia ter ajudado minha amiga a se acalmar. Ela sorriu.

– Então, a vagabunda quis tentar mais uma vez – disse ela. – Não se preocupe, Anya. Ele está fora do feitiço dela agora. Perdoe a ele e ame-o de coração aberto.

– Farei isso – respondi. Porém me arrependi por ter falado sobre Amélia. Ela era um vírus que ficava adormecido até alguém mencioná-la.

Luba tomou mais um gole de bebida.

– A mulher é uma tola – afirmou ela. – Tem contado às pessoas a respeito de conexões interessantes que possui em Los Angeles. Anda falando sobre o seu próprio clube, o Moscou-L.A. Que piada.

Chovia quando saímos do clube. Dei um beijo de despedida em Luba e me senti grata pelas propriedades entorpecentes do champanhe. Eu a observei abrir caminho por entre às pessoas para conseguir um riquixá. "O que houve com todos nós?", eu me questionei, "aqueles de nós que já tinham valsado na pista do Moscou-Xangai e que tentavam cantar como Josephine Baker".

A noite foi tomada por sirenes altas e a distância. Ouvimos tiros.

Na manhã seguinte, encontrei Dmitri afundado até os tornozelos no jardim tomado de lama.

– Eles fecharam a boate.

O rosto dele estava pálido. Naqueles olhos desesperados, vi o jovem Dmitri. Um menino que havia perdido a mãe. Ele balançou a cabeça, incrédulo.

– Estamos arruinados – ele disse.

– Será difícil apenas até que tudo se ajeite – procurei confortá-lo. – Estou preparada. Temos o suficiente de tudo o que precisamos para alguns meses.

– Você não soube das notícias? – perguntou ele. – Os comunistas assumiram. Eles querem todos os estrangeiros fora daqui, todos nós. O consulado norte-americano e a Organização Internacional de Refugiados conseguiram um navio.

– Então, vamos – falei. – Vamos começar outra vez.

Meu marido ajoelhou-se na lama.

– Você escutou o que eu disse, Anya? Refugiados. Não podemos levar nada conosco.

– Vamos, Dmitri. Temos sorte por alguém querer nos ajudar.

Ele levou as mãos sujas de lama ao rosto e cobriu os olhos.

– Vamos ser pobres.

A palavra "pobre" parecia deixá-lo arrasado, mas me senti estranhamente aliviada. Não seríamos pobres. Seríamos livres. Eu não queria sair da China, porque aquele lugar parecia ser a minha única conexão com a minha mãe. Mas a nação que conhecíamos não existia mais. Ela havia escorrido por meus dedos em um segundo. Nenhum de nós deveria ter tentado se agarrar a ela, para começo de conversa. Até mesmo a minha mãe teria visto a porta aberta diante de mim, uma chance para Dmitri e eu começarmos de novo.

A velha empregada ficou boquiaberta, quando eu disse que ela e Mei Lin deveriam partir porque não estavam em segurança em nossa casa. Embalei todos os mantimentos que consegui para elas em dois baús, preparei um saco de pano repleto de dinheiro e disse à velha serviçal que ela devia escondê-lo dentro de seu vestido. Mei Lin prendeu-se a mim. Dmitri teve de me ajudar a colocá-lo dentro do riquixá.

– Você precisa ir com a sua velha amiga – eu disse a ela.

A menina ainda chorava, quando o riquixá se afastou, e, por um momento, pensei em ficar com ela. Mas sabia que eles nunca permitiriam que a garota saísse dali.

Meu esposo e eu fizemos amor ao som de aviões lançando bombas e do ressoar de explosões distantes.

– Você consegue me perdoar, Anya? Consegue mesmo? – perguntou ele, depois.

Eu respondi que já havia perdoado.

De manhã, uma chuva torrencial caía. Batia como tiros contra o telhado. Eu saí do abraço de Dmitri e caminhei até a janela. A chuva lavava a rua e causava alagamentos. Virei-me para o corpo nu de meu amado na cama e desejei que a chuva pudesse levar o passado embora também. Ele se remexeu, abriu os olhos e olhou para mim.

– A chuva não será problema – afirmou ele. – Vou a pé ao consulado. Faça as suas malas. Voltarei para buscá-la à noite.

– Vai ficar tudo bem – repliquei, ajudando-o a vestir a camisa e o casaco. – Eles não nos matarão. Só estão pedindo para sairmos.

Dmitri tocou o meu rosto.

– Acha mesmo que podemos começar do zero?

Juntos, caminhamos pela casa, sabendo que, depois daquele dia, nunca mais veríamos aquela mobília elegante nem olharíamos pelas enormes janelas. Eu tentei imaginar para que ela serviria, como os comunistas a utilizariam. Fiquei contente por saber que Sergei não teria de testemunhar a destruição da amada residência de Marina. Beijei meu marido e o observei correr pelo caminho do jardim, na chuva. Senti vontade de ir com ele, mas havia pouco tempo, e eu precisava me preparar para a nossa viagem. Passei o dia quebrando as minhas joias e costurando as pedras e pérolas dentro de nossas meias e nas costuras de nossas roupas íntimas. Escondi o que restara do colar de jade de minha mãe na base da boneca matriosca. Eu não tinha roupas práticas que pudesse levar. Então, coloquei os meus vestidos mais caros dentro da mala na esperança de que, pelo menos, conseguisse vendê-los. Estava aterrorizada e animada ao mesmo tempo. Não tínhamos certeza de que os comunistas permitiriam que saíssemos. Não deixariam, se fossem como Tang. Podiam nos executar por sede de vingança. No entanto, cantei, enquanto trabalhava. Estava feliz e apaixonada novamente. Quando escureceu, fechei todas as cortinas e cozinhei à luz de velas, usando todos os ingredientes da cozinha para preparar um banquete. Coloquei uma toalha de mesa branca na mesa e arrumei com os pratos e copos de nosso casamento. Seria a última vez que os usaríamos.

Dmitri não voltou à noite, e eu me convenci a não pensar no pior. Imaginei que a chuva manteria os comunistas afastados por, pelo menos, mais um dia, e que meu esposo já conhecia bem as ruas para se manter fora de perigo.

– O pior já passou – disse a mim mesma, como um mantra, e me encolhi no chão. – O pior já passou.

Entretanto, ele não voltou de manhã, e eu tentei telefonar para o consulado, mas a linha estava cortada. Esperei mais duas horas, com o suor acumulado nas axilas e escorrendo pelas costas por causa do nervosismo. A chuva diminuiu, e eu vesti meu casaco, calcei as botas e corri até o consulado. Os corredores e a área de espera estavam repletos de pessoas. Recebi uma senha e a orientação para que esperasse a minha vez. Procurei Dmitri desesperadamente entre toda a gente.

Vi Dan Richards saindo de seu escritório e o chamei. Ele me reconheceu e fez sinal para que eu me aproximasse.

– Que momento horrível, Anya – disse ele, pegando o meu casaco e fechando a porta do escritório. – Aceita um pouco de chá?

– Estou procurando meu marido – relatei, tentando controlar o pânico que tomava conta de mim. – Ele veio aqui ontem para conseguir um lugar para nós no navio dos refugiados, mas não voltou.

Dan demonstrou preocupação. Ele me levou a uma cadeira e deu um tapinha no meu braço.

– Por favor, não se preocupe. Tudo está caótico aqui. Vou descobrir o que houve.

O homem desapareceu corredor abaixo. Fiquei sentada, impassível como uma rocha, observando as peças e os livros chineses que estavam dentro e fora de caixas.

Ele retornou uma hora depois, sério. Levantei-me da cadeira, temendo que Dmitri estivesse morto. Dan segurava um papel e mostrou-me. Vi uma fotografia de meu esposo, dos olhos que eu amava tanto.

– Anya, este é seu marido? Dmitri Lubensky?

Eu assenti, com o medo ressoando em meus ouvidos.

– SANTO DEUS, ANYA! – ele gritou, sentando-se em sua cadeira e passando as mãos nos cabelos desgrenhados. – Dmitri Lubensky casou-se com Amélia Millman ontem à noite e partiu para os Estados Unidos hoje de manhã.

Fiquei em pé diante do Moscou-Xangai, olhando para as portas e janelas cobertas por madeiras. A chuva havia cessado. As armas ressoavam ali perto. Meus olhos observaram a varanda, os degraus de pedra, os leões brancos que guardavam a entrada. Eu estava tentando me lembrar ou esquecer? Sergei, Dmitri e eu dançando ao som da banda cubana, o casamento, o enterro, os últimos dias. Uma família passou apressada pela rua atrás de mim. A mãe guiava os filhos chorosos como uma galinha. O pai estava curvado, empurrando um carrinho com baús e malas, que eu sabia que seriam tomados antes mesmo de eles chegarem ao cais.

Dan havia me dado uma hora para voltar para o consulado. De lá, havia garantido um lugar para mim em um navio das Nações Unidas com destino às Filipinas. Eu seria uma refugiada, mas seria apenas eu. As pérolas e as pedras em minhas meias me incomodavam. Todas as minhas outras joias seriam saqueadas, quando os invasores entrassem na casa. Tudo, menos a minha aliança de casamento. Levantei a mão e olhei para o anel sob a luz forte. Subi os degraus em direção ao leão de mármore mais próximo da porta e coloquei a aliança em sua língua. Minha oferta a Mao Zedong.

Parte Dois

oito

A ilha

O navio que nos levou de Xangai rangia e tombava para um dos lados. Ele avançava a toda velocidade, com fumaça saindo de suas chaminés. Com as ondas espirrando sobre meus pés, observei a cidade desaparecer cada vez mais a distância. As construções de Bund não tinham luz nem qualquer movimento, como parentes lamentosos em um velório. As ruas estavam em silêncio, esperando pelo que viria depois. Quando chegamos à boca do rio, os refugiados a bordo choraram e riram. Um deles ergueu a bandeira branca, azul e vermelha. Nós estávamos salvos. Outros navios de resgate tinham levado tiros ou afundado antes de chegarem àquele ponto. Os passageiros surgiram de canto a canto, trocando abraços, tomados pelo alívio. Apenas eu parecia estar afundando, pressionada por uma perda que me envolvia como uma âncora. Estava sendo arrastada para dentro do rio, com a água escura passando sobre a minha cabeça.

A segunda traição de Dmitri havia provocado em mim uma saudade ainda maior de minha mãe, mais forte do que já tinha sentido em todos aqueles anos de separação. Eu a chamei do passado. Vi seu rosto sob a luz fraca e no espaço em branco que se estendia como um lençol entre mim e o país onde havia nascido. A imagem dela era a única coisa que me trazia conforto. Apenas ela podia ajudar a afastar aquele terror que me atormentava.

Eu estava em exílio e sem amor pela segunda vez.

Não reconheci as outras pessoas do navio, apesar de muitas delas parecerem se conhecer. Todos os russos com quem eu me relacionava tinham saído da China de outras maneiras. Mas havia algumas pessoas abastadas misturadas com as famílias de classe média, os lojistas, os cantores de ópera, os trombadinhas, os poetas e as prostitutas. Nós, os ricos, éramos os mais ridículos. Na primeira noite, no corredor bagunçado, chegamos para jantar vestindo nossos casacos de pele e roupas de festa. Enfiamos as colheres entortadas em tigelas de sopa trincadas e não percebemos que copos de metal e guardanapos amassados eram nossos utensílios. Estávamos tão perdidos nas ilusões de quem já havíamos sido, que era como se ainda estivéssemos jantando no Imperial. Depois da refeição, funcionários do navio nos entregaram a lista de tarefas de limpeza dos próximos 20 dias no mar. A mulher ao meu lado, com os dedos cheios de anéis de diamantes, aceitou o papel como se fosse um cardápio de sobremesa e olhou para ele confusa.

– Não compreendo – disse ela, olhando ao redor, à procura do responsável. – Isto é para mim?

No dia seguinte, um dos organizadores do navio entregou a mim um vestido azul liso que estava em uma pilha de roupas que levava em um carrinho. Era um número maior do que eu usava e estava desgastado na cintura e nas mangas. A faixa creme estava manchada e tinha cheiro de bolor. Eu vesti aquela roupa sob a luz fraca do banheiro e me olhei no espelho. "Era disto que você tinha medo, Dmitri? De ter que usar as roupas de outras pessoas?"

Segurei nas laterais da pia. O espaço parecia girar ao meu redor. Será que meu ex-marido queria tanto um clube chamado Moscou-L.A., que estava disposto a me sacrificar por isso? Eu não tinha visto traição nos olhos dele na manhã em que partira para ir ao consulado. Quando o ajudei a abotoar o casaco, não tive motivos para acreditar que não voltaria para mim. Então, o que havia acontecido depois daquilo? Como Amélia o abordara? Fechei os olhos e imaginei os lábios vermelhos dela sussurrando feitiços de persuasão: "Vai ser muito fácil para nós começar outra vez. O governo nacionalista destruiu milhares de documentos antes de fugir. Provavelmente não existe nada formal que ateste que seja casado, nada sobre o que os Estados Unidos pudessem ter conhecimento". Escutei Dmitri dizendo "aceito" no casamento apressado. Tentei imaginar se ele teria hesitado no momento em que me matou.

Pensar no grande amor que sentia por ele e no diminuto amor que ele sentia por mim estava me levando à loucura. O amor de Dmitri era como Xangai: só existira superficialmente. Por baixo, estava estragado e podre.

O amor dele não era como o amor de minha mãe, apesar de ambos terem deixado a sua marca em mim.

※

A maioria dos refugiados do navio estava animada. As mulheres reuniam-se nas grades, para conversar e olhar para o mar; os homens cantavam, enquanto limpavam o navio; e as crianças pulavam corda juntas e dividiam os brinquedos. Mas todas as noites aquelas pessoas olhavam para fora de suas cabines para procurar a Lua e as estrelas e conferir a posição do navio. Já tinham aprendido a não confiar em ninguém. Apenas quando viam as constelações, conseguiam dormir, certas de que estavam a caminho das Filipinas, e não sendo transportadas para a União Soviética.

Se tivessem me mandado para o campo de trabalho, eu não teria me importado. Já estava morta, mesmo.

Aqueles refugiados, por outro lado, comportavam-se como se fossem gratos. Esfregavam o convés, descascavam batatas reclamando pouco e falavam dos países que poderiam aceitá-los depois das Filipinas: França, Austrália, Estados Unidos, Argentina, Chile, Paraguai. Os lugares rolavam de suas línguas como poesia. Eu não fazia planos, não tinha ideia do que o futuro me guardava. A dor em meu coração era tão profunda, que pensei que fosse morrer, antes de chegarmos à terra firme. Esfreguei o convés com os outros passageiros, mas, enquanto eles faziam intervalos de descanso, eu continuava esfregando as grades e tudo o que via, até as minhas mãos sangrarem com bolhas e queimaduras causadas pelo vento frio. Eu só parava quando o supervisor me dava um tapinha no ombro.

– Anya, sua energia é de impressionar, mas você deve buscar algo para comer.

Eu estava no purgatório, tentando encontrar uma saída. Enquanto sentisse dor, viveria. Enquanto existisse castigo, haveria esperança de redenção.

Seis dias depois da nossa partida, acordei com uma sensação de ardência na face esquerda. A pele estava vermelha e dolorida, cheia de cistos duros que pareciam picadas de insetos. O médico do navio examinou-me e balançou a cabeça.

– É uma ferida causada por ansiedade. Vai passar, quando você descansar um pouco.

Mas a desfiguração não passou. Ficou comigo durante toda a viagem, marcando-me como se fosse uma leprosa.

No 15º dia, o calor dos trópicos passou sobre nós como uma nuvem. A água azul cor de aço dominava o oceano, e o cheiro de pinheiros tropicais perfumava o ar. Passamos por ilhas com penhascos e bancos de areia e de corais brancos. Cada pôr do sol era um arco-íris incandescente no horizonte. Aves tropicais voavam sobre o convés, algumas tão mansas, que vinham até nossas mãos e pousavam nos nossos ombros, sem medo. Mas essa beleza natural deixava alguns russos de Xangai intranquilos. Rumores, vodus e sacrifícios espalhavam-se pelo navio. Alguém perguntou ao capitão se era verdade que a Ilha Tubabao era uma colônia de leprosos, e ele nos garantiu que a ilha tinha sido dedetizada e que todos os leprosos haviam sido levados para longe.

– Não se esqueçam de que vocês estão no último navio – ele nos disse. – Seus compatriotas já estão ali, prontos para receberem você.

No 22º dia, ouviu-se um grito de uma pessoa da tripulação, e corremos para o convés, de onde vimos a ilha pela primeira vez. Protegi meus olhos dos raios do sol e olhei de longe. Tubabao surgia do mar, silenciosa, misteriosa e envolvida em uma névoa frágil. Duas montanhas gigantes, cobertas pelas florestas, imitavam as curvas de uma mulher deitada de lado. Na curva da barriga e das coxas, havia uma caverna de areia clara e coqueiros. O único sinal de civilização era um quebra-mar que terminava na ponta da praia.

Nós ancoramos, e nossa bagagem foi descarregada. Mais tarde, fomos divididos em grupos e levados à praia em uma barcaça que rangia e recendia a petróleo e algas marinhas. A embarcação movia-se lentamente, e o capitão filipino apontou para um mar claro abaixo de nós. Cardumes de peixes coloridos passavam por baixo do barco, e algo parecido com uma arraia saiu do fundo da água cheio de areia.

Eu estava sentada ao lado de uma mulher de meia-idade que usava salto alto e um chapéu com uma flor de seda na aba. Ela protegia as mãos no colo e estava acomodada no banco de madeira rachado como se estivesse a caminho de um spa, quando, na verdade, nenhum de nós sabia o que aconteceria na hora seguinte. Naquele momento, percebi quão absurda a nossa situação havia se tornado. Aqueles de nós que tinham conhecido a movimentação e a desordem, o barulho e o frenesi de uma das cidades mais cosmopolitas do mundo estavam prestes a morar em uma ilha remota no Pacífico.

Quatro ônibus esperavam por nós no final do quebra-mar. Eram velhos, tinham algumas das janelas sem vidros e os painéis tomados por ferrugem. Um marinheiro norte-americano com cabelos parecidos com palha de aço e a testa queimada pelo sol saiu de um dos veículos e nos pediu para entrar. Não havia assentos suficientes, por isso a maioria de nós teve de ficar em pé. Um menino ofereceu seu assento a mim, e agradeci e me sentei. Minhas coxas ficaram grudadas no couro, e, quando tive certeza de que ninguém estava olhando, desci a meia-calça para os tornozelos e a escondi dentro de meu bolso. Sentir o ar em minhas pernas e pés foi um alívio.

O ônibus passou pelos buracos na estrada de terra. A atmosfera era tomada pelo cheiro de bananeiras que cercavam o caminho. De vez em quando, passávamos por uma cabana, e um vendedor filipino mostrava um abacaxi ou um refrigerante para que víssemos. O norte-americano gritava mais alto do que o motor. Ele se chamava Richard Connor. Era capitão e um dos oficiais da Organização Internacional de Refugiados situada na ilha.

O campo ficava perto da praia, mas a tortuosidade da estrada fazia com que a viagem parecesse mais longa. Os ônibus pararam ao lado de um café ao ar livre, que estava sem clientes. O estabelecimento era feito com folhas de palmeira. Mesas e cadeiras dobráveis estavam meio enterradas no chão de terra. Olhei para o cardápio escrito com giz em uma lousa, cujas opções eram: moluscos com leite de coco, panquecas e limonada.

Connor nos levou a pé por um caminho pavimentado entre fileiras de barracas do exército. Algumas tendas estavam com as portas de tecido enroladas para permitir a entrada do ar da tarde. A parte de dentro estava repleta de camas de acampamento e caixas viradas que serviam de mesas e cadeiras. Muitas barracas tinham apenas uma lâmpada presa à viga central e um fogão perto da entrada. Em uma delas, as caixas tinham sido cobertas com toalhas e, sobre elas, havia um aparelho de jantar feito com cascas de coco. Fiquei surpresa ao ver o que algumas pessoas tinham conseguido levar da China. Vi máquinas de costura, cadeiras de balanço e até uma estátua. Elas eram de pessoas que haviam partido antes, aquelas que não tinham esperado a chegada dos comunistas para evacuar a área.

– Onde está todo mundo? – a mulher com a flor no chapéu perguntou a Connor.

Ele sorriu.

– Na praia, creio eu. Quando você não estiver trabalhando, também vai querer ir para lá.

Passamos por uma barraca grande com aberturas laterais. Do lado de dentro dela, quatro mulheres atarracadas curvavam-se sobre um caldeirão de água fervente. Elas viraram os rostos suados na nossa direção e gritaram:

– *OORA!*

Seus sorrisos eram sinceros, mas vê-las me deu saudade de casa. Onde eu estava?

O capitão Connor nos levou a um quadrado no meio da cidade de barracas. Ele ficou em cima de um palco de madeira, enquanto nos sentamos sob o sol escaldante e escutamos as suas orientações. O oficial nos disse que o campo era dividido em dois distritos e que cada um deles tinha o próprio supervisor, cozinha comunitária e espaço para banho. Nossa área ficava atrás de uma mata, uma posição de desvantagem em termos de vida selvagem e segurança. Assim, nossa primeira tarefa seria limpar o local. Em meio às palpitações em minha cabeça, mal consegui escutar o capitão, quando ele falou sobre as mortais "serpentes de um minuto" e sobre os piratas que saíam da floresta à noite com facões e que já tinham atacado três pessoas.

Geralmente, duas mulheres solteiras dividiam uma barraca, mas, em decorrência de nossa proximidade com a mata fechada, todas as mulheres de nosso grupo foram colocadas em barracas com quatro ou seis ocupantes. Fui colocada em uma barraca com três jovens do interior de Tsingtao, que haviam chegado à ilha mais cedo a bordo do Cristobal. Os nomes delas eram Nina, Galina e Ludmila. Elas não eram como as garotas de Xangai. Eram robustas, tinham rosto corado e risadas fortes. Ajudaram-me a pegar o meu baú e mostraram onde ficavam as roupas de cama.

– Você é jovem demais para estar aqui sozinha. Quantos anos tem? – perguntou-me Ludmila.

– Vinte e um – menti.

Elas ficaram surpresas, mas não desconfiaram. Decidi, naquele momento, que nunca mais falaria sobre o meu passado. Doía muito. Eu conseguia falar sobre a minha mãe, porque não sentia vergonha dela. Mas jamais voltaria a falar sobre Dmitri. Pensei em como Dan Richards havia assinado meus documentos para me tirar de Xangai. Ele havia riscado o "Lubenskya" e escrito meu nome de solteira, "Kozlova".

– Pode acreditar em mim – disse ele. – Um dia, você vai ficar feliz por ver que não carrega mais o nome daquele homem.

Eu já estava desejando me livrar dele.

– O que você fazia em Xangai? – questionou Nina.

Hesitei por um momento.

– Eu era uma governanta – respondi. – Cuidava dos filhos de um diplomata norte-americano.

– Você tem roupas bonitas para uma governanta – observou Galina, sentando-se com as pernas cruzadas no chão de lama e nos observando desfazer as malas.

Ela apontou para o *cheongsam* verde que estava saindo pelo canto de meu baú. Enfiei as pontas dos lençóis sob o meu colchão e acrescentei:

– Eu tinha de distraí-las.

Mas, quando olhei para a garota, vi que sua expressão era inocente. Não havia nada por trás de seu comentário. E as outras duas meninas pareciam mais fascinadas do que desconfiadas.

Procurei dentro do baú e tirei o vestido dali. Fiz uma careta ao ver que Mei Lin havia consertado a parte do ombro.

– Fique com ele – eu ofereci a Galina. – Agora já estou alta demais para vesti-lo, mesmo.

A jovem se animou, pressionou o vestido contra o peito e riu. Eu me retraí ao ver as fendas laterais. Ele era sensual demais para qualquer governanta, mesmo para aquelas excepcionais que "divertiam".

– Não, sou gorda demais – disse ela, devolvendo-o para mim. – Mas muito obrigada por sua gentileza, mesmo assim.

Mostrei o vestido para as outras meninas, mas elas riram.

– É chique demais para nós – comentou Nina.

Mais tarde, enquanto seguíamos para a tenda do refeitório, Ludmila apertou o meu braço.

– Não fique tão triste – falou ela. – As coisas parecem difíceis demais no começo, mas, quando você vir a praia e os meninos, vai se esquecer de seus problemas.

A gentileza da garota fez com que eu me detestasse ainda mais. Ela acreditava que eu era uma delas, uma mulher jovem e livre. Como poderia dizer a elas que tinha perdido a minha juventude havia muito tempo? Que Xangai a tomara?

A tenda do refeitório estava iluminada por três lâmpadas de 25 watts. Sob a luz fraca, vi cerca de uma dúzia de mesas compridas. Serviram-nos macarrão cozido e carne moída em pratos de latão. As pessoas de meu navio pegavam seus alimentos, e as mãos bronzeadas em Tubabao limpavam os pratos com fatias de pão. Um senhor cuspia os caroços de ameixa no chão de terra.

Quando viu que eu não estava comendo, Galina me deu uma lata de sardinhas.

– Coloque isto no macarrão para dar um pouco de sabor – disse ela.

Ludmila cutucou Nina.

– Anya parece assustada.

A segunda menina, prendendo os cabelos, afirmou:

– Anya, logo você vai ficar como nós, bronzeada e com os cabelos desgrenhados. Vai se tornar uma nativa de Tubabao.

Acordei tarde no dia seguinte. O ar dentro da barraca estava quente e recendia a lona queimada. Galina, Ludmila e Nina não estavam mais ali. As camas desarrumadas ainda estavam com a forma do corpo delas. Olhei para os lençóis amassados fornecidos pelo exército, tentando imaginar aonde elas tinham ido. Mas fiquei feliz por estar sozinha. Não queria mais responder a nenhuma pergunta. As meninas eram gentis, porém a minha realidade era outra. Elas tinham suas famílias na ilha, eu não tinha ninguém. Nina tinha sete irmãos e irmãs, e eu não tinha nenhum. Eram virgens à espera do primeiro beijo. E eu, uma moça de 17 anos, abandonada pelo marido.

Um lagarto percorreu a lateral interna da barraca. Estava provocando um pássaro do lado de fora. O réptil piscou os olhos esbugalhados e passou pela ave diversas vezes. Consegui ver a sombra do pássaro batendo as asas e bicando a lona, frustrado. Deixei meu cobertor de lado e sentei.

Uma caixa encostada na viga central servia de penteadeira. Entre as miçangas e escovas sobre ela, havia um espelho de mão com a imagem de um dragão chinês na parte de trás. Eu peguei e analisei o meu rosto. Sob a luz forte, o ferimento parecia ainda mais inflamado. Fiquei olhando para ele por um tempo, tentando me acostumar com a minha nova aparência. Estava marcada, feia. Meus olhos pareciam pequenos e cruéis.

Abri meu baú com o pé. O único vestido de verão que havia levado era elegante demais para ser usado na praia. Seda italiana com miçangas transparentes na barra. Teria de ser aquele.

As tendas pelas quais passei a caminho do escritório do supervisor estavam repletas de pessoas. Algumas dormiam de cansaço ou por terem tomado San Miguel, a bebida local, demais. Outras estavam lavando os pratos e limpando as bandejas de café da manhã. Algumas se encontravam sentadas em cadeiras do lado de fora das barracas, lendo ou conversando, como turistas de férias. Rapazes com rostos bronzeados e olhos claros me observavam passar. Ergui o queixo para mostrar a eles meu rosto ferido, um sinal de que eu não estava disponível.

O supervisor trabalhava dentro de um abrigo Nissen (uma espécie de refúgio militar), com chão de concreto e imagens do czar e da czarina desbotadas pelo sol, acima da porta. Eu bati à porta de tela e esperei.

– Entre – disse alguém.

Entrei no espaço escuro. Meus olhos se estreitaram para se ajustarem à escuridão dentro da barraca. Consegui ver uma cama de acampamento perto da porta e uma janela nos fundos da sala. O ar recendia a repelente de insetos contra mosquitos e graxa de motor.

– Cuidado – a pessoa alertou.

Eu hesitei e me virei na direção dela. A barraca estava quente, mas mais fria do que a minha. O supervisor de distrito aos poucos apareceu, sentado a sua mesa. Uma lâmpada pequena emitia um anel de luz, mas não refletia no rosto dele. Pela silhueta, vi que ele era um homem musculoso e de ombros grandes. Estava curvado sobre algo, concentrando-se. Eu me movi na direção dele, pisando sobre pedaços de fios, roscas e cordas, e em uma tira de borracha. Ele estava segurando uma chave de fenda e mexendo em um transformador. As unhas do sujeito estavam quebradas e sujas, mas sua pele era marrom e lisa.

– Você está atrasada, Anna Victorovna. O dia já começou.

– Eu sei. Sinto muito.

— Aqui não é mais Xangai — disse, fazendo um gesto para que eu me sentasse em um banco diante dele.

— Eu sei.

Tentei olhar para o rosto do supervisor, mas só consegui ver sua mandíbula forte e os lábios fechados de modo tenso.

Ele pegou alguns papéis de uma pilha ao lado dele.

— Você tem amigos em posições importantes — comentou. — Acabou de chegar, mas vai trabalhar no escritório de administração da Organização Internacional de Refugiados. Os outros de seu navio terão de abrir a mata.

— Então, tive sorte.

O supervisor esfregou as mãos e riu. Recostou-se na cadeira e dobrou os braços atrás da cabeça. Os lábios relaxaram. Ele sorriu.

— O que acha de nossa cidade de barracas? É glamourosa o bastante para você?

Eu não sabia o que responder. Não havia sarcasmo em sua voz. Ele não estava tentando me diminuir, mas falou como se visse a ironia de nossa situação e quisesse deixar as coisas mais leves. Pegou uma fotografia da mesa e me entregou. O retrato era de um grupo de homens em pé, ao lado de uma pilha de tendas do exército. Analisei os rostos barbudos deles. O jovem da frente estava agachado, segurando uma vara. Tinha ombros grandes e costas largas. Reconheci os lábios cheios e a mandíbula. Mas havia algo de errado com aqueles olhos. Tentei segurar a fotografia mais perto da luz, mas o supervisor a tomou de mim.

— Fomos as primeiras pessoas enviadas a Tubabao — disse ele. — Você devia ter visto. A Organização Internacional de Refugiados nos deixou aqui sem ferramentas. Tivemos de abrir covas para fazermos os banheiros com o que conseguimos encontrar. Um dos homens era engenheiro e saiu à procura de peças de maquinário que os norte-americanos tinham deixado da época em que usaram esta ilha como uma base militar. Dentro de uma semana, ele havia criado o próprio gerador de eletricidade. Esse é o tipo de capacidade de criação que ganha o meu respeito.

— Sou grata a tudo o que Dan Richards fez por mim. Espero poder ajudar a ilha de alguma maneira.

O supervisor ficou calado por um momento. Não consegui deixar de pensar que ele estava me analisando. Seus lábios misteriosos abriram-se em um sorriso cheio de malícia. Foi um sorriso simpático que iluminou a barraca de repente. Aquilo fez com que eu gostasse dele, apesar de seu comportamento ríspido. Havia algo nele que me fazia lembrar um urso. Ele me recordava Sergei.

– Sou Ivan Mikhailovich Nahkimovsly. Mas, nestas circunstâncias, vamos nos chamar apenas de Anya e Ivan – apresentou-se, estendendo-me a mão. – Espero que minhas brincadeiras não a tenham irritado.

– Nem um pouco – respondi, segurando os dedos dele. – Tenho certeza de que você está acostumado a lidar com muitos ex-moradores arredios de Xangai.

– Sim, mas você não é realmente de Xangai. Nasceu em Harbin. E eu soube que trabalhou muito no navio.

Depois de preencher os formulários de registro e de emprego, Ivan me levou à porta.

– Se você precisar de alguma coisa – disse ele, apertando a minha mão de novo –, por favor, procure-me.

Saí no sol, e ele me puxou de volta pelo braço, apontando para o meu rosto.

– Você está com verme tropical. Vá ao hospital imediatamente. Eles deveriam ter tratado isso no navio.

Mas foi o rosto de Ivan que me pegou de surpresa. Ele era jovem, talvez tivesse 25 ou 26 anos. Tinha traços russos clássicos. Mandíbula forte, faces protuberantes, olhos azul-claros. Mas, descendo do canto de seu olho direito até o nariz, havia uma cicatriz parecida com uma marca feita a ferro. No ponto em que o ferimento atingiu o olho, a carne havia cicatrizado mal, e a pálpebra ficava parcialmente fechada.

Ele percebeu a minha expressão e voltou para a sombra, virando-se de costas para mim. Eu me arrependi de minha reação, porque gostava dele.

– Vá. Apresse-se – falou ele –, antes que o médico decida passar o dia na praia.

O hospital ficava perto do mercado e da estrada principal. Era uma construção comprida de madeira com um grande telhado e sem vidros nas janelas. Uma jovem garota filipina me guiou pela ala até um médico. As camas estavam todas vazias, exceto uma, na qual havia uma mulher deitada, com um bebê pequeno sobre o peito. O doutor era russo e, como eu soube depois, voluntário entre os refugiados. Ele e os outros voluntários da área médica tinham construído o hospital a partir do zero, implorando por remédios à Organização Internacional de Refugiados e ao governo filipino ou comprando-os no mercado negro. Eu me sentei em um banco, enquanto o médico examinava meu rosto, esticando a minha pele com os dedos.

– Que bom que você veio me ver agora – disse ele, lavando as mãos em uma bacia de água que era segurada por uma menina. – Parasitas assim podem viver por muito tempo e destruir o tecido.

O doutor me deu duas injeções, uma na mandíbula e outra perto do olho. Meu rosto ardeu como se eu tivesse levado um tapa. Ele me entregou um tubo de creme no qual se lia "Amostra grátis". Levantei do banco e quase desmaiei.

– Fique sentada por um minuto antes de sair – recomendou o médico.

Obedeci, mas, assim que deixei o hospital, senti náuseas novamente.

Havia uma área ao lado do hospital com palmeiras e cadeiras de lona. O local havia sido organizado para os pacientes. Caminhei até uma das cadeiras e me sentei, escutando o sangue correr em meus ouvidos.

– Aquela menina está bem? Vá checar – escutei a voz de uma senhora dizer.

O sol estava quente e passava pelas folhas das árvores. Consegui ouvir o barulho do mar ao fundo. Identifiquei outro barulho e, então, a voz de uma mulher.

– Quer um pouco de água? Está muito quente.

Pisquei meus olhos marejados, tentando olhar para a pessoa que estava diante de mim, contra o céu sem nuvens.

– Estou bem – disse. – Apenas tomei algumas injeções, e elas me deixaram fraca.

A mulher agachou-se ao meu lado. Seus cabelos castanhos encaracolados estavam presos no topo da cabeça com um lenço.

– Ela está bem, vovó – ela falou à outra mulher. – Sou Irina – apresentou-se a mim com o sorriso cheio de dentes brancos.

Sua boca era desproporcional ao rosto, mas a moça emanava luz, uma luminosidade que surgia em seus lábios, seus olhos e na pele morena. Quando sorria, ficava bela.

Eu me apresentei a ela e à sua avó. A senhora estava deitada em uma cadeira reclinável embaixo de uma árvore, e seus pés mal chegavam ao fim do móvel. A senhora disse que seu nome era Ruselina Leonidovna Levitskya.

– A minha avó não anda muito bem – informou Irina. – Não fica muito bem no calor.

– O que houve com você? – perguntou Ruselina.

Seus cabelos eram brancos, mas ela tinha os mesmos olhos castanhos da neta.

Afastei os cabelos e mostrei meu rosto a elas.

– Coitadinha – solidarizou-se Irina. – Tive isso na perna. Mas já sarou.

Ela levantou a saia e mostrou o joelho sem manchas, com apenas uma covinha.

– Você já foi à praia? – quis saber Ruselina.

– Não. Eu cheguei ontem.

Ela levou as mãos ao rosto.

– É linda. Você sabe nadar?

– Sim – eu respondi. – Mas só nadei em piscinas, nunca no mar.

– Então vá – disse Irina, estendendo a mão. – E proteja-se com filtro solar.

No caminho para a praia, paramos na barraca de Irina e de Ruselina. Duas fileiras de conchas marcavam o caminho até a porta. Do lado de dentro da tenda, um lençol vermelho estendido de lado a lado do teto dava a tudo ali dentro um tom rosa-escuro. Fiquei surpresa ao ver quantas roupas as mulheres tinham conseguido colocar dentro do baú de madeira. Havia boás, chapéus e uma saia feita com pedaços de espelho quebrado. Irina mostrou-me um maiô branco.

– É da minha avó – comentou ela. – Ela é moderna e magra como você.

O vestido estava grudado em minha pele quente. Foi bom poder tirá-lo. O ar soprou sobre meu corpo, e a pele ficou arrepiada. O maiô serviu no quadril, mas ficou justo em meu busto. Fez os meus seios subirem, como se usasse um corselete francês. A princípio, fiquei com vergonha, mas logo dei de ombros e decidi não me importar. Desde pequena, não usava tão pouca roupa em público. Eu me senti livre de novo. Irina vestiu um maiô magenta e verde-prateado. Parecia um papagaio exótico.

– O que você fazia em Xangai? – ela me perguntou.

Contei-lhe a minha história como se houvesse sido governanta e perguntei o que ela fazia.

– Eu era cantora de cabaré. Minha avó tocava o piano.

Ela percebeu a minha surpresa e corou.

– Nada muito ousado. Não era o Moscou-Xangai nem nada chique assim. Lugares menores. Minha vó e eu fazíamos vestidos entre as apresentações para nos sustentarmos. Ela fazia todas as minhas roupas.

Irina não percebeu o meu retraimento ao escutar a menção ao Moscou-Xangai. Lembrar-me daquele lugar foi um choque. Será que realmente acreditei que não teria de pensar nele outra vez? Provavelmente centenas de pessoas na ilha já tinham falado sobre ele. Tinha sido um símbolo em Xangai. Só torcia para que ninguém me reconhecesse. Sergei, Dmitri, os Michailov e eu não éramos russos comuns, não como meu pai, minha mãe e eu éramos quando morávamos em Harbin. Era estranho estar entre o meu povo novamente.

O caminho para a praia passava por uma ladeira. Havia um jipe parado ao lado da estrada, e quatro policiais militares filipinos estavam agachados ao redor dele, fumando e contando piadas. Os oficiais ajeitaram-se quando passamos.

– Eles ficam em alerta para pegar piratas – disse Irina. – Você precisa tomar cuidado de seu lado do campo.

Eu envolvi a toalha em minhas coxas e usei as pontas para cobrir os seios. Mas Irina passou pelos homens com a toalha sobre o ombro, consciente da presença deles, porém sem nenhuma vergonha do efeito elétrico que seu corpo voluptuoso e quadril rebolativo causavam neles.

A praia era um lugar dos sonhos. A areia era branca como espuma e pontuada por coqueiros e milhões de pequenas conchas. Estava deserta, exceto por dois labradores marrons que dormiam sob uma palmeira. Os cães ergueram a cabeça, quando passamos por eles. A água estava calma e transparente sob o sol do meio-dia. Eu nunca tinha nadado no mar antes, mas corri na direção dele sem medo nem hesitação. Senti a pele se arrepiar de prazer ao adentrar o oceano. Cardumes de peixes prateados passavam. Joguei a cabeça para trás e flutuei no espelho de cristal da superfície do mar. Irina mergulhou e emergiu, piscando para remover as gotas de água dos cílios. "Proteja-se", ela havia dito. Eu me sentia protegida. Consegui sentir o ferimento em meu rosto encolhendo, o sol e o sal atuando como antissépticos sobre ele. Xangai estava sendo lavada de mim. Eu estava mergulhando na natureza: era uma menina de Harbin outra vez.

– Você conhece alguém de Harbin aqui? – perguntei a Irina.

– Sim. Minha avó nasceu lá. Por quê?

– Quero encontrar alguém que tenha conhecido a minha mãe – eu disse.

Irina e eu ficamos deitadas sobre as nossas toalhas, sob uma palmeira, preguiçosas.

– Meus pais morreram no bombardeio de Xangai quando eu tinha 8 anos – contou minha nova amiga. – A minha avó cuidou de mim na época. É possível que ela tenha conhecido sua mãe em Harbin, apesar de viver em um distrito diferente.

Um motor roncou atrás de nós, perturbando a nossa paz. Lembrei-me da polícia filipina e sentei rapidamente. Mas era Ivan, acenando para nós ao volante de um jipe. A princípio, pensei que o veículo tivesse uma pintura parecida com uma camuflagem, mas, quando olhei com mais atenção, vi que o lodo e a corrosão davam à lataria uma aparência desgastada.

– Vocês querem conhecer o alto da ilha? – perguntou o supervisor. – Não posso levar ninguém lá. Mas fiquei sabendo que o lugar é assombrado e acho que talvez precise de duas virgens para me proteger.

– Você é cheio das histórias, Ivan – Irina riu, levantando-se a batendo a areia de suas pernas.

Ela enrolou a toalha na cintura e, antes que eu pudesse dizer alguma coisa, entrou no jipe.

– Venha, Anya – ela chamou. – Aproveite o passeio. É gratuito.

– Você foi ao médico? – Ivan perguntou, quando eu entrei no carro.

Tomei cuidado para não olhar muito para o rosto dele.

– Sim, mas me surpreendeu o fato de ser um verme. Eu o peguei fora de Xangai.

– O navio no qual você veio fez mais de uma viagem. Muitos de nós tivemos a mesma coisa. Porém você é a primeira pessoa que vejo com isso no rosto. É o lugar mais perigoso. Está perto demais dos olhos.

O caminho de areia estendeu-se por menos de um quilômetro. Depois dele, os coqueiros e palmeiras davam espaço às monstruosas árvores que se curvavam sobre nós como demônios. Seus troncos retorcidos eram cobertos por galhos e plantas parasitas. Passamos por uma queda-d'água na qual havia uma velha placa de madeira presa à rocha. "Cuidado com as cobras perto da fonte de água."

Alguns minutos depois da queda-d'água, Ivan parou o jipe. Uma montanha de rochas pretas bloqueava nosso caminho. Quando o motor foi desligado, o silêncio pouco natural me deixou nervosa. Não ouvi cantos de pássaros, nem o mar ou o vento. Algo chamou a minha atenção, um par de olhos nas rochas. Analisei a montanha mais de perto e, aos poucos, vi o relevo de santos e mamoeiros entalhados nela. Senti um arrepio na espinha. Eu já tinha visto algo parecido antes em Xangai, mas aquela igreja espanhola era antiga. Um amontoado de azulejos quebrados era tudo o que havia restado do campanário destruído, porém o resto da construção estava intacto. Pequenos galhos haviam fixado raízes em todas as frestas. Eu imaginei os leprosos, que tinham habitado a ilha antes da chegada dos norte-americanos, caminhando por ali e tentando imaginar se Deus havia se esquecido deles da mesma maneira como os seus semelhantes humanos os haviam esquecido ali, para que morressem.

– Fiquem no jipe. Não saiam por nada – recomendou Ivan, olhando diretamente para mim. – Há serpentes por todos os lados... e armas velhas. Não importa se eu for atacado, mas vocês, moças bonitas, não podem se ferir.

E, então, entendi por que o supervisor havia nos chamado para ir com ele, por que tinha ido à nossa procura na praia. Era coragem. Ele havia notado a minha reação ao seu rosto e queria me mostrar que não tinha medo de que eu o visse. Fiquei feliz por ele ter feito aquilo. Fez com que eu o admirasse, porque aquele não era o meu jeito de ser. O ferimento em meu rosto não era tão feio quanto a cicatriz na face dele, mas ainda assim eu queria escondê-lo.

Ivan afastou um cobertor, e a faca de caçador por baixo dele brilhou sob a luz do Sol. Embainhou a faca no cinto e jogou um rolo de corda sobre o ombro. Eu o observei desaparecer mata adentro.

– Ele está procurando mais materiais. Eles construirão uma tela de cinema – explicou Irina.

– Aquele homem está arriscando a vida por uma tela de cinema? – perguntei.

– Esta ilha é como se fosse a casa de Ivan, o seu motivo para continuar vivendo.

– Entendi – disse e, depois, e fiquei calada.

Esperamos por mais de uma hora, respirando o ar parado e olhando para a mata à espera de movimento. A água do mar havia secado sobre a minha pele, e eu consegui sentir o sal nos lábios.

Irina disse:

– Fiquei sabendo que ele era padeiro em Tsingtao. Durante a guerra, os japoneses descobriram alguns russos enviando mensagens de rádio a um navio norte-americano. Eles se vingaram da população russa. Amarraram a esposa e as duas filhas pequenas de Ivan dentro da loja da qual eram proprietários e a incendiaram. Ele ficou com aquela cicatriz por tentar salvá-las.

Eu me sentei na parte de trás do jipe e encostei a cabeça nos joelhos.

– Que horrível! – exclamei.

Não havia nada mais profundo que conseguisse dizer. Nenhum de nós havia escapado da guerra ileso. A agonia com que eu acordava todos os dias era a mesma angústia que outras pessoas também sentiam. O sol de Tubabao queimava-me o pescoço. Eu estava ali havia apenas um dia e já estava sendo afetada. O sol tinha poderes mágicos. Poderes para curar e assustar, para levar à loucura e para aliviar a dor. Durante o mês que se passara, havia pensado que estava sozinha. Fiquei feliz por conhecer Irina e Ivan. Se eles conseguiam encontrar razões para seguir em frente, talvez eu também pudesse fazer isso.

Uma semana depois, estava em minha sala, no escritório da Organização Internacional de Refugiados, datilografando uma carta em uma máquina manual sem a tecla da letra Y. Havia aprendido a compensar a falha da máquina de datilografar substituindo as palavras com "Y" por sinônimos que não tivessem a letra que faltava. "Yearly" se tornava "annual", "Young" se tornava "adolescent" e "Yours truly" era trocado por "With deepest regards". Meu vocabulário do inglês melhorou rapidamente. No entanto, encontrei problemas com os nomes russos, pois muitos deles tinham o Y. Para esses, eu datilografava um "V" e tinha o trabalho de fazer uma perninha a lápis na letra. O escritório era um abrigo Nissen com um dos lados abertos, duas mesas e um armário. Minha cadeira fazia um barulho alto no chão de cimento sempre que me mexia, e eu tinha de colocar pregadores nas pontas dos papéis para que eles não saíssem voando com a brisa do mar. Trabalhava cinco horas por dia e recebia um dólar norte-americano e uma lata de fruta por semana. Eu era uma das poucas pessoas que recebiam para trabalhar, pois à maioria dos outros refugiados tinha de trabalhar de graça.

Naquela tarde, o capitão Connor estava sendo incomodado por uma mosca insistente. Ele a afastava com a mão, mas o inseto já o perturbava por mais de uma hora. Quando ela pousou no relatório que eu havia acabado de datilografar e, impetuosamente, o capitão Connor a esmagou com o punho, olhou para mim com culpa.

– Devo datilografar isso de novo? – perguntei.

Acidentes como aquele eram comuns em nosso escritório, mas redatilografar uma página inteira daquelas perfeitamente, sem nunca ter usado uma máquina de datilografar antes era uma tarefa complicada.

– Não, não – o capitão Connor disse, erguendo o papel e afastando os restos da mosca com os dedos. – Está quase na hora de você ir embora, e o inseto pousou bem no final de um parágrafo. Mais parece um ponto de exclamação.

Coloquei a proteção de tecido em cima das teclas e guardei a máquina de datilografar dentro de sua caixa especial. Estava pegando a minha bolsa para partir quando Irina perguntou:

– Anya, adivinhe. Vou cantar no palco principal este fim de semana. Você quer ir?

– Claro! – respondi. – Que interessante!

– A minha avó também está animada. Ela não está muito bem para tocar o piano, então queria saber se você pode levá-la e fazer companhia a ela.

– Farei isso. E colocarei o meu melhor vestido de noite para comemorar o acontecimento.

Os olhos de Irina brilharam.

– A minha avó adora se vestir bem! Ela está pensando na sua mãe a semana toda. Acho que conhece alguém na ilha que pode ajudar você.

Precisei morder os lábios para conter o tremor. Já fazia quatro anos desde que vira a minha mãe pela última vez. Eu era uma menininha quando tivemos de nos separar. Depois de tudo o que havia acontecido comigo, ela começava a parecer um sonho. Se eu pudesse conversar com alguém sobre ela, sabia que mamãe voltaria a ser real.

Na noite da apresentação de Irina, Ruselina e eu passamos pelas samambaias para chegarmos ao quadrado principal. Segurávamos as barras de nossos vestidos, tomando cuidado, para que eles não desfiassem ao enroscar na mata. Eu estava vestindo um traje cor de rubi e o xale que os

Michailov haviam me dado de Natal. Os cabelos brancos de Ruselina estavam presos em sua coroa. O estilo combinava com o vestido de imperatriz que ela usava. Parecia um membro da corte do czar. Apesar de estar fraca e de segurar com firmeza em meu braço, tinha as faces rosadas e os olhos brilhantes.

– Tenho conversado com pessoas de Harbin a respeito de sua mãe – ela comentou. – Uma de minhas amigas da cidade acredita que conheceu uma Alina Pavlovna Kozlova. Porém, já é muito velha, e sua memória não anda muito boa, mas posso levar você para conversar com ela.

Passamos por uma árvore repleta de aves penduradas como frutas nos galhos. Elas levantaram voo quando nos escutaram, transformando-se em anjos negros voando pelo céu azul. Paramos para observar a viagem silenciosa delas.

Fiquei muito animada com as notícias de Ruselina. Apesar de eu saber que a mulher de Harbin provavelmente não teria nenhuma informação a respeito do paradeiro de minha mãe, encontrar alguém que a conhecesse e com quem eu pudesse falar sobre ela era o mais perto que eu conseguiria chegar dela naquele momento.

Ivan nos encontrou do lado de fora da tenda. Quando viu nossas roupas, voltou correndo para dentro e saiu com um banquinho em uma das mãos, uma caixa de madeira na outra e uma almofada embaixo de cada braço.

– Não posso permitir que mulheres elegantes como vocês sentem-se na grama – disse ele.

Chegamos ao quadrado principal e encontramos pessoas com cabelos molhados e casacos desbotados pelo sol direcionando as pessoas às áreas onde poderiam se sentar. O acampamento todo parecia estar ali. Ruselina, Ivan e eu fomos mandados para a seção VIP perto do palco. Vi médicos e enfermeiras carregando pessoas em macas. Houvera uma crise de dengue algumas semanas antes de minha chegada à ilha, e os voluntários da área médica estavam carregando os pacientes das barracas de convalescência para uma seção especial chamada "hospital".

O show começou com diversos números, incluindo leitura de poesias, peças cômicas, um minibalé e até mesmo acrobacias. Quando a luz do sol se foi e a iluminação artificial foi acesa, Irina apareceu no palco com um vestido vermelho de flamenco. A plateia ficou em pé e a aplaudiu. Uma menina de saia curta e tranças sentou-se no banquinho do piano para acompanhá-la. A jovem esperou o público silenciar para colocar as mãos sobre as teclas. Não devia ter mais do que 9 anos, mas seus dedos eram mágicos. Tocou uma música triste que tomou a noite. A voz de Irina fundiu-se às notas. As pessoas ficaram encantadas. Até as crianças se comportaram e ficaram quietas para ouvir. Era como se todos nós estivéssemos prendendo a respiração, com medo de perder uma nota que fosse. Irina cantou sobre uma mulher que havia perdido seu amor na guerra, mas que conseguia ser feliz ao se lembrar dele. A letra me deixou com os olhos marejados. "Eles me disseram que você nunca mais voltaria, mas não acreditei. Todos os trens voltavam sem você, mas no fim eu estava certa. Enquanto eu puder vê-lo em meu coração, você sempre estará comigo."

Eu me lembrei da amiga de minha mãe em Harbin, uma cantora de ópera a quem eu conhecia apenas como Katya. A voz dela fazia nosso peito doer de emoção. Ela dizia que era porque, quando cantava uma música triste, pensava no noivo que perdera na revolução. Olhei para Irina em pé no palco. Seu vestido vermelho brilhava, em contraste com a pele dourada. Em que ela estaria pensando? Na mãe e no pai que nunca mais a abraçariam? Minha amiga era órfã, assim como eu.

Depois, ela cantou músicas de cabaré em francês e também em russo, e a plateia bateu palmas para acompanhar. Mas a primeira canção foi a mais tocante.

– Que coisa mais maravilhosa é dar esperança às outras pessoas! – exclamei meio para mim mesma.

– Você vai encontrá-la – Ruselina disse.

Eu me virei para ela, sem entender bem o sentido de suas palavras.

– Você vai encontrar a sua mãe, Anya – repetiu ela, pressionando os dedos em meu braço. – Vai encontrá-la, você vai ver.

nove

Tufão

Uma semana depois, Ruselina e eu estávamos andando pelo caminho de pedras em direção à barraca da amiga dela no Nono Distrito. Depois da apresentação de Irina, a saúde de sua avó havia piorado, por isso caminhávamos lentamente. Ela se segurava em meu braço para ter apoio e também se mantinha em pé com a ajuda de um cajado que havia comprado de um vendedor de praia por um dólar. Esforço em excesso diminuía seu fôlego e a deixava curvada e ofegante. Ainda assim, apesar de sua fragilidade, senti que era eu que me apoiava nela naquela tarde.

– Diga-me algo sobre a sua amiga – eu pedi. – Como ela conheceu a minha mãe?

Ruselina parou e usou a manga da blusa para secar o suor da testa.

– O nome dela é Raisa Eduardovna. Ela tem 95 anos, morou em Harbin a maior parte do tempo em que foi casada e foi trazida a Tubabao pelo filho e a esposa dele. Acredito que encontrou a sua mãe apenas uma vez, mas o fato parece tê-la marcado.

– Quando ela saiu de Harbin?

– Depois da guerra. Na mesma época que você.

Meu coração acelerou de ansiedade. O silêncio imposto por Sergei quando o assunto era a minha mãe me ferira, apesar da boa intenção dele. Eu já tinha lido que algumas tribos africanas lidavam com o pesar nunca mais falando sobre alguém que partira ou morrera. Tentava imaginar como eles conseguiam fazer aquilo. Amar uma pessoa era estar sempre pensando nela, independentemente de estar junto ou não. Ser impedida de falar livremente a respeito de minha mãe naquele período logo depois de nossa separação fizera com que ela se tornasse mítica e distante. Pelo menos algumas vezes por dia eu tentava me lembrar da textura de sua pele, do timbre de sua voz, de nossa diferença exata de tamanho na última vez em que a vira. Eu sentia muito medo de que, se não me lembrasse desses detalhes, começasse a esquecê-la.

Descemos por um caminho repleto de bananeiras e caminhamos em direção a uma barraca grande. Quando chegamos à cerca que protegia o local e abrimos o portão, senti a presença de minha mãe. Era como se ela estivesse me puxando para si. Ela queria ser lembrada.

Ruselina havia visitado a amiga muitas vezes, porém aquela era a primeira vez em que eu entrava ali. A tenda era a "mansão" da Ilha Tubabao. O terraço espaçoso havia sido ampliado com um anexo de folhas de palmeiras que serviam como cozinha e sala de jantar. Um gramado aparado subia pelas beiradas da varanda, cercada por uma fileira de arbustos de hibiscos. No canto mais distante do jardim, havia uma horta de verduras tropicais; já na parte da frente, quatro galinhas bicavam um monte de migalhas de alimentos. Eu ajudei Ruselina a subir na varanda, e trocamos um sorriso, quando vimos a fileira de sapatos ali, muito bem organizados em ordem decrescente. Os maiores eram um par de botas de escalada masculinas, e os menores eram um par de sapatos de bebê.

Alguém estava batendo algo dentro da barraca. Ruselina chamou, e as galinhas bateram as asas e cacarejaram, surpresas. Duas delas voaram e pousaram no telhado do anexo. Eu já sabia que as aves compradas dos filipinos conseguiam voar bem alto. Também sabia que os ovos que elas botavam tinham gosto de peixe.

A aba que servia de porta abriu-se, e três crianças pequenas saíram. Eram meninas de cabelos loiros. A mais jovem delas era uma bebê que ainda usava fralda e estava aprendendo a andar. A mais velha tinha cerca de 4 anos. Quando ela sorriu, suas covinhas fizeram-me lembrar do Cupido.

– Cabelo vermelho – ela riu, apontando para mim.

Sua curiosidade também me fez rir.

Dentro da barraca, a nora e a neta de Raisa estavam debruçadas sobre pranchas de madeira. Elas seguravam um martelo e uma linha de pregos entre os dentes.

– Olá – disse Ruselina.

As mulheres olharam para a frente, com os rostos vermelhos de cansaço. Elas tinham prendido as saias dentro das roupas de baixo, transformando-as em shorts. A mulher mais velha cuspiu os pregos que segurava e riu.

– Olá – saudou ela, levantando-se para nos cumprimentar. – Por favor, perdoem-nos, estamos construindo uma cobertura para o chão.

Ela era rechonchuda, tinha nariz empinado e cabelos castanhos que caíam em ondas sobre seus ombros. Devia ter 50 anos, mas seu rosto era liso como o de uma moça de 19 anos. Mostrei as latas de salmão que Ruselina e eu havíamos comprado de presente.

– Meu Deus! – exclamou ela, pegando-as de minha mão. – Vou fazer uma torta de salmão, e vocês terão de voltar para comer.

A mulher apresentou-se como Mariya, e sua filha de cabelos claros como Natasha.

– Meu marido e meu genro foram pescar para o jantar – explicou. – Minha mãe está descansando. Ela vai ficar feliz ao ver vocês.

Alguém chamou de trás de uma cortina. Mariya abriu a cortina, e eu vi uma senhora deitada em uma cama.

– Que bom que você está quase surda, mãe – disse Mariya, inclinando-se para beijar a cabeça da mulher. – Caso contrário, como conseguiria dormir com a nossa algazarra?

Mariya ajudou a sogra a se sentar e, então, pegou duas cadeiras, uma para Ruselina e outra para mim, e colocou uma de cada lado da cama.

– Venham – convidou a senhora. – Sentem-se. Ela está acordada e pronta para conversar.

Eu me sentei ao lado de Raisa. Ela era mais velha que Ruselina, e suas veias destacavam-se sob a pele, como minhocas. As pernas eram cheias de marcas, e os dedos dos pés eram tão afetados pela artrite, que chegavam a ficar tortos. Eu me inclinei para a frente para dar-lhe um beijo, e ela segurou a minha mão com uma força que não condizia com sua aparência frágil. Eu não senti pena dela da maneira como, às vezes, sentia pena de Ruselina. Raisa era sensível e não tinha muito tempo de vida, mas eu a invejava. Uma mulher idosa cercada por sua família feliz e produtiva. Ela não devia ter muitos arrependimentos na vida.

– Quem é esta menina bonita? – perguntou ela a Mariya, ainda segurando a minha mão.

A nora inclinou-se e disse, em seu ouvido:

– É uma amiga de Ruselina.

Raisa olhou para nós, procurando Ruselina. Reconheceu a amiga e riu, com as gengivas banguelas.

– Ah, Ruselina, fiquei sabendo que você não anda muito bem.

– Estou indo, minha amiga querida. Esta é Anna Victorovna Kozlova.

– Kozlova? – Raisa olhou para mim.

– Sim, a filha de Alina Pavlovna. A mulher que você acredita ter conhecido – Ruselina lembrou.

Raisa ficou em silêncio, distraída com seus pensamentos. O ar dentro da barraca estava quente, apesar de Mariya ter enrolado os tecidos das janelas de trás e da lateral. Eu me sentei mais na ponta da cadeira, para não machucar minhas pernas na madeira. Uma gota de saliva escorreu pelo queixo de Raisa. Natasha cuidadosamente secou com a ponta de seu avental. Pensei que a senhora tivesse adormecido, quando, de repente, ela se ajeitou e olhou para mim.

– Eu vi a sua mãe uma vez – contou ela. – Eu me lembro bem, porque foi uma pessoa muito marcante. Todos ficaram surpresos com ela naquele dia. Era magra e tinha olhos adoráveis.

Minhas pernas tremeram. Pensei que desmaiaria ao escutar a descrição de meu segredo há muito mantido, minha mãe. Eu me segurei no canto da cama, não mais prestando atenção aos outros presentes. Eles sumiram de minha mente, assim que Raisa falou. Eu só conseguia ver a senhora deitada na minha frente e esperei cada palavra arrastada que dizia.

– Faz muito tempo – Raisa suspirou. – Foi numa festa de verão na cidade. Provavelmente em 1929. Ela chegou com os pais e vestia um elegante vestido lilás. Eu a achei muito interessante e gostei dela, porque se interessava por tudo o que as outras pessoas diziam. Era muito boa em ouvir as pessoas.

– Isso foi antes de ela se casar com meu pai – eu falei. – A senhora está de parabéns por ter se lembrado de algo tão antigo.

Raisa sorriu.

– Eu já me considerava velha naquela época. Mas estou muito mais velha agora. Só tenho o passado em que pensar.

– Essa foi a única vez que a senhora a viu?

– Sim, não a vi depois disso. Havia muitos de nós em Harbin, e não permanecíamos nos mesmos círculos de convivência. Mas eu soube que ela havia se casado com um homem educado e que os dois viviam em uma casa bonita às margens da cidade.

O queixo de Raisa encostou no peito, e ela se afundou ainda mais na cama, deitando ali como um balão murcho. O esforço para se lembrar do que me contara parecia tê-la cansado. Mariya pegou água de uma tigela e levou um copo aos lábios da sogra. Natasha pediu licença para ver suas filhas. Escutei os gritos das meninas no quintal. Consegui ouvir as galinhas cacarejando, quando a mãe das garotas passou. De repente, o rosto de Raisa se contorceu. A água escorreu de sua boca e espirrou como de uma fonte. Ela começou a chorar.

– Fomos tolos por termos ficado para a guerra – a senhora continuou. – Os espertos partiram para Xangai muito antes de os soviéticos chegarem.

A voz dela estava rouca e embargada pela dor.

Ruselina tentou deixá-la mais confortável, porém ela se desvencilhou.

– Eu soube que os soviéticos levaram a sua mãe – disse Raisa, levando a mão cheia de manchas causadas pela idade à testa. – Mas não sei para onde ela foi. Talvez assim tenha sido melhor. Eles fizeram coisas terríveis com quem ficou para trás.

– Descanse, mama – Mariya aconselhou, erguendo o copo de água de novo aos lábios da senhora.

Mas Raisa afastou a mão da filha. Ela estava tremendo, apesar do calor, e envolvi seus ombros com o xale. Os braços dela eram tão finos, que temi que se desfizessem em minhas mãos.

– Ela está cansada, Anya – Ruselina comentou. – Talvez possa nos contar mais outro dia.

E ela ficou em pé para sairmos. Meu coração estava apertado pela culpa. Não desejava fazer Raisa sofrer, mas também não queria sair sem que ela me contasse tudo o que sabia sobre a minha mãe.

– Sinto muito – disse Mariya. – Em alguns dias, ela fica mais lúcida do que em outros. Aviso você, se ela disser mais alguma coisa.

Eu segurei no braço de Ruselina e ofereci a ela sua muleta. Foi quando Raisa chamou. Ela se esforçou para ficar apoiada nos cotovelos. Estava com os olhos vermelhos e nervosos.

– Sua mãe tinha vizinhos, Boris e Olga Pomerantsev, não tinha? – a idosa perguntou. – Eles decidiram ficar em Harbin mesmo com a chegada dos soviéticos.

– Sim – respondi.

Raisa afundou-se nas almofadas e cobriu o rosto com as mãos. Um gemido foi ouvido.

– Os soviéticos levaram todos os jovens, aqueles que eles podiam obrigar a trabalhar – ela disse um pouco para mim e um pouco para si mesma. – Eu soube que eles levaram o Pomerantsev, porque ele ainda era forte, apesar de velho. Mas atiraram em sua esposa. Tinha o coração fraco. Você sabia disso?

Não me lembro de ter voltado para a barraca de Ruselina. Mariya e Natasha devem ter nos ajudado pelo menos durante uma parte do trajeto, porque não sei como a senhora teria conseguido me apoiar sozinha. Eu estava em choque e, em minha mente, só havia uma imagem: Tang. O destino de Boris e Olga teve a participação dele. Eu me recordo de ter me jogado na cama de Irina e pressionado o rosto no travesseiro. Desejei dormir, desmaiar, para ter um alívio para a dor agonizante que tomava conta de mim. Mas nada disso aconteceu. Minhas pálpebras inchadas abriam-se quando eu tentava fechá-las. O coração batia forte.

Ruselina sentou-se ao meu lado e acariciou as minhas costas.

– Não é o que eu esperava – disse ela. – Queria que você ficasse feliz.

Olhei para o rosto triste daquela mulher, com olheiras e os lábios azulados. Eu detestava o fato de estar causando estresse a ela. Mas quanto mais eu tentava me acalmar, pior a dor se tornava.

– Eu fui uma tola por acreditar que nada aconteceria com eles – desabafei, lembrando os olhos assustados de Olga e as lágrimas no rosto de seu marido. – Eles sabiam que morreriam por me ajudar.

Ruselina suspirou.

– Anya, você tinha 13 anos. As pessoas idosas sabem que precisam fazer escolhas. Se eu tivesse enfrentado uma situação parecida com você ou com Irina, teria feito a mesma coisa.

Encostei a cabeça no ombro dela e fiquei surpresa ao ver que estava mais firme do que eu pensava. Minha fraqueza parecia fortalecer Ruselina. Ela acariciou os meus cabelos e me aninhou como se eu fosse sua filha.

– Na minha vida, perdi meus pais, um irmão, um bebê, um filho e uma nora. Uma coisa é morrer velha; outra é ter a vida ceifada, quando se é jovem. Seus amigos quiseram que você vivesse.

Eu a abracei com mais força. Queria dizer àquela senhora que eu a amava, mas as palavras, de alguma forma, ficaram presas em minha garganta.

– O sacrifício foi o presente que eles deram a você – ela afirmou, beijando-me a testa. – Honre essa dádiva vivendo com coragem. Eles não lhe pediriam nada além disso.

– Quero agradecer-lhes – eu disse.

– Sim, faça isso. Vou ficar bem até a volta de Irina. Vá fazer algo em homenagem a seus amigos.

Eu caminhei pela trilha até a praia, quase cega pelas lágrimas. Mas o cri-cri dos grilos e os pios dos pássaros nos arbustos me confortaram. No canto deles, escutei a voz animada de Olga. Ela me pedia para não sofrer, pois não sentia dor e nem medo. O sol escaldante do dia estava mais ameno, filtrado pelas folhas, e tocava-me com carinho. Desejei recostar o rosto na face rechonchuda de Olga e dizer quanto ela fora importante para mim.

Quando cheguei à praia, o mar estava cinza e sombrio. Um bando de gaivotas piava no céu. Os últimos raios de sol incidiam no meio do mar, e havia uma névoa no ar. Eu caí de joelhos na areia e construí um monte que chegou até meu peito. Quando terminei, coloquei uma linha de conchas ao redor dele. Eu me retraía a cada vez que imaginava Olga sendo arrastada e morta. Será que ela havia gritado? Não conseguia pensar nela sem pensar em Boris. Eles eram cisnes. Feitos um para o outro. Ele não teria durado um dia sem a esposa. Será que os soldados o tinham obrigado a ver tudo? Minhas lágrimas marcavam a areia como gotas de chuva. Construí outro monte e formei uma ponte de areia entre os dois. Protegi meu memorial, escutando as ondas indo e vindo, até o sol desaparecer no oceano. Quando a luz laranja desapareceu, e o céu escureceu, eu disse o nome de Boris e de Olga três vezes ao vento, para que eles soubessem que me lembrava deles.

Vi Ivan me observando sob uma luz no caminho de volta à tenda. Ele segurava um cesto coberto por uma toalha xadrez. Quando eu me aproximei, ergueu a toalha e mostrou uma fornada de *pryaniki* frescos, pães de mel. O cheiro de mel e de gengibre dos bolos misturou-se à brisa do mar e ao cheiro das folhas de palmeira. Uma tradição de clima frio como aquela parecia fora de contexto na ilha. Eu não fazia ideia de como ele havia conseguido os ingredientes, muito menos de como havia assado a iguaria.

– O meu melhor para você – ofereceu ele, segurando a cesta na minha direção.

Tentei sorrir, mas não consegui.

– Não sou boa companhia agora, Ivan.

– Eu sei. Levei meu *pryankini* a Ruselina, e ela me contou o que aconteceu.

Mordi meu lábio. Eu havia chorado tanto na praia, que não achava que pudesse chorar mais. Ainda assim, uma lágrima pesada escorreu-me pelo rosto e caiu em meu punho.

– Há um rochedo perto do mar – disse o supervisor. – Vou para lá, quando estou triste e me sinto melhor. Vou levar você lá.

Eu tracei uma linha na areia com o pé. Ele estava sendo gentil, e eu me senti tocada por sua compaixão. Mas não sabia ao certo se queria estar com alguém ou sozinha naquele momento.

– Contanto que não conversemos... Não estou boa para dialogar.

– Não vamos fazer isso. Vamos só ficar sentados.

Segui Ivan por um caminho de areia para um amontoado de rochas. As estrelas haviam aparecido no céu, e os seus reflexos brilhavam como flores abrindo-se na água. O oceano era profundo. Nós nos sentamos em um rochedo protegido dos dois lados por grandes rochas. A superfície rochosa ainda estava quente por causa do sol, e eu me recostei nela, escutando as ondas quebrando e vazando pelas rachaduras abaixo de nós. Ivan me ofereceu o cesto de pães de mel. Peguei um, mesmo sem fome. A massa doce se desfez em minha boca e trouxe lembranças do Natal em Harbin, do calendário de eventos de minha mãe no mantel da lareira, do frio da janela contra o meu rosto, enquanto observava meu pai cortar lenha, de olhar para os meus pés e ver flocos de neve cobrindo minhas botas. Não conseguia acreditar que estava tão longe do mundo protegido de minha infância.

Cumprindo a sua promessa, Ivan não tentou conversar. A princípio, foi estranho ficar sentada ao lado de alguém que eu não conhecia muito bem e não dizer nada. As pessoas normais fazem perguntas simples umas às outras para poderem se conhecer melhor, mas, quando pensei nas coisas que poderíamos falar um ao outro, vi que restava pouco a ser dito que não causasse dor. Eu não podia perguntar a ele sobre sua habilidade com a culinária, e ele não podia me questionar sobre Xangai. Não podíamos indagar um ao outro se éramos casados. Até mesmo um comentário inocente sobre o mar poderia ser estranho. Galina me dissera que as praias de Tsingtao eram muito mais bonitas do que as de Tubabao. Mas como eu poderia falar sobre Tsingtao com Ivan, sem que ele se lembrasse do que havia perdido lá? Inalei o cheiro das ondas e pressionei as palmas das mãos sob o queixo. Era mais fácil para pessoas como Ivan e eu, pessoas sobreviventes, não fazer nenhuma pergunta do que correr o risco de invadir as frágeis lembranças do outro.

Cocei a face. O verme de meu rosto havia morrido, deixando um pedaço morto e liso de pele. Havia poucos espelhos em Tubabao e pouco tempo para a vaidade, mas, sempre que eu via a marca no meu reflexo em uma lata de metal ou em uma tina de água, ficava chocada com a minha aparência. Não era mais eu mesma. A cicatriz era como a marca de Dmitri, uma rachadura em um vaso que faz com que seu dono se lembre, sem parar, de como o objeto caiu, sem que alguém conseguisse salvá-lo a tempo. Sempre que a via, a lembrança da traição daquela homem me açoitava. Tentava não pensar nele e em Amélia nos Estados Unidos, na vida fácil com carros, casas grandes e água encanada.

Procurei no céu e encontrei a pequena, porém bela constelação que Ruselina havia me mostrado algumas noites antes. Fiz uma oração em silêncio para ela e imaginei que Boris e Olga estavam lá. Então, pensando neles, senti os olhos marejados novamente.

Ivan estava sentado com as costas curvadas e os braços sobre os joelhos, perdido nos próprios pensamentos.

– Ali está o Cruzeiro do Sul – eu disse. – Os marinheiros, no hemisfério sul, utilizam-no como guia.

Ivan virou-se para mim.

– Você está falando.

Eu corei. Mesmo sem saber por quê, sentia-me envergonhada.

– Não posso falar?

– Sim, pode, mas você disse que não queria.

– Isso foi há uma hora.

– Eu estava aproveitando o silêncio. Pensei que estava conhecendo você melhor – ele comentou.

Apesar de estar escuro, ele deve ter visto o meu sorriso. Senti que também sorria. Voltei a olhar para as estrelas. O que naquele homem curioso fazia com que me sentisse corajosa? Nunca pensei que pudesse ser tão confortável ficar sentada com alguém por tanto tempo e não dizer nada. Ivan tinha presença. Estar com ele era como se recostar em uma rocha que você sabia que nunca cairia. Ele também deve ter sofrido, mas sua perda parecia tê-lo deixado mais forte. Eu, por outro lado, acreditava que, se sofresse mais uma perda, enlouqueceria.

— Eu só estava brincando – falou ele, entregando-me o cesto de pães de mel. – O que você queria me dizer?

— Oh, não – eu respondi. – Você tem razão. É bom ficar parada e calada.

Ficamos em silêncio de novo, e foi tão confortável quanto antes. As ondas se acalmaram e, uma a uma, as luzes do acampamento começaram a se apagar. Olhei para Ivan. Ele estava recostado na rocha com o rosto virado para o céu. Tentei imaginar em que aquele homem pensava.

Ruselina dissera que a melhor maneira de honrar os Pomerantsev seria viver com coragem. Eu havia esperado pela minha mãe, mas ela não havia retornado para mim, nem eu recebera qualquer notícia dela. Mas eu não era mais uma menininha, controlada pelos caprichos dos outros. Já tinha idade suficiente para ir sozinha à procura de minha mãe. E, apesar de meu desejo de encontrá-la, temia descobrir que ela também tinha sido torturada e morta. Fechei os olhos com força e fiz um pedido ao Cruzeiro do Sul, rogando a Boris e Olga que me ajudassem. Eu usaria a minha coragem para encontrá-la.

— Estou pronta para voltar – disse a Ivan.

Ele assentiu e ficou em pé, estendendo a mão para me ajudar a levantar. Segurei os seus dedos, e ele me segurou com tanta força, que foi como se tivesse lido a minha mente e estivesse me incentivando.

— O que eu teria de fazer para encontrar alguém em um campo de trabalho soviético? – perguntei ao capitão Connor, quando cheguei ao trabalho no escritório da Organização Internacional de Refugiados no dia seguinte. Ele estava sentado à sua mesa, comendo ovos mexidos e bacon. O ovo escorria por seu prato, e ele pegou a gema com uma fatia de pão antes de me responder.

— É muito difícil. Estamos em um impasse com os russos. Stalin é um maluco.

Ele olhou para mim. Era um homem de bons modos e não fez nenhuma pergunta.

— Meu melhor conselho seria que você entrasse em contato com a Cruz Vermelha de seu país de assentamento. Eles têm feito um trabalho incrível para ajudar as pessoas a localizarem seus parentes depois do Holocausto.

Os países de assentamento eram a dúvida que povoava a mente de todos. Depois de Tubabao, para onde iríamos? A Organização Internacional de Refugiados e os líderes de comunidade haviam entrado em contato com muitos países, pedindo a eles que nos aceitassem, mas ainda não tinham obtido respostas. Tubabao era um lugar magnífico e deveríamos estar aproveitando o descanso, porém o nosso futuro era incerto. Mesmo em uma ilha tropical, estávamos sempre à sombra da morte. Ali já havia ocorrido um suicídio e duas tentativas disso. Por quanto tempo mais teríamos de esperar?

Apenas quando as Nações Unidas forçaram a questão, os países começaram a responder. O capitão Connor e os outros oficiais reuniram-se no escritório. Posicionaram as cadeiras em um círculo, pegaram os óculos e acenderam os cigarros, antes de discutirem as opções. O governo dos Estados Unidos só aceitaria aquelas pessoas que tinham patrocinadores já vivendo em seu território. A Austrália estava interessada em pessoas jovens, com a condição de que elas assinassem um contrato para trabalhar em qualquer emprego exigido pelo governo durante os dois primeiros anos no país. A França oferecia leitos de hospital aos idosos ou aos enfermos, para que ficassem no país pelo resto da vida ou para que se recuperassem e pudessem ir para outro lugar. E a Argentina, o Chile e Santo Domingo abriram suas portas sem restrições.

Eu me sentei diante da máquina de datilografar, olhando para a folha em branco, paralisada. Não fazia ideia de para onde iria ou que seria de mim. Não conseguia me imaginar em nenhum outro lugar que não fosse a China. Percebi que, desde a minha chegada a Tubabao, havia nutrido a esperança secreta de que, por fim, fôssemos levados de volta à China.

Esperei que os oficiais saíssem para perguntar ao capitão Connor se ele acreditava na possibilidade de que nós voltássemos para a China, um dia.

Ele olhou para mim como se eu tivesse perguntado se acreditava que um dia criaríamos asas e nos transformaríamos em aves.

– Anya, a China não existe mais para vocês.

Alguns dias depois, recebi uma carta de Dan Richards chamando-me para ir para os Estados Unidos, sob sua garantia. "Não vá para a Austrália. Estão colocando intelectuais para trabalhar nas estradas de ferro", ele escreveu. "A América do Sul está fora de cogitação. E não se pode confiar nos europeus. Não se esqueça de que eles traíram os Lienz Cossacks."

Irina e Ruselina estavam desesperançosas. Queriam ir para os Estados Unidos, mas não tinham dinheiro nem preenchiam os requisitos de patrocínio. Eu sofria por elas sempre que via como escutavam com atenção e desejo quando alguém mencionava as boates e cabarés animados de Nova York. Respondi a Dan que aceitaria a proposta, se ele conseguisse fazer algo para ajudar as minhas amigas.

Uma noite, Ruselina, Irina e eu estávamos jogando dama chinesa na barraca delas. O céu passara o dia todo nebuloso, e a umidade estava tão grande, que nós tínhamos chamado uma enfermeira à tenda para massagear os pulmões de Ruselina e ajudá-la a respirar. Era a temporada de seca, o que em Tubabao significava que só chovia uma vez por dia. Temíamos as chuvas. Mesmo quando chovia pouco, muitas criaturas da floresta buscavam abrigo dentro das barracas. Duas vezes, um rato saiu de dentro da mala de Galina, e nossa barraca estava repleta de aranhas. As lagartixas punham ovos nas roupas íntimas e dentro dos sapatos das pessoas. Uma mulher do Segundo Distrito, certa manhã, acordou com uma cobra marrom enrolada em seu colo. O animal havia se aconchegado ali em busca de calor, e a mulher precisou ficar deitada, sem se mover, por horas, até a cobra decidir sair dali por vontade própria. Ainda não era a época das tempestades tropicais, mas, mesmo assim, naquele dia, havia algo ameaçador no céu. Ruselina, Irina e eu observamos, vendo as nuvens em formações feias no céu. Primeiro, uma criatura, como um monstro, com olhos em chamas por onde o sol passava; depois, um homem de rosto arredondado, com um sorriso malicioso e sobrancelhas erguidas; e, por fim, uma forma que se movia pelo céu como um dragão. Mais tarde, um vento forte soprou, derrubando pratos e varais de roupa.

– Não estou gostando disso – disse Ruselina. – Alguma coisa ruim se aproxima.

E, então, a chuva começou. Esperamos que ela parasse, o que costumava acontecer cerca de meia hora depois, mais ou menos. Mas a chuva não deu trégua e só ficava mais forte a cada hora. Nós observamos quando ela inundou os fossos, levando a lama e tudo o que estava em seu caminho para a estrada. Quando a barraca começou a encher, Irina e eu corremos para fora e, com a ajuda de nossos vizinhos, cavamos fossos mais fundos e sulcos que iam para longe de nossas barracas. A chuva açoitava a nossa pele como areia, deixando-a vermelha. As tendas, sem boas vigas centrais, caíram com o temporal, e seus ocupantes tiveram de lutar contra o vento para reerguê-las. Quando anoiteceu, a energia acabou.

– Não vá para a sua barraca – Irina falou. – Fique aqui esta noite.

Aceitei o convite sem pestanejar. O caminho para o meu abrigo era pontuado por coqueiros, e, sempre que o vento aumentava, dezenas de frutos parecidos com pedras caíam ao chão. Eu tinha medo de que um deles caísse em minha cabeça e sempre corria pela mata com os braços levantados, para que servissem como escudos. As meninas de minha barraca riam de meu comportamento paranoico, até o dia em que um coco caiu no pé da Ludmila, e ela teve de usar gesso por um mês.

Acendemos uma lamparina a gás e continuamos a jogar damas, mas às 21 horas nem mesmo as partidas aliviavam a fome que sentíamos.

– Tenho algo para comer – lembrou Irina, procurando dentro de um cesto em cima do guarda-roupa.

Ela pegou um pacote de bolachas e colocou um prato sobre a mesa. Virou o pacote, e uma lagartixa gorda caiu entre as migalhas, seguida por dezenas de filhotes assustados.

– AAAAIII! – Irina gritou, jogando o pacote no chão.

As lagartixas espalharam-se em todas as direções, e Ruselina riu tanto que começou a tossir.

As sirenes do acampamento soaram, e nós ficamos paralisadas. Soaram mais uma vez. Um dos toques sinalizou meio-dia e 10 horas. O segundo alerta era para chamar os líderes do distrito para uma reunião. A sirene repetiu seu grito estridente. A terceira vez foi para que todos se reunissem no quadrado. Nós nos entreolhamos. Certamente, eles não esperavam uma reunião naquelas condições. A sirene soou de novo. O quarto aviso era para a ação. Irina agachou-se ao lado da cama, procurando os chinelos. Peguei o cobertor extra que estava no guarda-roupa. Ruselina estava sentada em sua cadeira à nossa espera. O quinto alarme causou um arrepio em minha nuca. Irina e eu trocamos olhares, refletindo, uma para a outra, a incredulidade estampada em nossos rostos. A sirene final foi comprida e sinistra. A quinta chamada nunca tinha sido usada antes. Significava a chegada de um tufão. Sentimos a onda de pânico nas barracas ao nosso redor. As vozes ressoaram na tempestade. Alguns minutos depois, o oficial do distrito apareceu em nossa tenda. Suas roupas estavam encharcadas e coladas no corpo como uma segunda pele. O medo em seu rosto fez com que o nosso temor aumentasse. Ele jogou alguns pedaços de corda para nós.

– O que querem que façamos com isto? – Irina perguntou.

– Quatro são para vocês amarrarem as coisas em sua barraca. Os outros devem ser levados ao quadrado em cinco minutos. Vocês terão de se amarrar às árvores.

– Você deve estar brincando – disse Ruselina.

O oficial de distrito estremeceu, com os olhos esbugalhados de pavor.

– Não sei quantos de nós sobreviverão. A base do exército recebeu o aviso tarde demais. Achamos que o mar cobrirá a ilha.

Nós nos unimos às pessoas que corriam pela mata em direção ao quadrado principal. O vento estava tão forte, que tínhamos de fincar os pés no solo arenoso para não sermos arrastados. Uma mulher caiu de joelhos perto de nós, chorando de medo. Eu corri até ela e deixei Irina cuidando de Ruselina.

– Venha – eu falei, puxando a mulher pelo braço.

O casaco dela se abriu, e eu vi o bebê em um *sling* colado a seu peito. Ele era muito pequenino, ainda com os olhos fechados, não tinha mais do que algumas horas de vida. Senti muita pena de sua vulnerabilidade.

– Vai ficar tudo bem – tranquilizei a mulher. – Vou ajudar você.

Mas o terror já a havia dominado. Ela se agarrou a mim, fazendo pressão e me contendo. Estávamos afundando juntas na ventania.

– Pegue o meu bebê – ela implorou. – Deixe-me.

Eu havia dito que tudo ficaria bem. Pensei em todas as vezes em que acreditei que tudo daria certo e me odiei. Pensei que havia acreditado que reencontraria a minha mãe, que meu casamento seria feliz, lembrei que confiara em Dmitri, que escutara Raisa esperando lindas histórias sobre a minha mãe. Eu nunca havia sobrevivido a um tufão. Que direito eu tinha de dizer às pessoas que as coisas ficariam bem?

No quadrado, voluntários em cima de troncos de árvores seguravam lanternas, para que as pessoas não tropeçassem nas cordas e nos sacos de mantimentos para emergência. O capitão Connor estava sobre uma rocha, gritando instruções em um megafone. Os oficiais de distrito e a polícia estavam separando as pessoas em grupos. As crianças pequenas foram tiradas de seus pais e reunidas em um refrigerador na cozinha principal. Uma enfermeira polonesa estava cuidando delas.

– Por favor, leve-os também – solicitei à enfermeira, indicando a mulher e o bebê. – Ela acabou de dar à luz.

– Leve-a ao hospital – disse a enfermeira. – É onde eles manterão os doentes e as mães com filhos recém-nascidos.

Ruselina pegou o neném dos braços da mulher, e Irina e eu a ajudamos a chegar ao hospital.

– Onde está o pai da criança? – perguntou Irina.

– Ele se foi – respondeu a mulher, com o olhar distante. – Trocou-me por outra mulher há dois meses.

– E ele não voltou nem para ajudar o filho? – Ruselina balançou a cabeça e suspirou para mim. – Os homens não prestam.

Pensei em Dmitri. Talvez fosse verdade.

O hospital já se encontrava lotado quando chegamos. Os médicos e as enfermeiras estavam aproximando as camas para abrir espaço para mais macas. Vi Mariya e Natasha, que estavam ocupadas pregando placas de madeira nas janelas. Ivan arrastava um armário para a frente de uma porta. Uma enfermeira apressada pegou a criança de Ruselina e levou a mulher a um banco onde outra jovem amamentava um bebê.

– Minha avó também pode ficar aqui? – Irina perguntou à enfermeira.

A mulher ergueu os braços, e percebi que ela estava prestes a dizer não, quando minha amiga sorriu. A enfermeira não recusou o pedido. Seus lábios se retorceram, como se ela estivesse contendo o sorriso que ameaçava se abrir em seu rosto. Indicou-nos as salas do fundo do hospital com a cabeça.

– Não posso dar um leito a ela – a enfermeira explicou. – Mas posso deixá-la em uma cadeira em um dos consultórios.

– Mas não quero ficar aqui sozinha – Ruselina protestou, quando nós a ajudamos a sentar em uma cadeira. – Estou bem para ir com vocês.

– Não seja tola, vovó! Este prédio é o melhor da ilha. – Irina bateu as mãos na parede. – Veja! É feito de madeira maciça!

– Aonde vocês vão? – perguntou ela.

A fraqueza em sua voz tocou meu coração.

– Os jovens precisam correr para o topo da ilha – disse Irina, tentando ser animadora. – Então, a senhora vai ter que imaginar Anya e eu correndo.

Ruselina estendeu os braços e segurou a mão da neta e a minha, pressionando-as uma contra a outra.

– Não se percam uma da outra. Vocês são tudo o que tenho.

Irina e eu beijamos Ruselina e voltamos correndo para a chuva, para nos unirmos às pessoas que pegavam as cordas e as tochas e subiam o caminho da montanha. Ivan apareceu entre a multidão para falar conosco.

– Guardei um lugar especial para vocês duas – avisou ele.

Largamos as cordas, mas mantivemos uma tocha e seguimos para dentro de um abrigo Nissen em uma clareira atrás do hospital.

O abrigo tinha três janelas fechadas e estava escuro. Ivan procurou dentro do bolso e pegou uma chave. Segurou a minha mão e colocou a chave nela.

– Não, não podemos – eu falei. – É uma construção sólida. Você deve deixá-la para os enfermos e as crianças.

O homem ergueu a sobrancelha e riu.

– Oh, então você acha que estou lhes dando um privilégio especial, não é, Anya? Tenho certeza de que as duas conseguem muitas coisas por serem tão bonitas, mas estou colocando-as para trabalhar.

Ivan fez um gesto para que eu abrisse o abrigo. Enfiei a chave na fechadura e abri a porta, porém não vi nada do lado de dentro por causa da escuridão.

– Não tenho voluntários para cuidar deles – afirmou ele. – Todas as enfermeiras estão ocupadas em outros lugares. Mas não se preocupem. Eles são inofensivos.

– Quem são "eles"? – Irina quis saber.

– Ah, minha Irina – o supervisor respondeu. – Sua voz ganhou meu coração. No entanto, você precisa ganhar meu respeito também, se quiser que eu realmente a admire.

Ivan riu de novo e saiu na chuva, pulando galhos e destroços com habilidade. Eu o observei desaparecer na mata, sumir de vista. Escutei um "crack" no céu, e uma palmeira caiu no chão, espirrando lama em nossos vestidos e passando muito perto de onde estávamos. Irina e eu entramos no abrigo e nos esforçamos para fechar a porta. O ar ali dentro recendia a desinfetante. Dei um passo adiante e bati em algo duro. Passei a mão pelas bordas. Era uma mesa.

– Acho que é uma despensa – eu disse, esfregando o hematoma em minha coxa.

Algo rastejou ao nosso redor. Senti pelos em meus pés.

– RATOS! – gritei.

Irina acendeu a lanterna e vimos um gatinho assustado. Era branquinho de olhos avermelhados.

– Oi, gatinho – disse Irina, agachando-se e estendendo a mão na direção dele.

O animalzinho aproximou-se de minha amiga e esfregou o queixo contra os joelhos dela. O pelo do gato era brilhoso, não sujo como o da maioria dos animais na ilha. Eu dei um salto para trás com Irina, quando nós duas vimos a mesma coisa: dois pés humanos iluminados pelo círculo da luz da tocha. A pessoa estava deitada. A primeira coisa que pensei foi que estávamos em um necrotério, mas percebi que ali era quente demais para manter pessoas mortas. Irina correu a luz da lanterna dos pés para cima, subindo por uma calça listrada de pijama, até chegar ao rosto de um jovem. Ele estava dormindo, com as pálpebras cerradas e um fio de saliva brilhando em seu queixo. Eu me aproximei e toquei seu ombro. O homem não se mexeu, porém sua pele estava quente.

Sussurrei a Irina:

– Ele deve estar sedado, porque não entendo como poderia estar dormindo com toda aquela comoção do lado de fora.

Ela envolveu o meu braço com os dedos, apertando o osso, e passou a luz da lanterna pelo resto do espaço. Havia uma mesa com uma pilha de romances e um armário de metal perto da porta. Procuramos nos fundos do abrigo e nos assustamos quando vimos uma idosa olhando para nós em uma cama no canto mais afastado. Irina afastou a luz dos olhos da mulher.

– Sinto muito – desculpou-se ela. – Não sabíamos que havia pessoas aqui dentro.

Mas, no instante em que o rosto da mulher foi iluminado, eu a reconheci. Estava mais bem alimentada e mais limpa do que a última vez em que a vira, mas não havia dúvida. Só não encontrei nela a tiara e a expressão preocupada.

– *Dusha-dushi* – a senhora disse.

Ouvimos outra voz, a de um homem, vinda de um canto escuro.

– Sou Joe – ele se apresentou. – Joe de Poe, de Poe de Poe de Poe. Mas a minha mãe me chamava de Igor. É Joe de Poe.

Irina segurou o meu braço com tanta força que o fez doer.

– O que é isto? – perguntou.

Porém, eu estava ocupada demais tentando acreditar no que Ivan havia feito. Ele nos havia colocado para cuidar dos pacientes com problemas mentais.

Quando o ápice da tempestade atingiu a ilha, o abrigo estremeceu e chacoalhou como um carro em uma estrada tortuosa. Uma pedra acertou uma das janelas, e uma rachadura começou a ziguezaguear pelo vidro. Dentro do armário, procurei uma fita para cobri-la. Consegui fazer isso, antes que a trinca chegasse à estrutura.

Não conseguíamos escutar nada do lado de fora, além do uivo do vento. O jovem no abrigo só acordou uma vez e olhou para nós com os olhos vidrados.

– O queee é iiisso? – perguntou ele.

Mas antes que respondêssemos, virou-se de barriga para baixo e voltou a dormir profundamente. O gatinho subiu na cama e, depois de procurar um local confortável para se deitar, enrolou-se atrás dos joelhos do rapaz.

– Eles devem ser surdos – disse Irina.

A senhora saiu da cama e rodopiou pelo abrigo em um balé silencioso. Quisemos poupar a luz da lanterna, por isso Irina a desligou, mas, assim que fez isso, a mulher começou a silvar como uma cobra e a balançar a fechadura na porta. Minha amiga acendeu a lanterna novamente e manteve o feixe virado para a senhora, que dançou sob a luz como uma menina de 16 anos. "Joe" interrompeu sua monótona autoapresentação para aplaudir a performance e, então, disse que queria ir ao banheiro. Irina procurou um recipiente embaixo da cama e, quando encontrou, entregou-o a ele. Mas ele balançou a cabeça e insistiu em sair. Eu fiz com que ele ficasse em pé com um dos pés na porta e segurei a camiseta de seu pijama, enquanto ele urinava contra a lateral do abrigo. Eu estava com medo de que ele pudesse sair correndo ou fosse levado pela tempestade. Quando terminou de urinar, ficou olhando para o céu e recusou-se a entrar. Irina precisou manter a luz sobre a senhora, enquanto me ajudava a levar Joe de volta para dentro.

O pijama dele estava ensopado, e não tínhamos roupa para trocá-lo. Nós nos esforçamos para tirar as roupas molhadas do sujeito e o envolvemos em um lençol. Entretanto, quando já estava aquecido, ele tirou o lençol e insistiu em ficar nu de novo.

– Sou Joe de Poe de Poe de Poe – murmurou, caminhando de um lado a outro do abrigo com as pernas magras e nu como viera ao mundo.

– Você e eu nunca seríamos boas enfermeiras – observou Irina.

– Também devemos lembrar que estão sedados. Ou seja, somos piores do que pensamos – respondi.

Nós rimos. Seria o único momento de descontração de toda a noite.

Os uivos do lado de fora chegaram ao ápice. Com uma rajada, uma árvore foi lançada contra o abrigo e bateu na parede, amassando o metal para dentro. As portas dos armários abriram-se e bandejas e copos caíram no chão. A senhora parou de dançar, assustada como uma criança que é flagrada brincando, quando deveria estar dormindo. Subiu na cama e cobriu a cabeça com o cobertor.

O vento estava fazendo com que a árvore batesse contra o abrigo. Pequenos rasgos abriram-se em todas as partes e folhas entravam por estas aberturas. Irina e eu tiramos os livros da mesa e a viramos de lado, pressionando a parte de cima contra a parede.

– Não estou gostando nem um pouco disso – minha amiga comentou, apagando a lanterna. – Estou escutando a aproximação das ondas.

– Não está, não – eu disse. – É outra coisa.

– Não – replicou ela. – É o mar. Escute.

– É JOE DE POE, SABE? – gritou Joe.

– Shhh! – eu o repreendi.

Joe choramingou e entrou embaixo da cama, onde continuou a sussurrar.

As gotas de chuva atingiram as laterais do abrigo e pareciam tiros de revólver. Os parafusos que seguravam as paredes ao chão de cimento rangiam com a pressão causada pelo vento. Irina segurou a minha mão. Eu a apertei, lembrando do que Ruselina havia dito a respeito de não nos perdermos. A senhora me abraçou com tanta força, que eu não conseguia me mexer. O rapaz e o gato dormiam em paz. Joe recolheu-se ainda mais nas sombras. Não consegui escutá-lo.

De repente, a porta parou de ranger e ficou em silêncio. As paredes voltaram à sua posição normal. O bater de lonas e das árvores cessou.

Pensei que tivesse ensurdecido. Precisei de mais alguns momentos para entender que o vento do lado de fora havia se acalmado. Minha companheira ergueu a cabeça e acendeu a lanterna. Joe saiu debaixo da cama. Eu escutei vozes nas montanhas, gemidos e gritos alegres. As pessoas gritavam umas pelas outras de onde estavam na mata. Um homem chamava a esposa:

– Valentina, eu amo você! Depois de todos esses anos, eu ainda amo você!

Mas ninguém se mexeu. Até mesmo a calmaria tinha seu lado perverso.

– Vou ver como está a minha avó – disse Irina.

– Não saia!

Minhas pernas estavam amortecidas. Não teria conseguido me levantar se tentasse.

– Não terminou. Foi só o olho.

Irina franziu o cenho para mim. Tirou a mão da fechadura, boquiaberta, aterrorizada. A maçaneta vibrava. Olhamos para ela.

A distância, o oceano ressoava. As vozes na floresta estavam tomadas pelo pânico. O vento aumentou outra vez, uivando ao passar pelas árvores nuas. Logo mudou de forma e ressoou como um demônio, movendo-se na direção contrária e erguendo todos os destroços deixados pela passagem do centro da tempestade. Os galhos foram lançados contra o abrigo. Irina chacoalhou o jovem para que ele acordasse, arrastou-o para debaixo da cama e colocou o gato embaixo do braço dele. Juntas, levantamos a mesa e pusemos Joe e a senhora embaixo dela conosco.

– Sou Joe de Poe. De Poe. De Poe – ele tagarelava em meu ouvido.

Minha amiga e eu nos abraçamos. Sentimos um odor fétido. Joe havia defecado.

Algo bateu no teto. Pedaços de metal caíram ao nosso redor. A chuva começou a cair ali dentro. Primeiro, algumas gotas; depois, uma queda de água. O vento batia contra as paredes. Eu gritei, quando vi a lateral do abrigo sendo erguida e ficando presa ao chão apenas pelos parafusos do outro lado. Um metal rangeu, e o lugar abriu-se como uma caixa de pão. Espiamos o céu furioso. Os livros voaram ao nosso redor, antes de serem lançados para todos os cantos da sala. Nós nos agarramos às pernas da mesa, mas ela começou a ser arrastada pelo chão. Joe escapou de mim e ficou em pé, erguendo as mãos para o céu.

– ABAIXE-SE! – Irina gritou.

Mas era tarde demais. Um galho solto acertou-o na nuca. O choque fez com que ele caísse no solo. Foi lançado ao chão de cimento como uma folha. Irina conseguiu segurá-lo com as pernas em posição de tesoura, antes de ele ser prensado entre o metal e o chão. Se a parede descesse novamente, seria cortado ao meio. Mas o homem estava molhado e escorregou de Irina. Tentei agarrar-lhe a mão, porém a senhora estava me segurando, e eu não consegui alcançá-lo. Peguei-o pelos cabelos. Ele berrou, pois eu estava puxando os fios.

– SOLTE-O! – Irina gritou. – ELE VAI ARRASTAR VOCÊ COM ELE!

Consegui escorregar uma mão para baixo do braço de Joe e puxá-lo pelo ombro, mas, naquela posição, a minha cabeça estava sem proteção. Senti folhas e galhos batendo em mim, marcando a minha carne como picadas de insetos. Fechei os olhos, tentando imaginar que objeto me acertaria, qual destroço poria fim à minha vida.

– SOU JOEEE – berrou o sujeito.

Ele escapou de minha mão e foi lançado contra um armário, que tombou, caindo em cima da cama sob a qual o jovem estava escondido. Por muito pouco, a cabeça de Joe não foi atingida. O rapaz estava preso, mas, contanto que a cama não se mexesse, estava em segurança.

– NÃO SE MEXA! – gritei.

Porém, a minha voz foi abafada por um grito agudo. Observei a parede ser arrancada de suas últimas dobradiças e voar pelos ares. Pareceu girar por muito tempo, como uma sombra ameaçadora flutuando no céu. Tentei pensar onde ela pousaria, quem mataria.

– Que Deus nos ajude! – Irina bradou.

E então, sem qualquer aviso, o vento parou. A parede caiu do céu e atingiu uma árvore próxima dali, prendendo-se em seus galhos. A planta deu a vida por nós. Escutei o oceano revolto, chamando a tempestade para dentro dele novamente. Algo quente pingou em meu braço. Esfreguei. Era viscoso. Sangue. Pensei que fosse de Irina, porque não eu sentia nada. Acendi a lanterna e tateei a cabeça de minha amiga, mas não percebi nenhuma ferida. Contudo, ainda assim, o sangue continuava a escorrer. Eu me virei para a senhora. Senti meu estômago revirar. Ela havia cortado o lábio superior com os dentes. Rasguei meu vestido e dobrei o pano, segurando-o contra os lábios dela para conter o sangramento.

Irina pressionou o rosto nos joelhos, esforçando-se para não chorar. Pisquei para afastar a água de meus olhos e analisei o estrago. Joe estava estendido no chão como um peixe na praia. Havia marcas em sua cabeça e em seus cotovelos, mas, de modo geral, parecia bem. O jovem estava acordado, porém em silêncio. Seu gatinho estava molhado, com as costas arqueadas, miando de maneira longa e aguda como em um canto.

– Sou Joe de Poe, de Poe – repetia Joe ao cimento.

Ninguém disse mais nada por bons 30 minutos.

dez

Países de assentamento

A tempestade havia transformado a ilha em um pântano estagnado. Assim que amanheceu, saímos dos escombros e nos reunimos no quadrado. Parecíamos pequenos perto das árvores destruídas e caídas. Raízes cheias de lama saíam de buracos grandes e profundos na terra. As pessoas desciam o caminho da montanha, com as roupas rasgadas e molhadas e os cabelos sujos de areia. Procurei Ivan, prendendo a respiração até vê-lo ao longe, com a corda enrolada nos ombros como se fossem cobras mortas.

O hospital ainda estava em pé, e uma multidão se reunia ao redor dele. Ruselina estava parada na porta, com seu cajado, direcionando em grupos aqueles que ali chegavam. Havia centenas de pessoas machucadas, mancando, sangrando. Os médicos e enfermeiras, cansados, administravam o que conseguiam com seus parcos recursos. Um jovem médico estava sentado diante da mulher *dusha-dushi*, dando um ponto em seu lábio. O procedimento devia ser extremamente doloroso sem uma anestesia forte, mas a senhora estava parada em silêncio e demonstrava a dor apenas nas mãos trêmulas que pressionava contra o queixo.

Irina e eu abraçamos Ruselina e corremos para o acampamento. O que vimos nos deixou tristes. Panos e lonas rasgadas esvoaçavam sob o vento da manhã como roupas podres em um esqueleto. Os caminhos eram fossos profundos, com suas superfícies tomadas por restos de roupa de cama e louças quebradas. Muitas das coisas que as pessoas tinham se esforçado tanto para recuperar da China haviam sido devoradas. As pilhas sem fim de cadeiras e mesas quebradas, camas reviradas e brinquedos espalhados eram demais para tolerar. Uma senhora passou por nós, segurando uma fotografia rasgada e estragada pela água: a imagem de uma criança.

– Era só o que eu tinha dele. E, mesmo assim, foi-se – ela chorou, olhando para mim.

Sua boca murcha tremeu, como se a mulher esperasse uma resposta. Mas eu não tinha o que falar.

Irina voltou ao hospital para ajudar Ruselina. Caminhei pelo acampamento em direção ao Oitavo Distrito, pisando em pedras soltas. Não precisava mais temer a queda dos cocos. As árvores estavam sem frutos, e as cascas haviam ficado rachadas e espalhadas pelo chão. Senti um odor desagradável no ar. Consegui relacioná-lo ao corpo de um cachorrinho no caminho, com uma viga quebrada enfiada em sua barriga inchada. Formigas e moscas estavam em cima do ferimento. Fiquei triste ao pensar em uma criança à procura de seu animal de estimação. Peguei um pedaço de casca de tronco de palmeira e abri uma cova rasa. Quando terminei, arranquei a madeira da barriga do cãozinho e o arrastei pelas patas para dentro do buraco. Hesitei por um momento, antes de cobri-lo com a terra, por não saber se estava fazendo a coisa certa. No entanto, lembrei-me de minha própria infância e soube que havia certas coisas que uma criança nunca deveria ver.

A floresta densa ao redor do Oitavo Distrito o protegera. As barracas tinham caído, mas não tinham sido destruídas como no Terceiro e Quarto Distritos. As camas estavam espalhadas na área, porém poucas delas estavam quebradas, e, em um local, apesar de a tenda em si ter sido arremessada contra as árvores, os móveis estavam em pé e muito bem organizados, como se os donos tivessem acabado de sair dali.

Mordi meus lábios rachados até sangrarem, quando vi meu baú. Ele tinha sido amarrado a uma árvore com um nó muito bem feito e continuava intacto. Senti enorme gratidão por quem havia feito aquilo na minha ausência. A trava estava emperrada, e eu não consegui abri-lo. Peguei uma pedra e usei-a para quebrar o trinco. Os vestidos de festa ali dentro estavam úmidos e sujos de areia, mas eu não me importava com eles. Procurei embaixo dos tecidos, torcendo para encontrar o que procurava. Quando toquei a madeira, dei um grito de alívio e tirei dali a boneca matriosca. Ela estava intacta, e eu a beijei incessantemente, como uma mãe que reencontra um filho perdido.

O mar estava da cor de chá com leite. Pedaços da vegetação e folhagens boiavam em sua superfície. A luz da manhã brilhando na água fazia com que o oceano parecesse inofensivo, bem diferente do monstro irado que ameaçara engolir a todos nós na noite anterior. Ali perto, na pequena área de areia que permanecera intacta, um padre liderava um grupo de pessoas em oração de agradecimento. Eu não acreditava em Deus, mas abaixei a cabeça em sinal de respeito, mesmo assim. Nós tínhamos muito a agradecer. Por milagre, nenhuma vida havia sido perdida. Fechei os olhos e me entreguei ao bálsamo do entorpecimento.

Mais tarde, encontrei o capitão Connor em pé, diante do escritório da Organização Internacional de Refugiados. As paredes de metal estavam cheias de marcas profundas, e alguns dos arquivos estavam tombados. Aquele homem parecia surreal no meio daquela catástrofe, com o uniforme muito bem asseado e a divisão em seu cabelo tão bem feita, que deixava a pele vermelha de seu couro cabeludo queimado à mostra. O único sinal da tempestade nele era um respingo de lama em suas botas.

Ele sorriu para mim como se fosse apenas mais um dia e como se eu estivesse chegando para trabalhar como sempre. Apontou para o amontoado de abrigos Nissen que eram usados como depósitos. Alguns estavam piores do que o nosso escritório, com as paredes tão entortadas, que provavelmente não poderiam mais ser usadas.

– Se alguma coisa boa puder ser aproveitada com esta tragédia, espero que seja o fato de as organizações perceberem que precisam nos tirar daqui o mais rápido possível.

Quando voltei para o hospital, os soldados filipinos e norte-americanos de Guam tinham chegado para nos ajudar. Ivan e os outros oficiais estavam carregando latas de combustível e de água potável da parte de trás do caminhão do exército, enquanto os soldados se ocupavam erguendo tendas para os pacientes que não podiam ir para o hospital. Voluntários ferviam água para esterilizar os instrumentos do hospital e as bandagens ou preparavam alimentos sob um toldo improvisado.

A grama batida e encharcada estava tomada de pessoas dormindo em tapetes. Ruselina era uma delas. Irina sentou-se ao lado dela, acariciando seus cabelos brancos. A avó havia dito que se sacrificaria por Irina e por mim e que éramos tudo o que ela possuía no mundo. Observei as duas mulheres detrás de uma árvore e segurei a boneca matriosca contra o peito. Elas também eram tudo o que eu tinha.

Vi Ivan arrastar um saco de arroz para a barraca da cozinha. Eu também queria ajudar, mas não tinha mais coragem. O supervisor endireitou-se, esfregou as costas e me avistou. Caminhou em minha direção, sorrindo e com as mãos no quadril. Porém sua expressão mudou quando viu meu rosto.

– Não consigo me mexer – eu disse.

Ele estendeu os braços.

– Tudo bem, Anya – respondeu ele, abraçando-me forte. – Não é tão ruim quanto parece. Ninguém se feriu gravemente, e as coisas podem ser consertadas ou substituídas.

Pressionei o meu rosto contra o corpo dele, escutando os batimentos constantes de seu coração e permitindo que seu calor entrasse em mim. Por um momento, eu me senti em casa de novo, uma criança amada em Harbin. Consegui sentir o cheiro de pão fresco, ouvi o crepitar da lareira na sala, senti a maciez dos pelos de urso sob meus pés. E, pela primeira vez em muito tempo, escutei a voz dela: "Estou aqui, minha menininha, tão perto que você poderia me tocar". Um motor de caminhão foi acionado, e o feitiço, desfeito. Dei um passo para trás, abrindo a boca para falar, mas não consegui dizer coisa alguma.

Ivan pegou a minha mão com seus dedos ásperos, mas delicados, como se temesse quebrá-la.

– Vamos, Anya. Vamos encontrar um lugar onde você possa descansar.

༺❀༻

As semanas depois do tufão foram repletas de esperanças e dores. A Marinha norte-americana, com base em Manila, chegou em navios repletos de suprimentos. Observamos os marinheiros caminharem pela praia, com sacos sobre os ombros largos. Em uma questão de dois dias, eles reergueram a Cidade de Barracas. A nova cidade era muito mais bem organizada do que a antiga, que havia sido montada às pressas, sem planejamento nem ferramentas adequadas. As estradas foram reconstruídas com fossos mais profundos e pavimentação, e a mata foi aberta ao redor de nossos banheiros e cozinhas. Mas a construção organizada nos encheu de incerteza, e não de prazer. Havia um toque desconfortável de permanência na maneira como o novo acampamento foi construído e, apesar das esperanças do capitão Connor, ainda não se sabia nada a respeito dos "países de assentamento".

A sociedade russa nos Estados Unidos soube do desastre e mandou uma mensagem urgente: "Digam-nos não apenas do que precisam para sobreviver, mas também do que precisam para serem felizes". A sociedade reuniu material arrecadado entre seus membros, muitos dos quais tinham se tornado abastados nos Estados Unidos, mas também de empresas que estavam preparadas para doar excessos. O capitão Connor e eu passamos uma noite preparando uma lista de desejos que incluía um pequeno presente para cada pessoa. Pedimos discos, raquetes de tênis, baralhos, jogos de lápis e livros para a nossa biblioteca e casa de empréstimo, porém também pedimos sabonetes, chocolate, diários, blocos de anotações, escovas de cabelos, lenços e um brinquedo pequeno para cada criança com menos de 12 anos. Recebemos uma carta 15 dias depois: "Todos os itens solicitados foram obtidos. Além disso, estamos enviando Bíblias, dois violões, um violino, 13 caixas de tecidos, seis samovares para fazer chá, 25 capas de chuva e cem cópias da peça de Chekov, *The Cherry Orchard*, sem capa".

O carregamento deveria chegar um mês depois, e o capitão Connor e eu esperamos por ele, animados como duas crianças sapecas. Esperamos pelo navio durante seis semanas, mas ele não chegou. Connor fez suas investigações pelo escritório da Organização Internacional de Refugiados em Manila. Todos os itens tinham sido interceptados por oficiais corruptos e vendidos no mercado negro.

Certa tarde, Ivan foi me ver no escritório da Organização Internacional de Refugiados. Eu semicerrei os olhos para olhar para ele na porta, mas não o reconheci a princípio. Sua camisa estava bem asseada e os cabelos, limpos, não cheios de areia e folhas, como sempre. O supervisor estava recostado na porta, mas seus dedos tamborilavam no quadril, e eu sabia que ele estava tramando alguma coisa.

– Você está me espionando – eu disse.

Ele deu de ombros e olhou ao redor.

– Não estou, não. Só vim aqui ver como você está.

– Está me vigiando, sim. O capitão Connor saiu há um minuto para realizar uma tarefa. E, então, você apareceu. Deve tê-lo visto partir.

Ivan olhou para uma cadeira que reservávamos para os convidados. Seu rosto estava virado para o outro lado, mas vi seu sorriso.

– Tenho um plano para elevar o moral de todo mundo e não sabia se Connor aprovaria.

O supervisor arrastou uma cadeira para diante da mesa e, então, se sentou como um gigante sobre um banquinho.

– Consegui terminar o projetor e a tela. Só preciso de um filme.

Ivan levou a mão ao olho. Não gostei daquele gesto. Era como se ele tentasse escondê-lo. Seria possível que ainda se envergonhasse de sua aparência? Não era necessário. A cicatriz era grande, mas só era preciso conhecer aquele sujeito por um dia para parar de prestar atenção a ela. A personalidade era a característica mais marcante dele. Eu me retraí. Não gostava de ver vulnerabilidade em Ivan, nem fraqueza. Ele era a minha rocha. Precisava que fosse forte.

– Temos muitos filmes – eu apontei para a caixa de fitas que o capitão Connor havia passado a usar como apoio para os pés. – Mas nunca tivemos um projetor.

– Puxa, Anya – disse Ivan, inclinando-se para a frente com as mãos nos joelhos.

Ele estava com as unhas limpas, outra mudança.

– Esses são velhos, da época de nossos pais. Precisamos de um bom filme.

O olho bom dele era claro como a água. Era azul-celeste e incompreensível. Imaginei que, se o olhasse de perto, dentro daquele olho, veria o passado de Ivan explícito ali. Suas filhas mortas, a esposa, a padaria boiando na superfície azul. Se observasse mais profundamente, talvez conseguisse ver sua infância e saber quem ele tinha sido antes de ter o rosto desfigurado. Seus olhos contradiziam a jovialidade de sua voz, seu vigor de menino, assim como o rosto marcado contradizia a graciosidade de seu corpo.

– Preciso que você o convença – pediu Ivan.

Não era necessário me esforçar para convencer Connor do valor do plano de Ivan. O capitão estava furioso por ainda estarmos na ilha quando a época de tufões já se aproximava e estava determinado a fazer pesar a consciência da Organização Internacional de Refugiados. Pedi um filme recente. O capitão Connor solicitou nada menos do que um pré-lançamento de Hollywood. Ele deve ter sido convincente. Dessa vez, não tivemos de esperar e nos decepcionar com um pacote que nunca chegaria. O filme foi enviado por avião 15 dias depois do pedido, sob guarda, juntamente com suprimentos médicos. A estreia de *Um dia em Nova York* foi anunciada no *Tubabao Gazette*, e todos da ilha praticamente só falaram disso até a noite da exibição.

Ivan preparou assentos com troncos de palmeiras para Ruselina, para Irina e para mim, e nós nos sentamos ao lado de sua caixa de projeção. Ele estava contente.

– Conseguimos, Anya! – disse ele, apontando para todas as pessoas. – Veja essa plateia feliz!

Foi como no passado, antes da tempestade. Famílias estenderam cobertores e almofadas no chão e sentaram-se diante de minibanquetes de peixe em lata e pães. Rapazes recostaram-se em troncos de árvores. Casais reclinaram-se de braços dados sob as estrelas. E os mais criativos admiraram seus assentos de "caixa", com toldos feitos com roupas de cama para protegê-los, caso chovesse. Sapos coaxavam, e pernilongos nos picavam sem parar, mas ninguém se importava. Quando o filme começou, todos nos levantamos para aplaudi-lo. Irina jogou a cabeça para trás e riu.

– Sua engraçadinha – falou para mim. – Você sabe que a maioria de nós não vai entender nada. Está tudo em inglês.

Ivan olhou do projetor e secou a sobrancelha. Sorriu para mim.

– É uma história adorável. O que há para entender?

– É um musical – contei, beliscando o braço de minha amiga. – E ambientado em Nova York. Assim, você conseguirá ver a cidade com a qual tem sonhado.

– Que bom para você, Anya! – comentou Ruselina, dando um tapinha em minhas costas. – Que bom para você!

Era verdade que, quando o capitão Connor me mostrara uma lista de possíveis filmes para a exibição, eu havia escolhido *Um dia em Nova York* pensando em Irina e Ruselina. Mas, quando Gene Kelly, Frank Sinatra e Jules Munshin surgiram e começaram a dançar e cantar por Nova York, fui eu que os assisti com olhos surpresos. Aquela cidade era um lugar diferente de todos os que eu já tinha visto, mais surpreendente do que Xangai. Seus monumentos haviam sido erguidos como pilares aos deuses: o Empire State Building, a Estátua da Liberdade, a Times Square. Todos se moviam com energia e vigor, o tráfego era intenso, e até as secretárias vestiam roupas da alta costura. Eu absorvi cada movimento, cada nota, cada cor.

Quando os atores principais retornaram ao navio, e suas belas namoradas se despediram deles, fiquei com os olhos marejados. No caminho de volta à barraca, fui cantando as canções do musical.

O filme foi projetado por uma semana, e eu estive presente todas as noites. O editor da *Tubabao Gazette* me pediu para escrever um artigo a respeito do filme para o jornal. Escrevi uma matéria entusiasmada a respeito de Nova York e fui além, incluindo desenhos de todas as roupas que as mulheres do filme haviam vestido.

– Você se expressa bem – disse o editor, quando lhe entreguei o meu texto. – Deveria escrever uma coluna de moda para o jornal.

Pensar em moda em Tubabao fez com que nós dois caíssemos na risada.

※

Fui tomada por uma sensação que havia muito não sentia: otimismo profundo. De repente, passei a ter todos os tipos de esperança, sonhos que tinham se perdido no sofrimento do dia a dia. Acreditei que poderia ficar bonita de novo, que me apaixonaria por um homem tão lindo quanto Gene Kelly, que seria capaz de viver com alegria e em um mundo com eletrodomésticos modernos.

Uma semana depois, recebi uma carta de Dan Richards na qual dizia que ajudaria Ruselina e Irina a irem para os Estados Unidos também, e o capitão Connor soube que os oficiais de imigração dos países de assentamento chegariam no mês seguinte para providenciar nossos vistos e conseguiriam transporte para nós para fora da ilha. De repente, parecia que os sonhos de todo mundo estavam se tornando realidade.

– Quando formos para os Estados Unidos – disse a Ruselina e a Irina –, vou estudar e ser uma antropóloga, como Ann Miller. E você, Irina, deveria aprender a dançar como Vera-Ellen.

– Por que quer estudar Antropologia, tão chata, se você escreve matérias tão boas? – Irina perguntou. – Você devia ser jornalista.

– E o que farei enquanto vocês duas, mulheres com carreiras importantes, estiverem flertando com rapazes? – questionou Ruselina, abanando-se e fingindo indignação.

Irina abraçou a avó.

– Vovó, eu acho que a senhora terá de dirigir táxis, como Betty Garrett.

As duas riram até a senhora ter um ataque de tosse. Mas eu estava falando sério.

Por mais requintados que já tivéssemos sido em nosso passado, todo homem, mulher e criança esperaram na praia para ver os representantes de nossos países de assentamento desembarcarem do navio dos Estados Unidos. Olhamos, boquiabertos, com a surpresa típica de pessoas que haviam vivido tempo demais em isolamento e se esquecido de como o sol queimava a pele. Os homens e mulheres de aparência séria que apareceram usavam ternos e vestidos impecáveis, enquanto nossas roupas e cabelos estavam endurecidos pelo sal.

Procurávamos maneiras de rir de nós mesmos, mas acredito que todos nos perguntávamos se um dia conseguiríamos nos ajustar à vida normal de novo.

Na primeira noite, os oficiais da Organização Internacional de Refugiados serviram porco assado aos convidados. *Chefs* filipinos foram chamados, e uma tenda branca foi erguida. Enquanto os representantes jantavam em mesas cobertas com toalhas de linho e taças de cristal, observávamos nervosos, pois nosso futuro estava nas mãos deles.

Mais tarde, encontrei Ivan a caminho de minha barraca. Estava escuro, mas a lua estava cheia e consegui ver o contorno dos ombros dele contra o céu.

– Vou para a Austrália – disse ele. – Estou tentando encontrar você para contar.

Eu não sabia nada sobre aquele país, mas imaginava que fosse selvagem. Um país tão jovem precisava de homens trabalhadores como Ivan. Também temi por ele. Os Estados Unidos eram um país domado. A Austrália devia ter muitas coisas mais selvagens: cobras e aranhas perigosas, crocodilos e tubarões.

– Entendi – eu respondi.

– Vou para uma cidade chamada Melbourne. Comentam que dá para ganhar muito dinheiro lá, se você trabalhar muito.

– Quando você parte?

Ivan não respondeu. Ficou em pé com as mãos dentro dos bolsos. Desviei o olhar. Era estranho. Dizer adeus aos amigos não tinha se tornado fácil para mim.

– Você terá sucesso em tudo o que se propuser a fazer, Ivan. É o que todos falam – eu disse.

Ele assentiu. Tentei imaginar o que aquele homem podia estar pensando, por que estava agindo de modo tão estranho e por que não estava fazendo os comentários engraçados de sempre. Eu estava prestes a inventar uma desculpa para poder voltar à barraca quando, de repente, ele declarou:

– Anya, quero que você vá comigo!

– O quê? – perguntei, dando um passo para trás.

– Como minha esposa. Quero trabalhar com afinco por você e fazê-la feliz.

A situação parecia irreal. Ivan estava me pedindo em casamento? Como a nossa amizade havia tomado aquele caminho?

– Ivan... – gaguejei.

Entretanto, não tinha ideia de como começar ou terminar. Eu me importava com ele, porém não o amava. Não era por causa da cicatriz, mas, sim, porque eu tinha certeza de que nunca sentiria nada além de amizade por ele. Odiava Dmitri, contudo, ainda o amava.

– Não posso, Ivan...

Ele se aproximou de mim. Consegui sentir o calor de seu corpo. Eu era alta, mas ele tinha cerca de 30 centímetros a mais do que eu, e seus ombros eram duas vezes mais largos.

– Anya, quem vai cuidar de você depois de tudo isso? Depois da ilha?

– Não estou procurando alguém para cuidar de mim – respondi.

Ivan ficou em silêncio por um momento e, então, disse:

– Eu sei por que você tem medo. Mas jamais vou traí-la. E nunca vou deixá-la.

A pele de meu rosto ardeu. Havia algo por trás de suas palavras. Ele sabia sobre Dmitri?

Tentei proteger meu coração ameaçado mostrando-me irritada:

– Não me casarei com você, Ivan. Mas, se tem algo mais a me dizer, é melhor que diga.

Ele hesitou, esfregando a parte de trás do pescoço e olhando para o céu.

– Vamos – ordenei.

– Você nunca fala sobre isso. Eu a respeito por isso. Mas sei o que aconteceu com seu marido. O consulado norte-americano teve de dar um motivo à Organização Internacional de Refugiados para mandar uma menina de 17 anos a Tubabao sozinha.

Vi pontos escuros diante de meus olhos. Senti um nó na garganta. Tentei engolir, porém ele continuou ali, sufocante.

– A quem mais você contou? – perguntei.

Minha voz falhou. Ainda tentei parecer irritada, mas não o convenci.

– As pessoas de Xangai sabem sobre o Moscou-Xangai, Anya. Você estava sempre nas colunas sociais. Quem veio das outras cidades provavelmente não sabe.

Ele deu mais um passo para a frente, e eu voltei para a escuridão.

– Então por que ninguém me confrontou? – questionei. – Eu sou uma mentirosa.

– Você não é mentirosa, Anya. Só está assustada. Quem sabe da história gosta demais de você para forçá-la a falar sobre coisas que preferiria esquecer.

Pensei que vomitaria. Não queria que ele tivesse me pedido em casamento. Queria continuar fingindo que havia sido uma governanta, para nunca mais ter de pensar no Moscou-Xangai. Desejava manter a lembrança de Ivan como o homem gentil que tinha se sentado comigo na rocha na noite em que eu descobrira a respeito do ocorrido com os Pomerantsev. No entanto, o que havia acontecido era tão grande, que não podia ser desfeito. Em poucos minutos, nosso relacionamento mudou para sempre.

– Ivan, eu não vou me casar com você – afirmei. – Encontre outra pessoa, alguém que ainda não seja casada.

Tentei correr, mas ele me impediu, segurando-me pelos ombros, e me abraçou. Fiquei ali por um minuto e, então, tentei me livrar. Ivan me soltou, abaixando os braços. Corri pela escuridão de volta à minha barraca, abrindo caminho como um animal assustado. Não sabia o que me assustava mais: o pedido daquele homem ou a possibilidade de perdê-lo.

Os consulados estrangeiros montaram tendas para facilitar as entrevistas de imigração e a emissão de vistos. Recebíamos números e esperávamos pela nossa vez do lado de fora, sob o sol quente. Ruselina, Irina e eu só precisamos preencher os formulários oficiais e passar por um exame médico. Não fizeram perguntas a respeito de afiliações com o comunismo nem sobre nosso histórico familiar, como aos outros imigrantes. Quando eu soube que muitos dos candidatos que desejavam ir para os Estados Unidos tinham sido rejeitados, só consegui fechar os olhos e silenciosamente agradecer a Dan Richards.

– Finalmente está acontecendo – disse Irina. – Não consigo acreditar.

Ela pegou os formulários como se eles fossem montes de dinheiro. Durante as semanas seguintes, minha amiga praticou suas escalas, enquanto eu fiquei na praia, olhando para o mar, pensando e tentando esquecer a possibilidade de Dmitri tentar me encontrar. Minha vida em Tubabao era tão diferente da que eu vivera em Xangai, que pensei que o tivesse esquecido. Escutei o mar se mover em seu ritmo lento e tentei imaginar se meu ex-marido e Amélia estavam felizes juntos. Se estivessem, seria a maior traição.

Algum tempo depois, a embarcação que faria o transporte naval, o Captain Greely, chegou para levar os últimos imigrantes que iam para a Austrália. O restante deles havia partido antes, em outros navios. Quem ia para os Estados Unidos viajava pelo mar para Manila e, de lá, de avião ou barco de transporte do Exército para Los Angeles, São Francisco ou Nova York. Aqueles de nós que ficavam para trás, observavam o acampamento diminuindo. Era o final de outubro, e ainda corríamos o risco de enfrentar tufões, por isso o capitão Connor levou a carga para o lado abrigado da ilha.

Ruselina estava se sentindo mal no dia em que o Captain Greely partiu, e Irina e eu a levamos ao hospital antes de correr até a barraca de Ivan para ajudá-lo a arrumar suas coisas. Eu não havia contado a elas a respeito do pedido dele, na esperança de evitar ainda mais constrangimentos para nós dois. Também estava com vergonha por ter mentido para as duas, dizendo haver sido uma governanta em Xangai, apesar de não ter certeza de que elas conheciam a verdade. Desde a noite do pedido, Ivan e eu vínhamos nos evitando, mas não poderia não me despedir dele.

Irina e eu o encontramos em pé do lado de fora de sua barraca, olhando para ela como um homem prestes a sacrificar seu cavalo favorito. Senti pena dele. Ele havia feito muitas coisas das quais podia se orgulhar ali, e devia ser difícil partir.

– A Austrália deve ser como uma Tubabao bem grande – eu disse.

Ivan virou-se para mim com uma expressão nada familiar, com o olhar distante. Eu me retraí, mas não me deixei afetar. Durante toda a minha vida, as pessoas iam e vinham. E eu havia aprendido a não me prender a ninguém. Disse a mim mesma que aquela era apenas mais uma partida e que deveria me acostumar com a ideia.

– Não acredito que já guardou todas as suas coisas – comentou Irina.

O rosto sério de Ivan abriu-se em seu sorriso de sempre, e ele nos mostrou uma caixa.

– Guardei tudo de que preciso aqui – ele sorriu. – Duvido que vocês consigam fazer igual.

– Você vai encontrar tudo de que necessita – eu falei, pensando nas casas de ajuda. – Não vai ter problema algum em seu novo lar.

O dia estava ensolarado, mas um vento frio remexia o oceano e formava ondas brancas. A brisa absorvia todos os outros sons. A distância, conseguíamos escutar os gritos dos marinheiros dando instruções, enquanto se preparavam para carregar o navio. Quando chegamos ao local de embarque, ele já estava repleto de pessoas e malas. Todos estavam animados. Falavam alto, e, apesar de assentirem com entusiasmo uns para os outros, ninguém ouvia o que os outros diziam. A atenção de todos estava voltada, de um modo ou de outro, para o navio no oceano, ao longe, para embarcação que os levaria a um novo país e a uma nova vida.

– Como escreveremos para você? – Irina perguntou a Ivan. – Você tem sido um ótimo amigo. Não devemos perder contato.

– Isso mesmo! – concordei, pegando o lápis que ele havia colocado atrás da orelha.

Escrevi o endereço de Dan Richards na caixa de Ivan. Quando me levantei e lhe entreguei o lápis, vi os olhos daquele homem marejados e rapidamente me virei.

Odiei a mim mesma. Ivan era um bom homem, e eu o havia magoado. Queria que ele tivesse se apaixonado por Irina. O coração dela era mais puro. As sombras do passado não a assombravam como faziam comigo.

Os marinheiros precisaram de mais de três horas para colocar as pessoas e as malas no navio. Ivan esperou pela última chamada. Quando entrou, virou-se para acenar para nós. Eu dei um passo adiante, querendo dizer algo, mas sem saber o quê. Talvez, se houvesse conseguido engolir o nó na garganta, teria falado a Ivan que nada era sua culpa, que eu sentia tanta dor, que não poderia ser boa para ninguém. No mínimo, queria agradecer a ele, pois nunca mais o veria. Porém só consegui sorrir como uma estúpida e acenar.

– Ele vai fazer falta – comentou Irina, abraçando-me.

– Sempre penso nos Estados Unidos – eu disse –, em como as nossas vidas serão diferentes. Fico assustada quando imagino que podemos ser felizes.

Rusalina estava à nossa espera na escada do hospital.

– O que a senhora está fazendo aqui fora? – perguntou Irina. – Está quente demais. Seria melhor entrar.

O rosto da idosa estava pálido e com olheiras profundas. Sua expressão nos paralisou. Uma enfermeira se aproximou dela por trás, vindo da escuridão da porta.

– O que foi? – indagou a neta inquieta.

Ruselina hesitou e, então, com dificuldade para respirar, disse:

– Meus exames de raios X ficaram prontos. Não entendi. Eu estava bem quando saí da China.

Segurei o balaústre e olhei para a areia do chão. O sol fazia com que suas partículas brilhassem como diamantes. Sabia que a senhora estava prestes a nos contar alguma coisa terrível, algo que mudaria tudo. Olhei para os pequenos grãos de areia e imaginei que eles se abriam e engoliam toda a minha esperança.

Irina olhou desesperadamente para a avó e para a enfermeira.

– O que houve? – perguntou.

A enfermeira caminhou até o sol, onde suas sardas ficavam mais destacadas. Remexia os olhos como um cavalo assustado.

– *Teebeeshnik*. Tuberculose – respondeu Ruselina. – Muito doente. Posso morrer. Não posso mais ir para os Estados Unidos.

Durante duas semanas, Irina e eu esperamos ansiosamente pela decisão final do Departamento de Imigração dos Estados Unidos. Apesar de o capitão Connor ser sempre impassível e profissional, vi que ele conversava com minha amiga com muita atenção e me senti grata por isso. O problema era que os Estados Unidos não aceitavam pessoas com tuberculose, e, embora houvesse exceções com base em justificativas humanitárias, tais casos eram raros.

A mensagem chegou cedo, certa manhã, e o capitão nos chamou a seu escritório, para dar a notícia.

– Eles não vão levá-la aos Estados Unidos – disse, mordendo o lápis, um hábito que ele detestava em outras pessoas. – Vamos embarcá-la para a França nos próximos dias.

Pensei em Ruselina no hospital, tomando estreptomicina, e tentei imaginar se ela conseguiria sobreviver a uma viagem tão longa. Rasguei a pele ao redor de uma de minhas unhas e só percebi o fato quando o sangue começou a escorrer de minha mão.

– Não me importa para onde irei – afirmou Irina –, desde que ela consiga melhorar.

Connor se levantou.

– Esse é o problema – contou ele, esfregando as sobrancelhas. – A França não aceitará você, apenas os enfermos. Você e Anya podem ir para os Estados Unidos, mas não posso garantir que eles aceitarão a sua avó, mesmo que ela melhore.

Pedi ao capitão Connor que enviasse um telegrama a Dan Richards, porém meu amigo deu a mesma resposta.

Durante os dias seguintes, sofri com Irina pela decisão terrível que ela teria de tomar. Eu a observei torcer os cabelos e chorar na hora de dormir. Caminhávamos juntas pela ilha por horas. Cheguei até a levá-la à rocha de Ivan, mas também não conseguimos encontrar paz ali.

– O capitão Connor disse que *pode ser* que os Estados Unidos aceitem a minha avó, se ela se curar totalmente. Mas não é uma garantia. O consulado australiano, por outro lado, concordou em aceitá-la quando ela melhorar, com a condição de que eu trabalhe lá por dois anos – ela refletiu.

Nós nos abraçamos. Será que eu perderia Irina e Ruselina também?

Certa noite, enquanto minha amiga se revirava na cama, sem conseguir dormir, caminhei pela praia. Não suportava pensar em Irina e Ruselina separadas. Se os franceses eram humanitários o bastante para aceitar os enfermos e os idosos, eu não duvidava de que Ruselina receberia os melhores cuidados. Mas pensava que a situação delas era muito parecida com a minha e de mamãe. Aquela jovem havia perdido os pais aos 8 anos e agora estava prestes a ficar sozinha outra vez. Eu não podia fazer a avó sarar, mas talvez conseguisse deixá-la mais tranquila. Sentei-me na areia quente e olhei para as estrelas. O Cruzeiro do Sul brilhava muito. Boris e Olga tinham dado a sua vida por mim, e Ruselina dissera que a melhor maneira de honrá-los seria viver com coragem. Cobri o rosto com as mãos e pedi para ser uma pessoa digna do sacrifício feito por eles.

– Mãe – eu sussurrei, pensando na linda cidade de Nova York e na vida que eu esperava construir lá –, espero ser uma pessoa capaz de fazer um sacrifício por alguém.

Na tarde seguinte, eu estava lavando as roupas, quando Irina se aproximou. Ela estava com o rosto corado de novo e parecia tranquila. Minha amiga havia pensado bem, e eu estava ansiosa para saber qual tinha sido a sua decisão. Contraí os lábios e me preparei para a resposta.

– Vou para a Austrália – disse ela, com coragem. – Não vou correr riscos. Contanto que a minha avó melhore e possamos estar juntas, não me importo com nada. Existem coisas mais importantes do que cantar em boates da moda e visitar a Estátua da Liberdade.

Eu assenti e voltei a pendurar as roupas no varal, apesar de mal ter forças para erguer uma peça.

Irina sentou-se sobre um balde virado e me observou.

– Você vai ter de me contar tudo sobre os Estados Unidos, Anya. Precisa escrever e não se esquecer de mim e da vovó – falou, entrelaçando os dedos no joelho e mexendo o pé.

Ela estava tentando conter as lágrimas, mas uma gota solitária escorreu-lhe do olho, pousando na curva do lábio.

Minha cabeça ardeu, assim como meus pulmões. Eu me senti uma nadadora puxando o ar antes de um salto do trampolim. Pendurei uma saia no varal, caminhei até minha amiga, peguei a sua mão e apertei-a. Irina olhou para mim. A lágrima pingou de seu lábio em meu pulso. Tive dificuldades para dizer o que queria. Não consegui juntar tudo em uma frase.

– Ruselina disse que somos tudo o que ela tem.

A garota não desviou o olhar de meu rosto. Abriu a boca para dizer algo, mas se conteve. Apertou-me a mão.

– Irina, eu... não vou me esquecer de você... nem de Ruselina, porque vou com vocês.

onze

Austrália

Eu já tinha perdido as raízes duas vezes na vida, mas nada poderia ter me preparado para o choque que tive ao chegar à Austrália. Alguns dias depois de Ruselina ser levada para a França, Irina e eu voamos de Manila para Sydney em um avião do Exército, tão cansadas da viagem que nenhuma de nós duas conseguia se lembrar de nada do trajeto, além do calor que sentimos quando mudamos de avião em Darwin. Chegamos ao aeroporto de Sydney de manhã. Um oficial da imigração chamado sr. Kolros nos recebeu e nos ajudou a passar pela alfândega. Ele havia emigrado da Checoslováquia um ano antes e falava um pouco de russo e de inglês. O homem respondeu nossas perguntas a respeito de barracas, alimentos e empregos educadamente, mas, quando perguntei se ele gostava de Sydney, sorriu e respondeu:

– Sydney é boa. Só é preciso se acostumar com os australianos.

Irina segurou o meu braço, tremendo por causa da gripe que contraíra na viagem. Nós nos esforçamos para acompanhar o sr. Kolros, que caminhava pelas áreas de desembarque como se tivesse algo mais importante a fazer às 4h30 da manhã do que esperar por nós. Havia um táxi do lado de fora do aeroporto. O oficial colocou a nossa bagagem no porta-malas e pagou ao motorista a quantia para ele nos levar ao cais, onde nos reuniríamos com um grupo de imigrantes da Europa.

O sr. Kolros nos ajudou a entrar no táxi e nos desejou sorte antes de fechar a porta. Não conseguia parar de pensar no que ele havia dito a respeito dos australianos.

– Bem-vindas a Sydney, meninas – o motorista nos cumprimentou, inclinando-se e falando de canto de boca.

Seu inglês era incomum, crepitava como lenha na fogueira.

– Farei o trajeto mais bonito. Não demoraremos muito a esta hora da manhã.

Irina e eu olhamos pela janela, tentando ver um pouco de nossa nova cidade. Mas Sydney estava tomada pela escuridão. O sol ainda não tinha nascido, e havia uma restrição quanto ao uso da eletricidade, por causa dos blecautes depois da guerra. Eu só conseguia ver fileiras de casas com varandas e lojas com as persianas abaixadas. Em uma das ruas por onde passamos, um cão com uma mancha preta ao redor do olho ergueu a pata na frente de uma cerca. Seria um cachorro de rua ou um animal de estimação? Eu não soube dizer. Mas ele parecia mais bem alimentado do que nós.

– Esta é a cidade – disse o motorista, entrando em uma rua repleta de lojas.

Irina e eu olhamos para os manequins das vitrines das lojas de departamento. Xangai já estaria muito animada àquela hora da manhã, mas Sydney estava silenciosa e vazia. Não havia um gari nem um policial ou uma prostituta à vista, nem mesmo um bêbado voltando para casa. A prefeitura e a torre do relógio pareciam ter sido mandadas diretamente da Paris do Segundo Império, e a praça entre a prefeitura e a igreja ao lado desta criavam um espaço vazio, inexistente nas cidades chinesas. Xangai não seria Xangai sem seu congestionamento e caos.

O lado mais baixo da rua era pontuado por construções clássicas e de estilo vitoriano e uma que parecia um palácio do Italianato, com as iniciais "GPO" na fachada. Mais adiante, víamos o porto. Virei a cabeça para observar a enorme ponte de aço que se espalhava pela imensidão escura de água. Parecia a estrutura mais alta da cidade. Os faróis, de cerca de dez carros que passavam por ali, piscavam para nós como estrelas.

– Essa é a Harbour Bridge? – perguntei ao motorista.

– Com certeza – respondeu ele. – A única. Meu pai trabalhou como pintor nela.

Passamos embaixo da ponte e logo nos vimos em uma área repleta de armazéns. O taxista parou diante de uma placa na qual se lia "Píer 2". Apesar de o sr. Kolros ter pago o serviço, pensei que o homem pudesse querer uma gorjeta. Quando ele pegou as nossas bagagens do porta-malas, procurei em minha bolsa o único dólar americano que me restara. Tentei entregá-lo ao motorista, mas ele rejeitou.

– Pode ser que você precise dele – disse.

"Australianos", eu pensei. Por enquanto, tudo bem.

Irina e eu hesitamos na prancha de desembarque. Um vento frio soprou da água, trazendo consigo o cheiro de salmoura e alcatrão. A brisa passou por nossos vestidos de algodão. Era novembro, e esperávamos que a Austrália estivesse quente. O navio da Organização Internacional de Refugiados vindo de Marseille estava ancorado no porto. Centenas de migrantes alemães, checos, poloneses, iugoslavos e húngaros saíam pelas pranchas de desembarque. A cena me fez pensar em Noé e sua arca, pois a variedade de sotaques e aparências era muito grande. Homens carregavam pequenos baús de madeira. As mulheres andavam atrás deles, com trouxas de roupas de cama e panelas embaixo dos braços. As crianças corriam entre as pernas das mães, gritando em sua língua nativa, dispostas a ver o novo país.

Perguntamos ao guarda onde deveríamos esperar, e ele apontou para um trem. Minha amiga e eu entramos em um dos vagões, que estava vazio. Caminhamos pelo corredor, com a mão no nariz, para afastar o cheiro de tinta fresca, e nos sentamos na primeira cabine que encontramos. Os bancos eram de couro, e o ar tinha cheiro de poeira.

– Creio que é um trem de mantimentos – comentou Irina.

– Acho que você tem razão.

Eu abri a minha mala, tirei um dos cobertores que havia trazido de Tubabao e coloquei sobre os ombros de Irina. Pela sujeira na janela, observamos os estivadores tirarem a carga de um navio com um guindaste. Gaivotas sobrevoavam o local, gorjeando. As aves eram as únicas coisas familiares para mim na cidade.

Os passageiros do navio tiveram de passar por cima das pilhas de bagagem, para apanhar suas malas e baús. Uma menininha de casaco rosa e meias brancas estava perto da prancha de desembarque, chorando. Havia se perdido de seus pais naquele caos. Vi um estivador se agachar para falar com ela, mas a garotinha apenas balançou a cabeça com cachinhos e chorou mais. Ele olhou ao redor, na multidão, então pegou a menina e a colocou em seus ombros, carregando-a de um lado para outro na esperança de encontrar os pais dela.

Quando pegavam suas bagagens, os passageiros eram direcionados a um prédio com as palavras "Centro do Departamento de Imigração Australiano" sobre a porta. Percebi, naquele momento, como Irina e eu tínhamos sido sortudas de viajar para a Austrália de avião. Apesar de a viagem ter sido difícil entre Manila e Darwin, nossa jornada tinha sido rápida, e éramos as duas únicas passageiras. As pessoas do navio pareciam sofridas e doentes. Mais de uma hora depois, elas começaram a sair do prédio e a partir na direção do trem.

– Todos eles caberão aqui? – perguntou Irina.

– Com certeza, não – eu respondi. – O sr. Kolros disse que a viagem até o acampamento vai demorar.

Para nosso espanto, observamos o oficial na estação cercar os passageiros como se fossem bois e direcioná-los para as portas. Cotovelos, braços e malas bloqueavam a nossa vista, enquanto as pessoas se empurravam para entrar. Diferentemente de nós, os europeus usavam roupas demais para aquele clima. Todos eles pareciam estar trajando dois casacos e diversos vestidos ou camisas, como se tivessem economizado espaço na mala colocando no corpo tudo o que possuíam. Um homem com um terno de listras apareceu na porta. Seu rosto era liso e jovem, mas os cabelos eram brancos.

– *Czy jest wolne miejsce*? – indagou ele. – *Czy pani rozumie po polsku?*

Eu sabia algumas frases básicas em polonês, que possui certas semelhanças com o russo, mas precisei adivinhar que ele queria um assento. Eu assenti e fiz um sinal para que entrasse. Ele foi seguido por uma mulher e uma senhora com dois lenços amarrados na cabeça.

– *Przepraszam* – a idosa disse, quando se sentou ao meu lado.

Porém eu já havia esgotado todo o meu polonês. Ela olhou para mim. Não falávamos a mesma língua, mas tínhamos a mesma expressão de ansiedade na face.

Três homens checos deixaram as malas no corredor e ficaram em pé no compartimento. Em uma das mangas deles havia uma mancha escura com a forma de uma estrela. Eu sabia o que havia acontecido com os judeus na Europa. Aquelas histórias eram uma das poucas coisas que me impediam de sentir pena de minha situação.

Com tantas pessoas no compartimento, o ar logo se tornou quente, e Irina abriu a janela para ventilar o local. As roupas de nossos colegas passageiros recendiam a fumaça de cigarro, suor e poeira. Os rostos deles eram sérios e pálidos, *souvenires* da longa viagem. O meu vestido e também o de Irina recendiam a algodão queimado, sal do mar e combustível de avião. Nossos cabelos tinham mechas loiras queimadas pelo sol e estavam oleosos na raiz. Há três dias não tomávamos banho.

Quando o último grupo de passageiro embarcou, conseguimos observar pela janela de novo. A luz da manhã atravessava o céu, revelando os detalhes de arenito e granito das construções que não tínhamos visto enquanto estava escuro. As construções modernas e em *art déco* do centro de Sydney não eram tão altas quanto as de Xangai, e o céu acima delas era azul-claro. Além do navio, o sol estava enviando raios dourados pela água, e eu consegui ver algumas casas de telhado vermelho espalhadas pela costa. Uni as mãos e levei aos lábios. Aqueles raios de luz na água eram lindos. Não havia qualquer referência àquele porto em nada de meu passado. Sua cor tinha um tom mítico de olhos de sereia.

Um homem balançou uma bandeira e apitou. O trem foi para a frente. O cheiro de carvão era mais forte do que o do ar no compartimento, e Irina fechou a janela. Todos nós nos aproximamos dela para ver a cidade, quando o trem fechou as portas. Pelo meu quadrado de vidro, vi carros de modelos pré-guerra percorrendo as ruas ordenadamente. Não havia tráfego, buzinas nem riquixás, como em Xangai. O trem passou por um prédio. A porta de entrada se abriu, e uma mulher usando vestido branco, chapéu e luvas saiu. Ela parecia uma modelo de uma propaganda de perfume. A imagem da dama fundiu-se à imagem do porto, e eu me senti animada com a Austrália pela primeira vez.

Entretanto, alguns minutos depois, estávamos passando por fileiras de casas de fibrocimento com telhados de latão e jardins desorganizados. Minha animação transformou-se em desespero. Torci para que o que ocorria em outras cidades também ocorresse em Sydney, que apenas os muito pobres vivessem à margem da linha do trem. A vista da janela me lembrava de que não estávamos nos Estados Unidos. Gene Kelly e Frank Sinatra não dançariam felizes por ali. Mesmo na cidade não existiam grandes pilares para os deuses. Não tinha ali o Empire State Building, não havia a Estátua da Liberdade, nem a Times Square, apenas uma rua com construções elegantes e uma ponte.

A jovem polonesa enfiou a mão na bolsa e tirou dali um pacote envolto em um tecido. O cheiro de pão e ovos cozidos misturou-se ao odor humano no ar. Ela ofereceu um sanduíche de ovo a Irina e a mim. Eu aceitei o meu de bom grado. Estava com fome, porque não tinha tomado café da manhã. Até mesmo Irina, sem apetite por conta da gripe, recebeu o dela com um sorriso.

– *Smacznego*! – disse Irina. – *Bon appétit*.

– Quantos idiomas você fala? – perguntei a ela.

– Nenhum, só o russo – respondeu-me sorrindo. – Mas sei cantar em alemão e em francês.

Eu me virei para a janela e vi que a paisagem havia mudado novamente. Estávamos passando por uma horta com alfaces, cenouras e tomates, plantados em fileiras. Aves atravessavam os campos. As casas pareciam solitárias como os anexos dos quintais. Passamos por estações de trem que eu teria acreditado que estavam desertas, se não fossem as roseiras bem cuidadas e as placas bem pintadas.

– Talvez Ivan esteja no acampamento – comentou Irina.

– Melbourne fica no sul – eu disse a ela –, muito longe daqui.

– Então precisamos escrever logo para ele, que vai ficar surpreso ao saber que estamos na Austrália.

A menção feita por Irina trouxe de volta as lembranças ruins daquelas últimas semanas em Tubabao, e eu me remexi em meu assento. Disse a ela que escreveria a Ivan, mas não fui muito convincente, nem mesmo para mim mesma. Irina me olhou com curiosidade por um momento, porém não falou mais nada. Ajeitou o cobertor ao redor dos ombros e recostou a cabeça na lateral do assento.

– Que lugar é esse para onde estamos indo? – ela bocejou. – Quero ficar na cidade.

Um instante depois, ela adormeceu.

Eu brinquei com o fecho de minha bolsa. Era esquisito que um acessório elegante como aquele no meu colo tivesse me acompanhado desde Xangai e estivesse a caminho de um campo de refugiados em algum lugar do interior da Austrália. A primeira vez em que usara a bolsa de camurça havia sido para almoçar com Luba no clube de senhoras. O almoço tinha ocorrido antes de Dmitri me trair e antes de eu sequer pensar que pudesse viver em qualquer outro lugar que não fosse a China. O material tinha desbotado sob o sol de Tubabao e havia um rasgo na lateral. Passei o dedo na cicatriz de meu rosto e tentei imaginar se a bolsa e eu estávamos compartilhando o mesmo destino. Eu a abri e segurei a boneca matriosca que estava dentro dela. Pensei no dia em que minha mãe fora levada e tentei imaginar o que ela vira no caminho para a Rússia. Será que a paisagem que tinha visto fora tão diferente para ela quanto a que eu via naquele momento era para mim?

Mordi o lábio e fiquei tensa, lembrando-me de minha promessa de ser corajosa. Assim que pudesse, entraria em contato com a Cruz Vermelha. Disse a mim mesma que não devia me preocupar com o tipo de trabalho que faria ou com onde moraria: a única coisa que importava era encontrar a minha mãe.

Um tempo depois, o trem começou a subir, passando por uma floresta de árvores de troncos brancos tão altas, que quase bloqueavam o sol. Eram diferentes de qualquer planta que eu já tinha visto, e suas folhas fantasmagóricas e elegantes tremiam ao sabor do vento. Mais tarde, soube os nomes das árvores: eucalipto, casco-fibroso, malhado. Mas, naquela manhã, elas foram outro mistério para mim.

O trem sacudiu e parou, fazendo com que passageiros e bagagens se espalhassem. Ergui a mão a tempo de impedir que uma caixa voasse e acertasse a cabeça de Irina.

– PARADA PARA COMER! – gritou o condutor.

A família polonesa olhou para mim, para que eu interpretasse a instrução. Fiz um gesto para indicar a eles que desceríamos do trem.

Desembarcamos em uma pequena estação cercada por eucaliptos e penhascos. O vento era fresco e recendia a mentol. Onde a rocha havia sido cortada para a passagem dos trilhos, havia fendas na face da pedra. A água escorria pelas aberturas, e lodo, lama e líquen se prendiam ali com tenacidade. De todos os lados, a atmosfera se enchia de sons: água escorrendo pelas rochas, o barulho de animais passando pelas folhagens e pássaros. Nunca antes eu havia escutado um coral de aves como aquele. Havia sons parecidos com os de sinos, canções e gritos guturais. Mas um ruído foi mais alto do que todos os outros: um apito que parecia o som de uma gota de água em queda ampliado um milhão de vezes.

Um grupo de mulheres estava esperando por nós na plataforma, posicionado como um pequeno exército atrás de mesas e caldeirões de sopa. Elas nos olharam, e vimos seus rostos desgastados pelo clima.

Eu me virei e encontrei Irina. Fiquei chocada ao perceber que ela estava curvada na beira da plataforma, com um lenço na boca. Aproximei-me dela correndo e vi vômito sair de seus lábios e escorrer nos trilhos.

– É por causa da gripe e do movimento do trem. Nada demais – afirmou ela.

– Quer comer alguma coisa?

Passei a mão na testa quente de minha amiga. Aquele não era o melhor momento para passar mal.

– Talvez um pouco de sopa.

– Sente-se. Vou trazer algo para você.

Fiquei na fila com os outros, olhando para trás de vez em quando, para ver como Irina estava. Ela se sentou à beira da plataforma, com o cobertor enrolado na cabeça. Daquele jeito, parecia uma mulher do Oriente Médio. Senti um puxão na manga de minha blusa e, quando me virei, vi uma mulher com cara de gnomo segurando uma tigela de sopa com cheiro de cebola.

– Ela está muito doente? – perguntou a moça, entregando-me a tigela. – Trouxe isto para que você não tenha de pegar a fila.

Assim como a do taxista, a voz dela era rouca e falhava. Aquele timbre me assustou.

– Foi a mudança do tempo e a viagem – eu disse. – Pensamos que fazia calor na Austrália.

A mulher riu e cruzou os braços diante do peito grande.

– Pode acreditar, o tempo muda, querida. Mas acredito que estará calor no lugar para onde vocês vão. Está muito seco no oeste central este mês, pelo que eu soube.

– Viemos de uma ilha onde era sempre quente – eu contei.

– Bem, vocês estão em uma ilha bem grande agora – ela falou sorrindo e remexendo-se para a frente e para trás apoiada nos calcanhares. – Mas você vai achar que a ilha é pequena, quando estiver dentro dela.

A ave com o piado parecido com o som de uma gota de chuva cantou de novo.

– Que som é esse? – perguntei à mulher.

– É um pássaro chicote – ela respondeu. – E esse som é um dueto entre o macho e a fêmea. Ele assovia e ela acrescenta um "cuí" no final.

Seus lábios estremeceram, e percebi que ela havia ficado contente com a pergunta e que queria que eu gostasse da Austrália.

Agradeci pela sopa e levei para Irina. Ela tomou uma colherada e balançou a cabeça.

– Meu nariz está entupido, mas ainda assim consigo sentir o cheiro de gordura. O que é?

– Carne de carneiro. Eu acho.

Irina passou a tigela para mim.

– Pode comer, se quiser. Mas, para mim, isto tem gosto de lanolina.

Depois de comer, fomos instruídas a embarcar no trem de novo. Ofereci o meu assento aos homens da Checoslováquia, se eles quisessem se revezar para descansar um pouco, porém eles recusaram. O rapaz com a estrela desbotada sabia falar um pouco de inglês e disse:

– Não, você pode tomar conta de sua amiga. Nós nos sentaremos sobre nossas malas quando nos cansarmos.

O sol baixou e entramos em um mundo de granito e campos abertos. Árvores de casca branca pareciam sentinelas fantasmagóricas nos campos sem fim circundados por cercas de arame farpado. Havia rebanhos de carneiros nos montes. De vez em quando, uma casa com fumaça saindo da chaminé aparecia. Todas elas tinham um tanque de água elevado por estacas. A polonesa idosa e Irina dormiam, embaladas pelo movimento do trem e a duração da viagem. Mas o restante de nós não conseguia tirar os olhos do estranho mundo do lado de fora.

A mulher que estava na minha frente começou a chorar, e o marido a repreendeu. Mas eu consegui ver no tremor dos lábios dele que tentava reprimir o próprio medo. Senti meu estômago revirar. Eu ficava mais calma quando olhava acima dos campos, para o sol dourado e os tons violeta do céu.

Um pouco antes do anoitecer, o trem diminuiu a velocidade e parou. Irina e a senhora acordaram e olharam ao redor. Escutamos vozes, e as portas foram abertas. O ar fresco passou por nós. Homens e mulheres com uniformes marrons do Exército e chapéus de abas largas corriam ao lado das janelas. Vi um comboio de ônibus e alguns caminhões estacionados no chão de terra cor de cobre. Os veículos não eram como os que víamos em Tubabao. Eram novos em folha. Uma ambulância parou ao lado deles e esperou com o motor ligado.

Não havia estação, e os soldados estavam arrastando rampas para as portas, para que as pessoas conseguissem sair do trem. Começamos a pegar as nossas coisas, porém, quando a senhora olhou pela janela, gritou.

O homem e a mulher poloneses tentaram acalmá-la, mas a mulher se revirou e escondeu-se atrás do assento, ofegante como um animal assustado. Um soldado, um garoto de pescoço queimado pelo sol e sardas no rosto correu para a cabine.

– O que houve? – perguntou ele.

A jovem polonesa olhou para o uniforme dele e encostou-se a um canto com a mãe, abraçando-a para protegê-la. Foi quando percebi que o número tatuado no braço dela aparecia pela manga.

– O que foi? – o soldado questionou, olhando para nós.

Ele remexia as mãos nos bolsos, procurando algo e tremendo, como se ele próprio estivesse prestes a ter um ataque.

– Alguém fala a língua delas?

– Elas são judias – o checoslovaco que sabia inglês disse. – Imaginem o que não devem pensar ao ver isto.

O soldado franziu o cenho, confuso. Mas receber uma explicação para o comportamento histérico, ainda que ele não a entendesse, pareceu acalmá-lo. Ele endireitou as costas, estufou o peito e começou a assumir o controle da situação.

– Você fala inglês? – ele me perguntou.

Assenti e ele pediu a mim e a Irina que fôssemos para os ônibus, explicando que, se as mulheres nos vissem indo de bom grado, elas não se recusariam a nos seguir. Ajudei Irina a sair de seu assento, mas ela quase caiu e tropeçamos em uma mala.

– Ela está doente? – o soldado indagou.

As veias em sua testa começavam a aparecer, e seu queixo estava pressionado na direção do peito. Contudo, ainda assim ele conseguiu passar a impressão de ser uma pessoa sensível.

– Pode levá-la à ambulância. Eles a levarão ao hospital, se for preciso.

Pensei em traduzir o que ele havia dito a Irina, mas decidi me calar. Talvez ela ficasse melhor no hospital, mas não concordaria em se separar de mim.

Do lado de fora do trem, os soldados disseram que deveríamos pegar nossas malas e levá-la aos caminhões e depois entrar nos ônibus. Um bando de papagaios verdes e cor-de-rosa havia pousado em um espaço de terra e parecia nos observar. Eram aves bonitas e pareciam deslocadas naquele ambiente. Provavelmente, ficariam mais bonitos em uma ilha tropical, e não nos montes de vegetação que nos cercavam. Eu me virei para a porta do trem, para ver o que estava acontecendo com a família polonesa. O soldado e o checoslovaco estavam ajudando as mulheres a descerem a rampa. O polonês os acompanhava, carregando as malas delas. A jovem parecia mais calma e até sorriu para mim, mas os olhos da senhora não paravam de revirar como os de uma maluca, e ela estava quase arqueada de medo. Cerrei os punhos, enfiando as unhas na pele e tentando me controlar para não chorar. Que esperança aquela senhora tinha? A situação já era bem ruim para mim e para Irina. Olhei para as minhas sandálias. Os dedos de meus pés estavam cobertos de terra.

Estava escuro quando o comboio de ônibus parou perto de uma barricada. O guarda do acampamento saiu de sua guarita e ergueu a cancela para que passássemos. Nosso ônibus chacoalhou para a frente, seguido pelos outros, para dentro do acampamento. Aproximei o rosto da janela e vi a bandeira australiana balançando em um poste no centro do estacionamento. A partir daquele ponto, havia fileiras de barracas do Exército, a maioria delas de madeira, mas algumas feitas com ferro corrugado. O chão entre as cabanas era de terra endurecida com tufos de grama e ervas daninhas que surgiam das frestas. Os coelhos passavam de um lado para o outro do acampamento, tão livres quanto galinhas em um terreno.

O motorista nos orientou a desembarcar e caminhar até o refeitório que ficava à nossa frente. Irina e eu seguimos os outros até um local que parecia um pequeno hangar com janelas. Do lado de dentro, encontramos fileiras de mesas cobertas com papel marrom e embalagens com sanduíches, pão de ló e xícaras de chá e café. As vozes agitadas dos passageiros ecoavam nas paredes tortas, e as lâmpadas nuas davam aos seus rostos cansados uma cor ainda pior. Minha companheira sentou-se em um dos assentos e apoiou o rosto nas palmas das mãos. Um homem com cabelos pretos encaracolados olhou para ela ao passar. Carregava uma prancheta e usava um tipo de crachá no casaco.

– Cruz Vermelha. Topo da montanha – indicou ele, tocando o ombro dela. – Vá para lá, ou todos nós ficaremos doentes.

Fiquei animada por saber que havia um escritório da Cruz Vermelha no acampamento e me sentei ao lado de Irina. Falei a ela o que o homem havia dito, mas de maneira mais educada.

– Vamos amanhã – pediu ela, segurando a minha mão. – Não quero ir hoje.

O homem com a prancheta ficou em pé, em cima de um pódio, e anunciou, com um sotaque inglês carregado, que logo ele separaria as pessoas em grupos, para que todos se acomodassem. Homens e mulheres seriam alojados separadamente. As crianças seriam acomodadas com um dos pais, de acordo com a idade e o sexo. As notícias foram rapidamente traduzidas no salão, e vozes de protesto começaram a soar por todos os lados.

– Vocês não podem nos separar! – um homem disse, levantando-se.

Ele apontou para a mulher e para as duas crianças pequenas que estavam com ele.

– Esta é a minha família. Ficamos separados ao longo de toda a guerra.

Contei a Irina o que estava acontecendo.

– Como eles podem fazer uma coisa dessas? – ela perguntou, ainda falando com as mãos no rosto. – As pessoas precisam de suas famílias em momentos como este.

Uma lágrima escorreu por seu rosto e caiu no papel marrom. Eu a abracei e repousei a cabeça em seu ombro. Nós éramos a família uma da outra. Nossos papéis tinham se invertido. Irina era mais velha e mais bem disposta do que eu e era ela quem costumava me dar força. Mas Ruselina estava doente e distante, e Irina se encontrava em um país desconhecido onde pessoas falavam um idioma que ela não entendia. Além de tudo isso, estava doente. Percebi que eu precisava ser forte e estava aterrorizada. Toda a minha força estava sendo consumida para manter o ânimo. Como conseguiria ajudar Irina também?

Nossa supervisora de grupo era uma mulher húngara chamada Aimka Berczi. Seu rosto era sério, mas tinha mãos delicadas e dedos compridos. Entregou-nos cartões nos quais estavam escritos os nossos nomes, além de nosso país de nascimento, embarcação de chegada e número do quarto. Ela nos disse para irmos para as nossas barracas, para dormir. O diretor do acampamento, o coronel Brighton, conversaria conosco na manhã seguinte.

Meus olhos estavam marejados de cansaço, e Irina mal conseguia ficar em pé. Contudo, assim que abri a porta de nosso barraco de madeira, fiquei arrependida por não ter insistido mais em levá-la ao hospital. A primeira coisa que vi foi uma lâmpada comum pendurada no teto e um inseto voando ao redor dela. Havia ali 20 camas de acampamento amontoadas lado a lado, sobre um piso de madeira. As roupas lavadas estavam penduradas em cadeiras dobráveis e malas. E o ar estava pesado. A maioria das camas já estava ocupada por mulheres que dormiam, por isso Irina e eu caminhamos até as duas que haviam sobrado no fundo do quarto. Uma das mulheres, uma senhora com bobes nos cabelos, olhou para nós quando passamos, apoiou-se nos cotovelos e sussurrou:

– *Sind Sie Deutsche?*

Balancei a cabeça, porque não a compreendia.

– Não, alemãs, não – disse ela em inglês. – Russas. Dá para ver pelo rosto.

A mulher tinha sulcos parecidos com cicatrizes ao redor da boca. Provavelmente tinha apenas 60 anos, porém suas rugas faziam com que parecesse ter 80.

– Sim, russas – respondi.

A mulher pareceu desapontada, mas sorriu de qualquer forma.

– Digam-me quando estiverem prontas, pois apagarei a luz.

– Sou Anya Kozlova, e minha amiga é Irina Levitskya – falei.

Ajudei Irina a se deitar em uma das camas dobráveis e coloquei nossas malas aos pés do leito, onde percebi que todas as mulheres deixavam as delas.

– Somos russas da China.

A mulher relaxou um pouco.

– É um prazer conhecê-las. Meu nome é Elsa Lehmann. Amanhã vocês saberão que todas neste quarto me odeiam.

– Por quê? – perguntei.

A mulher balançou a cabeça.

– Porque elas são polonesas e húngaras, e eu sou alemã.

Eu não soube como continuar a conversa depois de escutar aquilo, portanto voltei a minha atenção para a arrumação das camas. Cada pessoa havia recebido quatro cobertores do Exército e um travesseiro. O vento lá fora estava frio, mas não havia circulação de ar ali dentro e era difícil respirar. Irina perguntou o que a mulher havia dito, e, então, expliquei a situação de Elsa para ela.

– Ela está aqui sozinha? – minha amiga perguntou.

Traduzi a pergunta para Elza, que disse:

– Vim com meu marido, um médico, e nosso único filho que sobreviveu à guerra. Eles os mandaram para Queensland, para cortar cana.

– Sinto muito – eu me solidarizei.

Tentei imaginar o que o governo australiano estava pensando, quando incentivou famílias do mundo todo a irem viver ali para separá-las.

Ajudei Irina a arrumar seus lençóis e um cobertor e, então, arrumei os meus. Senti vergonha do odor que exalava de nossos pés e roupas íntimas, quando vestimos a roupa de dormir, mas Elsa já estava dormindo. Caminhei na ponta dos pés até a cama dela e apaguei a luz.

– Acho que amanhã descobriremos se eles odeiam ou gostam dos russos – comentou Irina, fechando os olhos e adormecendo.

Eu deitei e me cobri com os lençóis. Estava quente demais para dormir com um cobertor. Eu me virei de barriga para cima, de lado e de barriga para cima novamente, exausta, mas sem conseguir dormir. Abri os olhos e olhei para o teto, escutando a respiração de Irina. Se os australianos conseguiam separar Elsa de seu marido e seu filho, com muito mais facilidade, separariam nós duas. E, se podiam mandar um médico cortar cana, que tipo de trabalho nos dariam? Pressionei as mãos nas laterais da cabeça e afastei aqueles pensamentos. Decidi me concentrar em encontrar a minha mãe. Independentemente do que ocorresse dali em diante, eu teria de ser forte.

Escutei uma batida no forro e, então, um animal correndo pelo latão. Entre a parede e o teto, havia uma fresta de alguns centímetros, coberta com malha de arame. Eu tinha certeza de que a malha havia sido colocada ali para impedir que o animal que passava pelo forro não entrasse, e me segurei na cama, esperando mais barulhos. A cama de Irina rangeu.

– Irina, você está acordada? – sussurrei.

Mas ela apenas suspirou e rolou para o lado. Escutei mais "batidas", e, então, o som de garras arranhando. Puxei o lençol até o pescoço e tentei ver o mundo pela fresta na parede, porém só consegui ver os contornos dos montes a distância e algumas estrelas. Por fim, meu cansaço me venceu, e adormeci.

A luz da manhã brilhou sobre a tinta descascada dos tacos. Um galo recebeu o dia cantando. Ali perto, um cavalo relinchava, e um carneiro balia. Esfreguei os olhos e sentei. Os olhos de Irina estavam fechados com força, como se ela estivesse resistindo à ideia de se levantar. Todo mundo dormia, e o ar na cabana estava rançoso e quente. Havia uma fresta entre as duas tábuas na parede ao lado da minha cama, e consegui ver a luz dourada que refletia no telhado de latão e nas cercas. Um caminhão estava estacionado do lado de fora do alojamento, e havia um cão pastor embaixo dele. O animal levantou as orelhas, quando me viu olhando para ele, balançou o rabo e latiu. Eu me deitei rapidamente, pois não queria que o latido dele acordasse os outros.

Quando a luz ficou mais forte, as outras mulheres começaram a se mexer, afastando os lençóis como lagartas surgindo de seus casulos. Eu disse bom dia a Elsa, mas ela desviou o olhar, pegou um roupão e uma toalha e correu porta afora. As outras refugiadas, que aparentavam ter entre 20 e 40 anos, ficaram olhando para mim, como se tentassem descobrir de onde Irina e eu havíamos surgido. Eu disse olá e tentei me apresentar. Algumas delas sorriram. Uma menina, cujo inglês não era tão fluente como o meu, comentou que era estranho não termos um idioma em comum entre nós.

Irina sentou-se na cama, encostada no travesseiro, e penteou os cabelos com os dedos. Estava com remela nos cílios, e os lábios pareciam secos.

– Como você está? – perguntei.

– Não estou bem – ela respondeu, engolindo a saliva com dificuldade. – Vou ficar na cama.

– Trarei um pouco de comida para você. Precisa se alimentar um pouco.

Irina balançou a cabeça.

– Só água, por favor. Não traga sopa.

– O que acha de um estrogonofe de carne com vodca, então?

Ela sorriu e voltou a se deitar, cobrindo os olhos com o braço.

– Saia para explorar a Austrália, Anya Kozlova – aconselhou ela. – E conte-me tudo quando voltar.

Eu não tinha roupão. Nem mesmo toalha. Mas não aguentava mais o cheiro rançoso de meus cabelos e pele. Peguei o cobertor que parecia estar mais limpo entre aqueles que haviam sido entregues a nós e um sabonete que havia pegado em Tubabao e mostrei as duas coisas para a menina que falava um pouco de inglês, na esperança de que ela compreendesse o que eu queria. Ela apontou para um mapa atrás da porta. O bloco de higiene estava marcado com um X vermelho. Agradeci e peguei o último vestido limpo de minha mala antes de sair do quarto.

As barracas em nossa área eram quase idênticas. Aqui e ali as pessoas tinham pendurado cortinas ou construído canteiros com pedaços de pedra, porém não havia o orgulho e a solidariedade de Tubabao. Mas lá todos nós éramos russos. Eu estava na Austrália havia apenas um dia e já estava percebendo as tensões entre povos. Não sabia por que eles não organizavam todos os migrantes e refugiados em grupos por nacionalidade, pois assim teríamos mais facilidade para nos comunicar, e eles poderiam nos supervisionar melhor, mas então me lembrei da frase que usavam em nossos cartões de identidade – "Novos Australianos" – e percebi que queriam que nós a assimilássemos. Pensei no termo "Novo Australiano" e decidi que gostava dele. Queria ser nova outra vez.

Meu bom humor sumiu quando entrei no banheiro. Eu quase enfiei o pé em uma bacia cheia de líquido, mas o fedor me impediu. Levei o lençol ao nariz e olhei ao redor aterrorizada. Não havia portas nos cubículos, apenas bacias cheias transbordando no chão com moscas varejeiras voando ao redor delas. Os vasos sanitários estavam cobertos por fezes, e papéis sujos se amontoavam no chão molhado. Havia dois banheiros grandes no bloco do refeitório, mas eles não seriam suficientes para o acampamento todo.

– ELES ACHAM QUE SOMOS ANIMAIS? – gritei, enquanto corria para fora.

Nunca tinha visto condições tão precárias para pessoas brancas, nem mesmo em Xangai. Depois de ver Sydney, pensei que a Austrália fosse um país avançado. Será que os organizadores do acampamento sabiam algo sobre doenças? Nós havíamos comido na base do Exército em Darwin. Comecei a desconfiar que Irina tivesse algo pior do que gripe, talvez hepatite ou até cólera. Escutei vozes dentro de um cubículo com chuveiro e olhei para dentro. Estava limpo, mas os cubículos com chuveiros não passavam de folhas de latão com frestas. Duas mulheres estavam tomando banho com seus filhos. Eu estava tão irritada, que não me importei de não ter privacidade e tirei minha camisola. Enfiei-me embaixo do jato fraco da mangueira do chuveiro e chorei.

Na hora do café da manhã, meus medos aumentaram. Eles serviram salsichas, presunto e ovos. Algumas pessoas encontraram larvas na carne, e uma mulher saiu correndo do salão para vomitar. Não comi a carne, apenas bebi o chá com gosto ácido com três colheres de sopa de açúcar e um pedaço de pão. Um grupo de poloneses perto de mim reclamou do pão. Disseram a um dos cozinheiros que ele estava muito massudo. Ele deu de ombros e respondeu que era assim mesmo. O pão chinês que eu comia em Harbin era assado e muito mais pegajosos, por isso estava acostumada àquilo. Minhas preocupações eram a limpeza da cozinha, e o fato de os cozinheiros não terem qualquer noção de higiene. Meus cabelos estavam grudados em mechas ao redor das orelhas e estavam com o cheiro da lã do cobertor. Não me conformava por estar no fundo do poço. Um ano antes, eu era uma moça recém-casada, com um apartamento novo, esposa do gerente da boate mais famosa de Xangai. Agora, era uma refugiada. Senti a degradação de modo mais pungente do que sentira em Tubabao.

Irina estava dormindo, quando voltei do banho. Fiquei aliviada por não ter que encará-la, até conseguir me recompor. Eu havia prometido a mim mesma que nunca reclamaria da Austrália para ela. Iria se sentir culpada pela minha ida, apesar de isso ter sido a minha escolha. Pensei em Dmitri nos Estados Unidos e senti um arrepio na espinha. Mas, para a minha surpresa, não me concentrei muito nele, e logo meus pensamentos se voltaram para Ivan. O que ele faria naquela situação?

Um homem vestindo um uniforme do Exército entrou no salão e passou pelas mesas até chegar ao tablado. Ele subiu o degrau e esperou, organizando alguns pedaços de papelão e tossindo com a mão sobre a boca, até que todos nós silenciássemos. Apenas quando conseguiu a atenção de todos os presentes, o sujeito começou a falar.

– Bom dia, senhoras e senhores. Bem-vindos à Austrália. Meu nome é coronel Brighton. Sou o diretor do acampamento.

Ele colocou as folhas de papelão em cima do tablado e pegou a primeira placa, de tal modo que todos conseguissem vê-la. Seu nome estava escrito com letras grandes e bem destacadas e pareciam ter sido impressas.

– Espero que quem souber falar inglês traduza o que tenho a dizer aos outros. Infelizmente, meus tradutores estão ocupados em outra tarefa hoje.

O homem sorriu para nós por baixo do bigode escuro. Seu uniforme estava justo demais e fazia com que ele parecesse um menininho que tinha sido enrolado nos cobertores da cama.

Até o discurso do coronel, minha chegada à Austrália havia parecido um sonho. Entretanto, quando ele começou a falar sobre os nossos contratos de trabalho com o Centro de Emprego e a explicar que deveríamos estar preparados para realizar qualquer tipo de serviço, mesmo que o considerássemos indigno, para pagarmos a passagem até a Austrália, percebi o tamanho do problema que Irina e eu tínhamos conseguido. Olhei ao redor para as pessoas com expressão ansiosa e tentei imaginar se aquela notícia era pior para aqueles que não entendiam inglês ou se tal fato estava dando a eles o luxo de ter mais alguns minutos sem conhecer a verdade.

Cerrei os punhos e tentei acompanhar a explicação do coronel a respeito da economia, dos sistemas políticos estaduais e federais australianos e da relação com a monarquia britânica. Para cada novo assunto, ele mostrava uma placa para ilustrar os pontos principais. Terminou o discurso assim:

– E imploro a vocês, jovens e idosos, que aprendam o máximo de inglês que conseguirem, enquanto estiverem aqui. Seu sucesso na Austrália depende disso.

Não se ouviu qualquer som no salão, quando o coronel Brightton terminou de falar. Ele simplesmente sorriu para nós como o Papai Noel.

– Oh, a propósito, quero que conheçam uma pessoa – disse ele, olhando para o seu caderno. – Anya Kozlova pode, por favor, apresentar-se?

Fiquei assustada ao escutar o meu nome. Por que eu estava me destacando entre os 300 novos moradores do lugar? Passei pelas mesas até o coronel, colocando os cabelos atrás da orelha e pensando que alguma coisa poderia ter acontecido a Irina. Muitas pessoas tinham se reunido ao redor dele para fazer perguntas.

– Mas não queremos viver na zona rural. Na cidade... – insistia um homem com um tampão no olho.

"Não", eu pensei, "Irina está bem". Imaginei que Ivan poderia saber que estávamos na Austrália e estivesse tentando entrar em contato. Deixei essa ideia de lado também. O navio em que nosso amigo partira tinha ido para Sydney, mas ele nos havia dito que pretendia ir diretamente para Melbourne de trem. Tinha dinheiro suficiente para se manter fora do acampamento.

– Ah, você é Anya? – perguntou o diretor do local quando me viu esperando. – Venha comigo, por favor.

O coronel Brighton marchou rapidamente em direção à área administrativa, e eu quase precisei correr para acompanhar o seu ritmo. Passamos por mais fileiras de barracas, cozinhas e áreas de serviço e por um correio. Eu comecei a ter ideia do tamanho do acampamento. O coronel me disse que o acampamento pertencia ao Exército e que um monte de abrigos que tinham sido dos militares estava sendo transformado em acomodações para os migrantes em todo o país. Apesar de estar curiosa para saber por que ele queria conversar comigo, as amenidades que trocamos me tranquilizaram e me fizeram perceber que não se tratava de nada sério.

– Então você é russa, Anya. De onde é?

– Eu nasci em Harbin, na China. Nunca fui à Rússia. Mas passei muito tempo em Xangai.

Ele ajeitou as placas de papelão embaixo do braço e franziu o cenho ao ver uma janela quebrada em uma das cabanas.

– Relate isso ao escritório de manutenção – disse ele a um homem que estava sentado nos degraus, antes de se voltar para mim de novo. – Minha esposa é inglesa. Rose já leu muitos livros sobre a Rússia. Ela lê muitos livros de modo geral. Então, onde você nasceu? Em Moscou?

Não levei a mal a falta de atenção do coronel. Ele era mais baixo do que eu, tinha olhos fundos e cabelos ralos. As rugas na testa e o nariz achatado deixavam o seu rosto com uma aparência engraçada, apesar de a postura ereta e a maneira de falar serem sérias. Havia algo de simpático nele, que parecia eficiente sem ser frio. O oficial havia mencionado que havia mais de três mil pessoas no acampamento. Como conseguiria lembrar de todos nós?

O escritório do coronel Brighton era uma cabana de madeira não muito distante do cinema. Ele abriu a porta e me convidou para entrar. Uma mulher ruiva e com óculos de armação grossa olhou para mim de sua mesa, com os dedos sobre as teclas de uma máquina de datilografar.

– Esta é a minha secretária, Dorothy – apresentou o coronel.

A mulher passou a mão pelas dobras de seu vestido florido e abriu um sorriso.

– É um prazer conhecê-la – cumprimentei. – Sou Anya Kozlova.

Dorothy olhou para mim de cima a baixo e parou o olhar em meu cabelo desgrenhado. Corei e desviei o olhar. Atrás dela havia duas mesas desocupadas, e outra mesa na qual estava um homem careca vestindo uma camisa bege e uma gravata, que sorriu para nós.

– E este é o assistente social – o coronel prosseguiu, apontando para o homem. – Ernie Howard.

– Prazer em conhecê-la – disse Ernie, levantando-se de sua cadeira e apertando a minha mão.

– Anya é da Rússia. Chegou ontem à noite – o Brighton explicou.

– Rússia? Provavelmente da China – disse Ernie, soltando a minha mão. – Temos algumas pessoas de Tubabao aqui.

O coronel Brighton não notou a correção. Mexeu em alguns arquivos da mesa de Ernie, pegou um e apontou para uma porta no fundo de sua sala.

– Venha por aqui, Anya – ele indicou.

Segui o militar para dentro de seu escritório. O sol entrava pelas janelas, e a sala estava quente. Ele abriu a janela e ligou um ventilador. Eu me sentei em uma cadeira diante da mesa dele e me vi diante do coronel Brighton e também do rei britânico, com sua cara azeda, cujo retrato ficava pendurado em uma parede atrás dele. O escritório do coronel era bem organizado, com arquivos e livros ordenados ao longo das prateleiras nas paredes e um mapa da Austrália emoldurado no canto mais distante. Mas a mesa dele era muito bagunçada. Estava tomada por arquivos e parecia prestes a cair. O coronel colocou o arquivo que estava carregando em cima dos outros e abriu.

– Anya, eu tenho aqui uma carta do capitão Connor, da Organização Internacional de Refugiados, contando que você trabalhou para ele. Diz também que você tem um bom inglês, o que é óbvio, e sabe datilografar.

– Sim – eu disse.

O coronel Brighton suspirou e recostou-se na cadeira. Olhou para mim por muito tempo. Eu me remexi na cadeira, torcendo para que ele dissesse alguma coisa. Por fim, o homem falou.

– Você poderia trabalhar comigo por um ou dois meses? – perguntou. – Até eles me mandarem mais pessoas de Sydney. Estamos no meio de uma bagunça. Este acampamento não está como deveria, principalmente não é adequado para mulheres. E outras mil pessoas chegarão nos próximos 15 dias.

Foi um alívio escutar o coronel dizendo que as condições do acampamento não eram aceitáveis. Pensei que teríamos de nos conformar com elas.

– O que o senhor quer que eu faça? – questionei.

– Preciso de alguém que possa ajudar a mim, a Dorothy e Ernie. Urgentemente, precisamos fazer algo a respeito da limpeza do acampamento. Por isso, quero que você assuma o trabalho de reposição e outras tarefas gerais. Posso pagar mais do que o mínimo e darei ao oficial responsável pelos empregos uma recomendação especial a seu respeito, quando terminar o serviço.

A oferta de Brighton me surpreendeu. Eu não sabia o que esperar dele, mas certamente não esperava que me oferecesse um emprego no meu primeiro dia no acampamento. Eu tinha apenas um dólar que me restara de Tubabao e só poderia vender as joias trazidas de Xangai quando fosse para Sydney. Um pouco de dinheiro a mais era do que eu mais precisava.

A sinceridade do coronel me deu confiança para lhe dizer que os banheiros e a comida eram problemas sérios e que estávamos correndo o risco de sofrer uma epidemia.

Ele assentiu.

– Até ontem, estávamos conseguindo levar. Hoje de manhã, fechei com a empresa Sanipan para que eles venham três vezes por dia, e Dorothy está organizando novas equipes para as cozinhas. Não temos tempo a perder. Assim que vejo um problema, tento solucioná-lo. A única dificuldade é que tenho problemas demais para resolver tão rapidamente – afirmou ele, apontando para os arquivos sobre a mesa.

Eu não sabia se devia aceitar o emprego e sair, porque ele tinha muito o que fazer. Porém ele parecia estar gostando de falar comigo, por isso perguntei por que o governo australiano estava recebendo tantas pessoas, se não podia oferecer moradias adequadas a elas.

Os olhos do coronel Brighton brilharam, e percebi que ele estava esperando que eu fizesse aquela pergunta. Caminhou até o mapa e pegou uma régua. Tive de me conter para não rir.

– O Estado decidiu adotar uma política de ou se popula ou se morre – contou ele, mostrando a costa australiana. – Quase fomos invadidos pelos japoneses porque não havia um número suficiente de pessoas para cuidar de nosso litoral. O governo está trazendo milhares de pessoas para o país, para construir a nação. No entanto, até que construamos a economia, ninguém terá um local decente no qual viver.

O homem caminhou até a janela e recostou-se na estrutura. Se ele fosse outra pessoa, a maneira como parou, com as pernas afastadas e o queixo erguido, teria parecido dramática demais, mas aquilo combinava tão bem com a personalidade dele, que eu não quis mais rir e prestei muita atenção a ele.

– O que posso dizer para me desculpar é que há muitos australianos nativos vivendo em condições iguais a estas.

O coronel voltou para a sua mesa. Ele estava com o rosto todo vermelho e pousou as mãos sobre os arquivos à sua frente.

– Você, eu e todos aqui somos parte de um grande experimento social. Vamos nos tornar uma nova nação e iremos afundar ou nadar. Gostaria de fazer o que puder para nos ver nadando. Acredito que você também deseje ver isso.

As palavras do coronel Brighton eram como uma droga. Eu conseguia sentir o sangue começar a correr por minhas veias e tive de me controlar para ficar calma, caso contrário, iria me perder no que ele dizia. Aquele sujeito conseguia transformar o fato de viver em um acampamento decadente e depressivo em algo quase animador. Talvez não fosse muito atento, mas era intenso e entusiasmado. Eu tive certeza de que queria trabalhar com ele, ainda que fosse apenas pela diversão de vê-lo todos os dias.

– Quando o senhor quer que eu comece? – perguntei.

Ele se aproximou de mim e apertou a minha mão.

– Hoje à tarde – respondeu, olhando para os arquivos sobre sua mesa. – Logo depois do almoço.

doze

Flores silvestres

Depois da minha reunião com o coronel Brighton, corri de volta para a barraca com uma jarra de água e um copo da cozinha. Fiquei surpresa ao encontrar Irina sentada na cama, conversando com Aimka Berczi.

– Sua amiga chegou – disse Aimka, levantando-se para me cumprimentar.

Ela estava usando um vestido verde e segurava uma laranja com as mãos delicadas. Acreditei que a havia levado para Irina. Nem o tom escuro de seu vestido nem a cor da fruta colocavam cor em seu rosto. À luz do dia, sua pele ficava tão pálida quanto na noite anterior.

– Estou contente – contou-me Irina, com a voz rouca. – Estou morrendo de sede.

Coloquei a jarra sobre a caixa virada perto de sua cama e servi um copo de água para minha amiga. Coloquei a palma da mão em sua testa. Ela não estava mais com febre, mas continuava pálida.

– Como está se sentindo?

– Ontem eu pensei que estava morrendo. Agora, só me sinto enjoada.

– Pensei que Irina ainda estaria doente hoje – comentou Aimka –, por isso trouxe uma ficha para que ela se candidate a um emprego, e outra para que se matricule nas aulas de inglês.

– As perguntas são todas em inglês – falou Irina, bebendo um gole de água e fazendo uma careta.

Tentei imaginar se o chá estava com gosto ruim por causa da água.

– Não se preocupe. Quando você terminar o curso de inglês, vai conseguir respondê-las – eu afirmei.

Todas rimos, e o comentário colocou um pouco de cor no rosto de Aimka.

– Aimka fala seis idiomas fluentemente – disse Irina. – Agora está estudando sérvio por conta própria.

– Meu Deus, você tem talento para idiomas! – exclamei.

Aimka levou uma das mãos ao pescoço e baixou o olhar.

– Sou de uma família de diplomatas – revelou ela. – E há muitos iugoslavos aqui com quem posso praticar.

– Acredito que seria preciso ser um bom diplomata para ser supervisor de bloco – eu supus. – Vocês sabem de Elsa?

Aimka pousou as mãos no colo. Achei difícil não olhar para elas, pois pareciam dois lírios contra o tom verde de seu vestido.

– Parece que todas as tensões da Europa estão reunidas neste campo – disse ela. – As pessoas discutem sobre fronteiras de cidade como se ainda vivessem nelas.

– Vocês acham que podemos fazer alguma coisa por Elsa? – Irina perguntou.

Aimka balançou a cabeça.

– Sempre tive problemas com ela, que nunca fica feliz, independentemente de onde eu a coloque, e não se esforça para ser simpática com os outros. Em outra barraca, estão uma menina alemã e outra judia que ajudam uma à outra o tempo todo. Mas elas são jovens, e Elsa é velha e já tem suas manias.

– Os russos dizem que, desde que você tenha boa comida, ninguém discute – falei a ela. – Se os camponeses estivessem bem alimentados, a revolução não teria ocorrido. Talvez as pessoas não estivessem tão tensas se a comida fosse melhor. O que comemos no café da manhã mal podia ser chamado de alimento.

– Sim, escutei reclamações sem-fim a respeito da comida – relatou Aimka. – Parece que os australianos gostam de cozinhar demais seus legumes. E claro que não há muita carne de carneiro. Mas, durante a crise de Budapeste, tive de ferver os meus sapatos para comer, por isso não tenho muito do que reclamar aqui.

Eu corei. Deveria ter me contido mais.

– O que fez de manhã, Anya? – perguntou Irina, ajudando-me a sair daquela situação.

Contei a elas a respeito de meu trabalho com o coronel Brighton e sobre a paixão dele com relação à política de "popular ou perecer".

Irina virou os olhos, e Aimka riu.

– Sim, o coronel Brighton é engraçado – disse Aimka. – Às vezes, acho que ele é maluco, mas tem bom coração. Você vai se sair bem trabalhando para ele. Verei se consigo um emprego para Irina na creche, qualquer coisa que a salve do oficial de empregos idiota.

– Ele queria que Aimka trabalhasse como empregada doméstica – Irina explicou.

– É mesmo?

Aimka esfregou as mãos.

– Eu disse que falava seis idiomas, e ele me respondeu que essa seria uma habilidade inútil na Austrália, onde eu só preciso falar inglês. Falou que não havia emprego de intérpretes e que eu era velha demais para conseguir qualquer outro tipo de trabalho.

– Que loucura! – exclamei. – Vejam as pessoas neste acampamento. E o coronel Brighton me disse, hoje de manhã, que há mais acampamentos como este em toda a Austrália.

Aimka riu.

– Esse é o problema. *Novos australianos*, mesmo. Eles querem que sejamos britânicos. Eu fui até o coronel e contei que falo seis idiomas. Ele quase deu um pulo da cadeira para me beijar. Colocou-me para trabalhar na mesma hora como professora de inglês e supervisora de bloco. Agora, sempre que eu o vejo, ele diz: "Aimka, preciso de mais 20 pessoas como você". Então, mesmo com todas as suas falhas, eu o admiro.

Irina estremeceu e tossiu. Ela pegou um lenço debaixo de seu travesseiro e assoou o nariz.

– Desculpem-me. Creio que isso quer dizer que estou melhorando.

– Acho melhor irmos para a barraca da Cruz Vermelha – aconselhei.

Irina balançou a cabeça.

– Eu só quero dormir. Mas você deveria ir até lá perguntar sobre a sua mãe.

Aimka olhou para nós com curiosidade, e contei rapidamente sobre mamãe.

– A Cruz Vermelha daqui não vai conseguir ajudar você, Anya – disse ela. – É apenas uma unidade médica. Você vai precisar consultar alguém na sede deles, em Sydney.

– Oh... – suspirei, desapontada.

Aimka deu um tapinha na perna de Irina e colocou a laranja sobre a caixa, ao lado da jarra.

– É melhor eu ir embora.

Quando a moça saiu, Irina virou-se para mim e sussurrou:

– Ela era pianista de concertos em Budapeste. Seus pais foram mortos pelos nazistas por terem escondido judeus.

– Meu Deus! – exclamei. – Existem três mil histórias trágicas neste lugar minúsculo.

Quando Irina adormeceu de novo, eu reuni nossas roupas e corri para a lavanderia, que era composta por quatro tubos de cimento e uma caldeira. Esfreguei os vestidos e as blusas com minha última barra de sabão. Depois de pendurar as peças para secar, fui à sala de mantimentos, onde o atendente, um homem polonês, não parava de olhar para meu pescoço e seios.

– Só tenho para oferecer meus sapatos, casacos e chapéu antigos do Exército. Se quiser um deles...

Ele apontou para um casal idoso, experimentando um par de botas estranhas. As pernas do senhor tremiam, e ele se apoiava no ombro da esposa para se manter em pé. Aquela imagem me deixou de coração partido. Eu acreditava que as pessoas idosas tinham de aproveitar os frutos de seu trabalho, não começar tudo novamente.

– Não tem sabonete? – perguntei. – Nem toalhas?

O atendente deu de ombros.

– Aqui não é o Paris Ritz.

Mordi o lábio. O xampu e o sabonete perfumado teriam de esperar até o dia do pagamento. Pelo menos, nossas roupas estavam limpas. Talvez Aimka nos emprestasse algo, que poderíamos devolver depois.

O almoço era anunciado por um alto-falante preso na parede da sala de mantimentos, primeiro em inglês e depois em alemão. Vi a senhora fazer uma careta ao escutar a palavra "*Achtung*"!

– Por que eles anunciam as coisas em alemão? – questionei ao atendente.

– Sensíveis, não é? – perguntou ele, sorrindo de canto de boca. – Eles acham que, por causa dos nazistas, todos nós compreendemos as ordens em alemão.

Arrastei os pés até a barraca do refeitório, com medo de encontrar mais uma refeição sem condições de ser ingerida. A maioria das pessoas já estava sentada quando cheguei, mas a atmosfera no salão havia se transformado desde a manhã. As pessoas sorriam. O papel marrom havia sido retirado, e todas as mesas tinham sido decoradas com vasos com flores azuis. Um homem passou com uma tigela de sopa e um pedaço de pão integral. O conteúdo da tigela tinha um aroma ótimo e familiar. Olhei para a sopa escura e pensei estar sonhando acordada. *Borscht*. Peguei uma tigela de uma pilha sobre a mesa e fiquei na fila diante da janela da cozinha. Quase dei pulos de alegria quando me deparei com Mariya e Natasha, de Tubabao.

– AH! – nós gritamos juntas.

– Venha – Natasha disse, abrindo a porta. – Quase todo mundo já comeu. Almoce conosco na cozinha.

Eu a segui para o cômodo dos fundos, que tinha cheiro de beterraba e repolho, mas também de cloro e bicarbonato de sódio. Dois homens estavam ocupados lavando as paredes, e Natasha os apresentou como seu pai, Lev, e seu marido, Piotr. Mariya encheu a minha tigela até em cima com *borscht* fresco, enquanto Natasha procurou uma cadeira para mim e serviu chá para todas nós.

– Como está Raisa? – perguntei a elas.

– Nada mal – respondeu Lev. – Temíamos que ela não sobrevivesse à viagem, mas é mais durona do que pensamos. Está em uma barraca com Natasha e as crianças e parece feliz lá.

Contei a eles sobre Ruselina. Eles balançaram a cabeça, em sinal de solidariedade.

– Diga a Irina que estamos torcendo por elas – disse Mariya.

Na estante perto de mim, havia um buquê de flores azuis que eu já tinha visto. Toquei as pétalas tubulares e os caules elegantes.

– Que flores são estas? – indaguei a Natasha. – Elas são lindas.

– Não sei ao certo – replicou ela, secando as mãos no avental. – Acho que são australianas. Nós as encontramos em um caminho depois da seção de barracas. São lindas, não são?

– Eu gosto das árvores daqui – comentei. – Elas são misteriosas, como se escondessem segredos em seus troncos.

– Bem, então vai gostar de andar por ali – disse Lev.

Ele soltou a escova, sentou-se à mesa e começou a desenhar um mapa para mim em um pedaço de papel marrom.

– O caminho é fácil de encontrar. Você não vai se perder.

Engoli uma colherada de *borscht*. Depois do que eu vinha comendo nos últimos dias, aquilo era como o paraíso em forma líquida.

– Está deliciosa – eu falei.

Mariya apontou com o queixo para o salão do refeitório.

– Com certeza, vamos receber muitas reclamações pela comida russa. Mas é melhor do que o que o chef australiano estava servindo. É um bom alimento para quem trabalhou tanto.

Algumas pessoas se aproximaram com seus pratos, pedindo para repetir a refeição. Lev e eu trocamos um sorriso. Observei Natasha e Mariya atenderem a todos. Quando vi a barraca da família em Tubabao, por algum motivo, pensei que eles deviam ser ricos. Mas, naquele momento, percebi que não havia nada naquela tenda que eles não houvessem feito com os materiais disponíveis. Se tivessem dinheiro, não estariam em um acampamento de migrantes. Percebi que simplesmente deviam ser trabalhadores e esforçados, determinados a fazer o melhor que pudessem com o que dispunham. Observei Mariya apontar e fazer caretas para os presentes, tentando se comunicar com eles. Senti extrema admiração por ela.

Voltei para o escritório do coronel Brighton antes das 14 horas. Fiquei surpresa ao escutar vozes de pessoas discutindo e hesitei antes de abrir a porta. Dorothy estava sentada à sua mesa e sorriu, quando eu entrei, mas logo voltou a ficar séria, pois me reconheceu. Eu não sabia o que tinha feito para lhe causar raiva em tão pouco tempo.

Brighton e Ernie estavam em pé na porta do escritório do coronel. Havia uma mulher com eles, com luvas e chapéu nas mãos. Tinha cerca de 50 anos, um rosto bonito e olhos vívidos. O grupo virou-se para olhar para mim quando eu disse: "Boa tarde".

– Ah, você está aqui, Anya! – falou o coronel. – Bem na hora. Os banheiros são uma ameaça à nossa saúde, a comida está estragando por causa do calor, e as pessoas não conseguem falar nenhum dos idiomas que temos utilizado para tentarmos nos comunicar. Mesmo assim, minha esposa decidiu que precisamos de um comitê para plantio de árvores com mais urgência.

A mulher, que eu acreditei ser a esposa do coronel, virou os olhos.

– As pessoas olham para este acampamento e sentem-se deprimidas, Robert. Plantas, árvores e flores levarão embora a tristeza e farão os acampados se sentirem melhor. Precisamos fazer com que este acampamento seja como um lar. Isso é o que muitas dessas pessoas não sentem há anos, um lar. Anya vai entender.

Ela fez um gesto com a cabeça para mim. Percebi que estava prestes a ser usada como peça de desempate e tomei o cuidado de não falar rápido demais.

– Não é um lar – replicou o coronel –, é um centro de concentração. O Exército não se importou com a aparência.

– Isso porque, se fosse bonito, eles nunca teriam ido para a guerra!

Rose cruzou os braços, balançando o chapéu na mão. Ela era baixinha e feminina, mas tinha os braços musculosos. Aquela mulher tinha razão, pensei. E tentei imaginar o que o coronel responderia.

– Não estou dizendo que sua ideia é ruim, Rose. Só quero dizer que, primeiro, é necessário alimentar essas pessoas e conseguir fazê-las falar um pouco de inglês. Tenho centenas de médicos, arquitetos e advogados que precisam aprender algumas habilidades manuais, se eles e suas famílias quiserem sobreviver neste país. Os melhores empregos ficarão com os imigrantes britânicos, independentemente de eles serem qualificados ou não.

Rose torceu o nariz e pegou um caderno de sua bolsa. Abriu e começou a ler uma lista.

– Vejam – começou ela –, isto é o que as senhoras holandesas sugeriram que podemos plantar: tulipas, narcisos, cravos...

O coronel Brighton olhou para Ernie, erguendo as mãos com incredulidade.

A pequena mulher olhou para os dois.

– Bem, se vocês não gostam de flores, algumas pessoas sugeriram cedros e pinheiros para criar sombra.

– Meu Deus, Rose – disse Ernie –, teríamos de esperar 20 anos até que essas árvores crescessem.

– Acho as árvores australianas lindas. Elas não cresceriam rapidamente em seu próprio clima? – perguntei.

Todos se viraram para mim. Dorothy parou de datilografar e olhou por cima de uma carta, fingindo que a revisava.

– Pelo que sei, há uma floresta aqui perto – continuei. – Talvez consigamos encontrar algumas sementes e plantas lá.

O coronel Brighton estava olhando para mim fixamente e pensei que eu havia ganhado um inimigo por apoiar a esposa dele. Mas o homem abriu um sorriso e uniu as mãos.

– Eu não falei para vocês que tinha encontrado uma pessoa inteligente? Sua ideia é fantástica, Anya!

Ernie tossiu com o punho cerrado diante da boca.

– Coronel, se o senhor não se importa,... acho que fomos Dorothy e eu que encontramos o arquivo de Anya.

Dorothy soltou o papel que estava lendo e continuou a datilografar. Pensei que devia estar arrependida por haver encontrado o meu arquivo.

Rose me abraçou pela cintura.

– Robert gostou da ideia porque vai economizar dinheiro. Mas eu acho uma boa ideia porque, apesar de as rosas e os cravos fazerem com que as pessoas se recordem da Europa, as plantas nativas conseguirão que elas se lembrem de que agora têm um novo lar.

– E elas atrairão mais aves e vida selvagem nativa para o acampamento – disse Ernie. – E espero que menos coelhos.

Eu me lembrei dos animais que tinha escutado no telhado na noite anterior e fiz uma careta.

– O que foi? – Ernie quis saber.

Contei a eles a respeito do som de arranhões e perguntei se era aquele o motivo para as frestas entre as paredes e os tetos estarem cobertas por redes de metal.

– Possums – Rose respondeu.

– Oh! – disse Ernie falando mais baixo e olhando ao redor. – Muito perigosos. Criaturas que sugam sangue. Já perdemos três meninas russas.

Dorothy riu.

– Ah, cale-se – pediu Rose, apertando a minha cintura. – Os possums são pequenas criaturas peludas com caudas fofinhas e olhos grandes que adoram entrar nas cozinhas e roubar as frutas.

– Bem, então vocês venceram – interferiu o coronel, fazendo um gesto para que saíssemos. – Emprestarei Anya para que ela ajude no comitê de plantio de árvores. Agora, vocês devem ir embora. Tenho muito trabalho a fazer.

Fez uma cara séria e bateu a porta. Rose piscou para mim.

Irina continuou doente pelo resto da semana, mas, na segunda-feira seguinte, quando estava se sentindo melhor, partimos em nossa missão de busca por sementes no caminho da mata perto do acampamento. Rose havia me emprestado um guia de campo das flores silvestres australianas. Apesar de eu achar difícil seguir o livro, levei-o comigo mesmo assim. Minha amiga estava de bom humor porque começara a trabalhar na creche e estava gostando do serviço, e também porque havia recebido um telegrama informando que Ruselina tinha chegado em segurança à França e que, embora a viagem houvesse sido exaustiva, já demonstrava sinais de melhora.

"Cheguei bem. Sinto-me melhor. Exames bons. Franceses charmosos." Tinha sido a mensagem do telegrama. Irina me contou que Ruselina aprendera a falar inglês e francês na escola, mas que aquelas palavras seriam as primeiras que ela, a neta, aprenderia a dizer em inglês. Levou o telegrama consigo e lia a mensagem sem parar.

O caminho passava pelas barracas e terminava em um vale. Fiquei animada ao ver os eucaliptos de perto e sentir seu aroma. Eu havia aprendido, ao ler o livro de Rose, que muitas flores silvestres australianas floresciam o ano todo, mas precisei de um tempo para vê-las na vegetação rasteira. Estava acostumada a pegar rosas e camélias, porém, depois de um tempo, comecei a ver que algumas das plantas tinham frutos ou flores retorcidos parecidos com floreios em *art déco*. Então, passei a encontrar lírios com pétalas diferentes, flores em forma de sinos de todas as cores imagináveis. Quando disse aos outros migrantes que pretendia plantar flores nativas pelo acampamento, eles torceram o nariz e perguntaram: "O quê? Aquelas coisas feias? Elas não são flores". Mas quanto mais Irina e eu avançávamos pelo caminho, mais eu percebia que os acampados estavam enganados. Algumas das plantas tinham flores macias, frutos e castanhas em um só caule, enquanto as outras eram tão graciosas quanto algas marinhas flutuando no oceano. Pensei no que um pintor moderno havia dito, certa vez, a respeito de sua arte: "Você precisa treinar os olhos para ver as coisas de uma maneira nova. Para ver a beleza do novo". O artista era Picasso.

Eu me virei para ver o que Irina estava fazendo e a encontrei caminhando na ponta dos pés atrás de mim, enfiando um graveto em um monte de folhas.

– O que está fazendo? – perguntei.

– Estou afastando as cobras – respondeu ela. – No acampamento, soube que as cobras da Austrália têm uma picada mortal e que são rápidas. Parece que perseguem as pessoas.

Pensei na brincadeira que Ernie havia feito comigo a respeito dos possums e fiquei com vontade de dizer a Irina que eu também tinha escutado que as cobras conseguiam voar. Mas achei melhor não fazer isso. Era cedo demais para começar a adotar o senso de humor australiano.

– Você devia falar em inglês comigo – disse Irina. – Preciso aprender depressa, para podermos ir para Sydney o mais rápido possível.

– *All right* – eu falei em inglês. – *How do you do? I'm very pleased to meet you. My name is Anya Kozlova.*

– *I'm very pleased to meet you too* – replicou Irina. – *I am Irina Levitskya. I am almost twenty one years old. I am Russian. I like singing and children.*

– Muito bem – voltei a falar em russo. – Nada mal para quem teve apenas uma aula. Como foram as coisas na creche hoje?

– Adorei. As crianças são graciosas e bem comportadas. Mas algumas têm rostinhos tristes. Quero ter uma dúzia de filhos, quando me casar.

Encontrei algumas flores que já tinha visto no salão do refeitório e me agachei para colhê-las com minha pá.

– Uma dúzia? – perguntei. – Isso é levar o lema "popular ou perecer" muito a sério.

Irina riu e segurou o saco para que eu colocasse a planta ali dentro.

– Só se for possível. Minha mãe não pôde ter mais filhos depois de mim, e minha avó teve um natimorto antes de dar à luz meu pai.

– Ela deve ter ficado muito feliz, quando ele nasceu – eu disse.

– Sim – respondeu Irina, chacoalhando o saco para que a planta se depositasse no fundo dele. – E ficou muito triste quando ele completou 37 anos e foi morto pelos japoneses.

Observei ao meu redor à procura de outras plantas. Pensei em Mariya e Natasha e em como havia me enganado imaginando que elas eram ricas. Também poderia estar enganada ao acreditar que tinham sorte. Onde estavam os irmãos, irmãs, tios e tias de Natasha? Nem todos os russos tinham um filho só. Muitos deviam ter perdido entes queridos nas revoluções e também nas guerras. Parecia que ninguém conseguia escapar da dor e da tragédia.

Apontei para um monte de violetas roxas e brancas. Seriam boas como cobertura. Irina me seguiu, e comecei a tirar as plantas com minha pá. Senti pena por estar arrancando-as de seu lar, mas sussurrei a elas que seriam bem cuidadas, e que nós as utilizaríamos para que as pessoas se sentissem mais felizes.

– A propósito, Anya, nunca lhe perguntei como você aprendeu a falar o inglês tão bem. Foi quando trabalhava como governanta? – questionou Irina.

Olhei para ela, que estava com os olhos arregalados e interessados, esperando a minha resposta. Naquele momento, percebi que Ivan não havia lhe dito a verdade sobre mim.

Eu voltei a cavar, envergonhada demais para olhar para minha amiga.

– Meu pai gostava de ler livros em inglês e me ensinou. Mas ele encarava este idioma mais como uma língua exótica do que prática, como o híndi, por exemplo. Na escola, eu tive aulas, por isso aprendi a falar. Porém me tornei muito mais fluente quando morei em Xangai, porque tinha de usá-lo quase todos os dias.

Fitei Irina antes de continuar.

– Mas não no meu trabalho como governanta, porque isso foi uma mentira.

Irina demonstrou surpresa. Ela se agachou ao meu lado e me olhou diretamente nos olhos.

– Qual é a verdade, então?

Respirei profundamente e comecei a revelar tudo a respeito de Sergei, Amélia, Dmitri e o Moscou-Xangai. Quanto mais eu falava, mais ela arregalava os olhos. No entanto, não estava me julgando. Eu me senti culpada por ter mentido, mas também fiquei aliviada por finalmente estar contando a verdade. Narrei até mesmo do pedido de casamento de Ivan.

Quando terminei, Irina olhou para a floresta.

– Minha nossa! – ela exclamou depois de um tempo. – Você me surpreendeu. Não sei bem o que dizer.

Ela ficou em pé, bateu a poeira das mãos e beijou o topo de minha cabeça.

– Mas fico feliz por ter me contado a respeito de seu passado. Consigo entender por que não quis falar sobre ele. Você não me conhecia. Porém, a partir de agora, precisa me contar tudo, porque somos como irmãs.

Eu me levantei e a abracei.

– Você é a minha irmã.

Algo se moveu em um arbusto, e nós duas nos afastamos. Mas era apenas um lagarto, aproveitando os últimos raios do sol da tarde.

– Meu Deus – Irina riu –, como vou sobreviver neste país?

Paramos ao chegar à nossa barraca e escutar gritos em diversos idiomas. Abrimos a porta e vimos Aimka em pé entre Elsa e uma moça húngara com cabelos curtos e loiros.

– O que houve? – perguntou Irina.

Aimka contraiu os lábios.

– Ela está dizendo que Elsa roubou seu colar.

A menina húngara, que tinha o corpo forte como o de um homem, ergueu o punho e gritou com Elsa. A senhora, longe de parecer amedrontada, como pensei que aconteceria, ergueu a cabeça de modo arrogante.

A moça entre as duas mulheres, virou-se para nós.

– Romola está dizendo que Elsa sempre ficava de olho, quando ela tirava o colar e o colocava dentro do bolso de sua mala. Eu digo a elas, o tempo todo, para não deixarem objetos de valor dentro das barracas.

Olhei para a minha boneca matriosca em cima da prateleira que havia feito com uma ripa de madeira que encontrara em um monte de lixo e pensei nas joias escondidas nas barras dos vestidos em minha mala. Não imaginava que as pessoas roubariam umas das outras.

– Por que ela acha que eu peguei? – perguntou Elsa em inglês, provavelmente por minha causa. – Estou aqui há semanas, e nada sumiu. Por que ela não pergunta às russas?

Fiquei vermelha de raiva. Eu vinha me esforçando para ser simpática com Elsa desde a nossa chegada e não conseguia acreditar que ela estivesse dizendo coisas como aquelas. Traduzi o que havia dito a Irina. Aimka não traduziu o que Elsa dissera para as outras meninas, mas a húngara que sabia falar inglês, fez isso. Todas se viraram para nós.

Aimka deu de ombros.

– Anya e Irina, vamos satisfazer a todos aqui revistando as suas coisas.

Senti a pele de meu pescoço arder de raiva. Não era difícil perceber por que as pessoas detestavam Elsa. Eu caminhei até a minha cama e arranquei os cobertores e o travesseiro.

Todos, menos Romola, Elsa e Aimka se viraram, com vergonha do que eu estava sendo obrigada a fazer. Abri a tampa de minha mala e fiz um gesto indicando que elas podiam vasculhar quanto quisessem, mas prometi a mim mesma que, assim que fizessem isso, manteria os meus vestidos no escritório da administração. Inspirada pela minha indignação, Irina abriu a tampa de sua mala e arrancou os lençóis da cama. Pegou o travesseiro e tirou a fronha dele. Alguma coisa estalou. Olhamos para o chão para ver do que se tratava. Nós duas não acreditamos, quando vimos uma corrente de prata com um crucifixo de rubi a nossos pés. Romola passou por cima de nossos lençóis e pegou o colar, olhando para ele com alegria. Então, olhou para nós, com os olhos ardendo de raiva de Irina.

O rosto de Elsa estava corado. Suas mãos, sob o queixo, pareciam garras.

– Você colocou esse colar aqui – eu disse a ela. – Você é uma mentirosa!

Ela arregalou os olhos e riu. Era a risada maldosa de alguém que acreditava ter vencido.

– Não acho que a mentirosa aqui seja eu. Os russos costumam fazer essas coisas, não é?

Romola disse algo a Aimka, que estava tão surpresa quanto nós. Mas fiquei preocupada ao ver seu cenho franzido.

– Irina – falou ela, pegando o colar de Romola. – O que significa isto?

Minha amiga olhou para a moça e depois para mim, sem saber o que dizer.

– Ela não pegou esse colar – eu a defendi. – Elsa pegou.

Aimka olhou para mim e endireitou as costas. Seu rosto mudou. Sua expressão era uma mistura de decepção e nojo. Ela apontou para Irina com um de seus dedos de pianista.

– Que coisa feia, não é? Eu não esperava isso de você. Somos muito rígidos a respeito dessas questões. Arrume as suas malas e traga tudo com você.

Irina moveu os pés. Sua expressão era a de alguém honesto que acabara de ser acusado de algo que sequer pensou em fazer.

– Aonde vão levá-la? – perguntou Aimka.

– Ao coronel.

Ao receber aquela informação, fiquei aliviada. Ele era um homem sensato que veria a realidade. Eu me ajoelhei para ajudar Irina com a bagagem. Não demoramos muito para pegar tudo porque ela não tivera tempo de desfazer as malas. Depois de fecharmos a mala de minha amiga, dobrei meus cobertores e comecei a arrumar as minhas coisas.

– O que está fazendo? – perguntou Aimka.

– Também vou – eu respondi.

– Não! – disse ela, erguendo a mão. – Não, se quiser manter o seu emprego com o coronel. Não, se quiser um emprego em Sydney.

– Fique – Irina sussurrou para mim. – Não se prejudique.

Observei Aimka acompanhar Irina para fora. Elsa lançou um olhar para mim, antes de ajeitar os lençóis na própria cama. Eu estava sentindo tanto ódio, que me imaginei dando socos em seu rosto. Peguei minha boneca matriosca da estante e terminei de fazer a mala. Romola e sua amiga que falava inglês não tiraram os olhos de mim nem um segundo.

– VÃO PARA O INFERNO! – gritei para elas.

Peguei minha bagagem e saí batendo a porta e caminhando na escuridão.

O ar da noite não me fez sentir melhor. O que aconteceria com Irina? Certamente, eles não poderiam mandá-la embora. Imaginei o rosto de minha amiga, confuso, de dar dó, em um tribunal. Forcei-me a parar de pensar naquilo. Eles não iam expulsá-la por aquele motivo. Mas ela podia ser castigada de outra maneira, e isso não seria justo. Poderiam colocar aquilo em seu registro e dificultar as coisas para ela conseguir um emprego. Escutei risadas vindas de uma das barracas. Uma mulher estava contando uma história em russo, e as outras mulheres riam sem parar. "Meu Deus", pensei, "por que não podíamos ficar naquela barraca?".

Escutei a porta de nosso alojamento bater e me virei. Vi as duas meninas húngaras correndo na minha direção. Pensei que elas estavam correndo para me bater e peguei a mala para me defender. Mas a garota que sabia falar inglês disse:

– Sabemos que não foi a sua amiga que pegou o colar. Foi Elsa. É melhor você conversar com o coronel e tentar ajudar a moça. Vamos escrever um bilhete, mas anônimo, o.k.? Não confie em Aimka.

Eu agradeci a duas e corri para o escritório da administração. Por que eu havia permitido que Aimka me impedisse? Eu me importava mais com o meu trabalho do que com Irina?

Quando cheguei ao escritório de Brighton, observei que a luz ainda estava acesa do lado de dentro. Irina e Aimka estavam saindo. Minha amiga chorava. Corri até ela e a abracei.

– O que aconteceu? – questionei.

– Ela terá de levar as coisas dela para uma tenda – disse Aimka. – E não vai mais trabalhar na creche. Já foi avisada uma vez e, se isso voltar a acontecer, será castigada com mais severidade.

Irina tentou dizer alguma coisa, mas não conseguiu. Eu fiquei surpresa com a frieza repentina de Aimka. Comecei a desconfiar de que ela estava gostando de ver a moça sendo castigada.

– O que aconteceu com você? – perguntei a Aimka. – Sabe que não foi ela que pegou o colar. Você mesma disse que Elsa cria problemas. Pensei que fosse nossa amiga.

A mulher respondeu com raiva:

– É mesmo? E por que pensou isso? Eu conheço vocês há apenas alguns dias. O seu povo roubou muitas coisas, quando veio nos libertar.

Eu não soube o que dizer. A máscara de Aimka estava caindo, mas eu ainda não conseguia ver bem o que se escondia por baixo dela. Quem era aquela criatura, aquela pianista que, a princípio, se mostrara tão inteligente e gentil? Alguns dias antes, tinha criticado as pessoas que levaram os conflitos de seus países para a Austrália. Naquele momento, parecia que o problema dela conosco era o fato de sermos russas.

– Ela disse que, se quisermos ficar juntas, você também pode ir para a tenda – Irina fungou.

Olhei nos olhos vermelhos dela.

– É claro que vou com você. Assim, nenhuma de nós vai ter que aturar essa cadela como nossa supervisora.

Eu nunca havia usado uma palavra como aquela e fiquei chocada, mas, de certa forma, também senti orgulho de mim.

– Eu sabia que vocês duas eram farinha do mesmo saco – disse Aimka.

A porta do escritório do coronel se abriu, e ele espiou para fora.

– O que está acontecendo aqui? – indagou, coçando a orelha. – Está tarde, e eu estou tentando trabalhar. Anya, está tudo bem? O que está acontecendo? – o coronel perguntou ao me ver.

– Não, coronel Brighton – eu respondi –, as coisas não estão bem. Minha amiga foi acusada de roubo injustamente.

O coronel suspirou.

– Anya, entre um pouco, por favor. Peça a sua amiga para esperar. Aimka, já acabou por hoje.

A mulher ficou surpresa com o tom de preocupação do coronel para comigo. Endireitou os ombros, antes de se virar para descer pelo caminho de volta às barracas. Pedi a Irina para esperar e acompanhei o Brighton para dentro do escritório.

Ele se sentou a sua mesa. Tinha olheiras e parecia irritado, mas não permiti que aquilo me abalasse. Meu trabalho plantando árvores e arquivando cartas não era tão importante para mim quanto minha amiga.

O homem levou a ponta da caneta à boca, depois apontou para mim e disse:

– Se você conversar com Rose, ela vai falar que sempre tomo decisões rápidas e, quando a resolução é tomada, eu nunca volto atrás. A única coisa que não vai lhe dizer é que nunca me enganei. Eu tomei uma decisão a seu respeito assim que a vi. Você é honesta e preparada para trabalhar muito.

O coronel deu a volta na mesa e aproximou-se do mapa da Austrália. Tentei imaginar se ele faria mais um discurso sobre popular ou perecer.

– Anya, se está me dizendo que a sua amiga não pegou o colar, acredito em você. Eu tinha as minhas dúvidas e conferi a ficha dela. Há uma carta ali do capitão Connor, assim como havia sobre você. Ele relatou a coragem dela ao cuidar de pacientes com problemas mentais durante a passagem de um tufão. Se o capitão era um homem atarefado como eu, e acredito que ele fosse, não teria tempo de escrever relatórios para qualquer pessoa. Seria preciso que tivesse um bom motivo para elogiar alguém.

Eu queria que Irina estivesse ali na sala para escutar o que o coronel estava dizendo, mas mesmo que ela estivesse, não teria conseguido entender.

– Obrigada, coronel – eu disse. – Agradeço pelo que o senhor está falando.

— Eu não a coloquei em uma tenda para puni-la, mas, sim, para afastá-la de Aimka. Porém não vou dizer mais nada a esse respeito, porque preciso desesperadamente de pessoas que falem outros idiomas. Vou conseguir algo melhor para Irina, quando puder, mas, por enquanto, ela terá de se virar com uma tenda.

Eu queria abraçá-lo. No entanto, não seria apropriado. Então, agradeci novamente e caminhei em direção à porta. O coronel abriu um caderno e começou a escrever.

— E, Anya — ele chamou quando eu estava prestes a fechar a porta —, não conte a ninguém sobre esta conversa. Alguém pode pensar que estou favorecendo certas pessoas aqui dentro.

As semanas que sucederam ao episódio do colar foram terríveis. Apesar de o coronel Brighton não ter prejudicado Irina e de Romola e sua amiga, que se chamava Tessa, terem tentado explicar a muitos russos que sabiam que ela não era culpada, minha amiga perdeu seu entusiasmo com relação à Austrália. Nossa nova acomodação não ajudou em nada. A tenda ficava às margens do acampamento, longe das outras barracas, que eram ocupadas por homens sicilianos que esperavam por transporte para o norte, para os campos de cana de açúcar, e bem distante da área das mulheres. Quando eu tentava ficar em pé, batia a cabeça no teto do alojamento; e o chão não tinha calçamento ou piso, o que deixava todas as nossas coisas com cheiro de terra. Pelo menos, eu não tinha de passar muito tempo ali. Mas Irina, sem emprego, passava os dias deitada na cama ou indo ao correio para buscar mais notícias de Ruselina.

— A França fica longe daqui — tentei confortá-la. — Uma carta vai demorar semanas para chegar, e sua avó não pode enviar telegramas o tempo todo.

Irina demonstrava um pouco de entusiasmo com as aulas de inglês. A princípio, isso me deixou mais alegre. Eu voltava para a tenda e a encontrava praticando as vogais e lendo a *Australian Women's Weekly*, com a ajuda de um dicionário. Eu acreditava que, enquanto ela mantivesse aquele interesse, as coisas melhorariam. Até o dia em que eu percebi que a prática do idioma fazia parte de sua preparação para ir para os Estados Unidos.

– Quero ir para os Estados Unidos – ela me disse, certa manhã, quando voltei do banho e estava me vestindo para trabalhar. – Tenho que acreditar na possibilidade de eles aceitarem a minha avó, quando ela se curar.

– Tudo vai melhorar – eu falei a ela. – Vamos conseguir dinheiro e empregos em Sydney logo.

– Vou perecer aqui. Você compreende, Anya?

Irina estava com os olhos vermelhos.

– Não quero ficar aqui, neste país feio, com estas pessoas feias. Preciso de beleza. Preciso de música.

Eu me sentei na cama dela e segurei suas mãos. Irina estava falando sobre os meus maiores medos. Se ela perdesse a esperança de ter uma vida boa na Austrália, como eu conseguiria manter tal sentimento?

– Não somos imigrantes. Somos refugiados. Como poderemos partir? Pelo menos precisamos tentar ganhar dinheiro.

– Mas e o seu amigo? – perguntou ela, segurando a manga de minha blusa. – O norte-americano?

Não tive coragem de dizer que eu mesma havia pensado em escrever para Dan Richards diversas vezes. Porém nós havíamos assinado um contrato com o governo australiano, e eu duvidava de que Dan pudesse fazer qualquer coisa para nos ajudar naquele momento. Pelo menos, não antes do término dos dois anos. Eu já tinha escutado as pessoas falarem que a punição pela quebra de contrato era a deportação. Para onde eles nos deportariam? Para a Rússia? Seríamos executadas lá.

– Eu prometo que vou pensar nisso, se você jurar que vai passar o dia com Natasha e Mariya – combinei com minha amiga. – Elas me disseram que precisam de ajuda na cozinha e que o trabalho rende um bom salário. Irina, vamos trabalhar com afinco, economizar dinheiro e nos mudar para Sydney.

A princípio, não concordamos, mas ela pensou naquela conversa e decidiu que, se trabalhasse na cozinha, poderia começar a guardar dinheiro para partir para os Estados Unidos. Não discuti. Desde que ela não passasse os dias sozinha, eu ficaria feliz. Esperei que Irina se vestisse e arrumasse os cabelos, e, então, caminhamos para o refeitório juntas.

O estado de espírito dela deve ter preocupado Maryia e Natasha também, porque, quando voltei para a tenda no início da noite, Lev estava capinando a área ao redor da barraca, e Piotr, construindo um chão de madeira.

– Irina morre de medo de cobras – disse Piotr. – Isso deve deixá-la mais tranquila.

– Onde ela está? – eu quis saber.

– Maryia e Natasha foram ao cinema com ela. Há um piano ali e Natasha quer começar a tocar novamente. Elas estão tentando convencer Irina a cantar.

Havia uma picareta dentro do saco de ferramentas que eles tinham levado. Perguntei se podia usá-la para fazer um jardim na frente da tenda.

– Aquele que você construiu perto da entrada e das bandeiras está lindo – comentou Lev, endireitando as costas e deixando a foice de lado. – Você leva jeito para a jardinagem. Onde aprendeu?

– Meu pai tinha um jardim de primavera em Harbin. Devo ter aprendido olhando-o. Ele afirmava que faz bem para a alma colocar as mãos na terra de vez em quando.

Piotr, Lev e eu passamos o restante das horas de sol fazendo melhorias na tenda. Quando terminamos, o lugar não parecia mais o mesmo. Ali dentro, o cheiro era de pinho e limão. Do lado de fora, eu havia plantado uma fileira de campânulas e margaridas, além de algumas grevílias-robustas. O gramado aparado era uma grande benfeitoria.

– Agora, todo mundo no acampamento vai sentir inveja – Lev riu.

Trabalhar com Mariya e com Natasha melhorou um pouco a depressão de Irina, mas não muito. Ela não queria continuar vivendo em um acampamento para sempre, mas ainda não tínhamos ideia de quando poderíamos ir para Sydney. Tentei animá-la, levando-a para o município ao qual conseguíamos chegar em 20 minutos pegando o ônibus da região. Diversas outras pessoas do acampamento estavam indo para a cidade naquele dia, porém nenhuma delas falava inglês nem russo, por isso não podíamos perguntar nada sobre o local. Quando o coletivo chegou à beira da cidade, vimos que as ruas eram do tamanho de dois quarteirões de Xangai. Elas eram pontuadas, dos dois lados, por bangalôs de arenito e casinhas com cercas brancas de piquete. Olmos, salgueiros e liquidâmbares faziam sombra nas ruas com seus galhos frondosos.

O ponto final do ônibus ficava na rua principal, onde havia casas com cercas de ferro forjado e lojas com toldos de ferro corrugado. Uma igreja em estilo georgino localizava-se na esquina. Carros cobertos por poeira estavam estacionados de frente para a calçada, lado a lado; e cavalos, presos a hidrantes. Do outro lado da rua, vimos um bar que tinha três andares e um pôster da Toohey's Beer com um homem jogando golfe, pintado na lateral.

Irina e eu passamos pelas lojas de tecido, de ferragens e de produtos em geral, para irmos a uma sorveteria em que tocava Dizzy Gillespie em um rádio transistor. O jazz afro cubano parecia muito deslocado em um ambiente seco e empoeirado, e até Irina sorriu. Uma mulher usando um vestido com botões na frente serviu sorvete de chocolate em casquinhas em forma de cones para nós, e tomamos rapidamente, porque o doce começou a derreter, assim que saímos da loja.

Percebi a presença de um homem com o nariz cheio de marcas, olhando para nós do ponto de ônibus. Seu rosto estava corado e, os olhos, vidrados por causa da bebida. Disse a Irina que devíamos atravessar a rua.

– VOLTEM PARA CASA, REFUGIADAS – o homem gritou para nós.
– Não queremos vocês aqui.

– O que ele disse? – perguntou Irina.

– Ele só está bêbado – respondi, tentando apressá-la.

Não queria que ela percebesse qualquer coisa ruim que viesse daqueles australianos mal-educados.

– VOLTEM PARA CASA, SUAS MALDITAS REFUGIADAS VAGABUNDAS! – o sujeito voltou a gritar.

Meu coração acelerou. Eu quis olhar para trás, para ver se ele nos seguia, mas me contive, pois sabia que não era bom demonstrar medo.

– MALDITAS REFUGIADAS VAGABUNDAS! – o homem berrou uma vez mais.

Alguém do bar abriu uma janela e bradou:
– CALE-SE, HARRY!

Para a minha surpresa, Irina riu.

– Eu entendi o que ele disse.

Atrás da rua principal, havia um parque cercado por pinheiros, com fontes e canteiros de flores, repletos de cravos. Uma família estava sentada sobre uma toalha, perto de um coreto repleto de buganvílias. O patriarca nos deu bom-dia quando passamos. Irina desejou um bom-dia para ele em inglês, mas estávamos preocupadas com o ocorrido com o bêbado e não paramos para conversar.

– Este parque é lindo – comentei com Irina.

– Sim, melhora muito o local.

Nós nos sentamos no degrau do coreto. Minha amiga pegou flores de trevo e começou a fazer uma corrente.

– Eu não achava que havia qualquer coisa civilizada ao nosso redor – ela falou. – Acreditava que estávamos no meio do nada.

– Deveríamos ter vindo aqui antes – respondi, feliz por Irina estar conversando sobre algo positivo.

Ela terminou a corrente e pendurou-a em volta do pescoço.

– Eu me odiaria se fosse você, Anya. Pense bem, se não fosse por mim e pela minha avó, você estaria morando em Nova York agora.

– Eu estaria sozinha em Nova York – respondi. – E prefiro ficar com você.

Irina olhou para mim, com os olhos marejados. Eu sabia que não poderia ter dito algo mais verdadeiro. Por mais difícil que a vida na Austrália fosse, nada nos garantia que a vida nos Estados Unidos teria sido melhor. O que importava eram as pessoas, não o país.

– A única coisa que interessa – eu disse – é que Ruselina melhore, e nós possamos trazê-la para cá.

Irina pegou a corrente de flores que pusera ao redor do pescoço e colocou-a no meu.

– Eu amo você – declarou.

Além da tristeza de Irina, o que mais havia me perturbado no caso do colar tinha sido a forma como Aimka se virara contra nós. Não conseguia entender por que aquela mulher tinha sido tão simpática conosco no começo se, no fundo, ela se ressentia dos russos. O mistério foi desvendado várias semanas depois, quando encontrei Tessa na lavanderia.

– Olá – cumprimentei com as mãos cheias de água com sabão.

– Olá – respondeu Tessa. – Como está a sua amiga?

– Melhorando.

A moça procurou dentro do bolso e tirou uma caixa de fósforos. Riscou um deles, acendeu a caldeira e, então, usou o mesmo palito para acender um cigarro.

– Fiquei sabendo que sua tenda está muito bonita, não é? – perguntou, soprando fumaça do canto da boca.

Torci uma blusa e coloquei-a dentro do tanque para enxágue.

– Sim, agora se tornou um palácio.

– As coisas estão bem ruins onde estamos – ela contou.

Indaguei se Elsa continuava causando problemas. A garota me analisou e disse:

– Elsa é apenas uma maluca. Mas Aimka é maldosa. Ela deixa todo mundo arrasado.

Tirei a tampa do ralo e torci o restante das roupas, antes de colocá-las dentro da bacia.

– Como assim?

– Ela coloca Elsa contra nós. Somos jovens, queremos alguns dos homens por perto às vezes, sabe? Aimka deveria colocar a idosa em outro lugar, com mulheres mais velhas ou outras alemãs sérias que querem seguir as regras. Mas ela não faz isso. Está sempre atacando todo mundo.

– Eu não consigo entendê-la – comentei, balançando a cabeça. – Ela vem de uma família de Budapeste que costumava esconder judeus durante a guerra. Eles deviam ser pessoas gentis.

Os olhos de Tessa quase saltaram das órbitas.

– Quem disse isso?

Ela jogou fora o cigarro e deu um passo na minha direção, olhando para trás antes de dizer:

– Ela é húngara, mas viveu na Polônia. Era informante. Ajudava a mandar as mulheres judias e as crianças para a morte.

Voltei do trabalho naquele dia com a sensação de que havia camadas de existência sobre as quais nada sabia. Algo havia acontecido na Europa que provavelmente nunca seria compreendido. Pensei que Xangai fosse um lugar cheio de mentira e corrupção, mas, de repente, a vida na China, do modo como a havíamos vivido, parecia bem simples: se tinha dinheiro, aproveitava a vida; se não tinha dinheiro, não podia aproveitá-la.

Enquanto caminhava em direção à tenda, vi Irina sair de trás dela pela horta que havíamos plantado. Semicerrei os olhos, por causa da pela luz do sol que se punha, para ver o que ela estava fazendo. Minha amiga estava apoiada nas mãos e nos joelhos espiando pela lateral da barraca. Imaginei que ela tivesse encontrado uma cobra. Mas, quando me aproximei, ela sorriu e levou um dedo aos lábios.

– Venha – sussurrou, sinalizando para que eu olhasse por cima de seu ombro.

Eu me abaixei na mesma posição que ela, ao seu lado. Na outra lateral da tenda, um animal corcunda, de pernas fortes e cauda comprida, mordia a grama como uma vaca. Ele deve ter percebido a nossa presença, pois se virou na nossa direção. Tinha orelhas de coelho e olhos castanhos e caídos. Eu sabia que animal era ele, já tinha visto uma foto na revista *Australian Women's Weekly*. Era um canguru.

– Ele não é lindo? – perguntou Irina.

– Pensei que você fosse dizer que ele era mais um australiano feio.

Nós duas rimos.

– Não, ele é muito gracioso – falou ela.

Certa manhã, no início de fevereiro, eu estava no escritório da administração, separando as correspondências e tentando escutar o que o coronel e Ernie diziam sobre os problemas do acampamento.

– A cidade e o acampamento são duas comunidades separadas. Precisamos fazer algo para integrá-las – disse o coronel. – Como faremos para levar essas pessoas para a sociedade e fazer com que os australianos passem a aceitá-las, se não conseguimos fazer com que os indivíduos de uma mesma comunidade sejam amigos uns dos outros?

– Eu concordo – replicou Ernie, caminhando o máximo que conseguia na área pequena atrás de sua mesa. – Houve protestos contra migrantes não britânicos em Sydney, e até mesmo na cidade aconteceram incidentes.

– Que tipo de incidentes?

– Algumas das lojas tiveram as vitrines quebradas. Os comerciantes afirmam que isso aconteceu porque eles atenderam pessoas do acampamento.

O coronel balançou a cabeça e olhou para os pés.

Dorothy parou de datilografar.

– A cidade é boa. As pessoas são boas. São apenas algumas destas que se comportam de tal maneira. Mas são meninos tolos. Ninguém deveria temê-los – opinou.

– Essa é a questão – afirmou o coronel. – Tenho certeza de que as pessoas da cidade gostariam dos moradores daqui, se os conhecessem.

– Alguns dos outros acampamentos realizaram shows nas cidades próximas – Ernie comentou. – Existem muitas pessoas talentosas aqui. Talvez pudéssemos tentar algo assim.

O coronel apertou o queixo e pensou na sugestão.

– Acho que podemos tentar fazer isso. Algo pequeno para começar. Pedirei a Rose para organizar o evento com a associação de mulheres. Vocês têm alguns músicos em mente?

Ernie deu de ombros.

– Depende do tipo de música que as pessoas querem ouvir: ópera, cabaré, jazz... Há muitos indivíduos que poderiam se apresentar. Vou encontrar alguém. Vocês só precisam me dizer o quê e quando.

Eu dei um salto e os assustei.

– Com licença. Tenho uma sugestão.

O coronel sorriu para mim.

– Bem, se ela for tão boa quanto a sugestão que deu a respeito das árvores nativas, sou todo ouvidos.

※

– NÃO ACREDITO QUE VOCÊ ME METEU NISSO! – Irina gritou.

A voz dela ecoou pela sala das meninas no salão da igreja, o local onde aconteciam os encontros das noites sociais no Country Women's Association. A área com piso tinha três cubículos, e suas paredes eram rosa chiclete. O lugar recendia a água limosa.

Irina levantou os cabelos, para que não ficassem presos, quando eu subisse o zíper de meu *cheogsam* verde. Vi uma mancha vermelha se formando em sua nuca.

– Eu não sabia que você ficava tão nervosa – falei, começando a me agitar também. – Pensei que gostasse de se apresentar.

Natasha, que estava tentando entrar em um vestido de cintura fina, riu. Levantou os dedos, um por um, e estalou as falanges.

– Nunca vi tanta comoção por que causa de uma apresentação – disse ela. – O coronel Brighton está agindo como se o sucesso do lema "popular ou perecer" dependesse de nós esta noite.

A mão de Natasha tremeu, quando a moça passou o batom, e ela precisou limpar os lábios em um lenço e começar de novo.

Eu ajeitei o *cheongsam* no quadril de Irina. Tivemos de ajustá-lo para ela, que era mais alta, e recosturamos as fendas laterais de modo que começassem no joelho e não na coxa. Irina jogou um xale sobre os ombros e amarrou-o na altura do busto. Achávamos que o vestido vermelho de flamenco era sexy demais para sua estreia australiana e optamos por um figurino exótico, porém modesto.

Irina e Natasha enrolaram os cabelos, como os de Judy Garland. Ajudei-as com os grampos. Independentemente de como se sentiam por dentro, não havia como negar que estavam bonitas.

Deixei Irina fazer a própria maquiagem e arrumei meus cabelos na frente do espelho. Rose havia reunido uma série de pós, batons e *sprays* para nós. Era incrível como alguns cosméticos levantavam a nossa autoestima, depois de passarmos meses sem os itens mais básicos.

– Vá dar uma olhada, Anya – disse Irina, equilibrando-se diante da pia para vestir a meia-calça. – Conte-nos como estão as coisas lá fora.

Os banheiros dos artistas ficavam sob um lance de escada da coxia do palco. Ergui a saia e subi os degraus apressadamente. Havia uma fresta na lateral da cortina, e espiei por ela. O salão estava enchendo rapidamente. A associação das mulheres da região tinha convidado suas organizações-irmãs das cidades próximas, e mulheres de todas as idades estavam entrando e ocupando seus lugares. Muitas delas tinham levado os maridos, agricultores de rosto queimado cujas melhores roupas pareciam ter sido costuradas em seus corpos. Um jovem com cabelos pretos e encaracolados entrou no salão com uma mulher que devia ser sua mãe. Seu terno era um número maior, mas ele chamou a atenção de um grupo de garotas com vestidos de tafetá. Pela maneira como as meninas cochicharam entre si e riram, percebi que devia ser o "galã" da região.

No fundo do salão, uma matrona estava organizando uma mesa repleta de *lamingtons*, tortas de maçã e rolinhos doces. Ao lado dela, uma mulher vestindo um *twin set* servia chá. O ministro, que parecia jovem, passou por ali, e ela ofereceu uma xícara a ele, que aceitou com um balançar gracioso da cabeça e procurou um assento na fileira de trás. Não entendi por que o homem escolheu sentar ali e não na frente. Será que achava que podia ser chamado repentinamente para uma obra de Deus?

O coronel e Rose estavam apresentando a presidente da associação da região a alguns migrantes que tinham sido selecionados para representar o acampamento. Havia um farmacêutico da Alemanha, uma cantora de ópera de Viena, um professor de Linguística húngaro, um professor de História da Iugoslávia e uma família da Checoslováquia, que tinha sido escolhida por seus modos impecáveis. Ernie estava conversando com Dorothy, que trajava um vestido amarelo, com uma flor no cabelo. Ele parecia estar contando uma piada, movendo as mãos como asas de uma borboleta. Dorothy estava com cara de apaixonada.

– Aha! Entendi – disse. – Por que não percebi isso antes?

Irina e Natasha estavam ensaiando a canção, quando voltei para a sala das mulheres.

– O salão está cheio – contei.

Vi as duas hesitarem e decidi que seria melhor não dizer mais nada. Elas estavam esperando se apresentar para cerca de 20 pessoas, mas já havia quase cem ali.

Escutei uma batida na porta, e o coronel e sua esposa espiaram.

– Boa sorte, meninas – desejou Rose. – Vocês estão lindas.

– Não se esqueçam – o coronel disse –, de que dependemos de vocês...

Rose arrastou-o dali antes que ele pudesse terminar.

Olhei para o meu relógio.

– É melhor subirmos – disse.

Eu desejei um "boa sorte" contido, deixei Irina e Natasha no palco e sentei no canto da primeira fila. O salão estava lotado. O ministro caminhava por ali, procurando cadeiras extras. Torci para que apagassem a luz, antes que as cortinas se abrissem. Eu achava que não seria bom que Irina e Natasha vissem quantas pessoas estavam presentes.

A presidente da associação de mulheres subiu os degraus e ficou na frente da cortina. Era uma mulher robusta, com cabelos crespos, presos com uma rede. Ela deu as boas-vindas a todos e entregou o microfone ao coronel para que ele apresentasse os artistas. Brighton pegou algumas anotações e começou a falar à plateia a respeito do dia a dia da administração do acampamento e sobre a importância da chegada dos novos migrantes para o futuro da Austrália. Percebi que Rose fazia um gesto para que ele fosse breve.

– Graças a Deus, ele não trouxe os seus cartões de papelão – escutei Ernie dizer a Dorothy.

Quando o coronel mencionou o "popular ou perecer", quase reclamei. Rose caminhou abaixada pela primeira fila e foi para trás das cortinas. A cortina abriu-se de repente, e ali estavam Irina e Natasha, surpresas. Esta pousou os dedos nas teclas, e a plateia começou a aplaudir. O coronel agradeceu a todos pela presença e sentou. Olhou para o lado e sorriu para mim.

Rose voltou para o lado dele, discreta.

Irina começou com uma canção chamada *O Homem que Amo*, que cantou em inglês. Na voz, deixava transparecer o nervosismo.

Rose e eu havíamos ajudado a traduzir a letra da música que ela e Natasha conheciam. A esposa do coronel também havia incluído algumas notas novas na canção. Porém, assim que escutei Irina cantando, percebi que havíamos cometido um erro. O inglês não era um idioma com o qual tinha intimidade. Notei sua garganta tensa, os olhos arregalados. Irina não estava à vontade.

Olhei ao redor. A maioria das pessoas da plateia escutava com educação, mas observei algumas expressões de reprovação. Irina atrapalhou-se com algumas das palavras e corou. Um casal, sentado algumas fileiras mais para trás, trocou comentários. Alguns minutos depois, eles ficaram em pé e passaram pelas cadeiras, a caminho da porta. Senti vontade de me levantar e sair correndo também. Não conseguia assistir ao desastre humilhante que surgia diante de meus olhos.

O xale escorregou dos ombros de Irina e, sob a luz do palco, a combinação de vermelho e verde não deu certo, pois parecia um abajur. Voltei a olhar para a plateia. Os vestidos das mulheres eram brancos, cor-de-rosa ou azul bebê.

Irina passou a cantar uma música em francês. Cantava alguns dos versos em inglês, e outros, em francês, o que tinha sido ideia minha, para que o número mantivesse um pouco de sua originalidade. Ela conseguia cantar em francês com entusiasmo, mas encontrava dificuldades no inglês. Longe de parecer exótica, a música saiu truncada e esquisita.

Peguei um lenço de minha bolsa e sequei as mãos. O que ia dizer ao coronel? Olhei para Dorothy, cujo rosto estava inexpressivo. Ela provavelmente riria daquilo. Eu me imaginei tentando consolar Irina depois da apresentação. "Tentamos fazer o melhor", eu diria. O humor de minha amiga havia demorado semanas para melhorar depois do incidente com o colar. O que aconteceria depois daquilo?

Outro casal levantou-se para sair. A canção em francês terminou, e Natasha começou as primeiras notas da música seguinte, mas Irina ergueu a mão para impedi-la. Seu rosto estava corado, e pensei que ela ia chorar. Mas, em vez disso, começou a falar.

– Meu inglês não é bom – disse ela, respirando, ofegante, no microfone. – Mas a música é mais do que as palavras. Cantarei a próxima canção em russo. Vou dedicá-la à minha melhor amiga, Anya, que me ensinou a amar este país lindo.

Irina assentiu para Natasha. Reconheci a triste melodia.

Eles me disseram que você nunca mais voltaria, porém não acreditei.
Todos os trens voltavam sem você, mas, no fim, eu estava certa.
Enquanto eu puder vê-lo em meu coração, você sempre estará comigo.

Nós havíamos tirado aquela canção do programa, pois acreditávamos que seria triste demais para a ocasião. Olhei para o teto. Não me importava mais o que as outras pessoas pensavam. Irina estava certa o tempo todo a respeito da Austrália. Era o lugar errado para ela. Eu trabalharia com afinco e encontraria uma maneira de nos levar para Nova York, onde o talento dela seria reconhecido. Talvez, se eu economizasse algum dinheiro, não dependêssemos de Dan. E, se deixássemos o país, o que o governo australiano poderia fazer conosco além de nos impedir de regressar?

Voltei a olhar para Irina. Seu corpo havia ganhado vida com a música, emanando força de sua voz vibrante e a linguagem de seu coração. A mulher que estava ao meu lado abriu a bolsa e tirou dali um lenço. Virei-me para trás, para a plateia. Uma mudança tomara conta de todos. Não havia inquietação nem movimentação: apenas pessoas boquiabertas, com os olhos marejados e lágrimas escorrendo pelas faces. Todos estavam maravilhados com Irina, assim como havia acontecido com as pessoas de Tubabao.

Irina fechou os olhos, mas eu queria que ela os abrisse para ver o que estava acontecendo, o que a sua voz estava causando no público. Ninguém ali provavelmente nunca tinha escutado uma palavra sequer em russo na vida, mas, ainda assim, todos pareciam saber sobre o que aquela moça cantava.

Talvez não soubessem nada sobre revolução e exílio, porém conheciam o pesar e a guerra. Sabiam como era ter bebês natimortos e filhos que nunca voltaram para casa. Pensei de novo na barraca de Natasha e de Mariya em Tubabao. "Ninguém sente falta da dor na vida", eu disse a mim mesma. "Todo mundo apenas tenta encontrar felicidade e beleza."

A música acabou, e Irina abriu os olhos. O salão ficou em silêncio por um momento, e os aplausos começaram. Um homem ficou em pé e gritou:
– BRAVO!

Mais pessoas ficaram em pé para aplaudir. Eu me virei para o coronel. O rosto dele demonstrava a mesma ansiedade de um menino prestes a assoprar as velas de seu bolo de aniversário.

Apenas alguns minutos depois, os aplausos diminuíram o suficiente para Irina falar novamente.

– Agora – começou ela –, vamos cantar uma canção alegre. E temos este salão grande. Muito espaço. Dancem, se quiserem.

Natasha pousou os dedos nas teclas, e Irina começou a cantar um jazz que eu havia escutado pela primeira vez no Moscou-Xangai.

Sempre que olho para você
É como se o sol nascesse e o céu se abrisse

Os espectadores se entreolharam. Brighton coçou a cabeça e se remexeu no assento. Entretanto, a plateia não conseguiu resistir ao envolvimento do ritmo: todos batiam os pés e estalavam os dedos, mas ninguém se levantou para dançar. Irina e Natasha não se retraíram, endireitaram os ombros e entregaram-se à música.

Então não tenha vergonha
O tempo vai passar
E, se o tempo passar e você ainda se envergonhar,
Bem, quando percebermos, será a hora do adeus

Rose cutucou o coronel com o cotovelo com tanta força, que ele deu um salto no assento. Ajeitou o uniforme e estendeu a mão para a esposa. Os dois foram para a frente do palco e dançaram. O público aplaudiu. Ernie segurou o braço de Dorothy, e eles começaram a dançar também. Um agricultor, que vestia um macacão, ficou em pé e aproximou-se da cantora de ópera vienense. Fez uma reverência e um floreio com a mão. Os professores de Linguística e de História começaram a empurrar as cadeiras para perto da parede, para abrir mais espaço no salão. Logo, todos no local estavam dançando, até mesmo o ministro. No começo, as mulheres sentiram-se acanhadas para dançar com ele, mas ele conseguiu fazê-lo sozinho, remexendo os pés e estalando os dedos, até uma das filhas da família checoslovaca se unir a ele.

Então, quando você me chamar para dançar,
Dê-me esta chance
Esta é a noite do romance

No dia seguinte, o jornal da região divulgou que o evento social da Associação das Mulheres havia durado até as 2 horas da madrugada e só chegara ao fim quando a polícia apareceu para pedir aos participantes que abaixassem o som. A matéria ainda relatava que a presidente da associação, Ruth Kirkpatrick, havia dito que a noite foi "um sucesso estrondoso".

treze

Café de Betty

Sydney pareceu diferente na segunda vez em que fui à cidade. O céu estava aberto, e a chuva torrencial caía sem parar sobre o toldo onde Irina e eu estávamos esperando por um bonde. Havia poças de água ao redor de nossos pés e, quando nos movíamos, espalhávamos lama em nossas meias-calças novas, que tinham sido presente de Rose Brighton. Olhei para as paredes de pedra e para os enormes arcos da Estação Central e pensei em como a nossa viagem de volta a Sydney parecera muito mais rápida do que a que havíamos feito por terra.

Coloquei a bolsa embaixo do braço e pensei no envelope dentro dela. Consegui imaginar o endereço escrito em letras grossas: "Sra. Elizabeth Nelson, Potts Point, Sydney". Senti vontade de pegar o envelope e analisá-lo de novo, mas já tinha memorizado não apenas o endereço, como também as instruções que o coronel Brighton havia escrito para mim. A umidade do ar acabaria borrando a tinta, por isso deixei o invólucro onde estava.

Alguns dias depois do show de Irina, o coronel Brighton havia me chamado em seu escritório. Olhei para o retrato do rei, para o coronel e para o envelope que ele havia empurrado para mim. Brighton ficou em pé, caminhou na direção do mapa e, então, voltou para a sua mesa.

– Rose e eu conhecemos uma senhora em Sydney – disse ele. – Ela tem um café na cidade. Está precisando de ajuda. Falei para ela sobre você e sobre Irina. A mulher contratou um rapaz russo para fazer a comida e parece muito feliz com o trabalho dele.

O coronel afundou-se na cadeira outra vez, movimentando uma caneta entre os dedos e olhando para mim com seriedade.

– Você não está acostumada com o serviço de garçonete. Eu sei. Tenho tentado lhe conseguir um trabalho de secretária, mas parece que não há muitas oportunidades desse tipo para novos australianos. Betty vai liberar vocês, se quiserem estudar à noite, e não vai atrapalhá-las com o escritório de emprego se, por acaso, encontrarem algo melhor quando chegarem lá. Ela tem espaço no apartamento e pode abrigar as duas, para ajudá-las.

– Coronel Brighton, não faço ideia de como agradecer ao senhor – gaguejei já saindo da cadeira, animada.

Ele balançou a mão.

– Não me agradeça, Anya. Odeio o fato de perdê-la. Foi Rose quem insistiu comigo durante dias para que conseguisse algo para vocês.

Segurei o envelope e respirei fundo. A ideia de partir era animadora e assustadora ao mesmo tempo. Por mais que a detestássemos, a vida no acampamento era um porto seguro. Tentei imaginar o que teríamos de enfrentar, quando estivéssemos sozinhas.

O coronel tossiu e franziu o cenho.

– Trabalhe com afinco, Anya. Faça algo por você. Não se case com o primeiro homem que aparecer. O homem errado pode acabar com a sua vida.

Quase engasguei. Tarde demais. Eu já havia me casado com o primeiro homem que tinha aparecido. E ele já havia acabado com a minha vida.

– Você está preocupada – observou Irina, secando o pescoço com o lenço. – Em que está pensando com o rosto tão sério?

As paredes da Estação Central apareceram diante de meus olhos, e eu me lembrei de que estava em Sydney.

– Estava tentando imaginar como as pessoas são aqui – respondi.

– Se a sra. Nelson for parecida com os Brighton, então podemos esperar que ela seja maluca.

– Verdade – ri.

Uma campainha tocou. Olhamos para a frente e vimos o bonde se aproximando.

– Triste também, imagino – disse Irina, pegando a mala. – Rose disse que o marido da sra. Nelson morreu há um ano e que ela perdeu os dois filhos na guerra.

O condutor cheirava a suor. Eu passei logo por ele e sentei no fundo do bonde. O chão estava escorregadio, graças aos sapatos cheios de lama e aos guarda-chuvas molhados das pessoas que subiam no bonde. Havia um anúncio do Departamento de Imigração entre uma propagando do molho de tomate Raleigh e outro da Loja de Ferragens Nock & Kirby. No anúncio da imigração, um homem de chapéu apertava a mão de um sujeito baixo, com um terno fora de moda. "Bem-vindo a seu novo lar", era o *slogan*. Alguém havia rabiscado por cima com giz vermelho: "Chega de malditos refugiados!". Percebi que Irina havia visto aquilo. Ela já tinha escutado aquelas palavras várias vezes. Mas não fez qualquer comentário. Olhei para os outros passageiros. Homens e mulheres, todos pareciam iguais com suas capas de chuva cinza e seus chapéus e luvas. Contanto que minha amiga e eu não falássemos nada, não chamaríamos a atenção.

Irina passou a mão com a luva no vidro embaçado.

– Não consigo ver nada – comentou.

Quando chegamos a Potts Point, a chuva havia parado. Os toldos dos estabelecimentos estavam pingando, e o vapor subia da rua. O pó compacto e o batom que havíamos aplicado antes de sair do trem na Estação Central tinham desaparecido. Minhas mãos estavam inchadas, e a pele de Irina brilhava. A umidade me fez lembrar de uma matéria de revista que havia lido a respeito de New Orleans. Ela dizia que as relações humanas eram mais cruas e sensuais em uma atmosfera quente e úmida. Uma verdade com relação a Xangai. Seria verdade também em Sydney?

Caminhamos pela rua que levava ao porto. Fiquei encantada com a variedade de árvores que cresciam pelo caminho: bordos gigantes, jacarandás e até uma palmeira. Algumas das casas pareciam requintadas com as varandas com grades de ferro forjado, azulejos pretos e brancos e vasos de aspidistras na entrada. Outras moradias precisavam de pintura. Já deviam ter sido grandiosas também, mas as cortinas estavam meio podres e alguns vidros da janelas, quebrados. Passamos por uma casa com a porta da frente aberta. Não resisti e espiei o corredor lúgubre. O cheiro era de algo que lembrava ópio misturado com carpete molhado. Irina me puxou pelo braço, e segui com o olhar o cano até a janela aberta do terceiro andar. Um homem com a barba manchada de tinta estava recostado e apontava para nós com o pincel de um artista.

– Boa tarde – eu disse.

Os olhos arregalados dele viraram para trás. Ele nos cumprimentou e gritou:

– *VIVE LA REVOLUTION!*

Irina e eu apertamos o passo, quase correndo rua abaixo. No entanto, não era fácil mover-se rapidamente com uma mala.

Perto do fim da rua, em um lance de degraus de arenito, havia uma casa com um vestido de festa à mostra na janela, no nível da rua. O vestido era amarelo, cor de narciso, com uma estola branca de pelo de raposa. A cortina da janela era cor-de-rosa claro, com estrelas prateadas bordadas. Eu não via algo tão glamouroso desde Xangai. Detive a atenção na placa dourada perto da porta. "Judith James - Designer." Irina me chamou do outro lado da rua.

– É aqui!

A casa diante da qual ela estava não era elegante nem decadente. Assim como a maior parte das outras residências da rua, tinha um terraço com portões de ferro fundido. As janelas e a varanda estavam meio soltas, e o caminho até a porta estava rachado em algumas partes, mas os vidros brilhavam, e não havia nenhuma erva daninha no pequeno jardim. Gerânios cor-de-rosa abriam-se perto da caixa de correspondência, e um bordo estendia-se em direção às janelas do terceiro andar. Contudo, foi o arbusto de gardênias no pequeno espaço diante da varanda que chamou minha atenção. Ele fez com que eu me lembrasse de que, finalmente, estava na cidade que me ajudaria a encontrar minha mãe. Peguei o envelope em minha bolsa e conferi o número de novo. Eu já sabia, mas temia que tão feliz casualidade fosse um sonho. Mas uma gardênia ainda florescendo no final do verão só podia ser um bom sinal.

Uma das portas no segundo andar abriu, e uma mulher apareceu. Ela equilibrava uma piteira no canto da boca e pousou uma das mãos na cintura. Sua expressão de visão aguçada não mudou, quando Irina e eu a cumprimentamos e colocamos nossas malas perto do portão.

– Fiquei sabendo que você é cantora – disse ela, apontando para Irina e cruzando os braços.

A mulher vestia uma blusa decotada com babados, calça capri e sapatos de salto, e tinha os cabelos descoloridos e grisalhos. Era alta, uma versão mais forte e firme de Ruselina.

– Sim, canto músicas de cabaré – replicou Irina.

– E o que você faz? – a mulher perguntou, olhando para mim, de cima a baixo. – Além de ser bonita, sabe fazer alguma coisa?

Fiquei surpresa com tal grosseria e me esforcei para encontrar algo para dizer a ela. Certamente, aquela mulher não podia ser a sra. Nelson.

– Anya. Ela é inteligente – Irina respondeu por mim.

– Bem, então é melhor vocês entrarem. Somos gênios aqui. Sou Betty, a propósito.

Ela levou a mão aos cabelos presos em um penteado parecido com uma casa de marimbondos, e eu a observei. Mais tarde, percebi que aquele gesto era a maneira que Bett Nelson tinha para sorrir.

A mulher abriu a porta de entrada para nós, e a seguimos escada acima.

Alguém estava tocando *Romance in the Dark* em um piano, no cômodo da frente. A casa parecia ter sido dividida em um apartamento em cada andar. O de Betty ficava no segundo piso. Tinha quase o estilo de uma estação ferroviária, com janelas na frente e atrás. Nos fundos da casa, no final do corredor, havia duas portas idênticas.

– Este é o quarto de vocês – indicou Betty, abrindo uma das portas e levando-nos para dentro de uma sala com paredes cor de pêssego e piso de linóleo.

Cada uma das duas camas com colchas de chenile estava encostada em uma parede, com criado-mudo e abajur entre elas. Irina e eu colocamos nossas malas perto do armário. Olhei para as toalhas e as margaridas que tinham sido deixadas sobre os nossos travesseiros.

– Vocês estão com fome? – perguntou a anfitriã.

Foi mais uma afirmação do que uma pergunta. Nós nos apressamos para acompanhá-la até a cozinha. Havia uma série de panelas velhas penduradas acima do forno, e os móveis tinham sido calçados com pedaços de papelão sob os pés, porque o chão estava desnivelado no meio do cômodo. Os azulejos acima da pia eram velhos, mas estavam limpos. Os panos de prato tinham bordas de renda, e o cheiro no ambiente era de biscoitos de manteiga, alvejante e gás de cozinha.

– Por aqui é a sala de estar – ela mostrou, apontando para portas duplas de vidro, atrás das quais havia um cômodo com pisos de madeira polida e um tapete vinho. – Deem uma olhada, se quiserem.

A sala era o cômodo mais arejado da casa, com o pé direito alto decorado com floreios parecidos com os de decoração de bolo de casamento. Havia ali duas estantes altas e uma saleta com poltronas, combinando uma com a outra. Existia um telégrafo no canto, ao lado de um suporte sobre o qual ficava uma samambaia. Duas portas francesas levavam para a varanda.

– Podemos dar uma olhada do lado de fora? – questionei.

– Sim. – Betty respondeu da cozinha. – Só vou ferver a água.

Da varanda, entre duas casas, dava para ver uma parte do porto e os gramados do Jardim Botânico. Irina e eu nos sentamos por um minuto nas cadeiras de balanço, cercadas por vasos de plantas e samambaias.

– Você viu a fotografia? – perguntou Irina.

Ela estava sussurrando, apesar de estar falando russo.

Eu me recostei e olhei para a sala de estar. Em uma das estantes, havia uma foto de casamento. Pelos cabelos loiros da noiva, o vestido bonito que se ajustava ao busto e a saia reta, acreditei que se tratava de Betty e seu falecido marido. Ao lado daquela fotografia, estava outra, de um homem com um terno de gola dupla e chapéu – o noivo, vários anos depois.

– O quê? – indaguei a minha amiga.

– Não há fotos dos filhos.

Enquanto Irina ajudava Betty a fazer o chá, encontrei o banheiro, um espaço do tamanho de um armário perto da cozinha. O cômodo era tão limpo quanto o resto do apartamento. O tapete com motivos florais combinava com a cortina do chuveiro e a saia ao redor do bidê. A banheira era velha e tinha uma mancha ao redor do ralo, mas o aquecedor de água era novo. Vi meu reflexo no espelho acima da pia. Minha tez estava lisa e levemente bronzeada. Eu me inclinei para a frente e estiquei a pele da face, onde o verme tropical corroera a minha carne. A membrana estava lisa e macia, e apenas uma marca marrom clara permanecia onde antes o ferimento tinha sido feio. Como conseguira me curar tão bem?

Voltei para a cozinha e encontrei Betty acendendo um cigarro na chama do fogão. Irina estava sentada a uma mesa pequena coberta com uma toalha com girassóis. Havia um cupcake de baunilha em cima de um prato na frente dela e, do outro lado da mesa, tinha mais um.

– Estes são os bolinhos de boas-vindas a Sydney – disse Irina.

Eu me sentei diante dela e observei Betty despejar a água fervente em uma chaleira e cobri-la com uma tampa. Alguém começou a tocar piano no andar de baixo novamente.

– *I've got the Sunday evening blues* – Betty cantarolou junto. – É o Johnny – explicou, fazendo um movimento com o queixo na direção da porta. – Ele mora com a mãe, Dóris. Toca em alguns dos clubes na Kings Cross. Podemos ir a um dos melhores, se vocês quiserem.

– Quantas pessoas vivem neste prédio? – perguntei.

– Duas embaixo e uma em cima. Vou apresentá-las a todos, quando estiverem acomodadas.

– E no café? – quis saber Irina. – Quantas pessoas trabalham lá?

– Apenas um cozinheiro russo no momento – respondeu Betty, trazendo a chaleira para a mesa e sentando-se conosco. – Vitaly. Ele é um bom rapaz, trabalhador. Vocês vão gostar dele. Só espero que nenhuma das duas se apaixone por ele e desapareça, está bem? Não façam como o meu último cozinheiro e a garçonete.

– O que houve? – questionou Irina, tirando a forma de papel de seu cupcake.

– Eles me deixaram sozinha por um mês. Por isso, se uma de vocês sequer pensar em se apaixonar por Vitaly, corto-lhe o dedinho fora!

Irina e eu nos assustamos. Betty olhou para nós, levando a mão ao penteado em forma de casa de marimbondos e com os olhos brilhando.

Acordei assustada durante a noite. Precisei de alguns segundos para lembrar que não estava no acampamento. Um raio de luz da janela do apartamento do terceiro andar refletiu na casa atrás da nossa e iluminou a minha cama. Respirei fundo e senti o cheiro fresco dos lençóis recém-lavados. Houvera um tempo em que eu dormia em uma cama de quatro postes com uma colcha de caxemira e papel de parede dourado ao meu redor. Mas passara tanto tempo vivendo em barracas de lona cheias de poeira que, naquele momento, até mesmo uma cama de solteiro com um colchão macio e lençóis limpos parecia um luxo. Prestei atenção, em busca dos sons da noite que haviam se tornado familiares no acampamento – o vento soprando entre as árvores, os animais correndo, o pio do pássaro da noite –, mas tudo estava quieto, exceto pelo ronco suave produzido pela respiração de Irina e por um insone no andar de cima, escutando o rádio. Tentei engolir saliva, mas minha boca estava seca. Sai da cama e caminhei até a porta.

O apartamento estava em silêncio. Só se ouvia o tique-taque do relógio no corredor. Passei a mão pelo batente da porta da cozinha à procura do interruptor e acendi a luz. Havia três copos de boca para baixo em cima de um pano de prato no escorredor. Peguei um deles e abri a torneira. Alguém gemeu. Espiei na sala de estar e vi que Betty estava dormindo ali. Estava coberta até o pescoço, com a cabeça apoiada em um travesseiro. Pelo par de chinelos ao lado dela e a redinha que ela usava no cabelo, estava claro que ela quisera dormir ali. Tentei entender por que ela não repousava no outro quarto, mas concluí que provavelmente era porque havia mais ventilação na sala de estar.

Voltei para o quarto e me cobri. Betty dissera que teríamos um dia e meio de folga por semana. Era domingo, e meu meio dia de folga seria na sexta-feira de manhã. Eu já havia procurado o endereço da Cruz Vermelha. Assim que pudesse, iria à Jamison Street.

Na manhã seguinte, a dona da casa pediu que fôssemos ao quintal buscar maracujá em um pé que deitava os galhos sobre a cerca.

– O que você achou dela? – perguntou Irina aos sussurros, abrindo uma sacola para que eu pudesse colocar as frutas ali dentro.

– No começo, achei-a esquisita. Mas, agora, quanto mais ela fala, mais eu gosto dela. Para mim, é uma pessoa gentil.

– Também acho – Irina concordou.

Levamos duas sacolas de maracujá para Betty.

– Eu os utilizo no sorvete *Barco Tropical* – disse ela.

Depois, nós pegamos o bonde para a cidade. O café de Betty ficava na Farmer's Department Store, no final da George Street, perto dos cinemas. Sua decoração era uma mistura de lanchonete americana e café francês. Tinha dois andares. No primeiro, havia uma mesa redonda com cadeiras de palha; no segundo, que podíamos acessar por meio de uma pequena escada de quatro degraus, havia quatro cabines cor-de-rosa e um balcão com banquetas. Cada cabine tinha uma foto de uma estrela do cinema norte-americano na parede: Humphrey Bogart, Fred Astaire, Ginger Rogers, Clark Gable, Rita Hayworth, Gregory Peck e Bette Davis. Vi um retrato de Joan Crawford quando passamos. Seus olhos sérios e boca tensa me fizeram pensar em Amélia.

Seguimos Betty por duas portas-balcão com janelas arredondadas e descemos por um corredor curto para a cozinha. Um jovem, com pernas magras e uma covinha no queixo, estava misturando farinha e leite sobre um balcão.

– Este é Vitaly – apresentou Betty.

O rapaz olhou para nós e sorriu.

– Ah, aqui estão vocês – disse ele. – Chegaram bem na hora para me ajudar com a massa da panqueca.

– Elas ainda não vão trabalhar – informou Betty, pegando nossas bolsas e colocando-as sobre a mesa no centro do cômodo. – Sentem-se e conversem um pouco antes de os clientes começarem a chegar. Vocês precisam se conhecer.

A cozinha do café era tão limpa quanto a da casa de sua proprietária, e o piso era nivelado. Havia ali quatro armários, um fogão a gás com seis bocas, um forno grande e duas pias. Nossa nova patroa pegou um avental de um dos armários e amarrou ao redor da cintura. Vi dois uniformes cor-de-rosa pendurados em um gancho e acreditei que um deles seria meu. Eu ajudaria Betty como garçonete. Irina seria a assistente de Vitaly na cozinha.

O cozinheiro trouxe cadeiras da sala dos fundos e nos sentamos ao redor da mesa.

– E os ovos para todos? – perguntou Betty. – Vocês só comeram torradas hoje de manhã. Não quero o meu pessoal morrendo de fome e tendo de ficar em pé o dia todo.

– Conheço vocês duas de Tubabao – afirmou Vitaly.

– Ah, sim, eu me lembro – Irina riu. – Você pediu meu autógrafo depois da apresentação.

Olhei para a face corada de Vitaly, para seus cabelos loiros e olhos protuberantes, mas não consegui me recordar dele. Contamos a respeito de nosso acampamento, e ele disse que havia sido mandado para um lugar chamado Bonegilla.

– Quantos anos você tem? – Irina indagou.

– Vinte e cinco. E você?

Betty quebrou alguns ovos em uma tigela e olhou para trás.

– Não tentem falar em inglês só porque estou aqui. Vocês podem falar em russo.

Ela ajeitou os cabelos e semicerrou os olhos.

– Isso se não estiverem fofocando ou atendendo um dos clientes. Não quero que meus funcionários sejam chamados de espiões comunistas.

Batemos palmas e rimos.

– Obrigada – agradeceu Irina. – Assim fica muito mais fácil para mim.

– E você, Anya – falou Vitaly olhando para mim. – Parece-me familiar desde antes de Tubabao. Eu quis me apresentar, mas soube que você era de Xangai e acreditei que não era possível que nos houvéssemos conhecido.

– Não sou de Xangai. Sou de Harbin.

– Harbin! – exclamou ele, com os olhos brilhando. – Também sou de lá. Qual é o seu sobrenome?

– Kozlova.

O rapaz pensou por um momento, esfregando as mãos, como se tentasse tirar um gênio de uma lâmpada.

– Kozlova! Filha do coronel Victor Grigorovich Kozlov?

O nome de meu pai me deixou sem ar. Já fazia muito tempo que eu não o escutava.

– Sim.

– Então eu conheço você – revelou Vitaly. – Mas talvez você seja jovem demais para se lembrar de mim. Meu pai era amigo do seu. Eles deixaram a Rússia juntos. Nós nos mudamos para Tsingtao, em 1938. No entanto, eu me recordo de você. Era uma menininha de cabelos ruivos e olhos azuis.

– Seu pai está com você? – Irina perguntou.

– Não. Ele está nos Estados Unidos com a minha mãe e meus oito irmãos. Estou aqui com a minha irmã e o marido dela. Meu pai não confia no genro, por isso me mandou para cuidar de Sofia. Seus pais estão com você, Anya?

A pergunta dele me pegou desprevenida. Olhei para a mesa.

– Meu pai faleceu em um acidente de carro antes do fim da guerra. Minha mãe foi deportada de Harbin pelos soviéticos. Não sei para onde eles a levaram.

Minha amiga esticou o braço e pegou a minha mão.

– Esperamos que a Cruz Vermelha de Sydney nos ajude a encontrar a mãe de Anya na Rússia – ela explicou a Vitaly.

Ele passou a mão na covinha do queixo e levou os dedos ao rosto.

– Sabe, a minha família está à procura do meu tio. Ele ficou em Harbin e também foi para a União Soviética depois da guerra. Mas não foi forçado a isso. Ele e o meu pai tinham ideias diferentes. Meu tio acreditava nos princípios do comunismo e nunca serviu ao Exército com meu pai. Não era exatamente um extremista, mas era um simpatizante da ideologia.

– Você tem notícias dele? – questionou Irina. – Talvez ele saiba para onde a mãe de Irina foi mandada.

O cozinheiro estalou os dedos.

– Talvez eu saiba. É possível que eles estivessem no mesmo trem que foi de Harbin para a Rússia. Mas meu pai só teve notícias de meu tio duas vezes desde sua volta e, mesmo assim, por meio de pessoas que nós conhecíamos. Eu me lembro de que o trem parou em um local chamado Omsk. Dali, meu tio foi para Moscou, mas os outros passageiros foram levados para um campo de trabalho.

– Omsk! – eu disse. Eu já tinha ouvido o nome daquela cidade antes. Tentei me lembrar de onde escutara.

– Posso pedir a meu pai que tente fazer o contato de novo – afirmou Vitaly. – Meu tio tem medo do meu pai e do que ele pode dizer. Sempre dependemos de outras pessoas para passar as mensagens, então vai levar certo tempo. E claro que tudo é conferido e censurado hoje em dia.

Eu estava surpresa demais para falar. Em Xangai, a Rússia parecia uma entidade grande demais para eu enfrentar. De repente, em um café do outro lado do mundo, eu recebia mais informações a respeito do paradeiro de minha mãe do que nunca.

– Anya – falou Irina –, se disser à Cruz Vermelha que acredita que sua mãe está em Omsk, pode ser que eles consigam encontrá-la para você!

– Ei, esperem um pouco! – disse Betty, colocando três pratos de ovos mexidos com torrada diante de nós. – Vocês não estão sendo justos. Eu disse que poderiam falar em russo, se não fosse nada interessante. O que está havendo?

Nós três começamos a falar o mesmo tempo, e Betty não entendeu nada. Irina e Vitaly pararam de falar e me deixaram explicar. A dona do café olhou para o relógio.

– O que está esperando? – ela perguntou. – Já fiquei sem você um mês. Vou sobreviver mais uma manhã. A Cruz Vermelha abre às 9 horas da manhã. Se você partir agora, será a primeira pessoa a chegar lá.

Passei entre as secretárias e os trabalhadores de escritório, quase sem prestar atenção a nada da George Street, ao correr para o centro da cidade. Olhei para o mapa que Betty havia desenhado em um guardanapo. Entrei na Jamison Street e me vi diante do prédio da Cruz Vermelha dez minutos antes da abertura. Uma programação havia sido colocada na porta de vidro. Eu li sobre o serviço de transfusão de sangue, as casas de convalescência, o hospital e os departamentos de repatriação, e até sobre o departamento de localização. Olhei para o relógio de novo e andei de um lado a outro na calçada. "Meu Deus", pensei. "Finalmente estou aqui."

Uma mulher passou por mim e sorriu. Deve ter pensado que eu estava desesperada para doar sangue.

Perto da porta, havia uma vitrine mostrando o artesanato da Cruz Vermelha. Observei os cabides revestidos com cetim e as mantas de crochê e pensei em comprar algo para Betty na volta. Tinha sido muito gentil ao me liberar do trabalho, antes mesmo de eu começar.

Quando a atendente abriu as portas, fui diretamente para a escada de emergência, pois não queria esperar o elevador. Entrei correndo no departamento de localização e assustei a recepcionista, que estava se sentando a sua mesa com uma xícara de chá. Ela prendeu o broche de voluntária e perguntou como poderia me ajudar. Respondi que estava tentando encontrar a minha mãe. A moça me entregou alguns formulários de registro e uma caneta.

– É difícil atualizar os arquivos de localização – disse ela. – Por isso, inclua o máximo de informação que conseguir hoje.

Sentei-me ao lado do bebedouro e analisei os formulários. Eu não tinha uma foto de minha mãe e não havia anotado o número do trem que a levara de Harbin. Mas preenchi a ficha com o máximo de informações que consegui, incluindo o nome de solteira dela, o ano e o local de seu nascimento, a data em que a vi pela última vez e sua descrição física. Parei por um momento. Eu me lembrei de minha mãe desesperada e com o punho cerrado sobre a boca, e minha mão começou a tremer. Engoli em seco e procurei me concentrar. Havia uma observação no final da última folha explicando que, devido ao número de pedidos e ao difícil processo para reunir informações, talvez demorasse de seis meses a vários anos para que a Cruz Vermelha enviasse uma resposta. Poorém, não permiti que aquilo me tirasse o ânimo. "Obrigada, obrigada!", eu escrevi perto da assinatura. Então, devolvi os formulários para a recepcionista. Ela colocou dentro de uma pasta e pediu para que eu esperasse, até que um agente de localização entrasse em contato comigo.

Uma mulher com uma criança no colo entrou na sala de espera e pediu os formulários à recepcionista. Olhei ao redor, percebendo, pela primeira vez, que o lugar se tratava de um museu de luto e pesar. As paredes estavam cobertas com fotos com bilhetes abaixo delas, nos quais se lia:

"Lieba. Vista pela última vez na Polônia, em 1940"; "Meu amado marido, Semion, desaparecido em 1941." A foto de um irmão e uma irmã, pequenos, fez meu coração doer: "Janek e Mania, Alemanha, 1937".

– Omsk – disse a mim mesma, como se o som daquela palavra me ajudasse a destravar a memória.

E, então, me recordei de onde havia escutado aquele nome antes. Era a cidade na qual Dostoievski havia sido preso em exílio político. Tentei me lembrar de seu romance *Notes from the Underground*, mas só consegui me lembrar do personagem principal, sombrio e deprimido.

– Srta. Koslova? Meu nome é Daisy Kent.

Olhei para cima e vi uma mulher de óculos, com um casaco azul e vestido, me fitando. Segui-a por uma área administrativa lotada de papéis, onde os voluntários estavam conferindo e preenchendo formulários, para um escritório com porta de vidro. Daisy me pediu para sentar e fechou a porta. O sol entrava pela janela, e a mulher fechou as cortinas. O ventilador ligado em cima de um dos arquivos não conseguia aliviar o abafamento dentro da sala. Eu sentia dificuldade para respirar.

Daisy empurrou os óculos mais para cima no nariz e analisou o meu formulário de registro. Olhei por cima do ombro dela para um pôster de uma enfermeira com uma cruz vermelha no chapéu, confortando um soldado ferido.

– Sua mãe foi levada a um campo de trabalho na União Soviética, certo? –perguntou a funcionária.

– Sim – respondi, inclinando-me para a frente.

Suas narinas abriram-se e ela cruzou os braços diante do peito.

– Então, temo que a Cruz Vermelha não possa auxiliá-la.

Meus dedos das mãos e dos pés ficaram gelados. Minha boca se entreabriu.

– O governo russo não admite ter campos de trabalho forçado – Daisy continuou. – Assim, é impossível para nós determinar onde eles ficam e quantos são.

– Mas eu acho que sei a cidade. Omsk – falei, com a voz trêmula.

– Infelizmente, a menos que seja uma zona de guerra, não podemos ajudá-la.

– Por quê? – questionei. – A Organização Internacional de Refugiados disse que poderia.

Daisy suspirou e cerrou os punhos. Observei suas unhas bem feitas, sem conseguir acreditar no que estava escutando.

– A Cruz Vermelha faz tudo o que pode para ajudar as pessoas, mas só podemos fazer isso em países envolvidos em guerras nacionais ou internacionais. Não é o caso da Rússia. Não se considera que eles estejam violando regras humanitárias.

– Você sabe que isso não é verdade – interrompi. – Os campos de concentração existem na Rússia, assim como existem na Alemanha.

– Srta. Kozlova – replicou ela, tirando os óculos e apontando com eles para mim –, somos mantidos pela Convenção de Genebra e precisamos seguir as regras estritas deles, ou não existiríamos.

A voz dela era fria, não gentil. Eu tive a impressão de que a funcionária havia respondido àquelas perguntas antes e decidira que seria melhor acabar com toda a esperança logo de cara, em vez de dar espaço a uma discussão.

– Mas, com certeza, vocês têm conexões, não? – perguntei, com nervosismo. – Com uma organização que possa, pelo menos, oferecer alguma informação?

Ela colocou os meus papéis dentro da pasta novamente, para demonstrar que nada podia ser feito. Eu não me mexi. A mulher queria que eu saísse?

– Você não pode fazer nada para me ajudar? – indaguei.

– Já lhe expliquei que não há nada que eu possa fazer. – Daisy pegou outra pasta da pilha ao lado e começou a fazer anotações.

Percebi que ela não ia me ajudar. Não conseguia tocar o lado sensível que acreditava existir em todos, exceto, talvez, em pessoas com sede de vingança, como Tang e Amélia. Fiquei em pé.

– Você não estava lá – eu disse, com uma lágrima escorrendo do olho até o queixo. – Não estava lá, quando eles a tiraram de mim.

Daisy colocou a pasta de volta na pilha e ergueu o queixo.

– Sei que isso é estressante, mas...

Não ouvi a última parte da frase. Saí correndo do escritório e bati em uma mesa da área de administração, derrubando pastas pelo chão. A recepcionista olhou para mim, quando passei, mas não disse nada. Apenas as fotografias na parede da área de espera, com os olhos tristes e perdidos, demonstravam empatia.

Voltei para o café, quando a movimentação do meio da manhã estava começando. Minha cabeça latejava, e eu me sentia enjoada com o choro que tentava conter. Não fazia ideia de como sobreviveria ao meu primeiro dia de trabalho. Vesti o uniforme e prendi os cabelos em um rabo de cavalo, mas, assim que entrei na cozinha, senti que as pernas fraquejaram e precisei me sentar.

– Não desanime por causa da Cruz Vermelha – consolou-me Betty, pegando um copo de água e colocando-o sobre a mesa diante de mim. – Existe mais de uma maneira de tirar a pele de um coelho. Talvez você possa entrar na Sociedade Russo-Australiana. Quem sabe descubra algo por meio deles.

– Você também pode acabar sendo investigada pelo governo australiano como uma possível espiã – interferiu Vitaly, cortando uma fatia de pão. – Anya, prometo que escreverei ao meu pai hoje à noite.

Irina pegou as fatias que o cozinheiro cortara e começou a passar manteiga nelas para preparar os sanduíches.

– A Cruz Vermelha está cheia de trabalho e precisa contar com o auxílio de voluntários – disse minha amiga. – O pai de Vitaly provavelmente vai conseguir ajudá-la melhor.

– Isso mesmo – concordou Vitaly. – Ele vai ficar contente em realizar essa missão. Pode acreditar. Irá nessa história até o fim. Se ele não puder encontrar o meu tio, vai conseguir outro contato para você, de um jeito ou de outro.

O incentivo deles fez com que eu me animasse um pouco. Li o cardápio e fiz o melhor que pude para memorizá-lo. Acompanhei Betty, enquanto ela anotava os pedidos e, apesar de meus olhos continuarem marejados, sorri para todos os clientes ao levá-los a suas mesas. O estabelecimento, segundo Betty, era famoso não apenas pelo café ao estilo norte-americano, mas por seus *milk-shakes* de chocolate e baunilha de verdade, e chás gelados servidos em copos altos, com canudinhos listrados de papel. Percebi que alguns clientes mais jovens pediam algo chamado "vaca-preta". À tarde, Betty me deu um para experimentar. Era tão doce, que fiquei com dor de estômago.

– A meninada adora – Betty riu. – Eles o consideram glamouroso.

A clientela da hora do almoço pedia mais saladas, sanduíches ou tortas. Porém, no final da tarde, eu carregava bandejas de *cheesecake* New

York, *blancmanges* servidos com geleia e um prato chamado *rarebits*.

– *Rabbits?* – pronunciei, ao primeiro cliente que me pediu.

O homem coçou o queixo e tentou outra vez.

– *Rarebits*.

– Quantos? – questionei, tentando fingir que sabia do que ele estava falando.

– Apenas uma porção – respondeu o homem.

Ele olhou para trás e apontou para Betty.

– Pergunte para aquela moça. Ela vai saber o que é.

Meu rosto todo ficou corado.

– O homem da mesa dois quer uma porção de *rabbits* – sussurrei para Betty.

Ela semicerrou os olhos por um momento, pegou o cardápio, apontou para a palavras *rarebits* e me mandou para ir à cozinha e pedir a Vitaly que me mostrasse o prato. Era uma torrada com cobertura de queijo, misturado com cerveja e leite.

– Vou preparar um para você, depois de fecharmos – o cozinheiro disse, tentando não rir.

– Não, obrigada – respondi. – Já basta a experiência que tive com a "vaca-preta".

Na sexta-feira, passei a manhã na biblioteca pública. Iluminada pela luz fraca do teto de vidro abobadado da biblioteca, consultei o livro *Notes from the Underground*, de Dostoievski Era difícil ler um trabalho tão complexo traduzido. Usei um dicionário russo-inglês para me ajudar e perseverei até concluir que seria um ato infrutífero. Era um romance pesado a respeito da natureza da humanidade e não me deu nenhuma pista a respeito de minha mãe, apenas confirmou o que eu já havia descoberto no atlas: Omsk ficava na Sibéria. Por fim, precisei admitir que estava procurando uma agulha em um palheiro.

Voltei para Potts Point, cansada e sentindo-me derrotada. O sol estava quente, mas uma brisa do mar começava a soprar do porto. Peguei um dos gerânios perto do portão e analisei, enquanto subia pelo caminho. Um homem surgiu da porta da frente, afundando um chapéu na cabeça. Quase nos chocamos. Ele deu um passo para trás, assustado a princípio, e, então, sorriu.

– Olá – cumprimentou ele. – Você é uma das meninas de Betty, não é?

O homem tinha trinta e poucos anos, e seus cabelos pretos e olhos verdes me fizeram lembrar da foto de Gregory Peck no salão. Percebi, quando ele me olhou de cima a baixo.

– Sim, eu moro com ela.

Não daria o meu nome antes de ele me dizer o dele.

– Sou Adam, Adam Bradley – apresentou-se o homem, estendendo a mão para apertar a minha. – Moro no andar de cima.

– Anya Kozlova – repliquei.

– Cuidado com ele! Ele só traz problemas. – escutei a voz de uma mulher dizer.

Eu me virei e vi uma moça bonita, com cabelos loiros, acenando para mim do outro lado da rua. Ela estava usando uma saia reta e uma blusa justa e carregava um monte de vestidos sobre o braço. Abriu a porta de um Fiat e jogou as roupas no banco de trás do veículo.

– AH, JUDITH! – gritou Adam. – Você me chamou antes de eu ter a chance de me retratar com esta bela moça.

– Você nunca vai se redimir – disse a mulher, rindo.

– Quem era aquela moça magra que vi você levando para dentro de casa uma noite dessas? – A mulher virou-se para mim. – A propósito, sou Judith.

– Sou Anya. Vi seu vestido na vitrine. É lindo.

– Obrigada – agradeceu ela, sorrindo, com dentes grandes e brancos. – Estou indo para uma apresentação esta semana, mas apareça quando quiser. Você é magra, alta e bonita. Posso usá-la como modelo.

Judith entrou no carro, fez um retorno e parou diante de nós.

– Quer uma carona para o jornal, Adam? – perguntou, inclinando-se sobre o assento do passageiro. – Ou é verdade que os jornalistas não trabalham à tarde?

– Hum – disse Adam, tirando o chapéu para mim e abrindo a porta do carro. – Foi um prazer conhecê-la, Anya. Se Judith não conseguir um trabalho para você, talvez eu consiga.

– Obrigada, mas já tenho um emprego.

Judith buzinou e pisou no acelerador. Observei o carro subir a rua e quase atropelar dois cães e um homem de bicicleta.

Subi as escadas para o apartamento. Eu ainda tinha duas horas livres, antes de ter que voltar ao café para ajudar com a clientela da tarde. Fui para a cozinha e decidi preparar um sanduíche. Não havia circulação de ar dentro do apartamento, por isso abri as portas francesas para deixar a brisa entrar. Tinha um pouco de queijo na caixa térmica e metade de um tomate no armário. Então, cortei os dois e coloquei no meio de um pão. Peguei um copo de leite e levei o meu lanche para a varanda.

Havia algumas ondas no porto, e poucos barcos se moviam rapidamente ali. Eu não esperava que Sydney fosse uma cidade tão bonita. Para mim, tinha a atmosfera de um *resort* de férias, como eu imaginava que o Rio de Janeiro ou Buenos Aires fossem. Mas as aparências podiam enganar. Vitaly me disse que onde morava e que nunca saía à noite sozinho, se pudesse evitar. Dois de seus amigos tinham sido atacados por uma gangue que os escutou falando russo. Essa era uma das faces de Sydney que eu ainda não conhecia. Alguns clientes ficavam impacientes, quando eu não conseguia entendê-los, mas geralmente as pessoas eram educadas.

Uma porta bateu no fundo do apartamento. Pensei que fosse a do quarto ou a da frente, que eu não teria fechado direito. Voltei para dentro, para resolver o problema. A porta da frente estava fechada, assim como a janela acima dela. Vi que a porta de meu quarto também não estava aberta. Escutei mais uma batida e percebi que era a porta do quarto vizinho ao nosso que estava se abrindo e fechando com o vento. Segurei a maçaneta, com a intenção de fechar a porta, mas a minha curiosidade foi maior. Abri e espiei ali dentro.

O quarto era um pouco maior do que o que eu dividia com Irina, mas, assim como o nosso, tinha duas camas de solteiro, uma em cada canto da parede. As colchas eram marrons com franjas pretas, e havia uma cômoda perto da janela. O cheiro era de um local que permanecia fechado, mas não havia pó sobre a mobília, e o tapete estava limpo. Pendurado na parede, acima de uma das camas, estava um pôster emoldurado de uma partida de críquete realizada em 1937. Algumas medalhas pendiam na outra parede. Vi equipamentos de pesca em cima do guarda-roupa e uma raquete de tênis atrás da porta, além de uma fotografia em cima de uma pequena cômoda. Na foto, dois jovens de uniforme estavam em pé, ao lado de uma sorridente Betty. Havia um navio ao fundo. Ao lado da fotografia, um álbum com capa de couro. Abri e encontrei uma fotografia antiga de dois meninos loiros dentro de um barco. Os dois seguravam cartões de aniversário com o número dois na frente. Gêmeos. Levei a mão à boca e caí de joelhos.

– Betty! – chorei. – Pobre Betty!

Ondas de tristeza tomaram conta de mim. Vi o rosto de minha mãe chorando. Entendi o que o quarto representava. Era um local para lembranças e para o luto. Betty mantinha toda a dor que sentia dentro daquele quarto, para poder prosseguir com sua vida. Compreendi por que ela mantinha aquele espaço, pois eu também tinha um local como aquele. Não era um quarto. Era a boneca matriosca. Era algo a que eu recorria, quando precisava acreditar que a mãe que eu perdera havia, em algum momento, feito parte de minha vida. Era uma maneira de me lembrar de que ela não era um sonho.

Permaneci no quarto, chorando até minhas costelas doerem e não haver mais lágrimas a derramar. Depois de um tempo, fiquei em pé, fui para o corredor e fechei a porta. Nunca falei sobre o tal quarto com Betty, mas, a partir daquela tarde, senti um elo especial com ela.

Depois do trabalho, Irina e eu passeamos pela Kings Cross. A Darlinghurst Street ficava linda àquela hora da noite, com pessoas saindo dos bares e cafés, segurando bebidas, fumando e rindo. Passamos por um bar, e eu escutei *Romance in the Dark* sendo tocada no piano. Tentei imaginar se o pianista era Johnny. Espiei pela porta, mas não consegui ver nada por entre as pessoas.

– Eu costumava cantar em locais assim em Xangai – disse Irina.

– Você poderia fazer isso aqui – comentei.

Ela balançou a cabeça negativamente.

– Eles desejariam escutar músicas em inglês. E, de qualquer modo, depois de uma semana trabalhando na cozinha, estou cansada demais para fazer qualquer outra coisa.

– Quer se sentar em algum lugar? – perguntei, indicando um café do outro lado da rua chamado Con's Palace.

– Depois de todos os *milk-shakes* que tomamos esta semana?

Uni as mãos.

– É mesmo. Claro que não! Onde estou com a cabeça? – e dei risada.

Passamos pelas lojas que vendiam artigos da Índia, cosméticos e roupas usadas, até chegarmos à intersecção com a Victoria Street e, então, viramos para ir para casa.

– Você acha que, um dia, vamos nos adaptar a este lugar? – questionou minha amiga. – Tenho a sensação de que estou do lado de fora, olhando para dentro.

Observei uma mulher elegantemente vestida sair de um táxi e passar apressada. "Eu era como ela", pensei.

– Não sei, Irina. Talvez seja mais fácil para mim porque falo inglês.

Ela olhou para as mãos e esfregou uma bolha na palma de uma delas.

– Acho que está tentando ser corajosa. Tinha dinheiro antes. Agora precisa economizar só para ir ao cinema uma vez por semana.

"Estou preocupada apenas com achar a minha mãe", eu pensei.

– Vou ao banco – disse Betty, em certa tarde, com pouco movimento.

Vestiu um casaco leve sobre o uniforme e conferiu como estava o batom, na superfície brilhante da cafeteira.

– Você pode atender os clientes, certo, Anya? – perguntou, tocando o meu braço. – Vitaly está na cozinha, caso fique muito sobrecarregada.

– Claro – respondi.

Eu a observei sair na rua. Era um daqueles dias nublados em que não estava nem quente nem frio, mas no qual, sem casaco, sentia-se frio; e com casaco, calor. Passei um pano no balcão e nas mesas, apesar de eles já estarem limpos. Cerca de uma hora depois, escutei a porta da frente se abrir e vi um grupo de meninas entrar no salão e ocupar a cabine de Joan Crawford. Elas vestiam roupas de escritório, terninhos com saias e sapatos baixos, chapéus e luvas.

Pareciam ter cerca de 20 anos, porém tentavam parecer sofisticadas acendendo cigarros Du Mauriers e soltando a fumaça para o alto.

Elas me olharam de cima a baixo quando me aproximei da mesa. Uma delas, uma menina com ombros largos e pequenas sardas no rosto, sussurrou algo, que fez as outras meninas rirem. Percebi que teríamos problemas.

– Boa tarde – cumprimentei, ignorando a grosseria delas, e torcendo para que pedissem poucas coisas. – O que desejam beber?

Uma das meninas, uma morena robusta com os cabelos presos em um penteado muito apertado, disse:

– Bem, deixe-me *verrr. Querrro* um pouco de água e um pouco de café para *beberrr.*

A imitação que ela fez do meu sotaque fez as outras garotas rirem. A menina sardentinha bateu a mão na mesa e falou:

– E quero que você me traga um café e um pedaço de torta. Mas traga um pedaço de torta, e não um pedaço de *torrrta*. Acredito que exista diferença.

Levei a mão ao pescoço. Segurei meu bloquinho de pedidos com força, tentando manter a dignidade, no entanto, corei. Não devia ter me importado. Em parte, sabia que elas eram apenas garotas ignorantes. Contudo, era difícil estar ali, com meu uniforme e não me sentir inferior. Eu era uma imigrante. Uma "refugiada".

Alguém que os australianos não queriam por perto.

– Fale inglês ou volte para o lugar de onde saiu – afirmou uma das meninas, baixinho.

O ódio em sua voz me pegou de surpresa. Meu coração começou a bater forte. Olhei para trás e não consegui escutar a movimentação de Vitaly e Irina na cozinha. Talvez eles estivessem na rua, colocando o lixo para fora.

– Sim, volte – reforçou a morena robusta. – Não queremos você aqui.

– Se vocês tiverem qualquer problema com o inglês excelente dela, podem tomar seu café na King Street.

Todas olhamos para a frente e vimos Betty na porta. Eu não sabia há quanto tempo ela nos estava observando. A julgar pela seriedade em seu rosto, tinha sido tempo suficiente para entender o que se passava.

– Vocês vão pagar uma ou duas moedas a mais lá, então serão duas moedas a menos a gastar com seus remédios para emagrecer e creme para espinhas.

Duas meninas abaixaram a cabeça, envergonhadas.

A menina robusta tirou as luvas e sorriu.

– Oh, estávamos só brincando – defendeu-se ela, tentando acalmar Betty e balançando a mão.

Mas a dona da lanchonete logo se aproximou dela, ficou cara a cara com a garota, com os olhos semicerrados.

– Acho que você não entendeu, jovem – explicou inclinada sobre a menina de um modo que causaria medo em qualquer pessoa. – Não estou fazendo uma sugestão. Sou a proprietária deste lugar e estou mandando todas saírem agora.

O rosto da menina ficou vermelho. Seus lábios tremeram, e percebi que ela estava prestes a chorar. Ficou mais feia com aquela expressão, e, apesar do que haviam feito comigo, senti pena dela. Ela ficou em pé e derrubou o porta-guardanapos na pressa de sair dali. Suas amigas também se levantaram e saíram atrás. Nenhuma delas manteve a pose de sofisticação.

Betty observou a saída das jovens e virou-se para mim.

– Nunca mais permita que alguém fale com você daquele jeito, Anya. Entendeu? Jamais! Eu imagino as coisas pelas quais você passou e posso garantir que vale mais que 20 dessas meninas.

Naquela noite, quando Irina adormeceu, fiquei deitada, pensando em como minha chefe havia me defendido, como uma leoa defende a cria. Apenas a minha mãe teria sido tão incisiva. Escutei a torneira da cozinha e imaginei que Betty também pudesse estar com dificuldade para dormir.

Encontrei-a sentada na varanda, olhando para o céu, com um centímetro de cinza pendurado no cigarro, que brilhava como um vagalume em seus dedos. Os pisos de madeira estalavam sob seus pés. A dona da casa mexeu o ombro, mas não se virou para ver quem estava ali.

– Parece que vai chover amanhã – comentei. – Betty?

Sentei-me na cadeira ao lado dela. Eu havia interrompido seus pensamentos, e já era tarde demais para voltar atrás. Ela olhou para mim, mas não disse nada. No brilho da luz que vinha da cozinha, vi a pele pálida e os olhos pequenos e sem maquiagem daquela mulher. As rugas que tinha na testa e as marcas profundas ao redor da boca estavam menos visíveis. Seus traços estavam mais suavizados, menos dramáticos, sem a máscara de cosméticos.

– Obrigada pelo que fez hoje.

– Pare com isso! – respondeu ela, batendo as cinzas em um canto da varanda.

– Eu não sei o que teria feito, se você não tivesse me ajudado.

Ela semicerrou os olhos.

– Você teria mandado todas elas para o inferno mais cedo ou mais tarde – replicou, tocando a rede em seus cabelos. – As pessoas têm limites. Logo começam a reagir.

Sorri, apesar de duvidar do que ela dissera. Quando aquelas meninas me menosprezaram, acreditei nelas.

Eu me recostei na cadeira. O vento vindo do mar era fresco, mas não frio. Respirei profundamente, enchendo os pulmões. Quando vi Betty pela primeira vez, sua atitude direta me assustou. De repente, sentada ao lado dela e vendo-a com a camisola com a gola rendada, senti vontade de rir daquela primeira impressão. Ela me lembrava Ruselina. Emanava a mesma força e fragilidade que a avó de Irina. Porém talvez eu só soubesse que ela era frágil por ter visto seu quarto secreto.

Betty soltou a fumaça no ar.

– As palavras podem matar você – afirmou ela. – Eu sei bem. Eu fui a filha número seis em uma família de oito irmãos, a única menina. Meu pai não se controlava e dizia que me considerava inútil, que eu não valia a comida que ele punha em minha boca.

Eu me retraí. Não conseguia imaginar que tipo de pai diria algo como aquilo a uma filha.

– Betty! – falei.

Ela balançou a cabeça.

– Quando eu tinha 13 anos, percebi que precisava ir embora ou permitiria que ele matasse o que restava dentro de mim.

– Você foi corajosa – disse a ela – por tomar a decisão de partir.

Ela bateu a cinza do cigarro no chão, e nós duas ficamos em silêncio, escutando o som de um carro descendo a rua e o ressoar de uma música que tocava ao longe.

Depois de um tempo, a dona da lanchonete continuou.

– Eu criei a minha própria família, porque a que eu recebi ao nascer não era boa. Tom e eu não tínhamos muita coisa no começo, mas nos divertíamos muito. E, quando os meninos chegaram... bem, fomos felizes.

Sua voz falhou, e ela pegou mais um cigarro no maço que estava no braço da poltrona. Pensei no quarto secreto, na maneira carinhosa como os objetos que pertenciam aos filhos dela eram mantidos.

– Rose nos contou que você perdeu seus filhos na guerra – disse.

Fique espantada comigo mesma. Em Tubabao, eu nunca teria perguntado sobre o passado de ninguém. Mas, naquela época, estava sofrendo tanto, que não conseguia tolerar a dor de mais ninguém. De repente, senti vontade de mostrar a Betty que compreendia a sua angústia, porque eu também já a sentira.

A mulher cerrou o punho no colo.

– Charlie, em Cingapura; e Jack, um mês depois. Tom ficou arrasado. Ele não ria muito depois disso. E, então, também se foi.

O mesmo sentimento de pesar que tomara conta de mim no quarto dos filhos me envolveu novamente. Estendi o braço e toquei o ombro daquela senhora. Para minha surpresa, ela segurou a minha mão. Seus dedos eram ossudos, mas quentes. Seus olhos estavam secos, e seus lábios tremiam.

– Você é jovem, Anya, mas entende o que estou dizendo. As meninas do café hoje também são jovens, porém não sabem de nada. Sacrifiquei meus filhos para salvar este país.

Sai de minha cadeira e ajoelhei ao lado de Betty. Compreendia seu pesar. Imaginei que, assim como eu, ela sentisse medo de fechar os olhos à noite por causa de seus sonhos e que, mesmo entre amigos, permanecia em um mundo só dela. Entretanto, eu não conseguia mensurar a magnitude da perda de um filho, muito menos de dois.

Aquela mulher era forte. Senti sua coragem pulsando, mas ao mesmo tempo sabia que, se ela fosse pressionada demais, poderia não aguentar.

– Sinto orgulho – disse ela. – Orgulho porque, graças a rapazes como os meus filhos, este país ainda é livre, e jovens como você podem vir e construir uma vida nova aqui. Quero fazer tudo o que puder para lhe ajudar. Não permitirei que as pessoas a ofendam.

Meus olhos encheram-se de lágrimas.

– Betty...

– Você, Vitaly e Irina – afirmou – são meus filhos agora.

quatorze

Sociedade

Em uma noite de julho, Betty estava me ensinando o segredo de seu ensopado, quando Irina entrou correndo na cozinha, segurando uma carta.

– MINHA AVÓ ESTÁ VINDO! – gritou ela.

Eu sequei as mãos no avental, peguei a correspondência das mãos dela e li as primeiras linhas. Os médicos franceses haviam declarado que a avó de minha amiga estava recuperada, e o consulado estava preparando os documentos para que ela viajasse para a Austrália. Tanta coisa havia acontecido desde a última vez em que eu vira Ruselina, que mal consegui acreditar quando li que ela estaria em Sydney no fim do mês. O tempo parecia ter voado.

Traduzi as notícias para Betty.

– Espere até ela ver como você está falando bem o inglês agora – a dona da lanchonete disse a Irina. – Não vai reconhecê-la.

– Ela não vai me reconhecer porque você tem me alimentado muito bem – Irina replicou, sorrindo. – Eu engordei.

– Eu, não! – Betty protestou, fatiando bacon e piscando. – Acho que é o Vitaly quem tem dado muita comida a você. Sempre que vocês dois estão na cozinha, só consigo escutar risadinhas.

Achei a piada de Betty engraçada, mas Irina corou.

– Vitaly deveria consertar o Austin dele até a chegada de Ruselina – sugeri. – Podemos levá-la a Blue Mountains.

Betty virou os olhos.

– Ele tem cuidado daquele carro desde que eu o contratei, e o automóvel ainda não saiu da oficina. Acho melhor contarmos com o trem.

– Você acha que podemos encontrar um apartamento para a minha avó aqui perto? – Irina perguntou a Betty. – Não temos muito tempo.

A dona da lanchonete colocou o prato de ensopado no forno e ligou o *timer*.

– Tenho outra ideia – disse ela. – Há um cômodo lá embaixo, que me pertence. Eu o tenho usado como quarto de depósito. Mas é grande e agradável. Posso esvaziá-lo, se você quiser.

A mulher pegou uma jarra no alto do armário da cozinha, tirou uma chave de dentro dele e entregou a Irina.

– Você e Anya deem uma olhada a vejam o que acham. O jantar vai demorar um pouco para ficar pronto.

Minha amiga e eu descemos as escadas correndo para o primeiro andar. Encontramos Johnny saindo de casa.

– Olá, vocês duas – saudou ele, tirando um cigarro do maço que estava em sua jaqueta. – Vou para rua, apesar de minha mãe dizer que vai chover.

Nós o cumprimentamos e observamos, quando ele desceu pelo caminho e passou pelo portão. No domingo anterior, Vitaly nos havia levado ao zoológico. Quando chegamos ao espaço onde ficavam os coalas, Irina e eu nos entreolhamos e dissemos em uníssono:

– Johnny!

Nosso vizinho tinha os mesmos olhos unidos e os lábios lânguidos do animal nativo.

O quarto sobre o qual Betty nos havia falado ficava no final do corredor, atrás da escada.

– Você acha que vai fazer muito barulho, quando Johnny estiver tocando? – perguntou Irina, enfiando a chave na fechadura.

– Não, há dois quartos separando este cômodo do piano de Johnny. E ninguém reclama quando ele ensaia.

O que eu disse era verdade. Sempre que Irina e eu escutávamos Johnny tocar, desligávamos o telégrafo e escutávamos a música. Sua versão de *Moon River* sempre nos fazia chorar.

– Você tem razão – concordou Irina. – A vovó provavelmente vai adorar ser vizinha de um músico.

Abrimos a porta e entramos. Encontramos um espaço apertado, cheio de armários, malas e uma cama de quatro postes. O cheiro era de poeira e mofo.

– Esta cama já deve ter ficado no nosso quarto – eu comentei. – Provavelmente era de Tom e Betty.

Minha amiga abriu uma porta de correr sob a escada e acendeu a luz.

– Há uma pia e um vaso sanitário aqui. Acho que a vovó poderá tomar banho lá em cima.

Abri as portas de um armário entalhado. Estava cheio de peças de chá Bushell.

– O que você acha?

– Penso que você deveria aceitar – eu respondi. – Betty vai precisar vender estas coisas mais cedo ou mais tarde. E, se limparmos bem, o quarto vai ficar bom.

❀

O navio em que Ruselina viajava navegou até o porto em uma bela manhã em Sydney. A umidade do verão havia se tornado familiar para mim, porque o clima de Xangai era parecido. Mas eu nunca tinha visto dias de inverno com raios de sol refletindo nas árvores e o ar tão bom. Diferentemente de Harbin, não havia a decadência da estação fria, seguida por meses de neve, gelo e escuridão. A versão gentil do inverno de Sydney fez com que eu ficasse feliz e corada.

Irina e eu decidimos caminhar até o porto para recebermos Ruselina. Praticamente saltitávamos e não conseguíamos deixar de rir discretamente dos australianos bem agasalhados, reclamando do "frio forte" e do "vento gelado".

– A temperatura deve ser de mais de 12ºC – disse a Irina.

– A vovó vai achar que estamos no verão – ela riu. – Essa temperatura era uma onda de calor, quando ela vivia na Rússia.

Ficamos aliviadas ao observar que o navio que havia trazido a senhora para a Austrália não estava tão lotado como aquele que tínhamos visto em nosso primeiro dia em Sydney, apesar de o porto estar repleto de gente esperando pela chegada dos passageiros. Havia uma banda do Exército de Salvação tocando *Waltzing Matilda*, e alguns jornalistas e fotógrafos que tiravam fotos. Uma fila de pessoas descia pela plataforma de desembarque de modo organizado. Um grupo de meninos escoteiros correu para entregar maçãs aos viajantes, conforme eles desciam.

– De onde esse navio veio? – perguntei a Irina.

– Partiu da Inglaterra e pegou alguns passageiros pelo caminho.

Eu não disse nada, mas fiquei magoada por ver que os australianos pareciam mais afeitos aos migrantes britânicos que a nós.

Minha amiga e eu procuramos Ruselina.

– ALI ESTÁ ELA! – Irina gritou, apontando para o meio da fila.

Hesitei. A mulher que estava descendo pela plataforma não era a Ruselina que eu conhecera em Tubabao. Um bronzeado saudável havia substituído a pele pálida, e ela caminhava sem a ajuda de um cajado. Não havia mais manchas escuras em sua pele. Ela nos viu e bradou:

– IRINA! ANYA!

Corremos para encontrá-la.

Quando eu a abracei, foi como apertar uma almofada e não um galho seco.

– Deixem-me ver vocês! – exclamou ela, dando um passo para trás.

– Vocês estão tão lindas. A sra. Nelson deve estar cuidando bem das duas!

– Ela está, sim – respondeu Irina, secando uma lágrima. – Mas e a senhora, vovó? Como está se sentindo?

– Melhor do que imaginei.

Vendo o brilho em seus olhos e sua pele saudável de perto, eu acreditei.

Perguntamos a ela sobre a viagem pelo mar e a respeito da França. Por algum motivo, ela só respondeu em inglês, apesar de estarmos perguntando em russo.

Seguimos os outros recém-chegados para o lado sul do cais, onde a bagagem estava sendo descarregada. Irina e eu questionamos Ruselina com relação aos passageiros do navio, e ela abaixou a voz e disse:

– Irina e Anya, devemos falar apenas inglês agora que estamos na Austrália.

– Não se estivermos conversando entre nós! – minha amiga riu.

– Principalmente quando estivermos falando entre nós – a avó respondeu, tirando um livrinho de sua mala.

Era uma apresentação da Austrália feita pela Organização Internacional de Refugiados.

– Leiam isto – ela mostrou, abrindo o livreto em uma página marcada e passando-o para mim.

Eu li o parágrafo marcado com um asterisco.

– "Talvez o mais importante seja aprender a falar a língua da Austrália. Os australianos não estão acostumados a ouvir um idioma estrangeiro. Eles costumam olhar fixamente para as pessoas que falam de modo diferente. Falar em seu próprio idioma em público fará com que o considerem um estrangeiro. Além disso, evite usar as mãos quando conversar, porque, se fizer isso, vai parecer um estrangeiro."

– Parece que eles se preocupam muito com o fato de parecermos "estrangeiros" – disse Irina.

– Isso explica os olhares estranhos que temos recebido – lembrei.

Ruselina pegou o livreto da minha mão.

– Tem mais. Quando fiz o meu pedido de entrada na Austrália, eles mandaram um oficial ao hospital para perguntar se eu era simpatizante do Comunismo.

– Foi uma piada? – indagou Irina. – Justamente nós! Depois de tudo o que perdemos? Até parece que apoiaríamos os Vermelhos!

– Foi o que eu respondi ao homem – contou Ruselina. – "Meu jovem, você realmente acredita que eu poderia apoiar o regime que colocou os meus pais diante do pelotão de fogo?"

– São as tensões na Coreia – comentei. – Eles acham que todo russo é espião dos inimigos.

– Piora se você for asiático – afirmou Irina. – Vitaly diz que eles não permitem nem mesmo que pessoas de pele negra entrem no país.

Um guindaste fez um barulho. Nós olhamos para cima e vimos um monte de bagagem em uma rede sendo descarregado no cais.

– É a minha mala – falou Ruselina, apontando para uma mala azul com contornos brancos.

Quando o oficial nos disse que poderíamos pegá-la, entramos em uma fila com os outros passageiros.

– Anya, aquele baú preto ali também é meu. Consegue pegá-lo? Está pesado. Irina pode pegar a mala.

– O que tem aqui dentro? – questionei, apesar de saber o que era assim que senti o peso e o cheiro de óleo de máquina.

– É uma máquina de costura que comprei na França. Pegarei algumas encomendas de vestidos, para poder ajudar vocês duas.

Minha amiga e eu nos entreolhamos.

– Não é necessário, vovó – disse Irina. – Conseguimos um quarto para você. O aluguel é barato e poderemos pagar até nossos contratos vencerem.

– Vocês não podem fazer isso – protestou a senhora.

– Sim, podemos – respondi.

Porém não revelei que havia vendido as joias que levara comigo de Xangai, para abrir uma conta bancária. Não recebi tanto dinheiro quanto esperava com a venda das pedras porque, como o joalheiro explicou, muitos imigrantes estavam vendendo joias na Austrália. Mas eu tinha o suficiente para pagar pelo quarto de Ruselina até nossos contratos vencerem.

– Que bobagem – reforçou Ruselina. – Vocês precisam economizar o máximo de dinheiro que conseguirem.

– Vovó – falou Irina, esfregando a mão na lateral do corpo –, você esteve muito doente. Anya e eu queremos que tenha uma vida tranquila.

– Bah! Eu já tive tranquilidade. Agora, quero ajudar vocês.

Insistimos para pegar um táxi para ir para casa, mas Ruselina queria levar a máquina no bonde para economizarmos o dinheiro. Só conseguimos convencê-la quando dissemos que ela veria mais da cidade dentro do táxi. Depois de algumas tentativas, tivemos sucesso ao chamar um. O entusiasmo da senhora com relação a sua nova cidade fez com que Irina e eu nos sentíssemos envergonhadas. Ela abriu a janela e apontou para locais importantes como se tivesse vivido ali a vida toda. Até mesmo o taxista ficou impressionado.

– Aquela é a Torre AWA – mostrou ela, apontando para uma construção marrom com algo que parecia uma pequena Torre Eiffel no topo. – É a construção mais alta da cidade. É maior do que a legislação permite, mas, como eles a classificam como uma torre de comunicação e não como um prédio, ela conseguiu continuar em pé.

– Como sabe tanto sobre Sydney? – a neta quis saber.

– Eu passei meses sem ter o que fazer. Então, li tudo o que pude sobre a cidade. As enfermeiras eram muito gentis e me levavam material. Até encontraram um soldado australiano que foi me visitar. Infelizmente, ele era de Melbourne. No entanto, explicou-me muito sobre a cultura.

Em Potts Point, encontramos Betty e Vitaly discutindo na cozinha. O apartamento recendia a carne e batatas assadas, e, apesar de ser inverno, todas as janelas e portas estavam abertas para que o calor saísse.

– Ele quer preparar um prato estrangeiro esquisito – contou Betty, dando de ombros.

Ela secou os dedos no avental e estendeu a mão na direção de Ruselina.

– Mas eu só quero o melhor para a nossa convidada.

– É um prazer conhecê-la, sra. Nelson – cumprimentou a recém-

-chegada, apertando a mão da dona da casa. – Quero agradecer por ter cuidado de Irina e de Anya.

– Pode me chamar de Betty – disse ela, tocando o penteado. – E tem sido um prazer. É como se fossem as minhas filhas.

– Que prato estrangeiro você quer preparar? – Irina perguntou a Vitaly, cutucando o braço dele de modo brincalhão.

Ele virou os olhos.

– Espaguete à bolonhesa.

No meio do inverno, o clima continuava bom o suficiente para que comêssemos fora de casa, então, levamos as mesas pequenas para a varanda e mais cadeiras também. Vitaly recebeu a missão de cortar a carne, e Irina teve de arrumar os legumes. Ruselina sentou-se ao lado de Betty, e eu fiquei olhando para as duas. Eram uma estranha justaposição. De longe, dava para ver que eram duas mulheres diferentes, mas, lado a lado, pareciam muito iguais. Por fora, não tinham nada em comum: uma era uma aristocrata do velho mundo, desgastada por ter passado por guerras e revoluções; a outra era uma mulher de uma família de classe operária que, sofrendo e economizando, conseguira comprar um café e uma casa em Potts Point. Porém, desde o começo da conversa, Ruselina e Betty se deram bem como se fossem amigas havia anos.

– Você esteve muito doente, querida – falou Betty, erguendo o prato de Ruselina para que Vitaly pudesse colocar um pouco de carne nele.

– Pensei que fosse morrer – a avó de Irina replicou. – Mas agora posso dizer que nunca me senti tão bem em toda a minha vida.

– São os médicos franceses – a outra comentou, semicerrando os olhos. – Imaginei que eles fossem deixá-la nova em folha.

Ruselina riu do comentário de Betty. Fiquei surpresa ao ver que ela havia compreendido.

– Certamente eles teriam feito isso, se eu voltasse a ter 20 anos de idade.

A sobremesa foi *parfait* servido em copos altos. Olhando para as camadas de sorvete e geleia cobertas com frutas e castanhas, eu não fazia ideia de como conseguiria comer tudo aquilo depois da refeição pesada que havíamos feito. Recostei-me, com as mãos em cima do estômago.

Betty estava contando a Ruselina a respeito da Bondi Beach, comentando que queria se mudar para lá quando se aposentasse. Irina escutava, com mais entusiasmo do que eu esperava ver, Vitaly relatando as braçadas que havia dado ao nadar naquela manhã.

– O frio não incomoda você, disso eu tenho certeza – Irina disse a ele.

Olhei para os sorrisos de todos e senti uma onda de alegria me percorrer por dentro. Apesar da saudade que sentia de minha mãe, percebi que estava no momento mais feliz dos últimos meses. Eu tinha me preocupado com muitas coisas, mas tudo estava se resolvendo. Ruselina havia chegado em bom estado de saúde física e mental. Irina parecia estar gostando de trabalhar no café e de fazer as aulas de inglês na escola técnica. Eu estava mais à vontade ali do que na mansão em Xangai. Amava Sergei, mas a casa era um antro de angústia e decepção. Ali, em Potts Point, tudo era tão calmo e tão receptivo como em Harbin, embora as duas cidades e os gostos de meu pai e de Betty fossem totalmente diferentes.

– Anya, você está chorando – observou Ruselina.

Todos ficaram calados e viraram para olhar para mim. Irina me entregou seu lenço e segurou-me os dedos.

– O que houve? – ela perguntou.

– Alguma coisa chateou você, querida? – Betty se preocupou.

– Não – respondi, balançando a cabeça e sorrindo em meio às lágrimas. – Estou feliz, só isso.

O negócio de vestidos de Irina começou devagar. Muitas mulheres migrantes que nunca tinham trabalhado estavam se tornando costureiras para a complementar a renda do marido. Ainda que o trabalho de Ruselina fosse quase perfeito, as mulheres mais jovens conseguiam trabalhar mais depressa. O único tipo de trabalho de costura oferecido a avó de minha amiga era nas fábricas. Sem nos contar, ela concordou em fazer dez vestidos de festa por semana para uma confecção em Surry Hills. Mas os detalhes nos vestidos exigiam tanto trabalho que ela tinha de trabalhar das 6 horas da manhã até tarde da noite para cumprir os prazos e, em menos de 15 dias, estava pálida e fraca novamente. Irina a proibiu de aceitar mais trabalho da fábrica, mas velha senhora sabia ser teimosa quando queria.

– Não gosto que você me sustente, se eu posso fazer isso sozinha – argumentou ela. – Quero que economize dinheiro, para poder voltar a cantar.

Foi Betty quem assumiu o controle da situação.

– Você está no país há algumas semanas, querida – disse a Ruselina. – Demora um pouco para conhecer pessoas. O trabalho de costura vai aparecer aos poucos. Anya e eu precisaremos de novos uniformes em breve. Então, por que não a contrato para isso? E também acho que meu apartamento ficaria melhor com boas cortinas.

Mais tarde, enquanto eu lia o jornal na cozinha, escutei Betty tranquilizar a avó de Irina.

– Você não deveria se preocupar tanto com as garotas. Elas são jovens. Encontrarão o próprio caminho. O café está melhor do que nunca, e todas vocês têm um teto. Estou feliz por tê-las aqui.

Na semana seguinte, minha patroa me deu uma tarde de folga e não uma manhã, e eu fiquei na varanda, lendo um romance chamado *Seven Poor Men of Sydney*, de uma escritora australiana, Christina Stead. A moça da livraria na Cross havia escolhido para mim. "É vívido e forte", ela dissera. "Um de meus favoritos", comentou. Então, eu havia escolhido bem. Trabalhar no café era tão exaustivo, que, por um tempo, eu havia perdido a energia para ler. Entretanto, aquela história me levou de volta a um de meus maiores prazeres. Eu pretendia ler por apenas uma hora e depois pegar o bonde para o Jardim Botânico, porém, depois do primeiro parágrafo, não consegui parar. A linguagem era lírica, mas não difícil. A escrita me envolveu em seu fluxo. Quatro horas se passaram, e nem percebi. E, então, por algum motivo, olhei para a frente, e a vitrine do estúdio de Judith chamou a minha atenção. Um novo vestido estava à mostra. Um vestido verde feito de seda e coberto com uma camada de tule.

– Por que não pensei nisso antes? – perguntei a mim mesma, largando o livro e ficando em pé.

Judith sorriu quando abriu a porta e me viu no degrau.

– Oi, Anya – cumprimentou. – Estava querendo saber quando você viria.

– Sinto muito por não ter vindo antes – eu respondi –, mas uma amiga chegou para viver conosco e temos tentado estabelecê-la.

Segui nossa vizinha pela entrada de piso até a sala da frente, onde havia dois sofás compridos dourados, um de cada lado de um espelho com a moldura também dourada.

– Sim, Adam me disse. Segundo ele, uma senhora distinta.

– Vim conversar para saber se você não teria algum trabalho para ela. É de uma época em que costurar era uma forma de arte suprema.

– Ah, que bom! – exclamou Judith. – Tenho cortadoras e costureiras que me bastam no momento, mas é bom saber que há alguém com quem eu posso contar durante os períodos em que há mais trabalho. Peça a ela para conversar comigo assim que puder.

Agradeci a moça e olhei para os vasos de cristal cheios de rosas no mantel. Havia uma estátua de Vênus em uma base de bronze perto da janela.

– Esta sala é linda – elogiei.

– Minha sala-provador é por aqui – Judith abriu uma série de portas e me mostrou uma sala com carpete branco e candelabros com lâmpadas em forma de gota pendurados do teto.

Havia duas cadeiras Luís XV cobertas de chintz rosa. A dona da casa puxou para o lado duas cortinas douradas, e entramos em uma parte do estúdio que tinha uma atmosfera diferente. Não havia cortinas nas janelas, e a luz da tarde refletiu-se nos bancos cheios de alfineteiras e tesouras. Um grupo de manequins ficava no fundo da sala, como se estivessem fazendo uma reunião. Já passava das 17 horas, e os funcionários do ateliê já tinham ido para casa. A sala tinha o ar de uma igreja vazia.

– Quer um pouco de chá? – perguntou Judith, indo em direção à cozinha que ficava no canto. – Não, vamos tomar um pouco de champanhe.

Eu a observei colocar duas taças sobre um balcão e girar a rolha na garrafa de champanhe.

– Consigo relaxar mais aqui do que em qualquer outro cômodo – ela riu. – A sala da frente é para ser exibida. Este cômodo fala com a minha alma.

A modista me entregou uma taça, e o primeiro gole que dei foi direto para a minha cabeça. Eu não bebia champanhe desde a época do Moscou-Xangai. No estúdio de Judith, aqueles dias pareciam ter ocorrido em outra vida.

– Eles são os seus vestidos mais novos? – indaguei, apontando para uma arara de vestidos em capas de organza.

– Sim.

Ela pousou a taça no balcão, atravessou a sala e puxou a arara na minha direção. Abriu uma das capas, para me mostrar um vestido de renda com mangas curtas e uma gola em forma de V que ficava mais larga na direção dos ombros. A peça tinha forro de seda bronze, que parecia tão cara quanto o tecido do lado de fora.

– As pessoas estão vestindo roupas mais duras – explicou ela –, mas gosto quando o material fica justo no corpo, de modo a marcar a silhueta. É por isso que preciso de modelos com boas pernas.

– Os detalhes são lindos.

Eu passei a ponta do dedo sobre as lantejoulas prateadas no corpete. Olhei a etiqueta com o preço. Alguns australianos teriam considerado a quantia uma fortuna. Eu me lembrei de que comprava vestidos como aqueles em Xangai e sequer me preocupava com o valor. Mas, depois de tudo pelo que havia passado, minhas prioridades tinham mudado. Mesmo assim, não consegui não me encantar com a roupa extraordinária.

– Uma mulher italiana faz as barras para mim, e outra faz o bordado.

Judith colocou o vestido de volta em sua capa e pegou outro para me mostrar. Era um modelo de festa com decote drapeado, busto na cor lavanda, a parte abaixo do busto turquesa e uma saia preta com rosetas ao redor da barra. Ela virou o vestido e mostrou o tecido macio atrás.

– Este é para uma peça que será apresentada no Theatre Royal – contou, segurando a peça em cima de seu corpo. – Recebo muitas encomendas das companhias de teatro e muitas também das pessoas das corridas. Esses dois tipos de evento envolvem muito glamour.

– Parece uma clientela interessante – comentei.

Judith assentiu.

– Mas eu gostaria de fazer com que as mulheres da sociedade vestissem as minhas roupas porque elas são fotografadas para os jornais o tempo todo. E, também, porque são esnobes com relação aos estilistas australianos. Ainda acham que é há mais prestígio em comprar suas roupas em Londres ou Paris. Mas o que é bonito na Europa, não se traduz bem aqui, necessariamente. O velho círculo social é bem fechado. Fica difícil entrar.

Ela segurou o vestido na minha direção.

– Quer experimentar?

– Roupas mais simples me vestem melhor – eu disse, pousando a taça no balcão.

– Então eu tenho o vestido para você.

Ela abriu o zíper de outra bolsa e tirou um vestido com um corpete preto e uma saia branca reta com detalhes pretos na borda.

– Experimente este – ofereceu, levando-me para uma sala-provador. – Tem luvas que combinam e uma boina. Faz parte da minha coleção de primavera.

Judith me ajudou a abrir a saia e colocou o meu suéter em um cabide acolchoado. Era a prática de muitos costureiros ajudar seus clientes a trocar de roupa, e eu me sentia feliz por estar vestindo a nova roupa íntima que havia comprado na Mark Foys alguns dias antes. Teria sido embaraçoso ser vista com as peças de baixo que eu vinha usando desde Tubabao.

Judith fechou o zíper do vestido, colocou a boina meio inclinada em minha cabeça e, então, caminhou ao meu redor em círculos.

– Você seria uma boa modelo para a coleção. Tem o ar aristocrático certo.

A última pessoa que havia dito que eu era aristocrática tinha sido Dmitri. Mas a modista fazia com que aquilo parecesse mais uma qualidade pessoal e não uma simples característica.

– Ter sotaque na Austrália é uma desvantagem – eu disse.

– Tudo depende do círculo do qual você faz parte e de como se apresenta. – Judith piscou para mim. – Os donos dos principais restaurantes desta cidade são todos estrangeiros. Uma das minhas concorrentes é uma mulher russa com ateliê em Bondi, que afirma ser sobrinha do czar. É uma mentira, claro, pois ela é muito jovem. Mas todo mundo se encanta com isso. Ela diz às suas clientes o que vestir e o que não vesti. E até mesmo algumas das matronas da sociedade acovardam-se em sua presença.

Judith pegou a borda do vestido e alisou entre os dedos, refletindo.

– Se você for vista nos lugares certos usando as minhas roupas, pode ser o empurrão de que preciso. Quer me ajudar?

Olhei nos olhos azuis dela. O que ela estava me pedindo não seria difícil demais. Afinal de contas, eu já tinha sido a anfitriã da maior boate de Xangai. E, depois de vestir roupas desbotadas e usadas por tanto tempo, era muito bom colocar um vestido bonito.

– Claro – concordei. – Parece divertido.

Ver o meu reflexo no espelho de Judith me tirou o fôlego. Depois de experimentá-lo cinco vezes, duas das quais provavelmente desnecessárias, o vestido que a modista havia criado para a minha "estreia" na sociedade australiana estava pronto. Eu passei a mão pelo *chiffon* e sorri para ela. O modelo tinha um corpo benfeito, com suporte e alças finas. Judith colocou a echarpe que combinava com a peça sobre os meus ombros e piscou os olhos marejados. Parecia a mãe vestindo a filha para o casamento.

– É um vestido maravilhoso! – exclamei, olhando para ela e, então, para o espelho.

Era verdade. Dentre todos os vestidos que havia usado em Xangai, nenhum deles era tão feminino ou tão bem cortado como o que nossa vizinha havia feito para mim.

– Que bela produção – ela riu, enchendo duas taças de champanhe. – Ao sucesso do vestido.

Esvaziou a taça em três goles e, quando viu a minha expressão de surpresa, comentou:

– Melhor beber pela coragem. As moças de nossa categoria não devem ser vistas bebendo em público.

Eu ri. Betty havia me dito que as "moças direitas" da Austrália nunca bebiam nem fumavam diante dos outros. Quando perguntei por que ela fumava, a senhora semicerrou os olhos e afirmou: "Eu era uma jovem nos anos 1920, Anya. Sou uma velha agora. Posso fazer o que quiser", recordei.

– Pensei que você quisesse ser uma aristocrata russa descolada – eu disse a Judith. – Não me falou que a de Bondi bebe muito?

– Você tem razão. Esqueça o que eu disse.

Ela conferiu o próprio vestido chinês no espelho.

– Apenas seja você mesma. Você é charmosa como é, Anya.

Escutamos o motor de um carro que parava na rua. Judith espiou pela janela e acenou para um jovem de terno. Abriu a porta e convidou-o a entrar, apresentando-o como Charles Maitland, seu companheiro daquela noite. O rapaz havia levado a ela um buquê de orquídeas, que a senhorita amarrou ao pulso.

Percebi, pela maneira como ele olhava para a moça e pela pouca atenção que dava a mim ou ao vestido que ela lhe pedia para observar, que estava totalmente apaixonado pela modista. Entretanto, eu já sabia que o sentimento não era recíproco. A jovem me dissera ter escolhido Charles porque ele vinha de uma "boa" família e podia conseguir uma mesa para nós no Chequers. Normalmente, a famosa boate de Sydney era democrática, e todos que usassem as roupas adequadas podiam entrar, mas naquela noite aconteceria a apresentação de estreia de uma cantora norte-americana, Louise Tricker, e só poderia entrar quem fosse convidado. Judith disse que as pessoas mais importantes da Austrália estariam ali, incluindo as frequentadoras das corridas, estrelas do cinema e do rádio e até alguns indivíduos da elite social. Ela não havia conseguido encontrar para mim uma companhia sofisticada o bastante para combinar com o meu traje, por isso eu a acompanhei.

Charles abriu a porta de seu Oldsmobile para mim, enquanto Judith segurava a barra de meu vestido. A caminho da cidade, o rapaz, cujo pai era cirurgião na Macquarie Street, falou sobre o baile Preto e Branco que aconteceria em Trocadero. Sua mãe fazia parte do comitê de seleção. Judith já me havia revelado tudo sobre o evento. Era o maior acontecimento social da elite, e uma chance para que as mulheres recém-casadas exibissem seus figurinos de casamento pela segunda vez. Havia prêmios para os melhores vestidos brancos e pretos, e a modista me dissera que muitas damas já teriam decidido o que usar. Se a mãe de Charles fazia parte do comitê de seleção, então Judith, com certeza, conseguiria um convite; isto é, se a progenitora a aprovasse. A moça havia me contado que seus pais eram os proprietários do prédio onde seu estúdio estava localizado. Ela morava no apartamento no andar de cima e alugava o do terceiro andar. Seu pai era um advogado com muito dinheiro, mas o avô paterno tinha sido costureiro, e a família estava sentindo falta do que Judith misteriosamente chamava de "conexões".

Eu me senti desconfortável, sabendo que ela estava usando Charles. Ele parecia ser um homem gentil. Mas, então, fiquei incomodada com a ideia de que a mãe dele pudesse não "aprovar" uma garota tão charmosa como Judith. Em Xangai, contanto que você tivesse dinheiro e estivesse disposto a gastá-lo livremente, era bem recebido em qualquer lugar. Apenas o círculo fechado do Reino Unido preocupava-se com históricos e títulos de família. Consegui ver novamente que a sociedade australiana era algo bem diferente, e estava começando a me perguntar onde eu havia me enfiado.

A boate Chequers ficava na Goulburn Street, mas, diferentemente do Moscou-Xangai, com sua escada para um andar superior, era térrea. Assim que pisei na entrada, Judith voltou-se e sorriu para mim. Eu percebi que estava em destaque. Apesar de diversas mulheres se virarem para admirar meu vestido, nenhum dos fotógrafos da imprensa tirou uma foto dele. Contudo, escutei um dos repórteres perguntar:

– Ei, essa não é a estrela norte-americana, certo?

– Não se preocupe com os fotógrafos – disse Judith, dando-me o braço. – Se eles não a conhecerem, não vão tirar fotos. Viu as mulheres admirando seu vestido? Você é a bela do baile.

A boate ficou lotada. Para todos os cantos que eu olhava, enxergava seda, *chiffon*, tafetá, pele de raposa ou vison. Não via nada como aquilo desde a época do Moscou-Xangai. Porém havia algo de diferente nas pessoas da Chequers. Com a conversa animada e os modelos dourados, elas não tinham a camada mais sombria e velada que notávamos nos moradores de Xangai. Não pareciam indivíduos vivendo à beira da fortuna ou da ruína. Pelo menos, era o que eu achava.

Fomos levados a uma mesa que ficava um corredor, atrás da pista de dança e não distante do palco. Por aquela posição, Judith me diria depois, conseguimos deduzir que a mãe de Charles de fato tinha um pouco de influência.

– Podemos ver Adam – comentou Judith, procurando-o entre as pessoas. – Acho que está de olho na filha de um treinador.

– Como ele conseguiu entrar? – perguntei.

Ela sorriu.

– Oh, eu sei que ele mais parece um jornalista de cobertura de corridas, mas é inteligente com as pessoas. Conseguiu fazer boas conexões.

Ali estava aquela palavra de novo.

Escutei um tambor, e um holofote moveu-se pela sala, focalizando o mestre de cerimônias, um comediante australiano chamado Sam Mills, que vestia um terno vermelho de veludo com um cravo branco na lapela. Ele pediu a todos que se sentassem e começou dizendo:

– Distintos convidados, senhoras e senhores, nossa artista desta noite tem uma capacidade pulmonar maior do que Carbine e Phar Lap juntos...

A plateia riu. Charles inclinou-se para a frente e sussurrou que aqueles eram os nomes de dois dos cavalos de corrida mais famosos da Austrália. Fiquei contente por ter explicado, caso contrário, eu teria perdido a piada.

Sam anunciou que Louise Tricker estava na Austrália depois de uma temporada bem-sucedida em Las Vegas e que deveríamos aplaudi-la. As luzes ficaram mais baixas, e o holofote moveu-se na direção da atração principal, que estava passando pelo palco para se sentar ao piano. Algumas pessoas na plateia cochicharam. Com um nome como Louise, todos esperavam ver uma mulher. Mas a pessoa de membros grandes sentada ao piano, com cabelo curto e terno listrado, era um homem.

Louise tocou as teclas do piano e produziu a primeira nota, confundindo a plateia outra vez. Sua voz era feminina. Antes de terminar a apresentação de jazz, conseguiu colocar a plateia na palma das mãos. *"Going my way, going only my way, not your way, my way"*, cantou, acompanhando com o piano e deixando o baixista e o baterista para trás. A cantora tinha um estilo cheio de energia e, apesar de eu já ter visto músicos melhores no Moscou-Xangai, nunca havia assistido a um artista com tanta presença. Talvez apenas a Irina.

– Como vocês estão hoje? – perguntou Louise, depois de seu primeiro número.

Metade da plateia se manteve em silêncio enquanto a outra respondeu:

– Estamos bem, Louise. E você?

Judith riu e me disse no ouvido:

– As pessoas do teatro e da sociedade das corridas versus as socialites.

– Que tipo de artistas eles costumam trazer aqui? – questionei.

– Geralmente, shows interessantes de cabaré e apresentações de grupos.

Louise deu início a seu próximo número, uma apresentação latina rítmica. Eu me recostei e pensei em Irina. Se a Chequers recebia artistas de cabaré, talvez ela pudesse fazer um teste. Era tão boa quanto algumas das estrelas europeias e norte-americanas do gênero que já tinham se apresentado no Moscou-Xangai. Se os australianos de uma comunidade tinham adorado a sua música, talvez os moradores de Sydney tivessem a mesma opinião.

Depois do número final da artista, que combinava canto com dança, ela deu um salto e fez uma reverência à plateia que a ovacionava. Independentemente do que as pessoas pensassem de sua aparência, ninguém podia negar que a apresentação tinha sido incrível.

À meia-noite, a banda entrou no palco, e os convidados correram para a pista de dança, ou porque estavam aliviados após a decepção e o fim da apresentação de Louise Tricker ou porque a adrenalina corria tanto em seu sangue que tinham de liberá-la.

Observei os casais girando na pista. Havia alguns dançarinos muito bons. Vi um homem cujos pés se moviam com tanta leveza, que a parte superior de seu corpo não se movimentava, e uma mulher que dançava com tanta suavidade, que lembrava uma pena ao vento. A música romântica trazia consigo uma lembrança do Moscou-Xangai. Pensei em como Dmitri e eu havíamos dançado nos últimos dias, depois de eu ter perdoado seu caso com Amélia, em nossa aparente proximidade naquela época. Estávamos muito mais próximos do que quando éramos jovens ou recém-casados. Tentei imaginar se minha vida de refugiada teria sido mais fácil se ele estivesse comigo. Eu me retraí. Não era para aquilo que as pessoas se casavam? Para dar apoio uma à outra? Eu estava começando a acreditar que todas as partes de nosso relacionamento tinham sido uma ilusão. Caso contrário, por que ele teria desistido de mim tão facilmente?

– Olá – escutei uma voz familiar. Olhei para a frente e vi Adam Bradley sorrindo para nós.

– Você gostou do show? – Charles perguntou a ele.

– Gostei. Só não tenho nenhuma mulher para fazer "corpo a corpo" comigo.

– Ora, vamos – Judith riu. – O que aconteceu com a moça do mundo das corridas?

– Bem – respondeu Adam, olhando para o meu traje –, queria que Anya dançasse comigo para eu deixá-la com ciúmes.

– Se o pai da jovem descobrir, você vai acabar com o pescoço quebrado, Adam – Judith o repreendeu. – E só vou deixar Anya dançar com você porque é uma boa oportunidade de exibir o vestido.

Ele me levou para a pista lotada. Afastei os pensamentos tristes relacionados a Dmitri. Não havia motivos para estragar a noite com arrependimentos por algo que eu não poderia mudar, e um rosto triste não combinava com o meu vestido, que estava atraindo olhares de admiração de algumas pessoas. A cor dele era forte e contrastava com os outros vestidos pretos, brancos e em tons pastel, e o *chiffon* brilhava como pérola sob as luzes.

– Na verdade – disse Adam, observando ao redor –, poderia ser bom para a minha carreira ser visto com você. Todo mundo está olhando para nós.

– Espero que não seja por que o meu zíper se abriu – brinquei.

– Espere um minuto, vou conferir – replicou ele, escorregando a mão na parte inferior de minhas costas.

– Adam! – peguei a mão do rapaz e coloquei-a em uma posição mais respeitosa. – Não fiz um convite.

– Eu sei – ele sorriu. – Não quero levar bronca de Judith e de Betty.

A banda começou a tocar um número mais lento, e Adam estava prestes a me guiar, quando escutei uma voz ao nosso lado.

– Concede-me o prazer da próxima dança?

Eu me virei e vi um homem mais velho, com sobrancelhas curtas e mandíbula quadrada olhando para mim. Seu lábio inferior protuberante fazia com que parecesse um buldogue bonzinho. Os olhos de Adam quase saltaram das órbitas.

– Ah, sim, claro – concordou ele.

Mas percebi, pela maneira como me segurou, que não ficou feliz por ter sido interrompido.

– Meu nome é Harry Gray – apresentou-se o sujeito, levando-me para longe dali com graciosidade. – Minha esposa me mandou aqui com sérias ordens para salvar você de Adam Bradley e para descobrir quem fez o seu vestido.

Ele fez um gesto com o queixo para um ponto atrás de nós. Olhei para onde havia apontado e vi uma mulher sentada a uma mesa perto da pista de dança. Ela trajava um vestido da cor de champanhe com um corpete com pedras, e o cabelo estava preso em um penteado baixo.

– Obrigada – eu disse. – Gostaria de conhecer a sua esposa.

Quando a dança terminou, Harry me levou à mesa onde a mulher estava esperando. Ela se apresentou como Diana Gray, editora da seção feminina do *Sydney Herald*. Percebi algo de soslaio e me virei para Judith, que estava olhando para mim por cima do cardápio e fazendo um sinal de positivo.

– Como vai, sra. Gray? – cumprimentei. – Meu nome é Anya Kozlova. Agradeço por mandar seu marido em meu socorro.

– Qualquer coisa para salvar uma menina como você de Adam Bradley. Quer se sentar, Anya?

Era difícil parar de olhar para Diana. Ele era uma mulher bonita. Não usava nenhuma maquiagem, além de um pouco de batom vermelho-escuro, e falava com um sotaque forte, que eu acreditei ser inglês. Fiquei impressionada com o fato de ela conseguir pronunciar o meu nome corretamente.

– Adam é meu vizinho – eu contei a ela. – Mora no apartamento acima do meu.

– Você mora em Potts Point? – perguntou Harry, sentando-se ao meu lado, de costas para a pista de dança. – Se você vive perto da Cross, sabe tudo sobre boemia. A apresentação desta noite não deve ter sido muito surpreendente para você, então.

Eu já tinha visto coisas mais malucas no Moscou-Xangai, mas não diria isso a ele.

Diana comentou, rindo:

– Bem, posso dizer que muitas pessoas correrão para se proteger no Prince's e no Romano's depois de ver Louise Tricker.

– É bom ficar chocado de vez em quando – ponderou Harry, unindo os dedos e apoiando as mãos sobre a mesa. – Este país precisa de um bom empurrão. É ótimo ver que o gerente desta boate assumiu esse risco.

– Meu marido é um verdadeiro patriota e um rebelde boêmio – a mulher sorriu. – Ele é bancário.

– Hah! – ele achou graça. – Agora, conte sobre o vestido a minha esposa, Anya. É o tipo de assunto que a deixa interessada.

– É da estilista Judith James – eu disse, olhando para Harry. – Ela é australiana.

– É mesmo? – Diana indagou, ficando em pé e acenando para alguém do outro lado da pista. – Nunca ouvi falar dela, mas quero uma foto do modelo para o jornal.

Uma moça de cabelos curtos e escuros, trajando um vestido aparentemente caro, aproximou-se da mesa, com um fotógrafo. Meu coração ficou acelerado. Uma foto da roupa no jornal era mais do que Judith imaginava.

– Estamos esperando para tirar uma fotografia de sir e lady Morley antes de partirmos – a moça falou a Diana. – Se nós perdermos a chance, seremos o único jornal aqui sem isso.

– Tudo bem, Caroline – replicou Diana –, mas tire uma fotografia de Anya com este lindo vestido antes.

– Anya do quê? – perguntou a moça, sem sequer olhar para mim.

– Kozlova – respondeu Diana. – Agora, vamos depressa, Caroline.

A jovem fez uma careta como a de uma menina mimada.

– Temos apenas mais duas fotos. Não podemos perder nenhuma. A cor não vai aparecer no jornal e isso é o melhor do vestido.

– A melhor coisa do vestido é a senhorita que o está vestindo – corrigiu Diana, empurrando-me para a pista de dança e colocando-me em posição de baile com Harry.

– Pronto. Assim você consegue fotografar o vestido todo – ela disse à fotógrafa.

Fiz o que pude para que a profissional não desperdiçasse a foto. Olhei para onde Judith e Charles estavam sentados. A modista estava meio fora da cadeira, com os braços erguidos.

Depois, de volta ao estúdio, ela bebeu um brande, enquanto eu trocava de roupa e punha meu vestido de algodão.

– Cinderela depois do baile – eu disse.

– Você estava magnífica, Anya. Obrigada. E aquele vestido será seu. É um presente. Só quero ficar com ele por uma semana, para o caso de alguém querer vê-lo.

– Não acredito que conseguimos colocá-lo no jornal – eu comentei.

Judith se remexeu na cadeira e pousou a taça na mesa.

– Não acho que vai chegar a tanto. Não com a alteza real, Caroline *Cadelá*, editora social, tomando conta das coisas.

Eu me sentei ao lado da dona do ateliê e calcei meus sapatos.

– Como assim?

– Caroline Kitson não inclui ninguém na página social do jornal que não possa ajudá-la na conquista das próprias ambições. Estou feliz por Diana Gray ter gostado de você. Ela vai falar sobre você e o vestido. E isso é bom para nós duas.

Dei um beijo de boa noite em Judith e fui para casa. Minhas pernas doíam de tanto dançar, e eu mal conseguia me manter acordada. Mas, quando entrei no quarto, Irina sentou-se e acendeu a luz.

– Eu estava tentando não acordá-la – disse, pedindo desculpas.

– Não me acordou – sorriu. – Não consegui dormir. Então, decidi esperar por você. Como foi?

Eu me sentei na cama. Estava exausta e queria dormir, contudo, estava passando muito tempo com Judith e quase nenhum com Irina nas últimas semanas e me sentia culpada. Além disso, sua companhia me fazia falta. Contei sobre o show e sobre Diana Gray.

– A boate parece um bom estabelecimento – falei. – Você devia tentar se apresentar.

– Você acha? A Betty me pediu para cantar na lanchonete nas tardes de sábado. O café da King Street tem uma jukebox agora, e Betty quer competir com algo mais moderno. Até vai comprar um piano para que a vovó possa tocar.

A ideia era bonitinha, porém, dado o entusiasmo inicial dela por Nova York, não consegui entender por que não havia reagido com mais intensidade, quando contei sobre o Chequers. Eu compreendia que ela desejava ajudar nossa anfitriã, mas não compreendia por que não tentaria uma vaga como artista profissional. Ela era mais do que uma cantora: tinha qualidades de estrela. E era mais feminina e sexy do que Louise Tricker.

– Anya, tenho algo para lhe contar.

A hesitação me deixou nervosa. Por algum motivo, pensei que ela fosse começar a falar novamente sobre ir para os Estados Unidos, apesar de parecer feliz na Austrália.

– E não quero que Betty saiba, tudo bem? Pelo menos, não por enquanto.

– Está certo – eu prometi com um nó na garganta.

– Vitaly e eu estamos apaixonados.

A confissão me pegou de surpresa. Olhei para ela sem nada dizer. Eu sabia que ela e o cozinheiro se davam bem. No entanto, não tinha visto nada além de amizade entre eles.

– Eu sei. Você não está espantada – disse ela. – Ele é brincalhão e não é bonito. Mas é meigo, e eu o amo.

Pelo olhar apaixonado, não tive dúvida de que aquilo era verdade. Segurei a mão dela.

– Não diga isso – eu falei. – Eu gosto muito de Vitaly. Você me pegou de surpresa, só isso. Nunca me contou que gostava dele dessa maneira.

– Fiz isso agora – ela riu.

Quando Irina adormeceu, fechei os olhos e tentei dormir também, sem sucesso. Não conseguia parar de pensar. Se minha amiga estava apaixonada por Vitaly, eu só podia desejar felicidade a ela. Era natural que se apaixonasse e quisesse se casar um dia. Mas o que me restava? Eu havia me ocupado de viver dia a dia, sentindo saudade de meu passado, a ponto de esquecer que havia um futuro a planejar. Pensei em Dmitri. Por que eu tinha pensado tanto nele naquela noite? Seria possível que ainda o amasse? Ele havia me traído para ter uma vida fácil nos Estados Unidos. Entretanto, quando eu tentava me imaginar apaixonada por outro homem, não conseguia, era dolorido até mesmo cogitar aquilo. O que faria quando Irina partisse? Ficaria totalmente sozinha.

Judith tinha razão a respeito da editora da coluna social e da fotografia. Folheei as edições da manhã e da tarde do *Sydney Herald* no dia seguinte, e meu retrato não estava lá. Não entendi por que Diana não tinha sido mais insistente com alguém hierarquicamente inferior a ela. Depois do trabalho, passei na livraria na Cross, para procurar algo novo para ler. Decidira que começaria a ler mais, agora que Irina estava ocupada com Vitaly. Escolhi um livro de poemas australianos e comprei um dicionário. Então, antes de ir para casa, caminhei pela calçada, observando todos os casais conversando em cafés e bares.

Quando entrei no apartamento, fiquei surpresa ao ver Adam sentado na sala de estar, conversando com Betty.

– Ora, veja quem chegou – saudou-me Betty, levantando-se para me abraçar. – Parece que você causou excelente impressão em alguém ontem à noite.

Olhei para o rapaz, tentando imaginar se estava chateado pela nossa dança interrompida, mas ele sorria.

– Anya – começou ele –, Diana Gray me pediu para descobrir se você teria interesse em trabalhar para ela. Eles estão com uma vaga para secretária na seção feminina do jornal.

Eu já tivera tantas surpresas nas últimas 24 horas, que mal consegui reagir. Porém a primeira coisa em que pensei foi em Betty e no café. O emprego em um escritório seria melhor do que o de garçonete. E trabalhar em um jornal parecia interessante. Mas Betty tinha sido muito boa comigo. Não poderia simplesmente deixá-la. Então, disse isso a ela.

– Não seja tola – ela me tranquilizou. – É uma oportunidade incrível! Como poderia segurá-la? O coronel Brighton me alertou que alguém poderia reconhecer a sua inteligência e levá-la embora.

– Você não vai receber tanto no começo, quanto tem recebido com Betty – avisou Adam –, mas é uma boa posição para começar.

– O que você fará com o café? – perguntei a ela.

– O inglês de Irina está muito bom agora. Acho que está na hora de tirá-la da cozinha.

– Sabe, Anya, você está fazendo um favor a sua amiga – afirmou Adam.

– Oh! – eu disse tentando parecer inocente.

Eu tinha certeza de que aquele seria o último favor que Irina desejaria receber.

Judith ficou animada quando contei as novidades e me deu o vestido preto e branco para ir à reunião com Diana.

– É seu – falou ela. – E vou lhe fazer um terninho também.

– Vou pagar – repliquei.

– Não, não vai. – ela riu. – Estas serão, provavelmente, as últimas roupas que vou poder dar a você. Tenho certeza de que o *Sydney Herald* tem certas regras sobre não aceitar presentes. Só não se esqueça de mim quando estiver no topo, entendeu?

Prometi que não esqueceria.

Na manhã seguinte, Adam me encontrou na escada do apartamento, para me levar ao escritório do jornal na Castlereagh Street.

– Meu Deus! – exclamou ele, olhando para o meu vestido. – Você parece uma herdeira prestes a embarcar em uma viagem marítima. Vai deixar as outras mulheres com inveja. Mas acho que Diana vai gostar de seu bom gosto.

Pensei que íamos pegar o bonde, mas o rapaz assoviou para um táxi.

– Não quero que você amasse o seu vestido. E ficaria feio para mim fazer uma dama andar de bonde.

Um táxi estacionou no meio-fio, e entramos, acomodando-nos no banco de trás. Adam tirou o chapéu e deixou sobre as pernas.

– Há muita conversa sobre política acontecendo na seção feminina. Logo verá. Mas quero dar uma ideia geral, para você começar com o pé direito.

– Certo.

– Primeiro, já está começando bem por ter ganhado a admiração de Diana. Quando ela gosta de alguém, pronto. Você teria de fazer algo bem horrível para que aquela mulher mudasse de ideia. Além disso, ela é uma pessoa decente, que ganhou respeito sendo boa em seu trabalho. Em segundo lugar, mantenha-se distante de Caroline Kitson, a editora social, e de Ann White, a editora de moda. Elas são duas cadelas.

Olhei pela janela na William Street e voltei a observar Adam.

– Judith disse a mesma coisa sobre Caroline. Percebi que ela não demonstrou muito respeito por Diana, que é a chefe.

Adam coçou a orelha.

– Diana tem muitos pontos a seu favor. Ela é inglesa, o que, como você já deve ter percebido, confere muitos benefícios neste país. É uma boa jornalista e tem estilo e bom gosto. Sabe diferenciar crepe de *Chine* de *georgette* e Wedgwood de Royal Doulton. O que ela não tem é importância social. Trabalha com afinco. Veio de uma família de acadêmicos, mas isso não significa muito nessa dita alta sociedade.

O táxi parou no trânsito perto do Hyde Park.

– Então, onde entram Caroline e Ann? – quis saber.

Eu já estava começando a me sentir hesitante de trabalhar com colegas desagradáveis. Já tinha recebido antipatia suficiente com Amélia.

– As duas são de famílias da sociedade. A família de Caroline ganhou dinheiro com lã, e sua mãe participa de um comitê muito importante daqui para Bellevue Hill. A garota não trabalha por dinheiro. Faz isso para se impor às outras moças da sociedade. Agora todo mundo precisa respeitá-la.

– E Ann?

– Não é tão ruim, mas chega perto.

Passamos pela loja David Jones na Elizabeth Street. Estávamos nos aproximando de nosso destino. Abri meu espelho de mão e conferi o batom. Havia decidido seguir o exemplo de Diana e usar o mínimo de maquiagem possível.

– Por que a jornalista tem medo de Caroline? – perguntei, percebendo que deveria existir um motivo pelo qual esta se sentia corajosa o suficiente para não incluir minha foto no jornal, a despeito do pedido da chefe.

– Não é medo, mas, sim, cuidado. Diana tem se esforçado para convencer as pessoas da sociedade. No entanto, se Caroline começar a espalhar histórias ruins, pode ser o fim de sua carreira.

O táxi parou na frente de um prédio de estilo art déco com as palavras "The Sydney Herald" em bronze, na lateral. Adam pagou o motorista.

– Preciso saber de mais alguma coisa antes de aceitar o trabalho? – cochichei com o rapaz.

– A política do *Sydney Herald* é aposentar as mulheres, se elas decidirem se casar. Diana é a exceção, porque é muito difícil substituí-la.

– Não pretendo me casar – afirmei a ele, tentando imaginar o que aconteceria se eles descobrissem a respeito de Dmitri.

"Como as mulheres abandonadas eram vistas no *Sydney Herald*?", pensei.

Adam sorriu.

– Bem, se você não se casar, suas chances de ser promovida são excelentes, porque acho que todas as moças solteiras daqui estão doidas para encontrar um marido.

– Entendi – disse.

Ficamos entre outras pessoas, esperando pelo elevador.

– Tem mais uma coisa – lembrou Adam.

– O quê? – perguntei, sem ter certeza de que queria saber mais.

– Você será a primeira "nova australiana" que o departamento feminino já contratou.

Senti um arrepio descer pela espinha, pelas pernas e chegar dentro dos sapatos preto e branco. Voltei a pensar naquelas moças rindo de meu sotaque no café da Betty.

– Então, isso é ruim, certo?

– Não – ele riu, dando-me um tapinha no ombro. – O que quero dizer com isso é: parabéns!.

quinze

A chave

Aceitei a oferta de Diana Gray para o emprego de *office girl* na seção feminina do *Sydney Herald* e comecei a trabalhar no dia seguinte. Além de Ann, uma moça pálida com os cabelos presos em um rabo de cavalo apertado, e de Caroline, trabalhavam ali também Joyce, a secretária de Diana, e três jornalistas: Suzanne, Peggy e Rebecca. Gray tinha o próprio escritório, mas geralmente deixava a porta aberta. A editora social e a de moda mantinham as portas fechadas, e eu precisava analisar, olhando pelos vidros, se elas podiam ser interrompidas ou não. Ann passava a maior parte do tempo observando fotos, enquanto Caroline passava grande parte do seu ao telefone, fofocando, o que fazia parte de suas tarefas.

O meu trabalho era anotar, em um quadro-negro, os eventos da semana e quais deles Diana tinha atribuído a quem. Havia todos os tipos de eventos, desde casamentos, jantares dançantes, bailes, chegadas e partidas de navios, até partidas de polo e de tênis. A maioria das ocasiões era coberta por jornalistas iniciantes, exceto as mais importantes ou glamourosas, cobertas por Diana ou por Caroline.

Além das minhas tarefas diárias de entregar cópias das atribuições às editoras-assistentes, organizar as correspondências e fazer chá para os funcionários, também era minha responsabilidade enviar os moldes que seriam publicados na seção e separar as receitas enviadas pelas leitoras para a coluna "Saindo do forno".

Adam fora exato ao descrever a política do escritório. Depois de um mês de trabalho, comecei a descobrir onde me encaixava, quando todas nós saímos para um almoço de comemoração do aniversário de Diana.

O restaurante favorito dela era o Romano's. Um local moderno administrado por um ruivo italiano chamado Azzalin Romano, onde havia uma pista de dança e ar-condicionado. O interior do lugar era repleto de espelhos e vasos de orquídeas. Quando chegamos, o *maître* cobriu Diana de atenção, afinal, ela era frequentadora assídua do estabelecimento. Ao lado de nossa mesa, ele olhou para o vestido preto e branco que Judith havia me dado e me colocou ao lado da editora-chefe, de frente para Caroline e com Ann à minha direita. Joyce e as jornalistas foram acomodadas por ordem de idade. As mesas eram redondas, de modo que podíamos conversar com poucas pessoas. Porém Caroline olhou para o garçom, incrédula. Eu estava prestes a me oferecer para trocar de lugar quando Diana me segurou pelo pulso e afirmou:

– Você vai adorar a comida daqui. O Romano's tem molhos ótimos. Peça o que quiser. Hoje, é por minha conta.

Para a minha surpresa, Ann não pareceu se incomodar com a disposição dos assentos. De sua posição, conseguia ver todos que estivessem almoçando ali naquele dia.

– Vejam só – disse ela. – A srta. Catherine Moore e a srta. Sarah Denison estão sentadas à mesma mesa. Talvez a srta. Moore esteja consolando a amiga por ter rompido o noivado com o filho mais velho de sir Morley.

Depois do prato principal, a editora de moda até começou a falar comigo.

– O que você achou da coleção da primavera? – perguntou.

– Linda – eu respondi. – Não há como errar com Dior.

Eu percebi, pela maneira como desviou o olhar, que estava contente.

– Vou me reunir com a *Himilaya* quando chegarem amanhã, para uma entrevista com a srta. Joan Potter e a srta. Edwina Page. Elas estão voltando de uma temporada de seis meses em Paris e Londres e certamente trouxeram algumas roupas bonitas.

Ela só estava conversando comigo porque eu era alguém novo a impressionar com aquela história. Contudo, escutei mesmo assim. Pelo menos, ela estava falando comigo. Caroline nunca conversava. Costumava olhar por cima de minha cabeça, quando me entregava suas provas ou quando eu levava uma xícara de chá à sua sala.

– Você já viu o trabalho de uma estilista chamada Judith James? – questionei a Ann. – As roupas dela são tão lindas quanto as de Dior, mas são exclusivas.

– Sim, já vi – disse Ann, olhando para o tiramisu que o garçom colocara diante dela.

Ela comeu apenas um pedaço, antes de afastar a sobremesa.

– Mas ela é australiana, não é? Isso não vale nada para os leitores de nossas páginas.

– Por que não? – indaguei, tentando parecer o mais alheia possível.

– Nossos leitores veem as coisas australianas como... você sabe... inferiores. Não que a qualidade delas não seja boa, mas não são "clássicas" ou "exóticas", se é que me entende.

Fiquei surpresa ao escutar alguém da segunda geração australiana desprezar o próprio país. Mas me lembrei de que ela e Caroline sempre se referiram à Inglaterra como "lar".

– De quem vocês estão falando? – quis saber Caroline, devorando seu pudim.

– Judith James – replicou Ann. – A estilista.

– Oh, a amiga de Anya – disse Caroline. – Aquela que faz os vestidos neo-hollywoodianos bregas.

Eu me senti corar. A editora social percebeu minha reação e sorriu. Diana estava conversando com Joyce a respeito do catálogo de David Jones, mas parou no meio da frase. Eu tentei imaginar se ela havia escutado a nossa conversa. Ann me ignorou até o fim da refeição, acreditando que, se fosse amigável comigo, iria cair no conceito de Caroline. De vez em quando, eu olhava para Caroline. Tinha 25 anos, mas seu queixo proeminente fazia com que parecesse mais velha. Seus cabelos eram opacos e tinham um corte sem graça. Ela não era especialmente bela nem inteligente e, apesar de suas roupas serem caras, não as usava com estilo. Não era uma pessoa agradável. Porém, ainda assim, tinha certeza de que era superior a todos. Sua autoconfiança causava-me surpresa e repulsa.

Antes de deixar o trabalho naquela noite, Diana chamou-me ao escritório dela. Foi uma das raras ocasiões nas quais ela fechou a porta.

– Querida, queria dizer que estou muito feliz por você estar conosco – afirmou ela. – É muito importante aqui. Sinto muito por Caroline ter sido tão rude com você. Ela gosta de perseguir as pessoas. Ignore-a.

O almoço havia me deixado desanimada, mas o elogio de Diana e sua confiança deixaram-me melhor.

– Obrigada – agradeci.

– Acredito que a palavra certa para descrever os vestidos de Judith seria "primoroso". Vou telefonar para ela e perguntar qual ela acha que será a tendência para os comprimentos dos vestidos nesta estação. Depois, vou mencioná-la em minha coluna. Uma menção a seu trabalho a ajudará muito. A minha parte continua sendo a mais lida da seção feminina. Nem todo mundo se interessa por fofocas.

– Diana, eu agradeço!

Tomei o cuidado de falar baixo, para que as outras não escutassem.

– O prazer é meu. Agora, continue o seu trabalho e anime-se, por mim.

No caminho para casa, passei no café. Todos os clientes tinham sido servidos, por isso procurei por meus amigos na cozinha. Irina estava perto do balcão, observando as pessoas. Vitaly lavava uma frigideira.

– Vocês já têm notícias de Betty e de Ruselina? – perguntei.

Os dois se viraram.

– Ainda não – o cozinheiro riu. – Mas espero que logo recebamos um cartão-postal.

A dona do café tinha descoberto o segredo de Irina e Vitaly muito antes de eles o revelarem. Mas ela não se zangou. Ficou feliz por ver que os dois tinham se apaixonado.

– É a chance de me semiaposentar – dissera. – Tom e eu sempre prometemos a nós mesmos que tiraríamos férias, assim que pudéssemos, mas não conseguimos. Agora, vou treinar vocês dois para cuidarem do café e vou passear mais. Podem comprar o local, quando puderem. É um negócio bem estabelecido. Será um ótimo começo para vocês.

O destino escolhido para as primeiras férias de Betty e Ruselina foi a costa sul, para onde foram de trem.

– O que acha que elas estão fazendo por lá? – perguntei a Vitaly.

– Acho que estão pescando – Irina comentou.

– Sim, pescaria para velhos aposentados – ele disse, sorrindo.

Todos nós rimos.

– Como estão as coisas hoje? – eu quis saber.

– Eu não parei – respondeu Irina, pegando um pano para limpar o banco. – Mas agora já não há mais tanto movimento. Quando Betty voltar, provavelmente vamos contratar outra garçonete.

– Você quer comer alguma coisa? – indagou Vitaly.

Balancei a cabeça negativamente.

– Almocei bastante.

– Ah, você se tornou uma moça dos círculos sociais – minha amiga riu.

– Espero que não – repliquei.

– O trabalho foi como sempre? – Irina perguntou, erguendo as sobrancelhas.

– Sim, como sempre.

Um casal entrou no estabelecimento, e Irina correu para atendê-los. Eu me sentei à mesa da cozinha e observei Vitaly fatiar frango.

– Você não deve permitir que aquelas garotas a impeçam de aproveitar o seu trabalho – aconselhou ele, olhando para trás. – É mais forte do que elas. Irina e eu estávamos falando exatamente sobre isso esta tarde.

Ela se inclinou sobre o balcão e passou o novo pedido ao namorado.

– Eu disse a Anya que não deve se preocupar com as meninas do escritório – contou ele.

Então, o rapaz leu o pedido e pegou uma garrafa de leite da geladeira.

– Você é durona. É mais australiana do que elas – continuou.

Eu ri. Minha amiga concordou.

– É verdade, Anya. Quando nós nos conhecemos em Tubabao, você era muito quieta e calada, mas mudou.

Vitaly preparou dois *milk-shakes* de chocolate e entregou a Irina.

– Ela adora as plantas australianas, lê livros australianos, usa roupas australianas, vai a boates australianas. Ela é uma delas – ele afirmou.

– Não sou uma *delas* – eu retruquei. – Mas adoro o país delas mais do que elas mesmas. Todas adoram a Grã-Bretanha.

Havia outra mulher da sociedade que trabalhava no jornal, porém não era como Caroline e Ann. Chamava-se Bertha Osborne e editava a coluna de culinária. Bertha era uma mulher rechonchuda, com cabelos ruivos encaracolados e curtos. Escrevia a coluna simplesmente porque adorava cozinhar e ia ao escritório uma ou duas vezes por semana para analisar receitas e preparar seu texto. Sempre sorria e dizia algo gentil às pessoas, desde o ascensorista até o garçom, até mesmo ao dono do *Sydney Herald*, o sr. Henry Thomas.

– Anya, vou dizer a Diana que ela deveria promovê-la, pois você é a pessoa mais inteligente daqui – Bertha dizia baixinho para mim, sempre que eu lhe entregava as receitas que havia reunido ao longo da semana.

As únicas pessoas a quem ela não fazia questão de agradar eram Caroline e Ann. "É como me comunicar com uma porta", escutei-a dizer, certa vez, a Diana.

Diana me contou que a mulher trabalhava para muitas instituições de caridade e também organizava coleta de alimentos todas as semanas, para levar a famílias pobres da cidade. Sempre que ela chegava ao escritório, era como se alguém tivesse aberto a janela e deixado ar fresco entrar.

Certa noite, quando eu já trabalhava para o jornal havia cerca de um ano, Bertha perguntou se eu podia ficar para ajudá-la a escolher receitas para uma edição especial de domingo. Aceitei de bom grado. Eu queria aprender tudo o que pudesse a respeito de *layout* e edição, e, além disso, ela era boa companhia.

Caroline tinha saído cedo, para buscar um vestido com o qual iria a um grande evento no Prince's naquela noite. Joyce estava viajando com o marido e os filhos. Ann e os outros jornalistas tinham ido para casa. Rebecca, Suzanne e Peggy moravam a uma hora de distância da cidade, por isso sempre queriam sair no horário, quando podiam. Diana estava esperando que o marido Harry fosse buscá-la. Usava um vestido de festa, porque era aniversário de casamento deles, e Harry havia prometido levá-la a um lugar especial.

Bertha analisou o arquivo de receitas e escolheu uma salada de salmão e torradinhas de queijo para a entrada, mas não soube o que escolher para as demais etapas da refeição. Eu estava prestes a sugerir torta de merengue de limão de sobremesa, quando Diana atendeu o telefone e, um momento depois, gritou.

– UM BONDE ATROPELOU! MEU DEUS!

Olhei para a frente e vi a editora se sentar na cadeira. Meu coração acelerou. Imaginei Harry deitado no meio-fio entre a Rose Bay e a Castlereagh Street, mas ela disse:

– Caroline.

Bertha e eu nos entreolhamos. Diana desligou o telefone e caminhou em nossa direção. Estava pálida como um fantasma.

– Caroline foi atropelada por um bonde na Elizabeth Street! – ela contou.

Eu não fazia ideia do que dizer. Não gostava de Caroline, contudo, ser atropelada por um bonde era algo que não desejava a ninguém.

– Sinto muito – desculpou-se Diana, levando a mão à cabeça. – Não quis assustar vocês. Não morreu. Foi lançada para fora da pista, mas foi levada ao hospital com o braço e as costelas quebrados.

A editora gastronômica levantou-se da cadeira e segurou o braço da chefe.

– Venha – disse ela. – Você sofreu um choque terrível. Vou lhe servir uma xícara de chá.

– Vou fazer o chá – eu me prontifiquei. – Sei onde as coisas ficam.

Enquanto eu colocava as folhas dentro da chaleira, Diana forçou-se a adotar uma postura profissional.

– Oh, Deus! – exclamou ela. – A festa dos Denison é hoje à noite. É melhor eu telefonar para a Ann, para saber se ela pode cobrir esse evento.

– Eu telefonarei para ela – sugeriu Bertha, dando um tapinha no braço da colega. – Onde está o número?

Diana apontou para um arquivo de cartões sobre a sua mesa.

– Aqui dentro.

Levei o chá a Gray, enquanto Bertha discava o número de Ann.

– Ninguém atende – disse ela de seu escritório. – Devo tentar falar com as outras meninas?

Diana olhou para o relógio.

– Elas não chegarão a tempo. Moram longe demais.

A mulher mordeu o lábio e a unha, o que não costumava fazer quando nervosa.

– Se eu cancelar os nossos planos de comemoração de casamento pela festa de 21 anos de uma socialite, Harry vai se divorciar de mim. Fui eu quem o perturbei com essa ideia durante semanas – ponderou ela.

Bertha desligou o telefone e saiu do escritório.

– Mande Anya. Ela é uma menina adorável e muito bem apessoada. Pode fazer isso.

Diana sorriu para mim e deu de ombros.

– Não posso. Se fosse qualquer outra coisa, claro que eu a mandaria ir. Mas é um evento importante. Até mesmo sir. Henry estará lá. Não podemos permitir que nada dê errado.

– Chame Stan do estúdio de fotografia – a outra editora sugeriu. –

Diga a ele que você precisa de alguém muito bom que conheça as coisas da sociedade. O fotógrafo ajudará Anya. A moça só precisará anotar os nomes das pessoas. Ela pode fazer isso.

A chefe olhou para o relógio novamente. E, então, para mim.

– Anya, você pode fazer isso? É melhor pegar alguma coisa do armário. Eles não permitirão que você entre, se estiver atrasada.

O armário ao qual Diana estava se referindo era o guarda-roupa compartilhado do departamento feminino. Diana, Caroline e Ann podiam comprar os próprios vestidos, mas as outras jornalistas eram moças comuns de classe média que não tinham dinheiro para gastar com roupas de festa para mais de uma ocasião. Para ajudá-las, Diana pegou vestidos de desfiles de modas, de amostras e de sessões de fotos.

Procurei na arara. Eu era mais alta do que as outras meninas, porém mais magra. Peguei um vestido sem alças e experimentei, mas o zíper estava quebrado. Escrevi "A ser consertado" em um papel e prendi à peça. Teria sido bom se a última pessoa que usou o vestido tivesse demonstrado a mesma gentileza. Eu não tinha tempo de ir para casa e pegar o vestido que Judith havia me dado, por isso precisei usar um modelo cor-de-rosa de tafetá, com laços nos ombros. Havia uma leve mancha de ferrugem perto do cinto, mas torci para que ninguém a notasse no escuro. As outras peças eram grandes ou pequenas demais. Eu estava com os cabelos presos naquele dia e, apesar de alguns fios estarem começando a se soltar do coque, não tinha tempo para fazer o que quer que fosse. Eu não gostava da ideia de enfrentar um salão repleto de pessoas, como faziam Caroline e Ann, naquelas condições, mas também não queria decepcionar Diana.

O fotógrafo estava esperando por mim no andar de baixo, na recepção. Quase chorei quando o vi. Ele usava um *blazer* brilhante e uma calça cheia de bolinhas. Eu conseguia ver suas meias brancas no espaço que ficava entre a barra da calça e os sapatos. O sujeito tinha costeletas compridas e cabelos pretos lisos. Parecia um maluco.

– Olá, sou o Jack – apresentou-se ele, apertando a minha mão.

A pele do homem recendia a fumaça de cigarro.

– Anya – disse, esforçando-me para sorrir.

O Prince's ficava a apenas poucos quarteirões dali, por isso fomos andando. Jack explicou que a festa que cobriríamos era "grande", ainda que ele não precisasse me lembrar disso. Eu já estava nauseada o suficiente. O evento era um jantar dançante realizado por Philip Denison, em comemoração ao aniversário de 21 anos da filha. A família era a proprietária da maior rede de lojas de departamentos da Austrália, por isso era importantes para o jornal em termos de propaganda. Por esse motivo, o dono do nosso jornal, sir. Henry Thomas, estaria lá.

– Nunca fiz nada deste tipo, Jack. Por isso, dependo de você para me dizer quem devemos fotografar.

O fotógrafo pegou um cigarro do maço amassado que levava no bolso do *blazer*. Ele o cheirou e o prendeu atrás da orelha.

– Quase todos que eram importantes em Sydney estarão aqui – comentou ele. – Mas você sabe o que é mais digno de nota neste evento?

Balancei a cabeça, negando.

– É a primeira vez que Henry Thomas e Roland Stephens estarão no mesmo salão nos últimos 20 anos.

Não entendi e olhei para Jack esperando uma explicação.

– Ah – ele sorriu. – Eu me esqueci de que você é nova neste país. Roland Stephens é o maior atacadista de tecidos finos e lã da Austrália. Pode ser que seja um dos homens mais ricos da Austrália, mas ele depende tanto da clientela dos Denison quanto o sir Henry.

Dei de ombros.

– Ainda assim, não entendi. Qual é o problema de eles estarem no mesmo salão? Não são concorrentes.

Jack sorriu.

– O problema dos dois não foi os negócios, mas, sim, a disputa por uma mulher. Uma bela dama chamada Marianne Scott. Ela foi noiva do sir Thomas antes de Roland Stephens roubá-la dele.

– Ela estará presente? – questionei, pensando que o evento estava mais parecido com uma noite no Moscou-Xangai do que com os eventos da sociedade australiana.

– Não – respondeu o fotógrafo. – Ela faleceu há muito tempo. Os dois se casaram com outras mulheres.

Balancei a cabeça.

– Quem consegue entender os ricos?

Jack e eu chegamos ao Prince's e tivemos de esperar com o restante dos profissionais da imprensa. Poderíamos entrar só depois que todos os convidados importantes tivessem chegado. Observei vários Rolls Royces pararem perto do tapete vermelho. As mulheres trajavam modelos Dior ou Balenciaga, os homens vestiam *smokings*, o que me deixou ainda envergonhada de meu vestido simples. Vi sir. Henry Thomas sair de um carro, acompanhado da esposa. Eu já tinha visto a foto dele no jornal diversas vezes, mas nunca o havia encontrado pessoalmente. Minha posição hierárquica era muito inferior para que eu fosse apresentada a ele.

Porteiros abriam as portas para os convidados, conforme chegavam. E, apesar de mais de cem pessoas estarem entrando no restaurante, todas davam gorjetas a eles.

Notei um homem em particular que se aproximava das portas. Ele era alto e tinha ombros largos e a cabeça grande como um bloco de granito. Enfiou a mão no bolso e jogou algumas moedas para cima, fazendo com que os porteiros tivessem que se abaixar para pegá-las.

Eu me virei, enojada.

Depois que os convidados VIP chegaram, a imprensa pôde entrar. Bertha já havia me levado para almoçar no Prince's algumas vezes. A decoração contava com paredes e toalhas de mesa brancas e com enormes espelhos por todas as partes. Assim como no Romano's, havia uma pista de dança, mas o carpete ao redor dela era rosado.

– Para destacar a beleza no rosto das mulheres – Bertha dissera.

Alguns dos convidados já tinham assumido seus lugares nas mesas ovais ao redor da pista e observavam a banda se preparando. Mas a maioria das pessoas ainda caminhava por ali, e Jack avisou que precisávamos agir rapidamente, antes que as conversas ficassem mais prolongadas, e ninguém quisesse posar para as fotos.

– *Sydney Herald*. Posso tirar uma foto sua? – Jack fazia essa pergunta às pessoas, apesar de fazer as imagens antes de elas responderem.

Quando ele tirava uma foto, eu me apressava, pedia licença e perguntava os nomes dos fotografados. Anotava os nomes em meu bloco, corria atrás de Jack que, nesse momento, já estava abordando mais pessoas. A maioria dos convidados era educada, principalmente as esposas de empresários, que queriam promover a si mesmas e aos maridos no jornal. Porém um jovem, que conversava com um grupo de amigos, virou-se e olhou para nós com desdém.

– Oh, se vocês precisam dessa foto, tudo bem – cedeu ele, balançando a mão. – Não quero que percam seu emprego.

Fotografamos toda a família Denison, inclusive Sarah e as amigas mais bonitas da aniversariante, Ruth Denison. Jack analisou a sala, para ver se havia deixado de fotografar alguém.

Os olhos dele pareciam os de uma águia à procura de sua presa.

– Esta não vai entrar no jornal, mas precisamos registrá-la – disse o fotógrafo, guiando-me pela multidão.

Quis lhe perguntar quem era o homem, porém ele já tinha pedido para tirar a foto. Os outros dois convidados ficaram mais para o lado, enquanto o sujeito erguia o queixo. A câmera de Jack foi acionada.

Percebi que estávamos caminhando na direção do homem que eu havia visto antes, aquele que lançara as moedas aos porteiros. Ele estava conversando com um casal de idosos

– Com licença, senhor – eu falei, aproximando-me. – Pode, por gentileza, dizer-me o seu nome?

Naquele momento, o salão todo pareceu ficar em silêncio. O sujeito arregalou os olhos e mexeu a boca, mas não disse nada. Olhei para o casal que estava conversando com ele. Eles olhavam para mim, assustados.

Jack tossiu e, então, me puxou pelo cinto do vestido.

– Anya – disse ele –, é Roland Stephens.

Eu me senti esquentar e depois esfriar. O fotógrafo me levou em direção à porta. Tive a sensação de que todos olhavam para mim. Passamos por um dos repórteres sociais de outro jornal. Seu rosto brilhava. Consegui ver a minha imagem na coluna dela na manhã seguinte: "O *Sydney Herald* julgou apropriado mandar uma novata ignorante em um vestido simplório a um dos eventos mais importantes da estação. Vocês acreditam que ela não sabia quem era Roland Stephens? Vergonha, vergonha, vergonha".

– Sinto muito, Jack – eu me desculpei, quando saímos.

– Não é culpa sua – respondeu ele. – É da Diana. Se a Caroline não pôde vir, ela deveria ter vindo.

Senti medo.

– Ela vai ter problemas?

– Bem... – ele deu de ombros. – Pense bem. Sir. Henry estava lá. Isso dá a Roland Stephens algo mais sobre o que falar. Fica parecendo que o dono do *Sydney Herald* emprega pessoas que não sabem o que estão fazendo.

Durante toda a noite, eu me revirei na cama. Precisei me levantar uma vez para vomitar, apesar de não ter comido nada desde o almoço. Uma coisa era ser despedida, mas arrastar Diana comigo era impensável.

Rangi os dentes, detestando Sydney ou, mais especificamente, a sociedade. Por que eu não havia permanecido no café, onde o máximo de dificuldade era lidar com pessoas pedindo *milk-shakes* sem sorvete?

Na manhã seguinte do dia em que eu pensei que seria o meu último como funcionária do *Sydney Herald*, coloquei o vestido preto e branco com a atitude de alguém que vai a um velório. Se eu seria repreendida e despedida por não saber quem era aquele homem arrogante, então pretendia enfrentar o fato com estilo. Meu único arrependimento era quanto a Diana.

Quando cheguei ao departamento feminino, percebi, pela cara de simpatia das meninas, que a notícia já tinha se espalhado. Ann estava ocupada em seu escritório, mudando as coisas de lugar. Eu já trabalhava com a moça havia tempo suficiente para saber que aquilo era sinal de agitação. Imaginei que ela podia estar pensando que receberia o posto de editora-chefe. Decidi ser corajosa e falar logo com Diana. Eu me preparei. No entanto, quando entrei na sala, ela olhou para mim e sorriu.

– Minha noite foi maravilhosa – contou ela alegre. – Harry me levou para jantar no porto. Não havia nenhuma *socialite*. Foi uma delícia!

"Ela não sabe", pensei. Eu estava prestes a perguntar se podia me sentar, para poder explicar o ocorrido da noite anterior, porém a jornalista foi mais rápida.

– Que bom que você está com esse vestido lindo hoje, porque sir. Henry pediu para estarmos em sua sala às 10 horas da manhã.

Tentei dizer que precisava conversar com ela, mas seu telefone tocou. Quando Diana começou a falar sobre o *layout* de uma coluna, notei que o assunto da ligação seria demorado. Corri da sala dela para o banheiro das mulheres, certa de que vomitaria. Contudo, o frio das paredes e dos azulejos me acalmou. Depois de conferir se os reservados estavam vazios, eu me olhei no espelho.

– Enfrente isso e assuma a culpa – disse a mim mesma. – Aja de modo profissional, pelo bem de Diana.

Um pouco antes das 10 horas da manhã, minha chefe e eu descemos as escadas para o andar executivo. A secretária de sir. Henry levou-nos ao escritório. Ele estava falando ao telefone a respeito dos custos do jornal e fez um sinal para que nos sentássemos. Eu me afundei na poltrona de couro ao lado da mesa dele. O móvel era tão baixo, que mal consegui ver o homem por cima dos joelhos.

Olhei ao redor na sala, para os diversos quadros dos Thomas que já tinham gerido a empresa antes do atual. Havia muitos quadros originais na parede, mas o único que consegui reconhecer era uma imagem de ninfas flutuando no ar, cujo pintor devia ser Norman Lindsay.

– Sinto muito por deixá-las esperando – desculpou-se sir. Henry, desligando o telefone.

Era a primeira vez que eu o via de perto. Seu rosto era parecido com o de um ator; era teatral, cheio de rugas e nobre.

Ele não se deu ao trabalho de se apresentar. Por que faria isso? Em um minuto, eu sairia da vida dele para sempre.

– Vamos nos sentar à mesa. Tenho algumas coisas que quero mostrar a vocês – convidou ele, levantando-se e direcionando-nos a uma mesa comprida, com cadeiras de encosto alto.

Olhei para Diana e tentei imaginar o que ela podia estar pensando.

Nós nos sentamos à mesa, e sir. Henry pegou um arquivo da estante ao lado dela.

Para minha surpresa, ele dirigiu-se a mim:

– Como você provavelmente sabe, Anya, os jornais são movidos pela propaganda. A publicidade é tudo. Agora, mais do que nunca.

"Oh, Deus!", pensei. "Ele vai mostrar."

O homem coçou a cabeça.

– Fomos abordados por nossos anunciantes de cosméticos, porque não temos uma coluna de beleza no jornal como as que eles têm nos Estados Unidos e na Europa.

Concordei e olhei para Diana de novo. Ela estava sorrindo. Comecei a desconfiar de que ela sabia de algo que eu desconhecia.

Sir. Henry mostrou a mim um anúncio da marca Helena Rubinstein.

– Nós dois conversamos e decidimos colocá-la no comando da coluna. Ela me contou que você tem sido muito solícita com Bertha e que, de vez em quando, escreve matérias.

Sequei as palmas das mãos na lateral da mesa. A oferta dele não era exatamente o que eu estava esperando, mas, de algum modo, consegui assentir.

– Diana acha que você tem o talento necessário para isso. Eu também a admiro por sua inteligência. Além disso, mesmo que haja uma seleção, duvido que eles tenham alguém no quadro de funcionários tão bonita quanto você. E beleza é importante em uma editora de beleza – sir. Henry piscou.

Eu tinha certeza de que estava tendo alucinações por haver dormido pouco. De onde sir. Henry tirara a ideia de que eu era inteligente? Certamente, não da noite anterior.

– Que tipo de coisas haverá na coluna? – indaguei, surpresa por ter conseguido formular uma pergunta inteligente.

– Ela terá duas partes – Diana explicou. – A primeira será algo relacionado a novidades, e você poderá escrever sobre os produtos que surgiram no mercado. A outra parte trará dicas de beleza. Não haverá nada difícil, e estarei fazendo sua supervisão.

– Podemos discutir detalhes posteriormente – disse sir. Henry, levantando-se para atender o telefone. – Eu só queria conhecer você, Anya, e ver o que acharia da ideia.

Diana e eu saímos do escritório dele. Nas escadas, a caminho do departamento feminino, a editora segurou meu braço e sussurrou:

– Tenho falado para ele há meses a respeito da minha ideia de criar uma coluna de beleza e de querer que você fosse a editora. Mas, hoje de manhã, quando consegui, foi muito bom!

A porta para a escada abriu-se e escutei sir. Henry me chamar novamente.

– Vá – aconselhou Diana. – Nós nos encontraremos lá em cima, mais tarde.

Ele estava esperando por mim dentro da sala. Fechou a porta quando eu entrei, mas continuou em pé.

– Mais uma coisa – começou ele, com um sorriso travesso abrindo-se no rosto enrugado. – Acho que o que você fez ontem à noite foi inteligente. Fingiu não saber quem Roland Stephens era. Seu atrevimento foi o assunto da noite. Algumas pessoas chegaram a afirmar que tudo estava combinado. Uma menina australiana não teria saído impune disso, claro que não, mas você fez tudo parecer real. Aquele homem é tão arrogante, que merecia uma decepção para seu ego.

Apesar de ter recebido o título de editora de beleza, eu não passava, de fato, de uma jornalista comum. Porém não me preocupei com isso. Era melhor do que ser uma *office girl* sem categoria, e também passei a ganhar um pouco mais de dinheiro. A melhor coisa da nova função foi deixar de ser ignorada nos eventos sociais. As pessoas achavam que, quando eu olhava para elas, estava procurando defeitos em sua pele ou penteado e, mais de uma vez, fui abordada pela esposa de um político ou empresário de renome implorando por conselhos com relação a cabelos brancos ou rugas.

— Ali está a guru da beleza — Bertha ria, sempre que me via no escritório.

O título era adequado. Todas as semanas, na coluna, eu indicava às mulheres o que deviam fazer para ficarem mais atraentes. Dava conselhos, dizendo que deviam passar limão nos cotovelos para mantê-los brancos ou geleia de petróleo nas cutículas para deixar as unhas mais fortes. Eu mesma não fazia nada dessas coisas: apenas lavava bem o rosto antes de dormir. Mas as minhas leitoras nem imaginavam isso.

O meu trabalho, as saídas para dançar com Judith e Adam e ver Irina cantar no café fizeram o meu segundo ano na Austrália passar depressa. No Natal, Irina e Vitaly anunciaram o noivado, e o casamento foi marcado para novembro do ano seguinte. À exceção da saudade que sentia de minha mãe, a vida na Austrália era feliz, e eu tinha certeza, até então, de que o ano de 1952 seria o melhor que viveria. Mas estava enganada. Algo aconteceria para virar a minha vida de cabeça para baixo novamente.

Voltei para o apartamento em Potts Point certa noite e o encontrei vazio. Sabia que Irina e Vitaly estavam no cinema. Havia uma mensagem de Betty em cima da mesa de canto, dizendo que tinha ido se banhar no clube Domain. Ela havia desenhado um mapa, para o caso de eu querer ir encontrá-la. O clima estava quente, um dia de calor em Sydney. Já eram 7h30, mas o sol ainda estava no céu. Tirei os sapatos e abri as portas e as janelas. Encontrei Ruselina deitada no divã na varanda, com um chapéu de palha chinês e óculos, aproveitando o início da brisa que vinha do mar à noite. Mais para baixo de nossa casa, na rua, escutei os gritos animados de crianças brincando com uma mangueira.

— Isto é o que os australianos chamam de "calor escaldante", não é? — a avó de Irina me perguntou.

Ofereci a ela um pouco de limonada.

— Obrigada. Chegou um telegrama para você hoje, Anya — disse a senhora. — Eu coloquei sobre a mesa da cozinha.

Corri para o cômodo mencionado, tentando imaginar quem poderia ter me enviado um telegrama. Meu coração pulou de animação quando abri o envelope e vi que a mensagem era de Dan Richards, meu amigo norte-americano. Na correspondência, dizia que estava indo para Sydney na semana seguinte e me pedia para encontrá-lo no consulado na terça-feira, às 11 horas da manhã.

– EI – eu gritei, correndo para fora, até Ruselina –, é de Dan, meu velho amigo, aquele que tentou nos ajudar a ir para os Estados Unidos. Ele virá para Sydney na semana que vem e quer me ver.

Eu não conseguia imaginar uma surpresa mais maravilhosa do que vê-lo de novo. Ele mantivera contato por correspondência ao longo dos anos, principalmente por meio de cartões de Natal e, às vezes, escrevia cartas. Já tinha dois filhos.

– Um visitante de outro país! Que maravilhoso para você! – disse Ruselina, inclinando o chapéu para poder olhar melhor para mim. – Ele vai trazer a esposa e os filhos?

– Não sei. Acredito que sim, muito embora o filho mais novo tenha apenas cinco meses de vida. Ele deve estar vindo de férias ou a trabalho.

Li a mensagem novamente. Não entendi por que meu amigo havia enviado um telegrama em vez de escrever uma carta e me dar mais informações. Torci para que ele trouxesse Polly e os filhos. Eu não conhecia a esposa dele, mas tinha curiosidade com relação a ela. Dan a descrevia como uma mulher alegre e de opinião. Eu sabia que devia ser alguém especial para inspirar tamanha lealdade em um homem.

Às 5 horas da manhã do dia em que me encontraria com ele, estava bem acordada. Havia dormido bem, mas não consegui ficar deitada por causa da ansiedade de encontrar Dan outra vez. Já tinha preparado o meu melhor vestido de verão para a ocasião. Ele estava passado e pendurado na porta do guarda-roupa. Era uma peça vermelho cereja e vinha com um chapéu para combinar, uma das criações de Judith. O adereço era decorado com uma faixa de gardênias. O vestido era simples e bonito, e o chapéu dava equilíbrio e personalidade a ele. O meu encontro com Dan seria a primeira ocasião na qual usaria. Saí da cama sem perturbar Irina e fui para a cozinha. Fiz chá e torradas com geleia e fui, na ponta dos pés, para a varanda, tomando cuidado para não despertar Betty quando passei por ela. Mas havia pouca chance de isso acontecer. Tinha o sono pesado.

Assim que vestia o pijama e colocava a rede para os cabelos, adormecia e só acordava quando o despertador tocava de manhã.

A rua estava com um tom verde de verão, e o porto, lindo sob a luz da manhã. Eu mal conseguia acreditar que, em poucas horas, voltaria a me encontrar com Dan Richards. Fechei os olhos e imaginei como ele era durante as nossas aulas de língua e cultura em Xangai: elegante e divertido, tentando pronunciar as palavras que escrevia para ele em russo. Ri, quando me recordei de seus cabelos ruivos, da pele sardenta e de seu sorriso charmoso, de menino. Houve uma época em que pensei que pudesse me apaixonar por ele. Sorri com a lembrança e fiquei feliz por isso nunca ter acontecido. Ele era um bom homem, gentil, mas não combinaríamos. Além do fato de ser muito bem casado, eu era complicada demais para Dan. Porém me alegrava o fato de termos continuado a ser bons amigos. Ele tinha sido leal e generoso comigo. Tive sorte por contar com sua ajuda quando precisei.

Senti uma dor no estômago. Mais uma recordação surgiu como um pedaço de destroço das profundezas. Não combinava com a brisa do verão e com a alegria que eu estava sentindo um segundo antes. Outro dia, outra cidade, outro consulado... "Estou procurando o meu marido." Tiros a distância. O terror nos olhos das pessoas que enchiam os corredores. "Por favor, não se preocupe. Tudo está caótico aqui. Vou descobrir o que houve." Antiguidades chinesas e livros dentro de caixas. Uma foto do homem que eu amava. A expressão séria de Dan. "Anya, este é seu marido? Dmitri Lubensky?" Um navio esperando no cais. A fumaça saindo pela chaminé da embarcação. "Santo Deus, Anya!" Dan pegando a minha bagagem, segurando-me pelo cotovelo para que eu me mantivesse em pé. Papéis em minha mão. Minhas pernas bambas por causa do choque. "Pode acreditar em mim. Um dia, você vai ficar feliz por ver que o nome daquele homem não é mais seu."

– Anya.

Era Irina em pé na porta, segurando um prato com bacon e ovos.

– Que horas são?

Olhei para trás. O sorriso dela desapareceu.

– Anya – disse ela, com um olhar de preocupação. – Por que está chorando?

Para meu alívio, o consulado norte-americano em Sydney não lembrava o de Xangai, exceto pelas bandeiras dos Estados Unidos na recepção. Sua decoração era composta por sofás de couro e móveis de madeira. Era um local sério, mas não chique, e os guardas uniformizados dali pareciam sérios e compenetrados. Não tinha a atmosfera opulenta do consulado de Xangai. Dan Richards estava esperando por mim. Encontrava-se sentado em uma poltrona de encosto alto, com as pernas cruzadas e lendo o *Daily Telegraph*. O jornal estava dobrado diante do rosto de meu amigo, mas eu o reconheci pela mecha de cabelos ruivos, que aparecia atrás da folha, e pelas pernas compridas e magras.

Eu me aproximei dele e segurei a parte de cima do jornal.

– Você deveria estar lendo o meu jornal, não o da concorrência – brinquei.

Dan soltou o jornal e olhou para mim, abrindo um sorriso.

– Anya! – disse, levantando-se.

Ele me abraçou e me deu um beijo no rosto. Não tinha mudado nem um pouco. Continuava o mesmo Dan jovial, apesar de ser pai de duas crianças.

– Anya! – exclamou de novo. – Você está linda!

Os guardas na recepção olharam para ele, sem se impressionarem com a comoção que estava causando. Mas Dan estava alheio a eles e não mudou o tom.

– Venha! – convidou, segurando-me o braço e entrelaçando-o com o dele. – Há um lugar a alguns quarteirões daqui onde poderemos tomar café e comer alguma coisa.

O restaurante ao qual meu velho amigo me levou chamava-se *Hounds*. Era exatamente o tipo de lugar onde um diplomata jantaria. Elegante, mas confortável, com pé direito alto, cadeiras firmes e mesas de madeira escura. Havia ali um cheiro de couro e de livros, além de uma lareira aberta no salão de jantar que, obviamente, não ficava acesa naquela época do ano. As janelas tinham sido abertas, e Dan e eu nos sentamos perto de uma delas, que dava vista para um quintal com vasos de argila com limoeiros-anões e canteiros repletos de ervas crescidas.

O garçom afastou a cadeira para mim e entregou-nos o cardápio com um sorriso engessado.

Dan observou quando o sujeito se afastou e sorriu para mim.

– Anya, você o deixou boquiaberto. Está absolutamente linda. Para mim, é bom ser visto com você, e eu sou um velho homem casado.

Estava prestes a perguntar a ele onde Polly e as crianças estavam, mas o garçom retornou depressa demais com o café, e perdi a chance.

– Meu Deus, ver os pratos está me dando fome! – Dan comentou, olhando para mim por cima do cardápio. – Quer almoçar mais cedo? Soube que o frango assado daqui é muito bom.

Era a primeira vez que olhava diretamente para ele, o mesmo Dan alegre de sempre. No entanto, havia algo em sua expressão, um brilho em seus olhos, que dava a impressão de que as coisas não estavam muito boas.

O garçom chegou com o bloco de anotações e partiu com o nosso pedido: frango assado para Dan e sopa de cogumelos para mim. Mais uma vez, vi a expressão aflita no rosto de meu amigo, a contração nervosa de seu pescoço. Pela primeira vez naquele dia, tive a impressão de que algo estava por vir. Senti medo, de um desastre ter vitimado Polly e as crianças. Mas certamente ele teria me contado algo assim, antes de chegar. Talvez fosse apenas cansaço. A viagem de Nova York para Sydney era longa.

Pegou um dos rolinhos do cesto e começou a passar manteiga, olhando para mim de vez em quando e sorrindo.

– Não consigo parar de me surpreender com sua beleza, Anya. Você está trabalhando na área certa. Conte-me o que faz em um dia comum no jornal.

Sim, havia alguma coisa ali. Era o Dan, porém não o Dan descontraído. O que o estava perturbando teria de esperar, concluí, até a chegada dos pratos. Havia algo importante que tinha para me contar, mas eu não queria que o garçom nos interrompesse. Então, eu me envolvi em sua conversa amigável e contei sobre as coisas de meu dia a dia. Falei sobre Sydney, a Austrália, Diana, o café de Betty, o apartamento em Potts Point e o meu amor pela moda australiana.

A comida demorou muito tempo para chegar. Então, quando chegou, Dan começou a comer e não demonstrou urgência em me contar o que estava acontecendo.

– Como está a sopa? – perguntou ele. – Estamos aqui, neste país quente, comendo comida quente... Não parece muito adequado. Quer um pouco de frango?

– Dan.

Ele olhou para mim, ainda sorrindo.

— Onde está a Polly?

— Ela está nos Estados Unidos com as crianças. Estão todos bem – respondeu ele, cortando uma fatia de frango e colocando-a em um prato ao meu lado. – Elizabeth já tem 3 anos, dá para acreditar?

— Então, você está aqui a trabalho? – questionei.

Minha voz falhou.

Dan olhou para mim. Era um olhar honesto e compassivo. A expressão de um homem que não pretende enganar a amiga. Soltou o garfo. Seus olhos ficaram mais sombrios. A mudança de humor entre nós foi tão repentina, que fiquei chocada. Senti meu rosto empalidecer. Escutei o sangue correr em meus ouvidos. O que ele queria me dizer estava ali, escondido entre nós, como um corpo em um necrotério esperando para ser identificado. Meu amigo respirou fundo. Eu me preparei.

— Anya – ele começou. – Não vim aqui a trabalho. Vim porque tenho algo importante a lhe contar.

Não havia como impedir o que estava se aproximando. Eu tinha aberto as portas. Talvez não precisasse ser dito, se eu não tivesse perguntado. Eram notícias ruins. Dava para perceber pelo tom estranho de Dan, que eu nunca o vira usar antes. Falaríamos de algo ruim, proibido. Mas o que poderia ser?

— Anya, passei a última semana sem dormir – revelou. – Estava tentando decidir o que seria o mais certo a fazer. Sei, pelas correspondências que trocamos e por ver você agora, que está feliz em sua nova vida e em seu país adotado. Tentei escrever dez cartas e acabei rasgando todas elas. O que tenho para lhe contar não pode ser dito em uma carta. Então, vim pessoalmente, acreditando em sua força e consolado pelo fato de você estar cercada de amigos verdadeiros.

O discurso dele estava tão complexo, que quase ri de nervosismo.

— O que foi?

Minha voz estava calma, porém, por dentro, eu estava me corroendo de pânico.

Dan esticou o braço e segurou meu pulso.

— Tenho notícias de seu marido, Dmitri Lubensky.

Pontos brancos dançaram diante de meus olhos. Eu me afundei na cadeira. Uma brisa quente que vinha de fora passou por mim. Senti o cheiro da sálvia e da menta. Dmitri. Meu marido. Dmitri Lubensky. Repeti o nome dele. Estava ligado ao meu passado. Não podia associá-lo com nada do presente. O nome dele era o cheiro de brande e o som dos trombones e tambores de uma banda do Moscou-Xangai. Ele era *smokings*, veludo e carpetes orientais. Não fazia parte do restaurante em Sydney no qual eu estava com Dan. Ele não estava no calor ou no azul do céu australiano. Imagens entrecortadas me ocorreram: um prato de sopa de barbatana de tubarão, a rumba em uma pista de dança cheia, um salão repleto de rosas de casamento. Tomei um gole de água, quase sem conseguir segurar o copo com a mão trêmula.

– Dmitri? – foi tudo o que consegui pronunciar.

Meu amigo pegou um lenço no bolso e secou as sobrancelhas.

– Não faço ideia de como dizer isso a você...

Dan falava comigo através de uma névoa. Eu mal conseguia escutá-lo. O nome de meu ex-marido tinha sido como um golpe. Não estava preparada para aquilo. Íamos tomar café e comer bolo. Dan estava ali a trabalho. Passaríamos a manhã rindo e falando sobre nossas vidas. Tudo parecia girar. Ele e eu não éramos as mesmas pessoas de dez minutos antes. Havia um gosto parecido com metal no fundo de minha garganta.

– Anya, há pouco mais de uma semana, eu estava sentado à mesa do café da manhã, quando Polly me entregou as correspondências e o jornal. Seria um dia normal como qualquer outro, mas estava atrasado e teria de ler as notícias no escritório. Depois de me vestir, peguei o periódico da mesa para colocá-lo em minha pasta. Parei quando vi a imagem da primeira página. Reconheci o rosto do homem no mesmo instante. A matéria informava que a polícia estava tentando identificá-lo. Ele havia sido baleado em um roubo malsucedido e encontrava-se inconsciente no hospital.

Minhas mãos estavam úmidas. Encharcavam a toalha da mesa, formando manchas parecidas com borboletas. "Dmitri. Roubo. Ferido. Baleado." Tentei imaginar a situação, mas não consegui.

– Quando vi a foto, logo pensei em você – Dan continuou. – Deveria contar? Sentia que não. Que tinha uma vida nova e feliz e que a maneira como aquele homem a tratara havia sido totalmente abominável. Abandonar a jovem esposa! Como ele poderia ter certeza de que você pegaria o barco seguinte? Se tivesse esperando mais algumas horas, teria sido deixada para trás e executada pelos comunistas.

Meu amigo recostou-se na cadeira, com o cenho franzido. Pegou o guardanapo, voltou a dobrá-lo e largou no colo novamente. Percebi que aquela era a primeira vez que eu o via irritado.

– Contudo, sabia que tinha uma obrigação moral com a polícia e o governo e que deveria me pronunciar e, pelo menos, identificar Dmitri – falou ele. – Então, chamei o sargento da polícia citado na matéria. Ele colheu meu depoimento e me informou que o padre do hospital também queria conversar com qualquer pessoa que conhecesse o sujeito. Eu não sabia do que se tratava, mas entrei em contato mesmo assim. Telefonei para o hospital, e o sacerdote me contou que Dmitri não estava bem, que havia recobrado a consciência, porém delirava a maior parte do tempo. Ele tinha sido baleado tentando defender uma moça de 17 anos. Quando soube disso, fiquei paralisado. "E quem é Anya?", o religioso me perguntou. "Ele não para de chamar por Anya." Disse a ele que eu chegaria no próximo voo.

Estava muito quente no salão. O calor parecia estar chegando em fortes ondas. Pensei que eles deveriam ligar o ventilador. Deveriam fazer algo para que o ar circulasse. Mexi em meu chapéu. Tirei-o e pousei na cadeira ao meu lado. Ele parecia algo tão tolo e frívolo naquele momento. Eu era muito tola por ficar encantada por ele. Tudo estava mudando. Senti minha cadeira flutuar. O teto parecia estar mais próximo. Era como se eu estivesse na crista de uma onda e, a qualquer momento, pudesse ser puxada para dentro da água.

– Anya, é um choque muito grande para você – disse Dan. – Quer beber um brande?

Meu acompanhante parecia melhor. O que vinha temendo estava revelado. De repente, pôde voltar a ser ele mesmo, o meu amigo forte que me ajudaria a passar por mais uma crise.

– Não – respondi com o salão rodando diante de meus olhos. – Só mais água.

Ele fez um sinal para que o garçom enchesse meu copo. O homem manteve o olhar no copo, tentando ser discreto. Porém havia algo mórbido nele. Suas mãos pálidas despejando a água não pareciam humanas. Suas roupas tinham cheiro de igreja velha. Ele mais parecia um diretor de funerária do que um garçom.

– Por favor, continue – pedi a Dan. – O que aconteceu quando você viu Dmitri? Ele está bem?

Ele se remexeu em sua cadeira. Não respondeu à minha pergunta.

Percebi que minha vida estava prestes a mudar. Tive a sensação de que tudo que havia sentido desde Xangai estava prestes a se transformar. Eu não tinha compreendido Dmitri. O homem sobre o qual eu estava escutando Dan falar não era o homem que eu havia imaginado por tanto tempo. "Onde estava a vida fácil? Sua boate? Onde estava Amélia?"

– Cheguei a Los Angeles um dia depois de ver a foto no jornal. Fui diretamente para o hospital. O padre me esperava lá. Como eu havia dito o nome de Dmitri à polícia, eles tinham feito uma busca por sua ficha. Parece que ele estava trabalhando para um gângster chamado Ciatti, ajudando a manter uma casa de apostas ilegal no centro da cidade. Na noite em que foi baleado, estava na casa de algum chefão, nas montanhas. O sujeito não confiava em bancos, e dizem que tinha montes de dinheiro e joias em todas as partes da casa. Ciatti soube disso e pensou que pudesse entrar ali e sair com a fortuna. Dinheiro fácil para uma época em que seus negócios de apostas não estavam muito bons. Usou alguns de seus capangas para entrar no local. Dmitri foi apenas o motorista. Ficou no carro. Mas as coisas deram errado, quando a filha de 17 anos do chefão apareceu na porta. Eles não contavam com a presença dela. Dmitri observou a garota subir correndo as escadas para a casa, sabendo que ela estava entrando em uma armadilha mortal. Na verdade, Ciatti já estava agredindo a garota com coronhadas, quando seu ex-marido entrou. Houve uma discussão. Dmitri se atracou com Ciatti e levou um tiro no pulmão e outro no topo da cabeça. Os gritos e tiros chamaram a atenção dos vizinhos, e o gângster e seus homens fugiram da casa.

– Ele salvou alguém? – quis saber. – Dmitri salvou uma menina que ele não conhecia?

Dan assentiu.

– Anya, quando eu o vi no hospital, ele dizia coisas sem nenhuma coerência a maior parte do tempo. Quando perguntei o que havia acontecido naquela noite, Dmitri pareceu convencido de que a menina que tinha salvado era você.

Eu senti um choque, como se algo adormecido por anos estivesse sendo despertado. Esfreguei as mãos no rosto, mas não sentia meus dedos nem a face.

Dan me observou. Eu não fazia ideia do que aquela expressão séria escondia. Já não sabia o sentido de mais nada.

– Mas ele também tinha momentos de lucidez – meu amigo continuou. – E, nesses momentos, contou-me sobre uma menina a quem havia amado. Uma jovem que dançara o bolero com ele. Era quase como se soubesse quem eu era e que eu estava ali para representar você. "Você vai contar a ela, certo?", implorou-me. "Diga que sempre pensei nela. Que fugi porque fui um covarde, não porque não a amava."

– "Como vai saber?", perguntei a ele. "Como vou convencer Anya disso se você a abandonou?", questionei. Dmitri ficou sem responder por um longo tempo. Recostou-se no travesseiro, virando os olhos. Pensei que estivesse entrando em coma de novo, mas, de repente, olhou para mim e disse: "Assim que cheguei aos Estados Unidos, soube que tinha sido um tolo. Aquela mulher? Você acha que ela me amava? Abandonou-me de um dia para o outro. Quando perguntei por que ela havia feito aquilo, respondeu que tinha sido para derrotar minha esposa. Não consigo explicar o poder que exercia sobre mim, como despertava o pior que há em mim. Não era como a doce Anya, que despertava o melhor. Mas o meu lado negro deve ter sido mais forte, caso contrário, Amélia não teria vencido".

A enfermeira entrou para ver como ele estava naquele momento – Dan contou, passando os dedos pelos cabelos. – Conferiu a pulsação e o soro e falou que eu já tinha feito muitas perguntas e deveria ir embora e deixar o doente descansar. Olhei para Dmitri mais uma vez antes de sair, mas ele já estava dormindo. O padre me esperava do lado de fora. "O rapaz foi ao escritório da Organização Internacional de Refugiados no dia em que chegou a Los Angeles", ele me relatou. "Não havia qualquer registro de uma Anya Lubenskya. Então, ele pediu para que procurassem Anya Kozlova. Quando descobriu que ela havia retomado o nome de solteira, afirmou que sabia que a moça ficaria bem, pois ela sabia sobreviver." Perguntei ao sacerdote quando o homem lhe havia contado aquilo, e ele respondeu que tinha sido naquela manhã, durante a confissão. Fui visitar Dmitri no dia seguinte. Seu estado havia piorado novamente. Ele estava muito fraco. Não tinha conseguido dormir na noite anterior, pois o peso em minha mente era grande demais. Então perguntei: "Mas você não voltou para ela, não é mesmo?". Seu ex-marido olhou para mim com tristeza. "Eu a amava o suficiente para nunca mais querer magoá-la", disse.

Meus olhos ficaram marejados. Durante todo o tempo em que Dan passou falando, minha mente se adiantava. Eu queria ver Dmitri, queria ajudá-lo. Com esse ato, ele havia demonstrado não ser um monstro.

Tinha salvado uma menina de 17 anos. E a havia salvado por ter se lembrado de mim.

– Quando podemos ir para os Estados Unidos? – indaguei. – Quando poderei vê-lo?

Os olhos de meu amigo também se encheram de lágrimas. De repente, ele pareceu velho. Foi um momento de agonia. Nós nos entreolhamos sem nada dizer. Dan colocou a mão dentro do blazer e tirou um pacote marrom, que me entregou. Meus dedos trêmulos tiveram dificuldade para abrir a embalagem. Algo caiu em cima da mesa. Peguei. Era uma chave de ferro fundido, com um laço parisiense. Apesar de não vê-la havia muitos anos, reconheci-a imediatamente: a chave de nosso apartamento em Xangai. Pela eternidade.

– Ele morreu, não é? – perguntei, com lágrimas escorrendo por meu rosto.

Eu mal conseguia falar.

Dan estendeu o braço e segurou as minhas mãos, prendendo-as com força, como se temesse a minha queda.

O restaurante estava enchendo, as pessoas chegavam para almoçar. Ao nosso redor, havia rostos felizes.

Os clientes conversavam enquanto analisavam os cardápios, servindo vinho, batendo taças, trocando beijos. De repente, o garçom pareceu despertar, indo de um lado para o outro com os pedidos. Meu amigo e eu nos seguramos um ao outro. Dmitri havia morrido. Aquela informação entrou em meu peito, em meu coração. A ironia da situação parecia grande demais. Meu ex-marido havia fugido para encontrar riqueza, mas só encontrara dor e morte. Eu tinha me tornado uma refugiada e nem uma vez sequer passei fome. Durante todos os anos que passei tentando odiá-lo, ele nunca deixou de pensar em mim.

Segurei a chave com força.

"Pela eternidade."

Mais tarde, bem mais tarde, quando mudei para o meu apartamento em Bondi e encontrei forças para tirar a chave da caixa na qual eu a havia escondido no dia em que Dan a entregara a mim, fiz uma fechadura para combinar com ela. Foi a única maneira que consegui imaginar para dividir a minha vida e a minha sorte com Dmitri.

"Pela eternidade."

Parte Três

dezesseis

Bondi

Alguns dias depois do Ano Novo de 1956, estava em meu apartamento na Campbell Parade, olhando para a praia e observando as pessoas que se espalhavam por ali, umas diferentes das outras. No primeiro dia de janeiro, as ondas no mar tinham alcançado mais de quatro metros e meio de altura. Os salva-vidas estavam muito ocupados, tirando as pessoas do mar e resgatando dois meninos que tinham sido arrastados para as pedras. Porém, naquele dia, o mar estava tranquilo, e os bandos de gaivotas sobrevoavam a superfície de modo preguiçoso. Fazia calor, e eu havia deixado todas as janelas abertas. Consegui escutar o som das crianças brincando na areia e o apito dos salva-vidas, pedindo para que as pessoas se mantivessem entre as bandeiras. O mar podia estar aparentemente calmo, mas, na verdade, escondia grandes perigos.

Eu estava preparando uma matéria para a seção feminina do jornal, em que trabalhava como editora de moda desde o ano anterior. Ann White, depois de cansar de usar vestidos lindos e de explorar o guarda-roupa da rainha da Inglaterra em sua visita real à Austrália, havia se casado com um membro da família Denison. Sua noção de moda era mais valorizada pela dinastia da loja de departamentos do que seu dote, e havia sido nomeada analista oficial de moda da casa comercial deles, em Sydney. Nós nos encontrávamos em ocasiões sociais e já tínhamos saído para almoçar duas ou três vezes. Era irônico pensar que, depois de nosso começo tumultuado, acabaríamos sendo clientes uma da outra.

Para a matéria que estava escrevendo, pedi a três estilistas australianos que enviassem suas ideias a respeito de como vestiriam Grace Kelly para seu casamento com o príncipe Rainier de Mônaco. Judith criou o vestido mais bonito, uma peça de organza cor de marfim com busto de tafetá e babados, mas os modelos enviados pelos outros criadores também eram de alta costura. Um deles era um vestido-sereia, e o outro, uma peça de brocado e seda brilhante. Este havia sido enviado por uma russa estabelecida em Sydney, vinda de Paris. Ela se chamava Alina. Quando escrevi seu nome atrás das fotografias que apareceriam na matéria, comecei a pensar em minha mãe.

Stalin havia morrido em 1953, mas isso não impediu que o Ocidente e a União Soviética se envolvessem em uma Guerra Fria que tornava impossível qualquer transferência de informação. O pai de Vitaly nunca mais teve notícias do irmão, e eu havia escrito para todas as organizações possíveis: a Sociedade Russo-Australiana, as Nações Unidas, a Organização Internacional de Refugiados e muitas outras instituições humanitárias um pouco menores. No entanto, nenhuma delas havia conseguido me ajudar. Parecia que a Rússia era impenetrável.

A Austrália era muito diferente de qualquer lugar que eu e minha mãe tínhamos visto juntas. Não conseguia associar mamãe com as árvores ou com o mar. Ainda tinha pavor de me esquecer de detalhes com relação a ela: o formato de suas mãos, a cor exata de seus olhos, o seu perfume. Não conseguia esquecê-la. Mesmo depois de todos aqueles anos, ela continuava sendo a primeira pessoa em quem eu pensava ao acordar de manhã e a última que imaginava antes de apagar a luz à noite. Nós duas estávamos separadas havia quase 11 anos e, mesmo assim, em algum lugar dentro do coração, ainda acreditava que minha mãe e eu nos veríamos outra vez.

Coloquei a matéria e as fotografias dentro de um envelope e separei as minhas roupas para ir o escritório. Algumas semanas antes, havia divulgado um anúncio de moda intitulado "Quente demais para a praia", mostrando os novos estilos de biquíni que estavam chegando à Austrália, vindos da Europa e dos Estados Unidos. Como os maiôs eram roupas íntimas, perguntei à modelo se ela gostaria de ficar com os biquínis com os quais havia posado, mas ela me disse que já tinha gavetas repletas de roupas de banho de outras sessões de foto. Então, levei as peças íntimas para casa para lavá-las, com a intenção de oferecê-las às jornalistas mais jovens. Abri meu guarda-roupa e procurei dentro da bolsa de palha onde acreditava ter colocado os biquínis depois de recolhê-los do varal, porém não estavam ali. Olhei dentro da sacola vazia, confusa. Não sabia se andava tão atarefada com os prazos a ponto de ter levado as peças para o escritório e não me lembrar do fato. Naquele momento, a sra. Gilchrist, a supervisora do prédio, bateu à porta.

– ANYA! TELEFONE! – gritou.

Calcei as minhas sandálias e corri até o telefone compartilhado que ficava no corredor.

– Alô – Betty falou baixinho, quando peguei o aparelho. – Pode vir nos buscar, querida?

– Onde vocês estão?

– Na delegacia. A polícia não quer nos liberar, a menos que alguém venha nos apanhar.

– O que houve?

– Nada.

Escutei Ruselina conversando com alguém no fundo e também o som de risada masculina.

– Betty, se nada aconteceu, o que vocês duas estão fazendo na delegacia?

Fez-se um momento de silêncio antes da resposta.

– Fomos presas.

Fiquei surpresa demais para responder. A avó de Irina disse alguma coisa no fundo, mas não consegui entender.

– Oh – disse Betty –, Ruselina perguntou se você pode trazer algumas roupas.

Eu corri até a delegacia, pensando no que as duas senhoras poderiam ter feito para serem presas. A antiga dona do café havia se aposentado e, depois de vender a casa em Potts Point, comprara um apartamento de três quartos para ela e a amiga e o quartinho em cima dele para mim. Vitaly e Irina estavam morando em uma casa em Tamarama, a um bairro da cidade. Desde a mudança, Betty e Ruselina haviam começado a demonstrar um comportamento esquisito. Certa vez, embrenharam-se nas rochas perto da praia com facas na boca, dizendo que "enfrentariam os tubarões em homenagem a Bea Miles", que foi uma senhora maluca de Bondi. A maré estava baixa, e o mar, calmo, por isso elas não correram grande risco de se afogar. Porém imaginar nossas queridas anciãs em áreas sem patrulhamento foi o suficiente para aterrorizar a mim e a Irina. Fizemos Vitaly entrar na água para chamá-las de volta à margem.

– Não se preocupem tanto com elas – disse depois. – As duas passaram por tragédias em seu caminho, mas tiveram que ser fortes e seguir em frente. Este é um momento na vida em que querem se libertar e ser irresponsáveis. Elas têm sorte por terem conhecido uma à outra, assim como vocês duas.

Eu não havia telefonado para Irina e Vitaly antes de partir para a delegacia. Irina estava grávida de quatro meses, e não queria assustá-la. Mas me preocupei durante todo o trajeto. Por que Betty e Ruselina não podiam começar a pintar ou a participar de bingos como as outras senhoras? O bonde de Bondi passou, e eu olhei para a frente. De canto de olho, vi uma idosa solitária sentada em um banco no parque. Estava jogando pedaços de pão às gaivotas. A imagem daquela mulher sozinha ficou gravada em minha mente, e comecei a me perguntar se eu seria aquela senhora dentro de mais 50 anos.

Quando cheguei à delegacia, Betty e Ruselina estavam na sala de espera com roupões atoalhados. A primeira fumava, soltando círculos de fumaça no ar. A outra sorriu quando me viu. Havia um homem idoso sentado ao lado dela, usando uma regata branca e short. A pele dele era marrom como couro, e ele estava inclinado, com os cotovelos apoiados nos joelhos, pensativo. Do outro lado da sala, um homem forte, com um tipo de maiô de banho e um short, segurava um pacote de gelo ao queixo. Li a palavra "Inspetor" impressa na fita ao redor de seu chapéu de palha.

O sargento responsável levantou-se de sua mesa.

– Senhorita Kozlova.

Olhei para Betty e Ruselina, porém elas não deram qualquer pista do que estava acontecendo.

– O que houve? – perguntei ao sargento, sentando-me na cadeira diante da mesa.

– Não se preocupe – sussurrou ele. – Nada sério. Mas o inspetor de praia é muito rígido com relação à questão de "decência".

– Decência?! – exclamei.

As duas amigas riram.

O sargento abriu a gaveta da mesa e tirou dali um diagrama de um homem e de uma mulher na praia. Ele o empurrou na minha direção. Havia linhas e medidas sobre as figuras. Fiquei confusa. Decência? O que diabos Betty e Ruselina tinham feito?

O sargento apontou para diversas partes da imagem com a caneta.

– As pernas do maiô, de acordo com o inspetor, devem ter pelo menos

7,5 centímetros, e os maiôs das mulheres devem ter alças ou algum outro suporte.

Balancei a cabeça, sem entender. As duas senhoras tinham maiôs elegantes. Eu os havia comprado para elas na David Jones, no Natal do ano anterior.

– As roupas de suas avós – falou baixinho o sargento – são um pouco curtas demais.

Escutei mais uma risadinha de Betty e Ruselina e, de repente, percebi o que havia acontecido.

– Oh, Deus! Não! – exclamei e me aproximei de Betty e de Ruselina. – Vamos, deixem-me ver – disse.

As duas mulheres abriram o roupão e caminharam pelo espaço da sala, desfilando como modelos em uma passarela. Betty estava usando uma pantalona com a parte de cima de um biquíni sem alças. A roupa de Ruselina parecia um *smoking*, com a gola em forma de V. Eram os biquínis da sessão de fotos. Apesar de as duas estarem em boa forma para a idade que tinham, certamente não eram as jovens para as quais as peças tinham sido feitas. O quadril ossudo da primeira era magro demais para a calça, e o busto da avó de Irina não combinava muito com um decote tão acentuado. Contudo, as duas caminhavam com elegância.

Observei-as, sem conseguir dizer nada no começo, e, então, comecei a rir.

– Não me oponho se vocês quiserem usar essas roupas – afirmei às duas mais tarde, quando estávamos dentro da sorveteria do bairro, bebendo *milk-shakes* de morango. – Mas por que justo na praia de controle mais restrito?

– Ser perseguida por aquele velho foi metade da diversão! – Betty riu.

Ruselina também começou a rir. O dono da sorveteria olhou para nós.

– Quem era o outro homem na delegacia? – perguntei. – Aquele de short?

– Oh, ele... – respondeu Ruselina, com os olhos brilhando. – É Bob. Ele foi um grande cavalheiro. Quando o inspetor começou a nos encaminhar à delegacia, interveio e pediu para o oficial não "maltratar as senhoras".

– E então ele deu uma no queixo do inspetor – acrescentou Betty, sugando seu *milk-shake* ruidosamente.

Observei as bolhas rosadas de ar em minha bebida e pensei que as duas senhoras, que tinham cuidado de mim por tanto tempo, estavam se tornando minhas filhas.

– O que vai fazer esta tarde, Anya? – questionou a antiga dona do café. – É sábado. Quer ir ao cinema conosco? Está passando *Vidas Amargas*.

– Não posso – dei de ombros. – Preciso terminar uma matéria sobre os vestidos de casamento para a edição de amanhã.

– Mas, e o seu casamento, Anya? – perguntou a outra senhora, sugando o resto de leite gelado com o canudo. – Você nunca vai encontrar um marido, se passar tanto tempo trabalhando.

Betty deu um tapinha no joelho da amiga por baixo da mesa.

– Ruselina, você parece uma *babushka* russa. Anya ainda é jovem. Veja a carreira maravilhosa que ela tem. Quando estiver pronta, vai escolher alguém de uma daquelas festas superglamourosas às quais sempre vai.

– Alguém com 23 anos já não é mais tão jovem para se casar – disse a avó de Irina. – Ela só é jovem em comparação a nós. Eu me casei aos 19 anos, e, na minha época, isso já era considerado tarde.

Quando me despedi de Betty e Ruselina, subi para o quarto e deitei na cama. Era um espaço pequeno, ocupado quase totalmente pela cama e com uma das paredes era quase toda tomada pela janela. Mas eu tinha a visão para o mar, um canto com plantas e uma poltrona macia, além de uma mesa na qual podia escrever ou pensar. Era meu retiro, e eu me sentia confortável ali, longe das pessoas.

"Você nunca vai encontrar um marido se passar tanto tempo trabalhando", lembrei o que Ruselina dissera.

Haveria mais duas outras pessoas trabalhando no jornal naquela tarde: Diana, porque sábado era o dia em que Harry jogava golfe, e Caroline Kitson. As jornalistas mais jovens revezavam-se na cobertura de casamentos e festas. Apesar de todas as suas ambições, Caroline não tinha conseguido se casar com um rapaz de sua classe social. Talvez tivesse ofendido muitas mães de pretendentes na coluna social. Independentemente do motivo, ela, aos 29 anos, passara a se considerar uma solteirona. Vestia roupas largas e óculos de aros grossos e tinha atitudes que combinavam mais com as de uma viúva do que com as de uma moça jovem e bonita. Havia uma bela garota morena entre as jornalistas mais jovens, que andava de olho na vaga de editora social, e, por causa disso, esta havia se tornado muito mais simpática com Diana e comigo. Porém tinha uma mania que me irritava mais do que o fato de ter me esnobado no começo.

– Olá, aqui está a Velha Número Dois – dizia todas as vezes em que eu entrava no escritório. – Está se sentindo como eu?

Sempre que ela falava aquilo, sentia-me deprimida no mesmo instante.

Eu me virei e olhei para as bonecas matrioscas enfileiradas sobre a minha cômoda. Havia cinco delas no total, duas depois de mim. Uma filha e uma neta. Aquilo tinha sido o que minha mãe imaginava para as nossas vidas. Certamente, havia acreditado que viveríamos os nossos dias em paz na casa em Harbin, aumentando um cômodo sempre que um membro novo chegasse ao clã.

Deitei-me nos travesseiros e pisquei com força, para afastar as lágrimas dos olhos. Para ter uma família, precisaria encontrar um marido. Mas já estava tão acostumada a viver sem o amor de um homem, que não sabia por onde começar. Já fazia quatro anos desde que eu soubera da morte de Dmitri, sete anos desde que ele me abandonara. De quantos anos mais necessitaria para parar de sofrer?

Diana já estava sentada à sua mesa, quando cheguei ao jornal. Espiei dentro de sua sala para lhe dizer oi.

– O que você vai fazer na sexta à noite, Anya? – perguntou ela, passando a mão na gola de seu vestido Givenchy.

– Nada de especial – respondi.

– Bem, quero que você conheça alguém. Por que não vai à minha casa para jantar às 19 horas? Pedirei a Harry que vá buscá-la.

– Tudo bem. Mas quem você vai me apresentar?

Diana sorriu, mostrando todos os dentes brancos.

– Isso é um sim ou um não?

– Um sim. Porém gostaria de saber quem vou conhecer.

– Não confia em mim? Um rapaz lindo, se você quer saber. Ele está maluco para conhecê-la, desde que a viu no baile de Melbourne Cup. Contou que a seguiu a noite toda, mas que você não deu a menor atenção a ele. O que, devo dizer, é típico de seu comportamento, Anya. Ele é o homem mais bonito do jornal, tem um ótimo senso de humor e não conseguiu sequer chamar a sua atenção.

Corei. Minha vergonha parece ter deixado a editora-chefe ainda mais alegre. Parecia que ela havia encontrado uma maneira de ler a minha mente naquela tarde, agindo rapidamente para encontrar uma solução.

– Vista aquele lindo vestido de crepe que comprou. Ele fica lindo em você.

– Pode deixar – concordei, intrigada com a coincidência.

Era como se Diana fosse a minha fada madrinha e estivesse me concedendo um desejo.

– E Anya... – ela me chamou, quando eu já estava saindo.

– Sim?

– Procure não parecer tão assustada, querida. O rapaz não morde. Tenho certeza disso.

Eu não disse nada a Ruselina e a Betty sobre o jantar de Diana. Estava sentindo orgulho de mim mesma por pelo menos concordar em conhecer um homem, apesar de isso ainda me assustar. Se contasse a elas sobre o acontecimento, não poderia escapar se decidisse não ir.

Quando a noite de sexta-feira chegou, eu me senti ansiosa e até pensei na possibilidade de não aparecer. Mas não podia decepcionar Diana. Coloquei o vestido que havia sugerido. Tinha um corpete justo, alças largas nos ombros e saia comprida. Calcei sapatos macios de bico fino e prendi o cabelo para o lado.

Um pouco depois das 6 horas, Harry passou para me buscar com seu Chevrolet azul-marinho. Abriu a porta do carro para mim e semicerrou os olhos por causa do sol que brilhava forte.

– As coisas parecem bem calmas depois das terríveis tempestades – disse.

– Eu li no jornal que os salva-vidas tiraram 150 pessoas da água no dia de Ano Novo – comentei.

Harry acomodou-se no banco do motorista e ligou o motor do veículo.

– Sim, a sua praia foi uma das mais afetadas. Dizem que a tempestade trouxe tantas algas marinhas à tona, que um dos salva-vidas ficou preso, foi arrastado para dentro da água e começou a se afogar. O bote de resgate não teve sucesso ao tentar atravessar as ondas para chegar até ele.

– Meu Deus! Não sabia disso.

– Mas um de seus amigos conseguiu tirá-lo do mar – prosseguiu Harry, entrando com o carro na Bondi Road. – Um cara grande que acabou de chegar de Victoria. Contam que ele entrou na água como um torpedo. Também é russo. Pode ser que o conheça.

Balancei a cabeça, negando.

– Provavelmente não. Nos últimos tempos, só chego à praia depois que todo mundo já foi embora.

O homem riu.

– Minha esposa diz que você trabalha demais.

Diana e Harry viviam em uma casa de estilo Tudor, diante de uma baía em Rose Bay. Quando estacionamos, a anfitriã, linda em um vestido de seda vermelho, saiu para nos receber.

– Entre, Anya – convidou ela, guiando-me como uma dançarina de tango para dentro da casa. – Venha conhecer Keith.

O interior da casa era espaçoso, com pisos e paredes brancos modernos. Estantes finas pontuavam o corredor, exibindo fotografias de Diana e de celebridades e os badulaques que ela havia reunido de todas as partes do mundo. Parei para analisar a coleção de porquinhos que a dona da casa havia trazido de Londres e ri. Por mais glamourosa que fosse, a editora-chefe não se levava muito a sério. Ela me puxou para dentro da sala de estar e quase me jogou no colo do jovem que estava sentado ali. Assim que ele nos viu, ficou em pé e abriu um sorriso.

– Olá – cumprimentou, estendendo a mão para apertar a minha. – Sou Keith.

– Olá – respondi, apertando a mão dele. – Sou Anya.

– Ótimo – falou Diana, dando um tapinha em minhas costas. – Vou ver como está o jantar. Vocês dois fiquem aí conversando.

Ao dizer isso, saiu da sala. Harry estava entrando ali, segurando uma garrafa de vinho. A esposa agarrou-o e empurrou-o pelo corredor, como se ele fosse um ator ruim sendo arrancado do palco.

Keith virou-se para mim. Era lindo, com olhos azuis-escuros, cabelos loiros, um belo nariz e lábios carnudos.

– Diana me contou coisas ótimas sobre você – disse. – E parece que você tem uma boa história para me narrar durante o jantar.

Corei. Minha chefe não havia me contado nada sobre o rapaz. E eu também não havia perguntado.

– Keith trabalha na seção de esportes – comentou Harry, entrando na sala com uma bandeja de queijo e evitando que eu fizesse papel de boba.

Percebi, então, que devia estar atrás da porta, escutando a nossa conversa.

– É mesmo? Que bom! – repliquei, parecendo Diana, e não eu mesma.

Nosso anfitrião piscou para mim por trás de Keith. Sua mulher entrou com uma bandeja de torradas com azeitonas. Ela também devia estar esperando atrás da porta.

– Sim – reforçou ela. – Ele ganhou um prêmio pela cobertura da Melbourne Cup.

– Isso é ótimo! – exclamei, virando-me para o rapaz. – Eu, não ganhei nada. Eles, obviamente, não acharam que minha matéria a respeito dos chapéus do evento foi impressionante o suficiente.

Keith arregalou os olhos por um momento, até Harry e Diana começarem a rir, e ele se sentir seguro para acompanhá-los.

– Uma moça com senso de humor – observou. – Gosto disso.

O dono da casa montou uma mesa de jantar na varanda, onde havia um jardim. A anfitriã colocou uma toalha creme e um conjunto de jantar azul royal sobre a mesa. Ela torceu ramos de fúcsia ao redor da base da vela. Já fazia muito tempo que não via tamanha elegância casual. Era um efeito que meu pai sabia criar bem. Passei os dedos na borda da toalha de linho e notei o peso dos talheres. No meio da mesa, Diana colocou uma tigela de rosa-de-cem-folhas. Respirei fundo para sentir o doce aroma. A chama da vela estremeceu, vi Sergei em pé nas sombras, com os braços repletos de flores para o casamento. Dmitri saiu da escuridão em minha direção e segurou minhas mãos.

"Deixe-me, Dmitri, por favor", disse para mim mesma. Porém, no instante seguinte, estava dentro de uma banheira cheia de pétalas. Meu ex-marido estava pegando água com as mãos. Mas, quanto mais água ele bebia, mais leve ficava. E começou a desaparecer.

– Anya, você está bem? Está terrivelmente pálida – preocupou-se Diana, encostando a mão em meu braço.

Olhei para ela, desorientada.

– É o calor – afirmou Harry, levantando-se da mesa e abrindo mais a janela.

Keith pegou minha taça.

– Vou lhe dar um pouco de água.

Passei a mão na testa.

– Sinto muito. Tudo está tão lindo, que me esqueci de onde estava.

O rapaz pousou a taça na minha frente. Uma gota de água escorreu pela lateral dela e caiu na toalha de mesa. Parecia uma lágrima.

O prato principal do jantar foi vieiras com creme de cogumelos. A conversa foi tranquila, e Diana regia com maestria.

– Keith, você precisa contar a Anya a respeito da fazenda de seus pais. O Ted me disse que é linda.

E, depois...

– Anya, vi um lindo samovar antigo na casa de lady Bryant, mas nenhuma de nós sabia como funcionava. Pode explicar para nós, querida?

Percebi que o jovem olhava para mim, e eu procurava prestar atenção quando ele falava, para não desestimulá-lo, como Diana havia dito que eu fazia em situações parecidas. Eu não estava me apaixonando como aconteceu com Dmitri. Sentia-me como uma flor à espera de uma borboleta.

Quando os pratos foram recolhidos, fomos para a sala de estar, para comer torta de damasco e sorvete de baunilha.

– Agora – disse Diana, balançando sua colher –, você precisa contar ao Keith o episódio do arroz.

– Sim – Keith riu, aproximando-se de mim. – Preciso conhecer essa história.

– Eu também ainda não a conheço – Harry comentou.

– Sempre que Diana tenta me contar, começa a rir e eu nunca consigo escutar o fim dela.

A comida e o vinho conseguiram me relaxar e fazer com que me sentisse menos tímida. Fiquei feliz por Keith estar sentado perto de mim. Eu estava mais simpática com ele. Fiquei contente também por ele não ter medo de demonstrar que havia gostado de mim. Minha volta ao mundo do romance não estava sendo tão ruim quanto eu pensara que seria.

– Bem – comecei –, um dia, eu fui visitar minha melhor amiga e o marido dela, e começamos a falar sobre os alimentos da China dos quais sentíamos falta. É claro que o arroz, aqui neste país, deve ser o produto mais difícil de se encontrar, e quase todos os pratos de nossa infância levam esse ingrediente. Então, decidimos ir a Chinatown certo dia e trazer um pouco de arroz que durasse pelo menos três meses. Isso foi em 1954, quando Vladimir Petrov e sua esposa receberam asilo na Austrália, em troca de revelarem quem eram os espiões russos, e estes se tornaram uma grande preocupação para as pessoas, incluindo a senhora vizinha de meus amigos. Ela nos viu carregando sacos de arroz pela rua e conversando em russo e chamou a polícia.

Keith riu e esfregou o queixo.

Harry também riu.

– Continue – disse.

– Então, dois jovens oficiais chegaram e perguntaram se éramos espiões comunistas. No entanto, meu amigo Vitaly conseguiu convencê-los a ficar para o jantar. Cozinhamos risotto Volgii, feito com *bulgur*, brócolis e acelga refogados com cebola e alho e servidos com berinjela e iogurte. Recusar-se a beber com os russos pode ser extremamente difícil. E negar-se a beber com um homem russo pode ser totalmente ofensivo. Então, o anfitrião conseguiu convencer os policiais de que a única maneira de criar uma verdadeira "amizade internacional" e agradecer a ele pela "melhor refeição" que eles tinham comido na vida era tomar algumas doses de vodca. Quando os dois sujeitos ficaram bêbados a ponto de perder o controle, nós os colocamos dentro de um táxi e mandamos de volta à delegacia. E você pode imaginar que o sargento não ficou muito satisfeito com eles. Apesar de a sra. Dolen, da casa de número 12, ainda chamar a polícia com frequência, os oficiais nunca mais nos visitaram.

– Minha nossa! – exclamou Harry, piscando para Keith. – Ela é terrível. Tome cuidado com ela!

– Tomarei – respondeu o rapaz, sorrindo para mim, como se não houvesse mais ninguém na sala. – Pode acreditar, terei cuidado.

Mais tarde, quando Harry estava tirando o carro da garagem para me levar para casa, o convidado me acompanhou até a porta. Diana passou por nós para ir ao jardim, fingindo procurar um gato que não existia.

– Anya – Keith disse –, na semana que vem, haverá o aniversário de meu amigo Ted. Gostaria de levá-la à festa comigo. Você aceitaria ir?

– Sim, adoraria.

As palavras escaparam de minha boca, antes que conseguisse contê-las. Mas eu me sentia à vontade com aquele homem. Ele não parecia esconder nada. Diferentemente de mim, cheia de segredos.

Quando Harry me deixou em casa, abri as janelas, deitei-me na cama e fiquei escutando o barulho do mar. Fechei os olhos e tentei me lembrar do sorriso de Keith. Porém já tinha começado a me esquecer de sua aparência. Não sabia se de fato havia gostado dele ou se estava apenas me forçando a isso porque pensava que devesse. Depois de um tempo, só consegui pensar em Dmitri. Era como se, cada vez que eu me preparasse para esquecê-lo para sempre, minhas lembranças sobre ele voltassem mais fortes do que antes. Eu me revirei na cama, pensando e repensando na noite de nosso enlace. O único momento verdadeiramente feliz de nosso casamento. Antes da morte de Sergei. Antes de Amélia. Meu corpete macio coberto de pétalas pressionando a pele firme e ardente de Dmitri.

A festa à qual Keith me levou na semana seguinte foi a minha primeira festa australiana de verdade. Nunca havia ido a uma festa com pessoas da minha idade e da minha classe econômica, e isso foi algo revelador.

Minha experiência no país tinha sido diferente da experiência vivida por muitos outros russos vindos de Xangai. Mariya e Natasha tinham conseguido trabalho na lavanderia de um hospital. Os maridos delas, apesar de terem estudado, trabalhavam como pedreiros. Mas a minha experiência de vida não era como a de meninas australianas normais da minha idade. Graças ao meu trabalho no jornal, era convidada para algumas das festas mais elegantes da cidade. Já havia conhecido políticos, artistas e atrizes famosas e até já tinha sido convidada para ser jurada do próximo concurso Miss Austrália. Contudo, não tinha vida social própria.

Ted era o fotógrafo de Keith, na seção de esportes, e vivia na Steinway Street, em Coogee. Quando chegamos, o local já estava cheio. Estava tocando *Only You*, e um grupo de rapazes e moças com lenços no pescoço e camisas com o colarinho levantado dançavam no ritmo da música. Um homem louro com costeletas e um maço de cigarros embaixo da manga da camisa correu até nós. Cumprimentou meu acompanhante com um toque de mãos e, então, virou-se para mim.

– Olá, adorável. Você é a garota sobre quem meu amigo tem contado? A rainha de moda russa?

– Deixe-a em paz, Ted – Keith riu. E, então, virou-se para mim e disse: – Você vai precisar de um tempo para se acostumar com o humor dele. Não se preocupe.

– Então é o seu aniversário, Ted – perguntei, entregando ao rapaz um presente que Keith e eu havíamos comprado: um disco de Chuck Berry, embrulhado em um papel cheio de bolinhas e preso com um laço.

– Vocês não precisam se incomodar. Mas coloque o pacote sobre a mesa – Ted sorriu. – Lucy quer que eu abra todos eles juntos depois.

– Ela está transformando você em uma garota – brincou Keith.

A sala de estar estava uma sauna por causa do calor dos corpos unidos e da noite de verão. As pessoas espalhavam-se pelo carpete e pelo cômodo, fumando e bebendo refrigerante ou cerveja diretamente no gargalo. Algumas das garotas viraram-se para me olhar. Eu estava com um vestido sem mangas, com um decote de ombro a ombro. As outras meninas usavam calças capri e camisetas justas. Seus cabelos eram curtos, no estilo que muitas mulheres australianas gostavam de manter, e penteados para a frente. Os meus ainda eram longos, e eu os usava com cachos nas pontas. Os olhares que lançavam para mim me deixavam pouco à vontade. Não me pareceram muito simpáticas.

Segui Keith até a cozinha, passando com dificuldade por pessoas cheirando a gel fixador e perfume doce. O banco estava repleto de garrafas meladas de refrigerante e copos de plástico.

– Aqui, prove isto – disse ele, entregando-me uma garrafa.

– O que é? – quis saber.

– Prove e descubra – replicou o rapaz, abrindo a garrafa de vidro.

Tomei um gole da bebida. O líquido era doce e forte. Fez meu estômago revirar. Li o rótulo: refrigerante de cereja.

– Oi, Keith – uma garota se aproximou.

Ela abriu caminho entre as pessoas e o envolvou em um abraço. Ele virou os olhos para mim. A moça o soltou, seguiu seu olhar e franziu o cenho.

– Quem é?

– Rowena, quero que conheça Anya.

A jovem moveu a cabeça levemente. Tinha a pele clara e com sardas. Seus lábios eram grandes e vermelhos, e as sobrancelhas, grossas sobre seus belos olhos.

– É um prazer conhecê-la – cumprimentei, estendendo a mão.

Mas Rowena não a apertou. Ficou olhando para os meus dedos.

– Você é estrangeira? – perguntou. – Tem sotaque.

– Sim, sou russa – respondi. – Da China.

– As moças australianas não são suficientemente interessantes para você? – indagou a Keith.

Afastou-se dele e dirigiu-se de volta ao jardim, passando pelas pessoas.

O rapaz retraiu-se.

– Sinto muito por estar mostrando a você como alguns dos amigos de Ted são ignorantes – desculpou-se, aproximando-se do banco.

Empurrou as garrafas e os pratos sujos, limpando o banco para abrir espaço para eu me sentar.

– Acho que estou com a roupa errada – comentei.

– Você? – ele riu. – Estou com ciúmes porque os homens daqui estão lançando olhares em sua direção a noite toda. Você está linda.

Escutamos risadas vindas da sala de estar e nos reunimos com os outros, para ver o que estava acontecendo. Havia um grupo de homens e mulheres sentados no chão em um círculo, com uma garrafa no meio. Eu conhecia a brincadeira: gire a garrafa. Mas não aquela versão. Cada participante tinha uma cerveja a seu lado, e, quando a garrafa era girada e o gargalo parava apontando para uma pessoa do sexo oposto, quem rodara a garrafa podia escolher entre beijar aquele indivíduo ou tomar um gole de cerveja. Se escolhesse beber, a pessoa rejeitada tinha de tomar dois goles de cerveja. Vi Rowena no grupo. Ela se virou para a frente, lançando-me um olhar ácido. Ou teria sido para Keith?

– Apenas mais uma desculpa dos australianos para beber – disse meu acompanhante.

– Os russos são iguais. Bem, pelo menos os homens são.

– É mesmo? Aposto que eles iam preferir beijar garotas a beber cerveja, se pudessem escolher.

Keith estava me fitando daquela sua maneira direta de novo, porém não consegui manter o foco. Olhei para os meus pés.

Ele me levou para casa em seu Holden. Fiquei com vontade de perguntar quem Rowena era, mas não o fiz. Percebi que aquilo não importava. Ele era jovem e atraente. É claro que namoraria outras garotas. Eu era a diferente. Quem tinha passado a maior parte da juventude sozinha. Quando Keith estava distraído, eu olhava para ele. Observei a textura de sua pele. Percebi, pela primeira vez, as sardas no canto de seu nariz, os pelos finos em seu braço. Era um homem belo; no entanto, não era Dmitri.

Quando chegamos ao prédio onde eu morava, ele estacionou o carro no meio-fio e desligou o motor. Entrelacei os dedos das mãos e torci para que o rapaz não tentasse me beijar. Não estava preparada para nada daquele tipo. O jovem deve ter percebido a minha intranquilidade, porque não me beijou. Conversamos sobre as partidas de tênis que ele estava cobrindo e sobre como Ken Rosewell e Lew Hoad eram simpáticos nas entrevistas. Depois de um tempo, Keith apertou a minha mão e disse que me levaria até a porta.

– Da próxima vez, vou levá-la a um lugar mais elegante – afirmou.

Ele estava sorrindo, mas percebi um certo desapontamento em suas palavras. Gaguejei, sem saber o que dizer. O rapaz estava pensando que eu era esnobe. Eu queria mostrar que tinha gostado dele, porém, quando falei "Boa noite, Keith", as palavras saíram duras.

Em vez de ir para a cama feliz, não consegui dormir. Fiquei acordada, com medo de ter arruinado o relacionamento, antes mesmo de saber se queria entrar em um ou não.

No dia seguinte, Irina e Vitaly foram me encontrar, para fazermos o piquenique na praia que havíamos planejado. Ela trajava um vestido de gestante, apesar de a barriga ainda não estar aparecendo. Concluí que estava ansiosa demais para ostentar a gravidez. Algumas semanas antes, minha amiga havia me mostrado modelos de roupas de bebê e desenhos de como queria decorar o quarto. Compartilhei de sua alegria. Sabia que ela seria uma ótima mãe. Fiquei surpresa ao notar que Vitaly havia engordado um pouco desde que Irina descobrira que estava grávida, mas evitei fazer a piadinha de que ele estava "comendo por dois". O peso extra fazia bem à aparência dele. A magreza havia desaparecido, e seu rosto ficava mais bonito mais arredondado.

– Quem era o rapaz com quem você estava ontem à noite? – perguntou, antes mesmo de entrar.

A esposa lhe deu um cutucão nas costelas.

– Prometemos a Betty e a Ruselina que descobriríamos – Vitaly sorriu, passando a mãos nas costelas.

– Betty e Ruselina? Como souberam que eu estava com alguém?

Irina colocou a cesta de piquenique sobre a mesa e guardou dentro dela os pães e pratos que eu havia preparado para a ocasião.

– Elas estavam espiando você, como sempre – responde ela. – Apagaram a luz do apartamento e ficaram olhando pela janela, quando ele a deixou em casa.

Vitaly arrancou uma ponta do pão e comeu.

– Tentaram escutar o que vocês dois estavam dizendo, mas o estômago de Betty não parava de roncar, e elas não conseguiram escutar nada.

Peguei a cesta de Irina. Não estava tão pesada, mas eu não queria que ela carregasse coisa alguma.

– As duas tornam a vida mais difícil, quando fazem isso – afirmei. – Vou ficar mais atenta da próxima vez.

Minha amiga deu um tapinha em meu braço.

– O segredo é se casar e se mudar para um bairro vizinho. Não fica nem muito perto, nem muito longe.

– Se elas continuarem fazendo isso, não vou me casar – repliquei. – Afastarão os pretendentes.

– Bem, quem é o pretendente, Anya? Por que não o convidou para hoje? – o futuro papai quis saber.

– Eu o conheci por intermédio da Diana. E não o convidei porque não vejo os dois há séculos e queria passar o dia com vocês.

– Cedo demais para apresentá-lo à família. Entendi – comentou Vitaly, balançando o dedo na minha direção. – Mas preciso alertá-la sobre o fato de que seu vestido de noiva já está sendo planejado no andar de baixo.

Irina virou os olhos.

– Não acredito – disse ela, empurrando a mim e ao marido porta afora.

Em qualquer domingo de verão, a Bondi Beach ficava repleta de pessoas. Nós três tivemos de caminhar até o promontório Ben Buckler para encontrar um local para nos sentar. A luz do sol estava linda. Refletia na areia e nos montes de guarda-sóis na praia, da mesma maneira como a neve brilhava nos telhados e topos de árvores no hemisfério norte. Vitaly estendeu as toalhas e começou a montar o guarda-sol, enquanto Irina e eu colocávamos nossos óculos e chapéus. Os salva-vidas estavam treinando à beira da água, com os corpos bronzeados e musculosos cobertos por restos de água do mar e suor.

– Vi alguns deles treinando na piscina no fim de semana passado – meu amigo contou. – Eles tiveram de nadar com latas de querosene cheias de água amarradas à cintura.

– Eles precisam ser fortes para lutar contra o mar – disse.

Um vendedor de doces passou, e o protetor solar em seu rosto estava derretendo como sorvete sob o sol. Eu o chamei, comprei três copinhos de sorvete de baunilha e entreguei um a Irina, outro a Vitaly e abri o meu.

– Os salva-vidas são bonitos, hein? – Irina riu. – Talvez Anya e eu devêssemos nos unir a eles.

– Dentro de alguns meses, você vai estar nadando com algo mais pesado do que uma lata de querosene na cintura, querida – retrucou Vitaly.

Observei os salva-vidas que realizavam os exercícios com o cinto. Um deles destacava-se dos demais. Era mais alto e tinha o corpo maior, o rosto quadrado e a mandíbula forte. Um de seus colegas, fazendo o papel de uma vítima de afogamento, estava preso com segurança e não corria o perigo de se soltar. Todas as tarefas desempenhadas por aquele profissional eram feitas com vigor e concentração. Ele prendeu o cinto à cintura e se lançou ao mar sem hesitar, arrastando a vítima das ondas sem esforço e fingindo ressuscitá-la na praia, como se a existência do planeta dependesse de seu trabalho.

– Aquele ali é muito vigoroso – meu amigo comentou.

Concordei. Diversas vezes, com energia inesgotável, aquele salva-vidas enfrentava as ondas, à procura da próxima pessoa em apuros. Corria como um animal na mata, rápida e livremente.

– Deve ser o profissional sobre quem Harry me falou ontem à noite.

Parei no meio da frase. Senti um arrepio.

Levantei-me, protegendo os olhos do sol com a mão.

– Meu Deus! – exclamei.

– O que foi? Quem é? – perguntou Irina, ficando em pé ao meu lado.

Respondi a ela balançando os braços para o salva-vidas e chamando:

– Ivan! Ivan!

dezessete

Ivan

Betty e Ruselina estavam escutando o rádio e jogando baralho na mesa perto da janela, quando entramos correndo no apartamento, um atrás do outro, levando Ivan conosco. A primeira senhora desviou o olhar das cartas e estreitou os olhos. A outra se virou. Ela levou a mão à boca, e os olhos encheram-se de lágrimas.

– IVAN! – gritou, levantando-se.

Então, correu pelo tapete em direção a ele, que a encontrou no meio do caminho e abraçou-a com tanta alegria, que a levantou do chão.

Quando Ivan colocou Ruselina no chão, ela segurou o rosto dele entre as mãos.

– Pensei que nunca mais o veríamos de novo – disse.

– Você e eu estamos igualmente surpresos – replicou ele. – Pensei que vocês todos estivessem nos Estados Unidos.

– Por causa da doença da minha avó, tivemos de vir para cá – contou Irina.

Ela olhou para mim, e eu me senti culpada, apesar de esta não ter sido sua intenção. Mas eu deveria ter escrito para nosso amigo.

Ivan viu Betty perto do sofá e cumprimentou-a em russo.

– Esta é a minha amiga Betty Nelson – Ruselina explicou. – Ela é australiana.

– Oh, australiana – falou Ivan, caminhando em direção à senhora para apertar-lhe a mão. – Então é melhor falarmos em inglês. Sou Ivan Nakhimovsky. Um velho amigo de Ruselina e das meninas.

– Muito prazer em conhecê-lo, sr. Nak... sr. Nak... – Betty tentou, mas não conseguiu dizer o sobrenome dele.

– Ivan, por favor – ele sorriu.

– Eu já ia começar a fazer o jantar – Betty disse. – Não posso lhe oferecer o tradicional assado, porque estivemos todos ocupados esta semana e não fomos ao mercado. Mas espero que você goste de linguiça e vegetais.

– Vou para casa primeiro, para vestir algo mais apresentável – afirmou Ivan, olhando para a camiseta e o short manchados de água.

Havia grãos de areia nos pelos de suas pernas.

– Não – Vitaly riu. – Você está apresentável como está. Anya é a única pessoa que ainda se arruma para jantar "qualquer coisa". A casualidade é o único aspecto da vida australiana que ela ainda não adotou.

Ivan se virou e sorriu para mim. Eu dei de ombros. Ele havia mudado muito pouco desde Tubabao. Seu rosto permanecera jovem, com o mesmo sorriso malandro. A cicatriz havia desaparecido um pouco sob o bronzeado. Ainda caminhava da mesma maneira. Quando o reconheci na praia, corri na direção dele em um impulso. Apenas quando ele olhou para a frente e percebeu quem eu era, é que me lembrei da tensão de nossos últimos dias juntos e fiquei com receio. Porém vi um brilho simpático em seus olhos e percebi que, em algum momento, entre Tubabao e Sydney, eu havia sido perdoada.

– Sente-se, Ivan – convidei, levando-o em direção à sala. – Queremos saber de todas as novidades. Pensei que estivesse em Melbourne. O que está fazendo em Sydney?

Nosso velho amigo sentou-se, comigo de um lado e Ruselina do outro. Vitaly e Irina sentaram-se nas poltronas. Falávamos em inglês porque, entre cortar os legumes e colocá-los para ferver, Betty chegaria para escutar partes da conversa.

– Estou aqui há alguns meses – ele contou. – Estou abrindo uma nova fábrica.

– Uma nova fábrica? – perguntou Ruselina. – O que você faz?

– Bem – respondeu Ivan, pousando as mãos sobre os joelhos –, ainda estou no ramo de alimentação. Agora, trabalho com alimentos congelados. Minha empresa embala tortas e bolos para mercados.

– *Sua* empresa! – exclamou Irina, com os olhos arregalados. – Você parece muito bem-sucedido!

Ele balançou a cabeça.

– Somos uma empresa pequena, mas crescemos bastante todos os anos, e este ano parece que será o melhor de todos até agora.

Pedimos a ele que nos contasse como havia entrado naquele ramo. Suspeitei que estivesse sendo modesto, quando afirmou que sua empresa era pequena. Muitos imigrantes tinham estabelecido seus negócios de família depois que os requisitos de contrato haviam sido satisfeitos.. Mas eu não tinha notícias de ninguém que possuísse fábricas em duas grandes cidades.

– Quando vim para a Austrália, me mandaram a um emprego em uma padaria – continuou. – Havia outro novo australiano trabalhando ali, um iugoslavo que se chama Nikola Milosavljevic. Nós nos demos bem e decidimos que, quando encerrássemos nossos contratos, abriríamos um negócio. E foi o que fizemos. Alugamos uma casa em Carlton e vendemos bolos, tortas e pães. Porém os bolos e as tortas eram sempre os mais procurados, por isso nos concentramos neles. Logo, as pessoas de todas as partes da cidade estavam indo à nossa panificadora. E então concluímos que, se tivéssemos mais lojas, venderíamos mais tortas. Mas, apesar de nossas vendas serem boas, não tínhamos dinheiro para comprar outra panificadora. Então, adquirimos um Austin velho e tiramos o banco de trás dele. Enquanto eu cuidava da panificadora, Nikola ia de um lado a outro vendendo nossas tortas a bares e cafés.

– Só vocês dois? – indagou Vitaly. – Parece muito trabalho.

– Sim – respondeu Ivan. – Foi um ano cansativo, mas meu sócio e eu tínhamos certeza de nosso sucesso, portanto trabalhávamos todos os dias da semana e dormíamos apenas quatro horas por noite. É impressionante como não há cansaço, quando existe entusiasmo.

Betty colocou um prato de ervilhas na manteiga sobre a mesa da sala de jantar, secou as mãos no avental e disse:

– Você parece a Anya. Ela é a única pessoa que trabalha tanto desse jeito.

– Nem tanto – ri.

– O que você faz? – quis saber Ivan.

– Ela é a editora de moda do *Sydney Herald* – contou Irina.

– É mesmo? Estou impressionado, Anya. Eu me lembro daquele artigo que você escreveu para o *Tubabao Gazette* a respeito das roupas em *On the Town*.

Eu corei. Havia me esquecido da matéria e dos textos escritos para o *Gazette* e do meu entusiasmo para ir a Nova York.

— Ivan, ninguém quer saber sobre as minhas coisas. Conte-nos mais sobre você – desviei o foco.

— Bem, meu trabalho não parece tão interessante quanto o seu, nem de longe, mas vou continuar. Depois de nos esforçarmos por um ano para expandir os negócios, um novo mercado foi aberto em um bairro próximo, e conversamos com o gerente, para saber se poderíamos vender nossas tortas para ele. O homem nos informou tudo o que estava acontecendo nos Estados Unidos com os supermercados e alimentos congelados.

— Nikola e eu achamos a ideia possível. Então começamos a experimentar congelar nossas tortas. As primeiras tentativas fracassaram, principalmente no caso das tortas de frutas. Elas provavelmente eram tão boas quanto os alimentos congelados que outras empresas ofereciam, mas não boas o suficiente para nós. Queríamos que nossos alimentos congelados tivessem o mesmo sabor delicioso dos alimentos frescos. Demoramos um tempo, no entanto, quando conseguimos equilibrar os ingredientes e acertamos a técnica, pudemos abrir nossa primeira fábrica. E, se as coisas derem certo em Sydney, meu sócio vai cuidar da loja em Melbourne, e eu ficarei aqui.

— Vamos comprar um monte de tortas, então – afirmou Ruselina, batendo palmas. – Seria maravilhoso ter você por perto.

Betty nos chamou para a mesa e insistiu para que Ivan, como nosso convidado de honra, sentasse à cabeceira. Ela me colocou na outra ponta, de frente para ele.

— Bom posicionamento – observou Vitaly. – O rei e a rainha da Austrália. Os dois são estrangeiros, mas ele passa seu tempo livre tirando australianos da água, e ela ajuda os profissionais de moda e vende cartões de Natal para salvar o cerrado.

Ivan olhou para mim.

— Talvez nós dois tenhamos uma dívida de gratidão com este país, não é, Anya?

Ruselina deu um tapinha no braço dele e disse:

— Você trabalha demais. Todas as horas de trabalho na fábrica e mais as horas na praia. Mesmo em seu tempo livre, você se esforça.

— Sem falar do perigo de se afogar ou ser atacado por um tubarão – acrescentou Irina, cortando uma salsicha com os dentes.

Estremeci, apesar de ela estar brincando. Olhei para Ivan e lutei contra a imagem de algo terrível acontecendo com ele. Não suportava pensar que um homem apaixonado e gentil como ele pudesse ser morto no seu auge. Eu me acalmei, bebendo a água lentamente e respirando com o guardanapo diante dos lábios, torcendo para que ninguém tivesse notado o meu pânico. Ninguém percebera. Todos estavam ocupados falando sobre as tempestades que haviam atingido as praias no Ano Novo e perguntando ao empresário salva-vidas sobre técnicas de resgate. Minha respiração se acalmou, e a cabeça ficou tranquila de novo. "Que ideia idiota!", falei a mim mesma. Algo terrível demais de se imaginar já aconteceu com esse homem. Que prejuízo o mar pode causar a ele que um ser humano não possa?

Às 23 horas, Ivan disse que precisava ir embora, pois deveria estar em sua fábrica logo cedo no dia seguinte.

– Onde você mora? – Vitaly perguntou.

– Estou morando em uma casa alugada no monte – respondeu.

– Então vamos levar você para casa – afirmou Vitaly, dando um tapinha nas costas de Ivan.

Fiquei feliz por ver que os dois estavam se dando bem. Eles deviam estar contentes por terem em comum o interesse pela culinária.

Ruselina, Betty e eu ficamos na calçada, acenando, enquanto os três entravam no carro de Vitaly. Ivan desceu o vidro.

– Querem conhecer a fábrica? – ele perguntou. – Posso levá-los lá no fim de semana.

– Sim! – dissemos juntas.

– Aonde houver bolos, iremos! – brincou Betty, levando a mão aos cabelos.

Não tive notícias de Keith no trabalho na segunda-feira. Sempre que o menino da copiadora chegava, e meu telefone tocava, eu me sobressaltava, esperando saber dele. No entanto, não tive novidades. A mesma coisa aconteceu na terça-feira. Na quarta-feira, vi Ted entrando no elevador da recepção.

– Oi, Anya. A festa foi ótima, fiquei feliz por você ter ido – foi o que ele conseguiu dizer, antes que as portas se fechassem.

Fui para casa decepcionada. Eu havia estragado as coisas com o rapaz.

Apenas na quinta-feira eu o vi de novo. O prefeito, Patrick Darcy Hills, estava realizando um almoço na Prefeitura para alguns atletas olímpicos que se preparavam para os jogos. Personalidades do esporte, incluindo Betty Cuthbert, a corredora "de ouro", Dawn Fraser e alguns membros do time de críquete da Austrália tinham sido convidadas. Diana estava em Melbourne e não pôde ir ao evento, por isso fui com um dos fotógrafos da equipe, Eddie. O sujeito lembrava muito Dan Richards, mas era mais calado e me seguia a todos os lugares como um labrador fiel.

– Quem está em nossa lista hoje? – ele perguntou, quando o motorista nos deixou na George Street.

– O primeiro-ministro virá com a esposa – respondi. – Mas acho que Caroline e o fotógrafo dela se concentrarão no casal. Devemos ir atrás das celebridades, para vermos o que elas estão vestindo. E uma atriz virá dos Estados Unidos, Hades Sweet.

– É ela quem está filmando no norte, não é? – indagou Eddie. – Um filme sobre alienígenas e Uluru?

– Que bom que sabe tudo isso – elogiei. – Não consegui encontrar nada sobre ela nos arquivos.

Eddie e eu mostramos o nosso crachá de imprensa, e um oficial deu permissão para passar pela fila que esperava para ir para o salão. Entramos por uma porta lateral. Fiquei surpresa ao ver que Keith já estava do lado de fora com Ted, perto de uma mesa de petiscos, comendo pãezinhos de creme de praliné. Então me lembrei de que se tratava de um evento relacionado com esportes. Eu não sabia se deveria me aproximar para cumprimentá-lo ou se isso seria atirado demais na Austrália. Afinal, o repórter não havia me procurado depois de nosso encontro. Mas perdi a oportunidade, quando Eddie me deu um tapinha no ombro.

– Lá está ela, nossa estrela de cinema – sussurrou.

Eu me virei e vi uma mulher loira entrando no salão. Ela estava cercada por muitas pessoas usando chapéus e vestidos de marca. Hades não era tão alta quanto eu esperava. Seu rosto era arredondado, e os braços e pernas eram finos. Mas tinha seios fartos e empinava o peito, caminhando com seus saltos. Eu me senti gigantesca quando me aproximei dela. Apresentei-me e fiz as perguntas sobre as coisas que os leitores gostavam de saber a respeito de estrelas em visita ao país.

– Está gostando da Austrália, srta. Sweet?

Ela mascou seu chiclete e ficou pensando mais tempo do que eu esperava que fizesse, se seu publicista tivesse feito um bom trabalho.

– Sim – respondeu, por fim, com um sotaque meloso do sul.

Esperei para ver se diria mais alguma coisa, mas vi que não falaria mais nada. Então perguntei sobre sua roupa. A atriz estava usando um vestido de estilo melindrosa, cujo busto era cheio e não liso.

– Foi feito pela estilista Alice Dorves – revelou Hades, com a voz afetada, como se estivesse lendo falas de um filme pela primeira vez. – Ela faz modelos lindos.

Eddie ergueu a câmera.

– A senhorita se importa se a fotografarmos com o vestido? – perguntei.

A mulher não respondeu, mas uma mudança tomou conta de seu rosto. Ela arregalou os olhos e abriu um sorriso atraente. Depois ergueu os braços, como se estivesse prestes a abraçar a câmera. Por um momento, pareceu que levantaria voo. Porém, quando acabaram os flashes, deu de ombros e voltou ao normal.

Connie Robertson, a editora da seção feminina do jornal *Fairfax*, passou por ali como um tufão com perfume Dior. Ela era respeitada na indústria e conseguia o que queria, apesar de não gostar de concorrência. Fez um meneio de cabeça para mim e tocou o ombro de Hades, guiando-a na direção do fotógrafo de seu jornal. Senti alguém me chamando. Era Keith.

– Oi! – cumprimentou ele. – Ted quer que você o apresente a sua amiga.

– Quem? – indaguei.

O rapaz fez um gesto de cabeça em direção a Hades Sweet. Connie a havia prendido em um canto e alvejava a estrela com perguntas sobre o real sentido de Hollywood e sobre qual era a opinião da atriz a respeito das mulheres na força de trabalho.

Eu me virei para Keith novamente. Ele estava sorrindo e não parecia chateado ou magoado.

– Ela pratica algum esporte? – questionou. – Precisamos de uma desculpa para Ted poder tirar uma foto dela.

– Ele não precisa de ajuda – ri. – Veja!

O jovem havia entrado na fila de fotógrafos à espera de uma foto de Hades. Quando sua vez chegou, ele a orientou a ficar em duas poses de perfil, duas de meio corpo e duas de corpo inteiro. Estava prestes a levá-la à varanda para uma foto do lado de fora, quando foi interrompido por uma jornalista irada da *Women's Weekly*, que gritou:

– DEPRESSA! NÃO É UMA SESSÃO DE FOTOS DE ROUPA DE BANHO, SABIA?

– Escute – disse Keith, virando-se para mim –, se você ainda estiver disposta a sair comigo depois do aniversário de Ted, posso levá-la ao cinema no sábado à noite? *O Pecado Mora ao Lado* está em cartaz, e fiquei sabendo que é muito engraçado.

Sorri.

– Adorei a ideia.

Uma porta se abriu, e o prefeito entrou no salão, seguido pelos atletas convidados.

– É melhor eu ir – falou Keith, fazendo um sinal para Ted. – Vou telefonar para você.

No sábado seguinte, Vitaly e Irina nos deram carona até a fábrica de Ivan em Dee Why. O dia estava quente, e abrimos os vidros para deixar a brisa entrar. O bairro praiano do norte parecia uma cidade, com fileiras de bangalôs californianos com seus carros típicos com pranchas de surfe no teto estacionados na frente das garagens. A maioria dos jardins tinha pelo menos uma palmeira. Muitas casas tinham caixas de correspondência de mosaicos de conchas ou ostentavam o número rabiscado na parede da frente com enormes numerais cursivos.

– Ivan teve uma boa ideia abrindo a fábrica aqui – afirmou Vitaly. – Se der certo, ele pode se mudar para Dee Why e ter os clubes de surfe aqui para sempre. Curl Curl, Collaroy, Avalon.

– Parece que uma de suas empregadoras de Victoria morreu afogada – contou Irina. – Ela era uma senhora italiana e não sabia que o mar era instável no sul. Foi assim que ele passou a se interessar pelo surfe.

– Ivan é casado? – perguntou Betty.

Todos ficamos em silêncio, sem saber quem deveria responder à pergunta.

Os pneus do carro passavam pela rua de concreto em um ritmo constante.

– Ele já foi – disse Ruselina. – A esposa morreu na guerra.

Ivan esperava por nós do lado de fora do portão da fábrica. Usava um terno azul-marinho que obviamente havia sido feito sob medida. Era a primeira vez que eu o via bem arrumado. A parte nova da empresa ficava aparente pelos tijolos sem manchas. Uma chaminé de pedra podia ser vista no topo com as palavras "Southern Cross Pies". Havia uma dezena de caminhões na área de carga e descarga com as mesmas letras nas laterais.

– Você está bonito – elogiei-o quando saímos do carro.

Ele riu e disse:

– Escutar esse tipo de comentário de uma editora de moda vai me deixar convencido.

– É verdade – concordou Ruselina, segurando o braço dele. – Mas espero que não esteja vestido assim só por nossa causa. A temperatura deve estar em torno dos 30 ºC.

– Nunca sinto frio nem calor – respondeu ele. – Por trabalhar com forno e congelador, não percebo mais a temperatura normal.

Perto da área da recepção, havia uma sala na qual Betty, Ruselina, Irina e eu entramos para vestir toucas, sapatos e máscaras brancas. Quando saímos, vimos que Ivan e Vitaly tinham vestido os mesmos itens.

– Ele não disse que nos colocaria para trabalhar hoje – brincou o dono do café. – Trabalho forçado!

A área principal da fábrica parecia um enorme hangar de aviões com paredes de ferro galvanizado e janelas que ocupavam toda a extensão da sala. O maquinário era de ferro forjado e fazia sons suaves, e não as batidas e chacoalhões que eu imaginava. Em todos os lugares para onde eu olhava, havia grelhas, frestas e máquinas de ventilação. Era como se o lema da fábrica fosse "Respire".

No sábado, havia cerca de 30 funcionários na fábrica. Os trabalhadores nas esteiras eram, em sua maioria, mulheres de uniforme e sapatos brancos. Homens de avental branco empurravam carrinhos cheios de bandejas. Pelos traços do rosto, era provável que fossem migrantes, e achei interessante que, além de ter o nome da empresa bordado nos bolsos da frente do uniforme, cada um trazia o próprio nome bordado no boné.

Ivan começou o passeio na área de entregas, onde observamos homens organizando sacos de farinha e açúcar, enquanto outros carregavam bandejas de ovos e frutas até os enormes refrigeradores.

– Parece uma cozinha, mas um milhão de vezes melhor – comentou Betty.

Entendi por que Ivan havia se tornado imune ao calor quando entramos na área da cozinha. Fiquei surpresa ao ver o tamanho dos fornos, e, apesar de dezenas de ventiladores estarem ligados em suas grades de metal, o ambiente era quente, e o ar estava tomado por um cheiro apimentado.

O empresário passou conosco pelas esteiras nas quais as mulheres estavam guardando as tortas em caixas, e depois fomos para a cozinha de degustação, onde o chef havia preparado uma mesa de tortas para provarmos.

– Vocês vão ficar desconfortáveis, se ficarem em pé – disse Ivan, fazendo um gesto para que nos sentássemos. – Como prato principal, temos tortas de batata e carne, frango e cogumelos, carneiro ou vegetais. E, de sobremesa, torta de merengue de limão, de morango, de creme de ovos e de queijo.

– Estas tortas foram preparadas, assadas e servidas em suas embalagens de papel alumínio – o chef explicou, cortando aquelas que escolhíamos e servindo-as em pratos de porcelana com o logo da Southern Cross Pies estampado. – Bom apetite!

Vitaly experimentou a torta de carneiro.

– Parece recém-feita, Ivan.

– Estou maravilhada – elogiou Betty. – Eu desistiria de cozinhar e comeria isso todos os dias

Depois do almoço, mal conseguimos caminhar de volta para o carro.

– Isso é para deixarmos de ser gulosos – Ruselina riu.

Ivan havia dado a cada um de nós muitas de nossas tortas preferidas para levarmos para casa. Vitaly abriu o porta-malas, e nós nos enfileiramos para colocar nossos pacotes dentro dele.

– As tortas estavam deliciosas – disse a Ivan.

– Fiquei feliz por você ter vindo – afirmou ele. – Espero que não seja verdade que trabalha todos os fins de semana.

– Eu tento não trabalhar – menti.

– Por que não mostra a Ivan onde você trabalha? – Betty sugeriu.

– Eu adoraria – falou ele, pegando os congelados das mãos dela e colocando-os dentro do porta-malas com os outros.

– Ivan, o lugar onde eu trabalho é monótono – eu comentei. – Só tem uma mesa e uma máquina de datilografar com fotos de vestidos e modelos espalhadas por todas as partes. Mas posso levá-lo para visitar a minha amiga Judith, se desejar. Ela é uma estilista, uma artista de verdade.

– Muito bom – disse ele, sorrindo.

Um a um, nós nos despedimos do amigo com um beijo e, então, esperamos Vitaly abrir as portas do carro, para deixar o ar quente sair.

– Por que não vai jantar conosco hoje? – Betty convidou. – Podemos escutar alguns discos, e eu comprarei uma garrafa de vodca, se você quiser. Para você e Vitaly. Ele fecha o café por volta das 20 horas.

– Eu não bebo. Mas, com certeza, Anya pode ficar com a minha parte.

– Oh, esqueça Anya – interrompeu Vitaly. – Ela não vai estar presente, pois tem um encontro com o namorado.

Ivan pareceu um pouco desanimado, mas continuou sorrindo.

– Namorado? Entendi.

Fiquei pálida. "Ele deve estar pensando que me pediu em casamento, e eu recusei", pensei. Era natural que falar sobre Keith nos deixasse sem jeito, mas esperava que isso fosse algo passageiro. Não queria que houvesse sentimentos ruins entre nós.

Vi Betty de soslaio. Ela olhava para Ivan e para mim com uma expressão perplexa.

O meu segundo encontro com Keith foi mais relaxante do que o primeiro. Ele me levou ao Bates Milkbar, em Bondi, onde escolhemos uma mesa e bebemos *milk-shakes* de chocolate. O repórter não perguntou a respeito de minha família, mas, sim, falou sobre sua infância na área rural de Victoria. Eu não sabia se Diana havia contado a ele as poucas coisas que eu já tinha revelado sobre o meu passado, ou se era costume entre os australianos não perguntar a respeito da vida pessoal de alguém, a menos que essa pessoa tocasse no assunto.

A companhia de Keith era suave e tranquila, como a torta de merengue de limão de Ivan. Contudo, em que momento nós precisaríamos conversar com seriedade? Eu não conseguia me imaginar estragando os nossos momentos de diversão com histórias a respeito de meu passado negro. O pai e os tios dele não tinham ido à guerra. Ele não entenderia. Parecia ter um número infinito de tios, tias e primos. Conseguiria me compreender? E como reagiria quando eu contasse que já tinha sido casada?

Mais tarde, depois do filme, quando meu acompanhante e eu saímos do cinema Six Ways, descobrimos que a noite estava menos quente, com a brisa do Pacífico soprando do mar. Ficamos encantados com o tamanho da lua.

– Que noite perfeita para um passeio! – comentou Keith. – Mas seu apartamento não fica muito longe daqui.

– Poderíamos ir e voltar algumas vezes – respondi, brincando.

– Mas haveria outro problema.

– Qual?

Ele procurou o lenço dentro do bolso e secou a sobrancelha.

– Não há muitos fossos de ventilação no caminho para levantar a sua saia.

Pensei na cena do filme *O Pecado Mora ao Lado*, no qual Marilyn Monroe ficou sobre uma saída de ar do metro e seu vestido subiu bem na frente de Tom Ewell, hipnotizado. Nós rimos.

– Aquela cena foi para os homens – ponderei.

Keith me abraçou e me levou em direção à rua.

– Espero que isso não tenha sido muito rude para você.

Tentei imaginar que espécie de garota ele havia namorado antes de mim para se preocupar com algo daquele tipo. Com certeza, Rowena não era uma puritana. Aquela imagem do comentário não era nada comparada ao Moscou-Xangai.

– Não. Marilyn Monroe é muito bonita – disse.

– Não é tão bonita quanto você, Anya.

– Não acho – ri.

– Não acha? Pois está enganada.

Quando Keith me deixou em casa, sentei perto da janela, observando a névoa dançar na escuridão do mar da noite. As ondas pareciam rolar no ritmo de minha respiração. Eu havia me divertido com o repórter. Ele me deu um beijo no rosto, quando chegamos à porta, porém o toque foi leve e caloroso e não teve segundas intenções, apesar de o rapaz ter me chamado para sair no sábado seguinte.

– Melhor já deixar agendado antes que outro cara chegue – falou ele.

Keith fora adorável. Entretanto, quando me deitei e fechei os olhos, foi em Ivan que pensei.

A quinta-feira foi um dia curto no trabalho, porque eu tinha terminado a seção de moda com duas semanas de antecedência. Estava ansiosa para sair do escritório na hora certa e fazer algumas compras antes de ir para casa. Havia mais uma torta da fábrica de Ivan no congelador, então imaginei que a comeria e iria para a cama para ler um livro. Subi as escadas para a recepção e parei, quando vi Ivan esperando ali. Ele trajava seu terno elegante, mas o cabelo estava desgrenhado, e o rosto, pálido.

– Ivan! – exclamei, levando-o em direção a uma das salas. – O que houve?

Ele não disse nada e comecei a me preocupar. Tentei imaginar se aquela sensação ruim que eu tivera estava se tornando realidade. Por fim, Ivan virou-se para mim e levantou os braços.

– Eu tinha de ver você. Queria esperar a sua chegada, mas não consegui.

– Não faça isso comigo. Conte-me o que está acontecendo.

Ele apertou as mãos sobre os joelhos e olhou dentro de meus olhos.

– Esse homem com quem você está saindo... é coisa séria?

Não me ocorreu nada para responder a ele, então eu disse a única coisa em que pensei.

– Talvez.

Minha resposta pareceu tê-lo acalmado.

– Então você não tem certeza?

Senti que qualquer coisa que eu falasse teria mais peso do que deveria. Por isso, permaneci em silêncio, decidindo que era melhor primeiro escutar o que Ivan tinha a dizer.

– Anya – continuou ele, passando as mãos pelos cabelos. – É possível que você aprenda a me amar?

Ele parecia irritado e senti um arrepio na espinha.

– Conheci Keith antes de reencontrar você. Estamos apenas nos conhecendo melhor.

– Eu percebi como me senti com relação a você, quando nos conhecemos em Tubabao e depois, outra vez, quando eu a vi na praia. Pensei que, agora que nos encontramos de novo, seus sentimentos poderiam estar mais claros.

Fiquei confusa. Não tinha a menor ideia de como me sentia a respeito de Ivan. Eu o amava de certa forma, sabia disso, caso contrário não teria me preocupado com seus sentimentos. Mas talvez eu não o amasse da maneira que ele queria. Aquele homem era intenso demais, e isso me assustava. Era mais fácil ficar com Keith.

– Não sei o que sinto...
– Você não é muito clara, Anya – Ivan interrompeu. – Parece viver em uma confusão emocional.

Foi a minha vez de ficar irritada, mas a recepção estava ficando cheia de funcionários do *Sydney Herald* que saíam do trabalho, e continuei falando baixo.

– Talvez, se você não me surpreendesse com seus sentimentos, eu teria tempo para entender os meus. Você não tem paciência, Ivan. Não sabe esperar.

Ele não respondeu, e nós dois ficamos em silêncio por alguns minutos. Então, perguntou:

– O que esse sujeito pode dar a você? Ele é australiano?

Pensei na pergunta e, então, respondi:

– Às vezes é mais fácil estar com alguém que nos faça esquecer.

Ivan ficou em pé e olhou para mim, como se eu o tivesse estapeado. Olhei para trás, torcendo para que ninguém do departamento feminino ou, pior ainda, Keith nos visse.

– Há algo mais importante do que esquecer, Anya – argumentou ele. – E é entender.

Ele se virou e saiu da recepção, misturando-se às pessoas que saíam para a rua. Observei toda aquela gente de ternos e vestidos, tentando entender o que havia acabado de acontecer. Imaginei que Caroline poderia ter sentido a mesma surpresa e incredulidade no dia em que foi atingida pelo bonde.

Não tive uma noite relaxante em casa, conforme havia planejado. Fiquei sentada na praia, com as minhas roupas de trabalho, meias, sapatos e a bolsa ao meu lado. Procurei consolo no mar. Talvez eu estivesse fadada a ser sozinha; ou talvez fosse incapaz de amar de novo. Cobri o rosto com as mãos, procurando compreender meus sentimentos confusos.

Keith não estava me fazendo decidir nada. E não tinha sido a reação inesperada de Ivan a causadora da pressão. Era alguma outra coisa dentro de mim. Desde que soubera da morte de Dmitri, eu havia me tornado cansada, esgotada. Uma parte de mim não enxergava um futuro, independentemente do que eu decidisse fazer.

Observei o sol se pôr e esperei até o vento ficar frio para voltar para casa. Caminhei pela calçada e fiquei diante de meu prédio por muito tempo, olhando para cima. Em todas as janelas, dava para ver uma luz acesa, menos na minha. Coloquei a chave na fechadura da porta de entrada e me assustei, quando ela se abriu antes de eu tocar a maçaneta. Vitaly estava em pé no corredor.

– Anya! Estamos esperando por você desde o início da noite! – disse ele, com o rosto estranhamente tenso. – Rápido, entre!

Eu o segui até o apartamento de Betty e Ruselina. As senhoras estavam sentadas na sala. Irina também estava ali, recostada no braço da poltrona. Ela deu um pulo assim que me viu e segurou-me pelo braço.

– O pai de Vitaly recebeu uma carta do irmão depois de todos esses anos! – exclamou ela. – Com notícias de sua mãe!

– Minha mãe? – perguntei, sem acreditar.

Vitaly deu um passo adiante.

– Juntamente com a carta a meu pai, havia outra especialmente para você. Ele a enviou como uma correspondência registrada dos Estados Unidos.

Olhei para Vitaly, sem acreditar. Aquele momento não parecia real. Eu já havia esperado tanto por ele, que não sabia como reagir.

– Quanto tempo vai demorar? – perguntei. Minha voz não parecia minha, de fato. Parecia a voz de Anya Kozlova, de 13 anos. Pequena, assustada, perdida.

– Levará de sete a 10 dias para chegar – afirmou Vitaly.

Eu mal consegui escutar o que ele disse. Não sabia como agir. Não tinha condições de fazer nada. Caminhei em círculos pela sala, segurando-me na mobília para me acalmar. Acima de tudo o que havia acontecido naquele dia, parecia que o mundo havia perdido toda a matéria. O chão se moveu sob meus pés, da mesma maneira como o navio que me levara de Xangai havia se movido com as ondas. Eu teria de esperar de sete a 10 dias para receber notícias que demoraram quase metade da minha vida para chegar.

dezoito

A carta

Foi impossível me comportar normalmente, enquanto esperava pela carta vinda dos Estados Unidos. Quando me sentia calma, em poucos segundos, voltava a ficar nervosa. No jornal, lia as provas das matérias três vezes, sem entender nada. No mercado, empilhava latas e pacotes de alimentos dentro do carrinho e, quando chegava em casa, descobria que não tinha comprado nada de que precisava. Estava com o corpo cheio de hematomas por trombar em cadeiras e mesas. Saía da calçada e andava na rua cheia de carros sem perceber, e os motoristas começavam a buzinar e a gritar comigo. Usei a meia calça do avesso em um desfile de moda e chamava Ruselina de Betty, Betty de Ruselina e Vitaly de Ivan, sem perceber. Meu estômago ficou embrulhado, como se tivesse bebido café demais. Acordava suando à noite. E me sentia totalmente sozinha. Ninguém podia me ajudar. Ninguém conseguia me confortar. Certamente a carta trazia notícias ruins, caso contrário, por que teria sido fechada e enviada a mim? Talvez os pais de Vitaly tivessem lido o teor da correspondência e, em vez de darem notícias ruins, simplesmente resolveram enviá-la diretamente a mim.

Apesar de todos os pensamentos e preparações para o pior, continuava esperando que minha mãe estivesse viva e que a carta fosse dela. Embora não imaginasse o que ela poderia escrever. Depois do sétimo dia, o tempo foi marcado por visitas diárias com Irina ao correio, onde esperávamos na fila para encarar o olhar hostil dos atendentes.

– Não, a sua carta não chegou. Enviaremos um cartão, quando chegar.

– Mas é uma carta muito importante – minha amiga dizia, tentando despertar um pouco de compaixão nos funcionários. – Por favor, compreenda a nossa ansiedade.

Contudo, os atendentes nos olhavam por cima, ignorando o nosso drama com um aceno de mão, como se fossem reis e rainhas, e não empregados do governo. E mesmo que a carta ainda não tivesse chegado depois do décimo dia, quando eu sentia meus ossos do peito encolherem e pressionarem meus pulmões e não conseguia respirar direito, eles ainda não faziam a gentileza de entrar em contato com os outros correios da área para saber se a correspondência não tinha sido desviada. Agiam como se estivessem morrendo de pressa, mesmo quando Irina e eu éramos as únicas clientes dentro da agência.

Vitaly enviou um telegrama aos pais, mas eles apenas confirmaram o endereço.

Para ajudar a esquecer um pouco a carta, fui com Keith, certa tarde, ao Royal Randwick. Ele estava ocupado com as matérias dos esportes de verão, além dos eventos de sempre, mas tentava me ver quando conseguia. Diana tinha me dado o dia de folga, e Keith entrevistaria um treinador de cavalos chamado Gates e escreveria sobre as corridas da tarde. Eu havia ido à pista muitas vezes, para redigir matérias para a seção feminina, porém nunca permanecera ali por mais tempo do que o necessário para fazer as fotos. Nunca me interessei muito pelo esporte o suficiente para assistir às corridas, no entanto, aquilo era melhor do que passar o dia sozinha.

Assisti da área reservada, enquanto Keith entrevistava Gates nas baias. O cavalo do sujeito, o Tempestuoso Saara, era um puro-sangue vermelho, com crina branca e patas compridas, da altura de um jóquei. O treinador era um homem desgastado pelo tempo. Tinha um anzol no chapéu e um cigarro fumado pela metade no canto da boca. Diana sempre dizia que era possível verificar a competência de um jornalista pela maneira como as pessoas reagiam a ele. Apesar de Gates ter muito com o que se preocupar, estava dando total atenção a Keith.

Uma senhora norte-americana e sua filha, vestidas com terninhos e chapéus Chanel, caminharam até a linha amarela que ficava entre a arena de apostas e o bar dos membros do clube e olharam por cima dela, como se procurassem um peixe em um lago.

– As mulheres realmente não podem passar desta linha? – ela me perguntou.

Assenti. O marco não era exatamente uma linha que limitava a entrada das mulheres, mas, sim, uma fronteira para delimitar a área acessível apenas a membros. Contudo, era claro que mulheres não podiam se tornar um deles.

– Que inacreditável! – protestou ela. – Não vejo nada parecido desde que voltei de Marrocos. Diga-me: o que faço se quiser apostar?

– Bem – respondi –, seu acompanhante pode fazer a aposta para a senhora, ou a dama pode fazer a sua aposta no lado dos não membros. Mas isso não seria muito bem visto.

A mulher e a filha riram.

– Seria muito trabalho. Que país chauvinista!

Dei de ombros. Nunca tinha pensado naquilo. Os meus interesses sempre foram os femininos. Minha primeira parada costumava ser a sala de maquiagem. Ali, as senhoras ocupavam-se fazendo os retoques finais em seus delineadores, chapéus e vestidos, ajeitavam a costura da meia-calça. Era um bom lugar para se inteirar sobre as fofocas e saber quem vestia modelos Dior, falsos ou não. Eu sempre via uma mulher ali, chamada Maria Logi. Tinha um estilo parecido com o de Sophia Loren, a pele morena e uma presença marcante. Sua família rica havia perdido tudo na guerra, e ela havia tentado entrar novamente nos círculos certos na Austrália. Mas, como não conseguira se casar com alguém de uma família importante na sociedade, tornara-se a esposa de um jóquei bem-sucedido. Havia uma regra não declarada na seção das senhoras que ditava que era aceitável incluir as mulheres e filhas dos jóqueis na área, porém fotografá-las era inaceitável, por mais ricas e bem-sucedidas que se tornassem.

Maria já havia tentado me subornar, para que eu colocasse uma foto sua no jornal. Não aceitei a propina, mas disse que, se ela comprasse uma roupa de um bom estilista australiano, incluiria uma foto dela em minha matéria sobre moda nas corridas. A mulher apareceu com um terninho de lã cor de creme de Beril Jents. A cor favorecia sua pele escura, e ela o vestiu com uma echarpe amarela e muito brilho italiano. Como não torná-la a foto principal de minha matéria?

– Faça-me o favor, e eu retribuirei – ela me afirmou certa vez, quando a encontrei na sala de maquiagem. – Meu marido tem amigos. Encotrarei um jóquei interessante para casar com você. Eles são bons cônjuges. Não fecham a mão quando o assunto é gastar com suas esposas.

Eu ri e comentei:

– Veja como sou alta, Maria. Um jóquei não se interessaria por mim.

Maria balançou o dedo e respondeu:

– Você está enganada. Eles adoram mulheres altas. Veja os cavalos deles.

Eu me virei para a estadunidense e sua filha.

– A grama nem sempre é mais verde no jardim ao lado – afirmei. – As mulheres daqui são conhecidas pela beleza, charme e inteligência. Raramente podemos dizer a mesma coisa a respeito dos maridos delas.

– O que aconteceria se ultrapassássemos a faixa? – perguntou a menina.

Ela colocou o pé em cima da faixa, dentro da área dos membros. A mãe fez a mesma coisa. As duas ficaram ali, com as mãos no quadril. Mas a corrida da tarde estava prestes a começar, e, exceto pelo olhar torto de um senhor, ninguém prestou muita atenção a elas.

Keith correu na minha direção, segurando um bilhete de apostas.

– Fiz apostas em meus favoritos para você – ele me avisou, pendurou o binóculo no pescoço e piscou para mim. – Voltarei a encontrá-la aqui, quando terminar a corrida.

Abri o pule e vi que ele havia feito três apostas para mim, o que era considerado adequado para uma mulher. Fiquei contente, mas não estava interessada na corrida. Nem mesmo quando um dos cavalos que ele havia escolhido para mim, Chaplin, que havia passado a maior parte da corrida no meio da pista, repentinamente começou a correr, assumiu a liderança e venceu a corrida, eu me animei com a alegria da plateia.

Depois que Keith registrou a história e os resultados no jornal, ele me encontrou no bar. Comprou uma cerveja com limonada para mim, e, educadamente, tentei bebê-la, enquanto ele explicava a vida no mundo das corridas: as pessoas de fora e os favoritos, os pesos e barreiras, as táticas dos jóqueis e os azarões. Percebi, pela primeira vez naquela tarde, que ele me chamava de Anne e não de Anya. Eu não sabia se estava mudando o meu nome para o inglês ou se realmente não conseguia perceber a diferença. Quando lhe contei a respeito da carta e de minha mãe, ele me abraçou e falou:

– É melhor não pensar em coisas tristes.

Apesar disso, eu gostava da sua companhia. Desejava que ele segurasse a minha mão, que me puxasse do redemoinho que estava me engolindo. Queria lhe dizer: "Keith, salve-me. Veja, estou me afogando. Ajude-me". Mas ele não conseguiria ver. O repórter caminhou comigo até o ponto do bonde, deu-me um beijo no rosto e me mandou de volta em minha jornada distraída, enquanto continuaria a beber no bar e a caçar histórias.

Abri a porta do meu apartamento. O silêncio ali dentro era reconfortante e opressor. Acendi a luz e vi que Ruselina e Betty o haviam limpado. Meus sapatos estavam polidos e organizados em pares perto da porta. Minha camisola estava dobrada aos pés da cama com um par de chinelos sob ela. Sobre o meu travesseiro, elas haviam colocado um sabonete de lavanda e uma toalha de rosto, que tinha flores e pássaros azuis bordados. Eu a desdobrei e vi as palavras: "Para a nossa moça preciosa". Meus olhos ficaram marejados. Talvez algo mudasse para melhor. Embora algo dentro de mim me dissesse que a chegada da carta tornaria as coisas piores, ainda tentava esperar o melhor.

Betty havia assado uma fornada de biscoitos de gengibre e deixou dentro de um vidro sobre a minha mesa. Peguei um deles e quase quebrei o dente tentando mordê-lo. Fervi água e fiz um pouco de chá, para amaciar os biscoitos nele antes de comê-los. Eu me deitei na cama com a intenção de descansar por um momento, mas acabei dormindo profundamente.

Acordei uma hora depois, com alguém batendo à porta. Fiz um esforço para me sentar, com o corpo pesado de cansaço e tristeza. Vi Ivan pelo olho mágico. Abri a porta, e ele entrou no quarto, com os braços cheios de tortas congeladas. Foi diretamente para a pequena cozinha e abriu a porta de minha minigeladeira. A única coisa que havia ali era um frasco de mostarda na prateleira de cima.

– Minha pobre Anya – solidarizou-se ele, colocando as tortas ali. – Irina me contou a respeito de sua terrível espera. Vou ficar na porta do correio amanhã até encontrar a carta.

Fechou a porta da geladeira e me abraçou com força, como um urso russo. Quando se afastou, olhou para a minha cintura.

– Você está tão magra!

Eu me sentei na cama, e ele se sentou à minha mesa, esfregando o queixo e observando o mar escuro.

– Você é muito gentil comigo – comentei.

– Eu tenho sido péssimo com você – respondeu ele, sem olhar para mim. – Tentei forçá-la a ter sentimentos que não tem.

Ficamos em silêncio. Como Ivan não me encarava, fiquei olhando fixamente para ele, para as suas mãos grandes, os dedos entrelaçados sobre a mesa, seus ombros largos e familiares, os cabelos ondulados. Desejei amá-lo como ele queria, porque era um homem bom e me conhecia bem.

Percebi, naquele momento, que o que eu havia sentido falta nele era o que carecia em mim, não tinha nada a ver com ele.

– Ivan, sempre vou gostar de você.

Ele ficou em pé, como se eu tivesse mandado que saísse, quando, na verdade, desejava que ficasse. Queria que se deitasse na cama ao meu lado, para eu poder me aconchegar a ele e adormecer em seu ombro.

– Vou voltar para Melbourne em 15 dias – contou o empresário. – Contratei um gerente para a fábrica de Sydney.

– Oh! – reagi.

Foi como se tivesse me apunhalado.

Quando Ivan saiu, eu me deitei na cama, sentindo o vazio dentro de mim aumentar e se espalhar, como se estivesse sangrando até morrer.

Um dia depois da visita de Ivan, eu estava sentada à minha mesa no jornal, escrevendo uma matéria sobre roupas que não precisavam ser passadas. Nosso escritório ficava virado para oeste. O sol do verão passava pela janela de vidro, transformando o departamento feminino em uma estufa. Os ventiladores de parede rodavam sem parar, mas eram inúteis contra o calor sufocante. Caroline estava escrevendo uma matéria a respeito do que a família real gostava de comer no Balmoral. Sempre que eu olhava para ela, percebia que ela se curvava cada vez mais para a frente, caindo como uma flor murcha. Até mesmo Diana estava cansada, com mechas de cabelos grudadas na testa suada. Porém eu não conseguia me aquecer. Meus ossos estavam gelados, congelados por dentro. A editora-chefe disse às jornalistas que elas podiam enrolar as mangas, se precisassem. Enquanto isso, eu colocava uma blusa de lã.

Meu telefone tocou, e senti o coração disparado quando escutei a voz de Irina.

– Anya, venha para casa – pediu. – A carta está aqui.

No bonde de volta para o apartamento, eu mal conseguia respirar. O terror tomava conta de mim. Uma ou duas vezes, pensei que fosse desmaiar. Torci para que minha amiga tivesse telefonado para Keith, conforme eu pedira. Queria que os dois estivessem ali, quando eu lesse a carta. O zunido do trânsito me fez lembrar do ruído do carro do meu pai, quando ele levava a minha mãe e eu para passear aos domingos. De repente, a imagem dela apareceu na minha frente mais clara do que nunca. Fiquei surpresa com a vivacidade de seus cabelos, os olhos cor de mel, os brincos de pérola nas orelhas.

Minha amiga estava esperando por mim do lado de fora do apartamento. Olhei para o envelope na mão dela e hesitei. Ele era fino e estava amassado.

– Quer ficar sozinha com isto? – perguntou.

Eu peguei a carta das suas mãos. Era leve. Talvez não dissesse nada de importante. Talvez fosse apenas um panfleto do tio de Vitaly a respeito da justiça do partido comunista. Eu queria acordar do pesadelo e ir para outro lugar.

– Keith? – questionei.

– Falou que tinha de terminar uma matéria urgente, mas virá assim que puder.

– Obrigada por telefonar para ele.

– Tenho certeza de que você encontrará boas notícias – confortou-me Irina, mordendo o lábio.

Do outro lado da rua, perto da praia, havia um espaço gramado sob um pinheiro. Eu fiz um gesto com a cabeça na direção dele.

– Preciso de você – disse a ela. – Mais do que nunca.

Nós duas nos sentamos à sombra. Minhas mãos estavam moles e a boca, seca. Rasguei o envelope e olhei para a caligrafia russa. Não conseguia ler uma frase por vez, mas, sim, analisava todas as palavras de uma só vez, sem entender nada. "Anna Victorovna" foi tudo o que pude ler antes de minha visão escurecer, e minha mente parecer vagar.

– Não consigo – falei –, passando a carta a Irina. – Por favor, leia-a para mim.

Minha amiga pegou o papel de minhas mãos. Seu rosto estava sério, e os lábios tremiam. Ela começou a ler.

"*Anna Victorovna,*

Meu irmão me informou que você tem procurado notícias a respeito de sua mãe, Alina Pavlovna Kozlova, depois que ela foi levada de Harbin no trem para a União Soviética. Quando sua mãe foi deportada naquele dia de agosto, eu estava no mesmo trem. Mas, diferentemente dela, estava voltando para a Rússia por vontade própria e, assim, estava no vagão dos fundos, o de passageiros, juntamente com os oficiais russos que estavam supervisionando o transporte.

Perto de meia-noite, o trem estava indo em direção à fronteira, quando parou repentinamente. Eu me lembro da expressão de surpresa do oficial ao meu lado, que me fez perceber que a parada não tinha sido planejada. No brilho da luz do lado de fora, só consegui ver o carro do Exército estacionado perto da frente do trem e a sombra de quatro homens chineses em pé diante dos faróis do automóvel. Foi uma visão sombria: aqueles quatro homens e o carro no meio do nada. Houve uma discussão com o condutor do trem, e logo a porta de nosso vagão foi aberta, e os homens entraram. Pelo uniforme que usavam, notei que eram comunistas. Os oficiais dentro do vagão ficaram em pé para cumprimentá-los. Três dos homens não chamavam atenção, contudo o quarto ficará na minha lembrança para sempre. Ele tinha um rosto sério e inteligente, mas as mãos... pareciam pedaços de troncos com luvas. E eu juro que consegui sentir o cheiro de carne podre. Na mesma hora, soube quem ele era, apesar de nunca tê-lo encontrado. Um homem chamado Tang, o mais notório dos líderes da resistência comunista em Harbin. Ele tinha sido preso num campo japonês, enviado para lá por um espião que havia se passado por comunista aliado.

Ele não quis saber de nossos cumprimentos e imediatamente começou a perguntar sobre sua mãe e em que vagão ela estava. O sujeito parecia nervoso com alguma coisa e olhava sem parar pelas janelas. Afirmou ter ordens para tirá-la do trem. Eu também tinha informações a respeito de sua mãe. Já tinham me contado sobre a mulher russa que dera abrigo a um general japonês. Havia ouvido que ela havia perdido o marido, apesar de não saber, na época, que você existia.

Um dos oficiais fez uma objeção. Ele disse que todos os prisioneiros tinham sido interrogados e que deveriam ser entregues à União Soviética. Entretanto, Tang não se importou com isso. Os olhos dele estavam vermelhos de fúria, e eu tive receio de que ele fosse violento. Por fim, o soldado desistiu, acreditando, creio eu, que discutir com o chinês apenas atrasaria a viagem. Ele vestiu o casaco e, com um meneio de cabeça, permitiu que Tang e os outros chineses entrassem no trem.

Algum tempo depois, eu vi os homens saírem do trem. A mulher que acredito ser a sua mãe estava com eles. O oficial soviético voltou ao vagão e ordenou que fechássemos as cortinas. Obedecemos, mas o prendedor da minha estava quebrado, e eu consegui ver um pouco do que acontecia lá fora. Os homens tiraram a senhora do vagão. Houve certa discussão. Então, as luzes do trem se apagaram e escutamos uma salva de tiros. O barulho foi horrível, porém o silêncio depois dele foi ainda mais perturbador. Alguns dos prisioneiros começaram a gritar, exigindo saber o que estava havendo. Mas, alguns momentos depois, o trem começou a andar. Eu me abaixei e olhei pela parte aberta da janela. Só consegui ver o corpo de alguém, que imagino ser de sua mãe, deitado no chão.

Anna Victorovna, eu posso garantir a você que a morte dela foi rápida e sem tortura. Se lhe serve como consolo, procure pensar no fato de que o destino que esperava por ela na União Soviética teria sido muito pior..."

O sol desceu como uma bola, e o céu ficou escuro. Irina parou de ler. Apesar de seus lábios continuarem a se mover, ela não emitia som. Betty e Ruselina nos observavam da escada, mas, quando olhei para elas, as duas entenderam a minha expressão e se retraíram. A primeira senhora segurou o corrimão e olhou para os pés. A segunda afundou-se ainda mais na escada, levando as mãos à cabeça. O que havíamos esperado? O que eu tinha esperado? Minha mãe estava morta havia anos. Por que eu vivera com esperança? Acreditei realmente que a veria de novo com vida?

Por um momento, não senti nada. Fiquei esperando alguém chegar para dizer que a carta tinha sido um erro e que outra mulher havia sido arrancada do trem. A pessoa que fizesse isso levaria a correspondência embora e apagaria tudo, permitiria que eu pudesse continuar vivendo. E, então, de repente, como um cavalo atingido por uma explosão, senti. A dor tomou conta de mim com tanta força, que eu tinha certeza de que seria arrebentada por ela. Recostei-me no pinheiro, e Irina se aproximou de mim. Segurei a carta, rasguei-a e joguei os pedaços para cima. Observei os pedaços caírem como flocos de neve do céu de verão.

– MALDITO! – gritei, erguendo o punho para o homem sem mãos que provavelmente já tinha morrido, mas que ainda encontrava uma maneira de me ferir. – MALDITO!

Minhas pernas fraquejaram. Bati o ombro no chão, porém não senti nada. Vi o céu acima de mim, e as estrelas começando a aparecer. Eu já tinha caído daquela maneira duas vezes. Uma vez, na neve, quando estava seguindo o general no dia em que encontrei Tang. E a segunda quando Dmitri me disse que amava Amélia.

Betty e Ruselina agacharam-se ao meu lado.

– CHAME UM MÉDICO! – a avó de Irina gritou para neta. – A boca de Anya está sangrando!

Vi minha mãe em uma planície isolada na China, deitada de cara na terra. Ela estava repleta de furos de bala, como um lindo casaco de pele arruinado por mordidas de animais, e com sangue na boca.

Algumas pessoas dizem que saber é melhor do que não saber. Mas não foi bem assim para mim. Após a carta, eu não tinha mais pelo que esperar, nenhuma lembrança agradável para recordar, nenhum sonho feliz a respeito do futuro.

Tudo, antes ou depois, parou com o som dos tiros soando à noite.

Os dias passaram com um calor de verão sem trégua.

– Anya, você precisa sair da cama – Irina me repreendia todos os dias.

No entanto, eu não queria me mexer. Fechei as cortinas e me encolhi no leito. O cheiro do algodão e a escuridão eram os meus confortos.

Ruselina e Betty me levavam comida, mas eu não conseguia comer. Além de não ter apetite, havia mordido a língua ao cair, e ela doía muito, estava inchada. Até mesmo o melão que as duas haviam cortado para mim a fazia arder.

Keith não foi me ver na noite em que recebi a carta.

Ele apareceu um dia depois e ficou em pé na porta, meio virado para mim e meio virado para o corredor, com um buquê de flores nas mãos.

– Abrace-me – eu disse.

E ele o fez por alguns minutos, apesar de nós dois entendermos, naquele momento, que não havia nada de forte entre nós.

"Não importa, não importa", repeti a mim mesma, depois que ele partiu e percebi que não mais nos veríamos. Keith ficaria melhor com uma garota australiana feliz.

Tentei entender a sequência das coisas, como tudo havia acabado daquela maneira. Semanas antes, eu estivera na Prefeitura conversando com Hades Sweet; Keith e eu parecíamos estar nos apaixonando; e, apesar de minha busca não ter sucesso, em algum lugar ainda havia a possibilidade de que eu pudesse encontrar a minha mãe. Torturei-me lembrando de todas as vezes em que, de certa forma, pensei estar me aproximando dela. Eu me lembrei da cigana que roubara o meu colar em Xangai; e, depois, de Tubabao, onde tive a certeza de ter sentido a presença de minha mãe. Balancei a cabeça ao recordar como havia me enfurecido com a Cruz Vermelha, quando Daisy Kent me disse que eles não poderiam me ajudar. Na verdade, a mamãe nunca saiu da China: ela havia sido executada apenas algumas horas depois de eu vê-la pela última vez. E, então, eu me lembrei do rosto triste de Sergei e de Dmitri aconselhando-me a não criar expectativas. Fiquei pensando que eles podiam já saber a respeito da morte da minha mãe e tinham preferido não me contar.

Eu havia passado muito tempo acreditando que um dia o grande vazio deixado pela ausência dela seria preenchido, mas, de repente, precisei admitir que isso não aconteceria.

Uma semana depois, Irina apareceu na minha porta com uma toalha e um chapéu de praia.

— Anya, você não pode ficar aqui para sempre. Sua mãe não ia querer uma coisa dessas. Vamos para a praia. Ivan vai competir. Será a última vez antes de ele voltar para Melbourne.

Eu me sentei, e até agora não entendo por quê. A própria Irina mostrou-se surpresa, quando me mexi. Talvez, depois de uma semana na cama, eu tenha percebido que a única coisa que podia acabar com aquela dor seria me levantar. Minha mente estava confusa, e as pernas, fracas, como as de uma pessoa que passou muito tempo doente. Minha amiga aproveitou para abrir as janelas. A luz do sol e o barulho do mar foram um choque para a minha condição vampiresca, e levei a mão ao rosto para proteger os olhos. Apesar de estarmos indo nadar, Irina insistiu para que eu tomasse um banho e lavasse os cabelos.

— Você é bonita demais para sair desse jeito — disse ela, apontando para a minha juba desgrenhada e me empurrando em direção ao banheiro.

— Você deveria ter sido enfermeira — resmunguei.

E, então, me lembrei de como tínhamos sido enfermeiras ruins em

Tubabao, na noite da tempestade. Assim que entrei no banheiro e abri o chuveiro, senti-me cansada de novo. Sentei-me na beirada da banheira, cobri o rosto com as mãos e comecei a chorar. "É minha culpa", eu pensei. "Tang foi atrás dela porque eu fugi."

Irina afastou meus cabelos do rosto, mas não prestou atenção às minhas lágrimas. Ela me empurrou na direção do jato de água e começou a lavar a minha cabeça com os dedos fortes. O xampu tinha cheiro de caramelo e cor de gemas de ovo.

A competição foi um retorno repentino ao mundo dos vivos. A praia estava lotada de banhistas com os corpos besuntados de óleo, mulheres com chapéus de palha, crianças com boias, homens com cremes de zinco no nariz, idosos sentados em toalhas e salva-vidas de todos os clubes de Sydney. Alguma coisa havia acontecido com a minha audição na semana anterior. Meus ouvidos estavam tampados. Os sons pareciam insuportavelmente altos em um segundo e depois desapareciam. O desconforto causado pelo choro de um bebê fez com que eu cobrisse os ouvidos, mas, quando soltei as mãos, não consegui escutar nada.

Irina segurou a minha mão para que não nos perdêssemos, enquanto passávamos pelas pessoas. O sol que brilhava na água naquela manhã era enganoso, porque o mar estava revolto, com ondas altas e perigosas. Três pessoas já tinham sido arrastadas, apesar de estarem nadando entre as bandeiras. Falava-se em isolar a praia e cancelar a competição, porém o bote de corrida era considerado seguro.

Os salva-vidas marcharam com seus estandartes, orgulhosos como militares. Manly, Mona Vale, Bronte, Queenscliff. Os salva-vidas de North Bondi Surf Life Saving Club usavam roupas de banho com as cores do clube, que eram marrom, vermelho e branco. Ivan marchou como o homem de frente. Com a cabeça erguida, a cicatriz não aparecia sob a luz do sol. Senti, pela primeira vez, que estava vendo o rosto dele como de fato era, com a expressão determinada de um herói. Espalhados entre a plateia, grupos de mulheres gritavam incentivos aos homens. Ivan retraiu-se por acreditar que a atenção não era para ele, mas, incentivado pelos outros guardas, aceitou um abraço de uma loira e os beijos que as amigas dela sopravam para ele. Ver o seu prazer contido foi a única felicidade da semana toda para mim.

"Se eu tivesse sido mais esperta, se meu coração estivesse melhor, podia ter me casado com Ivan quando ele fez o pedido", pensei. Talvez houvéssemos dado um ao outro um pouco de felicidade e conforto. Mas era tarde demais.

Era muito tarde para qualquer coisa, menos para os arrependimentos.

Ivan e sua equipe empurraram o barco para a beira da água. As pessoas torceram para eles, assoviando e gritando:

– Bondi! Bondi! – Irina disse.

Ivan se virou para nós, e nossos olhos se encontraram. Ele sorriu para mim, e eu senti o calor daquele sorriso ir diretamente para o meu coração. Porém, assim que ele se virou, fiquei fria novamente.

O apito soou, e as equipes entraram na água. Lançaram-se contra as ondas altas que quebravam. Um barco foi virado de lado pela onda e emborcou totalmente. A maioria dos salva-vidas saltou a tempo, mas um deles ficou embaixo do bote e teve de ser resgatado. O juiz da corrida correu para a margem, no entanto, já era tarde demais para mandar os outros voltarem: eles já estavam além da arrebentação. As pessoas ficaram em silêncio naquele momento, porque todos acreditavam que a animação havia acabado, que a corrida poderia ser fatal naquelas condições. Durante dez minutos, os quatro barcos restantes ficaram longe da vista dos espectadores, além das ondas. Senti um aperto no peito. E se eu perdesse Ivan também? Então, eu vi os remos das embarcações viradas, acima das ondas. O bote de Ivan estava na frente, mas ninguém mais se importava com a competição. Lutei para controlar o medo. Escutei a madeira gemer e vi quando ela começou a se abrir, como pedaços de palha de um chapéu velho. Os salva-vidas pareciam assustados, porém a expressão de Ivan era de calma. Ele gritou comandos a sua equipe, e, graças a um milagre, os homens conservaram o barco inteiro com as próprias mãos, enquanto o líder mantinha o leme firme e os levava de volta à areia. Os torcedores de North Bondi foram à loucura. Entretanto, os salva-vidas não estavam preocupados com a vitória. Eles saíram de seu barco e voltaram para as ondas, para ajudar as outras equipes a levarem suas embarcações para a praia. Quando todos estavam de volta para a areia, em segurança, a multidão gritou.

– QUEREMOS VER O HOMEM! – eles berravam. – QUEREMOS VER O HOMEM!

Os guardas levantaram Ivan como se ele fosse leve como uma bailarina. Levaram-no em direção à plateia e jogaram no meio de um grupo de meninas, que pularam em cima dele, rindo.

Irina virou-se para mim, achando graça daquilo. Mas eu não consegui escutar. Havia perdido a audição. A pele bronzeada de minha amiga reluzia sob luz do sol. O ar salgado a havia deixado com os cabelos encaracolados como os de uma sereia. Ela correu em direção a nosso amigo-herói e começou a brincar de cabo de guerra com seu boné. As pessoas foram para a frente, e eu fui cada vez mais lançada para a parte de trás da multidão, até me ver em pé e sozinha.

Como um soco no estômago, a dor voltou, ainda mais dura e mais aguda do que antes. Pus a mão na barriga e me ajoelhei. Senti ânsia de vômito, mas não havia o que vomitar. Era culpada por minha mãe estar morta. Tang a assassinou por minha causa. Eu havia fugido, e ele não pôde me prejudicar. Por isso, foi atrás dela. De Olga também. Eu havia matado todos eles, até mesmo Dmitri. Ele teria me procurado, se eu não tivesse mudado o meu nome.

– Anya!

Eu fiquei em pé e corri para a beira da água, sentindo o alívio da areia mais fria sob meus pés quentes.

– Anya!

Ela estava chamando o meu nome.

– MAMA? – gritei, caminhando na areia molhada.

Quando cheguei à piscina natural, eu me sentei. O sol do meio-dia estava alto. Ele havia deixado a água tão clara quanto vidro, e consegui ver cardumes de peixes nas ondas e a sombra escura das pedras e das algas que se prendiam a elas. Olhei ao longo da praia. As pessoas haviam se dispersado, e a maioria dos salva-vidas estava relaxando, bebendo refrigerante e conversando com as garotas. Todos, menos Ivan, que tinha tirado o boné e estava correndo pela areia. Não consegui ver Irina.

Eu escutei, quando ela me chamou de novo, e me virei para o mar. Minha mãe estava em pé nas rochas, olhando para mim. Seus olhos eram transparentes como a água. Os cabelos estavam soltos sobre os ombros e esvoaçavam como um véu preto. Eu me levantei, respirei profundamente e consegui entender o que tinha de fazer. Quando permiti a chegada do primeiro pensamento, todos os outros vieram depressa. Eu estava hipnotizada e percebi como seria fácil, reconheci a resposta que estivera ali todo aquele tempo. A dor acabaria, e eu derrotaria Tang. Minha mãe e eu ficaríamos juntas outra vez.

A areia molhada estava leve e macia sob meus pés, como neve. A água gelada sobre a minha pele foi revigorante. A princípio, precisei me esforçar para vencer o mar. Isso me deixou cansada. Mas, então, pensei nos barcos, lutando contra as ondas, e usei toda a minha energia para ir para o fundo. Uma onda cresceu como uma sombra diante de mim e, então, quebrou, levando-me para baixo. Bati as costas no fundo do mar. O golpe me enfraqueceu, e eu consegui sentir a água entrar pela garganta até os pulmões. No começo, doeu, mas olhei para cima e vi minha mãe em pé nas rochas acima de mim. Senti que entrava em um mundo novo. Fechei os olhos e escutei o barulho do mar ao meu redor. Eu estava dentro do útero de mamãe de novo. Por um momento, fiquei triste, imaginando que Irina sofreria com a minha falta. Pensei em todos os meus amigos: Betty, Ruselina, Ivan, Diana. Eles diriam que eu tinha muito pelo que viver, que era jovem, bonita e esperta. Senti-me culpada por ver que todas aquelas coisas nunca significaram tanto para mim quanto deveriam. Elas não acabavam com a solidão. E agora eu nunca mais seria sozinha.

De repente, fui puxada e levada para a superfície, erguida no alto da crista de uma onda como uma criança lançada para cima nos braços da mãe. Por um momento, a audição voltou, e eu escutei os gritos e as risadas das pessoas na praia e as ondas batendo na areia. Porém, um instante depois, desci de novo. Dessa vez, a água entrou por minhas narinas e garganta mais rapidamente, como se eu fosse um barco furado.

– MAMÃE, ESTOU INDO! – gritei. – AJUDE-ME! AJUDE-ME!

A água pesava nos pulmões, bolhas subiam da boca e narinas e, então, paravam. Senti o frio entrar nas veias, o cansaço. Fechei os olhos para me livrar da dor e deixei a corrente me levar de um lado para o outro.

Percebi um movimento ao meu lado. Um brilho de luz do sol na carne. Tentei entender o que era: um tubarão ou um golfinho indo testemunhar os meus últimos momentos? Mas, então, braços humanos escorregaram pelo meu corpo e me arrastaram para a superfície.

A claridade do dia queimava meus olhos ardidos.

A distância, uma mulher gritava:

– NÃO! OH, MEU DEUS! NÃO!

Irina.

A água passou por cima de mim. O mar percorreu meu rosto e cabelos. Mas os braços me ergueram mais alto, e fui jogada sobre os ombros de alguém.

Sabia quem era meu salvador. Mais uma onda nos cobriu, mas, ainda assim, ele me segurou, com os dedos pressionando-me as coxas. Tossi e engasguei.

– Deixe-me morrer – tentei dizer.

Porém nada saía de meus lábios além de água.

Ivan não me ouviu. Deitou-me na areia e encostou a cabeça contra o meu peito. Os cabelos molhados resvalaram em minha pele, mas ele não deve ter escutado nada, pois me virou de barriga para baixo, pressionou as mãos na parte de trás de minhas costelas e esfregou os meus membros com vigor. A areia nas mãos dele arranhou a minha pele, e senti os mesmos grãos em meus lábios. Os dedos do salva-vidas tremiam, assim como a perna que ele havia pressionado contra a minha.

– POR FAVOR, NÃO FAÇA ISSO – gritou para mim, com a voz embargada.

– POR FAVOR, NÃO, ANYA!

Apesar de meu rosto estar pressionado contra a areia, vi Irina em pé na beira da água, soluçando. Uma mulher havia jogado uma toalha sobre os seus ombros e tentava consolá-la. Senti meu coração doer. Não queria entristecer meus amigos. Mas a minha mãe estava esperando por mim nas rochas. Eu não era a pessoa forte que todos pensavam que fosse, e apenas ela sabia disso.

– Saia, amigo, saia – escutei outro salva-vidas dizer quando se ajoelhou ao meu lado. – Veja a cor do rosto, a palidez. Ela se foi.

O homem tocou-me o braço, mas Ivan o afastou. Não me deixaria ir. Eu lutei contra aquilo quando ele se aproximou, resistindo a tudo o que fazia para me salvar. Entretanto, a vontade dele foi maior que a minha. Segurou-me até algo parecido com uma rajada de vento entrar em meus pulmões. Senti um espasmo, e o mar deu espaço ao ar. Alguém me pegou no colo. Vi a multidão e uma ambulância. Irina e Ivan estavam ao meu lado, unidos e chorando. Virei a cabeça na direção das rochas. Minha mãe não estava mais ali.

Todas as noites da semana seguinte, meu salvador foi me visitar no Hospital St. Vicent, com os cabelos cheirando a sabonete e levando uma gardênia para mim. Estava com o rosto bronzeado e caminhava lenta e rigidamente, exausto pelos dias traumáticos. Sempre que ele chegava, Betty e Ruselina, que passavam o tempo lendo para mim e escutando rádio, enquanto eu dormia, saíam. Elas sempre agiam como se Ivan e eu tivéssemos coisas importantes para dizer um ao outro, fechavam a cortina verde ao nosso redor, para nos dar privacidade, e iam para o refeitório. Mas nós dois conversávamos muito pouco. Tínhamos uma comunicação que ia além das palavras. Eu percebi que o amor ia além dos sentimentos. Estava também nas atitudes tomadas. Ivan havia me salvado e me devolvido a vida com sua respiração, com tanta determinação quanto uma mulher dá à luz. Ele havia soprado vida para dentro de mim e não me deixara morrer.

Na minha última noite no hospital, quando os médicos declararam que meus pulmões estavam limpos e fortes outra vez, Ivan tocou a minha mão. Ele olhou para mim como se eu fosse um tesouro precioso tirado do mar, e não uma jovem suicida.

Lembrei-me de que aquele homem havia dito que entender é mais importante do que esquecer.

– Obrigada – eu disse, entrelaçando os meus dedos nos dele.

Percebi ali que o que me impedia de amá-lo havia desaparecido. Quando ele me tocou, eu desejei viver novamente. Ivan tinha força de vontade suficiente para nós dois.

dezenove

Milagres

Nós, russos, somos pessimistas. As nossas almas são sombrias. Acreditamos que a vida é sofrimento, aliviado apenas por momentos de felicidade que passam mais depressa do que nuvens carregadas pelo vento, e morte. Os australianos, no entanto, são pessimistas de um tipo mais estranho. Eles também acreditam que a vida é difícil e que as coisas dão mais errado do que certo. Entretanto, mesmo quando o solo do qual eles dependem para plantar se torna duro como pedra e todos os carneiros e o gado morrem, ainda assim, essas pessoas olham para o céu e esperam por um milagre. Para mim, isso significa que, no fundo do coração, elas são otimistas. E talvez essa seja a maneira como o meu novo país tenha me mudado. Porque no ano em que completei 36 anos, quando a esperança começava a me abandonar, vivenciei dois milagres, na sequência.

No ano anterior, Ivan e eu havíamos nos mudado para a nossa nova residência em Narrabeen. A casa tinha sido um projeto de dois anos que começara com a inspeção de um terreno de esquina em uma ladeira em Woorarra Avenue. O espaço era coberto por eucaliptos, *Angophoras* e samambaias e ficava de frente para um lago. Nós dois nos apaixonamos à primeira vista pelo lugar. Ivan percorreu o entorno, afastando as folhagens e passando por cima de pedras; enquanto eu tocava as grevíleas e fúcsias nativas, comecei a pensar no jardim repleto de plantas exóticas e verdejantes de minha segunda pátria. Dois anos depois, uma casa já havia sido construída, com paredes cor de maçã ou laranja e carpetes. Os dois banheiros tinham mosaicos de azulejos e placas de madeira. A cozinha escandinava ficava de frente para uma piscina, e as janelas triplas da sala de estar davam vista para uma varanda voltada para a água.

Havia quatro quartos: o nosso, o dormitório principal, uma suíte; um no andar de baixo, que eu usava como escritório; um quarto de hóspedes com duas camas de solteiro; e um cômodo vazio, sem qualquer mobília, ao lado do nosso. Esse espaço era a nossa tristeza, nosso único pesar em um casamento feliz. A despeito de nossos esforços, Ivan e eu não havíamos conseguido conceber um filho, e começou a parecer improvável que pudéssemos fazê-lo. Ele já tinha 44 anos, e eu, naquela época, com 36 anos, já era considerada muito fora do ápice de fertilidade feminino. Ainda assim, sem nada dizer, havíamos deixado um quarto vago, como se esperássemos que, oferecendo um lugar bonito para o nosso bebê, ele finalmente aparecesse. Era o que eu queria, quando olhava para o céu e aguardava um milagre.

Sempre imaginava o meu rebento, aquele que não chegava. Era uma menina em quem eu pensava em Xangai quando desejei um filho para amar. Ela não tinha vindo porque, na minha opinião, Dmitri não era o homem certo para ser seu pai. Mas Ivan era um bom homem, capaz de amar e se sacrificar. Ele me escutava e se lembrava das coisas que eu lhe dizia. Quando fazíamos amor, segurava o meu rosto com as mãos e olhava com amor dentro de meus olhos. Contudo, ainda assim, nada de filhos.

Eu a chamava de minha pequena corredora, porque sempre que a via, ela estava correndo. Às vezes, no mercado, eu a via espiando por entre as latas, com os cabelos pretos despenteados cobrindo os olhos cor de mel. Sorria para mim, com os lábios rosados e brilhantes, o riso tomado por dentinhos. E com a mesma rapidez que ela surgia, fugia de mim. Aparecia no jardim de nossa nova casa, onde eu trabalhava como louca para compensar a ausência que sentia por não conseguir trazê-la à realidade. Eu escutava sua risada alegre entre as flores e, quando me virava, via suas perninhas gordinhas de bebê correndo de mim. Movia-se com rapidez, de modo que eu não podia pegá-la. Minha pequena corredora.

Irina e Vitaly, no entanto, eram mais do que férteis. Tinham duas filhas, Oksana e Sofia, e dois filhos, Fyodor e Yuri, e planejavam ter mais um. Ela se aproximava dos 40 anos. Sentia orgulho do quadril largo, da pele escura e dos poucos fios de cabelos brancos. Eu, por outro lado, ainda parecia meio adolescente em um corpo de uma mulher crescida, magra e nervosa. O único sinal de minha idade era o fato de eu usar os cabelos compridos presos em um coque, como a minha mãe fazia.

Minha amiga e o marido haviam comprado o café de Betty e aberto mais um no norte de Sydney. Mudaram-se para uma casa em Bondi, com um lindo jardim e garagem. Assustavam a população local pulando no mar no meio do inverno com mais meia dúzia de outros amigos russos. Certa vez, perguntei a Irina se ela se arrependia de não ter seguido a carreira de cantora. Ela riu e apontou para os filhos felizes, comendo à mesa da cozinha.

– Não! Esta vida é muito melhor!

Eu abrira mão de meu emprego no *Sydney Herald*, quando me casei com Ivan, mas, depois de passar anos sem conseguir ter filhos e entediada, aceitei a proposta de Diana para escrever uma coluna para a seção de estilo de vida. A Austrália dos anos 1960 era diferente do país que eu conhecera nos anos 1950. As repórteres jovens já não se limitavam à seção feminina do jornal e tinham passado a atuar em todas as áreas do jornalismo. "Popular ou perecer" havia mudado a face da nação, que deixou de ser um clone britânico e transformou-se em um país cosmopolita, com novos alimentos, novas ideias e novas paixões, que unia ao legado do velho país. A produção dos textos me mantinha em contato com o mundo alguns dias por semana e, por causa dela, não ficava pensando nas coisas que não tinha em minha vida.

Além disso, também havíamos passado por uma triste perda.

Certo dia, quando fomos visitar Ruselina e Betty no apartamento em que elas viviam, fiquei chocada ao encontrar a senhora australiana, sempre vibrante e cheia de energia, agora velha. Os ombros estavam curvos, e a pele parecia um vestido largo.

– Ela está fraca desse jeito há algumas semanas – sussurrou Ruselina.

Insisti para que Betty fosse ao médico para fazer exames. O clínico indicou um especialista e voltamos na semana seguinte para pegar os resultados. Enquanto ela conversava com o doutor, fiquei sentada na sala de espera, folheando revistas, certa de que a porta do consultório se abriria a qualquer momento, e o sujeito me diria que Betty precisava de vitaminas ou de uma mudança na alimentação. Não estava preparada para sua expressão séria, quando me chamou. Entrei com ele na sala de consultas. Minha velha amiga estava sentada em uma cadeira, segurando sua bolsa. Eu me virei para o médico, e meu coração disparou, quando o homem me deu o veredicto: câncer inoperável.

Cuidamos de Betty em seu apartamento em Bondi, pelo máximo de tempo que conseguimos. Irina e eu nos preocupamos, sem saber como Ruselina reagiria à doença da amiga. Mas ela foi mais forte do que nós. Enquanto eu e Irina nos revezávamos chorando, sua avó jogava baralho com Betty e preparava os pratos preferidos desta. Elas passeavam à noite na praia. Quando a amiga enferma já não conseguia mais ficar em pé sem a ajuda de um cajado, elas se sentavam do lado de fora e conversavam por horas. Certa noite, quando eu estava na cozinha, escutei Betty dizer a Ruselina:

– Tentarei voltar como um dos filhos de Irina, se ela decidir ter mais algum. Você vai saber que sou eu. Serei a mais sapeca.

Quando ela ficou doente demais para permanecer em casa, seu declínio foi mais rápido. Eu a olhava na cama do hospital e notava como havia diminuído. Decidi testar minha teoria, medindo a distância de seus pés até o fim da cama com a mão, e descobri que, desde a sua internação, ela já tinha encolhido sete centímetros. Quando afastei a mão, Betty virou-se para mim e falou:

– Quando eu encontrar a sua mãe, contarei que você se tornou uma moça linda.

E, então, uma noite de setembro, enquanto Ruselina estava de plantão, fomos todos chamados ao hospital. A situação de nossa amiga estava pior. Ela já não tinha muita consciência. Estava com o rosto tão murcho e tão pálido, que ele parecia iluminado pela luz da lua. Quase ao amanhecer, Ruselina começou a ficar pálida também. A enfermeira conversou conosco.

– Ela provavelmente resistirá até a tarde, mas não muito tempo depois disso – informou, dando um tapinha no ombro da avó de Irina. – A senhora precisa comer alguma coisa e descansar.

A neta ficou em pé, percebendo que, se a idosa não descansasse, não teria forças para o que estava por vir. Vitaly e Ivan partiram com as duas, e eu fiquei cuidando de Betty.

Ela mantinha a boca aberta. A sua respiração inconstante e o som do ar condicionado eram os únicos dois sons no quarto. Movimentava os olhos de vez em quando, como se estivesse sonhando. Eu estiquei o braço, toquei seu rosto e me lembrei do primeiro dia em que a vira, em pé na varanda em Potts Point, com os cabelos presos em um penteado casa de marimbondo e a piteira. Era difícil acreditar que ela era a mesma mulher doente que estava deitada ali. Acabei pensando que, se minha mãe não tivesse sido arrancada de mim prematuramente, teríamos enfrentado uma separação parecida algum dia. Percebi, naquele momento, que qualquer tempo que passamos com alguém é precioso, algo que deve ser valorizado e nunca desperdiçado.

Eu me inclinei e sussurrei:

– Amo você, Betty. Obrigada por cuidar de mim.

Ela mexeu os dedos e os olhos. Gosto de pensar que, se tivesse força, aquela mulher teria tocado os seus cabelos e semicerrado os olhos mais uma vez.

Um dia depois da morte de Betty, Irina e eu fomos pegar as roupas de sua avó no apartamento. Ela estava muito triste para voltar para lá e ficou na casa da neta e de Vitaly. Minha amiga e eu ficamos sozinhas no terceiro quarto, onde a senhora australiana havia recriado o quarto dos filhos em Potts Point. Tudo estava limpo e em seus devidos lugares, e suspeitei de que Ruselina devia ter limpado tudo, enquanto a amiga estava doente.

– O que devemos fazer com este quarto? – perguntei a Irina, que se sentou em uma das camas, pensando.

Depois de um tempo, ela respondeu:

– Temos que guardar as fotos, porque eles são uma família. Mas o restante dos objetos, podemos doar. Betty e os meninos não precisam dessas coisas agora.

No funeral, contra todas as tradições russas ou australianas, Ruselina usou um vestido branco com um colete de hibiscos vermelhos presos na gola. E, depois do enterro, ela encheu diversos balões coloridos e soltou-os no céu.

– PARA VOCÊ, BETTY – gritou. – Por todo o prejuízo que você está causando aí em cima.

Não sei se acredito em reencarnação ou não, mas sempre achei adequado que Betty tivesse a possibilidade de renascer entre os da geração *flower power*.

Um ano depois de nos mudarmos para a nossa nova casa, o primeiro milagre aconteceu. Eu engravidei. A notícia fez Ivan rejuvenescer 20 anos.

Ele caminhava com animação, sorria o tempo todo e acariciava-me a barriga, antes de dormirmos à noite.

– Esta criança vai curar nós dois – dizia ele.

Liliana Ekaterina nasceu no dia 21 de agosto daquele ano. Entre as contrações, as enfermeiras e eu escutamos no rádio as notícias a respeito da invasão soviética à Tchecoslováquia. Pensei em minha mãe mais do que me permitira, desde que soubera de sua morte. Imaginei as mães e filhas em Praga. O que seria delas?

As enfermeiras seguravam as minhas mãos, quando as dores do parto ficavam fortes, e brincavam comigo, quando elas passavam. E, quando Lily nasceu, depois de 16 horas de trabalho de parto, vi minha mãe ali, diante de mim, com os cabelos pretos e olhos singulares.

Lily foi um milagre, porque ela me curou, de fato. Acredito que o elo que temos com nossas mães é o mais importante de todos. A morte da pessoa que nos colocou no mundo é uma das maiores mudanças pelas quais passamos ao longo da vida. Mas a maioria das pessoas tem pelo menos algum tempo para se preparar para isso. Ser separada de minha mãe aos 13 anos fez com que eu me sentisse perdida no mundo, como uma folha soprada pelo vento. Porém ser mãe de Lily restaurou o elo. Tê-la em meus braços e sentir o seu rosto contra o meu peito foram coisas que me mostraram que valia a pena viver. E ela curou Ivan também. Ele havia perdido o que tinha de mais precioso na vida muito cedo, e agora, na meia-idade, em um país ensolarado e longe das lembranças ruins, pôde reconstruir o seu sonho.

Meu esposo construiu uma caixa de correspondências, duas vezes maior do que qualquer outra da rua, para comemorar a chegada de Lily. Na frente dela, colou o desenho de um homem, sua esposa e um bebê. Quando me senti forte para cuidar do jardim de novo, plantei violetas ao redor da criação de Ivan. Uma aranha fez da caixa a sua casa e saía apressada sempre que eu abria a tampa para pegar as correspondências à tarde. Um certo dia, algumas semanas depois, o aracnídeo decidiu fixar residência em outro lugar. Foi quando recebi a carta que traria o segundo milagre em minha vida e mudaria tudo.

Ela estava no meio das outras correspondências e contas, no entanto, assim que a toquei, senti um formigamento nos dedos. O selo era australiano, mas o envelope estava tão marcado com impressões digitais que parecia ter passado por centenas de mãos antes de chegar a mim. Eu me sentei no banco perto da piscina, cercada por vasos de gardênia, a única planta não nativa do jardim, e abri o invólucro. A mensagem me atingiu como um raio.

"Se você for Anna Victorovna Kozlova, filha de Alina e Victor Kozlov, de Harbin, por favor, encontre-me segunda-feira, ao meio-dia, no salão do Hotel Belvedere. Posso levá-la até a sua mãe."

A carta caiu de meus dedos e voou ao vento até a grama. Eu a observei flutuar como um barquinho de papel. Tentei imaginar quem poderia ser o autor da mensagem que, depois de todos aqueles anos, entrava em contato com notícias da minha mãe.

Ivan chegou em casa, e mostrei a carta. Ele se sentou no sofá e ficou em silêncio durante muito tempo.

– Não confio no autor desta correspondência – afirmou. – Por que não se identificou? Ou por que não pediu para você telefonar primeiro?

– Por que alguém mentiria a respeito da minha mãe? – perguntei.

Meu marido deu de ombros.

– Um espião russo. Alguém que queira levar você de volta à União Soviética. Pode ser uma cidadã australiana agora, Anya, mas quem sabe o que eles fariam se você fosse para lá. Tang?

Podia ser Tang tentando me atrair para uma armadilha. No entanto, no fundo eu não acreditava nisso. Certamente, ele já devia estar morto ou velho demais para me perseguir. Havia alguma outra coisa ali. Olhei para a bela caligrafia de novo, tentando descobrir o segredo por trás da mensagem.

– Não quero que você vá – disse Ivan, olhando para mim, com os olhos marejados.

– Preciso ir – argumentei.

– Você acredita que sua mãe esteja viva?

Pensei na pergunta, mas não consegui separar aquilo em que eu desejava acreditar do que parecia mais provável. Meu amado esfregou o rosto, cobrindo os olhos com as palmas das mãos e decidiu:

– Vou com você.

Ivan e eu escondemos a nossa ansiedade ao longo do fim de semana, mexendo no jardim. Arrancamos as ervas daninhas dali, mudamos vasos e construímos um jardim de pedras ao longo do caminho de entrada. Lily ficou dentro do carrinho, na varanda, dormindo com o ar da primavera. Mas, apesar de nosso cansaço físico, não conseguimos dormir no domingo à noite. Nós nos revirávamos e resmungávamos. Por fim, tivemos de beber um copo de leite quente para descansar por apenas algumas horas. Na segunda-feira, fomos à casa de Irina e Vitaly para deixar Lily com eles. Quando voltamos para o carro, eu me virei para olhar para a minha filha aconchegada nos braços de minha amiga. Comecei a respirar com dificuldade naquele momento, temendo nunca mais vê-la. Olhei para meu marido e vi que ele estava pensando a mesma coisa.

O Hotel Belvedere já não estava mais no seu ápice como nos anos 1940. Ivan e eu saímos do carro e analisamos a placa de neon acima da porta, o brilho nas paredes, os vasos espalhados na entrada. Olhamos dentro das janelas empoeiradas, mas só conseguimos ver a nossa expressão preocupada. Ivan segurou a minha mão, e entramos no local escuro. Para nosso alívio, o saguão do hotel era mais bonito do que o exterior. O ar estava abafado, sentimos o cheiro de tabaco, mas as cadeiras gastas estavam limpas, as mesas polidas, e o carpete, varrido.

Na sala de jantar, uma garçonete saiu de trás do balcão e mostrou o cardápio. Eu disse a ela que estávamos ali para encontrar uma pessoa. A moça deu de ombros, como se encontrar alguém em um local como o Hotel Belvedere só pudesse ser desculpa para outra coisa. A atitude da serviçal me deixou agitada de novo. Uma jovem sentada perto da janela olhou para nós e voltou a ler o livro, mais interessada na ficção do que no casal russo de mãos dadas, no meio do salão. Duas mesas depois da mesa dela, havia um homem obeso escutando um rádio transístor, com fones de ouvido e um jornal no colo. O cabelo dele era curto, e parecia pequeno para seu corpo. Eu me virei para ele, mas o sujeito não demonstrou me reconhecer. As cabines ficavam no corredor mais ao fundo do hotel. Caminhei na frente de Ivan, observando os assentos de veludo. Parei como se tivesse me chocado com uma parede invisível. Percebi sua presença antes de vê-lo. Eu me virei para a última cabine do canto. Ele estava envelhecido, encolhido e olhava para mim. Senti o frio em meu rosto e me lembrei do primeiro dia em que ele chegara à nossa casa, quando me escondi embaixo de uma cadeira na entrada. Os olhos protuberantes e separados, tão comuns em uma pessoa japonesa, eram inconfundíveis.

O general ficou em pé, quando me viu, com os lábios trêmulos. Estava mais baixo do que eu e não vestia mais um uniforme, mas, sim, uma camisa xadrez de flanela e uma blusa de beisebol. No entanto, mantinha os ombros erguidos com dignidade e os olhos brilhando.

– Venha – chamou, fazendo um gesto para mim. – Venha.

Ivan sentou-se ao lado dele, em silêncio e com respeito, compreendendo que o homem devia ser alguém que eu conhecia. O general sentou-se também, com as mãos sobre a mesa. Durante um tempo, não conseguimos dizer nada.

O velho homem respirou profundamente.

– Você se tornou uma mulher – disse ele. – Bonita, mas muito mudada. Só consigo reconhecê-la pelos cabelos e pelos olhos.

– Como o senhor me encontrou? – perguntei, bem baixinho.

– Sua mãe e eu temos procurado você há muito tempo. Porém a guerra e os comunistas nos impediram de encontrá-la antes.

– Minha mãe?

Ivan me abraçou de modo protetor. O sujeito olhou para ele, como se o visse pela primeira vez.

– Sua mãe não pôde sair da Rússia para vir aqui com a mesma facilidade que eu. Por isso, vim vê-la.

Meu corpo todo começou a tremer. Não consegui sentir os dedos dos pés.

– MINHA MÃE ESTÁ MORTA – gritei, tentando me levantar. – Tang a arrancou do trem e a matou. Ela faleceu há muitos anos.

– O senhor precisa explicar com clareza – pediu Ivan. – Minha esposa já passou por coisas demais. Disseram que a mãe dela estava morta, que havia sido tirada do trem que partira de Harbin e assassinada.

Os olhos do general arregalaram-se quando meu marido disse aquilo e, assim como no primeiro dia em que eu o vira em Harbin, seu rosto fez-me lembrar de um sapo.

– Anya, sua mãe, de fato, foi arrancada do trem antes de chegar à União Soviética. Mas não por Tang. Por mim.

Eu me sentei de novo e comecei a chorar.

O homem segurou as minhas mãos, em um gesto mais russo do que japonês.

– Você se esqueceu de que eu era um ator? Eu fingi ser Tang. Tirei a sua mãe do trem e simulei a execução dela.

Olhei para ele com a visão embaçada. Aquele homem de minha infância falando comigo. Escutei, surpresa, quando ele me contou que se chamava Seiichi Mizutani e que havia nascido em Nagasaki. Seu pai era dono de um teatro, e, quando ele tinha 10 anos, a família se mudou para Xangai, onde ele aprendeu a falar mandarim fluentemente. A família do general sempre mudava de cidade, para divertir os japoneses que estavam imigrando para a China aos montes e até já tinha ido à Mongólia e à Rússia. Mas, quando os japoneses oficialmente invadiram a China, em 1937, sua esposa e sua filha foram mandadas de volta a Nagasaki, e ele foi forçado a se tornar um espião. Um ano antes de minha mãe ser levada, o general levou para lá sua maior presa, o mais notório líder da resistência chinesa: Tang.

– Eu me tornei amigo dele – relatou o velho ator, com os olhos fixos em nossas mãos unidas. – Ele confiava em mim. Chegou a me contar seus sonhos para a China. Era intenso, inteligente, dedicado. Sempre levava para mim qualquer alimento que encontrasse. "Para você, meu amigo", dizia. "Roubei isto dos japoneses para você." Ou, quando não podia me oferecer comida, dava-me um leque, uma poesia ou um livro. Precisei de dois anos para entregá-lo. Até fazer isso, usei-o para encontrar outros líderes.

O general bebeu um gole de água. Seus olhos estavam pesados, e vi a dor neles.

– Sou responsável por tê-lo transformado naquele monstro. Minha traição o deformou.

Fechei os olhos. Nunca perdoaria Tang pelo que havia feito, mas, pelo menos, finalmente, pude entender o motivo de seu ódio.

Depois de uma pausa, o salvador de minha mãe continuou a sua história.

– No dia em que eu saí de sua casa, recebemos apenas a informação de que o Japão havia se entregado e que Nagasaki e Hiroshima tinham sido destruídas. Só soube do tamanho do estrago em minha cidade anos depois: um terço dela havia sido arrasado; centenas de milhares de pessoas tinham sido mortas e feridas; e milhares de cidadãos ficaram doentes depois e morreram de modo lento e doloroso. Quando estava saindo de Harbin, encontrei meu companheiro. Ele me disse que sua mãe tinha sido interrogada e que estava sendo levada de volta à União Soviética. Fiquei triste, mas concluí que só poderia salvar a mim mesmo e que precisava voltar para o Japão, para descobrir o que havia acontecido com minha esposa e minha filha. No entanto, na estrada, tive uma visão horrenda. Vi minha mulher, Yasuko, em pé em um monte, esperando por mim. Eu me aproximei dela e percebi que estava rachada e seca, como um vaso de argila quebrado. Havia uma pequena sombra em seus braços, de alguém que chorava. Era Hanako, minha filha. O vulto saiu correndo na minha direção, mas desapareceu assim que me tocou, queimando meu corpo. Ergui a camisa e vi que a carne estava cortada, como uma casca de banana solta de minhas costelas. Naquele instante, entendi que elas estavam mortas e, por eu ter sido negligente com você e com sua mãe, tinham sido assassinadas. Talvez o espírito de seu pai tenha se vingado de mim.

– Precisei agir com rapidez naquele momento. Eu sabia que o trem se aproximaria da fronteira à noite. Fiquei com medo e inseguro a respeito do que fazer. Cada ideia que eu tinha parecia fadada ao fracasso. E, então, eu me lembrei que Tang havia trabalhado com os soviéticos. Roubei uns trapos de uma casa e usei-os para cobrir as mãos. Enchi os panos com ratos mortos para imitar o cheiro de carne apodrecida que sempre acompanhava o chinês desde que escapara do campo. Fingindo ser ele, consegui um veículo e convenci três dos guardas comunistas a irem comigo para interceptar o trem e executar a sua mãe.

O general parou por um momento, contraindo os lábios. Ele já não era mais o homem forte de minha infância. Era um senhor fraco e trêmulo, prejudicado pelo peso das lembranças. Olhou para mim como se tivesse escutado os meus pensamentos.

– Provavelmente foi o meu plano mais ousado. E eu não sabia se ele daria certo ou se faria com que sua mãe e eu fôssemos mortos. Quando entrei no vagão dos prisioneiros, Alina arregalou os olhos, e percebi que me reconhecera. Pedi a um dos guardas que a arrastasse pelos cabelos para a porta, e ela lutou e gritou como uma atriz. Até o último momento, os guardas acreditaram que íamos matar a mulher. Mas eu a empurrei para o chão, arranquei as armas dos guardas, apaguei a luz do vagão e atirei neles.

– Para onde vocês foram depois? – perguntou Ivan.

Afundei os dedos no braço de meu marido, controlando-me. Ele era a única coisa firme ali. As paredes do salão pareciam se mover, aproximando-se para me prender. Senti tontura. Tudo era irreal. Minha mãe. Minha mãe. Minha mãe. Ela ganhava vida de novo diante de meus olhos depois de tantos anos, desde que eu aceitara a sua morte.

– Alina e eu voltamos correndo para Harbin – respondeu o general. – A viagem foi difícil e demorou três dias. A aparência de minha acompanhante era mais suspeita e nos colocou em risco. Quando chegamos à cidade, os Pomerantsev já não estavam mais lá, e você também não. Sua mãe ficou muito mal ao ver a casa queimada. Então, um vizinho nos disse que você tinha sido resgatada pelos Pomerantsev e enviada para Xangai.

– Eu e ela decidimos que iríamos para Xangai encontrar você. Não podíamos ir por Dairen, porque os soviéticos estavam impedindo os russos que tentavam escapar pelo mar. Portanto, seguimos pelo sul, por rios e canais ou por terra. Em Pequim, paramos em uma casa não muito distante da estação ferroviária, pretendendo ir para Xangai de trem na manhã seguinte. Mas ali eu percebi que estávamos sendo seguidos. A princípio, pensei que estava imaginando coisas, até ver uma sombra atrás de sua mãe, quando ela foi comprar as passagens. O vulto de um homem sem mãos. "Se formos para Xangai, vamos levá-lo diretamente a ela", falei a Alina, pois sabia que Tang não estava mais interessado apenas em mim.

Apertei ainda mais o braço de Ivan, quando percebi como minha mãe chegara perto de me encontrar. Pequim ficava a apenas um dia de trem de Xangai.

– Os japoneses sempre se interessaram pela Mongólia – disse o general, com a voz mais intensa, como se estivesse se lembrando do terror pelo qual passara. – No meu treinamento como espião, havia aprendido a memorizar os caminhos que os arqueólogos europeus tinham usado para chegar ao deserto de Gobi. E claro que eu sabia da Rota da Seda. Eu disse a sua mãe que deveríamos seguir para o norte, até a fronteira, onde despistaríamos Tang no terreno tortuoso. Por onde nós seguiríamos, um homem sem mãos morreria, até mesmo um sujeito determinado como ele. Meu objetivo era levar Alina para o Cazaquistão e, então, ir para Xangai sozinho. A princípio, ela resistiu, mas eu lhe disse: "Sua filha está segura onde está. Que serventia você terá se morrer?".

Ir para o Cazaquistão seria colocá-la nas mãos dos soviéticos. Porém a arte da espionagem envolve artimanhas, e o país para onde queria levá-la se tornará um caos depois da guerra. Milhares de russos haviam fugido para lá para escapar dos alemães, e havia muitas pessoas sem documentos.

– Viajantes experientes poderiam ter feito o trajeto em três meses, mas a ida ao Cazaquistão durou quase dois anos. Compramos cavalos de uma aldeia de pastores, no entanto, precisamos tomar o cuidado de não exigir demais deles e só podíamos viajar no verão, durante sete meses. Além da presença dos soviéticos nas fronteiras e das guerrilhas dos comunistas, enfrentamos tempestades de areia e quilômetros de deserto de pedras, e um de nossos guias morreu picado por uma víbora. Se eu não falasse um pouco do idioma mongol, e não houvéssemos contado com a hospitalidade das tribos locais, nós dois teríamos morrido. Não sei o que aconteceu com Tang. Nunca mais o vi, e, obviamente, ele nunca encontrou você. Prefiro pensar que faleceu, enquanto nos perseguia nas montanhas. Teria sido a única libertação para a sua alma sofrida. Matar Alina e eu não teria sido a solução. Chegamos ao nosso destino cansados por causa da jornada. Encontramos abrigo na casa de uma senhora cazaquistanesa. Quando me senti forte de novo, disse a sua mãe que voltaria para a China para procurar você. "Você foi separada de sua filha por minha causa", falei a ela. "Fiz coisas durante a guerra para poder proteger a minha mulher e minha menina, mas não consegui fazer nada para salvá-las. Devo compensar isso ou elas não descansarão em paz." Alina respondeu: "Não foi culpa sua eu ter perdido a minha filha. Os soviéticos teriam transportado nós duas para um campo depois da guerra. Pelo menos, sei que ela está segura. Talvez eu também tenha uma chance, graças a você".

– As palavras de sua mãe tocaram-me profundamente, e fiquei de joelhos e fiz uma reverência a ela. Percebi que existia um elo entre nós. Talvez ele tivesse sido criado durante a viagem, quando dependemos um do outro para sobreviver. Ou quem sabe tenha sido algo de outra vida. Eu tinha uma ligação parecida com a minha esposa, por isso sabia que ela havia morrido em Nagasaki.

E o general prosseguiu.

– Apesar de sozinho eu poder percorrer a China com mais facilidade, fui atrapalhado pelas batalhas travadas entre os exércitos comunistas e nacionalistas. Ainda havia grupos leais aos senhores da guerra percorrendo o país, e todos os passos eram perigosos. Os trens eram alvos fáceis. Por isso, eu viajava pela água ou a pé. Durante todo o tempo, ficava tentando imaginar como percorreria aquela distância com uma menina russa branca. Mas não consegui encontrar você naquela cidade gigantesca conhecida como Xangai. Procurei por Anya Kozlova nos cabarés russos, em lojas e restaurantes. Eu não tinha uma foto sua, apenas uma descrição de uma menina de cabelos ruivos. Parecia que você havia desaparecido. Ou talvez o seu povo tenha desconfiado de mim e a protegeu. Por fim, alguém me disse que acreditava que havia uma garota russa com cabelos ruivos em uma boate chamada Moscou-Xangai. Corri para lá, cheio de expectativa. Porém a proprietária, uma mulher norte-americana, afirmou que eu estava enganado. A menina dos cabelos vermelhos era uma prima dela que havia voltado aos Estados Unidos muito tempo antes.

    Senti meu estômago revirar, nauseado. Pensei nas datas. O general devia ter chegado a Xangai no final de 1948, quando eu estava doente, e Dmitri me traía com Amélia. O relato do do japonês mostrava Tang como alguém mais humano, como era um homem distorcido pela crueldade que lhe fora infligida. Mas Amélia era uma aberração. Se o general tivesse me encontrado quando Sergei ainda era vivo, ela teria ficado feliz em se ver livre de mim. No entanto, a sua atitude após a morte do marido tinha sido motivada por pura maldade.

    – Os comunistas estavam cercando a cidade – o homem continuou seu relato. – Se eu não partisse logo, ficaria preso ali. Fiquei dividido entre procurar você e voltar para a sua mãe. Tive outra visão: Alina deitada em uma cama em chamas. Ela estava correndo perigo. De fato, quando voltei ao Cazaquistão, a senhora me contou que sua mãe havia adoecido seriamente ao contrair difteria, mas estava melhorando com a carne de cavalo e os tônicos de leite que a boa mulher vinha administrando. Só voltei a vê-la depois que se recuperou. Quando finalmente entrei no quarto em que se recuperava, ela se sentou, olhando atenta para a porta. Ao notar que eu havia fracassado, que não tinha levado você de volta, caiu em uma depressão tão profunda, que pensei que pudesse tentar se matar.

    – "Não entre em desespero", eu lhe dizia. "Acredito que Anya está viva e em segurança. Quando você melhorar, vamos em direção a oeste, ao mar Cáspio." A presença soviética no Cazaquistão havia aumentado, e a fronteira com a China estava sendo mais vigiada. Pensei que, se sua mãe e eu conseguíssemos escapar para o Ocidente, conseguiríamos sair do país no qual estávamos pelo mar. Alina fechou os olhos e afirmou: "Não sei por quê, mas confio em você. Acredito que vai me ajudar a encontrar a minha filha".

    O general olhou dentro de meus olhos e revelou.

    – Percebi então que eu a amava e que não podia esperar nem merecer o amor dela, se não encontrasse você.

Fiquei momentaneamente chocada com aquela revelação. E ainda existia mais uma sensação: duas vezes depois da morte de meu pai, tinha escutado uma voz prometer que mandaria alguém para mim. Eu havia sido abençoada com muitas pessoas que me ajudaram na vida, mas, de repente, compreendi o que meu pai quisera dizer.

– Como o senhor me encontrou? – perguntei.

– Quando chegamos ao mar, descobrimos que os soviéticos estavam patrulhando a costa também. Parecia não haver escapatória, mas a situação virou a nosso favor. Conseguimos emprego em um hotel onde os ricos tiravam férias. Enquanto trabalhávamos ali, fizemos amizade com um homem chamado Yuri Vishnevsky. Por intermédio dele, descobrimos que os russos de Xangai tinham sido mandados para os Estados Unidos. Depois de um tempo, sua mãe abordou Vishnevsky e lhe pediu ajuda para nos enviar a Moscou. Ela disse a ele que Moscou era a cidade de sua família e que sempre quisera conhecê-la. Mas eu sabia qual era o real motivo de ela querer ir para lá. No Cazaquistão, estávamos afastados do resto do mundo, porém, em Moscou, não estaríamos assim. Havia turistas e pessoas de negócios, oficiais do governo e professores estrangeiros lá, pessoas com permissão para atravessar a fronteira, gente que podia ser subornada ou convencida. Há três anos, nós nos mudamos para a capital russa, onde, entre nossos empregos em uma fábrica e uma loja, dedicamos a vida a encontrá-la. Passávamos o nosso tempo livre perto do Palácio de Kremlin, na Praça Vermelha e no Museu Pushkin, fingindo que queríamos praticar nosso inglês, quando, na verdade, abordávamos turistas e diplomatas estrangeiros, contando detalhes sobre você. Alguns deles concordaram em nos ajudar, mas muitos nos deram as costas. Ficamos sem notícias suas por muito tempo, até uma mulher norte-americana entrar em contato com a Sociedade Russa em São Francisco à nossa procura. Eles se comunicaram com a Organização Internacional de Refugiados e descobriram que uma Anya Kozlova havia sido mandada para a Austrália.

O general parou. Lágrimas encheram-lhe os olhos e escorreram pelo rosto. Ele não tentou afastá-las e olhou para mim.

– Consegue imaginar a alegria quando recebemos essa notícia? A mulher norte-americana foi muito gentil e contatou a Cruz Vermelha na Austrália, para saber se eles podiam ajudar mais. Uma das voluntárias aposentadas da instituição lembrou-se de uma jovem que a havia procurado em 1950. A garota era bonita, e sua história, tocante. A mulher ficara arrasada por não ter podido ajudar a menina a encontrar a mãe e manteve as informações sobre ela no arquivo, apesar de ser contra as normas.

– Daisy Kent – falei a Ivan. – Sempre pensei que ela não estava preocupada em me ajudar! Acho que interpretei a empatia dela como reticência.

– Estávamos tão perto de encontrá-la – contou o general. – Sua mãe mudou nos anos que passou sem você. Não tinha mais vigor e vivia doente. Mas, quando ela soube que você estava na Austrália, foi como se voltasse a ser uma mulher jovem e corajosa de novo. Estava determinada a fazer o que fosse preciso para encontrá-la.

Entramos em contato com Vishnevsky, que já havia se tornado um bom amigo em quem confiávamos. Ele concordou em arranjar documentos para mim, mas avisou que Alina precisava ficar como garantia de meu retorno. Cheguei à Austrália duas semanas atrás, e a Cruz Vermelha me hospedou em um hotel. Consegui encontrar pistas suas em um campo de imigrantes e, então, em Sydney, mas nada além disso. O cartório de nascimentos, óbitos e casamentos não me revelou se você estava casada ou não. Tratava-se de informação confidencial, mesmo em uma situação como a minha. Contudo, eu estava decidido a não fracassar como em Xangai. Um dia, estava sentado no hotel, desesperado, quando um jornal foi entregue no quarto. Sem pensar, eu o peguei e folheei. Encontrei uma coluna assinada por "Anya". Telefonei para a redação, porém a telefonista disse que o nome da colunista não era Anya Kozlova, mas, sim, Anya Nakshimovsky. "Ela é casada?", perguntei. A mulher respondeu que acreditava que sim. Procurei o seu endereço na lista telefônica. Algo me dizia que eu havia encontrado a Anya que buscava. No entanto, não podia contar quem eu era ou o que estava fazendo a todos os russos de Sydney. Então, escrevi um bilhete anônimo.

O homem suspirou, exausto, e desabafou.

– Anya, sua mãe e eu a procuramos todos esses anos. Você viveu em nossos corações todos os dias. E agora nós a encontramos.

vinte

Mãe

O Red Army Chorus cantava a *Volga Boat Song* de um modo que parecia um trovão. Pelos alto-falantes da cabine, o ritmo era monótono, mas a melodia inundava a minha mente. O canto, misturado ao som do avião, tornou-se um hino. O esforço e o vigor nas vozes dos cantores me faziam lembrar dos homens que haviam cavado a cova de meu pai em Harbin. Aquela atmosfera parecia combinar muito melhor com eles do que com o Red Army.

– Mãe – sussurrei para as nuvens que se espalhavam sob o avião como um tapete de neve iluminado pelo sol. – Mãe.

Senti os olhos marejados. Apertei os dedos em meu colo até eles ficarem roxos. As nuvens eram testemunhas celestiais do acontecimento mais importante de minha vida. Vinte e três anos antes, minha mãe e eu havíamos sido separadas e, em menos de um dia, nós nos veríamos novamente.

Eu me virei para Ivan, que estava segurando Lily, enquanto tentava evitar que o chá dentro do copo de plástico vazasse sobre suas pernas. Não foi nada fácil para um homem grande ficar em um espaço tão pequeno. Ele mal havia tocado seu prato de salsicha com alho, *pirogi* e peixe seco. Se eu estivesse na Austrália, teria brincado com meu marido, perguntando que tipo de russo ele acreditava ser, se não conseguia comer coisas tão eslavas. Porém piadas como aquela eram para um país como a Austrália e não podiam ser repetidas na União Soviética. Observei os rostos de nossos companheiros de viagem: homens com semblantes sérios em ternos mal feitos e algumas mulheres com máscaras. Não sabíamos quem eram, mas sabíamos que devíamos tomar cuidado.

– Posso segurar a Lily? – perguntei a Ivan.

Ele assentiu, erguendo-a pelo espaço entre a bandeja e sua perna, sem soltá-la até ter certeza de que eu a havia pegado com segurança. Lily olhou para mim com seus olhos parecidos com joias e fez um bico, como se estivesse me mandando um beijo. Acariciei seu rosto. Era algo que fazia quando precisava renovar a minha crença em milagres.

Pensei no cesto de roupa suja na sala de estar, cheia de peças de verão de Lily, babadouros, toalhas e fronhas. Foi a única bagunça que largamos para trás. Eu me senti confortada por não termos deixado a casa totalmente arrumada. Assim, ela continuava parecendo o nosso lar, seguia dando a impressão de que havia coisas que precisavam ser feitas, que resolveríamos quando voltássemos. Afinal, eu tinha compreendido o olhar trocado entre mim e Ivan quando trancamos a porta da frente antes de partirmos para o aeroporto: existia o risco de não voltarmos.

Quando o general contou que a minha mãe estava viva, a notícia me encheu de alegria, sentimento comparado apenas com a felicidade experimentada com o nascimento da Lily. Mas quatro meses já tinham se passado desde o nosso último encontro com o japonês, sem qualquer notícia desde então. Ele nos havia alertado de que seria assim mesmo. "Não tentem entrar em contato. Apenas estejam em Moscou no dia 2 de fevereiro." Não tive chance de falar com minha mãe antes de partir – não havia um telefone no prédio onde ela morava, e também existia o problema da vigilância. Não sabíamos o que esperar da embaixada soviética. Por tudo isso, o processo de solicitação e a espera de oito semanas para a chegada de nossos vistos tinham sido terríveis. Mesmo depois de nossos vistos terem sido emitidos sem qualquer questionamento e quando me vi no aeroporto Heathrow, embarcando no avião para Moscou, ainda não tinha certeza de que conseguiria manter a minha sanidade até a chegada.

A aeromoça secou as mãos em seu uniforme amassado e serviu mais uma xícara de chá morno. Quase todas as comissárias de bordo eram mulheres mais velhas, mas aquela não procurou ajeitar as mechas de cabelos grisalhos que se amontoavam sob seu quepe que não lhe servia muito bem. Ela não sorriu, quando eu agradeci. Simplesmente virou-se de costas.

As funcionárias não podiam ser amigáveis com estrangeiros, eu me lembrei. Conversar demais comigo poderia fazer com que ela fosse presa. Eu me voltei para as nuvens e pensei no general. Nos três dias que ele havia passado conosco, desejei que começasse a parecer um homem normal, e não um mistério. Afinal, comia, bebia e dormia como um mortal. Ele respondeu às perguntas sobre a minha mãe – sua saúde, suas condições de vida, seu dia a dia – com franqueza. Fiquei horrorizada ao saber que eles não tinham água quente em casa, nem mesmo no inverno, e que minha mãe sofria de dores nas pernas. Porém fiquei muito feliz quando o general me disse que mamãe tinha boas amigas em Moscou que a levavam ao *banya* para ficar na sauna, quando ela precisava de um pouco de alívio para as dores. Isso fez com que eu me lembrasse de que tivera Irina, Ruselina e Betty para me ajudar nos piores momentos de minha vida. Contudo, estava com muito medo de perguntar a respeito do relacionamento de minha mãe com aquele homem, e ele nunca respondeu à pergunta que fiz no aeroporto de Sydney: "Quando tirarmos mamãe da Rússia, o senhor vai nos acompanhar?". O japonês deu um beijo em Ivan e em mim, apertou a nossa mão e despediu-se com as seguintes palavras:

– Vocês me verão de novo.

Eu o observei sair pela porta, um senhor desgastado pelo tempo, mas que caminhava como se marchasse, e percebi que continuava a ser um mistério para mim.

Lily resmungou. Ela estava com o cenho franzido, como se lesse os meus pensamentos. O pior momento nos meses anteriores à viagem era colocá-la na cama e beijar seu rosto macio, sabendo que em breve eu a tiraria da segurança da Austrália para colocá-la em perigo. Daria a minha vida a minha filha a qualquer momento sem hesitação e, ainda assim, não conseguiria viajar sem ela.

– Quero que Lily vá conosco – afirmei a Ivan, certa noite, quando estávamos indo dormir.

Desejava que ficasse irritado comigo e me dissesse que eu estava louca, que insistisse para que Lily permanecesse sob os cuidados de Irina e Vitaly. Em vez disso, ele se inclinou e acendeu a luz, observando o meu rosto. Assentiu com seriedade e declarou:

– A nossa família não deve se separar.

Ouviu-se um "clack" e o Red Army Chorus foi interrompido pela metade. A voz do piloto ecoou na cabine.

– *Tavarishshi*. Amigos, estamos prestes a pousar em Moscou. Por favor, preparem-se, afivelando os cintos e retornando os assentos à posição vertical.

Prendi a respiração e observei o avião descer em meio ao monte de nuvens. A luz mudou de cor, de cobre para cinza, e o céu desapareceu, como se tivéssemos adentrado o mar. A cabine balançou de um lado para o outro, e flocos de neve bateram nas janelas. Não consegui ver nada. Senti um arrepio na barriga, e, por alguns minutos, foi como se os motores tivessem parado, e a aeronave estivesse caindo.

Lily, que se manteve quieta durante todo o tempo desde Londres, começou a chorar por causa da mudança de pressão. A mulher no assento da frente inclinou-se e tentou acalmá-la, com a voz melosa:

– Por que está chorando, bebê? Está tudo bem!

Lily ficou em silêncio e sorriu. A dama me deixou curiosa. Seu perfume francês era mais forte do que o cheiro dos cigarros búlgaros que os homens estavam fumando, e seu rosto eslavo estava bem maquiado. Mas ela não podia ser uma mulher soviética, pois estas não podiam sair do país. Seria uma oficial do governo? Uma agente da KGB? Ou a esposa de alguém importante? Eu detestava a sensação de que não podíamos confiar em ninguém; de que, por causa da Guerra Fria, as pessoas não pudessem confiar na gentileza umas das outras.

Brechas apareceram entre as nuvens, e vi campos cobertos de neve e árvores. A sensação de descida deu espaço a outra mais forte, a de estar sendo arrastada para um ímã. Os dedos de meus pés foram pressionados para baixo, como se estivessem sendo puxados para o chão por uma força extremamente grande. Eu sabia qual era a força: a Rússia. As palavras de Gogol, lidas havia tanto tempo no jardim em Xangai, ocorreram-me.

"O que há naquela canção? O que chama e chora e prende nosso coração?... Rússia! O que quer de mim? O que é esse elo inalcançável e misterioso entre nós?"

Moscou era uma cidade-fortaleza, e entendi como aquela imagem era adequada. Era a última muralha entre minha mãe e eu. Esperava que, com meu marido e minha filha e a determinação nascida de anos de dor, eu tivesse a coragem de enfrentá-la. As nuvens desapareceram como uma cortina sendo afastada e pude ver os campos de neve e o céu nublado. O aeroporto ficava abaixo de nós, mas não consegui ver o terminal, apenas fileiras de máquinas para a retirada da neve e homens com jaquetas grossas e protetores de orelha felpudos ao lado delas. A pista estava negra. Apesar da fama do Aeroflot e das condições climáticas frias, o piloto aterrissou a aeronave com a graciosidade de um cisne pousando em um lago.

Quando o avião parou, a aeromoça nos pediu para seguir em direção à saída. As pessoas se movimentaram, e meu marido pegou Lily de meus braços e a segurou para passar entre as pessoas que se aglomeravam para chegar à porta de desembarque. Uma rajada de vento passou pela cabine. Quando me aproximei da saída, vi o terminal com suas janelas sujas de neve e o arame farpado em suas paredes externas e percebi que o sol e o calor de meu país adotado estavam muito longe. O vento estava tão frio, que chegava a ser triste. Bateu em meu rosto e fez o meu nariz escorrer. Ivan ajeitou nossa filha ainda mais dentro de seu casaco, para protegê-la do ar gelado. Abaixei a cabeça e fiquei olhando para os degraus.

Minhas botas tinham revestimento de pele, mas, assim que pisei na pista e caminhei em direção ao terminal de ônibus, senti meus pés começarem a congelar. Tive outra sensação mais profunda também. Quando toquei o solo russo, sabia que estava completando uma jornada havia muito iniciada. Eu tinha voltado à terra de meu pai.

Dentro da área de chegada com luzes fluorescentes do Aeroporto Sheremetievo, comecei a perceber o que Ivan e eu estávamos prestes a fazer. Uma sensação pesada de medo foi tomando conta de mim. Escutei o general sussurrando em meu ouvido:

– Vocês não podem cometer nenhum deslize. Todos que tiverem contato com vocês serão questionados a respeito de seu comportamento. As faxineiras do hotel, os taxistas, a mulher a quem vocês pagarem os cartões postais que comprarem. Ajam como se o quarto estivesse com escutas.

Em minha ingenuidade, protestei:
– Não somos espiões. Somos apenas uma família tentando se reencontrar.
– Se você for do Ocidente, você é uma espiã ou, pelo menos, uma influência ruim, na visão da KGB. E o que estão tentando fazer será visto como a maior traição – o homem me alertou.

Pratiquei, durante meses, manter o rosto impassível, para responder às perguntas sem hesitação e de modo sucinto, no entanto, assim que vi os soldados perto do portão de saída com suas armas nas costas e o oficial da alfândega com seu pastor alemão, fiquei com as pernas moles e o coração batendo com tanta força, que tive medo de nos entregar. Quando saímos de Sydney, no dia da Austrália, o oficial da alfândega bronzeado deu uma minibandeira a cada um de nós e nos desejou um feliz feriado.

Ivan me entregou Lily, e entramos na fila atrás de alguns estrangeiros que estavam no mesmo voo que nós. Ele procurou os nossos passaportes dentro do bolso do casaco e abriu-os nas páginas com o sobrenome, Nickham.

– Não neguem a sua ascendência russa, se eles perguntarem – o general nos aconselhou –, mas não chamem a atenção.

– Sim, é muito mais fácil dizer Nickham do que Nakhimovsky – o atendente de rosto redondo do cartório australiano riu, quando nós lhe demos o formulário com o pedido de mudança de nome. – Muitos dos novos australianos estão fazendo isso. Facilita tudo. Liliana Nickham. Ela será uma atriz, com certeza.

Não contamos ao funcionário que estávamos mudando os nossos nomes para que conseguíssemos os vistos na embaixada russa sem problemas.

– Anya, os dias de perseguição de Stalin terminaram. E você e Ivan são cidadãos australianos – o salvador de minha mãe explicou. – Porém chamar atenção para vocês poderia colocar Alina em perigo. Mesmo sob o comando de Brezhnev, se admitirmos que temos parentes estrangeiros, corremos o risco de acabar em um sanatório, para esquecermos ideias capitalistas que possam ter sido absorvidas.

–*Nyet! Nyet!*– disse o homem alemão à nossa frente, que parecia discutir com a oficial da alfândega que ocupava uma cabine de vidro. Ela apontou para a carta-convite dele, mas, sempre que a mulher a devolvia, o sujeito voltava a passá-la pela fresta no vidro. Depois de alguns minutos daquela troca, ela balançou a mão com impaciência e deixou-o passar.

E, então, foi a nossa vez.

A funcionária da alfândega leu nossos documentos e examinou todas as folhas de nossos passaportes. Franziu o cenho ao ver as nossas fotos e olhou com atenção para a cicatriz no rosto de Ivan. Apertei Lily contra o corpo, procurando conforto em seu calor. Tentei não desviar os olhos – o general dissera que isso seria visto como um sinal de decepção – e fingi estar analisando a fileira de bandeiras que ocupava uma parede toda. Torci para que ele estivesse certo e para que não tivéssemos de nos passar por soviéticos. Mesmo com a ajuda de Vishnevsky, o velho ator nos disse que não poderia nos dar os documentos de residência e, ainda que pudesse, se fôssemos questionados, ficaria claro que não éramos moscovitas nativos.

A atendente segurou o passaporte de Ivan e olhou para ele e para o documento como se tentasse irritá-lo. Não podíamos negar nossos olhos eslavos e maçãs do rosto típicas dos russos, mas alguns dos correspondentes estrangeiros britânicos e norte-americanos em Moscou eram filhos de imigrantes russos. O que havia de tão incomum em nós? A oficial franziu o cenho e chamou um colega, um jovem com traços fortes, que estava organizando alguns papéis atrás dela. Minha visão começou a embaçar. Seria possível que não passássemos pelo primeiro ponto? O rapaz perguntou a Ivan se Nickham era seu nome verdadeiro e também quis saber qual era o seu endereço em Moscou. Mas fez a pergunta em russo. Era um teste e meu marido não pestanejou.

– Claro – respondeu ele na mesma língua que o oficial e deu o endereço de nosso hotel.

Percebi que o general estava certo. Em comparação com a voz grossa que informou os detalhes do voo no alto-falante, o russo de Ivan era elegante, um idioma pré-soviético que não se escutava na Rússia havia 50 anos. Ele parecia um inglês lendo Shakespeare ou um estrangeiro que havia aprendido a falar russo com livros emprestados.

O atendente resmungou e pegou a almofada do carimbo de sua colega. Com uma sucessão rápida de batidas fortes, carimbou nossos documentos e os devolveu a Ivan, que calmamente colocou dentro da pasta e agradeceu aos oficiais. Mas a mulher fez mais uma pergunta quando passei:

– Se vocês são de uma nação de clima tão quente, por que trazem uma bebê tão novinha a este país no inverno? Querem que ela morra de frio?

A janela do taxista tinha uma abertura, então, pressionei o meu braço sobre ela para impedir que o vento soprasse em Lily. Eu não via um carro em condições piores desde que Vitaly comprara seu primeiro Austin. Os assentos eram rígidos como placas de madeira, e o painel era composto por um monte de fios e parafusos mantidos no lugar por uma fita de celulose.

Quando o sujeito precisava dar a seta, abria a janela e colocava o braço para fora. Mas, na maior parte das vezes, não se dava o trabalho.

Na saída do aeroporto, o tráfego estava pesado. Ivan levantou o xale de Lily até o nariz para protegê-la da fumaça. O taxista bateu a mão sobre o bolso e, então, saiu com o carro. Vi que ele estava prendendo os limpadores de para-brisa. Então, ele voltou para dentro do veículo e bateu a porta.

– Eu me esqueci de que os havia tirado – disse o homem.

Olhei para meu esposo, que deu de ombros. Só concluí que o motorista havia tirado os limpadores por medo de que fossem roubados.

Um soldado bateu na janela e pediu ao motorista que fosse para o outro lado da estrada. Percebi que os outros automóveis estavam fazendo a mesma coisa. Uma limusine preta com as cortinas fechadas passou como um carro funerário. O restante dos veículos deu partida novamente e o seguiram. Todos nós pensamos em uma palavra dentro do táxi, mas ninguém a disse: *Nomenklatura*. Os privilegiados.

Pela janela com manchas de água, observei que a estrada era flanqueada por árvores. Olhei para os galhos finos e brancos delas e para a neve se equilibrava sobre eles. As plantas pareciam criaturas de um conto de fadas, seres míticos em uma história que meu pai poderia ter me contado antes de dormir quando eu era criança.

Apesar de ser o início da tarde, o sol estava partindo, e a escuridão, chegando. Depois de alguns quilômetros, as árvores começaram a dar espaço a prédios. As construções tinham pequenas janelas sem decoração. Algumas delas ainda não estavam totalmente acabadas, com guindastes em suas coberturas. De vez em quando, passávamos por um *playground* ou quintal coberto com neve, mas geralmente os edifícios ficavam lado a lado, com a neve ao redor deles, suja e endurecida. Eles se estendiam por quilômetros, exibindo uma seriedade uniforme. Durante todo o tempo, tive sensação de que, em algum lugar da cidade de concreto, minha mãe esperava por mim.

Moscou era uma cidade de camadas, e seu padrão de desenvolvimento era parecido com os anéis de crescimento de uma árvore. Cada quilômetro nos levava mais para dentro do passado. Em uma praça aberta, com uma grande estátua de Lênin, as pessoas estavam em fila do lado de fora de uma loja na qual as atendentes somavam o total com ábacos. Um vendedor estava sentado ao lado de seus produtos, que ele mantinha sob uma folha de plástico, para que as batatas não congelassem no frio. Um homem ou uma mulher, eu não soube ao certo, envolvido em um casaco forrado e usando botas de feltro, vendia sorvete. Uma velha *babushka* segurava o tráfego, mancando na estrada, com os braços cheios de pão e repolho. Mais adiante, uma mãe e seu filho, embrulhado como um pacote precioso, com touca e meias de lã, esperavam para atravessar a rua. Um ônibus passou, com as laterais cobertas de lama. Analisei seus ocupantes, que mal podiam ser vistos com seus cachecóis e roupas de pele.

"Este é o meu povo", pensei e tentei analisar a realidade. Eu amava a Austrália, e ela me amava. Mas, de alguma forma, sentia-me atraída pelas pessoas ao meu redor, como se nós todos fôssemos lapidados a partir da mesma pedra. Ivan me deu um tapinha no braço e apontou para fora na direção da janela da frente. Moscou estava se transformando diante de nossos olhos em ruas de pedra e construções majestosas com paredes em tom pastel, edificações góticas e lâmpadas de *art déco*. Cobertas por neve, elas eram muito românticas. Independentemente do que os soviéticos tivessem a dizer a respeito dos czares, as construções erguidas pelos monarcas continuavam sendo belas, apesar do clima e do abandono, enquanto as edificações soviéticas, maiores do que as anteriores, já estavam com a tinta descascada e as paredes lascadas.

Tentei não demonstrar meu desgosto, quando percebi que o edifício de vidro e cimento diante da qual o taxista parara era o nosso hotel. O enorme prédio deixava pequeno tudo o que se via ao redor e não combinava com o fundo de domos dourados e as catedrais dentro do Kremlin. Era como se, de propósito, eles tivessem se esforçado para fazer algo horrível. Eu preferiria ter me hospedado no Hotel Metropol, lindo com toda a sua glória imperialista. O agente de viagem havia tentado nos convencer a ficar em outro lugar que não o recomendado pelo general, mostrando fotos da bela decoração e do famoso vitral no teto do Metropol. Mas ele era também o local favorito da KGB para observar os estrangeiros. E não estávamos em Moscou a lazer.

A recepção de nosso hotel era de mármore artificial e tinha tapetes vermelhos. Recendia a cigarro barato e poeira. Seguimos ao pé da letra as instruções do homem que resgatara minha mãe. Apesar de estarmos adiantados um dia, tentei encontrá-lo na recepção, analisando todos os rostos. Dizia a mim mesma para não me desapontar, se não conseguisse achá-lo entre os homens sisudos que liam os jornais ou viam as publicações na banca de jornal. Uma mulher séria olhou para a frente do local onde ficava, um pequeno espaço atrás da mesa da recepção. Tinha as sobrancelhas delineadas com lápis de olho e uma verruga na testa, do tamanho de uma moeda.

– Sr. e sra. Nickham. E nossa filha, Lily – Ivan disse.

A recepcionista mostrou os dentes dourados, mas não para esboçar um sorriso, e pediu os nossos passaportes. Enquanto meu marido preenchia a ficha de hospedagem, perguntei à ela, da maneira mais casual que podia, se havia alguma mensagem para nós. A mulher procurou na caixa de correspondências de nosso quarto e voltou com um envelope. Comecei a abri-lo e percebi que a funcionária estava me observando. Porém eu não podia guardar o envelope meio aberto, pois isso teria parecido pouco natural. Então, coloquei Lily mais para cima em meu colo, como se ela estivesse pesando, e caminhei até uma cadeira. Meu coração bateu acelerado pela ansiedade. Ao abrir o papel de dentro do envelope, verifiquei que se tratava de um itinerário de pontos a visitar do Intourist. Eu me senti como uma criança que queria uma bicicleta no Natal e recebeu um estojo. Não fazia ideia do que aquele itinerário significava.

De canto de olho, observei que a recepcionista ainda estava olhando para mim, por isso coloquei o envelope dentro da bolsa e ergui minha filha.

– Como está a minha menina bonita? – perguntei a ela. – Como está a minha menininha de nariz arrebitado?

Depois que Ivan preencheu o formulário, a funcionária lhe entregou a chave e chamou o carregador de bagagens, um senhor com pernas arqueadas. Ele empurrou o carrinho com as nossas malas de modo tão errático, que comecei a suspeitar de que estivesse embriagado. Mas, então, percebi que o carrinho estava sem uma das rodas. O homem apertou o botão do elevador e, depois, recostou-se na parede, exausto.

Havia outro homem, mais ou menos da mesma idade que ele, com olheiras e furos nos cotovelos do casaco, sentado atrás de uma mesa de objetos empoeirados e boneca russas. Tinha um cheiro esquisito, de alho misturado com um tipo de antisséptico. Analisou cada pedaço de nós, incluindo nossas bagagens, como se tentasse reter a imagem na memória. Em qualquer outro país, eu teria pensado que era um senhor tentando complementar sua aposentadoria, porém, depois de ouvir as histórias do general a respeito da KGB, a curiosidade estampada no rosto sério do homem me deixou arrepiada.

Nosso quarto era pequeno de acordo com os padrões ocidentais e insuportavelmente quente. O lustre do teto lançava um brilho laranja sobre o carpete gasto. Eu inspecionei o aquecedor a vapor sob a janela e descobri que era do tipo que não podia ser ajustado. A voz fraca de um homem elogiava a constituição soviética. Ivan deu a volta na cama para desligar o rádio e descobriu que não havia botão de ligar/desligar. O máximo que ele podia fazer era abaixar o volume ao nível estático.

– Veja isto – mostrei – puxando as cortinas de renda para o lado.

O quarto ficava de frente para o Kremlin. A parede de tijolos rosados e as igrejas bizantinas brilhavam sob a luz fraca. O Kremlin era onde os czares costumavam se casar e ser coroados. Pensei na limusine preta que tínhamos visto no aeroporto mais cedo e me lembrei de que os novos czares residiam ali. Enquanto meu esposo separava as malas, deitei Lily na cama, tirei suas roupas pesadas e vesti nela um macacão de algodão. Peguei os nossos cachecóis e toucas de dentro do cesto dela e prendi-o entre os travesseiros da cama, antes de deitá-la dentro dele. Ela piscou, sonolenta, e fiz um carinho em sua barriga até que adormecesse. Depois, recostei-me e a observei. O desenho da colcha chamou a minha atenção: galhos entrelaçados, como trepadeiras, com pares de pombas sobre eles. Eu me recordei do túmulo de Marina, em Xangai, com as duas pombas na lápide, uma delas caída em uma posição de morte, a outra, lealmente ao seu lado. Então, pensei no itinerário. Meu estômago revirou. Minha mãe estivera a um dia de distância de mim até ser localizada por Tang. O general havia chegado à porta do Moscou-Xangai, e Amélia mandou-o embora. E se, quando eu estava prestes a ver a minha mãe, a KGB descobrisse os nossos planos e a levasse a um campo de concentração? Desta vez, de verdade?

Olhei para Ivan.

– Alguma coisa deu errado. Eles não virão – disse a ele, que não emitia um som.

Meu marido balançou a cabeça e caminhou em direção à cama, aumentando um pouco o volume do rádio. Peguei o itinerário de dentro de minha bolsa e o entreguei a ele, que o leu uma vez, e mais uma vez, com cara de quem estava confuso, como se estivesse tentando encontrar pistas ali. Ivan fez um gesto para que eu o seguisse até o banheiro e, depois de abrir a torneira, perguntou quem me havia entregado aquilo. Nós não tínhamos nos registrado no Intourist, apesar de aqueles guias serem obrigatórios a estrangeiros. Eu afirmei que temia que o itinerário tivesse algo a ver com a KGB.

Ivan passou a mão em meu ombro.

– Anya – falou –, você está cansada e pensando de cabeça cheia. O general disse dia dois. É só amanhã.

Ele estava com olheiras, e me lembrei de que a situação era estressante para meu esposo também. O pobre havia passado dias e noites organizando seus negócios, para tornar as coisas mais fáceis a seu sócio, enquanto estivesse fora e caso não retornasse. Estava disposto a sacrificar tudo pela minha felicidade.

Senti que meses de espera haviam me desgastado. A poucas horas do grande encontro, não podia perder a fé. E, ainda assim, quanto mais o momento se aproximava, mais incerta me sentia.

– Não mereço você – disse a Ivan com a voz trêmula. – Nem Lily. Não sou uma mãe merecedora. Nossa filha pode pegar gripe e morrer.

Ele analisou o meu rosto e sorriu.

– Vocês, mulheres russas, sempre pensam assim. Você é uma bela mãe, e Lily é um bebê saudável. Lembre-se de que, quando ela nasceu, você e Ruselina correram ao médico porque a menina "não chorava muito e dormia a noite toda", e o doutor a examinou e comentou: "Sorte sua".

Eu sorri e recostei a cabeça no ombro dele. "Seja forte", falei a mim mesma e repassei o plano do general em minha mente outra vez. Ele dissera que atravessaria conosco a Alemanha Oriental. Quando ele me afirmara isso, imaginei guardas em torres, cães farejadores, túneis e tiros durante a ida ao Muro, mas o homem balançou a cabeça.

– Vishnevsky vai conseguir permissão para que você atravesse a fronteira, mas, ainda assim, terá de ser cuidadosa com a KGB. Até mesmo a *Nomenklatura* é observada.

Eu não sabia quem era Vishnevsky nem o que minha mãe e o general tinham feito para se tornarem amigos de um oficial de alto escalão. Ou seria possível que existisse um pouco de compaixão por trás da Cortina de Ferro?

– Graças a Deus, eu me casei com você – declarei a Ivan.

Ele colocou o itinerário sobre seu criado-mudo e estalou os dedos, sorrindo mais.

– É um plano – sussurrou. – Não foi você que me disse que estávamos sendo observados por um espião mestre? Tenha fé, Anya. Tenha fé. É um plano. E muito bom, pelo que conheço do general.

Na manhã seguinte, enquanto estávamos tomando o café da manhã no restaurante, eu me dividi entre esperança e angústia, pensando no que aconteceria naquele dia. Ivan, por outro lado, parecia calmo, passando os dedos sobre as migalhas na mesa. A garçonete trouxe ovos mexidos para nós e duas torradas, apesar de o café da manhã russo, com pão preto, peixe seco e queijo, parecer mais apetitoso. Lily mordia a gola de sua roupa, enquanto esperávamos pela funcionária que aqueceria a mamadeira em uma panela. Quando a moça voltou, espirrei uma gota do conteúdo em meu punho. A temperatura estava perfeita, e agradeci à garçonete. A garota não teve medo de sorrir e disse para mim:

– Nós, russos, adoramos bebês.

Às 21 horas, estávamos na saleta, com casacos, luvas e toucas no assento ao nosso lado. Lily estava sonolenta depois de comer, e Ivan a aconchegou em seu casaco. Tínhamos poucos motivos concretos para fazer o passeio com a Intourist, mas parecia a nossa melhor chance naquela hora. Meu marido acreditava que o general havia planejado aquele itinerário para despistar a KGB, para que parecêssemos turistas normais, e eu pudesse encontrar a minha mãe em um determinado momento da viagem. Eu, por outro lado, não conseguia deixar de pensar que o passeio era um truque da KGB para conseguir mais informações sobre nós.

– Sr. e sra. Nickham?

Ivan e eu nos viramos e vimos uma mulher de vestido verde, com um casaco de pele sobre o braço, sorrindo para nós.

– Sou Vera Otova, sua guia no Intourist – apresentou-se.

A dama tinha a postura de alguém treinado no exército e a idade de alguém que havia lutado na última guerra, talvez 47 ou 48 anos. Meu esposo e eu ficamos em pé para apertar a mão dela. Senti-me uma mentirosa. A mulher cheirava a perfume de flor e estava com as unhas bem feitas. Ela parecia muito gentil, mas eu não sabia se era uma amiga ou não. O general havia nos dito que, se nos questionassem, deveríamos negar tudo a respeito de nosso plano.

– Quem eu mandar, saberá quem vocês são. Não terão de dizer nada. Tomem cuidado. A pessoa pode ser um agente da KGB.

Vera Otova teria de nos mostrar de que lado estava.

Ivan pigarreou.

– Sinto muito por termos nos esquecido de agendar com um guia, quando partimos de Sydney – desculpou-se ele, pegando o casaco de Vera e ajudando-a a vesti-lo. – Nosso agente de viagem deve ter feito isso para nós.

A mulher ficou séria por um momento, mas logo sorriu, mostrando os dentes separados.

– Sim, vocês precisam de um guia para Moscou – afirmou ela, colocando a boina de lã na cabeça. – Facilita muito a vida.

Eu sabia que aquilo era mentira. Os estrangeiros precisavam de guias para que não fossem a lugares onde não deveriam ir e para que não vissem locais que não quisessem que vissem. O general nos havia alertado sobre isso. Os *tours* eram para museus, eventos culturais e memoriais de guerra. Nunca conseguiríamos ver as verdadeiras vítimas do comunismo corrupto da Rússia: alcoólatras crônicos morrendo na neve; senhoras pedindo esmola em estações de trem; famílias sem casa; crianças, que deveriam estar na escola, perambulando pelas ruas. Mas a mentira não me fez crer que Vera fosse falsa. O que mais ela poderia ter dito em um salão lotado?

Ivan me ajudou a vestir o casaco e, então, inclinou-se no banco e pegou nossa filha pelas dobras de seu casaco.

– Um bebê? – Vera virou-se para mim, sorrindo. – Ninguém me contou que vocês trariam um.

– Ela é uma menina calma – disse Ivan, erguendo Lily, que acordou de repente, sorriu e puxou o chapéu dele até a boca, de modo que pudesse mordê-lo.

Os olhos da guia brilharam. Eu não consegui imaginar o que ela podia estar pensando quando tocou o rosto de minha garotinha.

– Uma criança linda. Que olhos encantadores! Da cor do meu broche – comentou ela, apontando para a bijuteria cor de mel em formato de borboleta que usava na gola. – Mas teremos de fazer algumas... modificações em nosso programa.

– Não quero ir a lugar algum ao qual não possamos levar Lily – declarei, vestindo as luvas.

Meu comentário pareceu irritar Vera, pois seus olhos se arregalaram, e o rosto ficou vermelho. Mas logo ela se recuperou.

– Claro – replicou. – Eu entendo bem. Estava pensando no balé. Eles não permitem a entrada de crianças menores de 5 anos dentro do auditório.

– Talvez eu possa esperar do lado de fora com a bebê – sugeriu Ivan. – A senhora pode levar Anya, que adoraria ver o balé.

A mulher mordeu o lábio, e percebi que ela tentava pensar em algo.

– Não, isso não. Ninguém pode vir a Moscou e não ver o Bolshoi. – Mexeu na aliança de casamento no dedo. – Se vocês não se importarem, enquanto estivermos no Kremlin, eu os colocarei em um grupo e verei o que posso fazer.

– Avise-me sobre o que precisar *fazer* – pediu Ivan, ao segui-la em direção à porta do hotel.

Os saltos de Vera batiam no piso frio em um ritmo constante.

– O agente de viagem contou que vocês falam russo perfeitamente, mas não me importo em falar em inglês – afirmou ela, escondendo o queixo com o lenço com o qual envolveu o pescoço diversas vezes. – Podem me dizer que idioma preferem, mas pratiquem o russo, se quiserem.

Ivan tocou o braço dela.

– Acredito que, na Rússia, devemos agir como os russos.

A guia sorriu. No entanto, eu não sabia se era por estar brincando com meu marido ou porque havia vencido de certa forma.

– Esperem aqui – indicou ela. – Vou chamar um táxi até a porta.

Observamos Vera correr para fora e dizer algo ao porteiro. Alguns minutos depois, um táxi chegou. O motorista saiu e abriu as portas do lado do passageiro. Vera fez um sinal para que saíssemos do hotel e entrássemos no carro.

– O que foi aquilo? – perguntei a meu marido, quando passamos pela porta giratória. – Aquela conversa sobre avisar o que ela precisa fazer?

Ivan me deu o braço e sussurrou:

– Rublos. Acredito que a Madame Otova estava falando sobre suborno.

A entrada da Galeria Tretyakov estava calma como um mosteiro. Vera entregou um *voucher* para a mulher na cabine e nos deu nossos ingressos.

– Vamos colocar as nossas coisas no guarda-volumes – disse ela, acenando para que a seguíssemos descendo a escada.

As atendentes da sala onde ficava o guarda-volumes usavam casacos azuis por cima de vestidos e cachecóis na cabeça. Passavam entre as fileiras de cabides com os braços repletos de casacos e chapéus. Fiquei chocada ao ver como eram velhas. Eu não estava acostumada a ver mulheres na faixa dos 80 anos trabalhando. Elas se viraram, olharam para nós e assentiram quando viram nossa guia. Entregamos os nossos casacos e chapéus para elas. Uma delas viu o rosto de Lily entrecoberto pelo xale e, brincando, entregou-me um número para ela.

– Pode deixá-la aqui – gracejou. – Eu cuido dela.

Olhei para o rosto da mulher. Apesar de seus lábios estarem virados para baixo, como os das outras atendentes, a alegria brilhava em seus olhos.

– Não posso. Ela é um "item" de valor.

E sorri.

A mulher esticou a mão para acariciar o queixo de minha filha, concordando.

Vera pegou os óculos da bolsa e analisou o programa de exibições especiais. Indicou a entrada para a galeria. Ivan e eu estávamos prestes a seguir naquela direção, quando uma das atendentes nos chamou.

– *Tapochki! Tapochki!*

A mulher estava balançando a cabeça e apontando para as nossas botas. Olhei para baixo e vi que a neve de nossos calçados havia derretido e formado poças ao redor de nossos pés. Ela entregou a cada um de nós um par de *tapochki*, capas de feltro. Coloquei a minha sobre as botas, sentindo-me uma criança levada. Observei os sapatos de Vera. Seus calçados de couro seco pareciam novos.

Na sala principal, um grupo de crianças estava formando uma fila na frente de uma placa, lendo-a, enquanto a professora olhava para elas com o olhar de reverência que um padre demonstra quando veste seus mantos. Uma família russa esperava atrás das crianças, curiosa para ler a placa também, e foi seguida por um jovem casal. A guia perguntou se queríamos ler a placa. Respondemos que sim. Quando chegou a nossa vez, nós nos aproximamos, e eu vi que se tratava de uma dedicatória ao museu. Além de agradecer ao fundador do local, Pavel Tretyakov, a inscrição anunciava: "Depois dos dias obscuros dos czares e depois da Grande Revolução, o museu conseguia expandir sua coleção e tornar muitas obras de arte disponíveis 'para o povo'".

Senti os pelos de meu pescoço se arrepiarem. Aquilo significava que, depois que os bolcheviques cortaram o pescoço dos nobres e das famílias de classe média ou após tê-las mandado para os campos de concentração para morrerem, eles roubaram seus quadros. Aquela hipocrisia fez meu sangue ferver. As famílias tinham pago aos artistas pelos quadros. Os soviéticos podiam dizer a mesma coisa? Não havia qualquer menção, na placa, de que Tretyakov tinha sido um mercador rico cujo sonho de vida era tornar a arte disponível para o povo. Procurei imaginar se, no futuro, as autoridades tentariam reescrever o passado de Tretyakov destacando-o como tendo sido um revolucionário de classe operária. Os pais e irmãs de meu pai tinham sido assassinados pelos bolcheviques, e o parceiro de Tang que me separou de minha mãe era um oficial soviético. Coisas assim não eram simples de esquecer.

Olhei para a família russa e para os rostos do jovem casal. Não tinham expressão. Tentei imaginar se aquelas pessoas podiam estar pensando a mesma coisa que eu, mas, como Ivan e eu, tinham de se manter caladas para se protegerem. Pensei ter voltado à Rússia de meu pai, mas vi que não era bem assim. A Rússia de meu pai era apenas um resquício, uma réplica de uma era perdida.

Vera nos levou para dentro de uma sala repleta de estátuas.

– *A Virgem de Vladimir* é a peça mais antiga da coleção – informou, guiando-nos em direção à figura da Virgem segurando seu filho. – Ela chegou em Kiev, vinda de Constantinopla, no século 12.

Eu li na placa sob ela que a figura tinha sido pintada muitas vezes, contudo, mantivera sua expressão desesperada original. Lily estava em silêncio em meus braços, fascinada pelas cores ao seu redor, mas achei difícil fingir interesse pela obra de arte. Analisei o grupo de senhoras com uniformes do museu, sentadas ao longo das paredes. Mantive os olhos abertos e atentos, à procura de minha mãe. Ela tinha 56 anos. Tentei imaginar quanto teria mudado desde a última vez em que a vira.

Ivan perguntou a Vera a respeito das origens e dos temas das obras e incluiu perguntas sobre a vida pessoal dela. Sempre vivera em Moscou? Tinha filhos?

"O que ele está querendo?", indaguei a mim mesma. Parei diante da imagem de anjos com asas, de Rubliov, para escutar as respostas.

– Tenho trabalhado como guia da Intourist desde que meus filhos partiram para a universidade – a mulher disse. – Até então, eu era dona de casa.

Percebi que ela dizia pouco sobre si ao responder às perguntas e não questionava Ivan sobre nós ou sobre a Austrália. Será que não era bom ter esse tipo de conversa com ocidentais? Ou será que Vera já sabia o que precisava?

Caminhei impacientemente e observei, por um arco, que a guia que estava algumas salas mais adiante olhava para mim. Tinha cabelos longos e pretos, mãos finas, do tipo que têm as mulheres altas. Seus olhos brilhavam como vidro sob a luz. Senti um nó na garganta. Caminhei mais para perto dela, mas, quando me aproximei, notei que os cabelos pretos eram apenas um lenço e que um de seus olhos era tomado pela catarata. O outro era azul-claro. Aquela mulher não podia ser a minha mãe. A guia franziu o cenho por eu estar olhando, e rapidamente virei para um quadro de Alexandra Struiskaya, cuja expressão gentil parecia real demais.

Sem jeito pelo meu engano, caminhei pela galeria, parando para analisar os quadros de Pushkin, Tolstói e Dostoievski. Todos eles pareciam olhar para mim de modo ansioso. Busquei incentivo nas fotos dos homens e mulheres nobres. Eram personagens dignos, elegantes, firmes. As cores flutuavam ao redor deles como nuvens mágicas.

"O que aconteceu com vocês depois de seus retratos ficarem prontos? Vocês sabiam qual seria o destino de seus filhos e filhas?", perguntei a eles, em segredo.

Esperei por Ivan e Vera perto do quadro de Valentin Serov, *Menina com Pêssegos*. Eu já tinha visto o quadro em um livro, porém fiquei surpresa com o realismo da pintura projetada, ao vê-la ao vivo.

– Veja, Lily – disse, segurando-a de modo que ela ficasse de frente para a tela. – Você vai ser linda como essa menina, quando crescer.

A imagem da juventude radiante da garota, seus olhos despreocupados e a clareza da sala na qual ela estava trouxeram lembranças de minha casa em Harbin. Fechei os olhos, com medo de começar a chorar. Onde estava a minha mãe?

– Estou vendo que a sra. Nickham ama arte antiga – escutei Vera dizer a Ivan. – Mas acredito que ela vai achar que a melhor arte deste museu é a que pertence à era soviética.

Abri os olhos e olhei para a guia. A mulher sorria ou me analisava com os olhos estreitos? Ela nos levou aos quadros soviéticos, e eu a segui obedientemente, virando-me para trás para ver o *Menina com Pêssegos* mais uma vez. Depois de toda a feiura que tinha presenciado em meu primeiro dia em Moscou, poderia ficar na frente daquela pintura por horas. Fiz o melhor que consegui para não fechar a cara, enquanto Vera falava sem parar sobre a arte sem graça e sem vida da seção soviética. Pensei que, se ela usasse os termos "mensagem social", "simplicidade poética" ou "o povo do movimento revolucionário" de novo, eu sairia do museu. Mas é claro que eu não podia fazer isso. Havia muita coisa dependendo de meu bom comportamento. No entanto, quanto mais analisava as salas, mais encontrava quadros que me faziam deixar de lado meus preconceitos e reconhecia o que considerava bom. Havia uma tela chamada *Estudantes*, de Konstantin Istomin, que atraiu a minha atenção. Mostrava duas mulheres jovens e delicadas, no entardecer de um dia curto de inverno, olhando para a luz que diminuía, da janela do apartamento.

Vera aproximou-se por trás de mim. Eu estava enganada ou ela havia batido os pés?

– Você gosta de obras de arte que demonstram feminilidade. E parece gostar de mulheres de cabelos escuros. Venha por aqui, sra. Nickha, acredito que há algo na próxima sala que será de seu agrado.

Caminhei atrás dela, olhando para baixo, sem saber se havia agido de modo revelador. Esperava conseguir me expressar de forma apropriada, quando ela me mostrasse mais uma peça de arte soviética.

– Aqui está – disse a guia, colocando-me diante de uma tela.

Olhei para cima e fiquei boquiaberta. Fiquei frente a frente com um quadro em *close* de uma mãe segurando seu filho. A primeira coisa em que pensei foi em calor e ouro. As sobrancelhas finas da matriarca, a maneira como os cabelos estavam presos em um coque baixo, os traços lapidados eram os de minha mãe. Parecia delicada, mas também forte e corajosa. A criança tinha cabelos ruivos e lábios protuberantes. Parecia comigo quando bebê.

Eu me virei para Vera e olhei dentro de seus olhos. As minhas perguntas eram óbvias demais para ser expressadas. "O que isso quer dizer? O que está tentando me dizer?"

Se a guia tentava criar um tipo de quebra-cabeça para nós, as peças não estavam se encaixando depressa. Eu estava deitada na cama do hotel, com as costas apoiada no travesseiro, e olhei para o relógio na parede. Cinco da tarde. O dia 2 de fevereiro estava quase no fim, e ainda não havia qualquer sinal de minha mãe nem do general. Vi a luz do dia se tornar escuridão pela janela. "Se eu não vir mamãe no balé esta noite, acabou", pensei. "É minha última esperança."

Senti a garganta seca. Peguei a jarra que estava em cima do criado-mudo e enchi um copo com a água com sabor de metal. Lily estava deitada ao meu lado, com os punhos fechados na lateral da cabeça, como se estivesse segurando alguma coisa. Quando Vera nos deixou no hotel, depois da visita à galeria, perguntou se eu tinha alguma coisa para "manter a bebê quieta" durante a apresentação daquela noite. Eu disse que levaria a chupeta dela e daria uma dose de Panadol infantil para ajudá-la a dormir, apesar de não ter intenção de fazer nenhuma das duas coisas. Apenas a alimentaria. Se Lily começasse a chorar, eu me sentaria na saleta com ela.

A maneira como Vera estava insistindo em ir ao balé deixou-me desconfiada.

Ivan estava sentado perto da janela, escrevendo em seu bloco de anotações. Abri a gaveta do criado-mudo e tirei de lá a pasta para os hóspedes. Um folheto desbotado de um *resort* no Mar Cáspio caiu em meu colo, juntamente com um envelope amassado com o logo do hotel. Eu peguei o toco de lápis que estava dentro da pasta e escrevi no envelope: "Vera está demorando demais para me dar notícias de minha mãe. Ela não tem coração se não consegue entender pelo que estou passando. Não acho que esteja do nosso lado".

Afastei os cabelos do rosto, levantei com as pernas trêmulas e entreguei o bilhete a meu marido. Ele o pegou de minhas mãos e, enquanto o lia, vi o que estava escrevendo em seu bloco: "Pensei que fosse russo, mas, neste país, eu não sei quem sou. Se alguém me perguntasse ontem quais são as características típicas do povo russo, eu teria dito a intensidade e a humanidade. Porém não existe simpatia neste lugar, somente pessoas assustadas e relutantes com olhos repletos de medo. Quem são esses fantasmas ao meu redor?".

Ivan escreveu embaixo das minhas palavras no envelope. "Tentei decifrá-la o dia todo. Acho que o quadro foi a maneira que aquela mulher encontrou de tentar dizer. Ela provavelmente não pode falar porque estamos sendo observados. Não acho que esteja do lado da KGB."

– Por quê? – perguntei, sem emitir som.

Ele apontou para o próprio coração.

– Sim, eu sei – respondi. – Você sabe analisar o caráter das pessoas.

– Eu me casei com você – Ivan sorriu e arrancou a folha de seu bloco na qual estava escrevendo, rasgou os dois papéis em pedaços bem pequenos, que jogou dentro do vaso sanitário e acionou a descarga.

– Deste jeito é impossível de se viver – reclamou ele um pouco para mim e um pouco para o barulho da descarga. – Não é à toa que eles parecem tão tristes.

Vera estava esperando por nós na recepção do hotel. Ficou em pé, quando nos viu sair do elevador. Estava com o casaco ao seu lado, mas mantivera o lenço cor-de-rosa ao redor dos cabelos. O cheiro de maçã havia sido substituído por outro mais forte, lírio do campo, e eu notei um pouco de batom em seus lábios, quando ela sorriu. Tentei corresponder, mas meu sorriso mais pareceu uma careta. Eu não conseguia manter as aparências. "Isso é ridículo", disse a mim mesma. "Se eu não encontrar a minha mãe no Bolshoi, vou confrontar essa mulher."

A guia deve ter notado a minha irritação, porque desviou o olhar e falou com Ivan.

– Acredito que você e a sra. Nickham vão gostar da apresentação desta noite. É *O Lago do Cisne*, de Yuri Grigorovich. Ekaterina Maximova é a dançarina principal. As pessoas estão desesperadas para ver esse espetáculo. Por isso, insisti para que vocês não o perdessem. Seu agente foi muito esperto, reservando os ingressos com três meses de antecedência.

Um alarme soou em minha mente. Ivan e eu não nos entreolhamos, mas sabia que ele estava pensando a mesma coisa. "Não nos encontramos com a agente de viagens antes de recebermos os vistos. Só a vimos um mês antes de partir e apenas para reservar as passagens aéreas. Todo o resto foi organizado por nós." Será que Vera estava se referindo ao general quando dizia "agente de viagens"? Ou será que o passeio tinha sido um plano para nos manter separados? Olhei ao redor à procura do japonês, mas ele não estava ali entre as pessoas que conversavam perto da mesa da recepção ou esperando nas cadeiras. Quando passamos pelas portas, em direção ao táxi que a guia pedira para esperar, eu só conseguia pensar em uma coisa: aquela noite terminaria com o encontro com a minha mãe ou dentro da cela de Lubyanka, a sede da KGB.

Nosso táxi parou na praça, em frente ao Teatro Bolshoi. Quando eu saí do veículo, fiquei surpresa ao ver que o ar estava fresco, e não frio, uma temperatura mais suave para o inverno russo. Flocos de neve, frágeis como pétalas, brincaram em minhas faces. Olhei para o teatro, do outro lado da rua, e respirei profundamente. Vê-lo me fez esquecer toda a arquitetura feia de Moscou que vira no dia anterior. Meus olhos percorreram das colunas gigantes a Apolo e sua carruagem coberta de neve no frontão. Homens e mulheres, cobertos por casacos e toucas de pele, estavam espalhados pela colunata, conversando ou fumando. Algumas das senhoras usavam bolsas e luvas de pele também. Era como se tivéssemos voltado no tempo. Quando Ivan segurou a minha mão e caminhamos em direção às escadas, eu me senti em uma das cenas que meu pai me contava de sua infância, acompanhado por suas irmãs cheias de adereços, subindo as escadas correndo para chegar a tempo para o balé. O que ele teria assistido naquela época? *Giselle* ou *Salambô*? Ou talvez *O Lago do Cisne*, coreografado pelo famigerado Gorky. Eu sabia que meu pai havia assistido à grande Sophia Fedorova II dançar, antes de ficar maluca, e Anna Pavlova se apresentar, antes de deixar a Rússia para sempre. Ele ficara tão impressionado com esta, que resolveu me dar o mesmo nome. Tive a sensação de estar sendo erguida no ar e pensei que talvez, por um momento, eu pudesse ver o passado pelos olhos dele, como uma criança que espia uma vitrine totalmente decorada.

Dentro do teatro, os porteiros com uniformes vermelhos pediam às pessoas que tomassem seus lugares, pois, se havia algo que começava na hora em Moscou, era o Balé Bolshoi.

Seguimos Vera escada acima até a sala onde ficava o guarda-volumes e encontramos mais de cem pessoas ali dentro, tentando chegar ao balcão para deixar seus casacos. O barulho era mais alto que o de uma torcida em um estádio de futebol. Fiquei perplexa ao ver um homem empurrar uma senhora para passar por ela. A reação da mulher foi bater os punhos nas costas dele.

– Segure Lily – Ivan pediu. – Vou guardar seus casacos. Não vou deixar que entrem ali.

– Se você for lá, vai tomar um soco – avisei. – Vamos levar tudo conosco para dentro do teatro.

– O quê? E parecermos desaculturados? – sorriu e então apontou para Lily. – Lembre-se de que já estamos entrando com mais do que deveríamos.

Ivan desapareceu no meio do monte de cotovelos e braços. Eu peguei a programação do balé de dentro da bolsa e li a apresentação. "Depois da Revolução de Outubro, a música e a dança clássicas tornaram-se acessíveis a milhões de trabalhadores, e, neste palco, os melhores personagens revolucionários baseados em heróis de nossa história foram criados." Mais propaganda. Meu marido retornou 20 minutos depois, com os cabelos desgrenhados e a gravata torta.

– Você está como costumava ficar em Tubabao – eu lhe disse, ajeitando os seus cabelos e endireitando-lhe o casaco.

Ele colocou um par de óculos em minha mão.

– Vocês não vão precisar de óculos – afirmou Vera. – Estão em assentos excelentes. Bem perto do palco.

– Eu queria ficar com eles para ver como são – eu disse, mentindo.

Eu os pedira para poder analisar melhor a plateia, não o palco.

A guia me abraçou, mas não estava sendo carinhosa, estava tentando esconder Lily ao me direcionar à seção certa. A lanterninha em nosso setor parecia estar à nossa espera. Vera entregou algo à mulher, que abriu a porta, liberando o som de violinos e o burburinho pré-espetáculo.

– Apressem-se! Rápido! Entrem! – a moça sussurrou. – Não deixem ninguém ver vocês.

Eu me apressei para me sentar perto da parte da frente da seção e deitei Lily em meu colo. Ivan e Vera ocuparam os outros dois assentos, um de cada lado meu.

A funcionária ergueu o dedo e avisou:

– Assim que ela chorar, você precisa sair.

Se eu tinha achado bonito o lado externo do teatro, o auditório me deixou sem fôlego. Inclinei-me para a frente, tentando ver o interior vermelho e dourado inteiro. Havia cinco balcões como o em que estávamos, todos eles com decorações douradas, que subiam até o candelabro de cristal pendurado de um teto decorado com pinturas bizantinas. O ar era tomado pelo cheiro de madeira velha e veludo. A enorme cortina que atravessava o palco era composta por pontos e peças brilhantes, notas musicais, estrelas e borlas.

– A acústica é a melhor do mundo – Vera nos disse, alisando o vestido e sorrindo com tanto orgulho, que poderíamos pensar que tinha sido a responsável pela criação.

De onde estávamos sentados, tínhamos uma boa visão da plateia na seção da frente do auditório, mas não das partes acima de nós ou das que ficavam mais ao fundo do salão. Ainda assim, procurei minha mãe e o general entre as pessoas que buscavam seus assentos. Mas não vi ninguém parecido com eles. De soslaio, notei que Vera olhava para o outro lado do salão. Tentei ser sutil e segui o olhar dela até o balcão diante do nosso. Naquele momento, as luzes começaram a se apagar, porém, antes de se apagarem totalmente, enxerguei um senhor sentado na primeira fileira. Não era o general. No entanto, por algum motivo, ele me pareceu familiar. Ouvimos tosse antes de a orquestra tocar a primeira nota.

A guia tocou o meu braço.

– A senhora sabe como isto vai terminar, sra. Nickham? – sussurrou. – Ou está tentando adivinhar?

Prendi a respiração. Os olhos dela estavam cor-de-rosa por causa do brilho do palco, como os de uma raposa flagrada pela luz.

– O quê?

– Final feliz ou infeliz?

Fiquei confusa e, então, me concentrei de novo. Ela estava falando sobre o balé. O *Lago do Cisne* podia ter dois finais. Um no qual o príncipe conseguia quebrar o feitiço que o mágico havia feito e salvar a princesa-cisne; e o outro no qual não podia fazer isso, e os dois amantes só poderiam se encontrar novamente quando morressem. Cerrei o punho com tanta força, que rachei os óculos.

As cortinas abriram-se e revelaram seis trompetistas com quepes vermelhos. Bailarinas com vestidos alegres e caçadores como parceiros passavam pelo palco. O Príncipe Siegfried saltava depois deles. Eu não via um balé ao vivo desde Harbin. Por algum tempo, esqueci-me do que estava fazendo no teatro e fiquei concentrada nos dançarinos e nas formas graciosas que eles criavam com seus corpos e pés. "Esta é a Rússia", disse a mim mesma. "Isto é o que tenho tentado ver."

Olhei para Lily. Seus olhos brilhavam com a luz do palco. Minhas aulas de balé tinham sido interrompidas, quando os japoneses chegaram a Harbin. Mas Lily? Ela era uma moradora de um país pacífico e poderia fazer o que quisesse. Nunca seria forçada a fugir de casa. "Quando você for maior, minha filha", falei a ela com os olhos, "poderá fazer balé, pode tocar piano e cantar, poderá fazer o que quiser". Queria que ela tivesse todas as coisas que eu não pudera ter. Mais do que qualquer uma daquelas coisas, desejava dar a Lily a sua avó.

Escutei as primeiras notas do tema do cisne e me virei para o palco. O cenário tinha mudado. Havia uma montanha alta e um lago azul. O Príncipe Siegfried estava dançando; e o mágico, disfarçado de coruja, imitava a dança atrás dele. A coruja era uma sombra assustadora, sempre perto, sempre mal-intencionada, puxando o príncipe para trás, quando ele acreditava estar indo para a frente. Olhei para o homem no balcão da frente, para o qual Vera tinha olhado antes. Na luz azul, ele não parecia humano. Empalideci e cerrei os dentes, convencida, por um momento, de que estava olhando para Tang. Mas a luz do teatro ficou mais forte, e eu percebi que aquilo não seria possível. O homem era branco.

Mesmo com o término da segunda cena e com as luzes acesas para o intervalo, não consegui retomar os sentidos. Entreguei Lily a Ivan.

– Preciso ir ao banheiro – disse a ele.

– Vou com você – afirmou Vera, levantando-se.

Eu assenti, apesar de não querer usar o banheiro, de fato. Queria procurar a minha mãe.

Passamos pelo corredor cheio até o banheiro, que estava tão caótico quanto o guarda-volumes. Não havia filas. As mulheres ficavam amontoadas e se empurravam para entrar no cubículo que ficava livre. Vera me entregou um pouco de papel higiênico que mais parecia papelão.

– Obrigada – agradeci, lembrando que não havia papel higiênico nos banheiros públicos de Moscou.

Os vasos sanitários na Galeria Tretyakov sequer tinham assento.

Uma mulher saiu de um dos banheiros na nossa frente, e a guia me empurrou para a frente.

– Vou depois de você – comentou. – Vou esperá-la aqui fora.

Eu tranquei a porta depois de entrar. O banheiro tinha cheiro de urina e água sanitária. Observei pelas frestas na porta, quando Vera entrou em um dos cubículos. Aproveitei para sair e ir para o corredor.

Passei pelos grupos de pessoas que conversavam nas escadas e corri para o primeiro andar. Havia menos pessoas ali. Olhei para o rosto de todas as mulheres à procura de alguém que se parecesse com a minha mãe. "Seus cabelos estarão grilhados", disse a mim mesma, "e ela terá rugas". Porém, no meio do monte de rostos ao meu redor, não consegui encontrar quem eu estava procurando. Passei pelas pesadas portas e me aproximei da colunata, pensando que ela podia estar ali, esperando na parte externa. A temperatura havia caído, e o ar atravessou a minha blusa. Dois soldados estavam em pé na escada, soltando um ar branco ao expirarem. Havia uma fileira de táxis do lado de fora, mas não havia mais ninguém na praça.

Os oficiais viraram-se. Um deles ergueu a sobrancelha para mim.

– Você vai pegar uma gripe aqui fora – alertou.

O homem tinha a pele cor de leite e olhos que pareciam opalas azuis.

Voltei para dentro do teatro, sentindo o calor do aquecimento central aumentar ao meu redor. A imagem do soldado ficou em minha mente, e eu me lembrei da estação em Harbin quando a minha mãe fora levada embora. Ele me fez recordar do oficial soviético jovem que me permitira escapar.

Quando tentei voltar pela escada cheia, o auditório estava vazio, e o saguão, repleto de pessoas. Consegui chegar quase ao topo e vi Vera recostada na balaustrada. Estava de costas para mim, conversando com alguém. Não pude enxergar quem era a pessoa, pois havia um vaso na frente dela. Não era Ivan, porque consegui vê-lo no fundo do salão com Lily nos braços, espiando pela janela que dava para a praça. Procurei observar ao redor do vaso e vi um homem de cabelos brancos usando uma jaqueta marrom. As roupas dele estavam limpas e asseadas, mas a parte de trás da gola da camisa estava amassada e as calças pareciam ter sido muito usadas. Ele estava em pé, com os braços cruzados diante do peito, e, de vez em quando, fazia um gesto com o queixo em direção à janela onde Ivan estava. Não consegui escutar o que ele e a guia discutiam, por causa do barulho das pessoas. E, então, o sujeito movimentou os pés e trocou de posição. Vi as bolsas sob seus olhos. Sabia que já tinha visto seu rosto antes. Era o vendedor de *souvenir* no hotel. Eu me pressionei contra a balaustrada para escutar o que eles diziam. Por um momento, o barulho diminuiu, e escutei quando ele disse:

– Eles não são simples turistas, sra. Otova. O russo deles é perfeito demais. O bebê é um disfarce. Talvez nem seja deles. É por isso que precisam ser interrogados.

Fiquei sem ar. Eu havia suspeitado de que o homem era um espião da KGB, mas não imaginava que estivesse desconfiado de nós. Desencostei da balaustrada, com as pernas tremendo. Eu suspeitara um pouco de Vera, acreditando que ela podia ser da KGB, e estava correta. Ela nos estava levando para uma armadilha.

Subi a escada, tocando nas pessoas para que saíssem da frente e eu conseguisse chegar até onde meu marido estava. Mas não havia espaço. Eu estava no meio de montes de ternos malfeitos e vestidos com 20 anos de existência. Todos s presentes pareciam cheirar a cânfora ou madressilva, o perfume padrão do ano.

– *Izvinite. Izvinite.* Com licença. Com licença – dizia, tentando passar por eles.

Ivan estava sentado discretamente ao lado da janela e balançava Lily em seu colo, brincando com seus dedos. Tentei fazer um sinal para que olhasse para mim, mas os dois estavam concentrados demais na brincadeira. Disse a mim mesma: "Vá para a embaixada australiana. Pegue Ivan e Lily e vá para lá."

Olhei para trás. Naquele mesmo momento, Vera se virou, e nossos olhos se cruzaram. Ela franziu o cenho e olhou para a escada. Percebi o que estava pensando. Dirigiu-se ao homem e disse algo antes de passar pelas pessoas para seguir em minha direção.

Minha cabeça latejava. Tudo parecia estar acontecendo em câmera lenta. Já tinha me sentido assim outra vez. Quando, mesmo? Eu me lembrei de novo do dia na estação em Harbin, de Tang se aproximando de mim por entre as pessoas. Eu ia passando por todos para escapar. Um sinal tocou para chamar o público para o próximo ato, e o salão começou a ficar menos apertado. Ivan se virou e me viu. Ficou pálido.

– Anya! – exclamou ele.

Minha blusa estava encharcada. Toquei o rosto. Minhas mãos estavam molhadas de suor.

– Precisamos sair daqui – afirmei.

A sensação de aperto no meu peito era tão forte, que pensei que pudesse estar tendo um ataque cardíaco.

– O quê?

– Temos que... – mas não consegui avisá-lo com a rapidez necessária. Minha garganta estava inchada de medo.

– Meu Deus, Anya! – disse Ivan, colocando as mãos em mim. – O que houve?

– Sra. Nickha – Vera envolveu o meu cotovelo com os dedos, como se eles fossem garras –, nós devemos voltar ao hotel imediatamente. Parece que a sua gripe piorou. Veja o seu rosto. A senhora está com febre.

O toque dela me deixou nauseada. Eu não conseguia ficar em pé. Era surreal demais. Estava prestes a ser levada pela KGB para ser interrogada. Olhei para as pessoas que se apressavam para voltar para dentro do auditório e controlei a vontade de gritar. Eu não conseguia imaginar ninguém vindo nos ajudar. Estávamos presos. A melhor coisa que podíamos fazer era cooperar. No entanto, decidir isso não me deixou mais calma. Contraí os dedos dos pés, preparando-me para o que viria a seguir.

– Gripe? – indagou Ivan.

Ele tocou a minha blusa molhada e virou-se para Vera.

– Vou pegar nossos casacos. O hotel pode chamar um médico?

"Então é assim que eles fazem?", eu pensei. "É assim que eles fazem as capturas em público e tiram as pessoas da vista de outras."

– Dê a menina para mim – a mulher disse a Ivan.

Não consegui entender sua expressão. Não a conhecia o suficiente para saber o que ela era capaz de fazer.

– NÃO! – gritei.

– Você precisa pensar no melhor para a menina – Vera falou para mim com a voz diferente. – A gripe é extremamente contagiosa.

Ivan passou Lily para a guia. Quando a vi segurando minha filha, algo foi destruído dentro de mim. Imaginei, enquanto as observava, que, na luta para tentar encontrar a minha mãe, eu poderia perder a minha filha. "O que tiver que acontecer, que aconteça. Mas que Lily permaneça em segurança", pensei.

Olhei para o homem de cabelos brancos. Ele me fitava sem parar, mantendo as mãos sobre o peito, como se estivesse testemunhando algo ruim.

– Este é o camarada Gorin – apresentou Vera. – Você deve se lembrar dele de seu hotel.

– A gripe pode ser muito forte em Moscou, no inverno – ele comentou, mexendo os pés. – Você deve ficar de cama e descansar até se sentir melhor.

O sujeito mantinha os braços retraídos contra o corpo. A maneira como ele apoiava o peso do corpo nos calcanhares seria cômica em outras circunstâncias. Parecia estar com medo de mim. Concluí que o ódio que ele sentia de estrangeiros fazia com que adotasse aquela postura.

Ivan voltou com os nossos casacos e me envolveu com o meu. Vera enrolou o lenço ao redor do pescoço e das mãos de Lily, transformando-o em uma máscara. Gorin a observava, arregalando os olhos. Ele deu mais um passo para trás e disse:

– Preciso voltar para o meu lugar ou perderei o próximo ato.

"Como uma aranha correndo de volta para seu buraco", pensei. "Ele está deixando o trabalho sujo para Vera."

– Pegue Lily – sussurrei para Ivan. – Pegue a nossa filha, por favor.

Quando vi a minha filha no colo do pai, fiquei mais controlada. A guia fingiu me ajudar a descer a escada, quando, na verdade, estava me pressionando contra a balaustrada, de modo que eu não conseguisse fugir. Desci, tomando cuidado com cada degrau. "Eles não saberão o que eu não contar", raciocinei. Então, lembrei-me de todas as histórias que havia escutado sobre a KGB colocando bebês em água quente, para que as mães confessassem. Minhas pernas voltaram a tremer.

Os soldados do lado de fora do teatro não estavam mais ali. Apenas a fileira de táxi continuava onde estava antes. Ivan caminhou à nossa frente, com a cabeça baixa e os braços ao redor de Lily. Um dos taxistas jogou o cigarro fora ao nos ver caminhando em sua direção. Ele estava prestes a voltar para dentro do carro, quando Vera balançou e me empurrou em direção a um Lada preto que esperava no meio-fio. O motorista estava afundado em seu assento, com a gola levantada, escondendo-lhe o rosto. Gritei e finquei as botas na neve.

– NÃO É UM TÁXI – tentei avisar a Ivan.

Mas as minhas palavras saíram como as de uma mulher embriagada.

– É um táxi particular – Vera falou, baixinho.

– Somos australianos – disse a ela, segurando seu ombro. – Posso chamar a embaixada, sabia? Você não pode tocar em nós.

– Se você é australiana, então sou paquistanesa – respondeu ela, abrindo a porta do carro e me empurrando para o banco de trás, atrás do motorista.

Meu marido entrou do outro lado com Lily. Eu lancei um olhar de desafio a Vera. Ela se abaixou com tanta rapidez, que me retraí, esperando que me batesse. No entanto, a mulher apenas recolheu o meu casaco sob as minhas pernas, de modo que não ficasse preso na porta. O gesto foi tão maternal, que fiquei confusa. Ela me abraçou e riu de uma maneira que parecia demonstrar alívio e triunfo.

– Anna Victorovna Kozlova, nunca vou me esquecer de você – afirmou ela. – É exatamente como a sua mãe. Vou sentir falta das duas. Foi útil saber que o informante da KGB tem medo mortal de germes, ou teria sido difícil escapar dele – ela riu de novo e bateu a porta.

O Lada partiu a toda velocidade na noite. Eu me virei para olhar pela janela de trás. Vera estava voltando para o teatro. Levei o punho cerrado à cabeça. O que diabos estava acontecendo?

Ivan inclinou-se para a frente e deu ao taxista o nome e o endereço de nosso hotel. O motorista não respondeu e seguiu na direção oposta na Prospect Marksa, na direção de Lubyanka. Meu marido deve ter percebido que estávamos seguindo no sentido errado também, porque passou os dedos pelos cabelos e repetiu o nome do hotel ao condutor.

– Minha esposa está doente – disse ele. – Precisamos levá-la ao médico.

– Estou bem, Ivan – repliquei.

Eu estava tão assustada, que a voz não parecia minha de fato.

Ivan olhou para mim.

– Anya, o que houve entre você e Vera? O que está acontecendo?

Minha mente estava confusa. Os braços formigavam onde a mulher havia me abraçado. Contudo, o gesto não tinha sido assimilado, porque eu estava em choque.

– Eles estão nos levando para sermos interrogados, mas não podem fazer isso sem que entremos em contato com a embaixada.

– Achei que eu a estivesse levando para ver a sua mãe.

A voz que surgiu na escuridão me deu arrepios. Não precisei me inclinar para a frente para saber quem era o motorista.

– General! – Ivan exclamou. – Já acreditávamos que o senhor não apareceria!

– Provavelmente eu demoraria mais um dia – respondeu ele. – Mas tivemos de mudar nossos planos.

– Lily... – falou Ivan. – Sinto muito. Nós não imaginamos...

– Não – respondeu o general, tentando não rir. – Foi a Anya. Vera disse que ela estava sendo difícil de controlar, que já estava chamando a atenção.

Eu me retraí. Deveria ter sentido vergonha de minha paranoia idiota, mas só consegui rir e conter as lágrimas ao mesmo tempo.

– Quem é Vera? – perguntou Ivan, balançando a cabeça para mim.

– É a melhor amiga da mãe de Anya – respondeu o general. – Ela faria qualquer coisa para ajudá-la. Perdeu seus dois irmãos durante o regime de Stalin.

Eu levei as mãos aos olhos. O mundo estava girando. Eu estava mudando, transformando-me, deixando de ser a pessoa que tinha sido a vida toda. Um espaço surgia dentro de mim. O espaço, havia tanto tempo escondido por todas as coisas com as quais eu tinha tentado preenchê-lo, abriu-se. Mas, em vez daquilo me causar dor, a alegria tomava conta de tudo.

– Pensei que vocês fossem assistir ao balé todo – brincou o general. – Mas tudo bem.

As lágrimas escorriam sem parar por meu rosto.

– Era a versão com o final feliz, certo? – indaguei.

Cerca de 15 minutos após deixarmos o Teatro Bolshoi, o senhor japonês parou o carro diante de um prédio antigo, de cinco andares. Senti um nó na garganta. "O que vou dizer a ela? Depois de 23 anos, quais serão as nossas primeiras palavras?"

– Voltem aqui em meia hora – disse o general. – Vishnevsky conseguiu um acompanhante. E vocês devem partir esta noite.

Fechamos as portas do carro, e o Lada desapareceu na rua. Eu percebi como havia sido tola de achar que o general pudesse ser um homem normal. Ele era um anjo da guarda.

Ivan e eu passamos por um arco. O chão sob nossos pés estava tomado de neve. Nós nos vimos em um quintal mal iluminado.

– Era o último andar, não era? – perguntou Ivan, abrindo uma porta de metal, que se fechou sozinha quando entramos.

Alguém havia prendido um cobertor ao redor do batente, para evitar a entrada de barulhos. Estava quase tão frio no corredor quanto do lado de fora, e escuro também. Havia duas pás encostadas na parede, com gelo derretido acumulado ao redor das pontas. Subimos os cinco lances de escada até o andar de cima, porque o elevador estava quebrado. Os degraus estavam cobertos de poeira, e a escada tinha cheiro de terra. Nossas roupas pesadas nos deixavam ofegantes e suados.

Eu lembrei que o general contara que minha mãe tinha problemas nas pernas e senti pena por ela não poder sair do apartamento sem ajuda. Semicerrei os olhos na luz fraca e vi que as paredes estavam pintadas de cinza, mas o gesso decorativo do teto e as maçanetas das portas tinham desenhos de aves e de flores desgastados. A decoração sugeria que o prédio já fora uma grande mansão. Cada andar tinha um vitral no canto, porém a maioria dos vidros havia sido substituída por outro mais barato ou por pedaços de madeira.

Chegamos ao andar mais alto, e uma porta se entreabriu. Uma mulher de vestido preto saiu. Ela se equilibrou com o cajado e olhou para nós. Eu não a reconheci a princípio. Seus cabelos eram escuros e grande parte deles estava escondida sob um cachecol. Suas pernas robustas estavam um pouco tortas e com veias saltadas sob a meia elástica. Mas ela endireitou as costas, e nossos olhares se encontraram.

Eu a enxerguei como era quando estava em Harbin, em pé perto do portão, esperando a minha volta da escola, com seu belo vestido de chifon e o vento soprando-lhe os cabelos.

– Anya! – exclamou ela.

Aquela voz amoleceu o meu coração. Era a voz de uma mulher idosa, não de minha mãe. Ela ergueu a mão trêmula na minha direção e a levou ao peito, como se tivesse visto uma aparição. Havia manchas escuras nas costas de suas mãos e marcas profundas ao redor dos lábios. Parecia mais velha para a idade que tinha, um sinal da dificuldade vivida, enquanto eu parecia mais jovem. Porém seus olhos estão mais bonitos do que nunca. Brilham como diamantes.

– Anya! Anya! Minha filha querida! Minha filha linda! – disse ela, com os olhos vermelhos pelas lágrimas.

Eu dei um passo na sua direção, mas parei. Minha coragem desapareceu e comecei a chorar.

Ivan colocou a mão em meu ombro. Sua voz gentil em meu ouvido era a única ligação que eu mantinha com a realidade.

– Mostre Lily a ela – disse ele, empurrando-me para a frente. – Apresente a neta dela.

Ele segurou os meus braços e colocou nossa filha neles, tirando o xale do rosto dela. Lily abriu os olhos e me fitou, surpresa. Tinha os mesmos olhos da mulher que estava com os braços abertos para mim. Cor de mel, lindos, espertos e gentis. Minha pequena balbuciou, bateu as perninhas e, de repente, virou-se para a mulher e se inclinava com vontade para ela, afastando-se de mim.

Eu estava na China de novo e tinha 12 anos. Eu havia caído e me machucado. Minha mãe queria cuidar de mim. Cada passo na sua direção era esquisito, mas ela abriu os braços. Quando me aproximei, mamãe me segurou contra o peito. Seu calor passou por mim como um jato de água quente.

– Minha filha querida! – ela murmurou, tratando-me com enorme delicadeza.

Aconchegamos Lily entre nós duas e nos entreolhamos, lembrando-nos de tudo o que vivêramos. O que estava perdido foi encontrado. O que terminou poderia começar de novo. Minha mãe e eu estávamos indo para casa.

Nota da autora

Os russos têm uma maneira formal de se referir uns aos outros, com base em seus nomes patronímicos. Por exemplo, no *Paris do Oriente*, o nome completo de Anya é Anna Victorovna Kozlova. Victorovna é derivado do nome do pai da personagem, Victor, e Kozlova é a versão feminizada do sobrenome dele, Kozlov. Ao ser mencionada de modo educado, o nome usado para citá-la seria Anna Victorovna, mas, entre os membros da família e os amigos, ela simplesmente seria chamada de Anya. Se você já leu um romance russo traduzido, consegue entender como esse sistema pode ser confuso para o leitor ocidental. Por que um personagem que vinha sendo chamado de Alexander Ivanovich até metade do livro de repente se tornou Sasha?

Para evitar essa confusão, decidi usar os nomes patronímicos dos personagens apenas em situações muito formais, como em cartas, no testamento de Sergei, em apresentações formais, e assim por diante, para poder dar uma ideia dos costumes russos ao leitor. Na maior parte do livro, empreguei os nomes informais. Também deixei Anya continuar a usar seu sobrenome, Kozlova, quando chegou à Austrália, embora ela pudesse ter decidido deixar a forma feminizada do final e adotado apenas o Kozlov.

Um dos aspectos mais divertidos ao escrever o *Paris do Oriente* foi criar uma história a respeito do elo entre mãe e filha em um contexto histórico mais amplo. Fiz várias tentativas para ser correta e autêntica com relação os detalhes, mas em alguns pontos precisei brincar de Deus e condensei a parte histórica para manter o ritmo da narrativa. O primeiro caso ocorreu quando Anya chegou a Xangai logo depois do anúncio do fim da Segunda Guerra Mundial. Cronologicamente falando, ainda que houvesse alguns norte-americanos em Xangai, a personagem chega ali duas semanas antes de a maior parte do exército norte-americano começar a se estabelecer e colocar a cidade em funcionamento de novo. No entanto, como o propósito principal da cena era o de mostrar a alegria no fim da guerra e a rapidez com que Xangai conseguiu se recuperar, eu me senti à vontade para aproximar os acontecimentos. Outro ponto que abreviei na história foi o que se refere a Tubabao. Os refugiados da ilha enfrentaram mais do que um tufão durante sua permanência ali, mas descrever todas as tempestades detalhadamente tiraria o foco da sobrevivência emocional de Anya e de sua forte ligação com Ruselina e Irina.

George Burns, certa vez, disse: "O mais importante na interpretação é a honestidade. E, se você conseguir dissimular isso, pronto!". Há outros pontos no *Paris do Oriente* nos quais os ambientes fictícios eram mais adequados do que os reais. O primeiro exemplo é o cenário do Moscou-Xangai. Apesar de essa boate ser invenção minha, com base na arquitetura de diversos palácios de czares, ela combina com o espírito decadente de Xangai na época. Da mesma maneira, o campo de migrantes aos quais Anya e Irina foram mandadas na Austrália não tem a intenção de representar um campo de imigrantes específico no centro-oeste de New South Wales, apesar de a maior parte de minha pesquisa envolver os campos de refugiados de Bathurst e Cowra. Minha ideia aqui era fazer Anya interagir, de modo pessoal, com o diretor do campo. Para isso, eu não acreditava que seria justo colocar os gestores de campos de verdade na história, de modo tão particulpar. Por esse mesmo motivo, criei um jornal metropolitano fictício no qual a protagonista pudesse trabalhar, o *Sydney Herald*, em vez de usar o nome de um jornal existente na época, porque precisava que Anya criasse um elo com sua editora, Diana. As famílias da sociedade também são fictícias e não representam nenhuma personalidade real do período, embora o Prince's, o Romano's e o Chequers fossem lugares que existiram na Sydney dos anos 1950.

Eu poderia descrever a minha abordagem com relação a essas criações fictícias da forma como uma amiga ligada à moda afirmou certa vez: "Se os cabelos e os sapatos estiverem bonitos, tudo o resto se encaixará". Com isso, quero dizer que, se meu contexto histórico estivesse correto e os detalhes comuns sobre o que as pessoas comiam, vestiam e liam fossem condizentes com a época, eu conseguiria me soltar com a história.

Continuando, também gostaria de esclarecer que, apesar de a inspiração para o romance ter vindo da viagem que minha mãe e minha madrinha fizeram da China à Austrália, todos os personagens e situações do livro são objetos da minha imaginação. O texto não é uma história familiar em forma de ficção, e nenhum dos personagens representa alguma pessoa viva ou falecida.

Foi uma enorme alegria pesquisar e escrever *Paris do Oriente*. Espero que ler este livro também seja prazeroso.

CONHEÇA OUTROS TÍTULOS DA EDITORA FUNDAMENTO

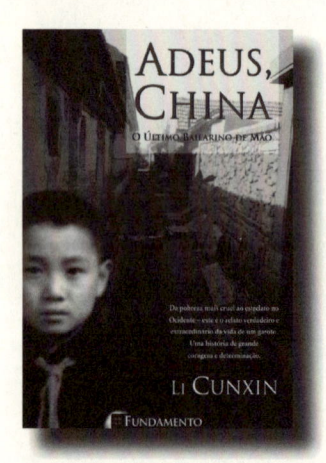

Em um vilarejo desesperadamente pobre do nordeste da China, um jovem camponês está sentado em sua velha e frágil carteira escolar, mais interessado nos pássaros lá fora do que no Livro Vermelho de Mao e nas nobres palavras nele contidas. Naquele dia, porém, homens estranhos chegam à escola - os delegados culturais de madame Mao. Estão à procura de jovens camponeses que, depois de receberem a formação necessária, possam tornar-se os fiéis guardiães de grande visão de Mao para a China.

O garoto observa um dos colegas ser escolhido e levado para fora da sala. A professora hesita. Deve ou não deve? Quase desiste. Mas, afinal, no último momento, toca no ombro do oficial e aponta o garoto miúdo. "Quer tal aquele?", ela pergunta.

Em um único momento, a possibilidade mais remota mudou de modo indescritível a vida de um garoto. Ele faria parte de algumas das maiores companhias de balé do mundo. Um dia seria amigo do presidente e da primeira-dama, de astros do cinema e das pessoas mais influentes dos Estados Unidos. Seria uma estrela: o último bailarino de Mao, o queridinho do Ocidente.

Editora FUNDAMENTO